国家哲学社会科学成果文库

NATIONAL ACHIEVEMENTS LIBRARY
OF PHILOSOPHY AND SOCIAL SCIENCES

从形式主义到历史主义：晚近文学理论"向外转"的深层机理探究

姚文放　著

姚文放 扬州大学文学院教授,博士生导师,享受国务院政府特殊津贴专家,江苏省有突出贡献中青年专家,江苏省高等学校教学名师。《文学评论》杂志编委。现任中华美学学会副会长,中国中外文艺理论学会副会长,中国文艺理论学会常务理事,江苏省美学学会副会长,中国作家协会会员。长期从事文艺学、美学研究与教学,发表论著600余万字,出版专著《现代文艺社会学》《当代审美文化批判》《当代性与文学传统的重建》《泰州学派美学思想史》《审美文化学导论》等。在《中国社会科学》《文学评论》等杂志发表学术论文300余篇。代表作有《"文学性"问题与文学本质再认识——以两种"文学性"为例》《从文学理论到理论——晚近文学理论变局的深层机理探究》等。出版和发表的论著被《新华文摘》《中国社会科学文摘》《高等学校文科学术文摘》和人大复印资料等报刊评述、转载、摘要和复印300余篇次。

《国家哲学社会科学成果文库》
出版说明

  为充分发挥哲学社会科学研究优秀成果和优秀人才的示范带动作用，促进我国哲学社会科学繁荣发展，全国哲学社会科学规划领导小组决定自2010年始，设立《国家哲学社会科学成果文库》，每年评审一次。入选成果经过了同行专家严格评审，代表当前相关领域学术研究的前沿水平，体现我国哲学社会科学界的学术创造力，按照"统一标识、统一封面、统一版式、统一标准"的总体要求组织出版。

全国哲学社会科学规划办公室
2011年3月

目 录

引 言 ··· 1

第一章　文学性：百年文学理论的现代性追求 ·················· 18
　第一节　俄国形式主义的现代性目标 ···························· 18
　第二节　"文学性"与百年文论派别的现代性内涵 ········· 20
　第三节　"文学性"与百年文学理论的现代性理路 ········· 24

第二章　"文学性"问题与文学本质再认识 ······················· 27
　第一节　问题的缘起 ·· 27
　第二节　两种"文学性" ·· 29
　第三节　文学与非文学的界说 ······································ 35
　第四节　后现代神话所架设的梯级 ······························· 39

第三章　从文学理论到理论 ·· 44
　第一节　"理论"的兴起 ·· 45
　第二节　学术史的两个时代 ·· 49
　第三节　价值取向的后现代转折 ··································· 52

第四节　何为"后理论"？ …………………………………………… 55

第四章　文化政治与文学理论的后现代转折 …………………………… 59
　第一节　文化政治何为？ …………………………………………… 59
　第二节　文化政治与社会政治 …………………………………… 61
　第三节　后阶级政治与阶级政治 ………………………………… 64
　第四节　微观政治与宏观政治 …………………………………… 66
　第五节　审美政治与实践政治 …………………………………… 70
　第六节　文学理论的后现代转折 ………………………………… 73

第五章　从形式到政治：文类理论的后现代新变 ……………………… 78
　第一节　"文体"：一种文学形式 ………………………………… 78
　第二节　"文类"：形式主义的类型观念 ………………………… 80
　第三节　"文类批评"：历史主义的文类概念 …………………… 83
　第四节　"理论"：后现代新文类 ………………………………… 87
　第五节　文类理论新变的终极性依据 …………………………… 91

第六章　文化政治与德里达的解构理论 ………………………………… 95
　第一节　文化政治与身份差异 …………………………………… 95
　第二节　德里达：对传统形而上学的批判 ……………………… 97
　第三节　解构策略：文字学颠覆语言学 ………………………… 100
　第四节　两个战场：形式主义与历史主义 ……………………… 104
　第五节　文化政治的中国问题 …………………………………… 110

第七章 文学经典之争与文化权力的博弈 …… 115
- 第一节 文学经典何为？ …… 115
- 第二节 文学经典之争 …… 119
- 第三节 世纪之争的学术回应 …… 121
- 第四节 布鲁姆的抵抗及其学术意义 …… 130
- 第五节 文学经典之争在中国 …… 134

第八章 文学经典之争向文学研究回归的迹象 …… 140
- 第一节 文学："谁的经典？"之问缺失的另一半 …… 140
- 第二节 杰洛瑞：审美作为经典建构的重要维度 …… 141
- 第三节 布鲁姆：一切经典都属精英之作 …… 145
- 第四节 卡勒：在文学经典中重新奠定文学性根基 …… 148
- 第五节 文学经典之争向文学研究回归的学理逻辑 …… 151

第九章 话语转向与文学理论的历史主义归趋 …… 155
- 第一节 文学理论范式的两次转向 …… 155
- 第二节 话语理论的提出 …… 158
- 第三节 福柯：从"考古学"到"谱系学" …… 161
- 第四节 知识话语与权力关系 …… 164
- 第五节 身体话语与微观政治 …… 169
- 第六节 福柯的话语理论与文学理论 …… 173
- 第七节 中国当代文论中的话语问题 …… 179

第十章 文学理论的范式转换与话语更新 …… 189
- 第一节 文学理论话语更新的深层机理 …… 189

第二节　从"有循于旧名"到"有作于新名"…………………… 191
　　第三节　从"旧瓶装新酒"到"概念大换班"…………………… 195
　　第四节　话语更新：文学理论的范式转换的风标……………… 198
　　第五节　三个热门关键词的分析………………………………… 203
　　第六节　文学理论话语更新的历史具体性……………………… 206

第十一章　"批判"话语的谱系学研究……………………………… 212
　　第一节　康德："批判哲学"作为"学理的探究"……………… 212
　　第二节　黑格尔："反思性批判"与"否定的辩证法"………… 215
　　第三节　马克思："批判"作为变革社会的利器………………… 219
　　第四节　法兰克福学派："批判理论"与"大众文化批判"…… 223
　　第五节　20世纪中国："批判"话语的政治化转向与学理性回归 … 231
　　第六节　走向21世纪：大众文化批判的话语重建……………… 240

第十二章　文学理论与文学批评之关系的后现代转折……………… 245
　　第一节　从韦勒克、沃伦的《文学理论》到乔纳森·卡勒的
　　　　　　《文学理论》…………………………………………… 246
　　第二节　研究对象的悬殊………………………………………… 250
　　第三节　解释模式的转变………………………………………… 252
　　第四节　阅读方法的差异………………………………………… 255
　　第五节　回到文学经典，抑或应对当下现实？………………… 258

第十三章　症候解读：文学批评作为艺术生产……………………… 260
　　第一节　弗洛伊德：症候是有意义的…………………………… 260
　　第二节　拉康：在语言结构中探寻症候的意义………………… 262

第三节　阿尔都塞：对于"症候解读"的大力揭扬 …………… 269
　　第四节　马舍雷：将"症候解读"引入文学批评 …………… 277
　　第五节　卡勒："表征性解释"与文化研究的生产性 …………… 286
　　第六节　"症候解读"的后现代性质 …………… 292

第十四章　法兰克福学派大众文化批判的"症候解读" …………… 299
　　第一节　"奥斯维辛之后写诗是野蛮的" …………… 299
　　第二节　关于大众 …………… 302
　　第三节　关于大众文化/文化工业 …………… 305
　　第四节　法兰克福学派的批判理论在中国 …………… 309
　　第五节　对于大众文化批判的"症候解读" …………… 314

第十五章　前现代、现代、后现代审美文化的逻辑走向 …………… 321
　　第一节　前现代、现代、后现代的三段论 …………… 321
　　第二节　"是"：前现代审美文化 …………… 323
　　第三节　"非"：现代审美文化 …………… 325
　　第四节　"去"：后现代审美文化 …………… 328

第十六章　晚近对于经典美学的三次挑战及其学术意义 …………… 334
　　第一节　伊格尔顿：美学作为肉体话语 …………… 335
　　第二节　舒斯特曼：倡导身体美学新学科 …………… 340
　　第三节　韦尔施：感知的重构与美学的重构 …………… 347
　　第四节　对于经典美学三次挑战的学术意义 …………… 353

第十七章　从理论回归文学理论 …………………………………… 360
第一节　卡勒学术历程的重大转折 ………………………………… 360
第二节　"理论"与文学理论难解难分 …………………………… 362
第三节　"理论"中的文学性 ……………………………………… 364
第四节　文学研究与文化研究的兼容并举 ………………………… 367
第五节　在"理论"与文学理论的联姻中取得进展 ……………… 369
第六节　"后理论"转向的风标 …………………………………… 371

第十八章　中国当代文学理论的理想诉求及其嬗变 ……………… 375
第一节　政治理想诉求 ……………………………………………… 376
第二节　审美理想诉求 ……………………………………………… 379
第三节　文化理想诉求 ……………………………………………… 384

参考文献 ………………………………………………………………… 392
主要人名索引 …………………………………………………………… 399
后　　记 ………………………………………………………………… 401

Contents

Foreword ·· 1

**Chapter One   Literariness: the Pursuit of Modernity by the
Literary Theories in Recent One Hundred Years** ········· 18
   Section One   The Modernity-oriented Nature of Russian
                   Formalism ·· 18
   Section Two   Literariness and the Modernity Underlying Modern
                   Schools of Literary Theories ·· 20
   Section Three   Literariness and the Principles of Modernity
                   Regulating Modern Literary Theories ···························· 24

**Chapter Two   The Issue of Literariness and the Re-understanding
of the Fundamental Nature of Literature** ············ 27
   Section One   The Origin of the Issue ·· 27
   Section Two   Two Kinds of Literariness ·· 29
   Section Three   The Definitions of Literature and Non-literature ······ 35
   Section Four   The Stairway Provided by Post-modern
                   Mythology ·· 39

Chapter Three From Literary Theory to Theory ········· 44
  Section One The Rise of "Theory" ················· 45
  Section Two Two Ages in the Academic History ········ 49
  Section Three The Transition of Value to Post Modernism ········ 52
  Section Four What Is "Post-theory"? ················ 55

Chapter Four Cultural Politics and the Transition of Literary Theories to Post Modernism ········· 59
  Section One What Is Cultural Politics? ················ 59
  Section Two Cultural Politics and Social Politics ········ 61
  Section Three Post-class Politics and Class Politics ········ 64
  Section Four Micro-politics and Macro-politics ········ 66
  Section Five Aesthetic Politics and Practical Politics ········ 70
  Section Six The Transition of Literary Theories to Post Modernism ················ 73

Chapter Five From Form to Politics: a New Change of Genre Theories in Post Modernism ········· 78
  Section One "Style": a Form of Literature ················ 78
  Section Two "Genre": the Notion of Variety in Formalism ········ 80
  Section Three "Genre Criticism": the Concept of Genre in Historicism ················ 83
  Section Four "Theory": the New Genre of Post Modernism ········ 87
  Section Five The Ultimate Basis Underlying the New Changes in Genre Theory ················ 91

Chapter Six Cultural Politics and Derrida's Theory of Deconstruction ················ 95
  Section One Cultural Politics and Identity Differences ········ 95

Section Two　Derrida: the Critique of Traditional Metaphysics 97
Section Three　The Strategy of Deconstruction: Philology
　　　　　　　Overturning Linguistics 100
Section Four　Two Battlegrounds: Formalism and Historicism 104
Section Five　The Chinese Issues of Cultural Politics 110

Chapter Seven　The Debates on Literary Canons and the Contest of Cultural Powers 115

Section One　What Is Literary Canon? 115
Section Two　The Debates on Literary Canon 119
Section Three　The Academic Response to the Debate of the
　　　　　　　Century 121
Section Four　Bloom's Resistance and Its Academic
　　　　　　　Significance 130
Section Five　The Debates on Literary Canon in China 134

Chapter Eight　The Signs of Return: From the Debates on Literary Canon to the Study of Literature 140

Section One　Literature: the Missing Part of the Question
　　　　　　　"Whose Canon?" 140
Section Two　Guillory: Treating Aesthetic Evaluation as an
　　　　　　　Important Dimension of the Construction of Canon 141
Section Three　Bloom: All Canons are the Works of the Elite 145
Section Four　Reestablishing the Foundation of Literariness
　　　　　　　in Literary Canons 148
Section Five　The Theoretical Logic Underlying the Return
　　　　　　　from the Debates on Literary Canons to the Study
　　　　　　　of Literature 151

Chapter Nine Discourse Diversion and the Orientation of Literary Theories towards Historicism ·············· 155

    Section One   Two Diversions in the Paradigm of Literary Theories ·· 155

    Section Two   The Rise of Discourse Theory ···················· 158

    Section Three   Foucault: From Archaeology to Genealogy ·········· 161

    Section Four   Intellectual Discourse and Power Relationship ······ 164

    Section Five   Body Discourse and Micro-politics ················ 169

    Section Six   Foucault's Discourse Theory and Literary Theories ·· 173

    Section Seven   The Issues of Discourse in the Contemporary Literary Theories of China ························· 179

Chapter Ten The Paradigmatic Conversion of Literary Theory and Its Discourse Renewal ······························ 189

    Section One   The Mechanisms Underlying the Discourse Renewal of Literary Theories ······················ 189

    Section Two   From "Following the Former" to "Changing into the New One" ································· 191

    Section Three   From "Store New Wine in an Old Bottle" to "Overturn All Concepts" ······················· 195

    Section Four   Discourse Renewal: The Indicator of the Paradigmatic Conversion of Literary Theories ······ 198

    Section Five   The Analysis of Three Catchphrases ·············· 203

    Section Six   The Historical Realization of the Discourse Renewal of Literary Theories ······················ 206

Chapter Eleven　　**The Genealogical Study of "Criticism" Discourse** ·········· 212

　Section One　Kant: Treating Critical Philosophy as Theoretical Investigation ·········· 212
　Section Two　Hegel: "Reflective Criticism" and "Negative Dialectics" ·········· 215
　Section Three　Marx: Seeking Social Revolution by Means of "Criticism" ·········· 219
　Section Four　Frankfurt School: "Critical Theory" and "Mass Culture Criticism" ·········· 223
　Section Five　China of the 20th Century: the Political Diversion and Theoretical Return of "Criticism" Discourse ········ 231
　Section Six　Heading for the 21st Century: The Discourse Reconstruction of Mass Culture Criticism ············· 240

Chapter Twelve　　**The Post-modern Transition of the Relationship between Literary Theory and Literary Criticism** ·········· 245

　Section One　From Wellek and Warren's *Theory of Literature* to Jonathan Culler's *Literary Theory* ··············· 246
　Section Two　The Gap in the Object of Study ·················· 250
　Section Three　The Transformation of Interpretation Modes ······ 252
　Section Four　The Differences in Reading Methods ············· 255
　Section Five　Returning Back to Literary Canon or Responding to the Current Reality? ·················· 258

Chapter Thirteen　　**Symptomatic Reading: Treating Literary Criticism as Artistic Creation** ·················· 260

　Section One　Freud: Seeking the Value of Symptoms ············· 260

Section Two　Lacan: Exploring the Meaning of Symptoms in Language Structures ·················· 262
Section Three　Althusser: Promoting the Interpretation of Symptoms ·················· 269
Section Four　Macherey: Introducing Symptomatic Reading into Literary Criticism ·················· 277
Section Five　Culler: "Symptomatic Reading" and the Productivity of Culture Study ·················· 286
Section Six　The Post-modern Nature of "Symptomatic Reading" ······ 292

Chapter Fourteen　The Symptomatic Reading of Frankfurt School's Mass Culture Criticism ·················· 299
Section One　"To Write Poetry after Auschwitz Is Barbaric." ······ 299
Section Two　About the Masses ·················· 302
Section Three　About Mass Culture/ Culture Industry ·············· 305
Section Four　Frankfurt School's Critical Theory in China ········· 309
Section Five　The Symptomatic Reading of Mass Culture Criticism ·················· 314

Chapter Fifteen　The Logic Trend of Aesthetic Culture of Pre-modernity, Modernity and Post-modernity ····· 321
Section One　Syllogism on Pre-modernity, Modernity and Post-modernity ·················· 321
Section Two　"Be": the Aesthetic Culture of Pre-modernity ······ 323
Section Three　"No": the Aesthetic Culture of Modernity ········ 325
Section Four　"De-": the Aesthetic Culture of Post-modernity ······ 328

Chapter Sixteen Three Challenges to Classic Aesthetics in the Modern
                  History and Their Academic Significance ········· 334
  Section One   Eagleton: Treating Aesthetics as Body Discourse ······ 335
  Section Two   Shusterman: Initiating the New
                  Discipline—Somaesthetics ···································· 340
  Section Three Welsch: Reconstructing Conception and
                  Aesthetics ·· 347
  Section Four   The Academic Significance of Three Challenges
                  to Classic Aesthetics ·· 353

Chapter Seventeen From Theory to Literary Theory ················· 360
  Section One   The Monumental Transition in Culler's
                  Academic Life ·· 360
  Section Two   The Entanglement of "Theory" and Literary Theory ······ 362
  Section Three The Literariness in "Theory" ································ 364
  Section Four   The Integration and Joint Progress of Literary
                  Study and Cultural Study ···································· 367
  Section Five   Seek Progress in the Unity of "Theory" and
                  Literary Theory ·· 369
  Section Six   The Indicator of "Post-theory" Diversion ··············· 371

Chapter Eighteen The Ideals of Chinese Contemporary Literary
                  Theories and Their Evolution ······················· 375
  Section One   The Political Ideal ·· 376
  Section Two   The Aesthetic Ideal ·· 379
  Section Three The Cultural Ideal ·· 384

References ··· 392
Index ·· 399
Postscript ·· 401

引 言

20世纪文学理论以形式主义为主流,从20世纪初到20世纪70年代末,形式主义在文学理论领域雄霸了大半个世纪。俄国形式主义将语言形式的"陌生化"奉为文学之为文学的标准,将"文学性"归结为不断延续的语言形式创新问题,从而为文学本质的本体论研究打开了新思路。此后新批评、结构主义文论、现象学文论、接受美学、解构主义文论等基本上都是沿着这一路子往前走的,由此激荡而成百年文学理论的形式主义大潮。然而到了20世纪80年代后现代理论(亦称"后学"理论)兴起,文化研究日渐挤占了文学研究的地盘,文学理论发生了从形式主义走向历史主义的转向,如果说当年形式主义文论的勃兴是朝着语言、形式、文本"向内转"的话,那么在经过七八十年"与世隔绝"的状态以后,文学理论又折返回来,朝着社会、历史、现实"向外转"了,其表征就是新历史主义、女性主义、后现代主义、后殖民主义、生态主义、审美文化研究、媒介研究等新潮理论的风靡一时,而在20世纪90年代以后,这些新潮理论又纷纷涌入国门,形成了巨大的冲击和震荡,引起国内文学理论的观念、方法、路径、模式的重大转折,使之呈现出与旧时迥然不同的格局,从而为文学理论提出了前所未有的挑战,但也提供了千载难逢的契机。

一、文学理论从"内部研究"转向"外部研究"

据J.希利斯·米勒就"当前文学理论的功用"所进行的研究,1979年以来,文学研究的中心发生了重大转移,从文学的"内部研究"转向"外部研究",从囿于"阅读"的兴趣转向各种各样的阐释形式,具体表现就是从单纯的修辞学研究转向研究文学在心理学、历史或社会学语境中的位置,从研究语言的本质与能力转向研究语言与上帝、自然、历史、自我之间的关系。随之而起的是一次大规模的回潮,那些先于"新批评"诞生、早已过时的传记、主题、文学史的研究方式竟然东山再起,再度辉煌,仿佛其间新批评的方法从来就没有存在过似的。而引领潮流的拉康式的女权主义、新马克思主义、福柯主义等新潮理论则以前所未有的强大感召力改造了人们的文学观念,它们对于那些在社会正义方面既缺乏热情又不愿为之效力之人嗤之以鼻,而将至上的荣誉归诸以下动机:追求社会正义,力争改善妇女和少数民族的处境,破解暗中操纵人们意识形态的先决条件,努力提高文学研究的地位,使之能够在社会和历史上产生实际影响。同时对于解构批评的套路予以抨击,指出其文本解读的方法近乎苛刻,以至将阅读变得如此艰难,使人哪怕是想起都会感到厌倦。不用指望有谁能够真正掌握那套复杂严密的分析方法并熟练地加以使用,如果真把它当回事的话,那势必消解人们对于文学与历史、社会、自我之间关系的关注。面对文学理论"向外转"的新变,米勒倍感欢欣鼓舞:"大地好像在渐渐冒出巨大的哀叹之声:'解构'的时代一去不复返了。它曾经如日中天,而如今,我们要有意识的回到那种更温暖、更有人情味的作品中去,看看文学研究的力量、历史、意识形态以及它的'体制',研究阶级斗争、妇女如何受压迫、社会中男人和女人的实实在在的生活以及在文学中的'反映'。我们可以再次提出实用主义的问题:文学在人类生活与人类社会中的作用何在。"[①]

米勒讲述的是西方学术界的状况,但他因文学理论"向外转"而感发的兴奋之情在我国学者中也不乏知音,不过由于后现代理论和文化研究在中国的后发性,文学理论的"向外转"趋势大致要到世纪之交才真正涌现。其间那些得风气之先的学者发出大声疾呼,在新的时代背景和语境下文学理论有必要进行深刻的学科反思和范式转型。陶东风在21世纪之初数年间发表了若干篇论及"文艺学的学科反思"的文章,力主文学理论必须超出体制化、学院化的研究樊篱,及时修正和扩展关于"审美""文学""艺术"的观念,大胆地把大众文化现象和日常生活场所吸纳到自己的研究之中,并将这种研究推进到文化分析、社会历史分析、话语分析、政治经济学分析的综合运用层次,不是简单地揭示对象的审美或艺术特征,而是彰显在文化生产、文化消费与政治经济之间的

---

① J.希利斯·米勒:《重申解构主义》,郭英剑等译,中国社会科学出版社1998年版,第217页。

复杂互动。① 金元浦认为,历史上从来没有过边界固定不变的文学,同样,文艺学内所包含的文学体裁或种类也从来不是固定不变的。这种变化取决于传播媒质的巨大变革,如今电子媒质的兴起又使得一大批新型文学如广告文学、网络文学和边缘文体如流行文学、通俗歌曲等进入文学研究的视野。因此,当代文艺学研究不必固守原有的精英主义苑囿,而应当关注日常生活中的新的审美现象,这是文艺学文化转向的题中应有之义。② 周宪认为,文化研究是对文学研究局限性的纠偏,是超越这种局限的尝试,文化研究与其说是一门学科,不如说是一种策略。虽然它也征用文学研究的有效手段来丰富自己,但绝不走入文学研究学科化和制度化的窠臼。文化研究和文学研究之间存在着必要的张力,文化研究不是要完善文学研究,而是要瓦解文学研究,提供一种"另类"非文学性的思路。③ 陈晓明认为,文艺学转向文化研究已成大势,文化研究使被"元理论"(或"原理")困扰的文艺学,突然有了解放的希望。从文化研究那里取得后现代真经的文艺学,对当代文学熟视无睹,却对新生的媒体、各种文化现象乐此不疲。文化研究重新填充了文艺学的空镜子,给予了新的内容。④ 以上论述共同表达了一种反思和重建文学理论学科的强烈冲动,反对文学理论固守以往的精英立场,主张重新考量文学的"审美""形式""文体""媒介"等概念,打破文学理论的已有边界,扩张文学理论的既定内涵,赋予文学理论功能以明确的社会、历史、现实、政治的取向,甚至将文学理论获得解放的希望寄予从文化研究中取得的后现代"真经"。且不论以上说法是否恰当、适度,是否还有值得推敲、商榷之处,它们起码揭示了这一事实,晚近以来国内文学理论"向外转"的大势已成,而这恰恰与米勒的以上描述取同步之势。正是这一大趋势为晚近文学理论带来了重大变化,概括言之,可以归结为问题、观念、概念、论争、理论、方法、基础、动向、宗旨等九个方面。鉴于上述变化的多元性和多发性,故每个方面只能选取有代表性的例证说明之。

---

① 陶东风:《日常生活的审美化与文化研究的兴起——兼论文艺学的学科反思》,《浙江社会科学》2002年第1期。
② 金元浦:《重构一种陈述——关于当下文艺学的学科检讨》,《文艺研究》2005年第7期。
③ 周宪:《文化研究:学科抑或策略?》,《文艺研究》2002年第4期。
④ 陈晓明:《历史断裂与接轨之后:对当代文艺学的反思》,《文艺研究》2004年第1期。

二、问题:文学性的变异

晚近以来,"文学性"成为文学理论中聚讼纷纭的热点问题,不过这并非俄国形式主义所说的"文学性",而是解构主义所说的"文学性",二者有关联但又不是一回事。乔纳森·卡勒在讨论"什么是文学"的问题时声称:"问题的目的不是要寻找文学的定义,而是要描绘文学的特征",而能够很好地描绘文学的特征的那就是"文学性"。① 这一说法与当年雅各布森、埃亨鲍姆的表述如出一辙。但是他对于俄国形式主义所关心的"陌生化"问题并未表现出更大的兴趣,而是对于文学与非文学的关系另有洞见。卡勒发现,文学性在非文学中的存在是极为普遍的现象,如今更是一发而不可收,在人类学、精神分析、哲学和历史等非文学文本中,都可以发现某种文学性因素的存在。而他所说的"文学性",主要是指隐喻、描述、记叙、对比、虚构、寓言等语言形式和修辞手法。② 一些更加激进的学者则认为眼下已实现了"文学的统治",认为目前文学形式在非文学领域中被大量采用,例如历史、哲学、女性主义和人类学著述中遗闻轶事、个人自传、乡土知识的采纳,叙事因素、修辞手法的运用,都在宣告着文学的辉煌胜利,体现着文学无所不在的统治。大卫·辛普森的见解可谓惊世骇俗:"后现代是文学性成分高奏凯歌的别名","(如今)在人文学术和人文社会科学中,所有的一切都是文学性的。"③

总之,从俄国形式主义到解构主义,对于文学与非文学的关系的理解发生了180度的大转弯:当年俄国形式主义提出"文学性"的问题,旨在扭转俄国历史文化学派将文学淹没在非文学之中的偏至,将文学研究的对象限定在文本、语言、形式之中;如今解构主义重提"文学性"问题时,已不再关心文学文本中的语言形式,而是瞩目于非文学文本中的"文学性",亦即叙事、描述、想象、虚构、修辞等语言形式在哲学、历史、政论、法律文书、新闻写作中的运用了。可见,当今解构主义所提出的"文学性"问题与20世纪初俄国形式主义所提出的

---

① 乔纳森·卡勒:《文学性》,马克·昂热诺等《问题与观点:20世纪文学理论综论》,史忠义等译,百花文艺出版社2000年版,第27页。
② 同上书,第33、40、41页。
③ 大卫·辛普森:《学术后现代与文学统治:关于半一知识的报告》,乔纳森·卡勒《理论的文学性成分》,《问题》第一辑,中央编译出版社2003年版,第128页。

"文学性"问题几近南辕北辙:俄国形式主义用"文学性"概念来廓清文学与非文学的区别,旨在抗拒非文学对于文学的吞并;解构主义借"文学性"概念来打破文学与非文学的界限,则旨在倡导文学对于非文学的扩张。这就有了两种"文学性"。虽然卡勒承认自己并没有因此而完全解决"文学性"的问题,也没有找到能够确定"文学性"的鉴定标准,但他起码做到了一点,那就是为人们到非文学中去寻求文学性发放了一纸准行证,使得当今盛行的文化研究具有了合法性。

三、观念:"理论"的横空出世

"理论"概念的提出,对于文学理论观念的摧枯拉朽和重整旗鼓乃是根本性、全局性的,有学者指出:"倘若文学经典的现状受到质疑,倘若文学、艺术和一般文本证据已经形成的完整性被内在矛盾、边缘性和不确定性等观念驱逐,倘若客观事实被叙事结构的观念取代,倘若阅读主体规范的统一性遭到怀疑,那就必然是,很可能根本与文学无关的'理论'在捣乱。"[①]以往人们其实很少认真考虑这样的问题:文学理论成立的依据何在?而如今,这确确实实成为一个绕不开的关隘了。文学理论之为文学理论,简化到最少的、最基本的依据大概是两条,即文学理论的学科规定性与文学理论的研究对象是否具有与众不同的文学特殊性。目前的症结也就在于这两个基本依据出了问题,就前者而言,如今文学理论的学科规定性变得模糊了,它自身的边界变得不确定了,性质也变得不明确了,文学理论不再以其自身的原则、标准、方法、范畴而秉有独立自足性,而是以引进、借用其他学科的专业规程作为栖身的立锥之地,文学理论在很大程度上已经不复成为拥有自主权的领地,只是成了别的学科专业的跑马场。就后者而言,文学理论的研究对象也变得飘忽不定了,如今文学理论就像一只筐,什么都往里装,惟独就没装进文学本身,就像一出没有主角的戏剧,一场没有中锋的足球赛。

别的学科专业的入主与文学本身的缺位,使得"文学理论"概念用在此处已分明不合适了,出于无奈,它权且被叫做"理论"。乔纳森·卡勒认为这是最

---

① 大卫·凯洛尔、乔纳森·卡勒语,拉曼·塞尔登等:《当代文学理论导读》,刘象愚译,北京大学出版社2006年版,第326页。

为方便的做法。① 确实,从形式逻辑说,下一层次的概念"文学理论"无法涵盖的,只能用上一层次的概念"理论"来加以界定;从语言结构说,"文学理论"缺少了"文学",那岂不只剩下"理论"了吗?

但是此"理论"非彼"理论"。此处所说"理论"并非"理论"一词的通常用法,如"科学理论""理论思维""理论联系实际"等,二者的涵义各异,它是指上述林林总总的后现代理论或"后学"理论。尽管如此,但同一概念符号拥有不同内涵的情况比比皆是,它丝毫不影响人们的实际使用,"理论"概念亦然。有人对此作了具体的描述:到了八九十年代,大写的"理论"已经被冠以读本、导读和入门手册之类名目不断地、大量地出现在教学大纲中,这种泛滥充分表明了它受到尊崇的程度。在大学课堂上,"理论"已经成为符合规范的必修课程,而"理论"课程的教学研究也被提上议事日程,关于"理论究竟该怎么教?"的问题成为长期悬而未决的核心论争,至今这类论争仍有增无减、不绝如缕。为此人们将这一时期干脆称为"理论时期"(Theorsday)或"理论转向时期"(The Moment of Theory)。②

从文学理论走向理论,表征着文学研究学术史上的两个时代。"理论"的突出特点在于,它并不限于文学,而是贴近新鲜活泛、生生不息的社会实践,直接介入和干预人们的实际生活,从而在行动性、实践性上更胜于文学理论。它走出了象牙塔,铁肩担道义,妙手写文章,因此它所鼓荡的并不只是一种文学思潮,也不只是一种文化思潮,在很大程度上已是一种社会思潮了。而以往的文学理论恰恰是以廓清学科界限、坚守专业特点为准则的。这一变局证明在文学理论所表征的时代,知识状况是建立在对于不同领域的分隔之上的;而在"理论"所表征的时代,知识状况却转而建立在对于这些人为间隔的消除之上了。如果深追一步的话,则是在后现代语境中文学理论的观念发生了变化,跨越边界、填平鸿沟,成为"理论"所崇奉的学术风尚,进而言之,它通往如今被普遍接受的价值观念。

---

① 乔纳森·卡勒:《论解构》,陆扬译,中国社会科学出版社1998年版,第2页。
② 拉曼·塞尔登等:《当代文学理论导读》,刘象愚译,北京大学出版社2006年版,第3页。

四、概念:文化政治的兴起

"文化政治"的倡导者们有一共同的观点,即任何东西都是政治,不仅一切文化是政治的,而且文学理论也是政治的。詹姆逊主张将政治视角"作为一切阅读和一切阐释的绝对视域"①,伊格尔顿认为,"我们所研究的文学理论是政治性的"。② 他们正是在这个意义上提出了"文化政治"的概念。总的说来,"文化政治"是与一般"社会政治"相对应的概念,如果说社会政治关心的主要是阶级、革命、斗争、政权、党派、制度、战争、解放、胜利等问题的话,那么"文化政治"则主要关心性别、种族、民族、族裔、年龄、地缘、生态等问题。二者相通的是权力问题以及权力的掌握、支配、抗衡、斗争等运作方式,不同的是前者涉及阶级、阶层、集团、政党之间的权力关系,属于相对限定的社会权力;后者关乎不同文化身份的群体与群体之间的权力关系,属于相对宽泛的文化权力。与社会政治的不同还在于,文化政治进入了日常生活,更多与人们的生命、生活、躯体、生理、心理相关。对于这些关乎人身的生物性、遗传性、自然性因素,社会政治往往是不屑一顾、避而不谈的。然而吊诡的是,任何人一出生就掉进了"文化政治"之中,人们作为男人/女人、白种人/黄种人、富人/穷人、侨民/土著、东方/西方、城里人/乡下人、90后/60后等,都是与生俱来且终身不变的,因此任何人可以脱离社会政治,但不能脱离文化政治。

进而言之,文化政治更多与消费、娱乐、享受、欲望和性相结合,这就导致了它以下特点:一是将政治生活引向泛化和世俗化。二是促进政治生活的宽松化、柔软化、弹性化。社会政治关乎阶级、阶层、集团、政党之间的权力之争,往往采取激烈的、极端的形式,甚至诉诸武力和暴力,这是一种强制性的、刚性的政治;文化政治与人们的日常生活息息相关,趋于世俗化、人间化、草根化,从而不那么强制和刚性,而是相对宽容和柔性。三是这种宽容的、柔性的文化政治,作为社会结构中缓解紧张、释放能量的缓冲带,是任何时代、任何社会都需要的,从而文化政治对于社会政治的合理和完善不乏补偏救弊作用,它终究能对社会政治的改良和进步起到平衡和牵制的作用。不过如果仅仅看到

---

① 弗雷德里克·詹姆逊:《政治无意识》,王逢振等译,中国社会科学出版社1998年版,第8页。
② 特里·伊格尔顿:《文学原理引论》,文化艺术出版社1987年版,第229页。

文化政治的补偏救弊作用还是不够的,这不啻是降低和缩小了它的意义,其实对于整个政治生活来说,也许文化政治更重要、更加不可或缺,因为它更切近人们的人生、生命和生活,更关心人的命运遭际,更多倾听人的悲欢和歌哭,比起社会政治来,文化政治更多对于人本身的体贴和担当。

由于文化政治的介入,晚近以来文学理论在许多方面发生了后现代转折。欧美以及国内文学理论教材发生的变化提供了有力的佐证,从 20 世纪末到 21 世纪初英美国家有代表性的文学理论教材,其中大多已一新面貌。国内文学理论教材要慢半拍,但其中少数比较前卫的本子也出现了新的苗头,已经增添了关于女性文学、性别身份和民族身份的内容。①

五、论争:文学经典之争

从 20 世纪 70 年代起,欧美文学理论界围绕文学经典问题展开了一场影响广泛、对抗激烈的争论,其学术回响至今不绝。人们发现一个长期习焉不察的事实,以往的文学经典几乎清一色都是出自去世的、白色人种的、欧洲的、男性的(Dead White European Man,简称 DWEM)作家之手笔,而把活着的、有色人种的、非欧洲的、女性的作家统统排除在外:从荷马和古希腊三大悲剧家、维吉尔、奥维德,到薄伽丘、塞万提斯、莎士比亚,到高乃依、莫里哀、歌德、席勒,再到果戈理、屠格涅夫、列夫·托尔斯泰等,无一例外均为 DWEM。不言而喻,这一"经典壁垒"是建立在性别歧视、种族歧视、等级歧视、欧洲中心主义以及厚古薄今的偏见之上的,它体现着性别、种族、阶级、地缘……之间文化权力的较量,带有显著的意识形态意味和政治色彩。可见所谓"文学经典之争"的核心问题就是"文化权力之争"。特别是当它与种种社会运动和思想潮流风云际会之时,这场"世纪之争"便超出了文学本身,成为一场震动整个社会、波及众多人群的轰轰烈烈的文化战争。

一般说来,提起"经典"两个字,总会让人联想到伟大、崇高、典雅、辉煌、新颖、独特等高级别的字眼,它似乎是一种超越性价值,一种普遍性、永恒性的典范。但上述新变也促成了另一种思考,认为文学经典必然与文化权力乃至其

---

① 见南帆主编:《文学理论(新读本)》,浙江文艺出版社 2002 年版;陶东风:《文学理论基本问题》,北京大学出版社 2004 年版。

他权力形式相关,与权力斗争及其背后的各种特定的利益相牵连,它是各种权力聚集、争夺的角力场。对此有三种比较极端的观点:一是认为经典名著从来就不由"杰出的文学价值"来决定,而是由它代表的历史语境决定;二是认为"杰出的文学价值"这一标准的实际应用从来就受到非文学标准的干扰,包括种族的、性别的等种种非文学标准的干扰;三是认为所谓"杰出的文学价值"这个观点本身从来就是一个值得争议的问题,它将某种文化利益和目的神化了,将其奉为衡量文学优劣的唯一标准。① 其实平心而论,这两派意见虽各有所长,但都只是把握了事情的一个侧面,二者的歧异恰恰昭示了文学经典的价值二重性:一是功利的、实用的实际价值;一是审美的、艺术的基本价值。只有在这两者之间保持必要的张力,完整地、辩证地把握它的这种价值二重性,才能对于当下的文学经典之争得出正确的结论。

  进而言之,虽然在一般意义上可以说文学经典的建构具有价值二重性,但是一旦将问题放到具体的历史境遇中来考量,便不难见出文学经典的两种价值取向往往是不对等、不平衡的,要么是功利的、实用的实际价值取向占上风,要么是审美的、艺术的基本价值取向呈强势:"不是东风压了西风,就是西风压了东风。"这种情况的出现,说到底,乃是社会状况和时代潮流使然。从中外文学史看,一般来说,在社会处于稳定的、守成的时代,文学经典往往偏向审美的、艺术的基本价值取向一端;反之,在社会处于变革的、动荡的时代,文学经典往往偏向功利的、实用的实际价值取向一端。反观中外文学史,可知这一判断屡试不爽。

  由此看来,文学经典是一个历史概念,文学经典的建构是一种历史现象。审美的、艺术的基本价值取向与功利的、实用的实际价值取向构成了两极,文学经典就像钟摆,它总是在这两极之间来回摆动。至于它在特定时期处于何种状态,呈现何种面貌,完全取决于当时的社会状况和时代潮流。从这个意义上说,从20世纪70年代初至今,文学经典之争演变为一场文化权力的博弈,乃是全球化、市场经济、消费社会、现代科技、大众传媒等交织的后现代语境的

---

① 乔纳森·卡勒:《文学理论》,李平译,辽宁教育出版社1998年版,第52页。按本书引用卡勒《文学理论》主要依据李平的中译本,同时对照乔纳森·卡勒《文学理论入门》(中英文对照版,译林出版社2013年版)有所改动,下同,不再注明。

催生,乃是当今大变动、大分化、大重组的时代大潮的激荡。

六、理论:话语理论的新视野

"话语转向"是近年来在社会知识中发生的最重要的方向转换之一,也是晚近文学理论发生的最重要的方向转换之一。20世纪文学理论在"语言学转向"的总体背景下经历了"形式转向"与"话语转向"两个阶段,前者以诸多形式主义文论派别为代表,而后者由林林总总的"后学"理论唱主角。如果说前者的主旨在于研究语言形式本身的话,那么后者的要义则在于寻绎社会、历史、文化、政治等的实际状况对于话语的构成和运用的制约作用,它关注的并不仅仅是纯粹的语言形式和结构,更是潜藏在语言的形式和结构背后的历史语境和权力关系。可见话语是语言但又超越了语言,"话语转向"生成于"语言学转向"但最终对其实行了消解,这种超越和消解标志着文学理论从形式主义走向了历史主义。

对于话语理论作出最大贡献的,当数法国学者福柯。从20世纪60年代末以降,福柯的话语理论经历了从"考古学"到"谱系学"的方法论演变,对于知识话语与权力关系、身体话语与微观政治的联系进行了开掘和建构。福柯的话语理论表现出一种强烈诉求,力图为话语问题提供一种制度化的背景,一种权力关系的基础,在体制化层面上将话语视为历史语境和权力关系的表征,并形成一种特定视角,在话语问题上打开一条通往历史、社会、政治、文化的路径。而这一切对于晚近文学理论的"话语转向"都起到积极的推动作用。

福柯曾写过许多文学批评的文章,广泛研究过法国以及其他欧美作家的创作。但后来他便很少讨论文学问题,也鲜有关于文学理论的论述。吊诡的是,尽管福柯后期对于文学抱持如此偏激的拒斥态度,但这并不妨碍他的话语理论在文学理论中被广泛接受和运用,很多文学研究者常常到福柯的理论中寻找依据、吸取养分。至于福柯对于文学研究的意义何在?有论者道出了个中道理:"福柯在文学科学的话语分析理论中所起到的作用,就是帮助我们在历史的回顾中更为广泛地考虑到时间、环境和影响等要素,即考虑到文学文本产生的关系条件。"①也就是说,福柯的话语理论对于文学理论追索文学的历史背景和权力关系特别有用,而这一点恰恰是文学理论不容忽视的大关节目。这样,福柯对于文学理论的意义不外通过两条途径得以实现:一是由福柯的文学观念产生的直接效用,二是由福柯的话语理论产生的参照效用。如果说上述福柯的文学批评和作品研究可能对文学理论产生直接效用的话,那么他关于知识/历史、话语/权力、身体/政治等理论则可能对文学理论起到参照效用。总的说来,就福柯对于文学理论的实际影响而言,比起直接效用来,其参照效用无疑更为重要。而这种情况,在"后学"的各种新文类中恰恰具有普遍性。

一个显例就是,福柯的话语理论提升了传统的"表征"理论,为考量文学理论的基本问题展现了新的视野。福柯的话语理论旨在确认任何陈述都是一种"话语构成体",是话语定义世界、形塑现实,因之知识和意义都是在话语中被生产、建构出来的。为此福柯的话语理论被称为"社会构成主义",而福柯本人被称为"构成主义者"。福柯构成主义的话语方法对于破解文学理论在文学本质问题上的争论无疑具有重要的参照效用,它在把握各种社会问题和历史事件时既不同于传统的"反映论",又不同于传统的"表现论",它既能发挥话语以语言形式建构世界和形塑现实的长项,又能因话语与权力的天然联系而与现实的社会机制和历史条件息息相关。因而话语所表达的知识和意义,就不再单纯是对于各种世界图景、社会问题和历史事件的被动反映或者主观意向的表现,而是一种积极生产、一种主动建构了。而这一点恰恰适用于从形式主义到历史主义"向外转"的文学理论。正如霍尔所说:"自从人文和社会科学的'文化转向'以来,意义与其说是被简单地'发现'的,还不如说是被生产(建构)出来的。"②以往的文学本体研究,总是在反映论与主情论、再现说与表现说、"镜"与"灯"之间往复徘徊,福柯的构成主义表征理论作为第三条途径能否帮助文学理论打破这一魔障呢?回答无疑是肯定的。

七、方法:症候解读的生产性

"症候解读"一说是阿尔都塞的首创。所谓"症候解读"的意思是,在作为

---

① 托马斯·恩斯特:《福柯、文学与反话语》,马文·克拉达等编《福柯的迷宫》,朱毅译,商务印书馆2005年版,第208页。
② 斯图尔特·霍尔:《表征——文化表象与意指实践》,徐亮等译,商务印书馆2003年版,第5—6页。

阅读对象的文本中总是会暴露出某些空白和缺失,表现为沉默、脱节和疏漏,它像病人所表现出的"症候",显示着身心内部的某种病患,从而读者必须像医生诊断和治疗病患一样,从这些"症候"切入,通过对于这些文本背后隐秘的、缺场的东西的解读,去发现更大、更重要的问题。一个突出的例证就是,马克思在阅读亚当·斯密、大卫·李嘉图的著作时,从中发现了在工资、利润、地租、利息等问题的表述上存在的沉默、缺失和脱漏,而这导致了这些理论无意识地但又是意识形态地在剩余价值这一实质性问题上的失语,马克思在查验和诊断古典政治经济学这一"症候"的基础上,将工资、利润、地租、利息等放在剩余价值的范畴中进行考量,据此提出了剩余价值理论,进而建立了马克思主义的政治经济学。

阿尔都塞不仅赞赏马克思在《资本论》中对于古典政治经济学所作的"症候解读",而且进一步指出对于马克思本人的著作也可作如是观。他声称,这也是阅读《资本论》的宗旨之一:"我的要求无非就是对马克思以及马克思主义的著作逐一地进行'症候'阅读,即系统地不断地生产出总问题对它的对象的反思,这些对象只有通过这种反思才能够被看得见。"①阿尔都塞称之为"第二种阅读",这是指对于马克思青年时代的著作,特别是《1844年经济学—哲学手稿》中留有费尔巴哈人本主义和黑格尔客观唯心主义影响的痕迹的解读,而这一思想背景在马克思《资本论》的探索中是沉默、隐匿的,而对于这种沉默和隐匿的"症候解读"无疑有助于对《资本论》更加深入的理解,这就像从一扇窄门走进了一扇宽门,再走进一扇更宽的门。

阿尔都塞还提出了一个重要的观点,那就是将"症候解读"视为一种生产,它借助自身的证伪、校正功能倒逼和反推知识增长和理论跃迁。就说剩余价值问题,它来自马克思对于古典政治经济学的"症候解读"的后坐力所产生的反推作用:"它生产了一个新的、没有相应问题的回答,同时生产了一个新的、隐藏在这个新的回答中的问题。"②

不过这里所说的"生产"还只是一种认识活动,它的生产过程只是在思维中进行,它的生产对象也只是一种思维方式。当然这样说并不否认这种思维

---

① 路易·阿尔都塞等:《读〈资本论〉》,李其庆等译,中央编译出版社2001年版,第26页。
② 同上书,第16页。

中的生产活动与现实世界之间的根本联系,它只不过是以思维的方式将现实世界复制出来。因此,"症候解读"的生产性仍有其现实的依据。一旦将"症候解读"的生产性安放在现实的坚实地基上,它就将显示出强大的精神力量。尽管它披露的是旧的学说理论的空白、脱节、沉默等"症候",但"生产"的却是理论的变革和学科的变革,进而言之,它"生产"的更是一种社会变革了。当然,这里所说的"症候解读"也包括对于马克思本人著作的反思以及随之而来的生产:它对于马克思剩余价值理论的深层解读。

阿尔都塞关于"症候解读"的创见带有明显的方法论色彩,他是从政治经济学在马克思手中发生的革命性转折中发现的,他将其提升为阅读和批评的一般方法,为后来的文学批评家提供了一种方法论的途径,如果说阿尔都塞的"症候解读"还是从一般阅读入手的,那么他的学生马舍雷则将其引向了文学领域,将其运用于具体文学作品的批评;而卡勒则在后现代语境下进一步将"症候解读"引向文化研究,将其转换为"表征性解释",实现了文学研究的"向外转",大大拓宽了文本解读的生产性空间。

八、基础:美学的重构

晚近文学理论"向外转"的趋势引起如此之大的反响,不可能没有哲学、美学的呼应和共鸣,不可能没有哲学、美学的基础和支撑。而这一点恰恰可以从前现代、现代、后现代审美文化的逻辑走向以及晚近以来经典美学受到的挑战明显见出。

人类的历史发展时聚时散、分分合合,经历了前现代、现代、后现代三个阶段。从前现代到现代再到后现代,审美文化经历了从未分化到分化再到去分化的三段论。虽然在局部、细节中可能会有例外和偶然,但其主流、概况却不出这一基本框架。这就造就了分别标示这三个历史阶段审美文化状况的关键词:前现代突出的关键词是"是",现代盛行的关键词是"非",后现代流行的关键词是"去"。它们之间既相互关联又存在断裂,既是一种否定又是一种接续,犹如"蛇咬尾巴",构成了正、反、合的逻辑圆圈。

可以表征后现代审美文化取向的则是"去"之一字。所谓"去",也就是消解、祛除、突破。与前现代和现代这两个阶段相比,后现代审美文化的显著特点在于去分化成为新的动向,与此相应,"去……"成为流行的句式,如去中心、去边界、去等级、去体系、去类别、去差异等。

当人类在历史的甬道中一路走来,从前现代、现代跨入后现代时,峰回路转,突然发现很多事情似乎又回到了前现代。如今一个突出的变化就是文化领域和知识状况从分化走向去分化,打破了以往那种彼此隔绝、各自为政的格局,推动了不同事物的渗透、交叉和融通。这与前现代的未分化状态颇为相似,就像绕了一个圈又回到了原点,但决不是简单回到起点,而是在更高水平上向着起点的复归。

如果将后现代审美文化放到当今市场体制、商品经济、大众时代、消费社会的大语境中去考察的话,那么会发现这种去分化的潮流更显声势浩大、风头劲健。审美文化打破了以往那种自律排他的封闭状态,向广阔的文化领域渗透和扩张,从而取消了以往在分类学意义上加在审美和艺术身上的各种界定、限制和分工,使得审美与社会、历史、哲学、伦理、宗教、政治、经济、科技、新闻、法律等等的界限统统趋于消解,审美文化对于日常生活的全面侵入使得"日常生活审美化"成为必然。应该说,晚近文学理论"向外转"就是在这一大背景下蔚然成风。

立足这一历史的节点反观以往,不难发现由于社会分工的日益精细和明确,现代文化的各个领域愈见隔膜愈见疏离,"隔行如隔山""道不同,不相为谋""鸡犬之声相闻,老死不相往来",是其真实写照。走到极端,文化变成了无数个独立王国的群雄并峙和分而治之。正是对于这一愈见严重的危机的忧思,如今经典美学遭遇前所未有的严峻挑战,而"美学之父"鲍姆加通一再成为受到质疑和拷问的对象。后现代审美文化的兴起使得这一状况得到改观,去中心、去边界、去等级、去体系、去分类、去差异成为新的时代风尚,其结果就是夷平了以往矗立在各个领域之间的障壁,沟通了这些相互以邻为壑的独立的世界,恰恰张扬了交流、沟通、对话、合作、民主、开放、宽容、和谐等被当今社会普遍认同的核心理念。有理由相信,后现代与审美文化的历史性遇合为文化建设和文学艺术的繁荣,也为美学理论和文化研究的伸展和腾跃提供了千载难逢的契机。

九、动向:回归文学理论

在晚近文学理论与"理论"的转换起落中,人们更多关注文学理论走向"理论"的趋势,其实事情还有另一面,那就是"理论"向文学理论回归的动向。在这方面值得重视的仍是乔纳森·卡勒。卡勒在《文学理论》以及一系列论著中表达了对于文学理论与"理论"之间相互激励和推助作用的肯定,对于"理论"中的文学性的开掘,对于文学研究与文化研究的平衡机制的探讨,对于"理论"与文学理论相互联姻的可行性的求索,但说到底,这一切的核心就是向文学回归的问题。需要说明的是,这里所说"文学"是一个集成性的概念,包括文学作品、文学性、文学批评、文学研究、文学理论等。这里深切寄托了对于"理论"的反思和对于文学理论的乡愁,透露了"理论"回归文学理论的新动向,成为"后理论"转向的风标。而这一新动向,很可能成为文学理论发展下一个轮回的起点。

早在 21 世纪之初,就有文论史家宣称"后理论"转向的时代已经到来,此前"理论"对于文学的基本预设、阅读方式以及价值判断标准等的消解引起了普遍的焦虑和抱怨,使得"后理论"的产生成为必然:"新千年开端的一些著述却奏响了新的调子。似乎引发上述焦虑的那些理论岁月已经过去了……一个'后理论'(after- or post-Theory)转向的时代开始了。"[1]"后理论"的应运而生乃是出于对"理论"的反拨,随着"理论"的进一步发展,它的种种弊端逐渐暴露出来,这些弊端归根结底就是割裂了"理论"与文学之间的传统联系,造成了对于文学研究正业的偏离。拉巴尔特写道,"理论"总是让人感到太偏于一端,只是整体的一半,而遗漏的那一半更真实、更富活力、更有本质意义,它们存在于过去,被定义为"文学""美学""批评",或者"读解""文化""诗学"。[2] 这些弊端引发了"后理论"向重视文学阅读、崇尚审美经验的"前理论"回归的冲动,于是在当时问世的一批以"后理论"或"理论之后"为标目的著作对于今后的文学理论提出了种种构想,有的主张回归文本细读的传统;有的认为应当对传记的、历史的、目录学的、版本学的文学研究予以高度的重视;有的则主张回归对于文学文本的形式主义读解。应该说,这些主张都预示着文学理论的未来走向。

十、宗旨:回到中国问题

晚近文学理论从形式主义到历史主义"向外转"的大趋势滥觞于欧美,一

---

[1] 拉曼·塞尔登等:《当代文学理论导读》,刘象愚译,北京大学出版社 2006 年版,第 326 页。
[2] 同上书,第 328 页。

般认为起于20世纪80年代,更有推前到20世纪60年代的。其间由于信息传输、观念意识和国情差异等问题,这一趋势在中国显得后发。如今斗转星移、时过境迁,传播媒介的迅猛发展已经大大超出了人们的预想,信息传播的方便、快捷使得任何学说理论几乎都是可以适时共享的,当然其背后起决定作用的是当今世界的崭新格局,经济、社会、政治、文化、科技、生态等方面的协同互补、合作共赢日益成为人类命运共同体的崇高目标。因此如果说以往一种学术新潮的激荡需要花费十年以至更长时间的话,那么今天也许就是朝夕之间的事儿。值此时势,更需要考量将国外学术新潮引入国内抱何宗旨的问题。对此可以一言以蔽之,那就是回到中国问题。这也正是本书的立意所在和着力之处。

因此我们对于上述每一个理论问题的研究,最终都归结到中国问题,包括中国的文学问题、文化问题乃至社会问题。譬如"症候解读",本来是属于方法论层面的问题,但一旦接触当代文化,便成为一个非常现实的问题。大众文化批判是法兰克福学派学术研究的一项重要内容,它在20世纪90年代初进入中国,曾一度受到追捧,但不及旋踵即遭到冷落。这固然与国家关于文化工作的大政方针的重大转折有关,而法兰克福学派的批判理论作为脱离了具体语境的空洞抽象的一般理念移植过来,并不适用于中国的实际问题也是明显弊端。但说到底法兰克福学派的批判理论本身是有缺陷的,他们对于大众文化/文化工业的批判,往往是出于历史的惨痛记忆而作出的过激反应和过度阐释,妨碍了对于大众文化/文化工业的公允评价。这就导致其理论存在明显的盲点和缺失,也使得对其进行"症候解读"成为必要。从对其所作的"症候解读"可以得到感悟:法兰克福学派的大众文化批判至今仍不失为一种思想资料和历史借镜,但用以匡范现实问题则已不足为训,当今中国的市场经济条件下大众文化和文化产业的发展方兴未艾、如火如荼,对其正能量,我们理应突破以往的一些思想局限和理论误区,给予充分的估量和积极的倡扬。

再如"话语理论",福柯创建的知识考古学和权力谱系学为人们理解文学理论话语的社会历史和权力关系内涵启发尤深,对于晚近文学理论的从形式主义到历史主义的转折起到了重要的参照效用。近代以来中国文学理论一直致力于重建自己的话语系统而从未停息、从未懈怠,从最早一批接受西学洗礼的学者、五四新文化运动、20世纪30年代左翼文学、毛泽东《在延安文艺座谈会上的讲话》、新中国成立后17年、新时期文论、世纪之交文化研究热,直至当前的网络话语爆炸等,一批又一批开风气、领潮流的有识之士勇猛精进、审时度势,在新知与旧学、现代与传统、域外与本土、高雅与通俗等多种力量关系之间作出抉择、寻求出路,使得重建中国文论话语系统的事业与时偕行、骎骎日进,在若干重要的时间节点上树立了一个又一个辉煌的里程碑。总之,无论是时代变迁、体制更替还是社会思潮的激荡,其中种种权力关系的博弈都会在文学理论话语的嬗变中及时得到回应,引起反响。因此文学理论话语,它的铸成乃是在社会、政治和经济结构的演变中穿行,在各种权力关系的博弈中被形塑的动态过程。

又如,文学经典之争,这是在20世纪90年代初传入中国的,此后到21世纪若干年间,国内学术界就文学经典问题出版书籍,发表文章,举办学术会议,动静不能说不大,但当时人们关心的问题主要还是"什么是经典?"而不是"谁的经典?"其间也不是没有关于欧美学界文学经典论争的迻译和介绍,只不过人们或是未曾接触,或是接触了没有上心,总之是尚未对此引起足够的重视。然而,推动文学经典之争在中国引起波澜的终究还是本土的文学创作:其一,20世纪90年代以来,形形色色的社会新成员形象鱼贯而行进入了文学的视野,对于底层草根这一新型文学群像的倾心打造,成为当今文学一道十分抢眼的亮色。其二,与各种文化身份、权力关系相对应的写作模式的形成,如底层写作、女性写作、80后写作、海外华文文学写作等,这些写作模式往往是因其所代表的身份政治和权力关系而成立、而成名的,正是这一点,使之与往常的写作模式相比,特别透出一种锐气。其三,对于文化身份、权力关系的文学表达,推助了许多中国问题的浮现。随着改革开放的深化,这种文化权力的较量扩展到贫富、城乡、地域、年龄、职业、受教育程度等方面,渗透到日常生活的每一个角落。理论总是产生于创作之后,当今文学创作作为过程性、形成中的经典,它所发生的上述新变,势必触动批评家、理论家的观感,并在理论上留下明显的痕迹。因此在中国,文学理论从"什么是经典?"向"谁的经典?"转换,最终还是从文学创作中获得生生不息的原动力,其中层出不穷的中国问题,既为当代文学注入了许多新的元素,也使中国文学理论对于文学经典之争发出自己的声音、发表自己的意见成为可能。

第 一 章

文学性:百年文学理论的现代性追求

有一种说法叫"墙里开花墙外香",也有一种说法叫"三十年河东,三十年河西",还有一种说法叫"东山再起""死灰复燃",如果说在 20 世纪文学理论中有一个派别全都用得上这些说法的话,那么这一派别就必定是俄国形式主义文论。俄国形式主义文论 20 世纪一二十年代兴起,在 20 年代遭到带有浓厚政治色彩的批判,30 年代便从俄国文坛销声匿迹,然而半个世纪以后再度盛行于欧美。美国结构主义批评家罗伯特·肖尔斯曾开列了一张俄国形式主义代表人物的著述于 20 世纪 50 年代到 80 年代在英美等国翻译再版情况的书目清单,折射出这一派别在欧美各国广为流传的盛况。罗伯特·肖尔斯指出:"这样的批评文章(一种臭名昭著昙花一现的形式)竟然会在第一次出版以后,事隔五十年被译成英文,这足以证明形式主义批评的生命力以及人们对之的持久兴趣。"[①]

第一节 俄国形式主义的现代性目标

俄国形式主义在百年文学理论中表现出历久弥新的生命力,其原因在于它对于文学研究的科学化开了先河,蔚成风气,其余风流韵至今不衰,这也使之成为百年文学理论的现代性风标。西方文学理论的自觉自 1800 年开始,这

---

① 罗伯特·肖尔斯:《结构主义与文学》,孙秋秋等译,春风文艺出版社 1988 年版,第 113 页。

一年法国女作家斯达尔夫人发表了《从文学与社会制度的关系论文学》(中译本名为《论文学》)一书,在该书中她将 literature 一词界定为"想象的作品"(该书中有"论想象的作品"一章),这就使得 literature 这一在西方已经使用多年的概念,从泛指一般的"著作"或"书本知识"变为专指"想象的作品",这是 literature 这一概念第一次专指"文学"并获得了现代意义。但是斯达尔夫人对于作为"想象的作品"的文学并未作系统、完整的学理分析,该书的批评性文字作为一种文学理论还不具科学的形态。这一欠缺为俄国形式主义所补救,俄国形式主义改变了文学批评更多依凭直观经验、内心感悟,更多诉诸现象描述、经验归纳的状况,而致力于概念范畴的熔铸、研究方法的提炼和理论体系的营构,而理论的成熟、深化又与其开宗立派互为因果,许多理论成果的取得,往往是学派中人相互切磋、相互借鉴的结果。因此可以说,只是在俄国形式主义手中,文学理论才开始走向了科学化。其特点一是提出了"文学性"的概念,将其确认为文学理论的研究对象。罗曼·雅各布森说:"文学科学的对象并非文学,而是'文学性',即使一部既定作品成为文学作品的特性。"鲍里斯·埃亨鲍姆说:"文学科学的宗旨,应当是研究文学作品特有的、区别于其它任何作品的特征。"[①]二是概括出"文学性"问题的两个基本范畴:"陌生化"与"自动化"。所谓"自动化",就是指某种语言形式一旦为人们所熟知,那么习惯成自然,阅读便会变成无意识的自动的行为,此时感觉便会处于迟钝甚至麻痹的状态,从而削弱了阅读的效果。所谓"陌生化",就是打破文学语言的正常节奏、韵律和构成,通过语言形式的强化、重叠、颠倒、浓缩、扭曲、延缓而与人们熟悉的语言形式相疏离、相错位,产生令人耳目一新的感觉,从而把读者从迟钝或麻痹的状态中警醒过来,大大增强了阅读的效果。一言以蔽之,所谓"文学性"也就是打破"自动化"状态的"陌生化",有"陌生化"就有"文学性",没有"陌生化"就谈不上"文学性"。三是将"陌生化"与"自动化"这对范畴用于文学理论的基本问题,如文学风格论、文学史论等,对其作出了全新的阐释。俄国形式主义认为,文学风格的形成,不是诉诸"自动化",而是诉诸"陌生化",不是使人感到更加顺利和轻松,而是使人感到更加困难和费力,使人在面对障碍和阻力时感觉和

---

① 见乔纳森·卡勒:《文学性》,马克·昂热诺等《问题与观点:20世纪文学理论综论》,史忠义等译,百花文艺出版社2000年版,第30页。

行动处于一种紧张、清醒的状态,这样才能留下深刻的印象,只有在这个时候,才谈得上风格。所以什克洛夫斯基说:"艺术的手法就是使事物陌生化的手法,是使形式变得模糊、增加感觉的困难和时间的手法","诗歌语言是难懂的、晦涩的语言,充满障碍的语言"。① 俄国形式主义还认为,文学史的发展并不像历史文化学派所认为的那样取决于文学内容的变化,而是取决于文学形式的变化,它体现了新形式不断取代旧形式的必然性,文学史发展的总体图景就表现为一波又一波新形式替代旧形式的过程。这里仍然牵涉"自动化"和"陌生化"这两个关键词。迪尼亚诺夫指出,在文学史上人们所说的"老的""陈旧的"形式,其实就是"自动化"的形式,它们本身并没有消失,只是其功能改变了、衰退了,从主角变成了配角,从宰制变成了辅翼。而所谓"新的"形式其实就是"陌生化"的形式,它让人感到新颖奇特,从而受到欢迎,广泛流行开来,而文学史的新旧更替就表现为语言形式的"自动化"—"陌生化"—"再自动化"—"再陌生化"……的不断交替过程。

总之,俄国形式主义揭橥了文学理论的现代性追求,他们对以往的文学理论持一种批判、反思的立场,提炼出"陌生化"和"自动化"这对范畴,从语言形式入手提出"文学性"的问题,他们试图寻求文学之为文学的特性,说到底关心的仍然是本体论层面上的文学本质问题,他们所探讨的其他问题,也多是文学理论的大关节目,他们对于相关问题的分析论证已经体现出一种对于确定性、实证性的重视。这一切都有力地提升了文学理论的科学性水平,而他们自己也确实是将文学理论称为"文学科学",将文学研究作为一门"科学"加以建构的。

第二节 "文学性"与百年文论派别的现代性内涵

有人曾经说过这样一段话:"欧洲各种新流派的文学理论中,几乎每一流派都从这一'形式主义'传统中得到启示,都在强调俄国形式主义传统中的不

---

① 什克洛夫斯基:《艺术作为手法》,《俄苏形式主义文论选》,蔡鸿滨译,中国社会科学出版社1989年版,第65、76页。译文按原意有所改动。

同趋向,并竭力把自己对它的解释,说成是唯一正确的看法。"①这段话似乎一直不大被人注意,其实大有深意在。西方百年文学理论涌现了许多流派,大多与俄国形式主义有着很深的渊源关系,特别是俄国形式主义所提出的"文学性"问题,始终在后人脑际往复盘旋而驱拂不去,成为各家各派成言立说的缘起,也凝定了各家各派的理论学说的现代性魂魄,从而铸成了其科学化色彩浓厚的总体风貌。

英美新批评被人称作俄国形式主义"最近的亲戚"②,因此英美新批评的基本理念与俄国形式主义一脉相承,其代表性学说有兰塞姆的"肌质—构架"说,燕卜荪的"含混"说,退特的"张力"说,布鲁克斯的"反讽"说,威姆萨特、比尔兹利的"谬见"说等,只需对这些学说稍作检视,便可以发现其中到处晃动着"文学性"的影子,到处留有"陌生化"的痕迹。例如兰塞姆的"肌质—构架"说,其主旨就在于变更甚至扭曲语言形式,设置种种语言障碍,以增加阅读和理解的难度,从而获得一种新鲜感和奇异感,最终使作品的个性、风格和特色发生变化。又如布鲁克斯的"反讽"说,认为诗歌中的语词总是处在一定的语境之中,势必受到语境的影响而发生某种程度的偏离和扭曲,从而形成某种涵义,与语词的原意发生歧异,这二者之间形成一种张力,当它们被整合为一体时,便形成了言非所指、答非所问、言此意彼、言轻意重、反话正说、好话坏说、明褒暗贬、虚抑实扬等"反讽"手法,诗歌便利用语词的涵义与原义这两种语义的错位、落差和对立来增加阅读、理解的难度,借助言下之意、弦外之音的语言张力来产生一种不同凡响的效果。总之,以上诸说谋求的都是"陌生化"的效果。可见英美新批评在总体上仍是沿着俄国形式主义的思路往前走的,不过作了进一步的开掘和阐发,也将俄国形式主义的主张具体化、细化了。

罗伯特·肖尔斯指出:"结构主义的某些方面是形式主义者的思想和方法直接的、历史上的发展。"③在这里罗曼·雅各布森是一个关节点,他既是俄国形式主义的重要成员、"文学性"问题的首倡者,又是结构主义布拉格学派的创始人之一,通过这一桥梁,俄国形式主义的文学理念向结构主义过渡。雅各布

---

① 佛克马、易布思著:《二十世纪文学理论》,林书武译,三联书店1988年版,第13—14页。
② Bennett, Tony. *Formalism and Marxism*. London: Methuem & Co. Ltd., 1979, p.10.
③ 罗伯特·肖尔斯:《结构主义与文学》,孙秋秋等译,春风文艺出版社1988年版,第112页。

森给结构主义带来的突破就在于将索绪尔关于"横组合/纵组合"的二项对立改造为"转喻/隐喻"的二项对立,并为之提供了文学经验的支持。在他看来,在转喻和隐喻中,能指与所指都是等值的,它们可以相互转换,但转换的向度不同,"转喻"是靠接近联想而达成语词的横向组合;"隐喻"则是靠相似联想在语言库存中选择适当的语词而达成一种纵向聚合。雅各布森认为,一句话的意义往往需要在横向组合的转喻与纵向聚合的隐喻所构成的关系网之中求解,文学更是如此。他有一个著名的论断:"诗的功能把等值原则从选择轴弹向组合轴",亦即以事物性质上的相似性取代空间上的邻近性,到这个时候,诗歌中"任何转喻都略具隐喻的特征,任何隐喻又都带有转喻的色彩"。① 例如屈原《离骚》云:"惟草木之零落兮,恐美人之迟暮。"此句一方面达成"草木"与"零落"之间的"转喻";另一方面又达成"草木"与"美人"之间的"隐喻",通过将"转喻"向"隐喻"的转换而对君王的衰老表达忧虑之情。总之,雅各布森所建立的转喻/隐喻等"二项对立"原则,意在构建那种纵横交错的语言结构,以谋求文学弃绝一切外部联系的独立自足性。而这种建立"纯文本"的努力,正呼应了俄国形式主义用"文学性"对实际客体"加括号"的宗旨,用新的方式阐释了文学疏离社会、现实、历史的自足性和自洽性。

俄国形式主义的思想也激发了接受美学的灵感,接受美学的主将尧斯认为:"'文学演变'的形式主义理论无疑是文学史革新中最有意义的尝试。"②他赞同俄国形式主义的观点,即文学史的发展演变就是新形式不断替代旧形式的过程,但又指出,人们对于文学史的认识与文学接受有关,与接受者的形式感有关,用他的话来说,就是把关于文学史的历史性理解"局限在文学的感知上"。接受者的形式感或"文学感知"能够进一步揭示文学形式的延续呈现出的种种复杂情况:一旦新形式产生,便成为衡量所有形式的标准,而那些过时的形式则退入了背景而不再为接受者敏锐地感知;当某些新形式崭露头角时,其艺术特征往往不能被人们立即感知,只是随着时间的推移逐步为人们所认同;新形式的产生也能反过来促进人们对于旧形式的认识,使得人们重新感知

---

① 雅各布森:《结束语:语言学和诗学》,特伦斯·霍克斯《结构主义和符号学》,瞿铁鹏译,上海译文出版社1987年版,第78—79页。
② 尧斯:《走向接受美学》,《接受美学与接受理论》,周宁等译,辽宁人民出版社1987年版,第42页。

到旧形式中那些以往被忽略或被误解的东西。因此尧斯主张将俄国形式主义的文学史理论嫁接在接受美学之上,让接受者的形式感和文学感知在对文学史的把握中起作用,这就改变了以往对于许多问题的看法,譬如说人们普遍重视的"取新""出新"之"新",它不仅是一个美学范畴,而且是一个历史范畴,它不仅是指对于新形式的创造和开拓,也往往是对于旧形式的再次发现和重新认识。

到了20世纪后期,"文学性"问题又一次成为人们关注的热点,这一回将事情炒热的不是别人,而是解构主义。美国解构主义学者乔纳森·卡勒1989年在讨论"什么是文学?"的问题时声称:"问题的目的不是要寻找文学的定义,而是要描绘文学的特征",而能够很好地描绘文学的特征的那就是"文学性"。[1] 这一说法与当年俄国形式主义的表述如出一辙。但是他对于俄国形式主义所关心的"陌生化"与"自动化"的辩证关系以及文学风格论、文学史论等理论问题并未表现出更大的兴趣,而是另有所思、另有所求,那就是文学与非文学的关系问题。不过说到底,俄国形式主义提出"文学性"问题,对"陌生化"效果进行论证,最终还是为了分清何为文学、何为非文学,还是为了解决文学与非文学的关系问题。不可否认,尽管以往人们作出了巨大的努力,但至今仍未找到某种标准,真正将文学与非文学区分开来。那么,今天解构主义旧话重提能够解决这一问题吗?卡勒发现,文学性在非文学中的存在是极为普遍的现象,如今更是一发而不可收。而这一发现,也是从俄国形式主义那里得到启发,雅各布森说过,日常生活中的许多玩笑话和闲暇时的神聊海侃在语言结构上与抒情诗和短篇小说颇多相同之处。卡勒以此类推,指出广告语言、文字游戏等非文学形式也经常以文学性效应而引起人们的注意,进而言之,在如今学术理论的不同学科门类,如人类学、精神分析、哲学和历史著述中,都可以发现某种文学性因素的存在。而他所说的"文学性",主要是指叙事、描述、虚构、隐喻、象征等语言形式和修辞手法。[2] 尽管卡勒对于日后文学理论是否应将研究重点转向非文学中的文学性这一点仍心存疑虑,但一些更加激进的学者

---

[1] 乔纳森·卡勒:《文学性》,马克·昂热诺等《问题与观点:20世纪文学理论综论》,史忠义等译,百花文艺出版社2000年版,第27页。

[2] 同上书,第33、40—41页。

则认为眼下已实现了"文学的统治"。这就是说,目前文学形式在非文学领域中被大量采用,例如历史、哲学、女性主义和人类学著述中遗闻轶事、个人自传、乡土知识的采纳,叙事因素、修辞手法的运用,都在宣告着文学的辉煌胜利,体现着文学无所不在的统治。大卫·辛普森的见解可谓惊世骇俗:"后现代是文学性成分高奏凯歌的别名","(如今)在人文学术和人文社会科学中,所有的一切都是文学性的。"①虽然目前相关讨论仍在继续,但毋庸置疑,其针对的问题对于自俄国形式主义以来一直悬为目标的"文学科学"的建设却是至关重要的。

第三节 "文学性"与百年文学理论的现代性理路

从宏观上看,百年文学理论的发展演变还有其内在肌理和总体路径,值得注意的是,这些机理和路径都以俄国形式主义为起点,都受到"文学性"问题现代性内涵的规定。

首先,西方文学理论对于文学本质的本体论探讨起步很早,而且习惯于将某一种要素奉为文学本体的主因,从古到今各种要素"风水轮流转"几乎转了一个遍,如亚里士多德主理智,文艺复兴时期主形象,新古典主义主理性,19世纪浪漫主义主情感,斯达尔夫人主想象等,而俄国形式主义则主形式,以语言形式的"陌生化"作为判断和认定文学之为文学的标准,将"文学性"归结为不断延续的语言形式创新问题,这就为文学本质的本体论研究打开了新的思路,此后英美新批评、结构主义文论、现象学文论、接受美学、解构主义文论等都是沿着这一路子往前走的,由此激荡而成百年文学理论的形式主义大潮。

其次,在百年文学理论中潜伏着这样一条脉络,即在总体上从作家本体论到作品本体论再到读者本体论,而俄国形式主义乃是其中一新风气的转折点。斯达尔夫人把文学视为"想象的作品",传承了19世纪浪漫主义崇尚情感、想象、灵感、天才之说的余绪,连同后来的精神分析批评和原型批评,将作家本体论推向了巅峰。到了俄国形式主义则将目光转向了作品本体,而英美新批评、

---

① 大卫·辛普森:《学术后现代与文学统治:关于半-知识的报告》,乔纳森·卡勒《理论的文学性成分》,余虹译,《问题》第一辑,中央编译出版社2003年,第128页。

结构主义文论、符号学美学乃至解构主义文论则紧随其后,遂使作品本体论极一时之盛。然而有趣的是,其实俄国形式主义的"陌生化"理论已经开了读者本体论的先河,因为所谓"陌生化"首先是让读者感到"陌生",它主要是从读者反应和阅读心理的角度立论的,然后才是作者和作品如何顺应读者的心理反应而作出相应的调整和变更的问题。可见俄国形式主义从一开始就埋下了从"作者中心论""作品中心论"走向"读者中心论"的伏笔,由此可见,百年文学理论后来走向现象学批评、现代阐释学和接受美学乃是势所必然。

再次,俄国形式主义的兴起实际上还有一个重要的动因,那就是对于当时执掌俄国文坛的历史文化学派的不满,以佩平、日丹诺夫、维谢洛夫斯基为代表的俄国历史文化学派将文艺学从属于社会学,将文艺作品视为历史文献,将文学史等同于社会思想史,而无视文学艺术的审美特征和艺术规律的全部复杂性。作为一种逆反,俄国形式主义反对用社会史、思想史、政治运动史等"外在的"材料代替文学本身,强调文学的独立自主性和自身规律,从而推动了文学理论"向内转"的世纪大潮。其后无论是"作者中心论""作品中心论"还是"读者中心论",确实都是在文学活动的"内部"讨生活,很少关心"外部"的世界。但是耐人寻味的是,如此激进的"向内转"的起始,恰恰以解构主义那么彻底的"向外转"而告终,个中玄机又何在呢?今天如果反过来看,事情就非常明了了,其实在百年文学理论高张"内部研究"大旗的营垒中,自我消解的进程早就开始了,颇得俄国形式主义真传的结构主义从其诞生之日起,就埋下了日后使自己遭到颠覆的种子。雅各布森等人编织纵横交错的语义关系网,其初衷在于确证语言结构独立于外部世界的自足性,但在这一点上恰恰事与愿违,在纵横两根意义轴上建立的语义关联无不通向外部世界,通向现实、历史和文化。乔纳森·卡勒对于结构主义的宗旨作了这样的说明:"为了理解一种现象,人们不仅要描述其内在结构——其各部分之间的关系,还要描述该现象同与其构成更大结构的其他现象之间的关系。"[①]这里所谓"更大结构"不就是外部的现实、历史、文化吗?后来克利斯蒂娃所说的"文本间性"以及穆卡洛夫斯基所说的"结构相关性"等,在客观上对于结构主义的初衷都起到了釜底抽薪

---

① 乔纳森·卡勒:《文学中的结构主义》下卷,伍蠡甫、胡经之主编《西方文艺理论名著选编》,北京大学出版社1987年版,第533页。

式的消解作用，他们对于具体文本与现实、历史、文化等"更大结构"之间命定联系的确认，恰恰凿破了结构主义原先所构想的文本结构的封闭式外壳，肢解了结构主义所设定的文本结构内部的整一性构造，揭示了这样一个事实，具体文本结构不可能成为与外部世界老死不相往来的独立自足体，在其背后始终有外部的现实、历史和文化在起作用，具体文本结构的意义总是受到它的规定。其实在俄国形式主义中就不难发现这种颠覆性的因子，早在什克洛夫斯基、迪尼亚诺夫、艾亨鲍姆等人将"文学演变"与"形式的辩证延续"结合起来，从而引进了现实、历史和文化之维时，形式主义自我消解的进程就已经开始了。

最后，百年文学理论还有一条理路晚近得以浮现，那就是从俄国形式主义到解构主义，对于文学与非文学的关系的理解发生了180度的大转弯。已如上述，当年俄国形式主义提出"文学性"的问题，旨在扭转历史文化学派将文学淹没在非文学之中的偏至，将文学研究的对象限定在文本、语言、形式之中；如今解构主义重提"文学性"问题时，已不再关心文学文本中的语言形式，而是瞩目于非文学文本中的"文学性"，亦即叙事、描述、想象、虚构、修辞等语言形式在哲学、历史、政论、法律文书、新闻写作中的运用了。在百年文学理论的历程中，关于文学与非文学的关系认识的两次逆转都以"文学性"问题的浮现为标志，但两者的指归却截然不同，这不能不让人兴味盎然并深长思之。虽然卡勒承认自己并没有因此而完全解决"文学性"的问题，也没有找到能够确定"文学性"的鉴定标准，但他起码做到了一点，那就是为人们到非文学中去寻求文学性发放了一纸准行证，使得当今盛行的文化研究具有了合法性。不过可以断言，这肯定不是百年文学理论的现代性追求的完成，事情肯定还会延续下去。

第 二 章
"文学性"问题与文学本质再认识

俄国形式主义与解构主义在20世纪一头一尾先后提出了"文学性"的问题,后者分明受到前者的影响。但这并不意味着它们就是一回事,两者的旨趣恰恰是大相径庭,甚至相互悖逆的:俄国形式主义用"文学性"概念来廓清文学与非文学的区别,旨在抗拒非文学对于文学的吞并;而解构主义借"文学性"概念来打破文学与非文学的界限,则旨在倡导文学对于非文学的扩张。这就有了两种"文学性"。

第一节 问题的缘起

"文学性"无疑是目前文学理论最常用、最常见的高频关键词之一。

"文学性"成为文学理论的高频关键词,与当今文学以及文学研究遭遇重大的困厄不无关系。记得最早是德里达的一句话:"在特定的电信技术王国中,整个的所谓文学时代将不复存在。"此话经过 J. 希利斯·米勒教授在北京举办的一次国际学术会议上的转述和阐发[①],引发了圈内的某种恐慌情绪,似乎值此电子媒介时代,文学真的就要宣告终结了。应该说,德里达和米勒所说有部分合理性,不可否认,当今文学受到电子媒介的挤压,确有从中心滑向边缘之势。电视、互联网、手机等占据了大众的日常生活,成为人们须臾不可离

---

① 后来其文稿以《全球化时代文学研究的命运》为题收入王宁编:《全球化与文化:西方与中国》一书,北京大学出版社2002年版。以上引文见第171页。

开的东西。电子媒介的崛起对于以往印刷媒介的文化功能实行了颠覆,文学所遭受的冲击莫此为甚,以往文学对于人类生活的重要意义和丰厚价值正面临着严厉的拷问。

然而值此文学陷入重围之际,事情却出现了柳暗花明式的转机,有人发现文学在命运绝境的拐角处恰恰别有洞天,文学的前程顿时显得一片光明。最早看到这一点的是美国后现代理论家大卫·辛普森,后来乔纳森·卡勒对此作了进一步的阐释和肯定,总的意思是,当今世界作为分类学意义上的文学似乎已经远离了人类生活的中心,但在哲学、历史、宗教、法律等其他理论学术和人文社会科学中,事情恰恰呈现出另一番景象,叙事、描述、虚构、比拟、隐喻等文学的模式正在被大量采用,到处都可以看到"文学性"的影子在晃动,"文学性"的作用已经深入骨髓、不可分割。他们不无兴奋地宣称:"后现代是文学性成分高奏凯歌的别名"!

国内较早接受这一观点并大加发挥的是余虹先生,他引起广泛注意的代表性观点是,后现代转折从根本上改变了"总体文学"的状况,它将狭义的"文学"置于边缘,又将广义的"文学性"置于中心。这一状况,他称作"文学的终结与文学性的蔓延"。所谓狭义的"文学"指的是作为一种艺术门类和文化类别的语言现象,这种"文学"在当今图像时代被边缘化了。但与此同时,广义的"文学性"却中心化了。在后现代场景中,只需稍一留神,就会发现今天的政治活动、经济活动、宗教活动、道德活动、学术活动、文化活动、公开活动和私下活动是多么的文学化。所谓广义的"文学性"指的就是渗透在社会生活方方面面并在根本上支配着后现代社会生活运转的话语机制,这种机制显然不是狭义文学所独有的东西。有鉴于此,他提出所谓"文学研究内部的转向"的口号以期推动后现代处境下文学研究的重建,具体地说有两个方面,即从狭义的文学研究转向广义的总体文学的研究;从狭义的文学性研究转向广义的文学性研究。[①]

大卫·辛普森、乔纳森·卡勒以及余虹此论一出,马上引来一片质疑之声。有论者指出,辛普森们张扬的"后现代文学性"一方面导致文学原有的精

---

① 余虹:《文学的终结与文学性蔓延——兼谈后现代文学研究的任务》,《文艺研究》2002年第6期;《白色的文学与文学性——再谈后现代文学研究的任务》,《中外文化与文论》第10辑,四川教育出版社2003年版。

神气质逃逸、颓败和飘散在"文学性"之中;另一方面则是俗文学的逻辑进入各个学术领域,而将各个学术领域都泛"俗"化了。这就使得后现代的文学大大地掉了档次和品位,连辛普森自己都称之为"半桶水知识",它不足以与原先的文学相提并论。还有,被辛普森们当作"新发现"的文学修辞同时也为其他学术理论和人文社会科学如法学、经济学、政治学、国际关系学等广泛运用的情况,按说乃是再平常不过的事,从古到今,比喻、象征、比拟、隐喻等修辞手法并不是文学的专利,而是一切文体公用的表达方式。由此可见,所谓"后现代文学性统治"其实并不存在,只是辛普森们的一种巨型想象和时代误读罢了。[①]也有论者认为,主张"文学性扩张"者的不足在于,其论述对于"文学性"等概念的内涵缺乏界定,而在论述过程中也含糊其辞。他们大力肯定的经济、商业、消费等表现出的"文学性"与文艺学中的"文学性"在各自话语中的位置和功能并不是一回事。就前者而言,"文学性"只是手段而不是目的;就后者而言,"文学性"则既是一种手段又是一种目的。[②]

可以确定,上述"文学性"问题的浮出水面以及围绕这一问题所展开的争论并非无话找话,这确实是一个问题。我们觉得,其中还有一些问题是必须加以解决的,而论者对此往往有所忽视:其一,如今"文学性"问题的提出,从俄国形式主义文论算起应是第二次,在不到百年这两次文论的悸动之间有何联系又有何不同?其二,对于"文学性"问题的考量能够摆脱"什么是文学?"的本体性思考吗?其三,对于"文学性"以及"什么是文学?"问题的确认肯定不能是随意的,那么它更为确凿的前提和依据何在?其四,所谓"文学的终结与文学性的蔓延"这一文学状态是恒常性的还是权宜性的?是终极性的还是过程性的?

应该说,对于文学的当前发展与未来走向来说,这些问题都可谓重大而紧要。

第二节 两种"文学性"

美国解构主义学者乔纳森·卡勒 1989 年在讨论"什么是文学?"这一老生

---

① 王岳川:《后现代"文学性"消解的当代症候》,《湖南社会科学》2003 年第 6 期。
② 吴子林:《对于"文学性扩张"的质疑》,《文艺争鸣》2005 年第 3 期。

常谈的问题时说了这样一句话:"问题的目的不是要寻找文学的定义,而是要描绘文学的特征",从而提出了"文学性"的问题。这让人想起20世纪初俄国形式主义学者说过的话,如罗曼·雅各布森说:"文学科学的对象并非文学,而是'文学性',即使一部既定作品成为文学作品的特性。"鲍里斯·埃亨鲍姆说:"文学科学的宗旨,应当是研究文学作品特有的、区别于其它任何作品的特征。"①在20世纪一头一尾发出的这两个声音遥相呼应,为近一个世纪文学研究的精神历险描画出一个"蛇咬尾巴"式首尾衔接的圆圈,而这圆圈的中心就是"文学性"问题。

然而此"文学性"非彼"文学性","文学性"问题在当今的旧话重提并非历史的重复,而是截然不同的两种学术格局。

20世纪初俄国形式主义的兴起在很大程度上是出于对19世纪后期执掌文坛的俄国历史文化学派的逆反。以佩平、季杭拉沃夫、维谢洛夫斯基等人为代表的俄国历史文化学派将文学研究从属于社会学,将文艺作品视为历史文献、文化实例和个人传记,将文学史等同于社会思想史,而无视文学艺术的审美特征和艺术规律的全部复杂性。总之,在历史文化学派那里,"文学"与"社会"几乎是同义词,文学理论与思想文化部门之间并没有清晰的界限,佩平曾这样说:"怎么能把文学本身从社会运动中分离出去,又为它找出一条规律呢?"②

历史文化学派用社会历史规律取消文学自身特性的弊端引起了俄国文论界的普遍不满,人们批评历史文化学派将种种非文学现象统统纳入文学研究,从而扭曲了文学研究的本性,使得文学研究等而下之,降格为一种例证和资料,变成了社会史、思想史、个人传记和心理研究的附庸。作为一种逆反,俄国形式主义主张将文学史与社会、思想、政论、宗教、道德、法律、新闻、风尚、教育、科学的历史区分开来,反对用社会史、思想史、个人传记和心理研究等"外在的"材料代替文学本身,而强调文学的独立自主性和自身规律,如什克洛夫斯基宣称自己的文学理论旨在研究文学的"内部规律":"如果用工厂方面的情

---

① 乔纳森·卡勒:《文学性》,马克·昂热诺等《问题与观点:20世纪文学理论综论》,史忠义等译,百花文艺出版社2000年版,第27、30页。
② 见尼古拉耶夫等:《俄国文艺学史》,刘保端译,三联书店1987年版,第140—141页。

况来作比喻,那么,我感兴趣的不是世界棉纱市场的行情,不是托拉斯的政策,而只是棉纱的只数和纺织方法。"①俄国形式主义据此认为,只有寻找文学之为文学的"文学性",才是文学研究的本分,才是文学研究独立于其他知识、学问的特质之所在、价值之所在。而他们所说的"文学性",主要是指文学作品语言形式的特点,即打破语言的正常节奏、韵律、修辞和结构,通过强化、重叠、颠倒、浓缩、扭曲、延缓而与人们熟悉的语言形式相疏离、相错位,产生所谓"陌生化"的效果。

可见,从历史文化学派到俄国形式主义,文学研究取一种退缩、收敛的态势,即从非文学领域向文学领域收缩,排除社会历史、政治运动、思想潮流、道德教条、宗教观念和文化风尚等对于文学的外来干预,将文学研究的对象集中在文学自身的规定性,限定在文学的文本、语言、形式之上。如果说历史文化学派将文学消融在社会、历史、文化之中,抹煞了文学与非文学之间的界限的话,那么俄国形式主义则恰恰相反,刻意用"文学性"概念廓清文学与非文学之间的界限。

然而当解构主义再次提出"文学性"问题时,事情则发生了变化,文学研究恰恰转向了发散、扩张的态势。解构主义学者们关心的已不是文学文本中的语言形式,而是非文学文本中的"文学性"了,诸如哲学、历史、政论、法律文书、新闻写作中的叙事、描述、想象、虚构、修辞等。乔纳森·卡勒在这方面可谓得风气之先,他较早发现了这样一个事实:"文学性"在非文学文本中的存在,如今已是一种极为普遍的现象。他说:

> 如今理论研究的一系列不同门类,如人类学、精神分析、哲学和历史等,皆可以在非文学现象中发现某种文学性。西格蒙德·弗洛伊德和雅克·拉康的研究显示了诸如在精神活动中意义逻辑的结构作用,而意义逻辑通常最直接地表现在诗的领域。雅克·德里达展示了隐喻在哲学话语中不可动摇的中心地位。克罗德·莱维—斯特劳斯描述了古代神话和图腾活动中从具体到整体的思维逻辑,这种逻辑类似文学题材中的对立游戏(雌与雄,地与天,栗色与金色,太阳与月亮等)。似乎任何文学手段、

---

① 什克洛夫斯基:《关于散文的理论》,《俄国形式主义文论选·前言》,方珊等译,三联书店1989年版,第14页。

任何文学结构,都可以出现在其它语言之中。①

在这一风气转变的过程中,雅克·德里达的反逻各斯中心主义起到了推波助澜的作用。德里达认为,以往人文话语总是围绕"中心"来彰显意义,所谓"中心",就是逻各斯中心主义奉为最高本体的本质、存在、实体、真理、理念、上帝之类概念。其实这种"中心"是不存在的,是理应被消解的。人文话语并不是通过能指与所指的转换达到对意义的把握,而是通过能指与能指的过渡实现意义的,而且这是一个无限延续的过程,构成一根长长的链条。这就像查字典,一个词的意思要到另一个词那里去查找,而另一个词的意思要到更多的词那里去查找,这一查找的过程是无穷尽的,因而意义的实现也是无穷尽的。这样,德里达就以能指与能指之间的横向关系取代了能指与所指之间的纵向关系,认为意义的彰显只是一场在能指与能指之间进行的游戏,它取决于不同能指之间的"延异",亦即从一个能指过渡到另一个能指,在空间中存在差异,在时间上有所延宕,从而在能指与能指之间就出现了"间隔"和"空隙"。在这一连串的过渡中,意义就像种子一样"播撒"在不同能指之间的"间隔"和"空隙"之中,这就使得意义的彰显成为一个过程,而不是归结于某个中心。德里达还认为,在语言文字的使用中,逻各斯中心主义是一种声音中心主义,它认为只有语音能够通畅地传达意义,而文字在传达意义方面只能起补充作用。其实这是一种误解,与语音相比较,倒是文字能够更好地传达意义。德里达说,文字是一种充满延异、间隔和空隙的系统游戏,"正是通过'间隔',要素们之间才相互联系起来。这一间隔是空隙的、积极的,同时又是消极的产物,没有空隙,'完满的'术语就不能产生表征作用,也不能发挥作用"。② 所谓"延异""间隔""空隙",就是文字所表现出的间接性、差异性、含混性。文字往往并不直接、明白地将意思说出来,而是由此及彼、由表及里,托喻咏物、取类言事,就像中国古人所说:"写物以附意,扬言以切事"(刘勰:《文心雕龙·比兴》),"以彼物比此物","先言他物以引起所咏之词也"(朱熹:《诗集传》)。在这方面做得最好

---

① 乔纳森·卡勒:《文学性》,马克·昂热诺等《问题与观点:20世纪文学理论综论》,史忠义等译,百花文艺出版社 2000 年版,第 40—41 页。
② 德里达:《一种疯狂守护着思想——德里达访谈录》,何佩群译,上海人民出版社 1997 年版,第 76—77 页。

的莫过于文学,文学之为文学,就在于它在叙事、描述、想象、虚构、修辞等方面对于种种"延异""间隔""空隙"的创造性运用,而这也往往不失为哲学、历史、法律、新闻等写作方式传达意义的一条幽径。因此文学不应是非文学的附庸,而应成为非文学的领军,没有任何一种写作、任何一种文本可以脱离文学。而这一点,正是当今非文学文本中"文学性"大行其道的重要原因。对此,英国学者马克·爱德蒙森作过比较中肯的论述:

> 为过去25年英美知识生活做编年史的人可能会将这段历史描述为一个文本性取胜的时代,在这段时间里,由雅克·德里达领导的解构之兵,成功地攻占了逻各斯中心主义的巴士底狱,他们证明了一切写作,不论它自认为如何,都充满了不稳定的、非中心化的比喻……人类学家、心理学家、经济学家、法学教授甚至还有科学家们是多么频繁地被迫放弃他们对透明的语言的信仰,而去面对他们工作中的修辞层面。

他列举了理查德·罗蒂的分析哲学、斯坦利·费什的法学著作、海登·怀特的历史学、克利福德·格尔茨的人类学、唐纳德·麦克罗斯基的经济学以及托马斯·库恩的范式中的种种文学技巧和修辞手法,从而得出了这一见解:"有些时候,大学里的每个人似乎都得像文学教授的学生们一样,把阅读从头学习一遍,没有任何人、任何东西处于文本之外。"[①]

为此有人断言今天已进入"学术后现代"阶段,人们面临着"文学的统治"。而这正是美国学者大卫·辛普森一本书的名字:《学术后现代与文学的统治》。值此人们普遍忧虑文学走向消亡之际发此高论着实堪称别具只眼。大卫·辛普森认为,当今文学研究固然从社会学、文化人类学、政治学、精神分析等那里借用新的描述方式,但更值得注意的是上述人文社会科学反过来大量采用传统的文学形式,无论是叙事因素在历史著述中的加强,修辞手法在道德规范中的运用,大量遗闻轶事、个人自传、乡土知识在各种学术著作中被采纳,都在宣告着文学的辉煌胜利,体现着文学"普天之下,莫非王土;率土之滨,莫非王臣"式的统治。从传统的眼光来看,文学正在逐步退出自己原有的领地,被广告、

[①] 马克·爱德蒙森:《文学对抗哲学——从柏拉图到德里达》,王柏华译,中央编译出版社2000年版,第125—126页。

通俗读物、电影、电视、网络以及各种大众文化形式所挤压、所取代，但如果换一种眼光来看，那么就不难发现，文学恰恰在哲学、历史、政论、法律、新闻等学术和知识领域内开辟了自己新的领地，真可谓"失之东隅，收之桑榆"。因此大卫·辛普森声称："后现代是文学性成分高奏凯歌的别名"，"文学可能失去了其作为特殊研究对象的中心性，但文学模式已经获得胜利：在人文学术和人文社会科学中，所有的一切都是文学性的"。① 分化与组合共存，破坏与重建并举，这也许就是以拆除栅栏、推倒壁垒、填平沟壑、跨越边界为指归的后现代主义所演绎的新神话。

在这里作一个对比是非常有趣的：当年俄国形式主义提出"文学性"的问题，是为了革除历史文化学派将文学淹没在非文学之中的弊端，从而将文学退缩到用语言、文本、形式构筑的城堡之中，插上了"文学性"的旗帜，以圈定自己的安身立命之地。而今天解构主义旧话重提，则是致力于将文学从语言、文本、形式之中解放出来，使文学走出了蜗居的城堡，跨过了固守的边界，以叙事、描述、隐喻、虚构和修辞等造成"差异""间隔""空隙"的游戏给所有非文学写作统统打上"文学性"的印章纹样，将其收编于自己的旗下，文学表现出一种扩张、侵略甚至殖民的冲动，而种种非文学写作则成了文学统治的顺民。看来辛普森此言不虚："非文学学科正逐渐被它们自己的极端分子对文学方法的再传播所殖民化了。"② 回想以往历史文化学派将文学史完全看成社会史、思想史、教育史、科学史、政论史、宗教史，将文学之区当成任何人都可以去狩猎并收获带有自己标签的猎物的无主地；事到如今，一切恰恰反了过来，其他种种非文学学科反倒成了文学安营扎寨、圈地开垦的新大陆，哲学的、历史的、政治的、道德的、法律的、新闻的统统成为文学的。而与这一历史性逆转相伴相随的恰恰是"文学性"问题的再次浮现，不过往日俄国形式主义刻意用"文学性"概念来厘清文学与非文学的区别，旨在抗拒非文学对于文学的吞并；如今解构主义借"文学性"概念来打破文学与非文学的界限，则旨在倡导文学对于非文学的扩张。这就有了两种"文学性"。在前后不到一个世纪的文论史上，两次

---

① 大卫·辛普森：《学术后现代与文学统治：关于半-知识的报告》，乔纳森·卡勒《理论的文学性成分》，余虹译，《问题》第一辑，中央编译出版社2003年版，第128页。
② 大卫·辛普森：《学术后现代？》，杨恒达译，《问题》第一辑，中央编译出版社2003年版，第144页。

重要转折都以"文学性"问题的提出为标志,但两者的指归却截然不同,这不能不是 20 世纪文论史非常惹眼的一景。

第三节 文学与非文学的界说

以上讨论,其实搁置了一个重要前提,那就是文学与非文学的界限何在?如果缺少了对于这个问题的界定,上述讨论仍然是不确定的因而也就是无意义的。长期以来,文学理论一直试图划定文学与非文学的界线,但至今这条界线仍然很不清晰,不管哪一种划界的意见,总是可以毫不费力地找到相反的例证将其轻易否定。

例如西方关于"什么是文学?"最早的经典界定是法国女作家斯达尔夫人作出的,她在 1800 年出版了《从文学与社会制度的关系论文学》一书,该书"绪言"开宗明义地宣称:"我打算考察宗教、社会风俗和法律对文学有什么影响,而文学反过来对宗教、社会风俗和法律又有什么影响。"这是欧洲文学研究历史上第一次将文学(literature)与宗教、社会风俗和法律等方面区分开来,使得 literature 这一已经使用了 2500 年的概念,从泛指一般的"著作"或"书本知识"变为专指"想象的作品"(在此书中有"论想象的作品"一章),从而第一次有了现代意义上的"文学"(literature)概念。然而如果今天人们对于这一沿用了两百年的说法仔细加以推敲的话,就不难发现仅仅用想象来区分文学与非文学是有缺陷的。问题在于,凡是"想象的作品"就必定是文学吗?没有想象的文字就一定不是文学吗?《左传》《战国策》《史记》《汉书》中的许多篇章历来被作为文学作品来阅读,但这些史乘之作是严格地要求纪实而不容许丝毫想象虚构的;相反地,像柏拉图的《理想国》、托马斯·莫尔的《乌托邦》、达尔文的《进化论》、马克思的《资本论》等文本充满了想象和幻想,但却从来没有人将它们当作文学作品。

再如英美新批评提出的许多主张,像兰塞姆的"肌质—构架"说,退特的"张力"说,燕卜荪的"含混"说,布鲁克斯的"悖论—反讽"说等,作为区分文学与非文学的界说都有一定道理,但是无不遭遇各种各样的异议,甚至有时搞得持其说者本人也很不自信。例如退特的"张力"说,就是说诗既关涉"外延",又关涉"内涵",处于这二者所构成的张力之中。所谓"外延",是指语词的词典意义;所谓"内涵",是指语词的暗示意义。他认为,诗兼有这两种意义,体现着这两种意义相互牵制的张力;但科学文本中则不存在这种张力,因为科学文本只涉及"外延"而不涉及"内涵",亦即只需要词典意义而不需要暗示意义,因此"张力"成为文学文本的特质而与科学文本旨趣相异,也与哲学、法律、政治、新闻的文本相左,从而"张力"成为文学与非文学之间的分界线。这一见解是有道理的,无论是地质报告、气象预报、病情诊断,还是哲学教材、法律文书、政治概念、新闻报道,都是重视语词的词典意义而排斥语词的暗示意义的。但是仅仅事关"外延"而缺乏"张力"的文字也未必不是文学,如辛弃疾词《木兰花慢》这样写道:"可怜今夕月,向何处、去悠悠? 是别有人间,那边才见,光景东头。"该词猜想到月球绕地球运转这一道理,获得了较之科学论著毫不逊色的认识价值。无怪乎王国维赞叹:"词人想象,直悟月轮绕地之理,与科学家密合,可谓神悟。"(王国维:《人间词话》)能够做到这一点,主要是语词的"外延"之功,而非"张力"之效,呈现的主要是语词的词典意义,并无暗示意义,但这首词却是地地道道的文学作品。再有,历史上许多科学著作如郦道元的《水经注》、沈括的《梦溪笔谈》等,其中一些篇章往往作为文学作品而流传后世,其文学价值主要体现在语言形式之上,并谈不上什么"张力"或"内涵"。像郦道元的《水经注·江水》中写三峡的一段,在每一节开头反复使用"江水又东"这一整饬而又不断递进的排偶句式,既准确记述了三峡的地形地势,又烘托出长江一往无前的壮观景象,从而常常被选为文学课的范文。

  出现以上情况,可能问题出在人们习惯于将文学与非文学的区别仅仅看成是客观的物理事实,是存在于作品之中的心理、体裁、形式、语言等的物化形态,却未曾考虑到其中接受者、评判者的主观因素及其社会文化背景的作用。对此约翰·埃利斯有一个很好的说法,他说文学就像杂草,给"文学"下定义与给"杂草"下定义一样困难,"杂草"并不是一个确定的概念,它并非指一种固定的植物种类,"什么是杂草?"的问题必须看园地的主人希望长何种植物才能确定,如果他打算长熏衣草,那么对他来说狗尾巴草就是杂草,反之亦然。如果他打算长果树,那么不管是熏衣草还是狗尾巴草就都成了杂草。可见在什么是文学、什么不是文学的问题上,接受者、评判者的主观因素起很大作用。早先的诸子散文、秦汉策论,晚近的西方启蒙主义的"哲理小说"、存在主义的"观念戏剧",人们一直习惯成自然地将其当作文学,其实无论用何种文学理论关于"文学"的定义来考量之,无疑都是圆凿方枘,龃龉多多。

如果要追溯下去的话,那么不难发现决定着人们将某个文本看成文学或非文学的原因很多,它们构成了特定的语境,其中有约定俗成的成分,有某个时代的精神氛围,有社会体制的问题,也有某个群体的利益考虑等,如柏拉图根据城邦的最高利益,将除赞颂神和英雄之外的诗人和诗歌逐出"理想国";保守派将莎士比亚的剧作斥为野蛮人的信口雌黄;布瓦洛根据至高无上的"理性",对民间文艺大加贬黜,都可以在其"划界"行为的背后找出许多不属于文学本身的原因。因此雅克·德里达说:"没有任何文本实质上是属于文学的。文学性不是一种自然本质,不是文本的内在物。它是对于文本的一种意向关系的相关物,这种意向关系……是社会性法则的比较含蓄的意识。"① 可见文学是一种功能性、实用性概念而非本体性、实体性概念。文学之为文学,并不是完全由其自身的某些特性说了算的,它要看外部的评价,要看别人怎么看待它,所以特里·伊格尔顿说,就文学而言,"后天远比先天更为重要"。② 但是这一理解也不宜走过了头,文学之为文学,还有其自身的某些规定性,也不是别人说它是什么它就是什么,一个再平常不过的道理就是,不管是何种风俗习惯,也不管人们抱有多么特殊的甚至奇怪的嗜好和趣味,也没有谁会把病历、菜单、电话簿、保险单、工程预算书当作文学来欣赏,能够当作文学来阅读的文本一定具有某种让人注意、使人愉快的语言结构和意味蕴含。然而话说到这里,好像意思又倒回去了,说了半天最后肯定的,恰恰是前面被否定了的东西。

看来如果将文学本身的某些客观性质与外部对于文学的评价和看法这两者截然分开是永远说不清什么是文学、什么是非文学的,因此雅克·德里达曾经发过感慨,认为文学"几乎没有,少得可怜",这并不是说文学真的不存在,而是说如果单是在文本本身或外部评价之间各执一端地谈论文学是什么势必是不得要领的,一方面,"没有内在的标准能够担保一个文本实质上的文学性,不存在确实的文学实质或实在",理由是如果你刻意寻找文学作品的要素的话,就会觉得根本无法确认什么是文学,因为这些要素在别的文本中也能找到。另一方面,你要指望"一个社会群体就一种现象的文学地位问题达成一致的惯

---

① 雅克·德里达:《文学行动》,赵兴国等译,中国社会科学出版社1998年版,第11页。
② 特里·伊格尔顿:《文学原理引论》,文化艺术出版社1987年版,第11页。

例,也仍然是靠不住的、不稳定的,动辄就要加以修订"。① 人们对于文学的惯例、规则、纲领、制度、传统的理解从来就是见仁见智、众口难调,因而是漫无定论的。在这个意义上,真可以说"文学少得可怜"! 从德里达的困惑可以得到一种启发,那就是只有将文学自身性质与外部评价这两者不是分成两橛而是合为一体,才有可能将什么是文学、什么不是文学的问题说得清楚一点儿。

可以肯定的一点是,长期以来人们习惯于仅仅从文学本身来研究"文学是什么?"的问题,认为文学之为文学,往往取决于它自身的属性,而且往往归结为某一根本属性,例如把文学视为"想象的作品"或"陌生化"的语言形式的见解便是如此,综观半个多世纪以来国内文学理论的教材和论著,也大致未曾跳出这一思路。现在有必要打破以往的思维定势,对于文学的自身规定性与外部规定性这两者的复合关系予以更多的重视。在这个问题上,国外研究者所作的尝试富于启示意义,如乔纳森·卡勒认为文学是一种复杂的结构,它是两种不同视角的交叉重叠,他得出的结论是:

> 我们可以把文学作品理解成为具有某种属性或者某种特点的语言。我们也可以把文学看作程式的创造,或者某种关注的结果。哪一种视角也无法成功地把另一种全部包含进去。所以你必须在二者之间不断地变换自己的位置。②

乔纳森·卡勒的观点受到特里·伊格尔顿的影响,但相比之下后者更加强调社会的关注度对于文学的成立所起的作用。特里·伊格尔顿说:

> 文学并不像昆虫存在那样存在着,它得以形成的价值评定因历史的变化而变化,而且,这些价值评定本身与社会意识形态有着紧密的联系。它们最终不仅指个人爱好,还指某些社会阶层得以对他人行使或维持权力的种种主张。③

讨论至此,可以断定在文学与非文学在哪儿划界的问题上要求证一个清

---

① 雅克·德里达:《文学行动》,赵兴国等译,中国社会科学出版社1998年版,第39页。
② 乔纳森·卡勒:《文学理论》,李平译,辽宁教育出版社1998年版,第29页。
③ 特里·伊格尔顿:《文学原理引论》,文化艺术出版社1987年版,第19—20页。按伊格尔顿曾举例说明,昆虫学的研究对象是一种稳定的、界定清晰的实体——昆虫,而文学研究却缺少这样一个稳定的、清晰的研究对象。见同书第13页。

楚的、确定的结论是十分困难的。现在能够说的就是,文学是一种关系概念而非属性概念,是一种复合性概念而非单一性概念。这就是说,文学之为文学,取决于文本自身性质与外部对文学的看法、需要、评价这二者的复合关系,而在这二者的背后,都分别展开着一个广阔的世界,其中每一桩事物、每一种因素,都可能对文学与非文学的界说产生影响。

第四节　后现代神话所架设的梯级

从这一思路出发,对于 20 世纪文论史的风云变幻特别是以"文学性"问题的一再浮现为标志的两次重大转折中文学与非文学的分分合合将获得较为透彻的理解。总而言之,无论是哪种情况,"什么是文学?"的问题都既涉及文本自身的特性,又牵扯到外部对文学的看法、需要和评价,正如乔纳森·卡勒所说:"它既是文本事实又是一种意向活动"。[1] 20 世纪初俄国形式主义提出"文学性"问题,致力于将文学与非文学扯开,将文学从非文学的束缚中挣脱出来,其文化冲动在于对历史文化学派的否定;而 20 世纪末解构主义再次提出"文学性"问题,肯定文学向非文学的跨学科扩张,则与后现代的文化氛围和精神风尚相互合拍。

后现代主义的一大特点就是无边界、去分化,打破一切外在和内在的、有形与无形的界限。关于这一问题,许多学者是有共识的,费德勒将后现代主义的特征概括为"跨越边界,填平鸿沟",苏珊·桑塔格声称后现代的这种"越界"使得各种经验构成了"新的整体感",丹尼尔·贝尔认为后现代的特征之一在于"距离的销蚀",让·鲍德里亚则称之为"内爆",如此等等。这些说法的意思大致不差,主要有这样几个要点:一是说各种事物之间的差距被消泯,界限被打破。丹尼尔·贝尔认为在后现代事物之间距离的销蚀是社会的、心理的、审美的事实,它意味着差别和界限在上述各个领域中的全面丧失,"随之而来的问题是:言谈、趣味、风格的区别也被抹煞了,这样一来,任何一种习惯用法,或者语法,都跟别的一样得当"。[2] 二是说传统的、固有的分类被取消,类型的概

---

[1] 乔纳森·卡勒:《理论的文学性成分》,余虹译,《问题》第一期,中央编译出版社 2003 年,第 118 页。
[2] 丹尼尔·贝尔:《资本主义文化矛盾》,赵一凡等译,三联书店 1989 年版,第 167 页注 20。

念变得毫无意义。晚近以来在哲学中"不确定性"大行其道,如海森堡的"测不准原理"、哥德尔的"不完整定律"、保尔·费耶阿本德的"怎么都行"原则,都旨在揭示客观世界命定的不确定性。与之相呼应,类型的规定性不再被恪守,类型混杂和类型融通成为时髦,哪怕是本来隔得很远的不同物类亦然。伊哈布·哈桑指出:"宗教与科学,神话与科学技术,直觉与理性,通俗文化与高雅文化,女性原型与逻辑性原型……开始彼此限定和沟通……一种新的意识开始呈现出了轮廓"。[①] 三是各种事物之间类型的销蚀不仅是外部的、物质的,更是内里的、精神的,用让·鲍德里亚的话来说,就是从"外爆"转向了"内爆",即种种矛盾、对立、阻隔的崩解已经从社会外部转向文化、精神内部。所谓"外爆",是指以往工业社会在社会组织和经济运行中的种种越界现象,包括世界范围内资本的扩张、市场的开拓、商品的流通、技术的输出、交通的打通以及殖民化的强力推进,这一切都是以打破社会生活中传统的、固有的界限为前提的。然而用现在的眼光来看,这些就显得表面和外在了。当今信息时代用模型和符码构成的"类像世界"取代了由物质实体搭建的传统意义上的"真实世界",电子影像与物质真实之间的界限被一笔勾销,"意义内爆在媒体之中,媒体和社会内爆在大众之中"[②],较早是新闻与娱乐之间的"内爆",随之在政治与娱乐之间也发生了"内爆",接着是各种文化形式之间的"内爆"、各种理论学说等之间的"内爆",直至意识形态的各个领域均告"内爆"。总之,类型的销蚀在今天已经全面进入了文化形态、精神形态。四是上述类型之间界限的销蚀与文学艺术有关,或者说文学艺术在这场去边界、去类型的游戏中处于中心地位,不管是哪种文化、学术、思想形态,壁垒坍塌后暴露出来的是一条通往文学艺术的共同路径,表现出文学化、艺术化、审美化的取向。苏珊·桑塔格认为,新的艺术把手段和媒介扩展到了科技界,在"新的整体感"看来,"机器的美,或解决数学习题的美,雅斯帕·约翰斯的油画的美,让-拉克·戈达的电影的美,以及披头士乐队的品格和音乐美都同样可以理解"。[③] 杜威·佛克马也指出,对于艺术与现实的区别以及各门艺术的传统区别的超越是后现代主义的主要

---

① 见佛克马、伯顿斯:《走向后现代主义》,王宁等译,北京大学出版社1991年版,第35页。
② 让·鲍德里亚:《在沉默的大多数的阴影中》,道格拉斯·凯尔纳等《后现代理论》,张志斌译,中央编译出版社1999年版,第156页。
③ 见佛克马、伯顿斯:《走向后现代主义》,王宁等译,北京大学出版社1991年版,第19—20页。

特征之一,"'高雅'文学与通俗文学的对立,小说与非小说的对立,文学与哲学的对立,文学与其他艺术门类的对立统统消散了"。① 以上诸多方面都在证明着这样一个事实,解构主义提出"文学性"问题以打通文学与非文学,推动文学向非文学领域的扩张,不仅依据一种文学事实,更基于一种后现代的文化背景和精神气候。

由此可见,不管俄国形式主义还是解构主义,虽然在关注"文学性"问题时都搁置了"什么是文学?"这一翻来覆去讨论已经令人厌倦的问题,但实际上他们终究不能绕过这一问题。因为"文学性"问题的提出看似另辟蹊径,但无论是试图将文学从非文学的钳制下剥离出来,还是刻意推动文学对非文学的扩张,都需要对文学与非文学之间的界限作出明确的界定,否则就根本无法确认"文学性"的适用范围和功能限度,讨论也就变得毫无意义。但这样一来,那就势必不能回避"什么是文学?"的问题,从而又回到老路上去了。就说解构主义大师雅克·德里达以及乔纳森·卡勒,他们都明确质疑过对"文学"这一概念下定义的必要性,但最后却不得不回过头来重新捡起"什么是文学?"的问题,讨论起文学本质来。雅克·德里达自己的话可以为证:"文学的本质——如果我们坚持本质这个词——是于记录和阅读'行为'的最初历史之中所产生的一套客观规则。"②乔纳森·卡勒也给出了以下结论:"文学是一种可以引起某种关注的言语行为,或者叫文本的活动。"③可见对于文学本质的本体论把握,乃是"文学性"问题跳不出的如来佛手掌心。

可以肯定,解构主义所揭示的文学向非文学扩张的趋势,并非文学恒常的、惟一的、不变的价值取向,毋宁说这只是一种权宜之计,而不是长久之计。这一取向的形成固然取决于文学自身性质的常数,同时也取决于文学外部意向的变数。解构主义提出的"文学性"问题乃是一个后现代神话,与特定的时代、环境、习俗和风尚对于文学的需要、看法和评价相连,这与另一种"文学性"在当年俄国形式主义手中的情况并无二致。因此解构主义所倡导的文学扩张并非普遍的常规、永恒的公理,指不定哪天外部对文学的需要、看法和评价变

---

① 杜威·佛克马:《初步探讨》,《走向后现代主义》,王宁等译,北京大学出版社1991年版,第1—2页。
② 雅克·德里达:《文学行动》,赵兴国等译,中国社会科学出版社1998年版,第12页。
③ 乔纳森·卡勒:《文学理论》,李平译,辽宁教育出版社1998年版,第28页。

了,文学与非文学的关系又会呈现出另一种格局、另一种景象。

那么,文学与非文学的关系是否有一种恒常状态、零度状态或理想状态呢?是否有一种不受外部看法、意向和评价左右的本真状态呢?固然要完全消除外部语境的限定是理想化的,这类似于在试管或真空中进行的实验,但这并非完全没有必要,尤其是当某种外部意向过于强大,在处理文学与非文学的关系问题上形成潮流、形成气候,甚至出现了倾向和偏颇时,这种思想实验所得出的理想化模式起码可以起到一种检验和衡量的作用、一种调节和校正的作用。其实任何理论又何尝不是一种理想化的模式?它们的实际作用不容否认也不可或缺。这一道理目前从大力肯定文学对非文学扩张的解构主义嘴里说出来无疑更有说服力。乔纳森·卡勒尔最近提醒人们,不应把解构活动看作"企图消除一切区别,既不留下文学也不留下哲学,而只剩下一种普遍的、未分化的本文世界"。这就是说,文学向包括哲学在内的非文学领域的大举扩张,最终不应仅仅得出一个既失去文学又失去各种非文学的结果,那样岂不是太令人失望了?合理的情况还是在保持文学与非文学之间基本界限的前提下,通过学科之间的交叉融通在二者之间形成必要的张力。乔纳森·卡勒对此是这样解释的:"指出下面一点是极其重要的,即对某一哲学作品的最真实的哲学读解,就是把该作品当作文学,当作一种虚构的修辞学构造物,其成分和秩序是由种种本文的强制要求所决定的。反之,对文学作品的最有力的和适宜的读解,或许是把作品看成各种哲学姿态,从作品对待支持着它们的各种哲学对立的方式中抽取出涵意来。"[1]在文学与哲学之间保持必要距离的同时,将哲学作为文学来解读,在文学中寻求哲学的意味,这也许是达成文学与非文学共存共荣的可取而又可行的途径。毋庸置疑,解构主义对于文学与非文学之间固有规则和章法的"解构"是有益的,它粉碎了阻隔在这二者之间的森严障壁,使之有了交会融通的可能,但这不能连文学以及各种非文学的学科规定性、稳定性都彻底消解了,长期形成的学科规训的合理性和有效性仍然是有理由得到承认和尊重的,否则对文学或非文学的发展都不是很有利。这里有必要提倡这样一种思想方法,在强调不同事物之间"亦此亦彼"的同时包含

---

[1] 乔纳森·卡勒:《论解构:结构主义以后的文学理论和批评》,理查·罗蒂《哲学和自然之镜》,李幼蒸译,商务印书馆1987年版,第376页。

必要的"非此即彼"。① 看来在解构主义盛行之际这一思想方法有可能推进当今文学研究的日新其德、更上层楼。因此可以首肯理查·罗蒂的这一观点:"在他(按指德里达)的研究中,哲学与文学的区别至多是一架我们一旦爬上以后可以弃置不顾的梯子的一部分。"② 从这个意义上说,解构主义提出"文学性"问题,倡导文学向非文学的扩张,只是在后现代语境中对于文学与非文学关系形成的特定认识,只是在文论史的长河中对于这一问题认识的一个阶段、一个梯级,它为文学研究向更高阶段、更高梯级的升迁提供了铺垫。

---

① 参见钱中文:《文学理论:走向交往对话的时代》,北京大学出版社1999年版,第287、330页。
② 理查·罗蒂:《哲学和自然之镜》,李幼蒸译,商务印书馆1987年版,第377页。

第 三 章
从文学理论到理论

　　毋庸置疑,文学理论正在发生翻天覆地的变化,就其重大和深刻的程度而言,不啻是文学领域中的一场哥白尼式革命。美国学者乔纳森·卡勒将这场变化开始的年头定在1960年,而高潮的真正到来则在20世纪90年代。那么,在这个时间段里,文学理论究竟发生了什么?

　　说来令人难以置信,文学理论在很大程度上已经与文学互不相干,举凡近期文学理论的热点问题如现代性问题、全球化问题、文学经典问题、失语症问题、文学终结问题、文学边界问题、文化转向问题等,大多不是从文学创作、文学文本中产生,也不是为了解决具体创作和作品的问题,而是从文学理论自身生发、衍化而来,乃是自我复制、自我增殖的结果。当然文学研究也并非完全与文学作品无关,但即便偶涉作品文本,也往往是先有观点再找例证,用作品例证来验证理论观点。由于这些理论观点并非从文学实际中概括、提炼出来,因而不具普适性,其操作性也不强。在这种情况下,文学理论对文学来说变成了无宾词的、不及物的,文学理论更多讨论的是哲学、文化学、历史学、心理学、社会学、语言学、符号学、现象学、阐释学、生态学等。文学理论这样做的初衷是试图从自身外围的学术领域中来获得启发、寻找出路,结果却邯郸学步,丢掉了自身。如今做文学理论的人很多已基本不读文学作品,他们关注的对象无非是尼采、弗洛伊德、海德格尔、伽达默尔、索绪尔、维特根斯坦、罗兰·巴特、拉康、德里达等,对于这些名家论著的研读,占据了大部分时间和精力。他们孜孜不倦地研读这些本不属于自己专业范围内的书,琢磨那些十分陌生的问题,往往从一个陌生问题牵出若干陌生问题,再从这些陌生问题牵出更多的陌生问题,没完没了,永无止境。此外,文学理论在思想学术的潮起潮落中往往得风气之先,人们对于各种新潮学说的了解,往往是首先通过文学理论获得的,而不是从各个相应学科中得到的。

常识有时是最能说明问题的。面对文学理论的晚近变局,我们就凭常识问一句:事情到了这个份儿上,文学理论还是"文学"理论吗?

第一节 "理论"的兴起

人类知识的学科化和专业化是近代学术史的一个重要收获,其标志在于从事知识生产、传授和积累的专门机构的创立。18世纪末、19世纪初欧洲各主要国家和美国的大学脱离教会而得到复兴,成为生产、传授和积累知识的制度化场所,在这里人们被分为不同的知识群体,用掌握的专门技能去垦拓不同的人类知识领域,各种知识也逐步分类分科,专业化程度迅速提高,各个学科开始像扇面一样扩展开来。最早成形的一批学科如数学、物理学、化学、生物学等划归自然科学,哲学以及对于文学、绘画、雕塑、音乐学的研究划归人文学科,而介于两者之间的则是社会科学,包括历史学、经济学、社会学、政治学、人类学等。此后众多学科像雨后春笋一般成立,取得相对固定的学科名称并进入了大学课堂。其中有一门在英语中称为"古典学"(classics)的学科,带有明显的"美文学"(belles-lettres)的特点,实际上也就是文学理论,它主要以文学艺术的各种类型及其历史为研究对象。从事古典学研究的学者更愿意将它归入人文学科,以便与自然科学以及社会科学廓清界限。发展至此,文学理论获得了自己的学科定位。在1850—1945年期间,包括文学理论在内的各门学科在大学中被进一步制度化,具体做法是按学科设立首席讲座职位,开设相关课程,授予相应的学位。与教学的制度化相伴而行的是研究的制度化,包括创办各学科的专业期刊,按学科成立各种学会,制订按学科归类的图书收藏制度等。学科制度化的一大要义就是,"每一个学科都试图对它与其他学科之间的差异进行界定,尤其是要说明它与那些在社会现实研究方面内容最相近的学科之间究竟有何分别"。① 总之,文学理论作为一个制度化的学科,大致有以下一些基本的规定性,一是以文学艺术为研究对象;二是它与其他学科有着明确的界限;三是它有一套相对独立的研究方法和话语系统。这些学科规定性自文学理论确立之时起一直延续下来。

晚近以来,这些学科规定性面临着严峻的挑战,文学理论陷于始料不及的困局。难怪特里·伊格尔顿称文学理论是一种"幻觉":"所以说它是一种幻觉,这首先意味着文学理论不过是社会意识形态的分支,根本没有任何可以把它同哲学、语言学、心理学、文化的与社会的思想充分地区分开来的单一性或特性;其次,它还意味着,它希望把自己区分出来——紧紧抓住一个叫做文学的对象——这是打错了算盘。"② 这就是说,文学理论的研究对象往往不是文学,文学理论自身的方法和话语也变得不确定了,总之,文学理论在研究对象、学科特性等方面的规定性都被搁置、被消解了。那么,文学理论还能凭什么来显示其与众不同的独特性呢?在这一情况下,文学理论处于十分尴尬的两难境地,正像伊格尔顿所说,一面谈论文学理论,一面又要设法消除文学理论的学科界限,或者说,文学理论既可以研究英国作家约翰·弥尔顿,又可以研究美国流行歌手鲍勃·迪伦,这是可能的吗?看来有效的出路只有一条,那就是对"文学理论"概念重新进行界定。

乔纳森·卡勒最早对此进行了尝试。他发现,从1960年以来,在文学研究中出现了一种新的书写方式,它研究的并非文学领域内的东西,采用的并非专为文学研究而设的方法,它是一系列无边无际、纵论天下大事的各种著作,从学术性最强的理论问题到学术味最淡薄的生活现象,都在它的讨论范围之内。它是各种思想学说的总和,就像一只筐,什么都往里装,在这些杂乱无章、包罗万象的著作之间往往毫无共同之处,包括人类学、艺术史、电影研究、性研究、语言学、哲学、政治理论、心理分析、科学研究、思想史、社会学等。不过它所提出的观点、作出的论证,对于各个学科的研究者不无裨益,从而成为一种被广泛采用的书写方式。乔纳森·卡勒认为,这种新的书写方式可以有各种称呼,但最简便的办法,就是称之为"理论"(Theory)。卡勒概括了"理论"的

---

① 华勒斯坦等:《开放社会科学》,刘锋译,三联书店1997年版,第32页。
② 特里·伊格尔顿:《文学原理引论》,文化艺术出版社1987年版,第239页。

以下四个特点：

1. 理论是跨学科的。它是一种超出原学科的作用的话语。
2. 理论是分析和思辨的话语。它试图揭示所谓性、语言、文字、意义、主体等概念中包含了什么。
3. 理论是对于常识的批判。它对那些被认为理应如此的观念作出批判。
4. 理论具有反思性。它是关于思想的思想，它对于文学和其他话语实践中形成的范畴提出质疑。①

从以上特点看，"理论"与文学理论已经大异其趣。

卡勒的见解在欧美学术界引起了巨大反响，此后"理论"几乎成了从事文学研究的人整天挂在嘴上的一个词。接下来的事情说明它所受的尊崇到了何种程度："理论"成为一个大写的概念，有关书籍从出版社、学术研讨会大批地、潮水般地涌现。在大学里"理论"以读本、导读和入门手册之类形式编入教学大纲，"理论"课作为一门规范的必修课程，成为本科生或研究生学习阶段的重头戏，关于该课程教学方法的讨论和论争也愈见增多，人们甚至将20世纪60—90年代这一时期称为"理论时期"或"理论转向时期"。

在我国，"理论"这一特指概念进入人们的学术视野较晚，大概要到世纪之交。随着乔纳森·卡勒的著作如《当代学术入门：文学理论》《论解构——结构主义之后的理论与批评》等著述的翻译印行，"理论"概念才逐渐被人们了解和使用。此前人们知道的只是"文学理论""文艺理论""文学概论""文艺学"等。然而事到如今，我国文学理论向"理论"转型已是不争的事实，而且转型的速度还不慢。我们对于近三年《文学评论》杂志"文艺理论"栏目刊登的论文进行了统计，结果显示，这些论文与文学的关联度已相当薄弱。②

现在反过来看，这一情况的产生应该说事出有因。"理论"从文学理论中羽化而出是早有端倪的，最早可追溯到20世纪80年代中期的"方法论"热潮。当时"文革"刚刚结束，百废待兴，为了促使文学理论挣脱各种思想禁锢，改变

---

① Culley, Jonathan. *Literary Theory: A Very Short Introduction*. New York: Oxford University Press, 1997, p.15.
② 据统计，《文学评论》杂志2005—2007年"文艺理论"栏目发表论文共109篇，其中没有引述任何文学作品的论文共75篇，占全部论文的68.81%；引述文学作品的论文共34篇，只占全部论文的31.19%，而且这一块多半只是引用文学作品的篇名，对作品未做具体的分析和解读。

长期停滞不前的低迷状态,许多研究者尝试使用各种自然科学、人文社会科学中形成的新方法,来解决文学理论的问题。其时"老三论""新三论"以及发生认识论、精神分析批评、原型批评、人类学、语言学、俄国形式主义、英美新批评、结构主义、符号学、现象学、阐释学、接受美学、阅读理论等理论模式备受追捧,成为人们争相效仿、占有的抢手货,搬用这些新方法来重解文学作品、变更文学理论套路的文章满天飞。这种做法不及旋踵便遭到批评,其中备受指责的就是"两张皮"的毛病。所谓"两张皮",就是研究方法与研究对象不相匹配、理论演绎与文学实际彼此隔膜的弊端,而且是研究方法大于研究对象、理论演绎湮没文学实际。由于种种新方法另辟蹊径的新鲜感和解决问题的独特性,一下子抓住了研究者的注意力,使之将兴趣集中在方法和工具上,而放弃了对于作品和创作的关注,从而导致了理论与文学的脱节以及理论对文学的弃置。

这种理论盛行、文学告退的局面再次出现在20世纪90年代以后,在全球化浪潮的冲击之下,市场经济、消费社会被提前催熟,从而带动了文学理论的历史逆转,如果说在20世纪初文学理论以"向内转"为主流的话,那么在经过七八十年"与世隔绝"的状态以后,文学理论又折返回来,朝着社会、历史、现实"向外转"了,其表征就是新历史主义、女权主义、后现代主义、后殖民主义、文化帝国主义、东方主义、生态主义、审美文化研究、媒介研究等新潮理论的风靡一时,而在90年代以后,这些新潮理论又纷纷涌入国门。由于其间文学经验的扩充无论是舶来的还是本土的都远远赶不上这些新潮理论的增殖,后者始终是在缺乏文学经验支撑的状态中蔓延和扩张。当然,我们也能读到许多运用新潮理论解读文学作品的文字,但文学作品在这里只是成为理论阐发的触媒和理论推导的例证,并不具研究本体的地位,文学作品的意义并不是文学自身固有的,而是理论的先行观念所赋予的。结果事情就变成了这样:不是理论观念依据文学经验而得以成立,而是文学经验通过既定理论而得到阐述;不是理论操作必须在创作和作品中检验其有效性,而是创作和作品必须在理论框架中取得其合法性。更有甚者,有的理论家对于文学现象的分析和评价并不建立在对于文学作品的认真阅读之上,只是仅凭某种印象、感觉、传闻或舆论,就能主题先行式地指点江山、大发高论。像研究巴赫金的复调理论而不读陀思妥耶夫斯基和果戈理,研究罗兰·巴特的后结构主义而不读巴尔扎克的小说《萨拉辛》的事儿并不鲜见,这并非现代神话,而是当今时尚。有论者对于国内的理论现状作出了以下评说:"理论的自洽性和深刻性比理论对经验的有效性更为重要。批评理论越是丰富,与文学经验的关系就越是疏离,批评正在日益脱离作品而变成自足、自洽乃至自闭的活动。"①

经过 80 年代和 90 年代两次理论新潮的轮番冲刷激荡,国内文学理论的观念、方法、路径、模式在很大程度上被刷新和重建,呈现出与旧时迥然不同的格局,但也带来了新的问题,那就是文学理论与文学渐行渐远、愈见疏离,最终成为各自为政、各行其是的不同知识领域,文学理论走向了理论。

第二节 学术史的两个时代

我们无意对文学理论走向理论的利弊得失作出评说,只拟将这一走势作为一段学术史、一种知识现象来进行考察。如果我们将文学理论与理论看成文学研究学术史上前后两个时代的表征的话,那么显而易见,这两个时代的知识状况发生了明显的逆转。

乔纳森·卡勒有一个耐人寻味的说法,说"理论"与文学理论的区别之一在于,"理论"更像是一种活动,一种参与或不参与的活动。② 乍一看这话不好理解,但实际上这是对于"理论"的活动性、行动性、实践性作出认定。按说理论与实践是相互对应,同时也相互转化的范畴,有如中国传统哲学中的"知""行"范畴。但是依卡勒之见,两相比较,文学理论更偏于"知",而"理论"更偏于"行"。固然不能否认文学理论以其对于文学活动的参照作用而最终影响人们的实践活动,但是毕竟囿于文学领域,而且作用也相对间接。相比之下,"理论"要自由得多、直接得多,它并不限于文学,而且贴近新鲜活泛、生生不息的社会实践,直接介入和干预人们的实际生活,从而在行动性、实践性上更胜于文学理论。正因为"理论"走出了象牙塔,走出了高墙深院,指点江山,激扬文字,铁肩担道义,妙手写文章,所以它所鼓荡的并不是一种文学思潮,也不是一种文化思潮,在很大程度上它已经是一种社会思潮了。它消除了学术建树与实践行动之间的天然界限,将思想学说的探究直接引向生产关系、社会体制、

---

① 高小康:《理论过剩与经验匮乏》,《文艺研究》2005 年第 11 期。
② 乔纳森·卡勒:《文学理论》,李平译,辽宁教育出版社 1998 年版,第 1 页。

思想观念的变革,从而它也就成了地地道道的政治。当读者打开如今的"理论"著作时,跳进眼帘的总是这样一些字眼:道德、宗教、革命、真理、阶级、种族、身份、性别、地域、霸权、意识形态、帝国主义、殖民主义等等,让人强烈地感受到,在这人们已经厌倦了那种不良政治的年头,"理论"恰恰充当了政治最佳的代名词。其中每一种理论新潮都带有某种通往现实的政治意向,例如女权主义理论,它与占人口总数一半的女性的社会经验和政治需要紧密关联,体现着对于性别身份和性别意识的政治介入,同时也为从事女性研究的学术机构与社会团体、政治组织搭建起联系的桥梁。

其次,文化的商品化可能是消费社会最值得关注的事件之一,其中的一个重要方面就是理论的商品化。弗雷德里克·詹姆逊在其研究后现代主义最早的一批论著中就论及此事,他认为,在消费社会,资本的扩充已达惊人的地步,资本的势力已延伸到许多以往未曾受到商品化影响的领域里去。他在1985年下半年在中国所作的讲演中进一步指出:"商品化进入文化意味着艺术作品正成为商品,甚至理论也成了商品。"他还特地说明,这并不是说理论家们用自己的理论来牟利,而是说商品化的逻辑已经影响到人们的思维。[①] 关于商品化的逻辑如何影响人们的思维,詹姆逊语焉不详,后来特里·伊格尔顿对此作解:"后现代社会所提供的那些更有诱惑力的商品之一就是文化理论本身。后现代理论乃是后现代市场的一个组成部分……后现代理论也代表着一种在日趋竞争的知识环境中积累可贵的'文化资本'的一种方式。"[②]这里借用了布尔迪厄关于"资本转换"的理论来说明理论商品化的机制。布尔迪厄认为,在商品化时代,资本表现为三种基本形态,即经济资本、文化资本和社会资本,它们在一定的权力场中相互转换,物质性的经济资本可以转换为非物质性的文化资本或社会资本;同样,非物质性的资本如文化资本也可以转换为物质性的经济资本。值得注意的是,布尔迪厄还指出了文化资本的不同存在形式,其中之一就是"文化商品的形式",它是"理论留下的痕迹或理论的具体显现,或是对这些理论、问题的批判,等等"。[③] 可见理论的商品化已是消费社会或后现代

---

① 弗雷德里克·詹姆逊:《后现代主义与文化理论》,唐小兵译,陕西师范大学出版社1986年版,第148页。
② 特里·伊格尔顿:《20世纪西方文学理论·后记》,伍晓明译,北京大学出版社2007年版,第242页。
③ 布尔迪厄:《文化资本与社会炼金术》,包亚明译,上海人民出版社1997年版,第192—193页。

社会的普遍现象和重要形式,它体现着"文化资本"与"经济资本"相互转换的逻辑。然而,商品化有大致的套路,并不在乎你是一般商品还是文化商品,因此可以看到在理论操作中一些似曾相识的运作方法,例如故作高深、故弄玄虚以博取名声,标新立异、制造时尚以聚拢人气,像走马灯似的不断变更风格、别立新宗,策划流行,引领思潮,不同思想和观念林立,各种主张和见解互见。这种形形色色的新潮理论"各领风骚没几天"的局面必然导致思想的冗余,衍生出种种伪问题、空问题。对此有学者根据多年考察作出很好的分析,认为目前国内还搞得很热闹的一些理论如后殖民文化批评、新历史主义等,实在没有太大用处,也根本没法操作。① 另外,理论在市场操作中也开始转向娱乐化,随着学术的传媒化、文化的广告化,那些在流行书写中盛行的戏仿、反讽、篡改、拼贴、戏说、搞笑之风也刮进了理论之区,使得理论也走向"大话化"。可以说这是当今日常生活审美化的时代娱乐策略取得的最大成功,导致了历来属于高雅层面、精英性质的理论的审美化。

再次,"理论"在本性上与文化研究相通。乔纳森·卡勒曾在回答"什么是文化研究?"的问题时给出了三种假设,其中的一个假设就是"理论"。他说:"文化研究就是,或者可以被视为,我们简称为理论的那些活动的总称","文化研究就是我们简称为理论的理论实践"。② 那么,文化研究与"理论"在哪一点上相通呢?"理论"与后结构主义结有不解之缘,与生俱来地秉有超越专业分工、挑战学科边界的天性;而文化研究则是一个"跨学科、超学科甚至是反学科的领域"。③ 可见文化研究与"理论"在祛除专业分工和学科界限这一点上殊途同归。这一点对于传统的学科规训制度是极具消解性和冲击力的。而文化研究与"理论"恰恰在这一点上找到了连结点。伊格尔顿对此解释得很清楚:

> 它(文化研究)并没有任何作为一门学科的特殊的统一性……这一学科上的不确定性却也标志了传统的学术劳动分工的瓦解,而"理论"一词就多少传达了这一信息。"理论"表示着我们那些为知识分门别类的经典

---

① 盛宁:《"理论热"的消退与文学理论研究的出路》,《南京大学学报》2007年第1期。
② 乔纳森·卡勒:《什么是文化研究?》,金莉等译,《当代外国文学》2007年第4期。
③ 这是卡勒的引述,见乔纳森·卡勒:《什么是文化研究?》,金莉等译,《当代外国文学》2007年第4期。

方式现在已经由于种种实实在在的历史原因而陷入麻烦。但它既是这一瓦解的一个揭示性的征候,也是这一领域的积极的重新安排。理论的涌现提示着这样一点,即由于某些很好的历史理由,那些以人文学科为我们所知的学科已经不能再照它们所习惯的样子继续下去了。①

如今文化研究与"理论"的关联甚至到了这样的程度,如果涉及一个,就不能不关乎另一个。例如有些参与文化研究的人在主观上是反"理论"的,认为文化研究与"理论"分属不同领域,主张将二者区分开来,但他们所采用的研究模式恰恰大多取自各种新潮理论。尽管他们内心对于"理论"不持认同态度,但其所从事的文化研究却仍是理论化的,表现出强烈的理论意识和方法论色彩。

从以上分析可见,"理论"的突出特点在于,不仅"理论"本身与行动、实践、政治、市场、商品、娱乐等实际生活之间失去了界限,而且"理论"内部也取消了专业分工和学科类别。这与以往的文学理论迥异其趣,文学理论恰恰是以廓清学科界限、坚守专业特点为准则的,不仅在学术体制与实际生活之间明辨差异、厘清界限,而且学术体制内部也是分门别类、各司其职的,各个部分、各个分支具有不同的职责和功能,例如韦勒克、沃伦对于文学理论、文学批评、文学史三者的区分就充分体现了这一宗旨。② 如今事情却完全翻了个个儿,学术研究与实际生活混为一谈,学科、专业的概念被搁置了。其中的变化之大,犹如一个以往潜心研究莎士比亚、歌德、司汤达或索尔仁尼琴的教授,现在转而论证垃圾、肥胖、旅游或同性恋问题了,而这恰恰是如今比比皆是、见怪不怪的事情。这一变局证明了这样一个事实,在文学理论所表征的时代,知识状况是建立在对于不同领域的分隔、划界、区分之上的,而在其后"理论"所表征的时代,知识状况却转而建立在对于这些间隔、区别、差异的消除之上了。

第三节 价值取向的后现代转折

出现上述文学研究学术史的逆转,原因当然并不只在于知识层面,而应追

---

① 特里·伊格尔顿:《20世纪西方文学理论·后记》,伍晓明译,北京大学出版社2007年版,第243页。
② 韦勒克、沃伦:《文学理论》,刘象愚等译,江苏教育出版社2005年版,第32页。

踪到价值层面,"理论"代文学理论而起,其深层机理乃是在后现代氛围中人们的价值取向发生了转折。

1982年,弗雷德里克·詹姆逊在《后现代主义与消费社会》一文中提出了一个重要观点,主张将"理论"划归后现代主义现象之列,据知这是对于"理论"的后现代主义性质作出定性的最早表述。詹姆逊这样说:

> 现在,我们渐渐有了一种直接叫做"理论"的书写,它同时都是或都不是那些东西。这种新的话语,通常与法国有关,而且被称作法国理论,正在逐渐扩展并标志着哲学本身的终结。例如,福柯的作品是否应称为哲学、历史、社会理论或政治科学?正如他们现在所言,这是难以定夺的;我将建议把这类"理论话语"也归入后现代主义现象之列。①

詹姆逊将"理论"列入后现代主义的一个重要根据就是它的跨学科、非学科性质。"理论"打破了传统的学科界限,消除了以往文类和专业话语的区别,使得原有的学科划分和专业特点都变得模糊不清、模棱两可,一切都既是又不是、无可无不可,而这种消弭事物固有边界和分野的特征正是后现代主义的做派。詹姆逊认为"理论"的问世与德里达、福柯、拉康的后结构主义有关,因而称之为"法国理论"。后结构主义反对"逻各斯中心主义"的旨趣从一开始就为"理论"定了向,使之在价值观念上出于本能似的站到去中心、去边界、去体系的立场,崇尚事物的模糊性、零散性、或然性。卡勒曾指出过这层关系:"我们称为'理论'的东西一般都与'后'结构主义联系在一起","米歇尔·福柯的历史和宗谱研究、雅克·拉康的心理分析理论、雅克·德里达对于哲学文本的解构主义阅读等等,理论的这些核心要素对文学的关注仅仅是浮光掠影。与文化研究类似,理论是广范围的、无定形的和跨学科的。只要方法得当,几乎任何事情都可置于理论框架之中"。② 对于后结构主义的传承注定了"理论"与生俱来的后现代主义性质。

"理论"的横空出世有其必然性,不妨将其视为文化的后现代转折的一个显例。美国社会学家S.拉什将人类历史的发展分为"未开化社会""现代化"

---

① 弗雷德里克·詹姆逊:《后现代主义与消费社会》,《文化转向》,胡亚敏译,中国社会科学出版社2000年版,第2—3页。
② 乔纳森·卡勒:《什么是文化研究?》,金莉等译,《当代外国文学》2007年第4期。

"后现代主义"三个阶段,"未开化社会"的特点是文化与社会尚未分化;"现代化"的特点是分化,其突出表现就是现代主义的自洽性或者说自我立法;"后现代主义"的特点则是消解分化,消除差异。而这三个阶段的特点都体现在文化之中。拉什的一个说法值得重视:"如果说文化的现代化是一个分化的过程,那么后现代化就是一个消除分化的过程。"①这就是说,现代文化是分化的,后现代文化则是去分化的,从分化到去分化,表征着文化的后现代转折。

在拉什之前之后,有许多学者试图对文化从分化到去分化这一后现代转折作出说明,莱斯利·费德勒最先喊出了"跨越边界,填平鸿沟"的口号,以对于通俗文化的褒扬而嘲弄现代主义艺术的清高,肯定通俗文化以反理性、反严肃的姿态创造了新的后现代神话,从而填平了精英文化与大众文化之间的鸿沟。苏珊·桑塔格标举"反对释义"的主张,认为艺术作品无须"释义",因为作品的价值不在意义,而在诉诸感官的直接性,意义只对高级的精英文化生效,而感觉则是整体性的,它对高级的精英文化与低级的通俗文化同样有效。伊哈布·哈桑将"不确定性"(Indeterminacy)和"内在性"(Immanence)两个词合在一起,生造了"不确定内在性"(Indetermanence)这一不经见的概念,"不确定性"是指中心消失和本体论消失带来的结果,"内在性"是指人类心灵适应所有现实本身的倾向,它们合在一起,便意味着对于西方文化的传统界限造成的障碍的突破。哈桑的创见开启了让-弗朗索瓦·利奥塔的"文化折衷主义"和马泰·卡林内斯库的"多元对话论"。前者在精英文化与通俗文化之间谋求一种零度的总体文化,致力于开创一个宽松的时代;后者则倡导一种"新的多元主义",主张打破种种传统的界限,促进各种文化之间的对话。

这一从分化到去分化的后现代转折导致了"理论"的兴起,从而去中心、去边界、去体系、去类别、去差异,从一开始就成为"理论"的价值追求和意义目标,也成为"理论"的审美趣味和学术风尚,所谓跨越边界,填平鸿沟,推倒壁垒,拆除栅栏,就是对于这一价值取向形象生动的描述和喻示。这对于以往价值观念的冲击是巨大的,那种以不同领域的划界、分隔、厘定作为知识的生产、传播和消费之前提的常规前例遭到了动摇和拆解。任何历史运动都不可避免地伴随着痛苦和失落,但是这种付出必将因历史前进所带来的福祉而得到加

---

① S.拉什:《后现代主义:一种社会学的阐释》,高飞乐译,《国外社会科学文摘》2000年第1期。

倍的回报。具体到"理论",它以一连串带"去"字的价值概念对于传统的学科规训制度提出了挑战,撼动了长期延续的学科规范和专业设置,破坏力不可谓不强,但这对于以往不同学科、专业之间以邻为壑、老死不相往来的弊端也是一次反拨。进而言之,打破限制、消除隔阂,恰恰通往对话、交流、沟通、合作、综合、民主、开放、多元、宽松、和谐等当今时代被普遍接受的价值观念。

第四节 何为"后理论"?

近年来,当人们还没有从"理论"引起的震动中定下神来,就已经有人宣布,"理论"的时代已经结束,代之而起的是"后理论"(post-Theory)的时代!相关的论著一时联袂而出,代表作有民连京·卡宁汉的《理论之后的解读》(2002)、让-米歇尔·拉巴尔特的《理论的未来》(2002)、特里·伊格尔顿的《理论之后》(2003),以及论文集《后理论:批评的新方向》(1999)、《理论还剩下了什么》(2000)、《生活:理论之后》(2003)等。可谓来势凶猛,一发而不可收,似乎又形成了新一轮时髦。总的说来,所谓"后理论"就是在"理论"消退以后出现的一种新的理论形态。"后理论"的勃兴,大背景就是当年推动"理论"兴起的一代风云人物如拉康、福柯、阿尔都塞、德里达等相继过世,而至今健在者大多也已许久没有发表有影响的见解,"理论"失去了它曾经拥有的权威性。从机理上说,这也是"理论"的解构本性所致,就像伊格尔顿所说:"理论,在已经解构了几乎其他一切之后,似乎现在终于也做到了把自己也给解构了。"[①]

现在要对"后理论"作出全面的评价可能为时尚早,只能根据目前阅览所及提几点看法:其一,"后理论"是一种尚未定型的学术格局。如果说此前"理论"可以明白说出其相关的学派、思潮或学说诸如新历史主义、女权主义、后现代主义等等的话,那么至今似乎尚未有谁说清楚归入"后理论"的到底是哪些新潮学说。"后理论"更像是一种大致的意向、旨趣或构想,还不足以成派成家、立言立说。原因之一是,"后理论"出于晚辈之手,初出茅庐,还差点火候。伊格尔顿所见略同:"无论如何,新一代并没有提出什么属于自己的重要概念。

---

① 特里·伊格尔顿:《二十世纪西方文学理论·后记》,伍晓明译,北京大学出版社2007年版,第227页。

前辈的典范显然太过崇高,难以企及。当然,如果有时间的话,新世纪应该也能产生自己的大师。不过,至少在目前,我们仍须遵从以往的大师而仰人鼻息。"①其二,"后理论"在很大程度上只是此前"理论"的延续。如果说"理论"是大写的、单数的概念,偏于总体性、全局性,表现为宏大叙事(grand narrative)的话,那么"后理论"则是小写的、复数的概念,偏于分支性、局部性,往往是一种琐细叙事(petit recit)。也就是说,"理论"在宏观层面上对于社会人生大关节目表现出的关心,在"后理论"中已经延伸到具体的、个别的社会事件和生活琐事之中。对此伊格尔顿作了这样的分析:"如果所有的理论,就像有些人所怀疑的,天生就都是总体化的,那种种新型的理论就得是一些反理论(anti-Theory):局域性的、部门性的、从主体出发的、依赖个人经验的、审美化的、自传性的,而非客观主义的和全知性的……代之者则将是那个流动的、不再居于中心的主体。不再有任何连贯的系统或统一的历史让人去加以反对,而只有一批各自分立的权力、话语、实践、叙事。"②正因为这一点,"后理论"也被称为"众多的理论"或"更多的理论"。其三,"后理论"更重视行动、实践,更讲究实用性、应用性。如前所述,重践行、讲效用,这原是"理论"的本性,但"后理论"在这一点上要求更甚于前者。在"后理论"看来,"理论"的宏大叙事,体现了对于一元性、总体性、神圣性的追求,其实还是它所反对的"逻各斯中心主义"的阴魂不散,它通过对于琐细叙事的打压来取得自身的合法性,使人敬而远之、退避三舍,从而造成了它与生活实用的阻隔,大大削弱了它对于实际生活的影响。"后理论"认为,这正是"理论"的失败之处。值此困局,"后理论"显得雄心勃勃、当仁不让,挺身而出担当起振衰救弊的职责,对于"理论"的高高在上和不切实际提出挑战,将行动和实践引向日常生活和身边琐事。文论史家如是说:"人们感到,20世纪70和80年代盛期的(大写的)'理论'现在已经被取代,或者完全被吸纳进新的理论或种种理论中,这些理论更应该被理解为一种行动而不是文本或立场观点:对于那些理所当然的理论假设和观念提出批判性疑问,不论那些假设是关于社会机制、性机制还是经济关系的机制,也

---

① Eagleton, Terry. *After Theory*. New York: Basic Books, 2003, p. 2.
② 特里·伊格尔顿:《二十世纪西方文学理论·后记》,伍晓明译,北京大学出版社2007年版,第227页。

不论那些观念是主体的、文化的还是跨文化身份的。"①不过事情却从一个极端走向了另一个极端,"后理论"的琐细性决定了它所看重的行动和实践往往流于世俗、繁琐和卑微,趋向欲望化、官能化、肉身化。伊格尔顿说得幽默:"如今真正性感的话题是'性'。在学术界,对法国式接吻的迷恋已经取代了对法国哲学的兴趣。在某些文化圈子里,自慰的政治比中东的政治更令人神往。性虐待战胜了社会主义。对从事文化研究的学者而言,身体是一个始终流行的主题,不过,他们感兴趣的通常是情欲炽热的身体,而不是饥肠辘辘的身体;是交媾的身体,而不是劳动的身体。"②

从以上分析可见,所谓"后理论"乃是"理论"之后出现的一种动向和苗头,是"理论热"的退潮之后出现的一种未完成的新格局。准确地说,"后理论"只是"理论"的一种延伸,因此它不足以构成另一个阶段,更谈不上另一个时代,至多只能算是"理论"的新形态。关于这个问题,连倡言"后理论"的伊格尔顿都说:"如果'理论'意味着对我们所作的假设进行合理的系统的反思,那么,它仍然像以往一样不可或缺。'理论之后'所昭示的是,我们现在正处于理论发展高峰期的余波。"③国外学界近期对于"后理论"的热衷,除了学者个人的学术风格之外,当与制造流行、引导潮流的后现代风尚有关。按说一种学术现象的成熟需要时间,只有经过反思,沉淀下来,才能在学术史上扎下根来;变化太快,只能滋长浮躁之风,这样的学术势必是无根的。

也许我们还应该用心倾听在"后理论"中始终回响着的一种声音,那就是对于在"理论"中遭到缺失的文学理论的呼唤。让-米歇尔·拉巴尔特指出,"理论"总是让人感到太偏于一端,只是论述了整体的一半,而遗漏的那一半实际上更真实、更富活力,也更有本质意义,那就是文学、美学、批评或者读解、文化、诗学。乔纳森·卡勒指出,在"理论"中被忽视的是文学和文学性,它们被种族、性、性别的种种规范、律条遮蔽了。他认为,现在也许该是文学重新奠定文学性根基的时候了,我们应该做的,就是回归诗学、回归文学研究。民连京·卡宁汉也主张回归文学,具体做法就是恢复文本细读的传统,他认为,一

---

① 拉曼·塞尔登等:《当代文学理论导读》,刘象愚译,北京大学出版社 2006 年版,第 328 页。
② Eagleton, Terry. *After Theory*. New York: Basic Books, 2003, pp. 2—3.
③ Ibid., pp. 1—2.

切好的、真正的阅读都必然是细读,不是细读的阅读无权称为好的、真正的阅读。乔纳森·贝特则认为,细读有一个缺陷,就是对于作者生平传略的事实考证和版本研究的忽视,从而应当对传记的,历史的,目录学、版本学的文学研究予以高度的重视。约翰·勃伦克曼对于"理论"在种族、阶级、性别和性问题上采用的非形式主义研究表示反感,主张回归对于文学文本的形式主义读解。如此等等。① 总之,"后理论"各种主张的提出,寄寓着对于"理论"补偏救弊的古道热肠,"理论"的非文学倾向的弊端理应得到救正,而"后理论"正体现了这种担当。"后理论"成为可能,就意味着对于"理论"的非文学倾向的解脱和超越。"归去来兮,田园将芜胡不归?""后理论"对于被放逐的文学的招魂,对于远离文学故园的乡愁,都化为返乡和回家的强烈冲动。在文学中包含着对于人生、社会更真实、更有活力也更有本质意义的东西,回归文学理论,这是"后理论"在不断消解又不断重建的轮回中点燃的亮色。

但是对于回归文学理论的前景切不可作简单化的理解,历史不可假设,历史也不可重演。伊格尔顿在《理论之后》一书的开头就提醒人们:"如果有读者看到本书的书名,以为'理论'现已告结束了,我们可以就此松一口气,重返理论之前的纯真岁月了,那么这些读者可能要失望。我们不可能重回一个只消说一句'约翰·济慈的作品令人愉快'或是'约翰·弥尔顿流露出坚毅的神情'便已足够的时代。"②我们一路前行,风尘仆仆,走到了"理论之后",在重新面对文学理论时,我们毕竟经历了重重困顿的历练,吸纳了种种思想的成果,不再会那样幼稚和天真了。

---

① 见拉曼·塞尔登等:《当代文学理论导读》,刘象愚译,北京大学出版社2006年版,第328—333页。
② Eagleton, Terry. *After Theory*. New York: Basic Books, 2003, p.1.

第 四 章

文化政治与文学理论的后现代转折

在如今的文学理论中,"文化"无疑是最热门的概念了,"政治"也一直是再熟悉不过的概念,然而连结这两者而合成"文化政治"的概念,那就变得陌生了。但这恰恰是时下崭露头角并迅速趋热的新概念和关键词。

那么,什么是"文化政治"呢？先得追溯一下这一概念的缘起。

第一节 文化政治何为？

1991年,一位出生于美国的非裔女作家贝尔·胡克斯写了一本题为《向往:种族、性别和文化政治学》(*Yearning: Race, Gender, and Cultural Politics*)的书,第一次提出"文化政治学"的概念,对于种族主义、女性主义、后现代主义、社区、身份、电视、文学等问题予以关注。这可以视为文化政治研究的发端。此后同在1994年有两本以"文化政治学"为名的著作问世,一是格伦·乔丹和克里斯·威登的《文化政治学:阶级、性别、种族和后现代世界》(*Cultural Politics: Class, Gender, Race and Postmodern World*),一是艾伦·森费尔德的《文化政治学,酷儿读本》(*Cultural Politics, Queer Reading*)。贝尔·胡克斯的观点揭晓了文化政治研究的宗旨:"清醒地坚持将文化研究与进步、激进的文化政治相联系,将会保证文化研究成为一个使批判性介入成为可能的领域。"①贝尔·胡克斯等人从女性主义、种族主义、后现代主义出发,吸收了阿尔都塞的意识形态理论、葛兰西的文化霸权理论、福柯的话语权力理论等,铸成了侧重研究所谓"非常规政治"或"非正式政治"的"文化政治学",在从伯明翰学派开宗立派算起已颇有时日的文化研究中开了新生面。当今文化研究中大力推崇文化政治学并予以身体力行的是弗雷德里克·詹姆逊和特里·伊格尔顿,他们不仅以卓著的理论建树推进了文化政治学,而且在具体的文学、文化研究中采用文化政治批评方法,取得了许多重要的成果。目前文化政治研究的势头甚猛,对其今后的发展空间是可以预期的。

"文化政治"的倡导者们有一共同的观点,即任何东西都是政治,他们不同意文化与政治可以截然分开,或政治只是文化中并不起眼的从属之类流行观点。他们往往使用最高级的形容词来强调政治在文化中的绝对性、永恒性和普适性。弗雷德里克·詹姆逊认为,在对文学文本所作的阅读和阐释中,政治阐释具有优越性,"它不把政治视角当作某种补充方法,不将其作为当下流行的其他阐释方法——精神分析或神话批评的、文体的、伦理的、结构的方法——的选择性辅助,而是作为一切阅读和一切阐释的绝对视域"。他还将这一道理推广到其他所有社会文本:"一切事物都是社会的和历史的,事实上,一切事物'说到底'都是政治的。"②特里·伊格尔顿则将这一问题放进文学理论中来进行考量,指出文学理论从一开始就是一个政治问题。他认为,那种无关乎政治性的"纯"文学理论是根本不存在的,只是一个学术神话。在任何学术研究中,人们选择的总是自己认为重要的对象和方法,而人们对其重要性的评价则是由深深植根于社会生活实际形式中的利益结构来支配的。因此文学研究既不是本体论的,也不是方法论的,而是策略性的,它关心的不是对象是什么或我们如何探讨它,而首先是我们为什么要研究它?由此得出的结论是:"我们所研究的文学理论是政治性的。"③

然而"文化政治"的倡导者们明确指出,"文化政治"不同于人们通常所说的"政治"。特里·伊格尔顿声明:"我已经说清我的看法:一切批评在某种意

---

① hooks, bell. *Yearning: Race, Gender, and Cultural Politics*. London: Turnaround, 1991, p.9.
② 弗雷德里克·詹姆逊:《政治无意识》,王逢振等译,中国社会科学出版社1998年版,第8、11页。
③ 特里·伊格尔顿:《文学原理引论》,文化艺术出版社1987年版,第229、246—247页。

义上都是政治的,人们往往把'政治的'一词用于政见与自己不一致的批评,这里讲的不是这个意思。"那么,特里·伊格尔顿讲的是什么意思呢？他接着说："社会主义的与女权主义的批评家……考虑的是作品与性别状况或文本与意识形态之间的关系,而其他理论一般是不这么做的。"①也许可以"文化政治"的开创者贝尔·胡克斯为例说明之,这位出生在美国肯塔基州一个乡村小镇穷苦家庭的黑人血统女作家不啻是文化政治的一个样本,她因特殊的身份地位而成为一个集地缘、阶级、性别、种族、民族和族裔问题于一身的文化符号,成为多方面文化政治的交集。文化政治讲的不是派别而是性别,讲的不是政体而是肉体,讲的不是阶级而是种族,讲的不是地界而是代沟。这些问题之成为可能是建立在对于通常所说"政治"概念的重新理解和进一步拓展之上的,而这些更新和扩展了的领域一般是不被纳入通常所说"政治"概念之中的。这里需要指出的是,通常所说"政治"概念只是指社会政治,它主要是指国家制度、经济体制、科层机构、国际关系、政党、议会、政府、工会等社会权力关系,而文化政治则主要是指性别、种族、民族、族裔、性、年龄、地缘、生态等文化权力关系。现在事情发生了戏剧性的变化,人们的研究兴趣从前者转向了后者,从中发现了以往被遗忘了的角落,而这更是文化政治研究或文化政治学可以大显身手的广阔空间,如果说社会政治更适合政治家去关注的话,那么文化政治则更值得文化学者去垦拓和耕耘。

第二节　文化政治与社会政治

无论是社会政治还是文化政治,其核心问题都是权力的问题,包括权力的分配、使用、执行、生效、争夺、转移、巩固、延续等要义。以往这一认识主要集中在社会政治上,不争的事实是,古今中外历朝历代对于社会权力的掌握、行使、争斗和扩张,始终是最大的政治。然而在文化研究中,一个新的问题被提了出来,权力无所不在,它不仅表现在国家、政党、政府、议会、军队、警察、司法机关、监察机关的实践和职责之上,而且事关人们的种族关系、民族关系、性别关系、性关系、年龄关系和地缘关系等,后者往往也建立在不平等关系之上,一

---

① 特里·伊格尔顿：《文学原理引论》,文化艺术出版社1987年版,第247页。

方强势而另一方弱势,而强势一方支配、压迫弱势一方。可见文化政治也与权力攸关,或者说,正因为与权力相关,"文化"政治才成其为文化"政治"。正如格伦·乔丹和克里斯·威登所说:"社会和文化生活中的每种事物在根本上都与权力有关。权力处于文化政治学的中心。权力是文化的核心。所有的指意实践——也就是说,所有带有意义的实践——都涉及权力关系。"[1]可见必须打破以往相沿成习的思维定势,对权力问题作更为宽泛、更为弹性也更为实际、更为人文的理解。正像目前文化研究中一个较为普遍的看法:"权力已经变成了文化研究中重要的术语,并且被用来解读全部的文化实践和产品。所以,如果我们一般地把'政治'看做权力关系的领域,那么,'政治'的含义就扩展到了包括所有的社会和文化关系,而不仅仅是阶级关系。除了别的政治以外,我们现在还听到诸如男子气质的政治学、酷儿政治学、影像政治学和身份的政治学等多个说法。"[2]这一取向无疑是建设性的,将大大拓展和深化政治学研究的内涵。福柯说:"如果我们在看待权力的时候,仅仅把它同法律和宪法,或者是国家和国家机器联系起来,那就一定会把权力的问题贫困化。权力与法律和国家机器非常不一样,也比后者更复杂、更稠密、更具有渗透性。"[3]福柯之论正说明了,文化政治在性、性别、种族、民族、年龄和时空等方面所涉及的文化权力关系更加切近人的生命、人生、家庭、族类、肉身、官能、欲望、情感等个体性、私人性、血缘性、生理性的部分,这是每个人从出生起就置身其中且终身不能摆脱的命运际遇,更多自然淳厚的人间气、人情味和草根性。

特里·伊格尔顿曾以讽刺的口吻批评以往的一些理论对性别和性欲不屑一顾,甚至对人的食欲存而不论的做法,称之为"不食人间烟火"的理论,其中人类似乎既没有生殖器官,也没有胃和肚皮。[4] 这一批评是切中要害的。中国古人早就说过:"食色,性也。"(《孟子·告子上》)"饮食男女,人之大欲存焉。"(《礼记·礼运》)这些说法都揭扬了人的自然需要和本能欲望的必然性和合理性,其中贯穿着最基本的权力关系,那就是人权。从这个意义上说,饮食男女、衣食住行、身份族类也是最基本的政治。因此可以说,对于文化政治的

---

[1] 见阿雷恩·鲍尔德温等:《文化研究导论》,陶东风等译,高等教育出版社2004年版,第229页。
[2] 同上。
[3] 福柯:《权力的眼睛》,严锋译,上海人民出版社1997年版,第161页。
[4] 特里·伊格尔顿:《理论之后》,商正译,商务印书馆2009年版,第5—6页。

发现,乃是今天文化研究取得的重要学术进展和理论成果。时至今日,人们终于承认,理论探讨和学术研究不仅与真理、理性、信仰有关,而且与性别、种族、民族相涉,其中内涵极其丰富多彩,乃是一个完整的世界、人性的世界。特里·伊格尔顿说:"文化理论的作用就是提醒传统的左派曾经藐视的东西:艺术、愉悦、性别、权力、性欲、语言、疯狂、欲望、灵性、家庭、躯体、生态系统、无意识、种族、生活方式、霸权。无论如何估量,这都是人类生存很大的一部分。要想忽略这些,目光得相当的短浅。这很像叙述解剖学而不提肺和胃。或者像那位中世纪的爱尔兰僧人编了半部字典,却遗漏了字母 S,让人无法解释。"①

其实那些激进的理论也并非像人们所理解的那样极端,如果对其作一番深入考察的话,便会发现其中恰恰不乏对于文化政治的关心。例如法兰克福学派中人霍克海默、马尔库塞、阿多诺、本雅明、哈贝马斯等,颇多关于文化政治的论述。又如晚近的文化理论家像罗兰·巴特、朱丽娅·克利斯蒂娃、利奥塔、德里达、拉康、福柯、阿尔都塞、亨利·勒菲弗尔、布尔迪厄、鲍德里亚等,对于文化政治的研究也情有独钟。甚至可以这样说,"这些人忽略了色情和象征、艺术和无意识、生活经验和意识转换,就难以成为思想家了"。② 进而言之,就是马克思、恩格斯的理论学说,也从未将性、性别、民族、种族、殖民主义等问题排除在它的研究之外。马克思、恩格斯提出了"两种生产"理论,肯定生活资料的生产和人类自身的生产即种的繁衍是人类两种最基本的生产活动;他们研究过妇女解放和男女平等的问题;阐述了民族与阶级、民族解放与社会革命的关系问题;讨论了殖民主义的问题,特别是对于中国问题写过多篇文章,对于西方列强对中国发动的殖民战争作了大量经典性的论述;他们还对殖民主义推行的种族主义和种族歧视予以谴责。马克思、恩格斯的上述理论,当为如今文化政治研究的先声。

以上论列,无非是想说明一个事实:文化政治从未在学术理论中缺席,就像它从未在现实生活中缺场一样,而与社会政治相比,它更富于文化的意味。性别、肉体、种族、民族、族裔、族群、年龄等概念原本属于自然性、生物性、生理性的范畴,具有很强的人类学意义,从而与文化有着千丝万缕的纠葛,往往被

---

① 特里·伊格尔顿:《理论之后》,商正译,商务印书馆 2009 年版,第 30 页。
② 同上书,第 31 页。

文化所规定、所塑造。时至今日，在全球化、市场经济、消费社会、大众时代等构成的新语境下，这些概念的文化内涵又得到了扩充和刷新，被赋予了全球性、国际性、地缘性的文化意味，例如移居国外的移民创作的"移民文学"和从乡村迁移到城市的打工者创作的"新移民文学"的崛起，都只是在当今新的语境下发生并被当今新的文化建构的事儿。总之，文化政治与社会政治从来就是一种互待、互动、互补的关系，只不过它在今天得到了充分凸显，更加引起人们的关注而已。需要指出的是，"文化"这一概念可能只是在教科书中才被表述为相对普泛的定义以及相对固定的内涵和外延，在实际使用中，它总是因每个时代的不同语境而被赋予某种特指含义，成为时代风尚鲜明的风向标。例如五四时期把反帝反封建、倡导民主、科学称为"文化"（"新文化运动"），新中国成立后扫盲运动中把知识水平称为"文化"（"学文化"），20世纪60年代把整个上层建筑、意识形态称为"文化"（"文化大革命"），如此等等。在当今新的语境下，人们所说的"文化"，已经与商品化、产业化、电子技术、大众传媒、网络写作、广告策划、符号消费、娱乐享受等结下不解之缘，转而特指性别、族群、躯体、感性、审美、欲望、快感了，从而所谓文化政治也就不能不发生相应变化，转而成为"身份政治""性别政治""性政治""消费政治""身体政治""肉体政治""审美政治""娱乐政治"的总称了。

第三节　后阶级政治与阶级政治

将文化政治称为"后阶级政治"（post-class politics），而与作为"阶级政治"（class politics）的传统社会政治相对应，是特里·伊格尔顿的首创。[①] 伊格尔顿此说呼应着冷战之后的全球政治格局与后工业社会的到来所引发的新社会运动，后者认为当今社会矛盾主要并不表现为阶级对抗，而是表现为文化挑战，主张以多元文化抗争取代轰轰烈烈的阶级斗争和社会革命，提倡政治的宽容性和中性化。

伊格尔顿对于文化政治的认定是从发现"肉体政治"的重要性开始的，而且此事与关于美学本质的认识直接相关。他认为，鲍姆加通当年创立

---

① 特里·伊格尔顿：《审美意识形态》，王杰等译，广西师范大学出版社1997年版，导言，第8页。

"aesthetic"这一新学科,旨在开辟一个有别于形而上学的"感性学",但后来人们的注意力大都只是集中在感觉和知觉等认识活动方面,恰恰忘却了人的肉体和感官等生物性、生理性的领域。这一发现给了他极大的震撼,他觉得"对肉体的重要性的重新发现已经成为新近的激进思想所取得的最可宝贵的成就之一",从而要为这一"时髦的主题"进行辩护并"试图通过美学这个中介范畴把肉体的观念与国家、阶级矛盾和生产方式这样一些更为传统的政治主题重新联系起来"①,从而在"阶级政治/后阶级政治"的维度上寻求文化政治的意义。当然这里伊格尔顿所说的"肉体"并非仅指人的原始动物性方面,而是指那些经由文化陶铸的生理性、遗传性因素,包括性别、性取向、躯体、种族、族裔等等,而这些东西是传统的阶级政治不予重视甚至不屑一顾的。但是如果从文化的角度来进行考量的话,那么它们恰恰意义重大,像男人/女人、白人/黑人、富人/穷人、精英/草根、西方人/东方人、城里人/乡下人、青年人/老辈人的对立,无不显示着文化身份之别且带有浓厚的政治意味,它们引发的种种矛盾、冲突和对抗正是"文化政治"的重要问题。

基于这一认识,伊格尔顿指出,从20世纪60年代以来,"文化"这个词的内涵已经发生了重要变化,正从一个相对古典和自律的概念变成一个充满政治色彩的概念,文化不再是解决政治问题的一种途径、一种手段,而是问题的本身,"对于过去几十年间支配全球议事日程的激进政治的三种形式——革命的民族主义、女权主义和种族斗争,作为符号、形象、意义、价值、身份、团结和自我表达的文化,已经是政治斗争的通货"②。由此可见,革命的民族主义、女权主义和种族斗争,作为文化政治的主要形式和样本,它们所展开的政治较量属于文化权力之争而非阶级利益之争,已经越出了"阶级政治"的范畴而带有"后阶级政治"的性质。

晚近以来"文化"概念向政治靠拢有其特殊的历史背景,以1968年5月法国巴黎爆发的"五月风暴"为标志,西方社会的历史发生了断裂,同时思想也发生了崩裂。"五月风暴"也可以说是一个哲学事件,它张扬了一种怀疑精神和叛逆精神,使得整个社会风气为之一变,人们不再用以往的方式来看待、思考

---

① 特里·伊格尔顿:《审美意识形态》,王杰等译,广西师范大学出版社1997年版,导言,第7—8页。
② 特里·伊格尔顿:《文化的观念》,方杰译,南京大学出版社2003年版,第44页。

和讨论问题。其中一个重要的变化在于，人们不再将种种文化矛盾和对抗简单地归结为阶级压迫和剥削，不再将文化政治放在阶级斗争的刻度上进行衡量。女性主义运动、性解放运动、争取有色人种权利斗争、土著居民争取平等权利运动、和平运动、环境保护运动等新社会运动风起云涌，导致了性别政治、性政治、躯体政治、种族政治、地域政治、生态政治等"后阶级政治"的兴起，有力地影响了历史发展的进程。

第四节　微观政治与宏观政治

文化政治的崛起是一个后现代事件，后现代的知识状况注定了文化政治从一开始就是一种微观政治。利奥塔将后现代的知识状况归结为一场叙事危机，即宏大叙事被微小叙事所取代的过程。所谓宏大叙事，就是崇尚总体性和普遍性的现代叙事；所谓微小叙事，则是推崇多元性和差异性的后现代叙事。以往宏大叙事总是通过对于微小叙事的无视和排斥来取得自身的合法性，现在这一切恰恰颠倒过来了，宏大叙事分崩离析而弥散在微小叙事的迷乱星空之中。这一变故也是后现代政治的天命，德勒兹和加塔利据此对文化政治/社会政治作进一步界定，提出了"微观政治"/"宏观政治"的概念，指出以往在政治活动中占据王座的宏观政治在后现代语境中正受到日常生活中无所不在的微观政治的挑战。

微观政治在 1968 年的"五月风暴"中起于青萍之末，发生在法国巴黎的这场政治运动表达了人们对于以往的制度和观念实行决裂的强烈愿望。而后来经济格局的分化重组，社会结构的激剧变动，高新技术不断创造奇迹，传播媒介的日新月异，各种资讯的爆炸式剧增，文化经验的空前繁富，都在酝酿着新的经济模式、新的社会结构模式，也在呼唤着新的政治模式。人们的注意力开始转移到差异性和边缘性的文化领域，重新估量性别、种族、民族、年龄、地域、生态等方面的权力关系，而这些权力关系是通过种种细微的通道渗入日常生活和个人存在的，更加贴近人们的命运遭际、人生悲欢，而它对于种种社会问题更能作出即时反应和积极干预，因而更真实、更直接，也更加受到关注。值此时世，人们"转而拥抱微观政治学，把它视为真正的政治斗争领域……后现代理论家们因此把注意力转向了诸如女性主义、生态学团体及同性恋组织等政治运动。这些新兴的社会运动都是对资本主义、国家以及诸如性别歧视、种族歧视和同性恋恐惧症等有害意识形态给社会和个人生活带来的压迫性后果的反应"。① 就说年龄问题,这是十分重要的权力角逐场,当年法国"五月风暴"的动因之一就是一代"愤青"反叛父辈"老爸爸"们的价值观念和政治立场,两代人在意识形态上的猛烈碰撞激起了青年学生对废除现行教育制度、传播媒介机制、社会管理体制的狂热,最终竟演变成一场掀天动地的政治风暴。

微观政治的形成也与理论学说领域的变动相关。以罗兰·巴特、德里达、朱丽娅·克利斯蒂娃、拉康、福柯、阿尔都塞、布尔迪厄、鲍德里亚等为代表的后现代理论有一个主旨,即打破事物的总体性、一元性、中心性,而强调事物的局部性、多元性、过程性。其具体做法就是破除以往结构主义崇奉的逻各斯中心主义,颠覆语言结构中所指与能指的主从关系,反对将能指下降为所指的附庸,主张将能指放在比所指更重要的位置。在他们看来,以往仅仅用能指/所指的二分法来说明语词的意义呈现过程是不确切的,语词的意义呈现并非像以往所理解的那样是由能指引向所指,而是在能指与能指之间进行的转换。这里没有既定的、确凿的意义中心,只有能指与能指之间不断的更替和过渡,这就像查字典,要查一个词的意思,就必须去查另外的词,而这另外的词,又要去查更多的词才能了解其含义,如此等等,永无止境。而语词的意义就生成于这一查找过程之中,查找的过程是无穷尽的,语词的意义实现也是无穷尽的。因此意义的彰显只是在能指与能指之间展开的一场游戏。在这场游戏中,"比起极为丰富的能指所能涉及的所指来,能指是太丰富了"。② 因此语词的意义彰显有赖于一个个具体而微的能指,展开为一个过程,而不是归结为某个终极性的所指,止步于某个超验性的中心。在知识领域内发生的这一巨变影响着人们看待问题、理解问题的思维方式,导致了对于那种宏大叙事式的抽象政治(abstract politics)的质疑,促成了对于虽然微细、微小但充满血色和暖意的具体政治(concrete politics)的热衷。

后现代文化是一种消解文化,其主旨就在于消解以往关于社会历史的宏

---

① 道格拉斯·凯尔纳等:《后现代理论》,张志斌译,中央编译出版社1999年版,第31页。
② 见雅克·德里达:《人文科学语言中的结构、符号及游戏》,刘自强译,戴维·洛奇编《20世纪文学评论》下册,葛林等译,上海译文出版社1993年版,第554页。

大叙事,它的言说方式往往采用修辞中的"否定格",最常用的是非总体性、非普遍性、非连续性、反本质主义、反逻各斯中心主义、反传统、反正统、解体、解构、分解、消散、离散、零散之类说法,因此它更加看重片断、零件、碎片、细节的意义并由此形成一种基本立场,用利奥塔的话说就是"局部决定论"。"微观政治"秉承了后现代文化的消解本性,它崇尚事物的局部性、片断性、异质性、多样性、多元性和不可通约性,而反对宏观政治只是重视事物的全局性、总体性、同质性、一元性和相互通约性。福柯的一个说法表达了这一倾向:"[必须]把政治行动从一切统一的、总体化的偏执狂中解救出来。通过繁衍、并置和分离,而非通过剖分的构建金字塔式的等级体系的办法,来发展行为、思想和欲望。"[1]微观政治特重局部性、差异性、边缘性的旨趣体现了一种重新反思以往政治策略并探求新的政治策略的尝试。

对于文化政治来说,所谓"微观"其实有两层含义,一是指局部、片断、零星,二是指具体、感性、平常。譬如女权主义、种族主义、民族差异、文化殖民、消费主义、传播媒介、代沟现象、区域特点、生态保护等属于前者,按说这些文化政治的规模和影响并不小,只不过它们弥散和延伸到了性别、民族、种族、族裔、年龄、地域、环境等各个具体领域之中去了,所以趋于局部性和分支性;而消费行为、娱乐活动、视觉冲击、官能享受、审美经验、形式快感等则属于后者,它们与人们的日常生活息息相关,是世俗化、人间化、日常化的,但凡它们与权力相关,便都具有了政治意味。只不过这种人间化、日常化、世俗化的政治不那么强制和刚性,而是相对宽容和柔性罢了。这种宽容的、柔性的微观政治,作为社会结构中缓解紧张、释放能量的缓冲带,是任何时代、任何社会都需要的,从而对于宏观政治的合理和完善不乏补偏救弊作用。不过如果仅仅看到微观政治的补偏救弊作用还是不够的,这就降低和缩小了它的意义,其实对于整个政治生活来说,也许微观政治更重要、更加不可或缺,因为它更切近人们的人生、生命和生活,更关心人的命运遭际,更多倾听人的悲欢和歌哭,比起社会政治的宏大叙事来,更多对于人本身的体贴和担当。

在微观政治的问题上,文学理论有其优长之处。文学理论历来对于性别、

---

[1] 福柯:《〈反俄狄甫斯〉序言》,道格拉斯·凯尔纳等《后现代理论》,张志斌译,中央编译出版社1999年版,第70页。

民族、种族、族裔、地域、年龄、环境等微细性、异质性、边缘性问题关注更多,这就使之成为女权主义、新历史主义、后现代主义、大众文化研究、传媒研究、文化帝国主义、后殖民主义、生态批评等乔纳森·卡勒所说"新文类"[①]的孳生地和栖居地。从而如今文学理论对于文化政治的关注可谓得风气之先,人们往往是先从文学理论知晓微观政治,然后才将探究的触角延伸到其他学术理论领域的。文学理论之所以能够如此,是以其丰厚的人文内涵和深切的人文关怀打底的。常言道,文学是人学。进而言之,文学理论也是人学。对此古今中外的文学理论多有表述,如李贽的《杂说》、金圣叹的《读第六才子书西厢记法》、廖燕的《刘五原诗集序》、刘鹗的《老残游记自序》等,将文学理论对于世人的悲欢离合、生死遭逢、喜怒哀乐、爱恨情仇的体贴和担当发挥得淋漓尽致!如李贽对百姓大众那种自然率真、毫无虚饰的"本心"表示激赏,觉得老百姓关于生计营谋和日常生活的谈吐是最令人神往的:"市井小夫,身履是事,口便说是事,做生意者但说生意,力田作者但说力田,凿凿有味,真有德之言,令人听之忘厌倦矣。"(李贽:《答耿司寇》,《焚书》卷1)据此他提出了"好察百姓日用之迩言"的重要命题。(李贽:《答邓明府》,《焚书》卷1)墨西哥诗人、诺贝尔文学奖得主奥·帕斯曾建议美国总统乔治·布什多读点儿诗,也建议墨西哥总统读诗,认为人们在关注物化的世界的同时,也要重视人自身的世界:"人是有七情六欲的人;人要恋爱,要死亡,有恐惧,有仇恨,有朋友。这整个有感情的世界都出现在文学中,并以综合而纯粹的方式出现在诗歌中……要使这个社会变成人的社会,就必须听听诗人们的声音。一个新社会要想对人有一个清楚的概念,就必须注意诗人的诗。"[②]文学理论对于微观政治的倾重及其见微知著的功效在后现代语境下显得尤其突出,特里·伊格尔顿说:"现代文学理论的历史就是我们这个时代的政治与意识形态的历史的一部分……文学理论一直是同政治信仰与意识形态价值密切联结在一起的。文学理论就其自身而言,与其说是一种知识探索的对象,不如说是观察我们历史的一种特殊看法。这不应该引起丝毫的惊讶。因为,任何与人的意义、价值、语言、感觉和经验有关的理论都不可避免要涉及个人与社会的性质、权力与性的问题、对以往历史

---

① 乔纳森·卡勒:《论解构》,陆扬译,中国社会科学出版社1998年版,第2页。
② 潞潞主编:《面对面——外国著名诗人访谈、演说》,北京出版社2003年版,第134—135、137页。

的解释、对当前的看法以及对未来的希望等等更为深广的信念。"①可见如今的文学理论问题与文化政治结有不解之缘,总是在关注着那些特定群体在特定时代的特定利益,与全局性、总体性、至上性的宏观政治相比,总是显得微细、次要、边缘,并非整个社会必须优先考虑的事项。它们与宏观政治的关系就好比人体循环系统中毛细血管与主干动脉的关系,尽管如此,这些"毛细血管"却不容忽视、不可或缺,其情况的优劣能够反过来影响整个人体循环系统的质态。

第五节 审美政治与实践政治

从表面看,文化政治似乎主要是一种"文本政治"而非"实践政治",它不像社会政治那样直接诉诸政治实践,而是主要诉诸文化文本。更具体地说,文化政治是一种学术政治,它伴随着女权主义、大众文化研究、文化帝国主义、后殖民主义等一批新潮理论的兴起而兴起,体现了文学研究在以"新批评"为代表的形式主义潮流退潮之后再次向历史主义的回归,而且是以新的文化形式向历史主义的回归。在这历史的拐点上,文学研究在经历了"向内转"的行程之后,又踏上了"向外转"的路,从而与久违的政治、权力、实用重新聚首,而在新的历史境遇中,文学研究与文化研究趋于合流,但据此还不足以认为从文学研究转向文化研究便已经并且应该成为真正的政治实践,说到底,这还只是作为一种弗雷德里克·詹姆逊所说的"学术政治""知识分子政治"和"大学里的政治"而发挥作用。② 有理由认为,这恰恰是文化政治的正常状态、合理状态。

文化政治也往往采用审美的方式,成为一种"审美政治"。依传统美学之见,审美与政治总是相互背离的,审美的非功利性与政治的社会功利性形同水火。然而今天看来,二者并不完全对立,毋宁说它们恰恰是相互呼应的。伊格尔顿借用挪威画家蒙克的表现主义绘画《嚎叫》来说明这一道理,画面中的人不知性别,没有头发,鼻孔外露,眼神空洞,整个头脸像个骷髅,唯一引人注意的是尽力咧开的嘴巴和大声嚎叫的表情,双手紧捂着耳朵的动作更加助长了

---

① 特里·伊格尔顿:《文学原理引论》,文化艺术出版社1987年版,第228—229页。
② 弗雷德里克·詹姆逊:《快感:文化与政治》,王逢振等译,中国社会科学出版社1998年版,第399页。

这种嚎叫的力度和尖利度,但其声音再强也无法穿透画布的屏蔽,这是一个被剥去了社会特征的生物性的肉体。伊格尔顿指出这幅画带有抗拒市场权力和工具理性的政治意味:"我们现在进入了晚期资本主义,进入一个明显空洞的、具体化的、理性的和管理化的领域。你不能通过有组织的技术迫使其屈服,因此你不得不采取沉默的嚎叫",从而"审美成为秘密的颠覆、沉默的反抗,以及顽固地拒绝的游击战术"。正是在这个意义上,特里·伊格尔顿说:"审美的自律性成为一种否定性政治。"这样,现代主义便用极端的自律性超越了康德倡导的美学现代性,它不是把审美活动与纯粹理性、实践理性相互割裂开来,而是"把审美与其他两个系统合拢起来,努力把艺术与社会实践重新挂起钩来"。① 在现代商品社会,现代主义正是用怪诞、神秘、晦涩和凌乱的形式构筑起一层拒斥世俗生活的障壁,凭借这种反形式、反审美的方式保证了自己在文化、艺术上的自律地位。从而捍卫了自身的高品位、高格调,不至于在金钱世界受到占有欲和铜臭气的玷污和亵渎。因此,现代主义对于艺术自律性和精英性的过度热衷恰恰表达了对于商品社会的大拒绝,审美非功利性最极端之时恰恰是其政治功利性最强烈之处。特里·伊格尔顿对于"什么是审美?"的问题独有领悟、别有诠解,认为审美活动其实并不像以往所说的那样纯粹和超然,"它只不过是社会和谐在我们的感觉上记录自己、在我们的情感里留下印记的方式而已。美只是凭借肉体实施的政治秩序,只是政治秩序刺激眼睛、激荡心灵的方式"。②

与伊格尔顿略见所同,弗雷德里克·詹姆逊也确认审美与政治的遇合是理所当然、势所必至。尽管如此,他还是主张对于艺术作品的政治诉求宜从审美形式进入而不宜从政治判断着手。他说:"我历来主张从政治社会、历史的角度阅读艺术作品,但我决不认为这是着手点。相反,人们应从审美开始,关注纯粹美学的、形式的问题,然后在这些分析的终点与政治相遇。人们说在布莱希特的作品里,无论何处,要是你一开始碰到的是政治,那么在结尾你所面对的一定是审美;而如果你一开始看到的是审美,那么你后面遇到的一定是政治。我想这种分析的韵律更令人满意。不过这也使我的立场在某些人看来颇

---

① 特里·伊格尔顿:《美学意识形态》,王杰等译,广西师范大学出版社1997年版,第369页。
② 同上书,第26—27页。

为暧昧，因为他们急不可待地要求政治信号，而我却更愿意穿越种种形式的、美学的问题而最终达致某种政治的判断。"①布莱希特创作了许多政治题材的戏剧作品，寄寓着他对于种种社会问题的政治思考，如《马哈哥尼城的兴衰》《三分钱歌剧》《卡拉尔大娘的枪》《伽利略传》《四川好人》《高加索灰阑记》等。然而布莱希特的政治自觉始终是与美学追求结合在一起的，那就是通过创建"史诗剧"这一剧种和确立"间离效应"原则而实现的艺术革新。他说："现在是尝试对这种戏剧在美学中的地位进行检验的时候了，至少要为这样一种戏剧勾勒一个可以设想的美学草案。离开美学来描述间离论，大约是非常困难的。"②正因为如此，所以在布莱希特的剧作中可以看到政治通往审美，而审美又通往政治的回环往复运动，二者总是表现出相摩相荡的"韵律"。这种"韵律"恰恰就是审美政治的常态和最佳境界，审美活动的政治功效可谓是"有意栽花花不发，无心插柳柳成行"，那种在政治诉求上直奔主题而无视审美形式的急功近利态度最后总是欲速而不达。

文化政治之为文化政治，其中当然有政治在，但文化政治中的政治往往不是以现实的、直观的模样现身，而是以潜在的、抽象的形式若隐若现。它像一座冰山的底座潜藏在海面之下，深不可测但体量巨大，正是它托举着冰山的顶端。文化政治的深层机理在于，人们对于种种事物的政治态度遭到压抑以后沉入意识底层，经过长期积累和沉淀转化为一种集体无意识，而这一旦条件成熟，便会以某种象征形式出现。因此弗雷德里克·詹姆逊将其称为"政治无意识"，认为一切文学"都必定渗透着我们称之为的政治无意识，一切文学都可以解作对群体命运的象征性沉思"。③ 譬如说现代主义，其极端的自律倾向和精英立场也存在着同样的机理："在现代主义主流文本中正如在资产阶级日常生活的表象世界上一样不再明晰可见，并被累积的物化无情地赶入地下的政治，最终变成了一种真正的无意识。"④一旦条件具备，这种"政治无意识"便会从民族、人种、族裔、地域、身份、性别、年龄等各种领域和路径浮出海面，升华为

---

① 詹姆逊（詹明信）：《晚期资本主义的文化逻辑》，陈清侨等译，三联书店1997年版，第7页。
② 贝托尔特·布莱希特：《戏剧小工具篇》，《外国现代剧作家论剧作》，中国社会科学出版社1982年版，第85—86页。
③ 弗雷德里克·詹姆逊：《政治无意识》，王逢振等译，中国社会科学出版社1998年版，第59页。
④ 同上书，第267页。

一种象征性的文化文本。譬如目前族裔文学在西方发达国家异军突起,生态批评在发达工业社会成为显学,我国从新时期到21世纪女性主义文学独树一帜,以"80后写作"为代表的青年文学取得骄人的市场效益等,都说明这种"政治无意识"一旦升华为文化政治,进而对现实生活发挥实际作用,便势必会对社会政治的改良和完善起到重要的制约、平衡和协调作用。

进而言之,文化政治还有其胜场,它总是以其包容性、宽泛性而对各种因素、各种力量表示欢迎,来者不拒,统统招揽到自己旗下,形成一种总体结构或复合结构而发挥作用。因此,诸如民族、种族、族裔、地域、性别、年龄、躯体和性等领域不是仅仅凭借独力,而是汇聚成一股合力而影响社会政治。参与其事的每一个体往往都是一身而多任焉,同时担任着多种角色,代表着多个群体。从而文化政治成为各个群体相互角逐的竞技场,这就像联合国的会场,每个人都可以各抒己见,而别人也会洗耳恭听,许多精彩的、有意义的思想成果,往往产生在这不同意见相互交集、相互碰撞的对话之中。正是在这个意义上,弗雷德里克·詹姆逊将文化政治看作一项促成"历史大联合"或"各社会群体大联盟"的事业。

事情到了这个份儿上,对于文化政治的性质就不能不重新进行考量了,虽然从表面上看,文化政治可以说是一种诉诸文本的"学术政治"和"审美政治",但从它对于社会政治的重大影响来看,事情就绝非如此简单。在这个问题上,可以首肯弗雷德里克·詹姆逊的见解:"在这种时候,谁要是仍然把学术政治和知识分子的政治主张仅仅看作是'学术'问题,就显得不明智了。"①

第六节 文学理论的后现代转折

由于文化政治的介入,晚近以来文学理论在许多方面发生了后现代转折。欧美以及国内文学理论教材发生的新变提供了有力的佐证,据胡亚敏教授撰写《英美文学理论教材编写情况调查》②所列20世纪末到21世纪初英美国家

---

① 弗雷德里克·詹姆逊:《快感:文化与政治》,王逢振等译,中国社会科学出版社1998年版,第399页。
② 见童庆炳主编:《新时期高校文学理论教材编写调查报告》附录四,春风文艺出版社2006年版。下文引自该调查报告的文字不再注明。

有代表性的文学理论教材，其中大多已一新面貌。国内文学理论教材在时间上要稍慢半拍，但其中少数比较前卫的本子也出现了新的苗头，虽然只是星星点点，却透露了类似消息，与前者成呼应之势。从20世纪末至今，在英美国家出版的重要的文学理论教材中，大部分已经把文学研究中涌现的性别理论、怪异理论、种族理论、女性批评、性批评、后殖民批评等纳入其中。在晚近出版的两本我国学者所著文学理论教材中，已经增添了关于女性文学、性别身份和民族身份的内容。一本是南帆主编的《文学理论（新读本）》（浙江文艺出版社2002年版），该书第22章讨论文学与性别问题，包括性别的文化属性，文学与性别，女性文学等内容。另一本是陶东风主编的《文学理论基本问题》（北京大学出版社2004年版），该书第7章讨论文学与身份认同问题，包括文学与性别身份，文学与民族身份等内容。从近期出版的上述国内外文学理论教材可以发现以下几个新动向。

首先，如今的文学理论从大写的、单数的、宏大的学术理论发展离析为小写的、众多的、微细的学术理论。以往的文学理论往往对于那些文学的"元问题"作出思考和解答，例如对于理念、上帝、历史、理性、主体、思想、意识形态等大关节目的思辨一直是从柏拉图到马克思的文学理论的灵魂和核心，事到如今，这种总体性、全局性的思想已经延伸和散落到具体的、个别的社会事件和日常生活之中。特里·伊格尔顿这样认为："所谓微观政治现在就成了时代的命令……如果所有的理论，就像有些人所怀疑的，天生就都是总体化的，那种种新型的理论就得是一些反理论（anti-Theory）：局域性的、部门性的、从主体出发的、依赖个人经验的、审美化的、自传性的，而非客观主义的和全知性的……代之者则将是那个流动的、不再居于中心的主体。不再有任何连贯的系统或统一的历史让人去加以反对，而只有一批各自分立的权力、话语、实践、叙事。"[①]因此今天的文学理论已经成为"种种理论""众多的理论"或"更多的理论"，包括性别理论、怪异理论、种族理论、民族身份理论、女性批评、性批评、后殖民批评等，而这些异质性的学术理论相互交叉、拼接、植入，又孵化出了许多新的文类。乔纳森·卡勒这样描述这些新文类十分丰富而又繁复的状况：

---

① 特里·伊格尔顿：《二十世纪西方文学理论·后记》，伍晓明译，北京大学出版社2007年版，第227页。

"如果说,近年来批评论争的关注者和参战各方能有任何共同语言的话,那便是当代的批评理论,盘根错节,越见混乱了。过去,一度可以设想批评是一种单一的活动,只是侧重点有所不同。近年辩论的尖锐程度,所示的则是相反:构成批评领域的全是些竞新斗奇,互不相容的活动。"① 如果要具体开列,那将是一张长长的名单。

其次,文学理论在理论形态上表现为零散性、片断性和例示性,成为若干概念、术语的集结,这里不追求概念、术语之间的关联性和连续性,也不讲求它们之间的排列顺序和内在逻辑。例如安德鲁·本尼特、尼古拉斯·罗伊尔的《文学、批评与理论导论》(Andrew Bennett and Nicholas Royle, *Introduction to Literature, Criticism and Theory*, Prentice Hall, 2004),全书并无完整的体系框架,只是由32个概念集结而成:开端,读者和阅读,作者,文本和世界,神秘,纪念碑,叙事,人物,声音,修辞和比喻,笑,悲剧,历史,身份认同,幽灵,性别差异,上帝,意识形态,欲望,怪异,悬念,种族差异,殖民,述行,秘密,后现代,愉悦,结尾。从而该书犹如一部文学理论"关键词",难怪中文译本将其取名为《关键词:文学、批评与理论导论》②,这样的体例也就决定了该书是开放式、松散型的,是多入口、多进路的,就像一张四通八达的交通图,哪个是起点站,下一站在哪里,再下一站在哪里,终点站在哪里,均无一定之规和固定说法,用一个时兴的说法:"怎么都行!"这是一种"扑克牌"式的结构,其中每一张牌都是相对独立的,每一次研读或讲授,都不妨是重新洗牌以后的任意抽牌,这就给阅读和教学留下了充分自由的空间。这一结构也不受传统理论系统的固定框架限定,可以随意增删取舍条目。而该书也正是这样做的,自1995年初版以来,在1999年和2004年作了两次修订,该书的条目均作了大幅度的更新和扩充,增列了许多新的条目,如怪异理论、后殖民理论、经典问题、幽灵问题、变异现象等,大多与文化政治相关。该书之所以能够如此,完全得便于其开放式、松散型的结构。

再次,文学史家指出:"20世纪70和80年代盛期的(大写的)'理论'现在

---

① 乔纳森·卡勒:《论解构》,陆扬译,中国社会科学出版社1998年版,第8页。
② 安德鲁·本尼特等:《关键词:文学、批评与理论导论》,汪正龙等译,广西师范大学出版社2007年版。

已经被取代,或者完全被吸纳进新的理论或种种理论中,这些理论更应该被理解为一种行动而不是文本或立场观点"。① 与文化政治的内涵相对应,如今文学理论更加突出活动性、行动性的品格,而这一品格往往聚光于文学解读和文学批评的实践性、实效性和可操作性。于是便出现了像罗易斯·泰森的《当代文学批评理论——使用者指南》(Lois Tyson, *Critical Theory Today*: *A User-Friendly Guide*, Garland Publishing, Inc. A Member of the Taylor & Francis Group, 1999)、迈克尔·莱恩的《文学理论实用读本》(Michael Ryan, *Literary Theory*, *A Practical Introduction*, Blackwell Publishers, 2002)这种致力于"多维解读"的教材。前者以20世纪涌现的12种主要文学批评流派为章目,运用包括女性主义批评、新历史主义与文化批评、同性恋与怪异理论、后殖民主义与非裔美国文学批评等不同流派在内的各种方法对于同一部小说——美国作家菲茨杰拉德的作品《了不起的盖茨比》进行解读。后者则以莎士比亚的《李尔王》、亨利·詹姆斯的《艾斯朋遗稿》、伊丽莎白·毕肖普的诗作与托妮·莫里森的《蓝眼睛》等四部作品为样本,从形式主义、结构主义、精神分析、马克思主义、后结构主义、解构主义、后现代主义、女性主义、性别研究、酷儿理论、同性恋研究、历史主义、族裔批评、后殖民主义、国际主义研究等理论批评视角进行了分析。此类文学理论教材的长处正如其书名所示,特别注重使用性、实用性,在"文学面面观"的大面积尝试之中演示文学解读和分析的多种可能性,通过不同解读和分析方法的比较、考量帮助读者了解和掌握其操作规程。

最后,值此文化研究炙手可热之际,许多学者都在思考这样一个问题:文化研究的学科归属如何? 或者说,文化研究究竟还算不算一个学科? 回答似乎是不谋而合的,那就是都尽量避免使用"学科"概念,宁愿以"领域""结构""模式"视之。例如弗雷德里克·詹姆逊认为,在文化研究中,"种族、性别、阶级、民族性和性生活交错汇合到一起,形成一个发挥作用的结构"。② 毋庸置疑,文化研究具有总体性、构成性,也能对种种社会问题发挥实际效用,但是它

---

① 拉曼·塞尔登等:《当代文学理论导读》,刘象愚译,北京大学出版社2006年版,第328页。
② 弗雷德里克·詹姆逊:《快感:文化与政治》,王逢振等译,中国社会科学出版社1998年版,第418—419页。

缺少明确的专业界限和稳定的知识体系,缺少一套严格的学术传统和规训制度,因而不足以用"学科"的概念来加以界定。然而这一点在陈规旧习普遍遭到颠覆的后现代语境下也许非但不是欠缺,恰恰倒是长处。惟其文化研究缺乏明确的专业界限和学科范围,所以它才能避免专业分工日益精细带来的单一性、排他性局限;惟其文化研究不曾建立严格的学术规范和规训制度,所以它才能自由任运地穿越于各个学科之间而不受种种规矩法度的牵绊制约。从这一点不妨说,文化研究从来就带有某种后现代性质。因此弗雷德里克·詹姆逊说:"文化研究成了后学科。"[①]在这个意义上说,文化政治也是一种"后学科"。它所涉及的问题并不都是文学,甚至主要不是文学,而是社会学、伦理学、人类学、生理学、生态学、社会运动、国际政治、文明进化的问题,但是正如以上众多文学理论教材所示,在这林林总总的文化政治中,始终保持着一个文学的焦点,这个文学焦点也是一个支点,一个阿基米得点,只要它在,便有可能撬动日常生活中的实际问题,起码也能引起某种震动,哪怕是某种颤动。那么,文学何以在所有的知识领域中堪当撬动现实的支点呢?特里·伊格尔顿提出了一个重要的观点,在他看来,从文学向文化政治学转移是适当的,因为在这两者之间存在着相通之处,那就是"主体性的观念"。而文学批评家受过良好的"主体性科学"的训练,因而最有资格讨论文化的问题。鉴于文学在社会主体性的形成过程中所起的关键性作用,"做一名文学批评家不会因此成为在政治上无足轻重的角色"。[②] 特里·伊格尔顿所谓"主体性的观念""主体性科学"应该就是文学和文学理论的人学内涵,它对于人本身的体贴和担当,与文化政治原本就是殊途同归的,文学和文学理论所寄寓的人文理想和终极关怀,原本就是文化政治的命脉和灵魂。特里·伊格尔顿说过:"文化不仅是我们赖以生活的一切,在很大程度上,它还是我们为之生活的一切。感情、关系、记忆、亲情、地位、社群、情感满足、智力享乐、一种终极意义感,所有这些都比人权宪章或贸易协定离我们大多数人更近。"[③]而这一切,不也正是文学的最高境界、文学理论的至上追求吗?

---

① 弗雷德里克·詹姆逊:《快感:文化与政治》,王逢振等译,中国社会科学出版社1998年版,第400页。
② 特里·伊格尔顿:《文化的观念》,方杰译,南京大学出版社2003年版,第45页。
③ 同上书,第151页。

第 五 章

从形式到政治：文类理论的后现代新变

常言道，人们总是戴着有色眼镜看世界的，有什么观念，就能看见什么，观念一变，看到的东西随之也变。这一道理在20世纪60年代以来文学理论从形式主义走向历史主义的转折中再一次得到证明。在形式主义盛行的年头，人们对于文学内容往往作出形式主义的阐释，如俄国形式主义、英美新批评、结构主义提出"文学性""陌生化"等概念，肯定语言结构的变化对于文学本质、文学功能、文学风格、文学史等的本体意义，从而阐扬文学独立于社会历史的自律性；但到了文化研究起来，历史主义复兴的时代，那些原本属于文学形式范畴的文本、结构、语言等问题恰恰被赋予了历史主义的阐释，如罗兰·巴特将日常生活纳入"文本"范畴，德里达创造了"延异""播撒"等概念而对语言结构实行解构，福柯将关注点从语言转向了话语，都转而寻绎社会历史语境对于文学形式的制约作用了。

"文类"问题也是如此。

第一节 "文体"：一种文学形式

对于中国人来说，"文类"是一个陌生的概念，中国人在相近意义上使用的是"文体"概念，主要是指体裁、体例、体式，属于文学形式的范畴。如曹丕的《典论论文》将广义的"文学"分为奏议、书论、铭诔、诗赋等四科八体，陆机的《文赋》进一步分为诗、赋、碑、诔、铭、箴、颂、论、奏、说等十体，而刘勰的《文心雕龙》则将"文之体制"分作33种,萧统《文选》更将"文之体"别为38种,而且赋又分子类凡15种,诗又分子类凡23种!

中国古人对于文体的区分大致有三种方法,一是从创作的角度进行划分,如汉代《诗大序》从情感表达方面来分类:"情动于中而形于言,言之不足故嗟叹之,嗟叹之不足故永歌之,永歌之不足,不知手之舞之,足之蹈之也。"就是说,文艺创作乃是情感活动的表达,而情感活动往往表现为不同形式、不同强度,它势必要求相应的体裁样式产生,从而渐次形成了诗、歌、舞等丰富多样的体裁类型。

二是从作品的角度进行划分,魏晋以后大多采用这种方法,曹丕的《典论论文》、陆机的《文赋》、刘勰的《文心雕龙》、萧统的《文选》等颇具代表性。这又分两种情况,一是根据作品的文体风格来分类,如刘勰对于各种文体的风格特色分别予以诠解:"是以括囊杂体,功在诠别,宫商朱紫,随势各配。章表奏议,则准的乎典雅;赋颂歌诗,则羽仪乎清丽;符檄书移,则楷式于明断;史论序注,则师范于覈要;箴铭碑诔,则体制于宏深;连珠七辞,则从事于巧艳。此循体而成势,随变而立功者也。"(刘勰:《文心雕龙·定势》)一是根据作品的文本形式来分类,如刘勰的《文心雕龙》上半部分从《明诗》到《书记》20篇论列了33种文体形式,其中《明诗》《乐府》《诠赋》《杂文》《史传》《诸子》《封禅》等7篇是每篇专论一种,其余13篇是每篇兼论两种。锺嵘的《诗品序》则对五言诗进行专论,即所谓"五言居文词之要,是众作之有滋味者也"。对其起落荣衰进行描述,对其成败得失作出总结。

三是从接受的角度进行划分,明清以后人们开始采用这种方法,如王世贞对于戏曲文体在元明之际兀然崛起的缘由从接受的角度作出寻索:"曲者,词之变。自金、元入主中国,所用胡乐,嘈杂凄紧,缓急之间,词不能按,乃更为新声媚之。"(王世贞:《〈曲藻〉序》)"三百篇亡而后有骚、赋,赋难入乐而后有古乐府,古乐府不入俗而后以唐绝句为乐府,绝句少宛转而后有词,词不快北耳而后有北曲,北曲不谐南耳而后有南曲。"(王世贞:《曲藻》)王国维则从国人精神、文化传统的角度对于中国戏曲小说的审美特质进行阐释:"吾国人之精神,世间的也,乐天的也,故代表其精神之戏曲小说,无往而不著此乐天之色彩:始于悲者终于欢,始于离者终于合,始于困者终于亨;非是而欲厌阅者之心,难矣!""吾国之文学,以挟乐天的精神故,故往往说诗歌的正义,善人必令其终,

而恶人必离其罚:此亦吾国戏曲小说之特质也。"(王国维:《红楼梦评论》)

以上中国古代文论划分文体的三种角度显示了一种与历史发展相对应的逻辑顺序,文体区分的依据从创作到作品再到接受的迁移恰恰与从汉代到魏晋再到明清的时代变迁大致同步,但万变不离其宗,将文体作为体裁、体例、体式等文学形式来看待这一点却是一以贯之。因此有学者指出,形式众多的文体形态成为中国古代文学史演变的主要原因和线索之一,可以说"中国古代文学史也是一部艺术形式的演变史"。① 另外值得注意的是,明清之际出现过"文类"一词,如包世臣的《与杨季子论文书》:"文类既殊,体裁各别,然惟言事与记事为最难。"但显见仍指文学形式意义上的体裁格式。

第二节 "文类":形式主义的类型观念

"文类"概念有国外的学术背景,genre(文类)一词最初是法文词,它是指文学作品的种类或类别。该词在英语中出现较晚,到20世纪初才在英语文学批评中得到确立。

但在很长时间内,这一概念的含义并不确定,有人主张文类概念应依附于语言形态学,但也有人主张文类概念应依附于对宇宙的终极态度。韦勒克、沃伦在《文学理论》(1942)中综合这两种对立主张,概括为"外在形式"与"内在形式"两个方面,前者是指"特殊的格律或结构等",后者是指"态度、情调、目的以及较为粗糙的题材和读者观众范围等"。② 很显然,上述两种主张中前者诉诸文学形式而后者诉诸文学内容。不过作为"新批评"的文论家,韦勒克、沃伦对于后一种方法仍心怀疑虑,担心一旦按照动机态度、情调意趣、题材选择、功能取向去给文学作品分类,可能导致像"政治小说""工厂工人小说""教师小说""海员小说"等文类的泛滥。为此他们的立场又有所退缩:"总的说来,我们的类型概念应该倾向形式主义一边",而将"政治小说"等称为"社会学的分类法"而加以拒斥。③

---

① 吴承学:《中国古代文体形态研究》,北京大学出版社2013年版,第1页。
② 韦勒克、沃伦:《文学理论》,刘象愚等译,江苏教育出版社2005年版,第274页。
③ 同上书,第276、275页。

从这一立场出发,韦勒克、沃伦建立了形式主义文类理论的雏形,包括一系列不乏操作性的文类批评概念,如种类等级、种类纯净、种类持续、种类增殖、种类分立、种类混合等,将从亚里士多德到俄国形式主义的文论史阐释为一部文类史,从文类形式的角度开掘出一些被人忽略但又耐人寻味的文学规律。例如所谓"种类等级",是指从古希腊罗马开始,人们就将不同文类分出高低优劣不同等级,崇尚高贵单纯的风格而排斥庸俗低下的趣味,到了17世纪新古典主义,这种等级制度越发壁垒森严而不可逾越,旨在保证悲剧等高级文类的"种类纯净"。但是到了俄国形式主义,事情恰恰颠倒了过来,他们推崇的"陌生化"的一个重要原则就是将以往不入流的形式升格为主流来重铸新的艺术形式。在韦勒克、沃伦看来,"只不过是把低等的(亚文学的)类型正式列入文学类型行列之中而已",只不过是"再野蛮化"而已。① 又如"种类分立",其原则就是对于不同类别的作品进行分类处理,以保持作品情调的统一性和风格的简明性,必须把注意力集中在单一的情节和主题上,创造一种单一的情感而不至于过于散漫淆乱。然而,丰富和交融也是文类的生机和活力之所在,因此在文学史上也不乏"悲喜混杂剧"之类体现"种类混合"原则的新文类,而许多伟大的作家如莎士比亚、拉辛、狄更斯、陀思妥耶夫斯基的作品都是从已有的类型出发而又打破文类界限从而大力创新的结果。

"文类"一词在德国的使用可能更晚。德国学者沃尔夫冈·凯塞尔的专著《语言的艺术作品》(1948)在形式主义的框架内对于文类问题进行了探讨,特别是第十章"文类的组织"②对此作了专题研究。凯塞尔认为,划分不同的文类是困难的,因为它可以是指各种小说、颂诗、挽歌、十四行诗、自传、歌舞杂戏、悲剧、喜剧、闹剧等,也可以是指描写类、教育类、书信类等,但这分明是两种完全不同性质的东西,前者属于外在的、形式的分类,后者属于内容的分类。在他看来,那种既包括形式又包括内容的"文类"概念体现了一种"集体构成的原则",它只具有"集体"的意义,并不包含任何新的、特别的东西,因此它的内涵是空虚的。尽管古典主义诗学以及古典主义之后的诗学对此作了种种辩

---

① 韦勒克、沃伦:《文学理论》,刘象愚等译,江苏教育出版社2005年版,第280页。
② 该书第十章"文类的组织"原题为德文 Das gefuge der gattung,其中 gattung 一词对应英文 genre 一词,即指"文类"。见 http://www.collinsdictionary.com/dictionary/german-english/gattung?showCookiePolicy=true。

护,但这对于形成一种科学合理的文类概念并没有什么帮助,相反地只能造成紊乱。在凯塞尔看来,通览文学史和美学史,将文学作品分为抒情诗、史诗和戏剧的三分法是人们并无异议的,因为一件作品属于其中哪一类是由该作品所表现的形式来决定的:"假如有人对我叙述某件事情,它就属于史诗,假如有人化装在一个演出场所表演某件事情,它就属于戏剧,假如有人感觉一种情况并由一个'自我'表现出来,它就属于抒情诗。"[1]固然文类划分可以采用更加细致的方法,如分为赞歌、颂诗、长篇小说、中篇小说、悲剧、喜剧等,但它们仍然包含在以上三个大类之中。正因为抒情诗、史诗、戏剧三分法非常可靠且与事实相符,所以人们将其作为绝对必要之事来看待,如黑格尔、费希尔、让·保尔、史莱格尔、卡西尔等大家都对其作过论证,或将其视为主观与客观的正、反、合逻辑关系,或将其视为三种类型的世界观、三种心理的经验形式、三种精神能力、三种人格类型,或将其视为语言表现的三个阶段,如此等等。据此凯塞尔得出结论:"三部的分类:抒情的、史诗的、戏剧的,今天确是科学思想方式的公共财产;至于'教训的'作品通常被划为一个特别的种类,它具有特定的目的,它再不是独立自主的文学,它走出了真正文学的范围。"[2]

凯塞尔在文类问题上的上述立场与其形式主义的文学观念有关,他的《语言的艺术作品》有一个副标题"文艺学引论",可见该书实际上是从形式主义出发写就的一本文学原理,讨论的主要是诗歌的韵律、节奏、声音、修辞,戏剧的场与幕、情节、结构,史诗的结构形式、形式和构造元素等等。当然该书也讨论了文学内容的基本概念,但旨在否定内容在文学中存在的必要性。在他看来,作为内容的要素之一的"素材"是指在作品之外独特地流传下来并对作品产生影响的东西,但它总是与特定的人物密切相关,因而在过程、时间和空间方面或多或少是固定的。而另一种内容要素"动机"则是固定的、永恒的、千篇一律的,如世代仇恨的家族的孩子之间的爱情;如已被当作死亡的人突然归来,靠拼戒指来寻亲,靠穿鞋子来认人;如用手帕来引起误会,用三角恋爱造成悲剧;还有家庭中的纠纷、亲属间的谋杀、血统的罪恶、家族的诅咒等,这些"动机"在文学作品中总是一再被重复使用。总之无论是素材还是动机,都见不出创造

---

[1] 沃尔夫冈·凯塞尔:《语言的艺术作品》,陈铨译,上海译文出版社1984年版,第440页。
[2] 同上书,第442页。

性,文学的创造性还得见诸形式。有鉴于此,凯塞尔指出:"叙述的内容对于文学的存在方式和对于一个作品艺术的地位,是无关紧要的。""因此我们提出这个要求,无论在什么地方,只要牵涉到文学的形成,不应当强调内容,假如在中小学教育中重视内容复述,那是出于特定的和重要的教育理由:但是对于文学的形成只进行内容复述就很不够了。"①

但事情还有另外一面,尽管韦勒克、凯塞尔等人并不看好,但从内容出发,根据动机、立意、题材或功能来划分文类乃是不争的事实,不只国外已如前述,就说中国,古代早就有田园诗、山水诗、边塞诗、游仙诗、游梦诗等诗歌类型;至于近现代及当代所谓"公案小说""武侠小说""科幻小说""侦探小说",所谓"乡土文学""寻根文学""知青文学""新移民文学"等,都是人们常说常用的文类了;而如今,"益智类""励志类""实用类""科普类""教育类""职场类"等,已是图书行业区分包括文学在内的读物的通用类别了。可见从"文体"概念走向"文类"概念,为将动机、题材、主题、功能等内容方面作为文学分类的重要依据埋下了伏笔,进而为"文类"概念注入历史内容和意识形态打开了方便之门。

第三节 "文类批评":历史主义的文类概念

顺着这一逻辑往前走,晚近以来"文类"观念发生了历史主义的转折。推动这一转折的是弗雷德里克·詹姆逊。

詹姆逊提出了"文类批评"(genre criticism)的概念,力图扭转传统文类概念形式主义的类型化倾向,而代之以历史主义的文类概念。他首先表明了自己的立场,在《政治无意识》(1981)的"前言"中这样说:"我试图保持一种本质上是历史主义的视角……关键在于,在这样一个浸透着各种信息和'审美'体验的社会里,老式哲学美学的那些问题本身就需要从根本上历史化,而且可以预见,它们将在历史化的过程中变得面目全非。"②詹姆逊指出,今天已面临危机的传统文类理论,采用的仍是再现性的或"现实主义"的文学史叙事方法,将

---

① 沃尔夫冈·凯塞尔:《语言的艺术作品》,陈铨译,上海译文出版社1984年版,第60页。
② 弗雷德里克·詹姆逊:《政治无意识》,王逢振等译,中国社会科学出版社1998年版,第5页。

诸如悲剧/喜剧或抒情诗/史诗/戏剧体诗等各种文类纯客观、纯自然地当成共时性的存在,视为纯粹的形式问题,而不去追索其历史性内涵,这是值得质疑的。他力图寻求另一种可能性,开辟一条对文类概念进行"历时建构"的途径,建立一种文类区分的"历时框架"。其实这一想法在他十年前写《马克思主义与形式》(1971)一书时就已产生了。在该书中,他受到黑格尔艺术哲学所采用的"历时性建构"方法启发,肯定对于任何作品的阅读都是在一定语境中的阅读,"在这种语境中,各种文类被认为是共存的,彼此之间保持着固定的距离,共存于相对是系统性的复合体,而这些复合体本身又能以它们的历史共存或连续构成为研究对象"。因此对于各种文类,"我们将环绕着它建构一个历时性序列,我们将书写有关它的历史,认为它具有可以讲述的内部发展或者辩证历史"。①

詹姆逊所说的黑格尔式的"历时性建构"即辩证思维的"逻辑的与历史的相统一的方法",这一方法在黑格尔美学中得到淋漓尽致的运用。与文类问题相关的是其《美学》第3卷对于建筑、雕刻、绘画、音乐、诗歌五大艺术门类的分析。黑格尔从"美是理念的感性显现"这一核心概念出发,将五大艺术门类的形成演绎为理念在发展过程中得到感性显现的不同历史阶段,同时又据此将这五大艺术门类与艺术的三种历史形态(象征型、古典型、浪漫型)相互对应起来,从而赋予了艺术门类的划分以巨大的历史感。詹姆逊对此予以充分肯定,认为从中恰恰"投射出马克思主义模式"。当然,对于黑格尔这种"历时性序列"只是从理念出发而不是从现实出发的头足倒立的弊端,詹姆逊也表明了批判的态度。②

时隔十年后,詹姆逊声明,他所倡导的"文类批评""已经包含一种与历史唯物主义的特殊关系",而作为这种新型"文类批评"之范例的则是马克思、恩格斯关于诗体悲剧《弗兰茨·冯·济金根》致拉萨尔的信,詹姆逊认为:"对马克思主义来说,文类概念的战略价值显然在于一种文类概念的中介作用,它使单个文本固有的形式分析可以与那种形式历史和社会生活进化的孪生的共时

---

① 弗雷德里克·詹姆逊:《马克思主义与形式》,李自修译,《语言的牢笼·马克思主义与形式》,百花洲文艺出版社1995年版,第265、267页。
② 同上书,第276页。

观结合起来。"①就是说,在历史唯物主义的框架下,"文类"概念应既是共时的,又是历时的;既是静态的,又是动态的;既是逻辑的,又是历史的。对于"文类批评"所引领的历史主义转向,詹姆逊显得信心满满:"由于这种方法论的自明之理,传统文类批评中类型化的滥用必然停止。"②

然而在今天来讨论"文类"问题,势必与黑格尔的时代不可同日而语,时过境迁,物是人非,时间会拉开"过去的"问题与"当下的"经验之间的距离,而人们对于过去问题的理解往往取决于当下的经验,所以詹姆逊提醒,在"文类"问题上尤其要重视当下消费社会的特征对于我们理解问题的决定作用,市场体制和金融经济的强势渗透导致了文化生产者的去体制化和艺术的商品化,随之原先文类划分的规约和机制被打破了,旧的文类规范只是变成了一种标签,"尽管如此,旧的文类规范并没有死亡,而是以大众文化亚文学文类不甚令人满意的方式保持下来,变成了摆在杂货店和飞机场的一排排皮本的哥特式小说、神秘故事、传奇、畅销书和流行传记"。不仅如此,而且以往属于边缘化的写作类型也进入了主流,突破了传统文类区分的边界:"法律语言、片断、轶事、自传、乌托邦神话、幻想的小说描写、前言、科学论文,等等,所有这些都越来越被认为是多种不同的文类样式。"③上述形形色色亚文化、准文化、边缘文化、次生文化的泛滥,造成了文类概念无限制地扩容和越界,导致传统文类规范的礼崩乐坏。如果要对这一无序、失范的局面进行考量、作出评估,一味求助于传统的简单类型化的文类概念显然是不得要领的,这就势必呼唤那种具有反思意味、历史眼光的"文类"概念出场。

作为一种理论回应,詹姆逊倡导"文类批评"的历史主义取向,主张将"文类"概念与社会历史及意识形态联系起来,他说:"就其自然出现的、有力的形式而言,文类本质上是一种社会—象征的信息,或者用另外的方式说,那种形式本身是一种内在的、固有的意识形态。"④将"文类"这一历来属于形式范畴的文学现象视为"社会—象征信息"和意识形态,这无疑是一次重要的观念革命,关键在于,其中从形式到内容的逻辑是如何转过来的?这就必须追溯到詹

---

① 弗雷德里克·詹姆逊:《政治无意识》,王逢振等译,中国社会科学出版社1998年版,第92页。
② 同上书,第128页。
③ 同上书,第94、93页。
④ 同上书,第127页。

姆逊的"政治无意识"一说,詹姆逊有一句名言:"一切文学,不管多么虚弱,都必定渗透着我们称之为的政治无意识,一切文学都可以解作对群体命运的象征性沉思。"①其深层机理在于,人们在实际生活中对于种种事物的政治态度可能遭到压抑而沉入意识底层,经过长期积累和沉淀转化为一种集体无意识,詹姆逊称之为"政治无意识"。一旦条件成熟,这种"政治无意识"便会通过各种领域和路径浮出海面,升华为一种象征性的文化文本。现代主义就是一个典型文本,詹姆逊指出:"在现代主义主流文本中正如在资产阶级日常生活的表象世界上一样不再明晰可见,并被累积的物化无情地赶入地下的政治,最终变成了一种真正的无意识。"②现代主义作品不仅以种种荒诞离奇的形象、情节、场景,而且以荒诞剧、意识流小说、动作绘画、具象音乐、舞蹈交响主义、生活流电影等离经叛道的文类来表达对于商品社会、金钱世界的大拒绝。譬如在尤涅斯库的荒诞剧中出现的令人难以置信的种种场景:无数的蘑菇在住宅里滋生(《阿美戴》),无数的杯子堆积如山(《责任的牺牲者》),家具堵塞了大楼的所有楼梯,甚至将房客统统掩埋起来(《新房客》),舞台上堆满了为看不见的客人准备的几十把椅子(《椅子》),几个鼻子长在一个年轻姑娘的脸上(《雅格》)……这就揭示了荒诞剧一个重要的批判性主题:商品社会的高度物质化造成了物对于人的排挤和压迫。用尤涅斯库的话来说:"宇宙一旦为物体所充塞,人就不复存在"。③可见现代主义就其实质而言是一个否定性的概念,它对于资本主义的叛逆和反抗更是一种政治态度。因此詹姆逊声称:"我历来主张从政治社会、历史的角度阅读艺术作品,但我决不认为这是着手点。相反,人们应从审美开始,关注纯粹美学的、形式的问题,然后在这些分析的终点与政治相遇。"④在这里审美变成了政治,艺术变成了实践,形式变成了内容,文类变成了意识形态。

詹姆逊在"文类"问题上还提出了很多新概念、新说法,譬如说"文类"范畴是一种"形式积淀"的模式,总是被化入了"意识形态素","文类"被解作"形式

---

① 弗雷德里克·詹姆逊:《政治无意识》,王逢振等译,中国社会科学出版社1998年版,第59页。
② 同上书,第267页。
③ 欧仁·尤涅斯库:《出发点》,《外国现代剧作家论剧作》,中国社会科学出版社1982年版,第170页。
④ 詹明信(詹姆逊):《晚期资本主义的文化逻辑》,陈清侨等译,三联书店1997年版,第7页。

的内容",是一种"形式的意识形态",如此等等。① 各种说法不无相互缠绕、循环论证之弊,要说清楚其中勾搭连环之处,颇费诠解疏通之力,不妨一言以蔽之,它们共同体现了一种历史主义的主旨。

第四节 "理论":后现代新文类

如果说文类理论的历史主义取向在詹姆逊那里其后现代性质还只是崭露头角的话,那么到乔纳森·卡勒则已带有鲜明的"后学"色彩了。

乔纳森·卡勒的《结构主义诗学》(1975)并未涉及文类问题,后来是在理查德·罗蒂的影响之下才注意到这个问题。他在《论解构》(1983)的序中指出,已有与日俱增的证据显示,晚近的文学理论著作都在一个未及命名但经常被简称为"理论"的领域内密切联系着其他文字,"这个领域不是'文学理论',因为其中许多最引人入胜的著作,并不直接讨论文学。它也不是时下意义上的'哲学',因为它包括了黑格尔、尼采、伽达默尔,也包括了索绪尔、马克思、弗洛伊德、高夫曼和拉康。它或可称为'文本理论',倘若文本一语被理解为'语言拼成的一切事物'的话,但最方便的做法,还不如直呼其为'理论'。这个术语引出的那些文字,并不意在孜孜于改进阐释,它们是一盘叫人目迷五色的大杂烩"。他借用理查德·罗蒂的说法,称之为"新的文类":"自打歌德、麦考莱、卡莱尔和爱默生的时代起,有一种文字成长起来,它既非文学生产优劣高下的评估,亦非理智的历史,亦非道德哲学,亦非认识论,亦非社会的预言,但所有这一切,拼合成了一个新的文类(new genre)。"② 卡勒后来在《文学理论》(1997)一书中沿用了"文类"概念来界定"理论"的各种类型,他说:"这种意义上的理论已经不是一套为文学研究而设的方法,而是一系列没有界限的、评说天下万物的各种著作,从哲学殿堂里学术性最强的问题到人们以不断变化的方法评说和思考的身体问题,无所不容。'理论'的文类包括人类学、艺术史、电影研究、性研究、语言学、哲学、政治理论、心理分析、科学研究、社会和思想

---

① 见弗雷德里克·詹姆逊:《政治无意识》,王逢振等译,中国社会科学出版社 1998 年版,第 126、131、133、86 等页。

② 理查德·罗蒂:《职业化的哲学与超验主义文化》,乔纳森·卡勒《论解构》,陆扬译,中国社会科学出版社 1998 年版,第 2 页。

史,以及社会学等各方面的著作。"①

在这里卡勒开了将"理论"文字称为"文类"的先例,而他所说"文类"又分为两个层次:一是指"理论"本身,一是指"理论"所包含的各个新潮流派或学说。这显然已与以往的"文类"概念相去甚远,它不是指文学形式层面上的体裁格式,也不是指文学内容层面上的题材和主题,而是指"后学"的各种新潮学说或流派了,它们诉诸思考、预测、判断、解释,运用理性思维考察事情、探究学理,属于理性思维的范畴,卡勒将其称为"新文类"并揭扬了它的种种内涵,是将"文类"概念大大扩充了。

在卡勒看来,"理论"这一新文类表现出显著的异质性,它包括结构主义、解构主义、话语理论、精神分析、新历史主义、女性主义批评、族裔文化批评、后殖民批评、东方学批评等,还有最近受到关注的理论伦理学、人—动物间互研究、生态批评、后人类理论等新潮理论。它们通往各个知识领域和思想空间,这是一个包罗万象、无所不及的文类,一个层出不穷、永无止境的文类。它们涉及民族、种族、阶级、性别、年龄、出身、职业、地域、生态等方面文化权力的博弈,将文化政治问题推进了当今的学术视野,成为迅速趋热的学术焦点。其思想利器恰恰就是韦勒克、沃伦所顾忌的"社会学的分类法",从而彰显了"文类"概念从文学形式到文学内容再到"理论"的发展逻辑,从形式走向了内容,从文学走向了文化,从文本走向了社会、历史、政治、实践。

"理论"作为新文类,显示了思想学术的后现代旨趣,它往往另辟蹊径、剑走偏锋,将从局部领域、边缘地带获得的经验和观点推向一般,以解决更为普遍、更为根本甚至是划时代的重大问题。例如德里达的解构主义和福柯的后结构主义便是如此。德里达的文字学研究就迥异于一般语言学家而大有深意在。德里达用文字学来颠覆语言学,将矛头指向了索绪尔。在索绪尔看来,作为不同的符号系统,文字唯一的存在理由在于表现语言,语言是心灵的直接表达,而文字只是语言的从属,从语言派生出来。因此在逻各斯中心主义主宰的时代,语言总是备受抬举,文字则遭到贬斥。德里达对此不予苟同,他认为文字比语言更具本源性、原发性,因而文字并不从属于、派生于语言,而是更高于、更优于语言。德里达花费这么大力气来为文字学正名,将文字从以往受贬

---

① 乔纳森·卡勒:《文学理论》,李平译,辽宁教育出版社1998年版,第4页。

低、遭排斥的境地中超拔出来，与其说体现了对于索绪尔的传统语言学的解构，毋宁说更是对于秉持逻各斯中心主义的传统形而上学的颠覆。再如福柯，他总是关注那些边缘性、局部性的话语，那些通常遭到排斥、被人忽视因而也不广为人知的话题，如精神病、诊疗所、监狱、刑罚、性经验等。在他看来，这些边缘性的经验更切近历史的多元性、断裂性和零散性，因而更有利于揭示历史现象和历史过程的复杂性和具体性。福柯藉此显示了对于启蒙现代性的一种批判姿态，启蒙现代性通过对于历史过程的一元论、连续性和总体性的诉求，通过对于历史研究中目的论和中心论的预设来张扬一种理性主义，而这正是福柯意欲拆解和摧毁的。

"理论"这一新文类往往突破固有的学科框架，挑战划定的专业边界，逾越人们熟知的学术规范和操作规程，在原本不属于自己的知识领域落地生根、开花结果，为其他学科领域、专业范围提供理论依据，这也就使其自身具有一种横断性和交叉性，成为知识生长点和思想创新力的渊薮。卡勒这样评价："它们之所以成为'理论'是因为它们提出的观点或论证对那些并不从事该学科研究的人具有启发作用，或者说可以让它们从中获益。成为'理论'的著作为别人在解释意义、本质、文化、精神的作用、公众经验与个人经验的关系，以及大的历史力量与个人经验的关系时提供借鉴。"[①] 其实个中道理也不难理解：知识增长和学术创新的动力来源不外乎两条途径：一是从本学科、本专业的延传继承之中获得直接效用，二是从其他学科、专业的借鉴启发之中获得参照效用。不过就"理论"新文类对于当今知识领域的影响看，其参照效用无疑更胜于直接效用。值得注意的是，文学理论恰恰从种种"理论"新文类中获益匪浅，后者往往成为当今文学理论革故鼎新、与时偕行的重要动力。以福柯为例，晚期福柯实际上对于文学并不待见，甚至不屑一顾，但这并不妨碍福柯的学说在文学理论中的影响，卡勒就说："虽然福柯在这里对文学只字未提，但已经证明他的理论对文学研究人员非常重要。"[②] 譬如福柯对于知识与权力、身体与政治之关系的分析，已然成为文学理论研究相关问题的重要依据。那么，福柯何以对文学理论非常重要呢？其原因之一就在于，福柯之论对于追索文学的历

---

① 乔纳森·卡勒：《文学理论》，李平译，辽宁教育出版社1998年版，第4页。
② 同上书，第9页。

史背景和权力关系特别有用,而这一点恰恰是文学理论不容忽视的大关节目。

如果说"理论"新文类的参照效用仅仅是由于它与某一学科、专业中的某一具体问题存在关联性,这可能还不够,毋宁说"理论"新文类的魅力更在于它勇猛精进、永在革新的前冲力。卡勒说:"我们归入'理论'的那些著作,都有本事化陌生为熟识,使读者用新的方式,来思考他们自己的思想、行为和惯例。虽然它们可能依赖熟悉的阐发和论争技巧,但它们的力量——这正是它们被置于上述文类的缘由——不是来自某个特定学科的既定程序,而是来自其重述中洞烛幽微的新见。"①这样一种追新逐异的冲劲使得"理论"新文类更像一种青年文化——其实后现代文化在很大程度上就是一种青年文化。年轻而又不安分的学者总是在重估前辈们的成就,总是在催促新的理论学说的诞生,搅动得学术界成为纷扰不宁、争端四起的是非之地。自20世纪70年代至今延续了数十年的"文学经典之争"就是一个显例。不过这种不甘寂寞、不甘停顿,永在仰望、永在进取的劲头恰恰能够使事物永葆青春活力。也许是受到感染,卡勒对此表达期许时也变得有点儿学生腔了:"如果承认了理论的重要性就等于让自己处于一个要不断地了解、学习重要的新东西的地位。然而,生活本身的情况不正是如此吗?"②

另外,"理论"新文类与文学理论的不解之缘还在于文学理论往往成为推介和传播"理论"新文类的重要载体和最佳途径。正如卡勒所说:"近年欧洲哲学——海德格尔、法兰克福学派、萨特、福柯、德里达、塞瑞、利奥塔、德勒兹——是通过文学理论家而非哲学家而入口到英美。就这一意义而言,正是文学理论家,在建构'理论'这个文类中,作出了最大的贡献。"③文学理论往往在学术界领风气之先,其他学科往往是从文学理论中获得"理论"新潮的前沿信息,接触和吸收种种新理念、新学术、新话语,而"理论"也由于文学理论的发明而得到广为传扬。文学理论能有如此担当自有其道理,卡勒总结出以下三条理由:其一,文学理论富于人文色彩。文学以全部人文经验为题材,重视种种人文经验的整理、解释和连接,它关心男人和女人之间的关系、人类心理复

---

① 乔纳森·卡勒:《论解构》,陆扬译,中国社会科学出版社1998年版,第2—3页。
② 乔纳森·卡勒:《文学理论》,李平译,辽宁教育出版社1998年版,第17页。
③ 乔纳森·卡勒:《论解构》,陆扬译,中国社会科学出版社1998年版,第4页。

杂万状的表现形式以及物质条件对个人经验产生的影响,而这一切都在文学理论的视野之中,受到文学理论的整合和提升,从而"诸色纷呈的理论工程之受益于文学,其结果亦有似于关于文学的思考,便非事出偶然"。其二,文学理论富于反思性质。文学是充满智慧的,它崇尚理性、反思以及理论穿透,文学理论作为文学的理性提升,以标举反思精神为要义,"文学理论因此趋向于在它的轨道中,纳入关于交流的框架及交流问题的形形色色的思考,以及其他无尽无涯的反思形式"。其三,文学理论富于探索精神。卡勒认为,文学理论家特别容易接受其他知识领域中的新理论发展,他们专注于自己的专业研究,同时也对心理学、人类学、精神分析学、哲学、社会学,以及历史学中的新潮理论抱有浓厚的兴趣,而且对于这些新潮理论也不乏大胆怀疑的精神,"这使理论,或者说文学理论,成了一块热闹非常的竞技场"。综上所述,卡勒给出了一个与通常理解迥然不同的结论:"由文学理论在行将确定的'理论'文类中来出演中心角色,并非不合适。"[1]由此可见,在"理论"新文类与文学理论之间那种"剪不断、理还乱"的天然联系乃是渊源有自,而这一点,正是"理论"新文类在文学理论中特别受到青睐,以至于大行其道的根本原因。

第五节　文类理论新变的终极性依据

上述文类理论从形式到政治的转向是与整个文学理论范式的转换密切相关的,可以说,文学理论范式转换之时即文类理论转向之日,而这个时间,大致可以定在 20 世纪 80 年代前期。

J. 希利斯·米勒指出,20 世纪 80 年代以来,文学研究的兴趣中心发生了大规模的转移,从对于文学的"内在研究"转向了"外在研究",从修辞形式研究转向了历史化、政治化研究,从而文学研究"成为一种解放妇女,少数民族和在后殖民、后理论时期一度被殖民化的那些人的工具"。[2] 于是像新历史主义、女权主义、后殖民主义、族裔主义、东方主义等"后学"受到广泛追捧,随之而起的是一次普遍的回归运动,文学研究朝向新批评派之前注重传记、主题、文学

---

[1]　乔纳森·卡勒:《论解构》,陆扬译,中国社会科学出版社 1998 年版,第 4—5 页。
[2]　J. 希利斯·米勒:《重申解构主义》,郭英剑等译,中国社会科学出版社 1998 年版,第 297 页。

史的研究的回归,朝向形式主义大潮之前的历史主义的回归,历史到这里就像转了一个圈又返回了它的起点,好像以往曾经炙手可热的形式主义潮流从未存在过似的。一些激进的青年学者认为新批评派灾难性地缩小了文学研究的范围,形式主义批评的套路简直令人难以忍受,他们对于新批评派之前的时代表达怀旧之情,对于脱离历史和政治的形式主义批评予以蔑视。

细绎之,以新批评派为代表的形式主义批评在当今受到冷落的原因有三:一是这种批评范式只关心语言形式,而将语言与实际生活割裂开来,与活生生的男人和女人的世界割裂开来。二是这种批评范式脱卸了文学的历史责任和道义担当,放弃了改善妇女、少数民族和族裔,以及底层民众的现实处境的崇高愿望。三是这种批评范式与生俱来秉有一种精英主义和科学主义倾向,它对于文学文本的解读复杂严密但却艰涩沉闷,令人无法卒读,甚至让人一想起它就心生厌倦,避之惟恐不及。基于这一原因,当文学理论打破形式主义的禁锢,走出自我封闭的境地,面对种族、性别、阶级、政治、道德等方面的重大问题,积极投入当今历史热火朝天的变革进程时,人们是何等的欢欣鼓舞和踌躇满志啊!米勒这样描述人们此刻的心情:

> 大地好像在渐渐冒出巨大的哀叹之声:"解构"的时代一去不复返了。它曾经如日中天,而如今,我们要有意识的回到那种更温暖、更有人情味的作品中去,看看文学研究的力量、历史、意识形态以及它的"体制",研究阶级斗争、妇女如何受压迫、社会中男人和女人的实实在在的生活以及在文学中的"反映"。我们可以再次提出实用主义的问题:文学在人类生活与人类社会中的作用何在。也就是说,我们在质询:一旦脱离了对(作为语言形式的)文学特性的严肃思考,文学研究还能成为什么。①

正是晚近发生的上述文学理论的范式转换,为文类理论从形式主义趋于历史主义的转向提供了基本的价值取向。

不过话又得说回来,在人们大力张扬文学研究的实用主义态度,一窝蜂地趋赴实际生活中的妇女、民族、阶级和意识形态等问题时,是否还得考量一个问题:这一切与文学研究究竟有什么关系?米勒就此坦陈己见:"文学研究虽

---

① J.希利斯·米勒:《重申解构主义》,郭英剑等译,中国社会科学出版社1998年版,第217页。

然同历史、社会、自我有着千丝万缕的联系,但这种联系,不应是语言学之外的力量和事实在文学内部的主题反映,而恰恰应是文学研究所能提供的、认证语言本质的最佳良机的方法"。① 因此如果完全排斥形式主义批评对于文学的"内在研究",那结果无疑也是灾难性的。在这个意义上说,一方面,如果文学研究丢失了对于语言象征、语法逻辑和修辞形式的研究,那么也就不可能真正揭示文学与社会、历史以及个人生活的联系;另一方面,如果过高地估计文学的社会价值、政治含义和意识形态性质,那不啻是将这些十分重要的东西放错了地方,此时文学研究传授给读者的,或许是人们在别的地方譬如哲学、社会学、历史学中可以更好学到的知识。总之,问题最终归结到一点,那就是文学理论的"内在研究"与"外在研究"之间的二元对立。二者因时因地总是有此起彼伏或此消彼长的命运沉浮,但终究不能导致一方完全吃掉另一方、一方彻底取代另一方的局面。即便是如今人们摆脱了形式主义批评的禁锢,如获重生般地沉浸于自由感、解放感之时亦复如此。

以上辨析,使得寻绎文类理论演变的终极原因和一般规律成为必要。

看来仅凭个人爱好或一时风尚来评价文类理论的优劣高下是草率的,它缺乏一种坚实的依据。应该说,落实具有深厚基础的依据乃是文类划分的第一要义,因为对于这种终极性依据的选择,既决定各种文类的分界,又决定不同文类的等级。换言之,文类划分的宗旨不仅在于区分出一首抒情诗与一部长篇小说,而且在于进一步界定这首抒情诗或这部长篇小说的长短得失,否则这种文类划分就不具典范性和说服力。在这种情况下,对于这种终极性依据的选择就尤其显得重要了。米勒将探寻文学研究之依据的工作与文类问题联系起来,为审视当今文类理论所发生的新变提供了有益的洞见。他为文学批评提出了四种依据:一是"社会",即施加于文学的社会或意识形态的压力;二是"个人心理",即施加于文学作品的心理压力;三是"语言",即施加于作家的修辞压力;四是"它",对于这个借用的概念米勒说得很隐晦,根据上下文应指"信仰",即施加于叙述的宗教的、形而上学的、本体论的力量。② 而这四种依据中的任何一种都可能被某一批评家接受并决定着他所有的批评策略和程

---

① J.希利斯·米勒:《重申解构主义》,郭英剑等译,中国社会科学出版社 1998 年版,第 218 页。
② 同上书,第 58 页。

序,其中也包括他对于文类问题的看法或他的文类理论的倾向,尽管也许他自己并未意识到这一点。米勒指出:"只有在服从于语言、社会、自我或'它'的基础上,文类区分才具有意义和力量……所有这些文类都矗立在这依据之上。"① 有鉴于此,我们对于晚近以来文类理论从形式走向政治、从形式主义走向历史主义的新变就可能形成一种新的眼光:文类划分的依据原本就有多种方案,或从语言法则、修辞形式出发,或从社会政治、意识形态出发,或从个人心理、自我意识出发,或从信仰信念、形上本体出发,每一位学者尽可以从中选择某种方案来构建其文类理论,它们相互接续、相互连缀,作为一种历史的表象,就可能汇成一波三折、九曲连环的长河。但每个学者作出的选择并不是私人性、个体性的,并不是任意的、即兴的,从中恰恰可以看见历史长河的云舒云卷,可以听到时代脚步的跫跫足音。

---

① J. 希利斯·米勒:《重申解构主义》,郭英剑等译,中国社会科学出版社1998年版,第72页。

第 六 章

文化政治与德里达的解构理论

20世纪60年代以来,"文化"从带有古典色彩、精英气质的奥区变成了一个充满了政治冲突火药味的战场,文化对于政治冲突的介入和主导导致了"文化政治"的横空出世,它极其深刻地支配着全球的议事日程,影响着每一个人的日常生活。原始要终,可以在文化政治中梳理出一条清晰的脉络,即德里达解构理论的逻辑,正是它关联着文化政治的由来和前景。而这一点恰恰容易被人们所忽视。按说解构主义是从结构主义中脱胎而来,是"语言学转向"走到尽头,在形式主义营垒中发生的化蛹为蝶的蜕变,与文化政治这种轰轰烈烈的社会运动互不搭界,尤其是以晦涩难通著称的德里达式的玄思,与这种日常化和世俗化的政治形态更是大异其趣。然而正是在这看似了不相干的两端之间却暗藏着种种勾搭连环的玄机。

第一节 文化政治与身份差异

回眸近几十年来的世界史,人们不会不对其间种种社会思潮的起起落落留下深刻印象,包括女权主义运动、民族解放运动、种族斗争运动、同性恋运动、绿色和平运动等。这些社会思潮具有强烈的政治色彩,但是却不能将其当作以往反剥削、反压迫的阶级斗争和革命运动的延续,它有着迥然不同的标准,即文化的标准,与性别、民族、种族、族裔、性等文化身份的归属有关,属于文化身份之争且带有显著的政治意味,于是有了"文化政治"的概念;也正因为以文化身份为划分标准,所以又有了"身份政治"以及"性别政治""种族政治""性政治""地缘政治""生态政治"等说法。①

历来不同人群的文化身份是有高低优劣之分的,男人/女人、白色人种/有色人种、西方人/东方人、富人/穷人、城里人/乡下人、青年人/老辈人,从来就不是被一视同仁、等量齐观的。人们往往习惯成自然地认定某种身份优于其他身份,譬如男人优于女人,白色人种优于有色人种,西方人优于东方人,富人优于穷人,城里人优于乡下人,如此等等。其极端表现就是性别歧视、种族歧视、民族主义、地方主义等社会偏见的流行。造成这些社会偏见的是一种先验的本质主义,它将身份差异奉为天经地义、不证自明的公理,视为不同人群与生俱来、一成不变的本质,并据此对各种人群进行归类和分层,即所谓"物以类聚,人以群分"。

这种在男人/女人、白人/黑人、富人/穷人、西方人/东方人等不同群体之间形成的身份差异导致了文化政治的产生,因为"群体之间的关系是一种权力关系"②,不同群体之间存在着各种身份差异,有多少种身份差异就有多少种权力关系,如男人对女人的权力、白人/黑人的权力、富人对穷人的权力等等。而权力关系也就是政治关系,因为政治的核心问题就是权力问题,政治的要旨或功能就在于处理和协调不同人群之间的权力关系。人群之间的身份差异无所不在,因此权力关系无所不在,于是政治也就无所不在。但是不同人群的身份差异往往有其文化的规定性,属于文化身份的殊异,由此引出的政治问题就是"文化政治"。这一认识刷新了历来对于"政治"概念的理解,不是将政治的内涵仅仅囿于阶级、党派、制度等社会关系,而是将其扩展到所有的文化关系,延伸到性别、性、种族、民族、族裔、贫富、年龄等方面,与种种文化身份和群体关系攸关。而后者过去往往是不被划归"政治"范畴的,如今却作为"文化政

---

① "身份政治与一系列的'新社会运动'有关。这其中最突出的有妇女解放运动、反种族主义运动、女子和男女同性恋解放运动,还有绿色和平运动。所有这些都从不同的方面给'政治'领域带来了各种问题,而这些问题原来是不被当做是政治性的。一个重要的例子是女性主义者的口号'个人的就是政治的'。这个口号寻求将关于个人身份、个人生活和个人行为的全部范围的问题明白地纳入政治的议程……我们也将认为,促使政治定义发生变化的这些语境,是地缘政治组织方面发生的巨大变化……这些变化已导致了全世界的绝大多数人口的生活、常规政治及更广泛的权力关系的转型。"(阿雷恩·鲍尔德温等:《文化研究导论》,陶东风等译,高等教育出版社 2004 年版,第 229—231 页。)

② 阿雷恩·鲍尔德温等:《文化研究导论》,陶东风等译,高等教育出版社 2004 年版,第 143 页。

治"而获得广泛的承认。特里·伊格尔顿对此作出如下论述：

"文化"这个词……它现在的意思是对一种特殊身份——国家的、性别的、种族的、地域的——的肯定而不是超越。鉴于这些身份都自认为受到了抑制,曾经一度被构想为一致性的领域已经被转变成了一个冲突的地带。简而言之,文化已经由解决办法的组成部分一跃而成了问题的组成部分。文化不再是解决政治争端的一种途径,一个我们纯粹地作为人类同伴在其中彼此遭遇的更高级或更深层的维度,而是政治冲突辞典本身的组成部分……对于过去几十年间支配全球议事日程的激进政治的三种形式——革命的民族主义、女权主义和种族斗争,作为符号、形象、意义、价值、身份、团结和自我表达的文化,正好是政治斗争的通货,而不是其威严的选择对象。①

总之,文化身份差异的存在导致了文化权力的生成,而文化权力的生成则使得文化政治的出现成为必然。

第二节　德里达:对传统形而上学的批判

如果对于上述理论逻辑和学术脉络作进一步的鉴别和厘定的话,那么就不难发现,"文化政治"的形成与德里达的解构理论不无关系。

德里达的解构理论一般不涉及文化政治的具体现象和各种义项,很少对于性别、民族、年龄、贫富等具体问题加以讨论,但值得注意的是,德里达在开创解构理论之始就表现出建立一门"人文科学"和标举"人的目的"的巨大热情,而他的目光恰恰投向了种族学,认为在人文科学中,种族学占有非常特殊的地位。他说：

种族学作为一门科学只能产生于当取消中心的活动已经出现的时刻:……这个时刻并不主要是一个哲学或科学论说的时刻,它也是一个政治、经济、技术等等的时刻。人们可以完全肯定地说对种族中心主义的批判——这是种族学的根本条件——无论在系统上还是在历史上都与对形

---

① 特里·伊格尔顿:《文化的观念》,方杰译,南京大学出版社2003年版,第44页。

而上学史的摧毁是同时的,这种批判决不是偶然的。两者同属于一个时代。①

不妨认为,德里达这里对于"种族学"的理解代表了对于人的问题的一般看法,而人的问题的展开,便是文化政治所涉及的具体现象和各种义项。

德里达所要摧毁的形而上学史,就是从古希腊哲人到卢梭、黑格尔再到索绪尔、列维-斯特劳斯、弗洛伊德、胡塞尔、海德格尔的西方形而上学传统,他认为,这一形而上学传统普遍奉行逻各斯中心主义(logocentrism)。"逻各斯"(logos)一说是沿用古希腊人的说法,古希腊人所说的"逻各斯"是指本质、规律和原则,这是万事万物的本真之所在,也是人们必须恪守的准则。对于逻各斯的崇尚和追求始终是哲学的信念和动力,哲学受到这种逻各斯冲动的驱使而去认识世界、把握世界。同时,从古希腊人开始,神和上帝就是逻各斯的化身,在基督教文化传统中逻各斯又被赋予了宗教的意味。因此,西方形而上学无论宗教还是哲学都以围绕逻各斯这一中心运转而确证自身的功能和价值,它们充满激情、孜孜以求的一桩事就是,对于逻各斯作出言说和定义,使逻各斯得到透彻的呈现。总之,"逻各斯中心主义"就是以逻各斯为中心的先验本质主义。

在德里达看来,逻各斯中心主义有以下要义:一是本质论。在历史上曾经出现过的哲学或宗教派别,都致力于对逻各斯作出自己的阐释和界定,因此西方形而上学的历史,可以说就是这种阐释和界定不断更替、相互连缀的历史,名义永在变化,但本质只是一个。德里达曾用存在论的语言说明这一点:"人们可以指出所有的这些依据,原则或中心的名称都是万变不离其宗地指一种'在'。"②而标示"在"的名称可以是观念、起源、目的、灵魂的力量、生机、本质、存在、实质、主体、真理、超验性、意识、上帝、人等等。二是二分法。德里达在历来的形而上学理论中找到了一条主导线索,从中理出了逻各斯中心主义的基本准则,那就是二元对立或称二项对立原则。虽然这种二元对立有种种假象和伪装,但其渊源古老而悠久,在古希腊的诡辩术中就有精彩的演绎。在现

---

① 雅克·德里达:《人文科学语言中的结构、符号及游戏》,刘自强译,戴维·洛奇编《20世纪文学评论》下册,上海译文出版社1993年版,第541页。

② 同上书,第537页。

代理论中这种二元对立的势头表现出较之古代哲理毫不逊色的坚挺,例如自然/文化、能指/所指、言语/文字、意识/无意识、在者/存在等,这种二元对立甚至重要到这个份儿上,一旦失去它们,列维-斯特劳斯、索绪尔、弗洛伊德、胡塞尔、海德格尔等人的理论便统统不能成立。三是等级制。这种建立在本质论上的二元对立从来就是不平等的,德里达指出:"从柏拉图到卢梭,从笛卡尔到胡塞尔,所有的形而上学家都因此认定善先于恶,肯定先于否定,纯先于不纯,简约先于繁杂,本质先于意外,被模仿的先于模仿。这不仅是众多形而上姿态中的一种,它是形而上学的当务之急,是最为恒久,最为深刻,最具潜力的程序。"①这里所说的"先于"不只是指在时间上"早于",更是指质态上"优于";不只是先后之分,更是优劣之分。乔纳森·卡勒对此作了进一步的说明:"一些二元对立如意义/形式、灵魂/肉体、直觉/表现、字面义/比喻义、自然/文化、理智/情感、肯定/否定等等,其间高一等的命题是从属于逻各斯,所以是一种高级呈现,反之,低一等的命题则标示了一种堕落。逻各斯中心主义故此设定第一命题的居先地位,参照与第一命题的关系来看第二命题,认为它是先者的繁化、否定、显形或瓦解。"②可见这种逻各斯中心主义倡导的二元对立从来就有优劣高低、上下尊卑之别。

逻各斯中心主义作为一以贯之的西方形而上学传统,势必会向社会历史乃至日常生活渗透,成为一种不证自明的公理和惯例,甚至成为一种不成文的禁忌和戒条。德里达指出,这种两项对立自古已然,如今则无所不在,"自从 physis/nomos, physis/Techné(自然/法律,自然/艺术)两项对立以来,它通过一整串的历史链环传给了我们;这串链环使'自然'对立于法律,教育,艺术,技术,同时也对立于自由,任意性,历史,社会,精神等等"。③ 正是在这种不断扩散和泛化的过程中,有了男人/女人、白色人种/有色人种、西方/东方、发达国家/发展中国家等文化身份的二元对立模式的出现,并逐步成为一种体制化、规范化的东西,甚至形成森严的等级制度。在这一过程中,经济活动、物质

---

① 雅克·德里达:《有限公司》,见乔纳森·卡勒:《论解构》,陆扬译,中国社会科学出版社1998年版,第79页。
② 乔纳森·卡勒:《论解构》,陆扬译,中国社会科学出版社1998年版,第79页。
③ 雅克·德里达:《人文科学语言中的结构、符号及游戏》,刘自强译,戴维·洛奇编《20世纪文学评论》下册,上海译文出版社1993年版,第542页。

生产、生产力水平、社会分工等社会历史因素起着不可忽视的推动作用。值得注意的是,从自然/文化、能指/所指、意识/无意识、在者/存在等哲学概念的二元分立到男人/女人、白人/黑人、富人/穷人、青年人/老辈人等文化身份的二元对峙,逻各斯中心主义的哲学意味逐渐变淡,而文化政治的色彩则日益加重。

这种在西方形而上学中一以贯之的逻各斯中心主义,正是德里达表示质疑并予以拆解的,德里达提倡一种新的"理性","它开始拆毁所有源于逻各斯的意义的意义,但不是毁坏,而是清淤和解构。对真理的意义尤其如此"。[①]这种解构理性对于西方传统价值体系的拆解无疑是颠覆性的,其冲击力之大堪与尼采宣告"上帝死了"引起的地震媲美。

第三节 解构策略:文字学颠覆语言学

那么,德里达是如何走上反逻各斯中心主义之路的呢?质言之,德里达是从语言学出发,对于传统语言学内在的根本矛盾提出质疑,由此颠覆构筑在语言符号之上的形而上学传统,进而对逻各斯中心主义实行消解。

以文字学颠覆语言学,这是德里达对于传统语言学采用的主要解构策略。在逻各斯中心主义主宰的时代,在语言学中,语言总是备受抬举,文字总是横遭贬斥。人们认为语言是心灵的直接表达,而文字只是语言的从属,从语言派生出来,文字的存在理由就在于表现语言。索绪尔的说法具有代表性:"语言和文字是两种不同的符号系统,后者唯一的存在理由是在于表现前者。"[②]对此我国古人早有论述,即所谓"书不尽言,言不尽意"(《周易·系辞上》),"丝不如竹,竹不如肉……渐近自然"(《世说新语·识鉴》引《孟嘉别传》)。就是说,声音比器物更能表达人的心灵和性情,从言语到文字,对于情感意蕴的传达呈渐次衰减的趋势。按说文字必须借助书写媒介来传达,受到物理的阻隔,从而比起声音来表达心灵的功能就等而下之了。这就像认识一个人,不是去看他的相貌,而是看他的相片,效果就差了。

---

① 雅克·德里达:《论文字学》,汪堂家译,上海译文出版社2005年版,第13页。
② 费尔迪南·德·索绪尔:《普通语言学教程》,高名凯译,商务印书馆1980年版,第47页。

德里达对此持有异议。他认为，文字并非语言的派生物、附属物和表层形式，恰恰相反，毋宁说文字的意义超越了语言的范围，"从任何意义上说，'文字'一词都包含语言"，"语言就其起源和目的而言，似乎只会成为文字的一种要素，一种基本的确定形式，一种现象，一个方面，一个种类"。① 理由是，从古而今，人们往往用"文字"来表示书面铭文、象形文字和表意文字，还用来表达电影、舞蹈、绘画、音乐、雕塑等，"文字"也可以指竞技文字、军事和政治文字，今天生物学家将生命细胞中的最基本信息称为"文字"，控制论必须保留种种痕迹、书写语言或书写符号概念等"文字"，数学的书写符号也一直被视为最简便、最智慧的文字。进而言之，语言也是一种文字，德里达说："语言学符号不管是否先被'书写符号''记录''描述''刻画'，都包含一种原始文字。"②总之，文字具有自然性、本源性、原始性，文字史始终与人类学齐头并进，文字学始终与人文科学结有不解之缘。

鉴于这一认识，德里达指出，索绪尔的语言学理论中存在着两个根本性的矛盾。第一个矛盾是，索绪尔将语言学的研究对象仅仅确定为语言，将语言符号仅仅确定为概念和音响形象的结合③，而这恰恰违反了他自己对于语言符号一般原则的界定，即语言符号中能指和所指的联系是任意的，语言符号的表达手段是约定俗成的。④ 因为根据一定社会所接受的表达手段，根据一定社会的集体习惯或约定俗成，语言符号完全可以由书写的、文字的能指充当，而未必都是由口说的、语音的能指构成。德里达指出："在这一领域中，可能会出现某种约定俗成的、狭义和派生意义上的'书写'能指，这种能指受它与其他约定俗成的能指的某种关系所支配。"⑤在这个意义上说，文字是一种原始创造，

---

① 雅克·德里达:《论文字学》，汪堂家译，上海译文出版社2005年版，第8、10页。
② 同上书，第73页。
③ "语言学的对象不是书写的词和口说的词的结合，而是由后者单独构成的。""我们把概念和音响形象的结合叫做符号"，"我们建议保留用符号这个词表示整体，用所指和能指分别代替概念和音响形象"。（费尔迪南·德·索绪尔:《普通语言学教程》，高名凯译，商务印书馆1980年版，第47—48、102页。）
④ "能指和所指的联系是任意的，或者，因为我们所说的符号是指能指的所指相联结所产生的整体，我们可以更简单地说:语言符号是任意的。""事实上，一个社会所接受的任何表达手段，原则上都是以集体习惯，或者同样可以说，以约定俗成为基础的。"（费尔迪南·德·索绪尔:《普通语言学教程》，高名凯译，商务印书馆1980年版，第102—103页。）
⑤ 雅克·德里达:《论文字学》，汪堂家译，上海译文出版社2005年版，第61页。

是语言的起源,语言由文字派生出来,也未始不可。德里达据此认为:"文字先于言语而又后于言语,文字包含言语","文字是言语的前夜"。①

第二个矛盾是,索绪尔将文字的体系区分为两种,一是表意体系,一是表音体系。认为在表意体系中,"一个词只用一个符号表示,而这个符号却与词赖以构成的声音无关。这个符号和整个词发生关系,因此也就间接地和它所表达的观念发生关系。这种体系的典范例子就是汉字"。② 值得注意的是,索绪尔以汉字为例来说明表意体系中文字符号与语音没有必然联系,这就提出了一个颇有意思的话题。按汉字的构造法有"六书"之说,即象形、指事、会意、形声、转注、假借等六法。其中除了"形声"之外,其他诸法与语音似乎均无关系。再说"形声"之法,许慎的解释是:"形声者,以事为名,取譬相成。江、河是也。"(《说文解字·序》)形声字一般由义符和音符两部分构成,如江、河二字,"氵"为义符,"工、可"为音符。所谓"以事为名,取譬相成"主要指其表意,而非指其表音。就表音而言,"江、河"并不像拼音文字如英语那样按照字母 river 来发音,而是按照音符发音,但其读音 jiāng hé 与音符的构形"工""可"并无必然联系。总之,汉字词汇作为一种表意体系主要与义符相关,而与音符的读音无关,音符的读音只是约定俗成的结果。正如莱布尼兹所说:"言语是通过发音提供思想符号。文字是通过纸上的永久笔划提供思想符号。后者不必与发音相联系。从汉字中可以明显地看到这一点。"③对此德里达也表示出浓厚的兴趣,他说:"中国文字在我眼中更有趣的常常是它那种非语音的东西。"④由此可见,索绪尔确认表意体系与声音无关恰恰与其一再强调的"文字唯一的存在理由是在于表现语言","符号是概念和音响形象的结合"等观点相互龃龉。因此,德里达毫不讳言在索绪尔那里行为与意图处于紧张关系,类似楚人既鬻其盾又鬻其矛:"一个明显的意图不言而喻地证明了文字学的从属地位,证明了历史—形而上学已将文字归结为服务于原始而充分的言说的工具。但是,另一种行为开辟了普通文字学的未来,语言学—音位学则只是这种文字学的

---

① 雅克·德里达:《论文字学》,汪堂家译,上海译文出版社 2005 年版,第 348—349 页。
② 费尔迪南·德·索绪尔:《普通语言学教程》,高名凯译,商务印书馆 1980 年版,第 50—51 页。
③ 《莱布尼兹的著作与未刊残稿》,雅克·德里达《论文字学》,汪堂家译,上海译文出版社 2005 年版,第 115 页。
④ 雅克·德里达:《书写与差异》上册,张宁译,三联书店 2001 年版,访谈代序,第 11 页。

一个附属的专门领域。"①

德里达花费这么大力气来为文字学正名,将文字从以往受贬低、遭排斥的境地中超拔出来,确认文字比语言更具本源性、原发性,说明不是文字从属于、派生于语言,而是文字更高于、更优于语言,并非为了否定以往以语言为本位的逻各斯中心主义而代之以新的以文字为本位的逻各斯中心主义,而是旨在颠覆崇尚逻各斯中心主义的传统形而上学。德里达说得明白,为文字学正名,"严格说来,这等于摧毁了'符号'概念以及它的全部逻辑"。②

那么,德里达的所思所论是否都有道理呢?其实未必。其中往往存在着逻辑错误。譬如德里达为了说明文字超越语言并且包含语言,便对文字作了十分泛化的论证,涵盖了种种书写和文本,其实犯了偷换概念的毛病,将广义的文字概念与狭义文字概念混为一谈了。又如从确认表音文字之外的表意文字和表形文字存在的可能性而进一步作出"文本之外空无一物"③的论断,又有以偏概全之弊,即便根据常识来判断,表意文字和表形文字的存在并不以表音文字的缺位为前提。凡此种种,只是说明一个问题,那就是德里达的解构主义具有很强的策略性,与其把它理解为一种语言学、文字学以及文学意义上的阅读和阐释方法,不如把它看作一种哲学策略、一种解构策略。德里达对此曾作如下解释:

> 传统哲学的一个二元对立命题中,除了森严的等级高低,绝无两个对项的和平共处,一个单项在价值、逻辑等等方面统治着另一个单项,高居发号施令的地位。解构这个对立命题归根到底,便是在一特定时机,把它的等级秩序颠倒过来。④

因此不难理解,当这种解构策略与语言学、文字学的学理狭路相逢时,让道的往往不是前者而是后者。

---

① 雅克·德里达:《论文字学》,汪堂家译,上海译文出版社2005年版,第40页。
② 同上书,第8页。
③ 同上书,第237页。
④ 雅克·德里达:《立场》,乔纳森·卡勒《论解构》,陆扬译,中国社会科学出版社1998年版,第72页。

第四节　两个战场:形式主义与历史主义

1967年,德里达集束式地出版了三本著作《书写与差异》《论文字学》《声音与现象》,奠定了他的后结构主义理论,其中最具奠基意义的是1966年他在美国霍普金斯大学的人文科学讨论会上发表的《人文科学语言中的结构、符号及游戏》一文(后收入《书写与差异》一书),在该文中德里达的解构理论已成雏形。后来德里达在谈到该书该文时,坦承其解构理论的形成受到当年山雨欲来的政治风云种种前兆的激荡。翌年春天在巴黎爆发的"五月风暴"在很大程度上改变了法国以及欧洲的历史进程,其勃勃涌动的变革精神则提前催醒了那些敏感的学术思想,于是德里达的解构理论应运而生。因此德里达的解构理论虽然萌发在结构主义的营垒之中,属于语言学、文字学范畴,但却秉有天生的入世冲动和政治热情。这就决定了德里达必须一只眼盯着语言学、文字学范围内发生的事情,另一只眼盯着社会历史、现实政治领域内的变动,犹如同时在两个战场上作战。他说:"我一直有两个战场。关于这个时期我所处的这种情况从未停止过。事实上,我一直被两种必要性拉扯着,或者说我一直尝试公平对待两种可能看起来相互矛盾或不兼容的必要性:解构哲学……但无论在写作中还是授课中,我总是始终尝试尽可能地同时采取两种姿态。"[①]通常人们对于德里达解构理论的认识往往只限于语言哲学、语言研究,将其归于结构主义、形式主义一路,其实不然,毋宁说德里达的解构理论恰恰不乏历史主义的价值取向,对于文化政治的兴起起到了深层次的导向作用。

首先,德里达并不将解构理论看作一种超越于社会历史、现实政治之上的抽象的语言哲学、形式理论,而是始终强调它的社会责任和历史担当,肯定解构是对于社会历史、现实政治的一种立场、一种态度、一种挑战。他说:"那种一般的解构是不存在的。只存在在既定文化、历史、政治情境下的一些解构姿态。""解构不是一种简单的理论姿态,它是一种介入伦理及政治转型的姿态。"[②]德里达还进一步明确,解构理论的一个重要历史担当在于对渗透在社

[①] 雅克·德里达:《书写与差异》上册,张宁译,三联书店2001年版,访谈代序,第4—5页。
[②] 同上书,第14—15页。

会体制和政治结构中的传统形而上学的摧毁,对无所不在的逻各斯中心主义的消解,而这一点已经超出了一般哲学话语的范畴,具有了更加普遍的意义,延伸到更为广阔的社会历史空间。他说:"解构不是,也不应该仅仅是对话语、哲学陈述或概念以及语义学的分析;它必须向制度、向社会的和政治的结构、向最顽固的传统挑战。"①因此,解构并不是案头物,并不是纸上谈兵,并不是大学课堂上限定的东西,不是大学教授的批判活动,它本身就是一个历史性运动。

唯其如此,所以解构的目标总是与时俱进,随着社会、历史、现实情境的变化而变化的,没有那种一成不变的解构兴趣。德里达在世纪之交接受采访时特地说明,他后来的解构兴趣与 40 年前首倡解构理论时已大不一样,"因为情况发生了变化,哲学场域、政治场域在法国、欧洲及世界皆发生了变化"。② 语境一变,解构的冲动必然随之而变,如今的解构活动已经突破了人文科学仅仅在大学教育中形塑人们自我意识的有限范围,推而广之扩散到更大的社会历史空间,成为社会变革多种张力汇聚的焦点。德里达说:"被称为'解构'的东西(理论上)涉及到,(实践上)参与了一种(技术—科学的、政治的、社会—经济的、人口统计的)深远的历史改革。这种改革影响到标准,我们与语言和翻译的关系,位于文学、文学理论、哲学、'硬'科学、心理分析、政治学等之间的边界,等等。因而解构处在了……'张力'的中心。"③在德里达看来,在经济、科学、技术、宗教乃至军事等领域中都存在着解构问题,例如海湾战争,就是一桩向逻各斯中心主义叫板的解构事件。凡此种种,牵扯到大量的文化政治问题,而德里达的解构理论则为考量和解决这些文化政治问题提供了新的概念和方法。

其次,德里达的解构理论推动了人文学术的后现代转折,它对于具体性、微观性、差异性、多样性和日常性的倡导营造了一种后现代氛围,从而催生了种种后现代理论,构成了文化政治的重要理论支撑。这些后现代理论包括福

---

① 德里达:《一种疯狂守护着思想——德里达访谈录》,何佩群译,上海人民出版社 1997 年版,第 21 页。
② 雅克·德里达:《书写与差异》上册,张宁译,三联书店 2001 年版,访谈代序,第 14 页。
③ 雅克·德里达:《一种疯狂守护着思想——德里达访谈录》,何佩群译,上海人民出版社 1997 年版,第 224 页。

柯的权力理论、德勒兹和加塔利的欲望理论、鲍德里亚的符号价值理论、利奥塔的多元公正理论等,其共同特点在于对传统形而上学的本质论、二分法和等级制的消解,而这一点恰恰受到德里达解构理论的激活。例如福柯提出了一种新的后现代权力观,认为权力不应是一元的、总体的、集中的、既成的,而应是多元的、局部的、分散的、生成的。福柯认为,以往权力的主流模式是法权模式,它借助法律、法规、道德、政治来确定权力的拥有和使用,他对此不抱认同态度,转而倡导一种新的生物性模式,称之为"生物性权力""人体解剖政治",它与社会人口的具体现象和特殊变量打交道,如出生率、死亡率、寿命期望值、生育力、健康状况、疾病发生率、饮食起居模式等。[①] 福柯说:"事实上,没有比权力的实施更加物质的、生理的和肉体的了"[②],以往被法律、法规、道德、政治严密监控的权力是排斥和无视物质、生理和肉体的,晚近以来,人们才逐渐认识到这种沉重、压抑的权力形式并非不证自明、必不可少,当今工业社会,如果权力的运作能对物质、生理和身体进行调节,那就足够了。福柯还提倡权力的日常化,认为权力不仅存在于制度化的机构中,而且渗透在整个社会网络和日常生活之中。他认为:"政治权力的实施还间接地取决于一些表面上与政治权力无任何干系,似乎独立于政治权力之外而实则不然的机构。"[③]这些机构包括银行、商场、公司、学校、医院、监狱、城市、家庭等,与日常生活息息相关、难分难解。又如德勒兹和加塔利的欲望理论,肯定欲望在本质上是积极的和生产性的,他们认为,欲望的运作往往是在其内在充沛能量的驱动下不断寻求与其他欲望之间常新的连接方式和展现方式。德勒兹和加塔利从社会经济的动力入手,分析了文化、家庭以及心理的发展过程,认为社会经济原本就植根于欲望及其生理力量的物质性之中。[④] 可见福柯等人总是将重大的社会历史问题归结为生命、人生、家庭、族类、肉身、官能、欲望、情感等个体性、身体性、自然性方面,与人的生理学、遗传学、解剖学因素相连,而这一切恰恰是每个人打一出生就置身其中且终身不能摆脱的命运际遇。

从福柯等人的后现代理论中可以看到德里达的影子在晃动,德里达的语

[①] 见道格拉斯·凯尔纳等:《后现代理论》,张志斌译,中央编译出版社1999年版,第64—65页。
[②] 福柯:《权力的眼睛》,严锋译,上海人民出版社1997年版,第171页。
[③] 《福柯集》,杜小真编选,上海远东出版社1998年版,第238页。
[④] 见道格拉斯·凯尔纳等:《后现代理论》,张志斌译,中央编译出版社1999年版,第112、114页。

言学将能指置于所指之上,将表象置于意义之上,将分散置于集中之上,将过程置于结论之上,到了福柯等人那里就置换为将本能置于理性之上,将肉体置于精神之上,将潜意识置于意识之上,将人性置于法权之上。有论者敏锐地指出,这些后现代理论与德里达的解构理论彼此呼应,在社会历史研究中演绎和引申了后者提出的"延异""播撒"等基本概念。[①] 所谓"延异""播撒"等概念是德里达解构理论的重要支柱。以能指的游戏取代语言符号的意义中心论或所指中心论,是德里达对于传统语言学采用的另一个解构策略。在德里达看来,语言符号意义的呈现过程,并非像以往所理解的那样是由能指引向所指,而是在能指与能指之间不断进行的转换。这就像查字典,要弄明白一个词的意思,就必须去查另外的词,而要弄明白这另外的词,又要去查更多的词才能了解其含义,如此等等,永无止境。而语言符号的意义就生成于这一查找过程之中,查找的过程是无穷尽的,语言符号的意义实现也是无穷尽的。因此意义的彰显只是在能指与能指之间展开的一场游戏。在这场游戏中,"比起极为丰富的能指所能涉及的所指来,能指是太丰富了",德里达认为,这种能指与能指之间无限的替换是一种"超量的表意法"。[②] 从一个能指过渡到另一个能指,在空间中势必存在差异,在时间上势必有所延宕,德里达生造了 différance(延异)一词,将"延宕""推迟"等意思注入了"差异"的内涵之中。正是"延异",使得能指与能指之间出现了"间隔"(spacing)或"空隙"(lacune)。在这一连串能指与能指的相互过渡和转换中,意义就像种子一样"播撒"(dissemination)在不同能指之间的"间隔"和"空隙"之中,它们在语词的细节和碎片中生根、发芽、开花、结果,这就使得语言符号的意义彰显成为一个过程、一种进行时,而不是归结为某个终极性的所指,止步于某种超验性的中心。总之,在德里达创造的"延异""播撒""间隔""空隙"等概念中,始终贯穿着一条红线,那就是对于边缘性、流动性、差异性、分散性的崇尚,福柯等人的后现代理论恰恰从中获得了极大的启示、灵感和想象力,将其精光折射到兴会风发的文化政治之中。

再次,德里达批判传统形而上学、摧毁逻各斯中心主义的取向为 20 世纪

[①] 见道格拉斯·凯尔纳等:《后现代理论》,张志斌译,中央编译出版社 1999 年版,第 26—27、113—114 页。

[②] 雅克·德里达:《人文科学语言中的结构、符号及游戏》,刘自强译,戴维·洛奇编《20 世纪文学评论》下册,上海译文出版社 1993 年版,第 554 页。

60年代以来西方种种社会思潮凝定了内在的魂魄,为文化政治的形成输送了新的理论工具和思想武器。

按说德里达的解构理论是在知识领域发动的一场变革,但是他对于传统形而上学和逻各斯中心主义的批判却让人们大开眼界,在观察世界、审视历史时有了一个全新的角度和路径。其中得益最大的应是女性主义运动、性解放运动、种族斗争运动、环境保护运动等,这些时代新潮的缘起都在于文化权力的不平等,由于身份差异而造成的不同人群的二元对立,如男人/女人、白人/黑人、富人/穷人、精英/草根等,它们之间一直存在着文化权力的对峙、碰撞、争斗和较量,表现为压迫/抗拒、归并/趋异、中心/边缘、上升/下降等两种动力、两种趋势。以往男人压制女人、白人压制黑人、富人压制穷人、精英压制草根等格局的形成和维持,一直得到形而上学传统以及逻各斯中心主义的暗中支持和辩护。因此不难理解,当有一种声音对于这一传统理念提出挑战并使之发生动摇时,这些弄潮儿们似乎在惊涛骇浪中突然脚下踩到了坚实的土地,找到了赖以安身立命的支点,这种绝处逢生之机是何等令人欢欣鼓舞啊!对此有论者这样描述:"毫不奇怪,后现代对多元性、差异性、他异性、边缘性以及异质性的强调,深深地吸引了那些发现他们自己被边缘化,被排斥到理性、真理和客观性声音之外的人。因此,从这一点上讲,后现代理论作为对现代性和现代话语的一种批判,对女性主义以及别的社会运动非常有利,它为女性主义批判及提纲提供了新的哲学武器。"[①]在这个意义上可以说,上述时代新潮真该给德里达颁发一个大大的勋章!

譬如说弗洛伊德的精神分析学,它不啻是逻各斯中心主义的一个标本,其核心就是一种男性逻各斯中心主义,它为父权制的传统秩序提供理论依据。弗洛伊德提出一系列二元对立的命题:常态/病态、清醒/疯狂、经验/梦幻、意识/潜意识、生冲动/死冲动等,在这些命题中存在着明显的等级差别。其实上述所有命题统统建基于一个原生性命题,即男人/女人的等级对立。弗洛伊德维护的这一原生性的等级对立,正与西方传统中压制和排斥女性的积习相合拍,《圣经》声称女人只是男人身上的一根肋骨,男人由上帝创造,女人则是男人身体的一部分。另外,在英语中 man 指人,同时也指男人,而女人只是另类

---

① 道格拉斯·凯尔纳等:《后现代理论》,张志斌译,中央编译出版社1999年版,第269页。

的人,故称之为 woman。总之,只是把女人看成男人等而下之的附属品、衍生物。德里达以文字学颠覆语言学的解构策略为考量弗洛伊德精神分析学提供了一种新的尺度,正如论者所评价:"德里达于研究文字命运中发现的过程,亦见于对妇女的讨论。有如文字,妇女被视为一种补充"。① 它掂量出弗洛伊德精神分析学只是为男性的权威和女性的沉沦提供证明、输送依据,因此有充分理由质疑弗洛伊德的精神分析学,它并非一种中性的学说,而是为父权制提供的一纸辩护书。德里达的解构策略,恰恰为女性主义运动所接受并成为其重要的思想背景。

最后,话还要说回来,对于德里达解构理论隐含的政治情结,一直以来诟病颇多,不少人批评德里达没有将这种政治热情诉诸实践和行动,将他看成"只说不练"的天桥把式。例如英国学者罗伊·博伊恩认为,在德里达那里得到的建议往往是在等级对立的双方中颠覆较高一方的特权而赞赏较低一方,德里达还宣称,解构主义并不中立,它要介入。但德里达的解构主义"并没有提供一个实践的社会理论,以指明这样一种介入,这样一种对较低方的赞赏会是何等模样,或者如何去实现这种介入"。② 又如德里达在早期著作中对于女性主义曾经表示支持,但他始终没有指出该如何做到这一点,对此斯皮瓦克予以批评:"当德里达认为西方话语陷入了形而上学或阳具中心主义的局限之中时,他完全是在说,男人可以使自身的主体地位成为问题,却无法从中彻底解脱出来。"③德里达解构理论知多行少、只说不做的特点反映了一般理论的普遍状况,即在理论批判与实践行为之间保持必要的张力,而不是将理论批判直接变成实际行动。德里达对于"批判"与"解构"这两个概念的关系曾作出如下解释:"我认为批判的理念必须永不被抛弃,它有一个历史和先决条件",但"我更愿意说解构是阅读与写作的一种形式或表现"。就是说,批判是永远必须的,但解构与批判之间还是需要保持一定的张力,正如马克思和恩格斯所说:"批判的武器"不能代替"武器的批判"。只不过德里达在"解构"概念中加入了更多文学意味。也正是出于同样的兴趣,当被人问到"能否说我们是处于一个

---

① 乔纳森·卡勒:《论解构》,陆扬译,中国社会科学出版社1998年版,第147页。
② 罗伊·博伊恩:《福柯与德里达》,贾辰阳译,北京大学出版社2010年版,第124页。
③ 同上书,第139页注(7)。

解构的时代"的问题时,德里达作答:"让我们说这是一个具有某种解构主题的时代。"①

德里达谨守理论边界、眷恋文学家园的倾向,对于受其激荡的种种社会思潮以及文化政治来说仍然提供了必要的助力,起码从它作为一种必要的参照系,为文化政治铺设进一步超越的起跳板这一点上也完全可以这样说。美国女性主义批评家玛丽·朴维充分肯定了德里达解构理论的政治意义,她说:"由于解构主义可以拆毁二元对立的逻辑和特征,我相信解构主义已经并继续为女性主义批评提供了一个重要的武器。"关于德里达解构理论如何继续为女性主义提供思想武器的问题,玛丽·朴维提出了自己的主张,认为应在知行结合、体用结合的意义上重新改写德里达的解构理论以发挥其现实的政治功能,而这一历史使命可以由女性主义来完成。她说:"我要提议女性主义必须重新改写解构主义以便把解构主义的策略置放进一个政治规划之中","女性主义从公开的政治立场上来运用解构主义和其它后结构主义的策略将会最终完全重写解构主义,以至于把解构主义抛弃在后边"。② 重写德里达,超越德里达,这不就是德里达解构理论的凤凰涅槃、浴火重生吗?

第五节 文化政治的中国问题

既然不同人群的身份差异无所不在、权力关系无所不在,因而文化政治也就无所不在,那么文化政治在国外成为热点之际,它在国内也不应成为一个陌生的概念和被冷落的领域。然而由于历史不同、传统不同、国情不同,中国的文化政治势必形成自身的特有问题。

首先必须承认,中西方文化政治具有共同的问题。例如男人/女人的身份差异问题,在中西方往往不谋而合,古今中外关于女性的一些流行说法往往带有贬义,如"女为悦己者容"(《战国策·赵策》),"女子无才便是德"(明人陈继儒辑录),"女人,你的名字叫软弱"(莎士比亚),"到女人那里去,但别忘了带上

---

① 雅克·德里达:《一种疯狂守护着思想——德里达访谈录》,何佩群译,上海人民出版社1997年版,第46页。

② 玛丽·朴维:《女性主义与解构主义》,张京媛主编《当代女性主义文学批评》,北京大学出版社1992年版,第343、332、344页。

鞭子!"(尼采)在历来的中外文学作品之中也不乏"红颜祸水"之类主题,中外文学作品中对于妹喜亡夏、妲己亡商、褒姒亡周,以及海伦后引发特洛伊战争这类故事的敷演。一部《水浒传》,可谓通篇无好女人,好女人无好结果;莎士比亚戏剧中出现对于种种淫妇、恶妇、悍妇、怨妇的刻画等。这些流行说法和文学描写无不传达了一种男权偏见,与之相应,"女权"问题一直成为突出的文化政治问题而中西方概莫能外。

然而中西方文化政治仍然有着较大的差别。三十余年来中国的改革开放、经济体制的转型,特别是世纪之交商品经济的繁荣、消费社会的形成、全球化浪潮的冲击,共同构成了一个绚丽多彩而又复杂纷纭的大背景,为文化政治注入了新的元素,也提出了新的问题。性别、种族、民族、族裔、国家、地区等文化政治问题在中国普遍存在,不过随着国门打开,对外交往、全球移民的日益频繁,这些问题的国际化程度大大提高;同时,文化政治问题进一步拓展到贫富、城乡、地域、年龄、职业、受教育程度等方面,不过对于这些问题更多是在经济关系、文化关系的层面上加以考量,而不像以前那样主要在阶级关系的层面上进行评价,而阶级关系根据中国国情历来不归属文化政治而归属社会政治;另外,由于文化传统的悬殊,那些涉性的文化政治问题如同性恋、性怪异(queer)、性解放等在中国一直不像西方那样直白和热门,至今仍处于边缘地带、敏感状态,尽管目前相关话题已明显较前为多。上述文化政治的中国问题,在实际生活中层出不穷、俯拾即是,同时也成为当今文学作品活色生香的题材。

旅美作家严歌苓的小说《吴川是个黄女孩》[①]笔触直指种族政治问题。小说描写了一对同母异父的姊妹,妹妹吴川从小在香港富家长大,后被送到美国求学,姐姐"我"在内地读书,后来也漂泊到了美国,求职无着,无奈涉足色情行业。一对文化背景、家庭出身和经济境况截然不同也从未谋面的姊妹在芝加哥相逢,两人形同陌路之人,妹妹吴川的娇纵无忌与姐姐"我"的孤苦哀怨使得两人格格不入、摩擦不断,搞得爱恨交加、十分纠结。但毕竟"吴川是个黄女孩",姊妹俩血管里流着同样的血,在姐姐"我"遭遇一场飞来横祸且哀告无门时,吴川用自己特有的方式对于施暴者进行了报复,对于美国式的种族歧视和

[①] 《上海文学》2005年第6期。

迫害作出了抗争,伸张了民族尊严也维护了骨肉亲情。但是当人们被"血浓于水"的人间至情感动不已之时,也不免为两位主人公的命运揪心,妹妹吴川因其极端行为可能难免牢狱之灾,姐姐"我"依然徘徊在命定的远行与继续留下寻梦的两难之间而终无所归。在美国冷酷无情的法律和媒体,特别是根深蒂固的偏见面前,种族政治注定了这两个"黄女孩"的悲剧结局。

范小青的小说《城乡简史》[①]讲述了一本被误作书籍捐赠给农村学校的私人账本改变了甘肃西部乡村的农民王才一家命运的故事,王才由此怀着对于城市生活的向往举家迁移,进城打工,在东南省份的一个繁华都市中找到了栖身之地。在享受了城市生活给予他种种满足以后,"城里到底还是比乡下好啊"成了挂在王才嘴边的口头禅。后来碰巧在临街美容店橱窗里发现了那个最初让他们萌生进城欲望的润肤液"香薰精油",儿子王小才竟高兴地喊了起来,对这种价格昂贵得让他们想不通的神奇之物妄加议论,王才当即斥责儿子不懂行情:"王小才,我告诉你,你乡下人,不懂就不要乱说啊。"这种对于农村的贬抑和排斥从一个刚刚进入城市的农民口中说出来,更加令人悲哀,也更加震撼人心。小说说明了一条道理,城乡差别不只是物质生活的差别,更是文化身份的歧异。

从以上两例可见,当今每一篇成功的文学作品都会对于文化政治的中国问题表示积极的关注,而这种积极关注往往成为作品中刺激读者神经的尖利的粒子,以其蓄势而发的张力构成作品巨大的艺术魅力。这两篇与其他成功的作品一样,触及了种族差别问题、城乡差别问题或其他诸多问题,但与以往不同的是,它们为这一出出活剧提供了一个崭新的舞台,展现着改革开放以来的国际交往、城乡迁移和文化交融的大背景,在这舞台上搬演着多少命运遭际的沉浮,社会角色的转换,价值观念的碰撞和思想情感的起落!

回到讨论的主题,德里达的解构理论对于破解上述文化政治的中国问题是否有助益呢?回答是肯定的。德里达解构理论对于逻各斯中心主义的本质论、二分法、等级制的消解对于以权相格、以势相倾的文化政治问题具有较强的普适性,在很大程度上也适用于文化政治的中国问题。在中西方思想史上经常可以看到一些超越了"异"而趋向于"同"的现象,将其归于简单的比附、穿

---

① 《山花》2006年第1期。

凿可能不合适,合理的解释应该是人类思想史的共同规律使然,因为任何规律都具有普遍性、普适性、盖然性而古今中外概莫能外。

以上看法的形成,还基于一个重要的事实,德里达的解构理论与中国的中和哲学恰恰不谋而合。德里达的解构理论有一个巨大的悖论,这是一个不小心就会掉下去的陷阱,当德里达致力于破解传统形而上学的二元对立模式时,往往是褒扬其中被排斥、受挤压的方面,而贬抑其中被抬高、受崇奉的方面,但是这样一来,很可能在破解旧的二元对立时造成新的二元对立,以新的逻各斯中心主义取代旧的逻各斯中心主义,那样岂不又回到了以往的形而上学传统?因此德里达一再对此作出说明,指出解构并非像人们理解的那样仅仅是破坏性、消解性的,而它同时也是建设性、生长性的,解构既是一种批判和否定,又是一种持存和肯定。他说:"解构的运动首先是肯定性的运动……解构不是拆毁或破坏","认为解构就是否定,其实是在一个内在的形而上学过程中简单地重新铭写"。"解构首先与系统有关。这并不意味着解构击垮了系统,而是它敞开了排列或集合的可能性"。① 总之,解构不是一块擦去了文字的白板,而是保留了以往文本痕迹的另一种文本。因此,解构在消除传统形而上学的种种弊端时,就不是采用那种简单否定和非此即彼的方式,那样可能造成新的本质论和等级制,这就需要寻求超越相互对立、非此即彼或非彼即此的第三条路。德里达对这第三条路作了如下说明:

> "药"既非补药也非毒药,既非善又非恶,既非内也非外,既非声音也非文字;"替补"既非加也非减,既非对外也非对内的补充,既非偶然也非本质,等等;……"书写物"既非能指也非所指,既非符号也非事物,既非在场也非缺席,既非肯定也非否定,等等;"间隔"既非空间也非时间;"切入"既非一个开端或一个简单插入的有裂口的整体,也非简单地从属。既非/又非同时也是是/或是;记号也是边缘的界限、边界,等等。②

在这段像"绕口令"一样的陈述中采用的是类似中国古人所说"执其两端持其中"(《礼记·中庸》)的方法,即对于事物的两种极端情况,既非完全肯定,也

---

① 雅克·德里达:《一种疯狂守护着思想——德里达访谈录》,何佩群译,上海人民出版社1997年版,第18—19页。
② 同上书,第90页。

非完全否定,既非扬此抑彼,也非扬彼抑此,而是走两者之间的中道,取不偏不倚、无过无不及的中和状态。正是在这个意义上,德里达认为,理想的"解构"应使得"人们可以迅速进行'中和'活动"。他还以语言学为例,认为"解构"的合理途径在于,在推翻声音与文字的等级制的同时,"解除文字与声音之间不谐和的关系"。①

德里达以上表述与中国的中和哲学颇多相似之处。中国人历来讲究"允执其中""中和""中庸""中行""中道"等,崇尚中庸之道、中和思维。如孔子曰:"中庸之为德也,其至矣乎!"(《论语·雍也》)"不得中行而与之,必也狂狷乎。狂者进取,狷者有所不为也。"(《论语·子路》)这里有一重要的思维方法,孔子曰:"吾有知乎哉?无知也。有鄙夫问于我,空空如也,我叩其两端而竭焉。"(《论语·子罕》)朱熹《四书集注》:"叩,发动也。两端,犹言两头。言终始、本末、上下、精粗,无所不尽。"这就是说,孔子采用的求知方法是从事物的两端入手,通过事物的终始、本末、上下、精粗等两端之间的相互关系、持中状态来阐发事理、传递知识。如果仅仅抓住两头,可能不得要领;如果紧扣两端之间的互文关系、中间状态,那就无所不尽。由此可见,中国人往往将中和状态视为最高境界,而反对那种两极分化、两极对抗、固执一端、流于一偏的片面性和绝对性。德里达解构理论中的中和思想与中国的中和哲学的惊人相似并非偶然,恰恰不乏自觉意识,对于中国哲学和中国文化的兴趣和感悟,使其解构理论对于中和哲学有更多的认同,德里达说得很坦率:"从一开始,我对中国的参照,至少是想象的或幻觉式的,就占有十分重要的地位。当然我所参照的不必然是今日的中国,但与中国的历史、文化、文字语言相关。所以,在近四十年的这种逐渐国际化过程中,缺了某种十分重要的东西,那就是中国,对此我是意识到了的,尽管我无法弥补。"②总之,尽管在德里达的解构理论作为一种前卫的后现代理论与中国古典哲学之间存在着根本性的差异,但也不乏相通之处,二者相互补益、相须为用,当有利于进一步思考和破解文化政治的中国问题。

---

① 雅克·德里达:《一种疯狂守护着思想——德里达访谈录》,何佩群译,上海人民出版社1997年版,第88—89页。
② 雅克·德里达:《书写与差异》上册,张宁译,三联书店2001年版,访谈代序,第5—6页。

第 七 章

文学经典之争与文化权力的博弈

提起"经典"两个字,总会让人联想到伟大、崇高、典雅、辉煌等高级别的字眼,它似乎是一种超越性价值,一种普遍性、永恒性的东西,一种放之四海、行之百世人们都必须谨守勿逾的典范。其实事情并非如此,经典从来就不是既成的、恒定的,从来就不是中立的、零度的,而是在不同时代、不同地方满足社会需要、解决实际问题而被建构起来的,在它的身上总是留有具体的历史痕迹和特定的意识形态色彩,而且中外皆然。

第一节　文学经典何为?

汉语"经典"一词经历了长期演变,在作为"规则""典范"的意义上逐渐增加了官方意志和社会价值的色彩。与汉语的很多双字词一样,"经典"由于"经""典"二字长期连用而变成一个词。"经"的本义是指编织物的纵线。许慎《说文解字》:"經,织也。从糸,巠声。""经"又训为"径",有"大道""常道"之意,从而古人将讲大道、常道的书称为"经",如《墨经》。将儒家之书称为"经",始于《庄子·天运》:"孔子谓老聃曰:'丘治《诗》《书》《礼》《乐》《易》《春秋》六经,自以为久矣,孰知其故矣。'"汉代罢黜百家,独尊儒术,由官方倡导,将儒家思想奉为最高准则,从此"经"成为儒家经典著作的专称。乃有"五经""九经""十三经""二十一经"等合称。例如"五经",自汉武帝置五经博士乃有此说,班固《白虎通·五经》:"五经何谓?谓《易》《尚书》《诗》《礼》《春秋》也。""典"是指记载被奉为准则、规范的圣贤遗训和规章制度的书籍。《玉篇·廾部》:"典,经籍也。""典"也指常道、法则,《尔雅·释诂上》:"典,常也。""典"又指法令、制度,《释名·释典艺》:"典,镇也,制教法所以镇定上下。"有"三坟五典"之说,用以称最早的经籍。从其出典来看,也是出于当时君王的提倡和推崇。《左传·昭公十二年》记有楚灵王称赞左史倚相:"是良史也,子善视之,是能读《三坟》《五典》《八索》《九丘》。"

使用"经典"一词,刘勰并不最早,但最集中,而且是在文学的意义上。刘勰将经典视为文学的本源和根底,《文心雕龙·序志》:"唯文章之用,实经典枝条,五礼资之以成文,六典因之致用,君臣所以炳焕,军国所以昭明,详其本源,莫非经典。"而经典出自君王之口,各种文学表现和文体形式,都是根据君王制定的经典而得以正名。刘勰在论列具体文体表现形式时对此颇多阐发,《文心雕龙·诏策》:"《诗》云'畏此简书',《易》称'君子以制数度',《礼》称'明神之诏',《书》称'敕天之命',并本经典以立名目……王言之大,动入史策,其出如绋,不反若汗。"这就是说,君王一言九鼎,彪炳史册,犹如纲纪,不可更改。可见在汉语"经典"一说中融贯着浓厚的君王意志和社会价值的主导作用,虽然刘勰曾将文学经典称为"恒久之至道,不刊之鸿教"(《文心雕龙·宗经》),但其绝非千古不变、永世长存的抽象物,而是有着非常具体的历史内容。

在英语中与"经典"对应的有两个词:canon 和 classic。根据《牛津英语词源词典》,canon 一词源自拉丁语 canon 和希腊语 kanon,均表示"规则、法则、标准",后来发展成古英语中的"教堂法则"或"教会法令"之意。大约 17 世纪初,该词的意思泛化为"判断的标准"。classic 一词源自法语 classique 和拉丁语 classicus。罗马人用来指那些处于某种行政权力阶层或拥有某个固定收入的高阶层人士。16 世纪初被古英语吸收,表示"卓越"或"一流",是指那些"标准的希腊和罗马的古代作家"。1711 年,该词第一次作为名词使用,表示"经典之作"。[①] 总之,这两个词的含义历来有别,质言之,canon 带有宗教性质,classic 带有世俗性质;canon 更多神学意味,classic 更多文学意味;canon 主要指圣典,classic 主要指古典。由于近代以来受宗教世俗化趋势的影响,这两个词趋于重合,但其中微妙的区别仍在。

---

① T. F. 哈德:《牛津英语词源词典》,上海外语教育出版社 2000 年版,第 61、79 页。

值得注意的是，canon 和 classic 都包含"等级、类别、差等"的意思。canon 作为"判断的标准"，也就成为褒贬抑扬的标杆、分类分等的界线、取舍予夺的尺度，在评估、考量事物时为一定的价值取向和权力关系留下了余地。关于 classic，耐人寻味的是雷蒙·威廉斯在"阶级、等级、种类"及"社会分工"的意义上进行的诠释，他指出，该词在进入英文后吸收了罗马人依据百姓的身份地位进行分类的意涵，从 17 世纪末起逐渐演变为 class 一词，并在 1770—1840 年间被赋予了关于社会群体和社会部门的现代意涵，形成了对应于某个阶层的相对固定的称呼，如 lower class（下层阶级）、middle class（中产阶级）、upper class（上层阶级）、working class（劳工阶级）等，后来在这些称谓中逐渐形成了高低贵贱之分，滋生出褒贬抑扬之情，掺杂了价值评判和社会偏见的成分。[①]

在"经典"概念的内涵中发生的这些微妙变化也体现在文学批评之中。批评家们在认定文学经典时往往致力于寻找经典作品自身的那些优长之处作为理由，但也总是不能摆脱价值判断和政治倾向的影响。英国 19 世纪著名诗人、批评家马修·阿诺德认为，经典的真正含义就是"最好的东西"。他的基本观点是，文学创作必须产生最好的作品，文学批评必须彰明最好的思想，揭晓人生的真谛，从而文学的终极目标是成为一种人生的批评，促进最好的思想流布于人间。阿诺德说过，所谓"最好的东西"，就是"完全无关于实际、政治和一切类此的东西"，他据此要求文学批评做到"超然无执"。[②] 但它恰恰藉此倡导一种支持英国民族精神的现实关照，即通过文化教育、道德感染和宗教信仰，共同塑造维多利亚王朝的时代精神。这一宗旨势必影响到他的批评实践，诺思罗普·弗莱曾评说阿诺德，说他往往用自己偏好的传世经典作为试金石，把诗人分为三六九等，剥夺自己不喜欢的诗人第一流作家的资格，而将自己喜欢的诗人捧上天去。这不禁让人感到，"这类文学价值观仅是社会价值观的投影"。[③] 另一位著名的英国诗人、批评家 T. S. 艾略特在题为《什么是经典作品？》的专论中也曾用"成熟性""广涵性""普遍性"等特性来界定文学经典，但他仍然强调在对于经典的确认中有一个"事后认定"和"历史视角"的问题。

[①] 雷蒙·威廉斯：《关键词》，刘建基译，三联书店 2005 年版，第 52—53 页。

[②] 阿诺德：《当代批评的功能》，伍蠡甫主编《西方文论选》下卷，上海译文出版社 1979 年版，第 80—81 页。

[③] 诺思罗普·弗莱：《批评的解剖》，陈慧等译，百花文艺出版社 2006 年版，第 31 页。

T. S. 艾略特认为，对诗人来说，经典是无法预知也无法预设的，他们可以清楚地知道自己在做什么，但唯独不能指望自己写一部经典作品，"经典作品只是在事后从历史的视角才被看作是经典作品的"。① 就是说，文学经典乃是在作品问世后由不同时代的人们根据特定的现实需要和价值评判而建构起来的。由此可见，即便主张文学经典超然物外、与世无涉的批评大师如阿诺德、艾略特之辈，也做不到对于实际需要和利益关系的真正超脱。特里·伊格尔顿就曾点破一个事实：这两位大师在文学经典问题上的政治倾向虽有隐蔽与否的区别，但决不是无意识的。②

　　由此可见，对于文学经典来说，不仅要看你是什么，而且要看人们认为你是什么，甚至事情恰恰是颠倒的，更要紧的也许是人们怎么看你，而不在乎你是什么。因此"文学经典"与其说是一种知识，不如说是一种价值。人们说一部作品是否经典，往往并不是在陈述一种事实，而是在表达一种评价。而在评价背后的东西就十分丰富和复杂了。正是在这个意义上，可以说"文学"是一个功能性概念而不只是一个实体性概念。如果此说可以成立的话，那么"文学经典"就更是如此了。因为"文学经典"更多承载着人们的态度、偏爱、意愿和信念，更多主观动机、需要和倾向的成分，它本身就属于评价性的机制。问题在于，人是个体性的，时代、环境是不断变更的，时过境迁、物是人非，从而评价总是因人而异、因时而异、因地而异、因事而异的，因此文学经典总是变动不居、时起时落的。有的作品历来被奉为文学经典，但它也许有朝一日被看作毫无价值的东西，命运一落千丈，遭到冷落和拒斥；而有些作品在文学造诣、审美价值上未必算得上乘之作，但其恰逢风云际会、时机合适，也能风靡一时，荣登"文学经典"的宝座。即便排除了以上两种极端案例，在通常情况下，人们对于文学经典的看法和态度也会适时地发生波动，而不会始终停留在同一个水平线上。出现这样的现象，原因盖在于，对于文学经典的评价在种种主观态度、偏见、愿望的支配下总是像变色龙一样诡异多变。总之，所谓"文学经典"，其实是特定时代、特定环境的人们出于特定原因而建构起来的，不能简单归结为文学作品自身的某些性质，尽管它对于文学作品自身的性质还是有要求甚至

---

① 《艾略特诗学文集》，王恩衷编译，国际文化出版公司1989年版，第189—190页。
② 特里·伊格尔顿：《文学原理引论》，文化艺术出版社1987年版，第229页。

是很高要求的。

从上述理解出发,我们对于晚近引发的一场轩然大波——文学经典之争有可能形成更加清晰、透彻的认识。

第二节 文学经典之争

从20世纪70年代起,欧美文学理论界围绕文学经典问题展开了一场影响广泛、对抗激烈的争论,其学术回响至今不绝。

1968年在法国掀起的"五月风暴"和20世纪70年代席卷欧美的"新社会运动"为这场争论提供了特定的大背景,当时的一代弄潮儿将批判的矛头直指西方发达工业社会的政治体制和主流意识形态,张扬了一种批判现存事物、与过去决裂的怀疑精神,反叛传统,蔑视权威,否定体制,凌越常规,成了他们对于一切既定事物的鲜明态度,也奠定了他们对待文学经典的基本立场。人们发现一个长期习焉不察的事实,以往的文学经典几乎清一色都是出自去世的、白色人种的、欧洲的、男性的(Dead White European Man,简称DWEM)作家之手笔,而把活着的、有色人种的、非欧洲的、女性的作家统统排除在外。例如美国斯坦福大学原来的"西方文化"课程的核心书目就是一个显例①,约翰·杰洛瑞这样评价:"人们扫一眼这个大纲的作品目录就能看出其中没有必读的女性作家作品是。没有非白人的作者;越往目录的开头,作者就越有可能来自

---

① 斯坦福大学"西方文化"课程核心书目:
　　古代世界　必读:《希伯来圣经》起源部分,柏拉图《理想国》1—7卷大部分,荷马《伊利亚特》和《奥德赛》的主要节选或全文,至少一部希腊悲剧,《新约》(节选)包括一篇福音书。强烈推荐:修希底德,亚里士多德《尼各马可伦理学》《政治学》,西塞罗,维吉尔《埃涅阿斯纪》,塔西佗。
　　中世纪及文艺复兴　必读:奥古斯丁《忏悔录》1—9卷,但丁《地狱篇》,莫尔《乌托邦》,马基雅维利《君主论》,路德《基督徒的自由》,伽利略《星际信使》《试金者》。强烈推荐:波伊提乌《哲学的慰藉》,阿奎那,节选,一部莎士比亚悲剧,塞万提斯《堂·吉诃德》,笛卡尔《方法论》《直观录》,霍布斯《利维坦》,洛克《政府论·下篇》。
　　现代　必读:伏尔泰《老实人》,马克思和恩格斯《共产党宣言》,弗洛伊德《精神分析概要》,《文明及其不满》,达尔文,节选。强烈推荐:卢梭《社会契约论》《忏悔录》《爱弥尔》,休谟《人类理解研究》《道德原理探究》《自然宗教对话录》,歌德《浮士德》《少年维特之烦恼》,十九世纪小说,密勒《论自由》《妇女的从属地位》,尼采《道德的谱系》,《善与恶的彼岸》。(见约翰·杰洛瑞:《文化资本——论文学经典的建构》,江宁康、高巍译,南京大学出版社2011年版,第27—28页。)

一个特权阶级,如教士或贵族。显然,为了'开放'这一经典,人们必须将它现代化,将作品的重要性从较早时期转移到较晚时期。"①不言而喻,这一"经典壁垒"的构筑,隐含着严重的性别歧视、种族歧视、等级歧视、欧洲中心主义以及厚古薄今的偏见,在其背后,则是意识形态立场和文化权力在起作用。

最早对传统文学经典发难的是女权主义运动,从20世纪70年代后期开始,一批倡导女权主义的学者、教授和评论家从女性立场出发,重新审视和评估文学经典,对西方传统文学经典提出质疑和挑战,对其宣扬男性权力和性暴力的倾向进行批判和抨击,通过文学批评和理论研究表达自己的观点和主张,如凯特·米利特的《性的政治》(1970)一书在这方面开了风气。同时他们发掘以往因性别偏见被埋没的女作家,对之加以肯定和阐扬,通过出版著作、撰写传记、编辑文选和发表评论以提高其文学地位,帮助其进入文学经典的行列,如《文学妇女词典目录》(1980)、《诺顿女性文学选读》(1985)等具有代表性。紧随着女性主义文学对传统文学经典提出质疑的是有色种族、少数族裔和异端群体的文学,比如黑人文学、亚裔文学和同性恋文学,这些长期遭到排斥的边缘文类通过彰明自身的价值、提高自身的声誉,与传统文学经典一比高下,以争取入典的资格。

质疑传统文学经典的风潮也引起了学术界的关注,导致了1979年哈佛会议的举行,一些学者聚集哈佛大学就"经典"问题进行专题研讨。相隔两年后,莱斯利·菲德勒和休斯敦·贝克尔将这次会议的论文编辑成书,题名《打开经典》(1981)。这本书的出版标志着"经典之争"成为西方文学批评和文学理论的焦点和前沿。同样的氛围也催生了英国学者彼得·威尔逊编辑的《重读英国文学》(1982)一书,该书的撰稿人出于对英语文学教育所潜在的危机的忧心,对于传统的文学批评实践的前提作出挑战,强调重新考量文学经典的必要性。

所谓"英语文学教育的危机"也就牵涉到经典之争在大学教育中所引发的震荡。20世纪80年代初,在英国牛津大学和剑桥大学曾就英语文学的教学大纲应该包括哪些内容展开过激烈的争论,这场讨论首先是学生发起,后波及

---

① 约翰·杰洛瑞:《文化资本——论文学经典的建构》,江宁康等译,南京大学出版社2011年版,第28页。

教师,他们对那些与"文学经典"相关的概念紧追不放:文学批评是在何种意义上对于"文学传统""文学价值""评价标准"等进行认定的?他们发现,任何文学经典的确立,都得到某种社会价值和世界观的支持。在美国,这一质疑传统文学经典的风潮一直延续到20世纪80年代末甚至更晚,1988年春,斯坦福大学在学生的压力下取消了上述完全由欧洲经典作家唱主角的"西方文化"课,代之以"文化—观念—价值"这门新课程,将第三世界学者、少数种族人士及女性作者的作品纳入教学内容。人们纷纷起而效颦,从新的文学经典理念出发修订高等院校教学内容和课程设置,潮起云飞,一时席卷了美国几千所大学。

由此可见,从20世纪70年代以降直至今天跨越了两个世纪的文学经典之争,它的意义已远远超出了文学本身而演成了一场文化战争。问题在于,文学经典之争一直存在,如今何以升级到这般白热化的程度?按说文学经典只不过是文学理论的一个基本问题,如今何以触及的矛盾如此复杂,影响的范围如此之广,牵涉的人群如此之众?这种情况不仅其他文学理论问题罕有其匹,而且其他学术争论也不多见!这是耐人寻味的。今昔比较,如果说过去在文学经典背后起作用的是天赋王权、伦理政教、神学统治等社会权力,相对隐性、不自觉的话,那么如今与文学经典紧密相连的则是关乎性别、种族、民族、族裔、性、年龄、地域的文化权力,它往往以显性的、自觉的形式出现,而且由于夹杂着性别歧视、种族歧视、等级歧视、地缘中心主义偏见以及对于这些歧视和偏见的抗拒,所以它有时还变得非常激烈。总之,文学经典之争已经演变为一场文化权力的博弈。

第三节 世纪之争的学术回应

关于文学经典的世纪之争在学术上得到了积极的回应。

首先,文学经典之争推动了文学批评的革故鼎新,使得文学批评模式的重建成为可能。传统的文学批评可以说只知"文"而不知"人",要说明的是,这里所说"人"并非指作品之中的"人"(人物形象),而是指作品之外的"人"(作者、读者、欣赏者、批评者)。就是说,以往的文学批评所说的"作者""读者""欣赏者""批评者"只是一个抽象、笼统和模糊不清的概念,对他们的把握是不具体、不明确的：不分性别，不分种族，不分族裔，它是男人还是女人？是白人还是有色人种？是欧美裔还是少数族裔？这一切都是存而不论、语焉不详的。然而其性别、种族、族裔等生理的、自然的因素在文学经典的建构中起着至关重要的作用，正是这些生理的、自然的因素构成了现实的文化权力关系。这一点恰恰被以往的文学批评所忽视，文学经典之争使得这一状况得以改观。为了讨论的集中，这里以女权主义的批评实践为例说明之。

从20世纪70年代开始，女权主义批评发现，女性作家一直是"沉默的人"，在文学传统中听不到她们的声音，即便有，也是被边缘化的。一代女权主义批评家开始发掘被湮没在历史长河中的女性作家，为其争取应有的名分和独立的地位，探讨其作品进入文学经典的可能性。不过这样做并非只是为了在男性的领地上替女性作家谋求一席栖身之地，而是旨在为女性作家谱写一部独立的文学经典的新篇章。她们指出，女性一直有自己的文学，女性作家并不只是她生活的时代的记录员和代言人，她是源远流长且自成一体的女性文学传统的一部分。女性创作历来不无建树，也不乏经典性，在很多方面超过男性，只是在男权社会受到挤压和排斥而被边缘化、虚无化了。女权主义批评指出，在男权社会有一种"奎勒·库奇症状"，这一说法取名于剑桥大学的文学教授阿瑟·奎勒·库奇，他授课时总是称学生为"先生们"，而对在座的女生视若无睹。这一症状在文学领域的蔓延使得女性创作的影响和声誉往往稍纵即逝，从而造成女作家生前声名显赫、身后销声匿迹的现象，甚至导致女性创作的历史传统发生断裂、女性文学的经典之作遭到埋没。因此对于女权主义批评而言，寻找历史、重续传统和重建经典已经成为刻不容缓的当务之急，而这一急务必须以对于文学领域中男权正统观念的挑战为前提。

女性创作往往出自本能般地表现出某些特征，以至于有人猜测卵巢的功能与文学创作在女性大脑里注定存在某种内在联系。女性使用的语言更加接近躯体、性快感和直觉，这就使她的写作更像是用身体在说话，更像是一种出自躯体内部的本能爆发。女性作家往往会有某些语言习惯和修辞风格，例如鸟的形象，成为女性文学中常用的比喻，夏洛蒂·勃朗特的《简·爱》中，多次以鸟为喻，将简·爱的柔弱、纯洁、执着和爱化为纯美的形象，从而演绎了男女主人公命运多舛但终成眷属的爱情故事。另外，女性作家具有天生的细腻和敏感，使之在观察人际关系、剖析人物性格和体验情感生活方面更加擅长。凡此种种，使得女性创作更多表现出生理性、自然性，似乎成为一种超文化、超现实、超历史的行为。

但是从另一方面来看，女性的创作行为又绝非超文化、超现实、超历史的。有一种广泛流行的观点，认为小说是最适合妇女的文学体裁，对于小说的兴趣，不仅造就了许多女性作家，而且养成了广泛的女性读者群，最终导致了女性小说的崛起，单说英国，18、19世纪就涌现了简·奥斯丁、勃朗特姐妹、盖斯凯尔夫人、乔治·爱略特、弗吉尼亚·伍尔夫等一大批女性作家，她们的小说影响了几代人。这一文学现象的产生与妇女的命运和处境密切相关，特别是当时中产阶级女性的生存状态注定了她们与小说将结下不解之缘。不平等的经济地位，有缺陷的教育制度，生儿育女的职责，家务琐事的负累，无所不在的偏见和歧视，都使得妇女在物质和精神上要比男人承受更大的压力，面临更多的困窘。她们需要一种表达方式来抒写心迹、寄托情怀，而小说这种样式恰好满足了这一点，中产阶级女性所接受的知识教育和文学修养使之能够胜任小说的创作，她们熟悉的家庭生活环境和私人生活圈子又为之提供了丰富的素材。朱丽叶·米切尔说过一句话："小说是伴随17世纪妇女所写的自传而开始的。"[①]小说能够成为妇女钟爱的写作样式，一个重要原因在于，它与日记、书信、自传等记叙体文字一样，能够成为妇女在男权社会的重重压制之下倾诉心曲、排解郁闷的精神寄托方式。有统计数字显示，1800—1935年，欧美女作家与男作家相比，大约占其20%。[②] 虽然这一比例与男作家还有很大差距，但就当时男女两性社会地位的巨大悬殊而言，则是一个不小的数字。如果说其中不少女作家特别是上述诸位佼佼者的作品列为文学经典而毫不逊色的话，那么在其形成机制中起作用的，不仅是女性作家的生理特点、自然因素，更重要的则是男女两性之间文化权力的抗衡，尽管这种抗衡可能是悄无声息的，甚至是温文尔雅的。

也有例证可以从反面说明上述道理。与女性小说的持续火爆恰成鲜明对照的是，女性作家的戏剧创作却十分冷清。据统计，20世纪80年代以来，在

---

① 朱丽叶·米切尔：《妇女：最持久的革命》，玛丽·伊格尔顿编《女权主义文学理论》，胡敏等译，湖南文艺出版社1989年版，第180页。

② 特里·洛弗尔：《理论的政治》，玛丽·伊格尔顿编《女权主义文学理论》，胡敏等译，湖南文艺出版社1989年版，第148页。

英国所有上演的剧本中只有 7% 是由妇女创作的,而且畅销书作家阿加莎·克里斯蒂一人的作品就占了其中几乎一半。与其间女性作家的小说创作所取得的成就相比,"戏剧却没有可以指向女性的经典之作,能证实妇女总是在进行戏剧创作的出版物更是寥寥无几"。① 总的说来,女性作家的戏剧创作历来不如小说创作红火,这是女性写作的某些特殊性使然,小说创作主要是私人写作,妇女在家庭环境中足不出户便可挥毫成章,但戏剧是一种综合性艺术,其创作活动的社会性、群体性较强,与私人写作不同,需要妇女在公众场合抛头露面,这就增添了许多碍难和讲究,不是每个人都能做到的了。可见不同体裁的创作还不能排除性别差异,对女性来说会更多一些局限性。但问题的要害不在这里,晚近以来女性作家戏剧创作的低迷,症结在于创作中那种曾经拥有的深刻旨趣正在丧失。虽然并非要求女性作家都必须成为女权主义者,但也确实有些年轻的女性作家认为许多重要的历史任务已经由前辈女权主义者完成了,在这样的观念支配下进行的戏剧创作就很难想象能够抱有为改善妇女的命运和境遇而效力的远大志趣,这样一来这些剧作便不能不是苍白、虚弱而缺乏生命力的。有女权主义批评家指出,似乎只有经历像女权主义兴盛期"那样一种根本的社会变革,包括道德观念、性观念的改变,妇女剧作家才能占据显赫的地位。当政治运动停息,失去它激进的、革命的力量之时,妇女也随之退出作为作家对职业剧院的参与"。从以上女性创作的小说与戏剧在历史上的消长起伏可见,"有一种极真实的象征性的共生关系存在于这三者之间:性别惯例的状况、女权主义运动的存在和妇女剧作家的出现。政治斗争总是第一的"。② 这话虽说得有点儿绝对,但却不无道理,它揭晓了一个不争的事实:文学经典的形成是意识形态的产物,取决于其背后文化权力相互博弈的态势。

其次,关于文学经典的理论观念得到深化,对于文学经典的形成机制获得了全然不同的眼光和视野。人们开始认识到,文学经典往往是作为文化权力的表象而被建构起来的。特里·伊格尔顿指出,以往被奉为"民族文学伟大传统"的文学经典,无非是依据人们的价值评定而得以成立的,如果说文学经典

---

① 米歇莉恩·旺多:《女权主义评论》,玛丽·伊格尔顿编《女权主义文学理论》,胡敏等译,湖南文艺出版社1989年版,第186页。
② 同上书,第189页。

的价值只在文学自身,而不考虑别人对它的评价,那纯属无稽之谈,他说:"'评价'是一个及物动词:它表示任何被某些人、在特定环境中、根据特定标准、按特定的目的来评价的东西。"①如果要寻绎在这种评价背后起作用的力量的话,那就必然与人们的权力关系不期而遇。伊格尔顿说得清楚:文学经典"得以形成的价值评定因历史的变化而变化,而且,这些价值评定本身与社会意识形态有着紧密的联系。它们最终不仅指个人爱好,还指某些社会阶层得以对他人行使或维持权力的种种主张"。②不过晚近以来凸现出来的权力关系则是关乎性别、种族、阶级、民族、族裔、性、年龄、地缘等的文化权力,这种因文化身份的差异而形成的权力对比关系使得"身份政治"的出现成为必然,不管人们承认还是不承认,它已经成为现实政治结构的重要一维,对于实际生活各个方面产生重要影响,也决定着文学经典是否成立以及如何成立。因此约翰·杰洛瑞说:"经典之争显然还是身份政治的一种表现","如果现在我们认为,作者的社会身份是决定经典性或非经典性的条件,这就等于说种族和性别范畴是当代经典建构的条件;它们是历史的特定条件"。③于是这样一些问题便顺理成章地被提了出来:"谁的经典?"紧接着是一系列相关的问题:"谁写的经典?""为谁写的经典?""谁读的经典?""怎么读的经典?""在何种语境中写和读的经典?"进而便牵出了一大堆问题:文学经典的作者或读者依据何种文化归属、文化利益、文化特征而分层分类?文学经典在何种时间、空间、社会、精神的维度上生效?以上众多问题有一个共同特点,那就是将研究的目光引向作品之外,考察那些与经典密切相关的外部因素,而这些外部因素又极其纷纭复杂。然而在这里似乎问题越发纷纭复杂,结论却越发简单明了:只有将问题放在文化权力的层面上去考量,扑朔迷离的文学经典形成之谜才有破解的可能,迷雾重重的文学经典之争才有拨云见日之时。

于是有了一种审视和鉴别文学经典的新模式。乔纳森·卡勒将其称为"表征性解释",以与以往的"鉴赏性解释"相区别。④所谓"鉴赏性解释",即传

---

① 特里·伊格尔顿:《文学原理引论》,文化艺术出版社1987年版,第14页。
② 同上书,第19—20页。
③ 约翰·杰洛瑞:《文化资本——论文学经典的建构》,江宁康等译,南京大学出版社2011年版,第10、15页。
④ 乔纳森·卡勒:《文学理论》,李平译,辽宁教育出版社1998年版,第54—56页。

统文学研究的解读方法,它将作品看成呈现内部要素的表象,通过对于作品本身的细读,深入把握其中的主题、形象、结构、形式、语言等要素。它需要对于作品的错综复杂、精细微妙之处具有高度的敏感、透辟的洞察和丰富的感受。而"表征性解释"则依据所谓"社会同一性"的概念,将文本作为显示外部权力关系的表征来看待,通过社会政治分析去把握文本与文化权力的直接关系。它将研究兴趣从文本之内转向了文本之外,聚焦于文本背后的文化权力和身份政治,从而形成了衡量和确认文学经典的新的标准和方法。在最近的一次访谈中,卡勒对于"表征性解释"作了进一步的说明并表现出更加积极的态度。他说:"如果把某个文本看成19世纪阶级斗争的症候,看成社会中意识形态矛盾的症候……即把文本看成某种表征,关注点就会偏离文本本身。"这种"表征性解释"要求读者阅读大量其他学科的资料如历史文献、哲学理论等,将小说中的人物看成一个群体,对其进行定量描绘,不再考虑主题,不再考虑对某个人物的看法,等等,它类似文学社会学的套路,甚至成为一种"过度解读"。卡勒表示,尽管这种"过度解读"有时太过偏激,但他愿意为之提供辩护,在他看来,它"往往能够揭示出以前被忽视的含义。跟那些看起来温和的解读相比,过度解读有时更为有趣、更具启发性"。① 这里卡勒关于"表征性解释"带有文学社会学性质的看法特别值得重视。

再次,在文学经典讨论中许多相关概念被重铸,有些概念从字面上看似乎是传统的、为人熟知的,但意思却相去甚远,它们在当今的后现代语境中被赋予了新的内涵。任何概念都由能指与所指两个方面构成,二者一般是一致的、对应的,但也经常发生游离和错位。索绪尔指出:"能指和所指的联系是任意的,或者,因为我们所说的符号是指能指和所指相联结所产生的整体,我们可以更简单地说:语言符号是任意的。"②这种能指与所指的游离和错位现象与其说是语言符号的蜕化和变异,毋宁说是理论视野的拓展和更新。由于它往往是"旧瓶装新酒""言在此而意在彼",所以容易导致种种误解和误读。如今这一做法非常普遍,它恰恰昭示了关于文学经典的理论旨趣的变迁。

---

① 乔纳森·卡勒:《文学理论的现状与趋势——乔纳森·卡勒教授访谈录》,何成洲译,《南京大学学报》2012年第2期。
② 费尔迪南·德·索绪尔:《普通语言学教程》,高名凯译,商务印书馆1980年版,第102页。

在关于文学经典的讨论中,"意识形态"是作为文学经典建构的根据而引起关注的热门概念,这一概念的传统含义是人们再熟悉不过的,但人们在讨论中对它却别有新解。其中伊格尔顿颇具代表性,试看他给出的界说:

> 我所说的"意识形态",粗略说来,是指我们的说话和信仰与我们所生活的社会的权力结构和权力关系联结的方式。
>
> 我所说的"意识形态",并不是简单地指人们所具有的根深蒂固的、常常是无意识的信仰,我具体地是指那些与社会权力的维护和再生有着某种联系的感觉、评价、理解和信仰的模式。①

可知伊格尔顿所说"意识形态"有两点要义:一是强调意识形态与整个社会的权力关系和权力结构的密切联系。不过他所说"权力"与以往有所不同,并非仅指社会权力,更主要是指文化权力,即因性别、种族、族裔等文化身份的差异而形成的权力结构和权力关系,它通往文化政治。伊格尔顿对于那种一提"政治"就想到党派政治、制度政治的思维定势不予认同,明确表白他讲的"不是这个意思"。那么,他讲的是什么意思呢?他紧接着作了说明:"社会主义的与女权主义的批评家当然关心建立适合于他们的目标的理论和方法:他们考虑的是作品与性别状况或文本与意识形态之间的关系,而其他理论一般是不这么做的。"②也就是说,他关注的并非党派政治和制度政治,而是体现性别、种族、族裔之间权力关系和权力结构的文化政治。关于这一点,他后来就讲得更清楚了:"对于过去几十年间支配全球议事日程的激进政治的三种形式——革命的民族主义、女权主义和种族斗争,作为符号、形象、意义、价值、身份、团结和自我表达的文化,正好是政治斗争的通货"。③

二是伊格尔顿所说的"意识形态"更多表现出心理学的倾向,是指作为上述文化权力和文化政治的表达而呈现在精神生活中的情感、欲望、需要、感受、理解、评价、信仰和无意识等心理模式。而这一点在审美活动中显得更加突出,伊格尔顿说过:"从某个角度来看,审美等于意识形态。"④但这种审美意识

---

① 特里·伊格尔顿:《文学原理引论》,文化艺术出版社1987年版,第18页。
② 同上书,第247页。
③ 特里·伊格尔顿:《文化的观念》,方杰译,南京大学出版社2003年版,第44页。
④ 特里·伊格尔顿:《美学意识形态》,王杰等译,广西师范大学出版社1997年版,第89页。

形态往往表现为一定的心理形式:"审美只不过是政治之无意识的代名词:它只不过是社会和谐在我们的感觉上记录自己、在我们的情感里留下印记的方式而已。美只是凭借肉体实施的政治秩序,只是政治秩序刺激眼睛、激荡心灵的方式。"①就是说,这种审美意识形态往往不是以现实的、直观的模样现身,而是以潜在的、抽象的形式出现。它像一座冰山的底座,正是它托举着冰山的顶端。其深层机理在于,人们对于种种事物的政治态度遭到压抑以后沉入意识底层,经过长期积累和沉淀转化为一种集体无意识,一旦条件成熟,它便会以某种象征形式出现,而美学就是这种象征形式。因此伊格尔顿称之为"政治无意识"。现代主义对于商品社会的抵制就是通过"政治无意识"干预现实的显例。自从康德将审美判断力与纯粹理性、实践理性区分开来,审美活动与伦理实践、政治实践的相互疏离和隔绝便成为一种常态,审美成为自律的、封闭的、不及物的,它无关乎伦理实践,更无关乎政治行为。这一状况被现代主义推向了极致。现代主义以荒诞、晦涩、神秘、杂乱、扭曲的形式表达了对于商品社会的大拒绝,它以反审美、反形式的方式抗拒一切来自市场机制的收买和招安,远离污浊的势利心和铜臭气,以保证艺术的本真、质朴和纯洁。于是事情发生了耐人寻味的大逆转:现代主义极端的自律性、纯粹性恰恰成为抵制和抗击商品社会的正统秩序和流行风尚的利器,从而形式变成了内容,现象变成了本质,审美变成了意识形态,艺术变成了实际行动。因此不妨说现代主义是一个否定性的概念,它对于商品社会的否定立场更具意识形态意味,更是一种政治态度。

由此可见,"意识形态"概念因文化因素的注入而改变和更新了内涵,从而与传统概念保持联系但又有了明显的区别。然而这些被刷新的概念很管用,用来阐释晚近的文学经典之争更具针对性因而也更加有效、更加妥帖。

第四,轰轰烈烈的"文学经典之争"最早是从大学中挑起的,最终还要回到大学,大学往往是一个社会精神动向的策源地和风向标,它既是因又是果,因此大学的教学体制和课程设置在这场世纪之争中势必经历重大的变革。

如果说以往学校教育长期将 DWEM 之外的作者排除在外的话,那么为女性的、有色人种的、活着的、少数族裔的作者在课堂上争得一席地,将其长期

---

① 特里·伊格尔顿:《美学意识形态》,王杰等译,广西师范大学出版社 1997 年版,第 26—27 页。

遭到埋没的作品纳入教学大纲和课程内容，便成为大学教学改革的关键所在。对于以往公认的文学经典是否必须更换和改造，终究通往价值观念的变革；在参考书目、文学史、选读篇目上选谁不选谁并非简单的技术性工作，而是评价标准的碰撞和较量，因此在修订经典问题上可以说是"牵一发而动全身"。到此时人们才意识到长期以来在文学经典问题上相沿成习的评价标准并非天经地义、不容置疑，它受制于某种文化权力关系，因此它并非恒常性的，而是适时性的，并非长久之计，而是权宜之计。一旦时过境迁，权力关系变了，评价标准也终将随之发生变化。20世纪70年代以来女性文学研究、少数族裔文学研究开始列入美国的大学课程和科研项目，并受到关注和欢迎。此后便一发而不可收，女性文学、少数族裔文学开始了自己经典化的历程，彰显自身的不可替代的鲜明个性和独特风格，致力于建构自成一体的文学传统。其间出版的《诺顿女性文学选读》（1985）、《希斯美国文学选读》（1990）、《诺顿非裔美国文学选读》（1997）等选本，以及埃默里·艾略特主编的《哥伦比亚美国文学史》（1988）等，都是代表性的文献。修订经典的冲动也引发了一场文类革命，在以往被视为不入流的文类，如日记、自传、游记、书信、浪漫史、儿童文学等，也开始在经典序列中显山露水，与历来在文类等级中高踞顶端的悲剧、诗歌等文类共分秋色。另外，女权主义、新历史主义等后现代理论的一个共同追求就是打破在高雅文化与通俗文化之间的人为设置的森严障壁，这一追求也体现在文学经典的重建之中，他们呼吁摈弃长期奉行的精英主义和等级主义，祛除在精英文化和大众文化之间固有的歧视性区别，将好莱坞电影、电视连续剧、流行歌曲和通俗小说等大众文化纳入经典的行列。

有一个值得注意的现象是，文学研究的前沿性和敏感性，使之往往成为大学中领风气之先者，成为新思想、新学术的渊薮，其他学科往往是从文学研究中获得各种思想、学术新潮的最新信息，加之这些思想、学术新潮往往带有明显的意识形态性质，因而在大学生中特别具有吸引力和号召力。理查德·罗蒂从哲学家的角度对美国大学的英语系与哲学系作出比较，认为前者在今天有很多优势，因为哲学家们往往陷于同一种方法论风尚而不能自拔，而作为英语系的主业，文学研究不断地重塑学科的新风尚，从而引起学生的浓厚兴趣，而且其新进之处并不仅止于方法论风尚，更在于政治上的积极行动，这就使之能够与学术界之外的现实世界保持着更加密切的联系。文学系变成了各种庇护所并为妇女运动提供基地,它设有非洲研究的附属系科以及相关的研究项目,有的还成为声援黑人民权运动的中心,如此等等。而这一切都与文学经典问题息息相关。因此罗蒂说:"英语系在20世纪美国社会变革史上将占据一个重要而又光荣的位置。因为在最近的一些斗争中它们已经站在了大学其他[学科专业]的前列,而且是站在道义的一方,几乎每一次都是这样。"他还针对有人担心文学研究是否正在被政治化的误解,向英语系的从业者致意:"我想要说你们真不知道人家觉得你们还值得被政治化是一件多么幸运的事情"![1] 罗蒂对于文学研究的政治化倾向所给予的肯定反映了当今美国大学的主流取向,在主宰20世纪大部分时间的形式主义文学理论消歇以后,发挥学科、专业的特长以参与像文学经典之争这类具体的政治或准政治活动,已经成为文学教授从事的重要活动之一。

第四节　布鲁姆的抵抗及其学术意义

在文学经典之争中,站在呼吁"打开经典"或"修正经典"的激进派对立面的,是一位堂吉诃德式的文学骑士,即世称"耶鲁四人帮"之一的哈罗德·布鲁姆,他向人多势众的所谓"憎恨学派"发出了孤独而又悲壮的战叫。

布鲁姆以"影响的焦虑"理论而闻名。依据这套批评理论,前辈作家就像一个巨型的父亲,阻挡了后人前行的道路,他们的影响像巨大的阴影一样覆盖着后人,后人无法超越前辈,于是便产生焦虑。值此境况,后人的选择只能是对于前辈采取误读和修正的方法,摆脱前辈的阴影,通过对于前辈的叛逆而超越前辈,从而踏上创新之路。布鲁姆援用弗洛伊德精神分析学的"弑父"理论,发展出一套以误读和叛逆为核心的修正批评理论。他说:"强者诗人们跟随俄狄浦斯的方式则是把他们对前驱的盲目性转化成应用在他们自己作品中的'修正比'。"[2] 布鲁姆还从文学史上强势作家充满活力的创作中概括出"六种

---

[1] 理查德·罗蒂:《哲学、文学和政治》,黄宗英等译,上海译文出版社2009年版,第56页。
[2] 哈罗德·布鲁姆:《影响的焦虑》,徐文博译,江苏教育出版社2006年版,第11页。

修正比"①，证明他们对于前辈遗存的经典之作采取的积极立场，那就是误读、叛逆和修正。

然而正值布鲁姆推行修正批评理论之时，文化批评新潮已然勃兴。受到法国"五月风暴"的激荡，怀疑过去、反叛传统的风潮向欧美各国蔓延，女权主义、新历史主义、解构主义等批评流派应运而生，具体到文学，与历史传统紧密关联的经典问题，也就不可避免遭到了质疑和拷问，但在文化批评新潮那里，这种质问不只是作为文学革新的途径，而是成了一种现实的政治诉求。

布鲁姆将女权主义、新历史主义、新马克思主义、拉康心理分析学、解构主义、符号学等批评新潮称为"憎恨学派"，称其对于以莎士比亚为代表的文学经典的美学和创造力抱有敌意。他在1997年在美国再版《影响的焦虑》一书时，专门加上了一个长篇的再版前言"玷污的苦恼"，对于"憎恨学派"大张挞伐："我们正处于所谓的'文化批评'时代。在这个时代，各种富有想象力的文学都遭到贬值，而莎士比亚的地位和重要意义也首当其冲地遭到打击……当代所有'憎恨派'人士的假设性共识是：国家权力重于一切，个人情感微不足道——哪怕是莎士比亚的个人情感"，"我们以前常说的'想象文学'是与文学的影响密不可分的，而与国家权力并不具有实质性的联系。虽然文学可以被用来，将来也必然还会被用来……为某一国家利益服务，为某一社会阶级服务，为某一宗教服务，为男性反对女性服务，为白人反对黑人服务，为西方人反对东方人服务……我们仍然有必要申明：高雅文学乃是不折不扣的美学成就，而不是什么国家宣传品。"②布鲁姆为"文化批评"对于文学的玷污而深感苦恼，在他看来，"文化批评"将纯正的文学研究历史化、政治化甚至女权化，这是对于文学研究本身的糟蹋，是对于"想象的文学"的贬黜，也是对于"不但是西方的经典，而且是世界的经典"的莎士比亚的颠覆。

---

① 布鲁姆借用西方古代典籍中的若干术语，归纳出了诗人之间内部关系的"六种修正比"，即1."克里纳门"(Clinamen)，即"真正的诗的误读或有意误读"；2."苔瑟拉"(Tessera)，即"续完和对偶"；3."克诺西斯"(Kenosis)，即"旨在打碎与前驱的连续的运动"；4."魔鬼化"(Daemonization)，即"对前驱的'崇高'的反动"；5."阿斯克西斯"(Askesis)，即"一种旨在达到孤独状态的自我净化运动"；6."阿波弗里达斯"(Apophredes)或"死者的回归"。(哈罗德·布鲁姆：《影响的焦虑》，徐文博译，江苏教育出版社2006年版，第14—16页。)

② 哈罗德·布鲁姆：《影响的焦虑》，徐文博译，江苏教育出版社2006年版，再版前言：玷污的苦恼，第7—8页。

其实早在1994年撰写《西方正典》一书时，布鲁姆就指出了在当时有关经典问题的辩论中就已形成激进与保守这相互对立的两派意见。后来在2004年布鲁姆为该书所写的中文版序言中，则将事情讲得更加清楚了："在20世纪最后三分之一的时间里，我对自己专业领域内所发生的事一直持否定的看法。因为在现今世界上的大学里文学教学已被政治化了：我们不再有大学，只有政治正确的庙堂。文学批评如今已被'文化批评'所取代：这是一种由伪马克思主义、伪女性主义以及种种法国/海德格尔式的时髦东西所组成的奇观。西方经典已被各种诸如此类的十字军运动所代替，如后殖民主义、多元文化主义、族裔研究，以及各种关于性倾向的奇谈怪论。"布鲁姆甚至断言："我们正处在一个阅读史上最糟糕的时刻"！①

应该说，布鲁姆的苦恼并非聊发闲愁，而是确乎有话要说，他需要表达对于当今文学经典研究"向外转"这一重大变局油然而生的愤懑和鄙弃。他说："如今我又发现周围全是些哗众取宠的教授，充满着法德理论的克隆，各种有关性倾向和社会性别的意识形态，以及无休止的文化多元主义，我于是明白了，文学研究的巴尔干化已经是不可逆转的了。所有对文学作品审美价值持敌意者不会走开，他们会培养出一批体制性的憎恨者。"②布鲁姆十分反感并极力排斥的文化批评，从其登上历史舞台的第一天起，就对传统的文学研究形成极大的威胁，使得文学经典问题陷入了两种价值观念的碰撞和格斗之中，面临着社会价值标准与审美价值标准的生死较量，情况并不是很妙，这让他倍感郁闷和纠结。然而布鲁姆的抵抗也堪称顽强不屈。他明确反对把文学经典加以政治化和意识形态化，不同意把文学经典看成阶级斗争的舞台、文化资本的表征和道德准则的道具，更不允许将它变成女权主义和民族主义的事业。

与此同时，布鲁姆也将自己的主张书写在旗帜之上，那就是对于审美价值的坚守，他说："现在我们所能做的一切只是维系审美领域的连续性"。③ 在他看来，审美的力量有着丰富的内涵，包括原创性、陌生性、认知能力、知识、形象语言以及丰富的词汇等，另外还有想象的文学，这是法国流亡女作家斯达尔夫

---

① 哈罗德·布鲁姆：《西方正典》，江宁康译，译林出版社2005年版，中文版序言，第2—3页。
② 同上书，第409页。按所谓"巴尔干化"是指某个领域因为缺少强有力的主导力量而处于分崩离析的状态。
③ 同上书，第13页。

人在《从文学与社会制度的关系论文学》(1800)一书中对于现代意义上的"文学"概念所作的最早界定。而这林林总总的审美价值都是非功利的、自主性的。另外，布鲁姆对于审美价值的守护走的是纯粹的精英路线，在他看来，一切经典都是精英之作，它们以美学的尊严作为自己的身份徽号。然而"曲高和寡""高处不胜寒"，守护经典也就成为孤独、寂寞的事业。布鲁姆对此颇多感慨："近来我在维护审美自主性时颇觉孤单……审美批评使我们回到想象的自主性上去，回到孤独的心灵中去"。① 这也许就是人们从他对于"憎恨学派"的激愤抗议中往往听出一丝无可奈何的哀伤和无力回天的悲音的原因吧。

在今天文化研究倡扬"打开经典""修正经典"的大背景下，布鲁姆作为坚定维护文学经典的审美价值的个案势必引起众说纷纭，然而即便是相互对立的意见也一般不在文学经典的社会价值与审美价值二者之间作一刀两断的绝对取舍，而是在兼顾两端的前提下各有侧重而已。例如杜威·佛克马更多侧重于前者，认为布鲁姆反对只是从作品的道德价值来维护经典，而在伟大的作品中道德价值却并非一以贯之的元素，这严格说来是正确的，"但他得出伟大作品在审美和道德之间没有任何联系的结论是错误的。伟大的作品为我们创造了不同的人物，从杀人犯到情人，从人类学家到革命者。在阅读时，我们对这些不同形式的行为的知识就会增长。在这个增长的认知经验的基础上，我们就可以更明智地选择道德模式，从而为自己的生活确定方向"。② 而约翰·杰洛瑞更多侧重于后者，指出文学作品从来就不是只有社会或道德价值标准，人们还看重它们特定的审美价值。一个不争的事实是，历史上的伟大作品关于陈旧的社会价值的表达在今天却并不使之丧失经典性，可见"审美观念对于经典建构的巨大意义"。③ 总之，在文学经典中总是包含着两极：社会价值/审美价值、权力关系/修辞效果，从而决定着一部文学作品是否能够成为经典的因素，往往一半是社会性的，一半是学术性的，而这种"一半是火焰，一半是海水"的局面正折射出晚近以来在文学经典问题上历史主义与形式主义的深层

---

① 哈罗德·布鲁姆:《西方正典》，江宁康译，译林出版社 2005 年版，第 7—8 页。
② 杜威·佛克马:《所有的经典都是平等的，但有一些比其它更平等》，李会方译，《中国比较文学》2005 年第 4 期。
③ 约翰·杰洛瑞:《文化资本——论文学经典的建构》，江宁康等译，南京大学出版社 2011 年版，第 252 页。

次较量。如果说这一理解不错的话,那么布鲁姆对于文化批评进行的抵抗其学术意义便得到了凸现:在如今人们将文学经典普遍视为一种社会价值和权力关系之时,是否需要从审美特征、修辞效果的角度给予文学经典以更多的关注呢?

第五节　文学经典之争在中国

　　文学经典之争是在20世纪90年代初传入中国的,最早的引进者是荷兰学者杜威·佛克马,1993年九十月间他在北京大学作了题为"文学研究与文化参与"的系列讲演,其讲稿1996年6月以同名在北京大学出版社出版。该书专门讨论了文学经典的问题,其中关于"现代中国经典构成的历史发展"的论述唤醒了中国学者的经典记忆。作为这种经典记忆的表达,在半年内就有煌煌两套"百年经典"的编选本问世。① 此后不久,在《作家报》《文艺报》《文学自由谈》等报刊上有评论家提出了异议,质疑这两套"百年经典"的入选标准是否合理、入选篇目是否公允、选编者是否权威、出版动机是否纯正等问题。不过这些问题的提出只是就文学活动的一般逻辑而言的,并未涉及后来所说的文化身份和文化权力概念。② 说明当时人们关心的主要还是"什么是经典?"的问题。

　　后来若干年间,国内学术界就文学经典问题举办了多次学术会议,如1997年10月在广州举办的"文学经典化问题"研讨会,2005年5月在北京举办的"文化研究语境中文学经典的建构与重构"国际学术研讨会,2006年4月在西安召开的"文学经典的承传与重构"学术研讨会,同年10月在厦门召开的"与经典对话"学术研讨会等。时至今日,相关讨论仍不绝如缕。其间中国的经济体制和社会结构发生了翻天覆地的变化。社会主义市场经济体制的逐步建立和完善,经济全球化浪潮的冲击,亚洲金融风暴的来袭,香港、澳门回归,中国加入WTO等重大历史事件,大多发生在这世纪之交的前前后后,而这一

---

　　① 谢冕、孟繁华主编:《中国百年文学经典》(10卷本),海天出版社1996年版;谢冕、钱理群主编:《百年中国文学经典》(8卷本),北京大学出版社1996年版。
　　② 有代表性的是韩石山的《谢冕:叫人怎么敢信你》,《文学自由谈》1997年第6期。

切重大变革,又都在形塑着中国人崭新的文化身份,酝酿着文学经典观念的腾挪和跃迁。中国人文化身份意识的觉醒,推助了在文学经典问题上从求证"什么是经典?"向考量"谁的经典?"转换。其实在这方面国外的理论早就进来了,在佛克马的讲演中就有关于"谁的经典?"问题的提示,而早在佛克马的讲演流传开来之前,国内的外国文学研究就已经有关于20世纪80年代末美国大学爆发的文学经典论争的详细报道。① 只不过人们或是未曾接触,或是接触了没有上心,总之是尚未对此引起足够的重视。

然而,推动文学经典之争在中国引起波澜的还是本土的文学创作:首先,20世纪90年代以来,形形色色社会新成员的形象鱼贯而行进入了文学的视野,如下岗工人、待业青年、公司员工、自由职业者、农民工、小老板、北漂族、新移民等,这些社会新成员的身份原本就是当今社会大变革的产物,承载着各自的文化身份和权力关系,不过他们更多是处于社会底层,是一种弱势群体。当然受到文学更多关注的还是农民,这固然是中国文学传统的农村叙事的长项使然,但更重要的是值此变革时代,在农民这个特殊群体身上交织着更多乡村与城市、传统与现代、贫穷与富裕之间的矛盾和冲突,使得"农民"的形象成为身份政治和权力关系的一个特别敏感的符号,拥有极其丰富而又深刻的意涵。对于底层民众这一文学群像的倾心打造,成为当今文学一道十分抢眼的亮色。孟繁华对此给予了高度评价:"在这些小说中,作家一方面表达了底层阶级对现代性的向往、对现代生活的从众心理;一方面也表达了现代生活为他们带来的意想不到的复杂后果。底层生活被作家所关注并进入文学叙事,不仅传达了中国作家本土生活的经验,而且这一经验也必然从一个方面表现了他们的价值观和文学观。在全球化的语境中,在强势文化以轰炸的方式向弱势文化地区侵入的时候,这一努力和消息尤其给人以鼓舞。"②

其次,与各种文化身份、权力关系相对应的写作模式的形成,如底层写作、女性写作、80后写作、海外华文文学写作等,这些写作模式往往是因其所代表的身份政治和权力关系而成立而成名的,虽在风格、个性、情调、旨趣等方面各

---

① 沈宗美:《对美国主流文化的挑战》,《美国研究》1992年第3期;张宽:《离经叛道:一场多元文化的战争》,《读书》1994年第1期。

② 孟繁华:《犹豫不决的批评》,《中华读书报》2003年11月26日。

有追求,但都显露出一种意识形态的锋芒,正是这一点,使之与往常的写作模式相比,特别透出一种锐气。晚近以来,在"女性诗歌"旗帜下麇集了一批当代中国最活跃的女诗人,她们不仅用诗歌说话,而且也以评论、对话、访谈等宣示自己所理解的女性意识,致力于扭转在男性话语世界中"被定义"的状况,理直气壮地标举"女性诗歌"的文学主张。如周瓒说:"我们说到的'女性意识',实际上更多强调从女性书写者的角度出发,对生活、生命、现实、记忆、传统、世界等等的一种独特的理解,这些理解很可能不是那么'女性化的'(如被构造出来的传统的女性特征),而很可能是'雌雄同体式的'或其他特征的。"穆青说:"每个女性都是一个独特的个体,极而言之,可以说没有什么本质化普遍化的'女性意识',重要的是每个诗人都要对性别问题保持敏感。"①

再次,对于文化身份、权力关系的文学表达,推助了许多中国问题的浮现。由于历史不同、传统不同、国情不同,在身份政治和文化权力关系上形成了中国自身特有的问题。例如性别、种族、民族、族裔、国家、地区之间的文化权力的较量在中国普遍存在,但在全球化语境中其国际化程度得到空前提高;随着改革开放的深化,这种文化权力的较量又进一步拓展到贫富、城乡、地域、年龄、职业、受教育程度等方面,渗透到日常生活的每一个角落。另外,由于文化传统的差异,那些涉性的文化权力问题如同性恋、性怪异、性解放等在中国一直不像西方那样公开和热衷,总是比较含蓄和节制,不过目前相关话题已较前明显增多。上述文化权力的中国问题,在实际生活中生生不息、层出不穷,为当代文学注入了许多新的元素。

当今文学创作作为过程性、形成中的经典,它所发生的上述新变,势必触动批评家、理论家的观感,对于文学经典作为文化权力的表征这一面产生强烈印象,并在理论上留下明显的痕迹。陶东风代表这一派意见,认为文学经典必然与文化权力乃至其他权力形式相关,同时也与权力斗争及其背后的各种特定的利益相牵连,它是各种权力聚集、争夺的力场。他说:"在传统的文学研究中,文学经典及作品常常被非权力化或解权力化,即认为经典是人类普遍而超越(非功利)的审美价值与道德价值的体现,具有超越历史、地域以及民族等特殊因素的普遍性与永恒性。文化研究恰恰就是要置疑经典与经典的这种所谓

---

① 白烨主编:《2003年中国文情报告》,社会科学文献出版社2004年版,第64—65页。

普遍性、永恒性、纯审美性或纯艺术性,它以去经典化(decanonization)为自己的鲜明特征。文化研究更多地秉承了知识社会学的立场,认为经典以及经典的标准实际上总是具有特定的历史性、阶级性、特殊性、地方性的。文化研究视野中的文学经典问题被还原为权力问题或从权力的角度进行理解。文化研究的经典理论因此带有极大的政治性。"①

但是现代生活给文学创作带来的变化还有另外一面。在市场权力与工具理性的双重夹击下,文学的市场化运作、作家的"触电""触网"越发变得无所顾忌,文学受到新生代的挑战和网络写作的挤压而滑向边缘,文学经典在随心所欲的戏说、反讽、恶搞中遭到拆解和颠覆,甚至"文学死了!"成为人人争说的口头禅。这一切也在无日无之地触动着批评家、理论家的另一种观感,使得寻求文学经典普遍、永恒和超越时空的普适意义,也成为一种广泛的理论冲动,恰与前一派意见旗鼓相当。在这方面刘象愚的意见具有一定代表性,他认为,在经典的形成过程中,有种种复杂的外在原因在起作用,但这并非事情的全部,"一定有某种更为重要的本质特征决定了经典的存在,我们可以把经典这种本质性的特征称为'经典性'(canonisity)"。它包括了以下四个方面:一是内涵的丰富性;二是实质上的创造性;三是时空的跨越性;四是无限的可读性。在他看来,"上面几点无疑是关于经典性的一些基本原则,要想成为经典,我以为这几点似乎是不能少的。不过不同的领域各自对自己的经典又可能有一些特殊的要求,譬如对于文学艺术来说,除上述原则外,审美性或者说艺术性的强弱,必然是一部文学艺术品能否成为经典的一个重要标准"。②

总览以上两派意见,前者强调文学经典的建构与外部的文化权力有关,具有特殊性、个别性和历史具体性,更多政治性和意识形态性;而后者则肯定文学经典的形成与作品本身的审美性、艺术性相连,表现出普遍性、无限性和时空跨越性等本质特征,富于美学意味和艺术气质。其实这两派意见各有所长,都把握了事情的一个侧面、一种可能性,而二者的歧异恰恰昭示了文学经典的价值二重性。就文学经典而言,一方面它指向社会价值,构成其实际价值取

---

① 陶东风:《文学经典与文化权力(上)——文化研究视野中的文学经典问题》,《中国比较文学》2004年第3期。
② 刘象愚:《经典、经典性与关于"经典"的论争》,《中国比较文学》2006年第2期。

向,这种实际价值取向往往是非审美的,与政治、道德、宗教等实用功利有关;另一方面它又固守着审美价值,构成其基本价值取向,与美学规律、艺术特征有关。总之,文学经典必须在基本价值取向与实际价值取向之间保持必要的张力,完整地、辩证地把握它的这种价值二重性,才能得出正确的结论。美国学者 B. H. 史密斯的相关论证可供参考:"没有足够的理由把功利的范围限制在只服务于直接、具体、切实目的的事物方面,或者断定艺术品的价值完全与实用手段和动物性需要无关。"在她看来,将审美价值与实际价值对立起来、割裂开来并不可取,如果通过否定享乐的、实用的、历史的、观念的等实际价值来限定审美价值,其实也就是取消了审美价值,因为上述种种实际价值被排除以后,审美价值也就所剩无几了。另一方面,看似与实际价值无关的审美价值,其实已经为人们提供了各种可供选择的途径,它们或早或迟都将把人们带回到生物效用和生存价值方面去。① 这就让人想起《堂·吉诃德》中的一个情节,两人同时喝一个桶里的酒,一个人在酒中喝出了铁锈味,另一个人在酒中喝出了皮革味,结果从桶底捞出了一把拴着皮带的铁钥匙。文学经典的价值取向就是一把"拴着皮带的铁钥匙"。

进而言之,虽然在一般意义上可以说文学经典的建构具有价值二重性,但是一旦将问题放到具体的历史境遇中来考量,便显而易见文学经典的两种价值取向往往是不对等、不平衡的,要么是功利的、实用的实际价值取向占上风,要么是审美的、艺术的基本价值取向占上风,就像《红楼梦》中林黛玉所说:"不是东风压了西风,就是西风压了东风。"这种情况的出现,说到底,乃是社会状况和时代潮流使然。从中外文学史看,一般来说,在社会处于稳定的、守成的时代,文学经典往往偏向审美的、艺术的基本价值取向一端;反之,在社会处于变革的、动荡的时代,文学经典往往偏向功利的、实用的实际价值取向一端。马修·阿诺德提出,经典的真正含义就是至真至美、"最好的东西"②,这种"超然无执"的审美理想显然是国力强盛、时运健旺的维多利亚王朝的精神折光。而佛克马指出现代中国关于文学经典的讨论开始于1949年,而在1949年、

---

① B. H. 史密斯:《价值的或然性》,周宪等编《当代西方艺术文化学》,北京大学出版社1988年版,第118页。

② 阿诺德:《文学批评举要》,伍蠡甫等《欧洲文论简史》,人民文学出版社1991年版,第331页;阿诺德:《现代批评的功能》,伍蠡甫主编《西方文论选》下卷,上海译文出版社1979年版,第80—81页。

1966年和1978年这些年份里成为社会热点,用他的话来说,就是在当时政治路线的变化中获得了新的动力。①

由此看来,文学经典是一个历史概念,文学经典的建构是一种历史现象。审美的、艺术的基本价值取向与功利的、实用的实际价值取向构成了两极,文学经典就像钟摆,它总是在这两极之间来回摆动。至于它在特定时期处于何种状态,呈现何种面貌,完全取决于当时的社会状况和时代潮流。从这个意义上说,从20世纪70年代初至今,文学经典之争演变为一场文化权力的博弈,乃是全球化、市场经济、消费社会、现代科技、大众传媒等交织的后现代语境的催生,乃是当今大变动、大分化、大重组的时代大潮的激荡。

---

① D. 佛克马、E. 蚁布思:《文学研究与文化参与》,俞国强译,北京大学出版社1996年版,第37页。

第 八 章

文学经典之争向文学研究回归的迹象

20世纪70年代兴起的"文学经典之争"让人发现了文学经典背后的文化问题,推动了文学研究向文化研究的转向,但其偏于文化研究一端的缺失导致了向文学研究回归的新动向,这种迹象在20世纪90年代参与争论的几位代表人物那里已显露端倪。约翰·杰洛瑞、哈罗德·布鲁姆和乔纳森·卡勒都表达了在经典建构问题上回到文学和美学、保持一个文学和美学焦点的诉求。而他们的共同诉求又隐含着某种内在的逻辑,正有助于推动"文学经典之争"趋于一种合理的解决途径。

第一节 文学:"谁的经典?"之问缺失的另一半

关于文学经典的"世纪之争"让人们发现了一个长期忽视的盲区,关于文学经典,以往人们的注意力往往集中在"什么是经典?"的问题上,其实在其背后还有一个"谁的经典?"的问题,后者事关文化权力的博弈和较量,较之文学经典超越时空的审美和艺术价值更加紧要、更加实际,而且自古皆然、中外不二。一个显而易见但习焉不察的事实是,以往备受崇奉的文学经典几乎清一色都是出自去世的、白色人种的、欧洲的、男性的(Dead White European Man,简称DWEM)作家之手笔,而把活着的、有色人种的、非欧洲的、女性的作家统统排除在外:从荷马和古希腊三大悲剧家、维吉尔、奥维德,到薄伽丘、塞万提斯、莎士比亚,到高乃依、莫里哀、歌德、席勒,再到果戈理、屠格涅夫、列夫·托尔斯泰等,可谓无一例外均为DWEM。不言而喻,这一"经典壁垒"是建立在性别歧视、种族歧视、等级歧视、欧洲中心主义以及厚古薄今的偏见之上的,它体现着性别、种族、等级、地缘……之间文化权力的较量,带有显著的意识形态意味和政治色彩。可见所谓"文学经典之争"的核心问题就是"文化权力之争"。这无疑是吸引眼球、赢得高关注度的,特别是当它与女权主义运动、反种族主义运动、民族解放运动等"新社会运动"以及在英美大学中掀起的质疑教学体系、呼唤教育制度改革的风潮结合起来时,这场"世纪之争"其意义就远远超出了文学本身,成为一场震动整个社会、波及众多人群,有时还会变得非常激烈的文化战争。它在学术上也引发了史无前例的变革,促进了文学理论观念的深化,文学概念范畴的陶铸,文学批评模式的重建,大学教学体系的改革。

然而,随着时间的推移和事态的发展,在这种大规模、全民性、世界性的文化热潮中潜伏的危机逐渐暴露出来,那种追问"谁的经典?"的理论,正如论者所指出,总是让人感到"太偏于一端,只是整体的一半,而那遗漏的那一半从定义上讲更真实、更富活力、更有本质意义……理论遭到的谴责是,它好像总是缺失了一些某种东西"。那遗漏和缺失了的东西就是文学、美学、批评、读解、文化或者诗学。① 这些意见表达了一种文化反思的自觉性,也揭扬了一种正在酝酿的新动向,那就是"文学经典之争"往回折返、向文学研究回归的迹象,而这种迹象在参与争论的几位代表人物那里已显露端倪、见出走势。

第二节 杰洛瑞:审美作为经典建构的重要维度

约翰·杰洛瑞的《文化资本——论文学经典的建构》(1993)一书是对于"文学经典之争"较早也较全面地进行研究和评估的著作,他在因袭传统与修正传统这两个极端之间选择第三条道路,借鉴布迪厄的"文化资本"理论对于文学经典进行艺术社会学的研究,提出"事实上'审美价值'就是文化资本"②的命题,从而为经典建构重返文学研究作出了理论铺垫。

---

① 见拉曼·塞尔登等:《当代文学理论导读》,刘象愚译,北京大学出版社2006年版,第328页。
② 约翰·杰洛瑞:《文化资本——论文学经典的建构》,江宁康等译,南京大学出版社2011年版,第311页。

在评估欧美大学抵制传统教育制度和课程教学内容的风潮时,杰洛瑞是大力倡导"开放经典"的,他承认社会身份和身份政治问题确实是影响经典建构的重要原因,从而主张必须将入典的资格向历来受到排斥的在性别、种族、阶级方面处于弱势的边缘群体"开放"。然而在该书的结论部分,杰洛瑞对于那种将文学经典仅仅归结为社会价值或道德价值的做法提出质疑,认为审美价值始终是衡量文学经典不可或缺的重要维度。杰洛瑞是从这一现象说起的:"自从18世纪出现俗语经典以来,文学作品就被认为不仅具有被认可的社会或道德价值标准,而且人们还看重它们特定的'审美'价值。明显矛盾的或从社会学意义上讲陈旧的价值标准表达本身并不足以使作品丧失经典性,可见'审美'观念对于经典建构的巨大意义。"①就是说,那些只是表达一种过时的社会价值或道德价值的作品至今仍不失其经典性,说明一部作品能够成为经典,除了社会价值或道德价值之外,审美价值的作用也不容低估。譬如古希腊悲剧的"命运观念",《三国演义》中的"正统观念",都是老而又老、早被弃置的社会、道德价值观念,但这并无妨于这些作品的经典地位,其崇高的审美建树如前者波澜起伏的戏剧动作和后者取类各异的人物塑造等仍被后世观众和读者尊为不祧之祖。

在这个问题上,约翰·杰洛瑞将美国当代批评家芭芭拉·霍恩斯坦·史密斯引为同调,史密斯有一个重要观点:就一般商品而言,某个事物的交换价值与使用价值通常是被明确区分开来的,但对于文艺作品来说,情况则有所不同,这两种价值之间的区别往往并不那么泾渭分明。例如文学读物,它在书店里是标有价格并随市场行情有所浮动的,但该书的供求状况、生产与发行的成本、利润计算等,并不影响它作为文学作品的内在价值以及为具体读者所体验的价值,不管其价格随行就市如何上下浮动,对于该书的阅读与欣赏都是同样生效的。这样,对于文学作品来说,就有两个经济系统,一是具体主体价值的系统,它也是一种经济系统,是由主体的需要、利益及资源构成的个体经济动力学的产物,表现为生物的、心理的、物质的、经验的形式;二是一般市场经济的系统,这是随着市场行情而不断发生浮动和迁移的系统。史密斯认为:"这

---

① 约翰·杰洛瑞:《文化资本——论文学经典的建构》,江宁康等译,南京大学出版社2011年版,第252页。

两个系统不仅是相似的,而且是相互作用、相互依赖的。因为我们环境中的一部分就是市场经济,而反过来又部分地包含在具体生产者、销售者、消费者等不同的个体经济之中。"①

进而言之,在前一个系统即主体价值的系统中,通常人们也是将审美价值与实用价值截然区分开来,而所谓"实用价值",通常被理解为纯粹的实用手段、极端的物质欲望和动物性需要的满足,与非功利、无目的的审美价值互不相干。史密斯对此持有异议:"没有足够的理由把功利的范围限制在只服务于直接、具体、切实目的的事物方面,或者断定艺术品的价值完全与实用手段和动物性需要无关。"②在她看来,将审美价值与实际价值割裂开来、对立起来并不可取,如果通过否定享乐的、实用的、历史的、观念的等实际价值来限定审美价值,其实也就等于取消了审美价值,因为上述种种实际价值被排除以后,审美价值也就所剩无几了。说到底,一件艺术品的审美价值,最终还是由从实际价值中分解出来的种种因素构成的,从历史上说,二者浑然天成的关系可以从模仿的、游戏的、巫术的、劳动的等种种路径往上追溯。从现实情况说,一种看似与纯粹的、非效用的、无利害的,亦即与实际价值无关的审美价值,其实已经为人们提供了各种可选择的途径,它们或早或迟都将把人们带向生物效用和生存需要等实际价值方面去。

总之,史密斯总是倾向于在不同的价值系统之间寻求相互融通的共同点,在主体价值系统与市场经济系统、审美价值与实用价值之间总是求同求合而不是求异求分,并从中探寻解决问题的出路。正是基于这一思想方法,史密斯提出了"价值的双重话语"理论,并辐射到具体的文学经典问题。

让我们再回到约翰·杰洛瑞。杰洛瑞十分推崇史密斯的价值理论及其思想方法,不过也认为,后者有一重大缺陷,那就是它无法使价值概念本身历史化,无法解释美学与经济学之间的历史关联,无法解决具体历史语境中形成的现实问题。而要走出这一困境,人们需要的不是一种审美哲学,而是社会学。于是杰洛瑞求助于布迪厄的"文化资本"理论,力图将史密斯的"价值的双重话

---

① B. H. 史密斯:《价值的或然性》,见周宪等编《当代西方艺术文化学》,北京大学出版社 1988 年版,第 115 页。
② 同上书,第 118 页。

语"理论置换为"资本的双重话语",在他看来,唯此方能破解文学经典既关乎文化权力又关乎审美价值的双重价值之谜。他说:"当我最终转向布迪厄的艺术社会学时,我要论述的是,简单地把美学降低为经济学的'使用价值'将会丢失布迪厄话语中的真知灼见……所以说,在作为文化资本而被生产与传播的过程中,文化著作必须首先被区分为文化资本与物质资本,然后才能对之进行清晰的解说。这个结论对理解所谓的经典建构是意义深远的。"[①]

在布迪厄的理论中,"场"和"资本"是两个具有组织和架构作用的核心概念,布尔迪厄将"场"定义为由处于高低主从不同位置的事物所构成的关系网络或关系结构,因此任何"场"也就是一个权力场,在其中总是掌握权力的事物控制着整个"场",决定着"场"的结构,为"场"内诸事物的相互交往制定游戏规则。无论是经济场、政治场、法律场、宗教场、道德场还是文化场,都是如此。在所有的社会力量中,资本无疑是最活跃的力量,也是掌握着权力的一方,在各个"场"中都能起到决定性的作用。具体地说,资本表现为三种基本形态,即经济资本、文化资本和社会资本,它们在一定的权力场中相互对应,相互转换,从而"通过改变性质,绝大多数的物质类型的资本(从严格意义上说是经济的资本类型),都可以表现出文化资本或社会资本的非物质形式;同样,非物质形式的资本(如文化资本)也可以表现出物质的形式"。[②] 既然如此,那么在非物质形式的文化资本与物质形式的经济资本之间便往往表现出某种同源性和一致性;而从具体的文化产品或文化商品来看,则表现出兼具物质性与象征性的双面性:"这样,文化商品既可以呈现出物质性的一面,又可以象征性地呈现出来,在物质方面,文化商品预先假定了经济资本,而在象征性方面,文化商品则预先假定了文化资本。"[③]杰洛瑞以为,这样一来,便将史密斯的"价值的双重话语"转换成了"资本的双重话语"。

正是在这个意义上,文学经典作为文化资本与经济资本相互转换共同作用的产物,具有集象征性与物质性于一身的双面性。因此杰洛瑞反对在经典建构问题上像形式主义或唯美主义那样将审美感受建立在所谓"纯粹性"上,

---

[①] 约翰·杰洛瑞:《文化资本——论文学经典的建构》,江宁康等译,南京大学出版社2011年版,前言第7页。

[②] 布尔迪厄:《文化资本与社会炼金术》,包亚明译,上海人民出版社1997年版,第190—191页。

[③] 同上书,第198页。

而主张将其理解为一种"复合的愉悦",一种"混杂性喜悦"。但另一方面,他又援引布尔迪厄的观点,主张为审美活动提供一个相对"自治"的环境,他说:"只有在艺术生产者自视相对自治的环境里,他们生产的客体才能被视为体现了一种具体的文化资本形式,即'审美'"。这里所说"自治"并非指象征性与物质性完全割裂和背离,它们仍在文化资本的框架内运行,"自治既是文化生产者处于社会经济秩序中的意义所在,也是建构一个想象的社会空间的条件,在这一空间里,文化资本能够以某种与社会经济秩序无关的方式被重新建构"。① 这种既相互关联又相对独立的"自治"其必要性存在于经典建构的内在需要之中,如果说以往是通过将古今作品神圣化来造就文学经典的话,那么,如今虽然不再以这种不平等的方式来规定文化资本的获取,但文化产品仍有高下优劣之分,只不过评价标准转向对其在审美方面获取的文化资本进行考量罢了。因此,"文化生产者还是会相互竞争,以求有人来阅读、学习、观看、倾听、使用、吟唱,或穿着他们的产品,并且还会以'声望'或名誉的形式积累文化资本……换句话说,就是表现为审美判断领域的广泛扩展上"。② 从发现审美价值作为经典建构的重要维度,到在史密斯的价值理论中寻得审美价值与实用价值相互融通的机制,到将史密斯的"价值的双重话语"置换为布尔迪厄的"资本的双重话语",再到附议布尔迪厄带有乌托邦色彩的"自治的审美主义",构成了杰洛瑞在经典建构问题上完整的逻辑推演,虽然杰洛瑞并未直接讨论文学研究问题,但他对于审美价值之意义的大力肯定,恰恰为经典建构向文学研究的回归留下了充分的余地。

第三节 布鲁姆:一切经典都属精英之作

对于杰洛瑞的"文化资本"理论,哈罗德·布鲁姆是站在对立面的,在他看来,这是一种法国理论或德国理论,并不适用于美国,美国没有产生文化资本的环境,因为如果说这种"法德理论"总是将大一统的国家利益视为文化的至

---

① 约翰·杰洛瑞:《文化资本——论文学经典的建构》,江宁康等译,南京大学出版社2011年版,第315—317页。
② 同上书,第318页。

上准则的话,那么美国文化则是碎片化、个人化的,"从来就没有什么官方的美国文学经典,也决不可能有,因为在美国,美学总是处于孤独的、个人化的和孤立的地位"。① 这一理解出自布鲁姆对于文学经典问题所持的基本立场及其学术背景,他所称"法德理论"是指新历史主义、女性主义、解构主义、新马克思主义、拉康派、符号学派等文化批评新潮,而他所说文化的个人化、孤独性则与他对于文学经典"审美自主性"的坚守有关。正是这一分歧,使得他在杰洛瑞《文化资本——论文学经典的建构》一书出版后不久,便出版了《西方正典》(1994)一书作为回应,于是有了这部不合流俗、孤标独立的惊世之作,使得狼烟四起文学经典之争又横生波澜。

  细察布鲁姆关于文学经典的理论,可以发现其中隐含着一个巨大的悖论。布鲁姆著作等身,但使其在学界立身并享有盛誉的还是文学经典研究,而其文学经典研究以文化批评新潮的勃兴为标志分为前后两段,前一段以《影响的焦虑》(1973)为代表,提出了"经典修正"理论。布鲁姆借鉴弗洛伊德精神分析学的"弑父"理论,认为前辈作家就像一个巨型的父亲,他们阻挡了后人前行的道路,他们的影响像阴影一样笼罩着后人,后人无法超越前辈,于是便产生焦虑。在这种情况下,后人的选择只能是通过对于前辈的叛逆来超越前辈,通过对于经典的误读来修正经典,从而踏上创新之路。他说:"强者诗人们跟随俄狄浦斯的方式则是把他们对前驱的盲目性转化成应用在他们自己作品中的'修正比'。"②布鲁姆还从文学史上强势作家充满活力的创作中概括出"六种修正比",以揭扬他们超越前辈遗存的经典之作的成功之处。总之,在布鲁姆"经典修正"理论中充斥着对于前辈和经典的"叛逆""修正""误读"等意念,基调是十分激进的。但是到了以《西方正典》为代表的后一段,当他面对文化批评新潮挟带着现实的政治诉求,以摧枯拉朽之势消解和颠覆以往的文学经典时,他感觉到自己安身立命的土地在脚下崩塌和倾覆,他的立场立刻发生了逆转,从激进派变成了保守派,以对于文化批评新潮的猛烈攻讦来舍身捍卫传统经典的固有领地。布鲁姆在1997年再版《影响的焦虑》一书时专门加上的再版前言中有一段话颇值得玩味:"我提出'影响的焦虑'一说,并非想进行一场弗洛伊

---

① 哈罗德·布鲁姆:《西方正典》,江宁康译,译林出版社2005年版,第410页。
② 哈罗德·布鲁姆:《影响的焦虑》,徐文博译,江苏教育出版社2006年版,第11页。

德式的父子相争,尽管本书中有一两处下笔酣畅了一些。"①从这段话中不难咀嚼出一丝自认今是昨非的忏悔之意。尽管布鲁姆在文学经典问题上经历了从激进到保守的逆变,但变中有不变者在,那就是始终主张固守文学研究并仅限于在此范围内讨论文学经典问题,而反对将其扩大为一个社会问题、政治问题,拒绝"为了实行……社会变革而颠覆现存的经典"。② 由此可见,在布鲁姆前一段主张抗拒前辈阴影的压抑以修正经典与后一段力求清除政治诉求的玷污以捍卫经典,这两者之间的关联其实是有迹可寻的。

布鲁姆在《西方正典》给种种文化批评新潮赠予了一个恶谥:"憎恨学派",认为他们对于以莎士比亚为代表的文学经典生来抱有敌意,这是颠覆文学经典的真正祸首。他指出:"在20世纪最后三分之一的时间里,我对自己专业领域内所发生的事一直持否定的看法。因为在现今世界上的大学里文学教学已被政治化了:我们不再有大学,只有政治正确的庙堂。文学批评如今已被'文化批评'所取代:这是一种由伪马克思主义、伪女性主义以及种种法国/海德格尔式的时髦东西所组成的奇观。西方经典已被各种诸如此类的十字军运动所代替,如后殖民主义、多元文化主义、族裔研究,以及各种关于性倾向的奇谈怪论。"他甚至断言:"我们正处在一个阅读史上最糟糕的时刻"!③ 在布鲁姆看来,"憎恨学派"消解文学经典的策略在于以政治和道德价值取代审美与认知标准,以强求一致的社会性泯灭审美的个性和独立性,他们以社会正义的名义宣扬"国家权力重于一切,个人情感微不足道"④的主张,而这样做不仅损害了文学研究,也损害了知识本身。

对于文化批评,布鲁姆表现出既不屑一顾又无可奈何的复杂心态,他既承认如今是所谓"文化批评"的时代,又为文学批评被文化批评所取代而感到忧心忡忡。他说:"我们正处于所谓'文化批评'的时代。在这个时代,各种富有想象力的文学都遭到贬值,而莎士比亚的地位和重要意义也首当其冲地遭到

---

① 哈罗德·布鲁姆:《影响的焦虑》,徐文博译,江苏教育出版社2006年版,再版前言:玷污了苦恼,第13页。
② 哈罗德·布鲁姆:《西方正典》,江宁康译,译林出版社2005年版,第3页。
③ 同上书,中文版序言,第2—3页。
④ 哈罗德·布鲁姆:《影响的焦虑》,徐文博译,江苏教育出版社2006年版,再版前言:玷污的苦恼,第7页。

打击。政治化的文学研究已经把文学研究糟蹋殆尽,甚至学术研究本身都被破坏。"①然而布鲁姆的抵抗也堪称顽强不屈。他公然拒绝把文学经典加以政治化和意识形态化,反对把文学经典看成阶级斗争的舞台、文化资本的表征和道德准则的道具,也不认同将文学经典变成女权主义和民族主义的事业。

与此同时,布鲁姆也旗帜鲜明地标举自己的主张,宣称守持审美价值的坚定立场,他说:"只有审美的力量才能透入经典,而这力量又主要是一种混合力:娴熟的形象语言、原创性、认知能力、知识以及丰富的词汇。"②另外还有"陌生性"和"想象的文学",他十分推崇沃尔特·佩特和斯达尔夫人的美学主张,认为他们提出的定义对于所有的经典作品都普遍适用,而上述诸多审美价值都是非功利的、自主性的。在这里,布鲁姆又回到了康德。布鲁姆对于审美价值的守持走的是纯粹的精英路线,在他看来,一切经典都属精英之作,它们以美学的尊严作为自己的身份徽号。然而"曲高和寡""高处不胜寒",守护经典也就成为一项孤独、寂寞的事业。布鲁姆对此颇多感慨:"近来我在维护审美自主性时颇觉孤单……审美批评使我们回到想象的自主性上去,回到孤独的心灵中去。"③这也许就是人们往往从他对于"憎恨学派"的激愤抗议中听出一丝无可奈何的哀伤和无力回天的悲音的原因吧。

这里就出现了一个耐人寻味的现象:布鲁姆与杰洛瑞在"文化资本"理论上持针锋相对的立场,然而最终得出的结论却不谋而合:杰洛瑞提倡"自治的审美主义",布鲁姆推崇"审美自主性",二者何其相似乃尔!虽然起点不同,倾向有别,逻辑各异,但二者在围绕文学经典的争论中达成的结论却都指向了文学研究。

第四节 卡勒:在文学经典中重新奠定文学性根基

关于"文学经典之争",乔纳森·卡勒在《文学理论》(1997)一书中作了专题研讨,表现出既开新又稳健的学术风范。其开新之处在于对文化研究的积

---

① 哈罗德·布鲁姆:《影响的焦虑》,徐文博译,江苏教育出版社2006年版,再版前言:玷污的苦恼,第7页。
② 哈罗德·布鲁姆:《西方正典》,江宁康译,译林出版社2005年版,第20页。
③ 同上书,第7—8页。

极意义给予充分的肯定和学术的论证,他关于"理论""文学性""表征性解释"等概念极具生长性的重新阐释和有效运用引起了学界极大关注;其稳健之处在于对当今文化研究与文学研究的消长起落抱有足够客观和宽容的态度,反对将二者对立起来,认为文化研究恰恰有助于在经典建构中重新奠定文学的根基。

卡勒首先肯定在文化研究与文学研究之间存在着很深的渊源关系,认为"文化研究是从文学研究中生成的"[①]。卡勒讲的是实情,文化研究的发端之一英国伯明翰学派,最早将目光投向工业革命以来英国工人阶级所处的文化状况,时值 20 世纪 50 年代中期,他们主张将大众文化从高雅文化的压制之下解放出来,还之以应有的文化地位,从而文化研究一开始就被注入了强烈的意识形态内涵。伯明翰学派中人多数是做文学批评出身,他们采用文学批评的方法可谓驾轻就熟,只是如今研究的对象变了,从研究文学作品转向研究"文化形式、文化实践和文化机构及其与社会和社会变迁的关系"。从另一面看,伯明翰大学当代文化研究中心揭橥的这一宗旨恰恰拓宽了文学研究的视野和疆域。同一部文学作品既可以诉诸文学研究,又可以诉诸其他多种学科研究,那么,对它进行的多种学科解读无疑有助于对它的文学解读,使得该作品呈现出更多的丰富性、复杂性和深刻性。因此没有必要担心文化研究从众多学科去解读文学作品就会把读者从文学的经典著作那里夺走,毋宁说文化研究恰恰增强了传统文学经典的活力。卡勒说:"从来没有过如此之多的关于莎士比亚的论文。人们从任何一个可以想象得出的角度研究莎士比亚。用女权主义的、马克思主义的、心理分析学的、历史的,以及解构主义的词汇去解读莎士比亚。"不仅如此,这样做也将大学课堂上开设的文学课程大大拓宽了,以往遭到忽视甚至歧视的关于女性、种族、族裔以及后殖民等方面的文化研究被增补到教学内容之中。在这个意义上说,"迄今为止文化研究的发展一直与文学经典作品的扩大相伴"。[②]

但是文化研究的异军突起终究要对"文学价值"之类衡量文学经典的传统标准提出挑战,在到底是根据文学价值还是凭借文化方面的代表性、政治上的

---

① 乔纳森·卡勒:《文学理论》,李平译,辽宁教育出版社 1998 年版,第 49 页。
② 同上书,第 50—51 页。

公正性来决定文学经典的问题上形成尖锐的分歧。而在文化研究方兴未艾之际偏重于后者的意见占上风,有三种比较极端的观点:一是认为经典作品从来就不由"杰出的文学价值"来决定;二是认为"杰出的文学价值"这一标准的实际应用从来就受到非文学标准的干扰,包括种族的、性别的非文学标准的干扰;三是认为所谓"杰出的文学价值"这个观点本身从来就是一个值得争议的问题,它将某种文化利益和目的神化了,将其奉为衡量文学优劣的唯一标准。① 不言而喻,如果要在古今中外的文学史上寻找支撑上述观点的例证,应该说是不困难的。如加缪的荒诞小说、萨特的哲理小说,中国20世纪五六十年代的"红色文学"和新时期之初的"伤痕文学",如今已然被文学史列为经典之作,但它们除了文化、政治上的代表性之外,从文学本身加以鉴别和考量,有的作品实在是很难算得上具备"杰出的文学价值"的。

所谓"鉴别""考量",也就是分析模式的问题。卡勒指出,文化研究兴起以来,对于文学经典便有了"鉴赏性解释"(appreciative interpretation)与"表征性解释"(symptomatic interpretation)两种分析模式。"鉴赏性解释"是指传统文学研究的解读方法,它将作品看成呈现内部要素的表象,通过对于作品本身的细读,深入把握其中的主题、形象、结构、形式、语言等要素。它需要对于作品的错综复杂、精细微妙之处具有高度的敏感、透辟的洞察和丰富的感受。而"表征性解释"则依据所谓"社会同一性"的理念,通过社会政治分析去把握作品与社会政治结构的同一关系,它将研究兴趣从作品之内转向了作品之外,聚焦于作品背后的社会政治结构,将作品视为显示社会政治结构的表征,从而形成了衡量文学经典的新的标准和方法。卡勒这样说:"文化研究很容易变成一种非量化的社会学,它把作品作为反映作品之外什么东西的实例或者表象来对待,而不认为作品是其本身内在要点的表象","文化研究热衷于直接关系的思想。在这种关系中,文化产品就是一种基本社会政治结构的表象"。② 然而从"鉴赏性解释"转向"表征性解释"就势必导致一个明显的偏差,即对于文学解读实践的忽视,导致对于文本细读以及必要的敏感、洞察、体验和感受的搁置。

---

① 乔纳森·卡勒:《文学理论》,李平译,辽宁教育出版社1998年版,第52页。
② 同上书,第53页。

这样，在"鉴赏性解释"与"表征性解释"这两种分析模式之间必须作出选择，而卡勒则选取了一条中庸之道，既不摈弃传统的文学解读方式，又不排斥激进的社会政治分析之道，而是更多寻求二者之间的相通、互补之处，认为二者在具体的批评实践中恰恰是相得益彰、相须为用的。在他看来，虽然习惯上"鉴赏性解释"与文学研究攸关，而"表征性解释"与文化研究相连，但实际上这两种分析模式对于文学研究与文化研究都适用，对于非文学作品也可以进行"细读"，对于文学作品也不妨在文化层面上进行考量："仔细解读非文学作品并不意味着要对它做出美学的评价，而对文学作品提出文化方面的问题也不说明这部作品就只是一份某个阶段的记录文件。"①

然而面对眼下"表征性解释"对于"鉴赏性解释"的矫枉过正，当务之急在于重新恢复文学在经典建构中的应有地位，而这一点在卡勒来说已成为一种十分明确的意识。卡勒指出，现今被忽视的是文学以及文学性，它们被种族、阶级、性别和性等预设的概念遮蔽了。如果说文学问题曾经是理论领域的核心的话，那么现在已经不再有这样的地位了。尽管如此，卡勒仍有意要恢复文学问题的核心位置，因为只有从这一立场出发，那些包含在文学之中的丰富性、复杂性和不确定性才能够对文化研究形成挑战，使其感兴趣的文化身份、权力关系、文化政治等问题由标准的假设或简约的命题变得复杂起来。在文化研究的时代，文学研究拓展得太过宽泛、太过不着边际了，势必使文学的特征与批评的锋芒因此而丧失殆尽，因此卡勒呼吁："也许该是在文学中重新奠定文学性根基的时候了"！而卡勒的主张，就是回归诗学，回归其早期著作《结构主义诗学》中关于诗歌与叙事作品的作用和接受之类的研究。②

第五节 文学经典之争向文学研究回归的学理逻辑

上述约翰·杰洛瑞、哈罗德·布鲁姆和乔纳森·卡勒等人均为在文学经典问题上成就一家之言也代表一派意见的学者，尽管他们的见解存在明显差异甚至重大分歧，但却显示了一个共同之处，他们或倡导"自治的审美主义"，

---

① 乔纳森·卡勒:《文学理论》，李平译，辽宁教育出版社1998年版，第56—57页。
② 见拉曼·塞尔登等:《当代文学理论导读》，刘象愚译，北京大学出版社2006年版，第328—329页。

或推崇"审美自主性",或重视"文学性根基",都表达了在经典建构问题上回到文学和美学、保持一个文学和美学焦点的诉求。应该说,这种共同的诉求是代表潮流、代表方向的,对于文学经典之争不乏总结意义。有论者曾作出判断:晚近以来除了少数人的文化理论从文学和审美领域游离开去之外,"其他人却寻求对文学和审美的结合,或重新构筑与它们的关系"。[①] 这一判断也符合杰洛瑞、布鲁姆和卡勒的情况。

细绎之,可以发现杰洛瑞等人关于经典建构向文学研究回归的主张隐含着某种内在的逻辑,恰恰构成了正、反、合的三段论:杰洛瑞更倾向文化研究中涌现的种种理论新潮,布鲁姆则反其道而行之,卡勒则对于这两种各执一端的意见取持中综合的立场。而这一内在逻辑,正有助于推动"文学经典之争"趋于一种合理的解决途径。

首先,杰洛瑞等人的学术路径不同。杰洛瑞致力于对文学经典进行一种文学社会学的研究;布鲁姆对文学经典采用的是传统的文学批评/文学史研究的方法;卡勒则是从文学理论/理论的角度切入文学经典问题。卡勒发现,从1960年以来,在文学研究中出现了一种新的书写方式,它研究的并非文学领域内的东西,从学术性最强的问题到学术味最稀薄的生活现象,都在它的讨论范围之内。它是一系列包罗万象、纵论天下大事的各种著作,在这些著作之间往往毫无共同之处,包括人类学、艺术史、电影研究、性研究、语言学、哲学、政治理论、心理分析、科学研究、思想史、社会学等。它对于种种非文学的文本往往作出更有新意、更有说服力的解释,而这些解释对于各个学科的研究不无裨益,文学理论从中也获益匪浅,从而成为一种被广泛采用的书写方式。卡勒认为,这种新的书写方式可以有各种称呼,但最简便的办法,就是称之为"理论"(Theory)。可以这么说,卡勒是从文学理论进入,却与"理论"邂逅相遇,"理论"并非文学理论,但它却能另辟蹊径地阐释文学的本质、意义、经验以及贯穿其中的历史的力量,从而"极大地丰富和激励了对文学作品的研究"。[②] 总之,从文学理论到理论,再从理论返回文学理论,正是这一螺旋式上升的学术路径为卡勒重新恢复文学在经典建构中应有地位的学术追求提供了有力的支撑。

[①] 拉曼·塞尔登等:《当代文学理论导读》,刘象愚译,北京大学出版社2006年版,第338页。
[②] 乔纳森·卡勒:《文学理论》,李平译,辽宁教育出版社1998年版,第45页。

其次,学术路径的差异决定了杰洛瑞等人对于种种新潮理论所持的基本态度。杰洛瑞提出的"文化资本"理论取自布迪厄,又吸收了政治经济学和社会学的基本原理,因此他所采用的文学社会学方法与种种新潮理论是相互融洽的,或者说杰洛瑞的"文化资本"理论就是一种新潮理论。布鲁姆恰恰相反,他对于形形色色标新立异的新潮理论表达了极度的厌恶和弃绝之情,这一立场与其擅长的文学批评/文学史研究有关,他将这些传统的学科专业高度精英化和贵族化,将其研究领域视为不可侵犯、不容亵渎的圣土并舍身捍卫之,将那种在他看来已被政治化、意识形态化的"法德理论"视为异端邪说。而卡勒则以包容并举的态度兼顾文学理论/理论这两端,不是厚此薄彼或顾彼失此,而是在二者之间寻求一种平衡点,以推动经典建构进一步拓展生长空间和创新前景。卡勒在《文学理论》的"前言"中开宗明义地指出,介绍理论比较好的办法是讨论共同存在的问题和共有的主张,而不是把一个学派置于另一个学派的对立面,在他看来,如果把当今林林总总的理论"作为相互对立的研究方法或阐释方法,就会使理论失去许多其本身的趣味和力量,这种趣味和力量是来自它对常识的大范围的挑战,来自它对意义的产生和主体的创造的探讨"。

再次,在关于文学经典的讨论中杰洛瑞等人也表现出了不同的理论风格。杰洛瑞对于种种新潮理论充满了热情,力图从中寻找有助于文学经典讨论的借鉴,但在处理新潮理论与美学、文论的关系时存在喧宾夺主之弊,过多对于种种新潮理论的说明和诠释,虽然他最终认定审美价值是一种文化资本,提倡乌托邦式的"自治的审美主义",但其论证过程的专业性和学科特点不太明确,也许他对于这一点原本就没有什么追求。布鲁姆对于西方文学史上二十几位最具代表性的文学大师进行了极见功力的评说,但对于他称为"憎恨学派"的新潮理论的批评往往流于发牢骚、泄私愤,较少学术层面上的论辩和说理,这就与其对于经典之作鞭辟入里、丝丝入扣的分析形成明显反差,对于论敌的攻击显得情绪性过强而学理性有限,造成了学术性和专业性的缺失。与前两者相比,卡勒在文学经典问题上更多对于文学本身的内在研究,也更多学理性的分析,从而得出的结论更具专业针对性,因此更加切实可行、行之有效。譬如卡勒2010年3月在康奈尔大学召开的学术会议上以"韦勒克文学理论奖"评委会主席的身份作了题为"理论在当下的痕迹"的演讲,对于近年来美国学界堪获这一殊荣的优秀著作进行评点,指出像弗莱什(William Flesch)《应得的惩罚》(*Comeuppance*)这样的著作让文学理论领域的前景变得更加光明。该书采用"进化生物学"这一新潮理论,论证了读者对于小说和叙事学的兴趣植根于人们天生秉有的道德偏好之中,求解了那些宣扬劝善惩恶之类道德观念的文学作品何以使人获得快乐的原因,并将这种求证凝练为一以贯之且简明扼要的理论框架。卡勒对此予以充分肯定:"这看上去是一次进化理论与文学理论传统颇具创意的联姻。"[①]总之,卡勒力图说明,对于种种新潮理论仅仅表示不屑一顾和拒之于千里之外是草率的,合理的途径在于重视新潮理论与文学理论的相互依存关系,倡导二者之间的和平共处和互补双赢,并在此基础上推助文学理论的复兴和经典建构向文学研究的回归。

[①] 乔纳森·卡勒:《理论在当下的痕迹》,周慧译,《外国文学》2011年第1期。

第 九 章

话语转向与文学理论的历史主义归趋

"话语转向"是晚近文学理论的大趋势,对此作出最大贡献的是法国学者福柯。福柯的话语理论力图为话语问题提供一种制度化的背景,一种权力关系的基础,在话语问题上打开一条通往历史、社会、政治、文化的路径。福柯的话语理论经历了从"考古学"到"谱系学"的方法论演变,对于知识话语与权力关系、身体话语与微观政治的联系进行了开掘和建构,而这一切都与晚近文学理论从形式主义走向历史主义的历史性转折有关。福柯对于文学理论的影响通过直接效用与参照效用两条途径得以实现,总的说来,福柯的话语理论对于文学理论的参照效用较之直接效用更为重要。而这种情况,对于"后学"的各种新文类来说具有普遍性。

第一节 文学理论范式的两次转向

在20世纪的一头一尾,文学理论经历了两次转向,一是从历史主义到形式主义"向内转",一是从形式主义到历史主义"向外转",耐人寻味的是,这南辕北辙的两次转向恰恰都是在语言学的地盘上发生的。

文学理论早先的"向内转",是从两个源头开始发动的,一是索绪尔的语言学,一是俄国形式主义。这两者之间有着非常切近的渊源关系,就像两条纠结缠绕的线索一样剪不断、理还乱,而且在一些重要的时间节点上还发生了十分凑巧的历史遇合。索绪尔的《普通语言学教程》一书原是他1906—1911年间在日内瓦大学授课的讲稿,在他去世后由学生根据笔记和手稿于1916年以法语整理出版,其间此书的观点已在欧洲产生影响,然而由于两次世界大战战火的阻隔,直至1959年出版英译本,索绪尔的学术思想才为英语世界所了解。俄国形式主义的兴起也就在索绪尔的《普通语言学教程》1916年在巴黎出版前后,其标志即"莫斯科语言学派"(1914—1915年)和"彼得格勒诗歌语言研究会"(1917年初)的相继成立。该学派反对用社会史、思想史、个人传记和心理分析等"外在的"研究代替文学研究本身,强调文学语言形式的独立自主性和自身规律。然而这一学术主张并不见容于当时苏联的政治气候,最终在20世纪30年代初遭到批判。"莫斯科语言学派"的领头人之一罗曼·雅各布森1920年移居捷克,1926年创建了布拉格学派。雅各布森对于索绪尔的结构主义语言学进行了改造,将索绪尔的横组合/纵聚合、共时性/历时性的二项对立改造为转喻/隐喻的二项对立,为索绪尔的语言学理论提供了文学经验的支持,从而将结构主义从语言学引向了文学。经过了三十余年的沉寂,俄国形式主义终于熬到了出头的日子,虽然其间曾有人作过译介和推荐,但1965年保加利亚裔法国学者茨韦坦·托多罗夫将该学派的代表性论文结集为《文学理论:俄国形式主义论文集》以法语出版,才真正成为俄国形式主义东山再起以致产生世界性影响的契机,而此时索绪尔的结构主义语言学也因《普通语言学教程》英译本的问世而刚刚在世界范围内流传开来。

  将索绪尔的结构主义语言学与俄国形式主义的命运连结在一起的更关键之处在于,二者在强调语言结构和文学形式独立于外部世界的自足性和自洽性方面如出一辙。索绪尔建立言语/语言、能指/所指、横组合/纵聚合、共时性/历时性等的"二项对立"原则,意在构筑那种纵横交错的语言结构,以谋求其弃绝一切外部联系的独立自足性。不过索绪尔的表述还比较概括和抽象,而在俄国形式主义那里,关于文学艺术排除外部世界的本质界定就表达得非常具体和形象了,什克洛夫斯基公开宣称:"艺术永远不受生活束缚,它的色彩决不反映在城堡上空飘扬的旗帜的色彩。"[①]他的《散文理论》"前言"也开宗明义:"在文学理论中我从事的是其内部规律的研究。如以工厂生产来类比的话,则我关心的不是世界棉布市场的形势,不是各托拉斯的政策,而是棉纱的

---

① 见特伦斯·霍克斯:《结构主义和符号学》,瞿铁鹏译,上海译文出版社1987年版,第60页。

标号及其纺织方法。"①

然而吊诡的是,索绪尔并不否认语言是一种社会现象、历史现象,他不止一次说过:"一定的语言状态始终是历史因素的产物","我们不能不把语言放到它的社会环境里去考察,并像对待其它社会制度一样去提出问题"。② 但是如果对他的说法仔细推敲一下的话,会发现他所说的社会性、历史性仅限于语言现象和语言实践本身,主要是指语言/符号、概念/语音、能指/所指、言语/语言等关系的社会性、历史性生成。索绪尔对语言(langue)与言语(parole)作出区分,认为前者是先于具体言语行为而存在的普遍语言规则,而后者则是具体的言语行为,或者说前者是语言的社会特征,而后者则是通过具体的言语行为对语言的社会特征的体现。这就像一盘棋,语言是下棋的规则,而言语则是下的每一步棋。索绪尔所说语言的社会特征并非指下棋之外的社会现实,而是指下棋双方必须遵守的游戏规则,是指这种游戏规则约定俗成的社会性,至于其中某一步棋该如何走,并不以下棋之外的社会现实为根据,也不受下棋之外的社会现实的支配。这一点使得索绪尔关于语言的社会性的论述受到质疑,斯图尔特·霍尔对此是这样看的:"索绪尔的伟大成就是迫使我们关注作为一个社会事实的语言本身……但他在自己的著作中往往几乎只聚焦在符号的两个方面:能指与所指。他很少关心或不关心这一能指/所指的关系如何能服务于我们先前所称的指称的目的,即让我们联系到外在于语言而存在于'现实'世界的物、人和事。"③索绪尔的这一偏差也说明他虽然提出了语言的社会性问题,但又无所用心,他的兴趣不在这儿,不在语言外部的社会现实,而在语言形式本身。霍尔指出:"索绪尔对语言的关注恐怕是太排他了。对语言形式方面的注意的确把注意力移离较为互动的和对话的语言特征,即移离了实际使用的语言,即在现实情境中,在不同类型说话者之间的对话中起作用的语言。这就不必惊讶为什么语言权力的问题——例如不同状态和地位的说话者之间的权力问题——对索绪尔而言没有发生。"④因此在索绪尔肯定语言的社会性、历史性同时,语言结构背后更加重大的历史演进、社会变迁和人类命运恰

---

① 什克洛夫斯基:《散文理论》,刘宗次译,百花洲文艺出版社1994年版,第3页。
② 费尔迪南·德·索绪尔:《普通语言学教程》,高名凯译,商务印书馆1980年版,第108页。
③ 斯图尔特·霍尔:《表征——文化表象与意指实践》,徐亮等译,商务印书馆2003年版,第34页。
④ 同上书,第35页。

恰成为盲点,而语言现象所潜藏的权力、身份、语境等问题的探讨均告阙如。也许将这些问题的提出和解决诉诸一个语言学家或一种语言学理论那是过于苛求了,但后来文学理论的发展却说明上述问题的提出完全是必然的和必要的,也是能够积极促进语言文化本身的深化和提升的。

第二节 话语理论的提出

后来的文学理论恰恰是按照这一逻辑发展的,其突出标志就是话语理论的提出。

当代文论史家曾这样评价:"巴赫金学派也许是现代文学理论家中最早拒绝索绪尔语言观的。"[①]巴赫金在1929年出版的《马克思主义与语言哲学》[②]一书中,就曾将索绪尔语言学作为主要批评对象,将其称为"抽象客观主义",指出它将语言形式抽象出来,使之仿佛成了与现实分离的成分,成了独立自在的历史存在。巴赫金不赞同这一观点,认为语言是一种积极的、能动的社会符号,在不同的社会和历史环境中,对于不同的社会阶层,语言能够表达不同的涵义。巴赫金认为,一切语言行为都不能单从其本身去抽象地理解,而必须置于一定的社会语境中来考虑,它是一种话语。他说:"确实,我们无论列举哪一个表现—话语的因素,它都是由该话语的现实环境所决定的,首先是由最直接的社会氛围所决定的。"[③]就是说,决定话语的不只是语言环境,还是历史环境和文化环境。巴赫金还认为,任何语言都是一种对话,对话形式把相互交谈的人联结在一起。而这相互交谈的人往往出生于不同的环境,从而该环境中已经充斥着话语,其中每个人都力求借助语调、发音、选词和动作,尽可能忠实地向对方传达某种信息。巴赫金说:"任何话语都是在对'他人'的关系中来表现

---

① 拉曼·塞尔登等:《当代文学理论导读》,刘象愚译,北京大学出版社2006年版,第177页。

② 按巴赫金去世前不久承认,他在1928—1930年间出版的书,除了关于意识形态方面的一些补充说明,几乎全部由他本人所写,但当时鉴于包括这些补充说明在内的种种原因,不想以自己的名义出版。(见张杰编选:《巴赫金集》,上海远东出版社1998年版,第333页注①②。)故此本书将这些著作视为巴赫金的个人著作。

③ 巴赫金:《马克思主义语言哲学的道路》,张杰编选《巴赫金集》,上海远东出版社1998年版,第229页。

一个意义的。在话语中我是相对于他人形成自我的,当然,自我也是相对于所处的集体而存在的。话语——是连结自我和他人之间的纽带。如果它一头系在我这里,那么另一头就系在对话者那里。话语——是说话者与对话者之间共同的领地。"①巴赫金的上述见解不啻成为后来话语理论的先声。需要说明的是,巴赫金对于"话语"概念的运用还不尽成熟、不尽规范,加之法语、英语与俄语等之间语词概念内涵的不对应,也导致了相互迻译和使用的困难,故其所说"话语"的内涵并不稳定和确切。尽管如此,但后来话语理论的主旨却已有雏形了。

值得注意的是托多罗夫,他在讨论"文学是什么?"的问题时,在本体论的意义上提出了"话语"概念,其《文学概念》(1978)一文开宗明义指出:"在陷入语言学'是什么'这一深渊之前,我抓住了一个轻便的救生圈:我的问题首先并不针对文学存在本身,而是针对像下面那样试图谈论文学的话语。"②托多罗夫指出,鉴于文学的定义以往存在的缺失,有必要引入一个与文学概念相关的概念——"话语"(discourse)。为什么话语概念是必要的呢?在托多罗夫看来,在文学中,"语言根据词汇和语法规则产生句子。但句子只是话语活动的起点:这些句子彼此配合,并在一定的社会—文化语境里被陈述;它们因此变成言语事实,而语言则变成话语"。然而话语不止一种,而是多种,它们各有形式、各有功能,而这些形式和功能往往是不能相互替代的,譬如说私人信函的书写方式不能代替官方报告,反之亦然。可见"任何一种言语属性,在语言内部是随意的,但在话语中则可能变成强制;社会在所有可能的话语代码系中所作的选择决定了人们所说的体裁系统"。③ 可见文学的体裁并不是任意确定的,它既是属于形式的,又是属于社会的,它具有一种话语属性,譬如史诗产生在某个时代,小说产生在另一个时代,这一切绝非偶然,而是与当时的社会环境有关。托多罗夫还曾专门研究薄伽丘的《十日谈》,认为该小说的语法结构和陈述序列与其产生的时代具有同构性,可以通过这些形式要素透视语言

---

① 巴赫金:《马克思主义语言哲学的道路》,张杰编选《巴赫金集》,上海远东出版社1998年版,第230页。
② 托多罗夫:《文学概念》,《巴赫金、对话理论及其他》,蒋子华等译,百花文艺出版社2001年版,第5页。
③ 同上书,第17—18页。

学外部的真实世界。文学体裁与其时代的这种同构性其原盖在于文学是一种话语。因此可以认同诺思罗普·弗莱的说法:"我们的文学天地已扩展为一个语言世界",而托多罗夫的预言更加具体和明确:"在此领域中,诗学将让位于话语理论和话语类别分析"。① 而他后来的研究,包括《话语种类》(1978)等著作的撰写,就是按照这一思路展开的。

对于话语理论作出最大贡献的,当数法国学者福柯。他最早在《知识考古学》(1969)一书中对于话语问题进行了元理论的系统研究,而在次年12月福柯当选法兰西学院院士时选择以"话语的秩序"为题发表就职演说,可见话语研究在福柯学术生涯中的举足轻重地位。对于话语研究的目标,福柯有一点是十分明确的,他不是仅仅将话语作为一般的语言符号来研究,而是对于一定社会历史语境下生产话语的规则和实践进行考察。他说:"诚然,话语是由符号构成的,但是,话语所做的,不止是使用这些符号以确指事物。正是这个'不止'使话语成为语言和话语所不可缩减的东西,正是这个'不止'才是我们应该加以显示和描述的。"②福柯这里所说的"不止"之处,就是较之一般语言学、符号学概念更加深广的社会历史语境。这一点可以从福柯对于"话语"概念的定义见出。他认为,话语不是一个理想的超越时间的东西,它具有某种历史的形式,"它始终是历史的——历史的片断,在历史之中的一致性和不连续性,它提出自己的界限、断裂、转换、它的时间性的特殊方式等问题"。他还说,话语的实践既不同于个体的表达行为,又不同于理性的推理系统,也不同于说话者构造语法句式的能力,它是"一个匿名的、历史的规律的整体","这些规律总是被确定在时间和空间里,而这些时间和空间又在一定的时代和某些既定的、社会的、经济的、地理的,或者语言的等方面确定了陈述功能实施的条件"。③ 显而易见,福柯话语理论的主旨并不在研究语言本身,而在寻绎社会、历史、经济、地理、文化等的实际条件对于话语的形成和运用的制约作用,这已与一般语言学的宗旨相去不可以道里计。

不仅如此,福柯还吸纳了尼采的观点,将"权力"概念移植到话语理论之

---

① 托多罗夫:《文学概念》,《巴赫金、对话理论及其他》,蒋子华等译,百花文艺出版社2001年版,第20页。
② 米歇尔·福柯:《知识考古学》,谢强等译,三联书店1998年版,第61页。
③ 同上书,第149—150页。

中,在他看来,"话语"从来就不像语言学意义上的一个文本、一种书写或一次演讲那样简单,它是植根于权力关系之中的。如果断言历史上层出不穷的官方话语与民间话语、主流话语与边缘话语、上层话语与底层话语之间的抗衡仅仅是一种语言学现象,那无疑是极其荒唐的,它屏蔽了这些话语背后隐伏的权力较量。因此福柯说,在话语问题上,"人们应该参照的不是语言和符号模式,而是战争和战役模式。将我们卷入其中并决定我们去从事的历史性是好战的;它不是语言的。它是权力关系,不是意义关系"。① 就是说,在话语中权力关系在先,意义关系在后,意义关系是从权力关系之中派生出来的。可见话语始终是与权力"剪不断,理还乱"地纠缠在一起的,因此对于话语的意义就不能用一般语言学去分析,而必须放到一定的权力关系中去考量了。福柯甚至将这种权力关系比作战争和战役模式,这也就是他在讨论话语问题时为什么经常拿德国军事学家、《战争论》的作者克劳塞维茨的军事理论来说事,也较多使用战略、战术、狙击、防卫等军事术语的缘故。总之,福柯表现出一种强烈诉求,力图为话语问题提供一种制度化的背景,一种权力关系的基础,在制度化、体制化的层面上将话语视为权力关系的表征,并形成一种特定视角,在话语问题上打开一条通往历史、社会、政治、文化的路径。而这一切对于晚近文学理论的话语转向②恰恰都起到了积极的驱动作用。

第三节 福柯:从"考古学"到"谱系学"

一般认为福柯是哲学家、批评家,但从基本学术路径来看,应该说他更是一位历史学家。他从事的主要是历史研究,这可以从其主要著作的书名及副标题可以看出,譬如他最早出版的博士论文《疯癫与文明》,副标题是"理性时代的疯癫史",而他历时8年完成的最后一本书则取名为《性经验史》。不过福柯往往关注那些边缘性、局部性的话语,那些通常遭到排斥、被人遗忘因而也

---

① 米歇尔·福柯:《米歇尔·福柯访谈录》,杜小真编选《福柯集》,上海远东出版社1998年版,第432页。
② 关于晚近文学理论的"话语转向",这已成学界通识,斯图尔特·霍尔说:"'话语转向',是近年发生在我们社会的知识中的最重要的方向转换之一。"(斯图尔特·霍尔:《表征——文化表象与意指实践》,徐亮等译,商务印书馆2003年版,第6页)。

不广为人知的话题,如精神病史、诊疗史、监狱史、刑罚史、性经验史等。这是一种微观层面上的历史研究,是一种微小叙事、微观政治,更切近历史的多元性、断裂性和零散性,因而更有利于揭示历史现象和历史过程的复杂性和具体性。这也许不能仅仅看作学术研究上的另辟蹊径,而应理解为福柯对于启蒙现代性所持的一种批判姿态。启蒙现代性通过对于历史过程的连续性和总体性的诉求、对于历史研究中目的论和中心论的预设来张扬一种理性主义,这正是福柯意欲拆解和摧毁的。

福柯早先的"考古学"时期有四部"考古学"代表作:《疯癫与文明——理性时代的疯癫史》(1961)、《诊所的诞生——医学观念的考古学》(1963)、《词与物——人文科学的考古学》(1966)、《知识考古学》(1969)。其"考古学"的方法在《知识考古学》中得到了充分的体现,在这里自启蒙运动以来被视为不言自明的公理的连续性、总体性、主体性、目的论和始因论均受到了质疑,而断裂性、零散性、非主体性、集体无意识等不再被指责为有损于历史观照的因素,而是被视为有利于知识建构的积极力量。福柯这样说:"不连续性曾是历史学家负责从历史中删掉的零落时间的印迹。而今不连续性却成为了历史分析的基本成分之一","一个全面的描述围绕着一个中心把所有的现象集中起来——原则、意义、精神、世界观、整体形式;相反地,总体历史展开的却是某一扩散的空间。"①正是由于对连续性、总体性、中心论的质疑以及对断裂性、零散性、边缘性的张扬,福柯被认为是后现代理论的一个重要来源。

《知识考古学》是福柯的最后一部"考古学"著作,自此之后,福柯从"考古学"方法转向了"谱系学"方法。福柯最早在《话语的秩序》(1970)中阐述了"谱系学"的分析方法,提出了话语与权力的关系问题,认为谱系学旨在探讨话语的有效构成,但不是在别的地方,而是在与权力的关系中掌握话语的有效构成。② 到了1976年,福柯在为法兰西学院开设的课程中对于考古学和谱系学作了进一步的界定,而他所说的这两个概念都不是通常用法,而是有特定的涵义。他说:"这里我想说两个词:考古学,这是属于分析局部话语性的方法,以

---

① 米歇尔·福柯:《知识考古学》,谢强等译,三联书店1998年版,第9、12页。
② 米歇尔·福柯:《话语的秩序》,许宝强等选编《语言与翻译的政治》,中央编译出版社2001年版,第26页。

及从描述的局部话语性开始,使解脱出来的知识运转起来的谱系学策略。这是要构成一个整体的规划。"① 可见所谓"考古学"是指分析局部话语的方法,而"局部话语"是指那种片断性、断裂性、边缘性的话语;所谓"谱系学"则是指一种策略,即通过对于"局部话语"的分析,促成历史知识摆脱现代性的压制而得到有效的运作,从而以微小叙事反抗现代性的宏大叙事,以局部性、边缘性的话语实行对于理性主义的总体性、中心论话语的颠覆。

由此可见,在反抗现代性和理性主义这一点上,福柯的谱系学与前期的考古学一脉相承,但是谱系学对于话语的制度性背景和实践性品格作了进一步的强化。其一,福柯"考古学"时期的著述注意到话语的社会历史语境的关系问题,对于权力问题虽不无留意之处,但却语焉不详。他后来回顾过此事:"在《疯狂史》或《临床学起源》中,除了权力,我又能讲些什么呢?可我很清楚,当时我几乎没有使用'权力'一词,没有这个可以供我利用的分析场。"② 而"谱系学"则在此基础上更进一步,将话语与权力的关系、权力运作在话语的有效构成中的作用作为研究的焦点,为此它又被人们称为"权力谱系学"。其二,福柯的"考古学"研究带有较为明显的元理论性质,特别是《知识考古学》一书,力图对于话语进行一种纯学理的反思和建构,属于福柯著作中不多见的教科书式的著作,虽然论及社会历史语境问题,但很少接触实际社会现象,现实的针对性比较淡薄,抽象运思、坐而论道的色彩比较浓厚,而"谱系学"时期的学术风格与之大相径庭。因此有人批评他的考古学方法将话语凌驾于社会制度和实践等物质条件之上,使之成为独立自足的东西,因而是唯心主义的;而他的谱系学方法则因其对于话语的制度性、法权性之类物质条件的强调而被认为是唯物主义的。③ 不过总的说来,虽然福柯的考古学与谱系学对于话语的物质性、实践性品格的重视程度有异,但没有必要这样将这两者完全对立起来,不如说福柯后来的谱系学是对于前期考古学未予足够重视的社会机制和权力关系进行了更加明确、更加充分的理论阐发。正因为如此,所以福柯认为这两者不可割裂开来,而是"要构成一个整体的规划"。因此不妨说他的谱系学是考

---

① 米歇尔·福柯:《必须保卫社会》,钱翰译,上海人民出版社 2010 年版,第 8 页。
② 米歇尔·福柯:《米歇尔·福柯访谈录》,杜小真编选《福柯集》,上海远东出版社 1998 年版,第 433 页。
③ 见大卫·雷·格里芬编:《后现代精神》,王成兵译,中央编译出版社 1998 年版,第 59—60 页。

古学的蓄积而发和渐次递进,或者说是考古学的升级版。

第四节 知识话语与权力关系

虽然福柯"谱系学"时期将权力问题悬为话语研究的核心,但他对于"什么是权力?"的认识却并非一步到位,而是有所发展的。据福柯自述,他一直到发表《话语的秩序》(1970)为止都接受和沿用传统的权力概念,将权力仅仅看成一种司法机制,认为它是一种否定的、负面的力量,只是依据法律实行禁止、拒绝、排斥和遏制的效用。当他在1971—1972年间与监狱打交道,接触了刑罚系统,发现了现存监狱制度的种种值得质疑之处以后,开始觉得这种传统观念不够充分、不够全面了,认为权力的问题不应过多从司法、法律的角度来考虑,也不应将权力仅仅视为一种否定性机制,而应更多关注权力的技术、战术和战略方面,亦即权力的范围、构成、关系、规则、方法、机制、效应等。福柯的《监禁与惩罚》(1975)在权力问题上开始以技术和战略的分析代替了否定性的法律概念,而在《性经验史》第1卷《认知的意志》(1976)中对此进行了系统的研究,其中有关权力问题的见解在他以后的研究之中一再被加以论述。

福柯这一进展的意义在于,他纠正了以往将权力问题囿于司法、法律范畴的偏颇,而将其推广到更加开阔的知识领域,既包括自然科学的知识话语,也包括人文科学的知识话语。福柯指出,以往人们总是试图划一条不可逾越的界线,将知识与权力分隔开来,但他惊讶地发现,事情恰恰相反,"在人文科学里,所有门类的知识的发展都与权力的实施密不可分……总的来说,当社会变成科学研究的对象,人类行为变成供人分析和解决的问题时,我相信这一切都与权力的机制有关——这种权力的机制分析对象(社会、人及其他),把它作为一个待解决的问题提出来。所以人文科学是伴随着权力的机制一道产生的"。[①]自然科学亦然:"科学同样也施行权力,这种权力迫使你说某些话,如果你不想被人认为持有谬见,甚至被人认作骗子的话。科学之被制度化为权力,是通过大学制度,通过实验室、科学实验这类抑制性的设施。"[②]对于知识

[①] 米歇尔·福柯:《权力的眼睛:福柯访谈录》,严锋译,上海人民出版社1997年版,第31页。
[②] 同上书,第32页。

与权力这种密不可分的表里关系,福柯用苏联一些知识话语的沉浮起落为例加以说明。在苏联备受推崇的是巴甫洛夫的条件反射学,这是在1945年以后较长时期苏联精神病学唯一认可的理论,后来在临床治疗中推广的"同性恋治疗法"和"无痛分娩法"都是由此衍生出来,而其他理论都因被认为是唯心主义的、非理性的学说而遭到打压和排斥。米丘林的遗传学说也被奉为正统话语而加以强制推行。另外,在苏联,作为精神病治疗技术的小脑切除手术在被禁止多年后又复出,控制论和信息论曾被斥为伪科学而遭到唾弃,而后来又被捧红而成为风靡一时的理论。这些科学话语的命运沉浮,都有着意识形态的背景,都渗透着权力的作用,当时掌控着生杀予夺大权的李森科主义、苏联的有关管理部门直至最高当局,构成了操纵这一切的幕后推手。

另一方面,如果不是将权力仅仅看成一种压制性的力量的话,那么必须对于"权力"概念重新进行考量。福柯的一个重要见解是,权力并不是一种既定物,而是一种力量关系,权力的实施和展开乃是不同力量之间的一场抗衡、冲突和战争。他说:"我们必须首先把权力理解成多种多样的力量关系,它们内在于它们运作的领域之中,构成了它们的组织。它们之间永不停止的相互斗争和冲撞改变了它们、增强了它们、颠覆了它们。这些力量关系相互扶持,形成了锁链或系统,或者相反,形成了相互隔离的差距和矛盾。"① 这种抗争和冲突在特定的历史情境中会以激烈的形式出现,但更多的情况下则可能表现为断断续续、分散的斗争,复杂的、地区性的、无法预料的、异质的抗衡。而这种无所不在的较量不仅体现在社会制度、经济体制中,体现在人的身体中,而且体现在语言和知识之中。因此对于人文科学和自然科学也应作如是观,福柯说:"我认为,使人类科学话语从根本上可能的进程是两种完全异质的话语和机制的并置与对立"。②

正是这种不同力量之间的抗衡和博弈,造成了不稳定、不平衡、不对称的权力形态,其中变动性、异质性所形成的张力,恰恰是酝酿并爆发闪光点、生长点的契机,这就使得权力关系对于知识话语具有了生产性和建构性。反之,如果将权力仅仅看成是一种单一的、固定的压制性力量,只会消泯了这种生产性

---

① 米歇尔·福柯:《性经验史》,佘碧平译,上海人民出版社2005年版,第60页。
② 米歇尔·福柯:《必须保卫社会》,钱翰译,上海人民出版社2010年版,第28页。

和建构性。福柯说:"我认为,压制概念完全不能用来阐明权力所恰恰包含的生产性因素……人们把权力等同于一种说'不'的法律,认为权力尤其具有剥夺权。我认为这种权力观完全是消极的、狭隘的,而且太过简略……权力得以稳固,为人们所接受,其原因非常简单,那就是它不只是作为说'不'的强权施加压力,它贯穿于事物,产生事物,引发乐趣,生成知识,引起话语。应该视权力为渗透于整个社会肌体的生产性网络,而不是将它看作一个仅仅行使压制职能的消极机构。"①这一全新的权力观激活了人文科学和自然科学的生产性和构成性,使之对于知识话语不再限于被动发现,而是成为一种主动的生产和建构。

与知识密切相关的是真理。所谓"真理",按通常理解,就是真实、科学、合理的知识,这是一种高层次、终极性的知识,也称为"真知""全知",因而在知识话语中总是有一种崇尚"真理"的乌托邦冲动。福柯对此有特别的理解,他发问,我们为什么对真理如此迷恋?为什么要真理而不要谎言呢?为什么要真理而不要幻觉呢?他认为,我们不要把真理当做谬误的对立面去努力寻找,而应该着手解决尼采提出的问题:在我们的社会中,真理是如何被赋予价值,以至于把我们置于它的绝对控制之下的?他认为,这个问题的答案实际上已经涉及欧洲哲学的一个根本问题:"真理无疑也是一种权力"。② 这是福柯在去世前不久的一次访谈中表达的观点,带有总结的意味,联系他以往的相关论述,可知福柯所理解的真理具有以下内涵:

首先,真理是一种知识话语,但它是一种规范性的知识话语,其规范性贯穿在知识话语运作的全过程,体现在其中的每一个环节之中。福柯说:"真理是指一整套有关话语的生产、规律、分布、流通和作用的有规则的程序。"③任何知识话语只要符合真理的规范,便具有一定的真理性,规范性越高就越接近真理话语,而真理话语具有公理、常理的性质,也就是通常所说的经典话语、权

---

① 米歇尔·福柯:《米歇尔·福柯访谈录》,杜小真编选《福柯集》,上海远东出版社1998年版,第436页。
② 米歇尔·福柯:《权力的阐释》,《权力的眼睛:福柯访谈录》,严锋译,上海人民出版社1997年版,第32页。
③ 米歇尔·福柯:《米歇尔·福柯访谈录》,杜小真编选《福柯集》,上海远东出版社1998年版,第447页。

威话语。

其次,真理始终与权力制度相连,从而真理也能发挥权力的效能,甚至真理也被制度化了。福柯说:"真理以流通方式与一些生产并支持它的权力制度相联系,并与由它引发并使它继续流通的权力效能相联系。这就是真理制度。"[①]真理并非孤立自在,并非存在于真空当中,真理乃是多种权力的载体。福柯称之为"真理的政治经济学",认为它具有五个极为重要的特征:一、真理以科学话语的形式和生产该话语的制度为中心;二、真理受到经济和政治的不断激励,经济生产和政治权力不断对真理提出需求;三、真理成为广泛传播和消费的对象;四、真理是在大学、军队、新闻媒体等主流社会机制的监督之下生产和传输;五、真理是整个政治斗争、社会冲突和意识形态斗争的赌注。[②]可见真理不在权力之外,真理始终为权力所缠绕,从而真理本身就是权力,甚至真理本身就是权力制度,福柯就将其称为"真理制度"。

再次,真理是历史的产物,没有那种有放皆准、千古不变的真理,只是在一定的社会历史语境中,恪守权力制度制定的规范,承载着当时种种权力形式的需求,一般话语才能变成真理话语。同一个真理话语不会在不同的历史时代出现,它总是与世推移、因时鼎革,其中不存在必然的连续性。因此福柯指出,每个时代、每个社会的权力限制不同,因而真理话语往往表现出特定性和异质性,他说:"每个社会都有其真理制度,都有其关于真理,也就是关于每个社会接受的并使其作为真实事物起作用的各类话语的总政策;都有其用于区分真假话语的机制和机构,用于确认真假话语的方式;用于获得真理的技术和程序;都有其有责任说出作为真实事物起作用的话语的人的地位。"[③]总之,在福柯看来,真理是一种规范性的知识话语,一种制度性的权力,它是非连续性、非总体性的,具有历史的具体性,而这一认定既是后现代的,又是符合实际的。

与真理一样,学科也是与知识密切相关的概念。关于"学科",福柯是这样界定的:"学科是一控制话语生产的原则。学科通过同一性的活动来限制话

---

① 米歇尔·福柯:《米歇尔·福柯访谈录》,杜小真编选《福柯集》,上海远东出版社1998年版,第447页。
② 同上书,第446页。
③ 同上书,第445—446页。

语,其形式是规则的永久重新启动。"①就是说,学科是通过提倡同一性、消除多元性,谋求同质化、排斥异质化来限制话语的。因此知识话语要被某一学科接纳,成为该学科的一部分,那就必须符合一定的要求,这种要求也许仍属于知识领域,甚至以"真理"的面貌出现,但它已是权力的化身。福柯说:"简言之,一命题必须符合复杂和苛刻的要求才能融入一学科;在其能被认定是真理或谬误之前,它必须如冈奎莱姆所言,先'在真理之中'。"福柯以奥地利生物学家孟德尔为例说明之,孟德尔的遗传理论曾长期得不到承认,从1865年到1900年长达35年间一直不被生物学界的同行们接受,原因就在于他的理论与当时占主流地位的遗传学说格格不入,从而被视为"异端"学说而遭到排斥。尽管孟德尔的遗传理论最终被历史证明是正确的,甚至成为现代遗传学的奠基学说,但之前"他不是在当时生物学话语的'真理之中':生物学的对象和概念当时不是依据这样一些规则形成的"。② 由此可见,一种知识话语能否成立,能否成为真理,能否融入学科,一定要符合权力的要求,获得权力的认可。符合要求、获得认可的便能被学科接纳,否则就势必被学科拒之门外。在这里权力成为学科判断知识话语的最高准绳,而不会顾及这种知识话语本身是否正确和合理。

福柯还将学科话语的权力化特征追溯到学科形成的历史渊源。在福柯看来,"知识成为学科是一个重大转折"。18世纪末19世纪初是各个学科像雨后春笋般纷纷成立的时代,也是知识话语走向规范化、系统化的时代,其间现代大学的出现是一关键。大学作为知识话语生产、消费和传播的专门机构,它有不同的地位和功能,不同的级别和势力范围。大学的首要作用就是挑选,不是挑选人,而主要是挑选知识,它通过手中掌握的垄断性权力来扮演挑选知识的角色,使得那些不属大学和官方体制内的知识,从一开始便遭到排斥和贬低。大学据此圈定势力范围、划分等级差异,将知识、专业和从教者分成不同的级别;还通过组建某种有权威的科学团体来达到使知识规范化的目的;最终是形成金字塔式高度集中的组织机构,使得对于知识的控制成为可能。福柯

---

① 米歇尔·福柯:《话语的秩序》,许宝强等选编《语言与翻译的政治》,中央编译出版社2001年版,第14页。

② 同上书,第13页。

将上述大学的功能归结为四种：挑选、等级化、规范化和集中化，认为正是这种"从 19 世纪初开始的知识的纪律化，使知识成为学科"。[①] 上述四种功能的发挥使得大学的创立成为重大的历史事件，形成巨大的文化动力，推波助澜掀起了一场技术和知识的运动，其影响不啻是又一次百科全书运动。而在福柯所谓"知识的纪律化"过程中，不难发现到处晃动着权力的影子。

第五节　身体话语与微观政治

将人的行为举止和气质风范之类身体动作和肉体形态视为话语，是福柯的创举。已如上述，话语首先是一种语言，不过这里所说的"语言"要相当宽泛，它不仅仅是语词性的，它也可以是图像性、音乐性、动作性的，甚至是一种身体姿态、一种面部表情。按说将身体姿势、面部表情等称为"语言"不无道理，因为它们同样具有承载意义、传达思想的功能，同样用表征的形式进行运作并构成一种表征系统，这些均与口头或书面表达的语词性语言并无二致，而且人的动作语言、姿态语言、手势语言和表情语言往往成为语词性语言表达不可或缺的支持和辅助，甚至有时可以收到"此时无声胜有声"的效果，因此将人的体态动作、表情举止等称为"身体话语"或"肉体话语"，完全在情理之中。

福柯转向身体话语问题有他的考虑，他认为，在西方社会，权力的运作历来限于法律范畴之中，这种权力机制只能提供一种负能量，它不会生产什么，而只会制造障碍，以各种禁忌形式泯灭权力关系的生产性和建构性。直到如今，情况也并未有很大改观。用福柯的话来说，虽然资产阶级革命砍去了社会政治王国中国王的脑袋，但在现代理论的王国中却尚未做到这一点，人们仍然是从作为法权体系的"君主制"出发来看待权力问题。福柯决意在其谱系学的断头台上砍去理论王国中国王的脑袋，以新的话语模式取代旧的话语模式："人们必须建立起一种不再以法律为模型和法则的权力分析"，建立那种"作为活生生肉体的人的生命的权力机制"。[②] 正是基于这一想法，福柯宣告必须废黜老旧的法权话语，而呼唤新的身体话语隆重登场。

[①] 米歇尔·福柯：《必须保卫社会》，钱翰译，上海人民出版社 2010 年版，第 140 页。
[②] 米歇尔·福柯：《性经验史》，佘碧平译，上海人民出版社 2005 年版，第 58—59 页。

福柯对于身体话语问题较为系统、详尽的讨论,是在《规训与惩罚》(1975)和《性经验史》第 1 卷《认知的意志》(1976)中展开的,不过二者又各有侧重,前者侧重于身体话语在刑罚、监狱等惩戒性权力下的形成,后者侧重于作为性话语的身体话语。福柯发现,不仅知识话语受到权力的控制,成为权力的表征,而且身体话语也是如此。他以理想的士兵形象为例说明之:昂首挺胸,肩宽臂长,腹部紧缩,大腿粗,小腿细,双脚干瘦,动作机敏灵巧,形体柔韧敏捷,步伐庄重优雅,神情勇敢无畏,这是一眼就可以辨认出来的士兵形象的身体话语。也许这是从一名农民身上训练而成的军人气派,但在这里本来是强制性的训练已经不知不觉地变成了他的习惯性动作。福柯指出:"在任何一个社会里,人体都受到极其严厉的权力的控制。那些权力强加给它各种压力、限制或义务。"在这强制性的训练中体现的是权力的严格操控和强力干预,它表现在若干方面:首先是控制的范围。它们不是把人体当作似乎不可分割的整体来对待,而是零敲碎打地分别处理,从运动、姿势、态度、速度等机制上来掌握它。其次是控制的对象。这种对象是机制、运动效能、运动的内在组织。被强制的不是符号,而是各种力量。再次是控制的模式。这种模式意味着一种不间断的、持续的强制。它监督着活动过程而不是其结果,它是根据尽可能严密地划分时间、空间和活动的编码来进行的。如此等等。① 不光是士兵,而且包括学生、医生、技术工人等,人们的体魄、姿态和动作之类身体话语,无一不是被权力规训和塑造出来的。福柯将这种规训和形塑称为"肉体的权力技术学""肉体的政治解剖学"。

身体话语不同于以往法权话语的重要之处在于它在本质上是生产性、生成性而非压抑性、限制性的,它的权力形式不是表现为法律和君权的力量,而是表现为政治技术的规范,从而对人的身体和灵魂进行形塑。福柯这样说:"它是一个旨在生产各种力量、促使它们增大、理顺它们的秩序而不是阻碍它们、征服它们或者摧毁它们的权力。"甚至死亡的权力从此也发生了变化,成为一种积极地调节生命之权力的补充,这里讲的是战争:"战争不再是以保卫君主的名义发动的,而是为了确保大家的生存。"②福柯认为,这种管理生命的政

---

① 米歇尔·福柯:《规训与惩罚》,刘北成等译,三联书店 2003 年版,第 155 页。
② 米歇尔·福柯:《性经验史》,佘碧平译,上海人民出版社 2005 年版,第 88 页。

治技术表现为两极，它们经由中介而得到连接：一极是身体的规训，即把人的身体作为机器来看待。"人是机器"是西方近代以来一个非常流行的观念，笛卡尔、拉美特利等人都撰写过有关著述。但福柯有更深的理解，意在藉此探讨矫正人的肉体，提高人的能力，培育人的力量，增强人的功用等，并将这些纳入有效的控制系统，而所有这一切都由一种带有"规训"特征的权力程序来保证。福柯将这种对于人的肉体所进行的"规训"称为"人体的解剖政治"。另一极是人口的调整，即以肉体这一生命力量和生命过程的载体为中心，关注人的繁殖、出生和死亡、健康水平、寿命以及导致这些要素发生变化的条件，使之得到有效的干预、调整和控制。福柯将其称为"人口的生命政治"。这样，身体规训与人口调整的互补和整合，构成了一种双面的政治技术，它"既是解剖学的，又是生物学的；既是个别化的，又是专门化的；既面向肉体的性能，又关注生命的过程——表明权力的最高功能从此不再是杀戮，而是从头到尾地控制生命"。①

总之，"人体的解剖政治"与"人口的生命政治"，构成了福柯倡导的身体话语的两大内涵，从这个意义上说，身体话语已经进入了政治的范畴。福柯说得明白："这就是说，生命进入了历史（我是说人类的生命现象进入了知识和权力的秩序之中），进入了政治技术的领域"，"毫无疑问，在历史上，生物因素首次反映在政治之中"。这就构成了生命与历史互渗、生物因素与政治技术双融的新型关系，"它把生命置于历史之外，作为历史的生物环境，同时又把生命置于人类历史之中，让它的知识和权力的机制渗透到历史之中。同样，也没有必要强调政治技术的增加，它由此而开始包围肉体、健康、饮食和居住的方式、生活的条件和生存的全部空间"。② 然而身体话语作为政治，它与那些事关社会体制、政治利益、国家大事等宏观政治相比，相对局部、片断、零碎，它与那些关于历史理性、解放理想、精神乌托邦之类宏大叙事相比，显得具体、琐碎、日常，总之它是一种微观政治、微小叙事。福柯指出，关于肉体的知识及其对于肉体的驾驭构成了"肉体的政治技术学"，"当然，这种技术学是发散的，几乎没有形成连贯的系统的话语；它往往是各种零星的片断；它使用的是一套形形色色的工

---

① 米歇尔·福柯：《性经验史》，佘碧平译，上海人民出版社2005年版，第90页。
② 同上书，第92—93页。

具和方法。尽管其结果具有统一性,但一般来说,它不过是一种形式多样的操作"。① 因此他也将"肉体的政治技术学"称为"权力的微观物理学"。个中道理可以从晚近驯服肉体和控制人口的各种政治技术的大量涌现看出端倪,各种负责规训的训练机构如学校、军营、工厂等得到迅速发展,与人的生命和生活相关的出生率、长寿、公共卫生、居住条件、移民等问题得到密切关注。一个"生命权力"的时代开始了。同时,在理论学说上也发生了令人瞩目的话语爆炸,在身体规训方面,出现了对于军队或学校等培训机构的考量,对于策略、培养、教育、社会秩序的思考。在人口调整方面,出现了人口学,对于资源与人口之间关系的进行评估,对于财富及其流通、生命以及长寿的进行描述。

福柯确认同期的法国学者德勒兹和加塔利对他产生过影响,后者关于微观政治的理论启发了他建立崇尚局部性和片断性的谱系学的规划。② 德勒兹和加塔利主张废除总体论、等级制、中心论,而坚持断裂性、差异性、多样性的原则,从而认为有必要进入微观政治的层面,提倡一种欲望政治和日常生活政治。他们指出,传统理性主义的宏观政治对于人的欲望和日常生活往往视而不见、存而不论,其实它所张扬的资本主义精神其政治诉求和经济冲动原本就植根于欲望之中,原本就是一种日常性的生态和心态。正是在这个意义上,他们认为宏观政治根本无法与微观政治脱开干系,"(任何)政治既是宏观政治,同时又是微观政治"。③ 这就对宏观政治与欲望、日常生活之间的传统对立进行解构,从而证明了欲望政治和日常生活政治的合法性。按说无论是欲望政治还是日常生活政治,都与福柯提出的肉体政治、身体话语一拍即合。

不过作为一种微观政治,身体话语也非同小可、不能低估,虽然它只是在生物性、个体性、日常性的事项中表现出来,但却不乏重大的历史意义和社会价值,往往成为创造社会历史的原动力,人们的政治诉求和经济活动也能从中寻得起因。这就像毛细血管之于人体循环系统、花岗岩基石之于金字塔一样不可或缺、牵一发而动全身。福柯说:"任何细节都不是无足轻重的,但是这与其说是由于它本身所隐含的意义,不如说是由于它提供了权力所要获取的支

---

① 米歇尔·福柯:《规训与惩罚》,刘北成等译,三联书店2003年版,第28页。
② 米歇尔·福柯:《必须保卫社会》,钱翰译,上海人民出版社2010年版,第8页及注⑤。
③ 道格拉斯·凯尔纳等:《后现代理论》,张志斌译,中央编译出版社1999年版,第123页。

点。"他以法国教育家拉萨勒吟唱"小事"及其永恒价值的赞美诗为例,晓谕忽视小事是何等的危险,而认真对待小事将有助于我们提高到最显赫的圣洁层次,因为小事能导致崇高伟大的大事:"的确,这些是小事。但是,有伟大的动机、伟大的情感、伟大的热忱,因此也有伟大的功绩、伟大的财富和伟大的酬报。"[1]譬如在学校、兵营、医院和工厂的环境中,对于人体肉身细致的规则、挑剔的检查、严厉的监督,会显示一种如何计算小事与大事的辩证关系的合理性。后来福柯关于政治技术之两极"身体规训"与"人口调整"的区分就揭示了这一点,福柯是以性为例对此加以说明的。他指出,性作为身体话语的重要一端,它处于两条轴线的交叉点上:一方面,性属于身体的规训,它往往是从微细之处入手;另一方面,它属于人口的调整,它所引起的所有后果均关乎全局。因此性既是进入个体性的身体生命的途径,又是伸向群体性的人类生命的通道。

第六节 福柯的话语理论与文学理论

福柯曾对于文学予以高度关注,写过许多文学批评的文章,广泛研究过法国以及其他欧美作家的创作。他的学术著作常常引用文学作品为例,包括传统的和新潮的,譬如他早期对于疯癫史的研究就是从"愚人船"题材的文学和绘画作品开始的,甚至引起"以文学想象虚构历史"的诟病。他讨论过"什么是文学?""什么是文学性?""什么是作者?"的问题,讨论过文学批评和文学史的问题,他还主持过有关文学的学术讨论会并参与讨论、发表意见。总的说来,福柯的学术研究不乏文学的趣味,也显示出良好的文学理论学养。

在 20 世纪 60 年代初,福柯曾对二战以来文学格局的变迁表达自己的见解,认为二战刚结束大约是 1945—1955 年十年间,所有追求人道主义的文学基本上都是寻找意义的文学,它们思考世界、人等意味着什么?此后出现了一种完全不同的文学,它仿佛是对意义的反抗,转而只思考符号、语言本身。事到如今,这种内敛退缩、转向语言学的文学引起了质疑,人们开始重新考量语言符号的能指与所指之间的关系。围绕这一新的考量,形成两种对立意见:一

---

[1] 米歇尔·福柯:《规训与惩罚》,刘北成等译,三联书店 2003 年版,第 158—159 页。

是认为现实是不存在的,只存在语言,我们谈的是语言,我们在语言内部说话;一是认为语言是一个历史的、社会的现象,个人可以在其中作出选择。针对这两派意见,福柯承认自己是相信现实的唯物主义者,但又不否认现实必须在语言中表达自己。① 福柯对于大半个世纪以来文学理论的走向及其问题的这一把握无疑是精辟的,同时也表明了对于那种折返退缩到语言本身的形式主义思潮的基本立场。

在《词与物》(1966)一书中,福柯对于表现为"语言的现代存在样式"的文学的功能进行了分析,所谓"语言的现代存在样式"即指20世纪60年代复兴的形式主义思潮,它反抗意义,搁置价值,屏蔽历史,拒绝现实,表现出彻底的封闭性和不及物性。而福柯则是站在超越这一形式主义思潮的立场上对其加以反思和质疑的:"文学愈来愈与观念的话语区分开来,并自我封闭在一种彻底的不及物性中;文学摆脱了所有在古典时代使它能传播的价值(趣味、快乐、自然、真实)……文学中断了与有关'体裁'(体裁是作为符合表象秩序的形式)的任何定义的关系,并成了对一种语言的单纯表现,这种语言的法则只是去断言——与所有其他话语相反——文学的直上直下的存在;文学所要做的,只是在一个永恒的自我回归中折返,似乎文学的话语所能具有的内容就只是去说出其特有的形式……词默默地和小心谨慎地在纸张的空白处排列开来,在这个空白处,词既不能拥有声音,也不能具有对话者,在那里,词所要讲述的只是自身,词所要做的只是在自己的存在中闪烁。"② 不过福柯此时尚未形成完整的、稳定的建设性方案,不过从以上论述可见,他始终是将文学作为一种"话语"来看待的,虽然此时福柯所说"话语"还不具备后来的历史性内涵,就他后来认定"话语"背后的权力关系机制而言,这一做法本身就潜伏着重要的建设性因素。

20世纪的形式主义思潮一直是福柯关注的对象,1983年他在一次访谈中说过,什么是形式思想,什么是贯穿20世纪西方文化的各种各样的形式主义,他觉得这些问题很有意思,如果有空的话很想做一下。在他看来,形式主义从

---

① 米歇尔·福柯:《关于小说的讨论》(1963),杜小真编选《福柯集》,上海远东出版社1998年版,第47、56—57页。

② 米歇尔·福柯:《词与物——人文科学考古学》,莫伟民译,上海三联书店2001年版,第392—393页。

总体上说很可能是 20 世纪欧洲最强大、最多样化的思潮之一,这股延宕了大半个世纪的文学理论大潮,它的风云际会、潮起潮落,总是有着社会历史和意识形态的动因,总是体现着体制化权力关系的博弈。他说:"就形式主义而言,我同样相信,应当注意它同社会状况甚至政治运动的经常联系,这种联系每一次都既明确又有意思。俄国形式主义和俄国大革命肯定应该放到一起去重新检验。对于形式思想和形式艺术在 20 世纪所扮演的角色、它们的意识形态价值以及它们同各种不同的政治运动的关系,都应当去分析。"20 世纪 60 年代法国和西欧兴起的结构主义运动亦然,作为形式主义探索的新模式,它的复兴其实就是对某些东欧国家特别是捷克斯洛伐克从教条主义中解放出来的努力的一种回声。① 需要指出的是,福柯这里对于形式主义思潮以及结构主义运动的研究与此前有很大不同,那就是力图将这些问题纳入考古学/谱系学的框架中进行考察,采用话语理论进行分析。此时福柯已进入人生的收官时期,从而上述文学理论观念带有总结的性质。

福柯对于文学抱有兴趣主要在 20 世纪 60 年代,他的文学批评文字也基本发表在这一时期,其间还出版了他唯一的文学评论专集《死亡与迷宫:雷蒙·鲁塞尔的世界》(1963)。但在 1969 年以后,福柯便很少讨论文学问题,也鲜有关于文学理论的论述,这一转变在该年出版的《知识考古学》、后来的《规训与惩罚》《性经验史》等著作中颇为明显。个中原因,福柯作过解释,对于文学,虽然他曾经有过迷恋,但后来改变了这一状态。在他看来,并没有人赋予文学特别的神圣性,文学囿于作家个人特定经验领域的表达,缺乏普遍性,因而是不及物的,文化给予文学的位置是非常有限的,为此他声称在具体研究中不会给文学留一席之地,他致力于寻找非文学的话语,就是为了排除文学本身。非常有趣,当访谈者针对福柯的这一转变,指出这与以往他迷恋文学的时代所发表的见解相左、给公众造成的形象前后不一时,福柯显得非常尴尬,只好王顾左右而言他。②

吊诡的是,尽管福柯后期对于文学抱持如此偏激的拒斥态度,但这并不妨

---

① 米歇尔·福柯:《结构主义与后结构主义》,杜小真编选《福柯集》,上海远东出版社 1998 年版,第 484—485 页。
② 米歇尔·福柯:《文化的斜坡》(1975),《权力的眼睛:福柯访谈录》,严锋译,上海人民出版社 1997 年版,第 87—92 页。

碍他的理论在文学理论中被广泛接受和运用。就国外而言,福柯一直得到文学理论的认可,有统计结果显示,福柯在1994—1998年间新出版的文学理论概论中被提到的概率仅次于德里达和罗兰·巴特,跟阿多诺并列,但排在了布尔迪厄和拉康前面。近几十年的文学科学正是从福柯的著作那里吸取了新的养分,很多文学理论的研究方法与福柯有着直接的关系,很多文学研究者常常到福柯的理论中寻找依据。①乔纳森·卡勒试图对于这一现象作出解释,在他看来,其原盖在于福柯的话语理论作为"理论"这一新文类的范例,对于文学理论恰恰不乏重要的参照意义:"福柯的分析是历史领域中一个议题如何发展成为'理论'的例子。正因为它给从事其他领域研究的人以启迪,并且已经被大家借鉴,它才能成为理论","虽然福柯在这里对文学只字未提,但已经证明他的理论对文学研究人员非常重要。"②至于福柯对于文学研究的意义何在?有论者道出了个中道理:"我们可以以这样的方式来接受福柯的理论:在研究文学文本时把福柯的话语概念用在考察现实权力关系和历史权力关系上,在运用的过程中把它们同社会科学理论结合起来。这样一来,福柯在文学科学的话语分析理论中所起到的作用,就是帮助我们在历史的回顾中更为广泛地考虑到时间、环境和影响等要素,即考虑到文学文本产生的关系条件。"③也就是说,福柯的话语理论对于文学理论追索文学的历史背景和权力关系特别有用,而这一点恰恰是文学理论不容忽视的大关节目。由此可见,福柯对于文学理论的意义不外通过两条途径得以实现:一是由福柯的文学观念产生的直接效用;二是由福柯的话语理论产生的参照效用。如果说上述福柯关于战后文学理论的演变以及20世纪形式主义思潮的论述可能对文学理论产生直接效用的话,那么他关于知识/权力、身体/政治等理论则可能对文学理论起到参照效用。总的说来,就福柯对于文学理论的实际影响而言,比起直接效用来,其参照效用无疑更为重要。而这种情况,在"后学"的各种新文类中恰恰具有普遍性。

---

① 托马斯·恩斯特:《福柯、文学与反话语》,马文·克拉达等编《福柯的迷宫》,朱毅译,商务印书馆2005年版,第195—196页及195页注②。
② 乔纳森·卡勒:《文学理论》,李平译,辽宁教育出版社1998年版,第7、9页。
③ 托马斯·恩斯特:《福柯、文学与反话语》,马文·克拉达等编《福柯的迷宫》,朱毅译,商务印书馆2005年版,第208页。

譬如,福柯很少用"现代性"这一说法,对什么是"后现代性"也表示不解,但他的话语理论对于现代性和理性主义的拒斥,对于总体性、连续性的否定,对于目的论、中心论的消解,以及对于多元性、零散性、断裂性和边缘性的崇尚,使之被公认为后现代思想的一个主要来源。也许其发皇幽微的深刻性发人深省,别具只眼的特异性引人入胜,使其理论的力量超过了艺术的魅力。特里·伊格尔顿说,这让人觉得理论比理论所阐发的艺术作品更令人兴奋,"有时情况的确如此……福柯的《词与物》比查尔斯·金斯利的小说更引人注目、更具有独创性"。像福柯那样的作家"确实是喜欢哲学而不是雕塑或小说的后现代主义艺术家。他们有着现代主义伟大艺术家的些许天赋和批评传统信仰的力量,同时也继承了那些批评家睥睨一切的气质。概念和创造的界限开始模糊了"。① 在这个意义上可以说,福柯的话语理论往往提供一种与一般文学理论共通的阅读经验而不分彼此。

再如,福柯将话语问题放在权力关系的维度上进行考量,使之具有强烈的政治意味,因为政治与权力相关,权力关系决定着政治的存在,权力无所不在,政治也就无所不在,文化身份的权力关系也就决定着文化政治的存在。而福柯废除以往建立在法律基础上的法权话语,呼唤建立在生物学、人类学基础上的身体话语,主张建构那种"作为活生生肉体的人的生命的权力机制"②,也就显示了文化政治的取向,进而导致那些事关性别、民族、种族、阶级、年龄、地域等文化身份的话语发生爆炸,为审视和阐释其权力/政治之关系输送了新锐而别样的概念和规划,而这一点,恰恰为晚近风起云涌的女性文学批评、族裔文化批评、后殖民批评、东方学批评等新潮所崇奉。就说东方学批评,萨义德曾多次表达对于福柯的崇敬之情,承认福柯的学说奠定了东方学的理论基础,使自己获益匪浅。他说:"我发现,米歇尔·福柯在其《知识考古学》和《规训与惩罚》中所描述的话语观念对我们确认东方学的身份很有用。我的意思是,如果不将东方学作为一种话语来考察的话,我们就不可能很好地理解这一具有庞大体系的学科,而在后启蒙时期,欧洲文化正是通过这一学科以政治的、社会学的、军事的、意识形态的、科学的以及想象的方式来处理——甚至创造——

---

① 特里·伊格尔顿:《理论之后》,商正译,商务印书馆2009年版,第83—84、64页。
② 米歇尔·福柯:《性经验史》,佘碧平译,上海人民出版社2005年版,第58页。

东方的。"①萨义德作为一位文学批评家,认为福柯的学说不仅奠定他的理论基础,而且提升了他的文学批评。有论者指出:"萨义德虽然由于自身的文学训练,比他的学生更接近文本,但还是表明自己在福柯那里学到不少,即便是以一种并不十分忠诚的方式。他对东方主义文本的解读,特别是对福楼拜和罗蒂以及纪伯林和康拉德的'文学'文本的解读,被置于殖民话语之下……萨义德同时也把报刊文章,Godineau 和勒南的随笔以及福楼拜和福罗曼丁的游记,《撒拉母波》和《阿兹雅黛》都归入其中。"②论者认为这代表着当前法国文学理论的一种新动向。

又如,福柯的话语理论提升了传统的"表征"理论,为考量文学理论的基本问题打开了新的视野。这里先要对于"表征"概念作出界定。简而言之,所谓"表征"就是通过语言生产意义。斯图尔特·霍尔下了这样一个定义:"表征意味着用语言向他人就这个世界说出某种有意义的话来,或有意义地表述这个世界。"③不过"就世界说出有意义的话"与"有意义地表述世界"并不是一回事,前者面对客观、自在的世界,只是被动地去说明其固有的意义;而后者则是以历史的、文化的眼光去看世界,对世界加以形塑和建构,从而阐释其特定的历史、文化意义。如果说前者只是一般语言学意义上的"表征"的话,那么后者则是社会、文化意义上的"表征"了。福柯的话语理论显然属于后者,但他在制度化、体制化的层面上揭晓话语背后的权力关系,将话语视为权力关系的"表征",这就进一步丰富和深化了"表征"理论的内涵。

霍尔进而区分出反映论的、意向性的、构成主义的三种不同的表征理论:"反映论的"表征理论通过语言单纯反映客观存在的物、人和事固有的意义;"意向性的"表征理论通过语言表达作家或画家想说的、表达其个人意向的意义;"构成主义的"表征理论则在语言中或通过语言来建构世界的意义。而第三种亦即"构成主义的"表征理论又可以分成两种,即索绪尔的符号学方法和福柯的话语方法。④ 就说福柯的话语方法,其主旨在于确认任何陈述都是一

---

① 爱德华·W.萨义德:《东方学》,王宇根译,三联书店1999年版,第4—5页。
② 多米尼克贡布:《文学理论在法国的现状》,范佳妮译,朱立元主编《美学与艺术评论》,山西教育出版社2012年版,第224页。
③ 斯图尔特·霍尔:《表征——文化表象与意指实践》,徐亮等译,商务印书馆2003年版,第15页。
④ 同上。

种"话语构成体",话语定义世界、形塑现实,知识和意义都是在话语中被生产、建构出来的。为此福柯的话语理论被称为"社会构成主义",而福柯本人被称为"构成主义者"。

福柯构成主义的话语方法对于破解文学理论在文学本质问题上的争论无疑具有重要的参照效用,它在把握各种社会问题和历史事件时既不同于传统的"反映论",又不同于传统的"表现论",它既能发挥话语以语言形式建构世界和形塑现实的长项,又能因话语与权力的天然联系而与现实的社会机制和历史条件息息相关。因而话语所表达的知识和意义,就不再单纯是对于各种世界图景、社会问题和历史事件的被动反映或者主观意向的表现,而是一种积极生产、一种主动建构了。而这一点恰恰适用于文学理论,特别是当今发生"文化转向"的文学理论。正如霍尔所说:"自从人文和社会科学的'文化转向'以来,意义与其说是被简单地'发现'的,还不如说是被生产(建构)出来的。所以,在现已被称为'社会构成主义的途径'中,表征被认为进入了物的建构过程本身,这样,文化就被构想成了一个原初的'构造'的过程,在形成各种社会问题和历史事件方面,其重要性不亚于经济和物质'基础',它已不再单纯是事件发生以后对世界的反映。"[①]以往的文学本体研究,总是在反映论与主情论、再现说与表现说、"镜"与"灯"之间往复徘徊,福柯的构成主义表征理论作为第三条途径能否帮助文学理论打破这一魔障呢?

第七节 中国当代文论中的话语问题

在世纪之交,话语理论在中国文学理论界曾引起一场轩然大波,那就是关于中国文论"失语症"问题的争论。最早是曹顺庆在 1995 年提出了这一问题,其主要观点是:"中国现当代文化基本上是借用西方的理论话语,而没有自己的话语,或者说没有属于自己的一套文化(包括哲学、文学理论、历史理论等等)表达、沟通(交流)和解读的理论和方法。""有人将这种西律中式的套用称为中国文化的失语症。试想,一个患了失语症的人,怎么能与别人对话!"[②]这

---

① 斯图尔特·霍尔:《表征——文化表象与意指实践》,徐亮等译,商务印书馆 2003 年版,第 5—6 页。
② 曹顺庆:《21 世纪中国文化发展战略与重建中国文论话语》,《东方丛刊》1995 年第 3 期。

本来是一篇对于文学理论现状进行反思的文章,但由于后来季羡林先生参与了讨论,引起了学界的广泛关注,一时间赞同者有之,反对者有之,遂成热点。有人认为中国文论并不存在"失语"问题,如蒋寅和郭英德认为,所谓中国文论"失语"是个伪命题,是一种漠视传统的"无根心态"的表述。① 季羡林则认为:"患'失语症'的不是我们中国文论,而正是西方文论。"② 关于如何着手重建中国文论话语的问题,曹顺庆主张:"在恢复中国文论话语、激活其生命力的同时,促进中国文论话语与西方文论话语相互对话,在对话和交流中互释互补,最终达到融汇共存与世界文论新的建构",后来又提出建立古今中外文论话语的"杂语共生态"。③ 有些学者则主张将重建中国文论话语的工作置于深入开掘和阐发中国古代文论的基础之上,而在能否对中国古代文论进行"现代转换"的问题上又形成截然相反的两派意见。④ 还有两种意见值得注意:一是主张东西方文论话语"共存互补",季羡林认为,东西方文论话语"这是两种截然不同的文论话语,想把它们融汇在一起,不亦难乎! 至于这两种话语哪一个更好,我无法回答。我是不薄西方爱东方。就让这两种话语并驾齐驱,共同发展下去吧。二者共存,可以互补互利……抑一个,扬一个,甚至想消灭一个,都是不妥当的"。⑤ 一是主张在借鉴西方理论的基础上进行重建,陶东风认为:"相比于中国古代文论,西方现代当代文论在解释中国的现、当代文学时要相对合适一些,这是因为中国的现、当代文学,特别是新时期以后出现的文学,与西方的现、当代文学存在更多的近似性……这样,我们的文论重建之路恐怕更多地只能借鉴西方的理论,而同时在应用的时候应该从中国的文化与文学的现实出发加以不断的修正和改造。"⑥

以上关于中国文论"失语"与"话语重建"问题的争议虽然众说纷纭,歧见互出,但有一共同之处,即它们基本上未涉及话语的权力问题,虽然讨论后期

---

① 蒋寅:《对"失语症"的一点反思》,《文学评论》2005 年第 2 期;郭英德:《论古典文学研究的"私人化"倾向》,《文学评论》2000 年第 4 期。
② 季羡林:《门外中外文论絮语》,《文学评论》1996 年第 6 期。
③ 曹顺庆:《重建中国文论话语》,《中外文化与文论》1996 年第 1 期,四川大学出版社。
④ 郭英德:《论古典文学研究的"私人化"倾向》,《文学评论》2000 年第 4 期;罗宗强:《古文论研究杂识》,《文艺研究》1998 年第 3 期等。
⑤ 季羡林:《门外中外文论絮语》,《文学评论》1996 年第 6 期。
⑥ 陶东风:《关于中国文论"失语"与"重建"问题的再思考》,《云南大学学报》2004 年第 5 期。

也有学者关注到相关问题,也试图用福柯的话语理论来加以阐释,但总体上并未深入到话语深层的权力问题上作进一步的审视和考量,所以这场争论只是停留在是否"失语"、如何"重建"之类操作层面上,而未进入本体层面,故入理未深。

已如前述,福柯的一个基本观点是,所有话语都是围绕权力而紧密联系在一起的,但对于权力要作出新的理解。在他看来,权力并非仅限于掌握在政府、警察、军队等国家机器手中,它的实施往往取决于一些表面上与政治权力无任何干系,似乎独立于政治权力之外而实则不然的机构。权力也不是那种一味依据法律进行禁止、拒绝、排斥和压制的否定的、负面的力量,而应将权力理解成多种多样的力量关系。权力与一定时代的政治、经济、文化的格局攸关,它并不凌驾于这些格局之上,而是内在于这些格局之中,它是由多种力量相互抗衡彼此激荡而形成的合力。也正是这种不同力量的抗衡和激荡赋予了权力以生产性、建设性,这就决定了权力同时也是一种积极的、正面的力量,其中一个重要方面就是对于知识话语的生产和建构,即所谓"贯穿于事物,产生事物,引发乐趣,生成知识,引起话语"。正是在这个意义上,福柯肯定"权力与知识就是在话语中相互连接起来的"。① 这就将权力问题从政治、司法领域推向更加广阔、更富生气的知识领域,破除了知识与权力互不相干的习见,肯定了知识话语与权力的实施密不可分的事实,揭扬了知识话语重建的内在机制。

那么,在福柯心目中,何等样的人才堪当重建知识话语的重任呢?他明确表示寄希望于"特殊知识分子"②,认为他们能够在一定社会的结构和运转所不可或缺的权力制度层面上为真理而斗争。福柯还对"真理"概念作了进一步的界定:"真理是指一整套有关话语的生产、规律、分布、流通和作用的有规则的程序。"③就是说,他们为真理而斗争,其主旨不仅在于创立一种社会制度,而且在于重建一套话语系统。可见能够胜任重建知识话语者,必定是那种引领时代潮流、开创精神风气的"卡里斯玛"(Charisma)式的人物,也就是我国古

---

① 米歇尔·福柯:《性经验史》,佘碧平译,上海人民出版社2005年版,第66页。
② 福柯承认自己也是这种"特殊知识分子"。见福柯:《权力的阐释》(1984),《权力的眼睛:福柯访谈录》,严锋译,上海人民出版社1997年版,第32—33页。
③ 米歇尔·福柯:《米歇尔·福柯访谈录》,杜小真编选《福柯集》,上海远东出版社1998年版,第447页。

人所说"转风会""出新意""作他体"的王者、大师、豪杰之士。①

　　再回到我们讨论的话题。一个不争的事实是,近代以来中国文论一直致力于重建自己的话语系统而从未停息,从未懈怠,一批又一批开风气、领潮流的有识之士勇猛精进、审时度势,在新知与旧学、现代与传统、域外与本土、高雅与通俗等多种力量关系之间作出抉择、寻求出路,固然不无摇摆和失误,但能适时调整和补救,使得重建中国文论话语系统的伟业与时偕行、骎骎日进,在若干重要的时间节点上树立了一个又一个辉煌的里程碑:如中国最早一批接受西学洗礼的学者王国维、梁启超等对于"新学语"的吸纳和输入;高举"文学革命"大旗的五四弄潮儿胡适、陈独秀、鲁迅等对于白话文学的倡导;1930年代左翼文学对于苏联及日本左翼文学的文论观念的接受;毛泽东《在延安文艺座谈会上的讲话》的理论创新;新中国成立后17年文学观念的发展和"两结合"的提出;新时期文论向文学审美本质的回归及新方法的引进;世纪之交"全球化"浪潮的冲击激发了文学理论话语的本土自觉;20世纪90年代中后期以来文化研究取代文学研究之势造成理论话语的蜕变与更新;当前网络话语的爆炸对于文学理论话语的渗透和浸润等等。总之,无论是时代变迁、体制更替还是社会思潮的激荡,其中种种权力关系的博弈都会在文学理论话语的嬗变中及时得到回应、引起反响。这里不可能对上述每一次话语嬗变作出逐一分析,只拟对于晚近以来迅速崛起的"关键词批评"进行探讨。

　　毋庸置疑,"关键词批评"现已成为风靡一时的文化风尚和文学热潮,自从20世纪90年代中期"关键词"概念进入中国以来,已经成为知识界、读书界普遍的认知方式和思维习惯,人们甚至到了"言必称'关键词'"的地步。对此陈平原曾作过十分周详的列举和描述②,不拟重复。这里只想说,如果从学术层面上来说,它对于文学理论的影响之巨决不逊于上述任何一次潮流,特别是它是以话语概念为标志的,此前只有五四时期的"白话文运动"与之略同。而它所及之处谓之"语词爆炸"毫不夸张:文学理论的著作称"关键词",丛书称"关键词",刊物专栏称"关键词",研究论文称"关键词";研究领域中文学作品有

---

　　① 这方面的论述有:"从来豪杰之士,未尝不随风会而出,而其力则尝能转风会。"(叶燮:《原诗》)"盖文体通行既久,染指遂多,自成习套。豪杰之士,亦难于其中自出新意,故遁而作他体,以自解脱。一切文体所以始盛终衰者,皆由于此。"(王国维:《人间词话》)
　　② 陈平原:《学术史视野中的关键词》,《读书》2008年第4、5期。

"关键词",文学类型有"关键词",文学流派有"关键词",文学史有"关键词",文学新学科有"关键词"。如果打开中国知网搜索一下,那么"关键词"就无所不在了。其中应予重视的是,目前已经出现了关于"中国文学理论关键词"的研究著作。①

那么,"关键词批评"为何引起如此之高的关注度呢?看来还是要回到事情的源头去探究原因。1976 年,伯明翰学派的领军和文化研究的奠基人雷蒙·威廉斯出版了《关键词:文化与社会的词汇》一书,这原是他 1958 年出版的《文化与社会:1780—1950》的附录,因出版商嫌其累赘将其删除,后他将其中原有的六十多个词条经过增删扩充到 131 个词条,重新编撰为《关键词》一书。据雷蒙·威廉斯称,促使他在《关键词》一书中进行相关研究的是这样一件事,他与曾在军队里一同服役的一个伙伴相隔数年后碰头,在聊到周遭新奇的世界时,两人不约而同地感到,周围的人们与自己讲的并不是同样的语言。虽然人们使用的是原来的语词,但他们的价值观及对于事物的评价不同了,在政治、道德、宗教等方面的某些普遍观念改变了,对于利益的产生和分配的认知也产生了差异。他觉得,这种情况"实际上就是一种语言发展的重要过程:某一些语词、语调、节奏及意义被赋予、感觉、检视、证实、确认、肯定、限定与改变的过程"。② 这就触发了他关于"关键词"的研究,其结果就是《关键词》一书的问世。但此书与一般语词研究的著作迥然不同:"它不是一本词典,也不是特殊学科的术语汇编。这本书不是词典发展史的一串注脚,也不是针对许多语词所下的一串定义之组合。它应该算是对于一种词汇质疑探询的记录;这类词汇包含了英文里对习俗制度广为讨论的一些语汇及意义——这种习俗、制度,现在我们通常将其归类为文化与社会。"③就是说,对于"关键词"不应仅仅在一般语言学意义上作为一种语词现象来研究,而应在文化与社会的背景下作为一种话语来研究,如果说前者仅仅是一种语言形式研究的话,那么后者则走向了历史主义,这就将"关键词批评"的定位推向更高的文化研究和社会历史研究的层面了。

---

① 如盖生:《20 世纪中国文学原理关键词研究》,人民出版社 2013 年版;洪子诚等编:《当代文学关键词》,广西师范大学出版社 2002 年版等。
② 雷蒙·威廉斯:《关键词》,刘建基译,三联书店 2005 年版,导言,第 2 页。
③ 同上书,第 6 页。

《读书》杂志最先将雷蒙·威廉斯的《关键词》及其研究方法介绍过来,汪晖在该刊 1995 年第 2 期发表了《关键词与文化变迁》一文,文章力图彰明的也正是雷蒙·威廉斯"关键词批评"的历史主义取向:"该书的主要目的是展示发生在语言中的社会历史的某些过程,指明意义的问题是和社会关系的问题内在相关的。新的关系伴随着看待存在着的关系的新的方式,从而也就出现了语言运用中的变化:创造新词,改变旧词,扩展和转化特殊的概念,等等。"在当时社会转型已然起步,文化研究风生水起,话语转换有待规范的中国语境中,引介雷蒙·威廉斯的"关键词批评"就是正当其时:"今天,我们似乎又一次面对'共同生活的整体形态的改变',各种语言的混杂之中,隐含着我们看待生活及其无情变化的方式的差异。我们正在形成新的文化和社会观念,进而重新把握和控制我们生活其间的世界。对关键词的研究和分析也可以说是重新获得控制的努力的一个必要的部分。"①随之《读书》杂志开辟专栏,组织了多期讨论关键词的专文,后来又波及其他出版物,一时间"关键词批评"搅动了整个学界,以至于在十几年间国内学者对此热情不减。

春华秋实,斗转星移,"关键词批评"在中国已走过了近二十年的发展历程,回顾以往,就文学研究而言,总体上是对于"关键词"的梳理和提炼多,对于"关键词批评"的总结和反思少,偏于将"关键词"作为一种操作方法来使用,而对于"关键词批评"推动观念变革的精髓把握不力。因此从中国文学理论重建话语系统着眼,进一步寻绎"关键词批评"的渊源和学理,那就是十分必要的了。

雷蒙·威廉斯将他所从事的"关键词批评"称为"历史语义学"(historical semantics),指出就其对于某一关键词所作的注解和短评来看,似乎与一般的语义学研究差不多,其实不然,它呈现的是另一种研究格局,不仅追溯词义的历史渊源及演变过程,而且揭示词义的现在风貌,包括现在的意义、暗示与关系,从而既承认过去与现在之间的共同性,又承认两者之间的差异、断裂和冲突,"其中可以见到词义的延续、断裂,及价值、信仰方面的激烈冲突等过程"。② 不难看出,威廉斯"历史语义学"与福柯的"知识考古学"何其相似乃

---

① 汪晖:《关键词与文化变迁》,《读书》1995 年第 2 期。
② 雷蒙·威廉斯:《关键词》,刘建基译,三联书店 2005 年版,导言,第 17 页。

尔！后者也是将话语在历史过程中一致性与不连续性、延传性与断裂性的辩证统一视为基本特征而纳入"话语"的定义之中的，威廉斯"历史语义学"宗旨与之如出一辙。那么，威廉斯所属的英国理论何以与福柯所属的法国理论形成桴鼓相应之势呢？这里不能不提到英国老牌的新左翼运动的思想阵地——《新左翼评论》，该刊一直认为，欧陆各国的现代理论传统正是英国思想界所缺乏的，因此有必要将欧陆各国的重要理论介绍到英国。担任过该刊主编的佩里·安德森曾谈到《新左翼评论》当时的编辑方针有三点：一是进口大陆理论，即翻译和介绍这些理论；二是批评这些理论，解释这些理论的弱点；三是在研究实践中运用这些理论。本着这一宗旨，该刊自 20 世纪 60 年代起大量翻译了卢卡契、葛兰西、阿多诺、马尔库塞、萨特、阿尔都塞等人的理论，当然也包括福柯的理论，为英国思想界输入了丰富的思想资源。而威廉斯在《新左翼评论》创刊伊始就担任该刊的核心撰稿人，他的许多重要著述都是在该刊物上首发的，同时他也受到该刊理论取向的影响。据佩里·安德森称，威廉斯虽然在 20 世纪 70 年代之前并不了解欧陆理论，但后来转而对欧陆理论抱有极大兴趣。[①] 威廉斯的后学乔·多利莫尔也提到过福柯对于威廉斯的影响，指出威廉斯所做的文化分析"汇集了文化研究中历史、社会和英语的研究、女权运动中的某些重大发展以及欧洲大陆上马克思主义—结构主义和后结构主义的理论，特别是阿尔都塞、马歇雷、葛兰西和福柯的理论"。[②] 按福柯的《知识考古学》1969 年出版，威廉斯的《关键词》于 1976 年出版，如此看来，威廉斯接受福柯的影响应是顺理成章、有迹可寻。

总的说来，威廉斯的"历史语义学"始终浸润着福柯的精神，在威廉斯"关键词批评"中到处可以见出福柯话语理论的参照效用，甚至威廉斯所说"关键词"与福柯所说"话语"在很大程度上是可以互换的概念。威廉斯对于"关键词"的定义主要见诸他为《关键词》一书所写的"导言"，大致有以下要点：其一，"关键词"是一个运动、变化、发展的过程。在威廉斯看来，从"关键词"中"我们可以发现意义转变的历史、复杂性与不同用法，及创新、过时，限定，延伸、重

[①] 佩里·安德森、汪晖：《新左翼、自由主义与社会主义：与佩里·安德森教授的对话》，汪晖《别求新声：汪晖访谈录》，北京大学出版社 2009 年版，第 123、125 页。
[②] 乔·多利莫尔：《莎士比亚，文化物质主义和新历史主义》，张玲译，塞·贝克特等《普鲁斯特论》，沈睿等译，社会科学文献出版社 1999 年版，第 215 页。

复、转移等过程……词义本身及其引申的意涵会随时代而有相当的不同与变化"。① 譬如像"工业/努力""家庭""自然"等语词可能从其源头崭露头角,而像"阶级""理性的""主体的/主观的"等语词的意涵则很可能经过几年后便受到质疑了。这种此消彼长、新旧迭替的变化有时是缓慢的,有时又可能是非常快速的,但都是随时代而动的。其二,"关键词"是社会、政治和经济结构演变的地图。威廉斯回顾了他以前在《文化与社会》中对于工业、民主、阶级、艺术、文化等五个关键词所作的梳理和考证,认为它们的关联性"蕴含了一种不仅是思想的而且是历史的结构"。② 按在《文化与社会》一书中,雷蒙·威廉斯就试图通过语言的变化来审视更为广阔的生活和思想的演变,他在当时通用的语言中选择了上述五个关键词,通过分析其变化的模式,描绘出从18世纪中叶到20世纪初英国社会、政治和经济结构演变的地图。他还研究了其间活跃在英国文坛的40位作家和思想家的著述,用"文化与社会"这一核心主题将他们串联起来,在社会、政治和经济的沿革中揭示一个文化传统的推陈出新。而在《关键词》中,这种历史主义的眼光又有了进一步的加强和深化。其三,"关键词"的演变体现权力关系。在威廉斯看来,意义的变异性即语言的本质,而意义的变异性呈现出不同的经验以及对经验的解读,"在社会史中,许多重要的词义都是由优势阶级所形塑,在很大程度上是由某些行业所操控"。③ 可见,在词义变化的背后,起决定作用的是一定社会结构中权力的分配、行使和较量的状况。总之,威廉斯将"关键词"理解为在社会、政治和经济结构的演变中穿行,在各种权力关系的博弈中被形塑的动态过程,而这一点,恰恰是福柯大力揭扬并反复论证的。

　　福柯和威廉斯的上述解析,完全适用于文学理论的"关键词",这里就以当今文学理论的热门关键词"文化批判"为例说明之。如果将从德国古典美学到马克思恩格斯到法兰克福学派再到今天的文化批判的学术史视为一桩学案的话,那么"批判"概念就是贯穿这桩学案之始终的一条红线。最早是康德建立了"批判哲学"这一庞大的哲学体系,使得"批判"概念成为西方近代哲学的核

---

① 雷蒙·威廉斯:《关键词》,刘建基译,三联书店2005年版,导言,第9页。
② 同上书,第4页。
③ 同上书,第18页。

心范畴,康德所说"批判"是指学理性的考察、分析和研究,他的"三大批判"旨在辨析人的心理功能,考察人的理智、情感、意志有多大能力、多大范围,反思获取知识是否可能以及如何成为可能。马克思恩格斯是在否定德国古典哲学为封建德意志的国家利益进行辩护的庸人立场时,确立了马克思主义哲学的批判精神。恩格斯对黑格尔的命题"凡是现实的都是合理的"作了批判性的理解,将其变为另一个命题:"凡是现存的,都是应当灭亡的。"从而概括了马克思主义哲学的精髓,即对于资本主义现存事物的否定。"批判"一词也是自膺马克思主义后学的法兰克福学派学说的核心概念,他们力图恢复马克思主义的批判本质,发挥哲学的真正社会功能,即对于现存事物的否定,其矛头直指发达工业社会的现存文化。但他们所处的是与其德国前辈们截然不同的时代背景,从而他们张扬的"文化批判"发生了偏离和变异。当年霍克海默和阿多尔诺等人逃离法西斯铁幕笼罩之下的德国而流亡到美国,面对着渗透着深厚商业气息的大众文化产生了两大文化心理落差,一是从严谨典雅的德国文化到喧闹浮嚣的美国文化的落差,二是从法西斯暴政到商业社会金钱统治的落差。特别是后者,在他们看来,美国式的文化成为市场机制和技术统治的帮凶,它利用大众传播媒介强制推行预设的商业策略。如此行径,恰与法西斯的强权统治如出一辙。为此阿多诺大声疾呼:"奥斯维辛之后写诗是野蛮的!"正是这两大心理落差导致了他们对于大众文化的严厉批判。中国学界对于当代大众文化的"文化批判"是随着20世纪90年代的社会体制转型而兴起的,当时遇到两个方面的尴尬,一是对于市场经济背景下文化的转型缺乏心理准备,二是在应对新型的当代大众文化时缺乏理论工具。前一种尴尬导致对于新型文化的判断出现较多误差,后一种尴尬造成对于法兰克福学派"文化批判"理论的照搬和套用。这就使之对于当代大众文化的评价贬抑超出褒扬,排斥胜过接纳,批评多于赞同。随着中国社会主义市场经济的深入发展,"文化批判"的基本价值立场才得以改观,其用法远非此前那样狭仄和僵硬,特别是21世纪十余年来提倡多学科的交叉和融合,吸纳和整合各种新兴学科和新潮文类,评价更加公允,心态更加圆融,理论更加成熟,"文化批判"已然显示出向相对纯正、相对超越的学理探究回归的势头。

总之,"文化批判"概念的内涵是在川流不息、逝者如斯的时间过程中不断叠加、增殖起来的,它穿越了两百多年,跨越了众多国家,经过了多个语种的迻译和多种文化的传递,一波三折、山重水复,铸成了今天中国文学理论的关键词。它就像一个主题的多重变奏,也像滚雪球一样越滚越大,但在每一个时间节点上,都可以见出社会历史语境和权力关系的影响。由此可见,关键词的成长史其实并无关乎"中体西用"或"西体中用"的争锋,也超越了"厚古薄今"或"是今非古"的分歧,我们原不必在这些纷争中纠缠,需要进而加以关注的,应是关键词在时光隧道中穿行的轨迹,以及在穿行过程中社会历史语境和权力关系对它的规定和形塑。

第 十 章

文学理论的范式转换与话语更新

晚近以来,文学理论经历了从形式主义到历史主义的范式转换,一个重要标志就是文学理论话语的大面积更新。一方面,新概念、新术语层出不穷,一时呈"井喷"之势;另一方面,以往常用的概念术语的意指发生转移,已与旧时貌合神离了。许多新的言说方式、语词概念和语言法则如雨后春笋般地涌现,承载着人们在语言运用上的丰沛的创意、智巧和灵感。这种瞬息万变的局面使得任何词典修订和重版的计划都显得动作迟缓、应对乏力,有些话语甚至赫然列入媒体的"年度热词""月度热词",甚至"每周热词",不过也与别的热词一样,不及旋踵便成为明日黄花。

第一节 文学理论话语更新的深层机理

如果将文学理论的话语更新放进更具涵盖性的一般学理中去考量的话,那么托马斯·库恩的"范式理论"和福柯的"话语理论"具有参照意义。库恩的"范式理论"提出了"范式"概念,将"范式"的转换过程分析为四个阶段,即"常规科学""反常现象""危机状态""科学革命"的周而复始和螺旋式上升。这一理论还明确了范式转换的主体,即"科学共同体"。但是库恩的"范式理论"并未涉及话语问题,其实这一理论的每一个要点均与话语问题攸关:一是在"范式"的概念中不能缺少话语的规范作用;二是"范式"转换的四个阶段都以当时的话语实践为显著标志;三是作为范式转换的主体,"科学共同体"也就是一种话语主体。库恩为"范式"概念给出的定义是这么说的："我所谓的范式通常是指那些公认的科学成就,它们在一段时间里为实践共同体提供典型的问题和解答。"①所谓"问题和解答"当与话语不无关系。

库恩与福柯并无学术上的交集,但福柯的"话语理论"以其巨大的历史感填补了库恩关于"范式"转换四阶段的设定中社会历史动因的缺失,在此设定中,从一种范式到另一种范式的转换似乎是在一种与世无关、完全纯净的真空状态中进行的。但福柯并不这样认为,在他看来,无论是知识、真理还是学科,它的发展演变都不乏特定的制度化背景和权力关系基础,福柯说："我认为,使人类科学话语从根本上可能的进程是两种完全异质的话语和机制的并置与对立：一方面,围绕统治权的法律组织;另一方面,通过惩戒运转的强制机器。"② 而话语之为话语,就在于它紧密关联着语言陈述背后更加深广的社会历史语境,而这一点对于一般语言学、符号学概念来说并不作要求。福柯这样说："诚然,话语是由符号构成的,但是,话语所做的,不止是使用这些符号以确指事物。正是这个'不止'使话语成为语言和话语所不可缩减的东西,正是这个'不止'才是我们应该加以显示和描述的。"③可见福柯并不仅仅将话语作为一般的语言符号来研究,而是更看重这个"不止"之处,即一般语言符号的社会历史语境,并据此对生产话语的规则和实践进行考察。由此可见,库恩的"范式理论"和福柯的"话语理论"原本相通但又和而不同,可以相互补充、相互发明。

在这方面已有学者做了有益的尝试。美国汉学家 B. A. 艾尔曼打通库恩的"范式理论"和福柯的"话语理论",对于中国清代儒学范式及儒学话语的转换进行了深入研究,探讨了清代考据学运动中学术共同体的总体特征,重点分析清代学术形成的内部与外部的成因,认为"考据学就是一种话语,一种学术性谱系和意义……实证性朴学话语特点的逐步形成是基本学术观念变化的反映。后者同时还引发了对传统认知和理解的更重大的基本变革。从前公认的学术范式受到了致命的挑战"。④ 国内学者汪晖在《现代中国思想的兴起》一

---

① 托马斯·库恩：《科学革命的结构》,金吾伦等译,北京大学出版社2003年版,序,第4页。
② 米歇尔·福柯：《必须保卫社会》,钱翰译,上海人民出版社2010年版,第28页。
③ 米歇尔·福柯：《知识考古学》,谢强等译,三联书店1998年版,第61页。
④ 艾尔曼：《从理学到朴学——中华帝国晚期思想与社会变化面面观》,赵刚译,江苏人民出版社1995年版,第2页。

书中提出"科学话语共同体"的概念,所谓"科学话语共同体"是指这样一种社会群体,他们使用与人们的日常语言不同的科学语言,并相互交流,进而形成了一种话语共同体。在汪晖看来,"科学话语共同体"在近代中国科学观念的建构中起到了关键性的作用:"中国科学话语共同体的形成与近代科学作为一种普遍知识的霸权有着密切的关系。"[①]上述学者的尝试值得借鉴。

进而言之,我国古人曾在操作层面对于知识话语的更新作出具体的分析和厘定,荀子说:"若有王者起,必将有循于旧名,有作于新名。"(《荀子·正名》)就是说,任何时代的话语都非凭空而来,它总是对于已有话语资源的继承创新,这不外乎两条途径:一是"有循于旧名",就是直接沿用前人创造而至今仍具有生命力、仍能发挥积极作用的话语。二是"有作于新名",对于那些今天已经失效而变得不合时宜的话语,就不能原封不动地照搬和因袭,而应进行修正、改造和重建。如果对后者作进一步细分的话,又可分为两种情况,一种即所谓"旧瓶装新酒",就是在原有语词外壳中填进新的内涵,整个概念从字面上看似乎是旧有的、传统的、为人熟知的,但内涵却有所偏离和变异,而这种偏离和变异也就意味着创新。一种即所谓"概念大换班",当旧有的语词外壳已经无法容纳新的内涵时,那就势必遭到抛弃,进而打造新的语词外壳以适应现实,重新熔铸那种言说内容与言说形式相一致的语词概念。

质言之,文学理论话语的更新有两条途径,即"有循于旧名"与"有作于新名";后者又分两种情况,即"旧瓶装新酒"与"概念大换班"。而其中发生的种种嬗变及其内在机理恰与库恩的"范式理论"所勾勒的范式四阶段的转换暗合。

第二节 从"有循于旧名"到"有作于新名"

人们的语言运用总是从已有的话语开始的,对于"旧名"的遵循和沿用总是话语演变史的出发点。孔子将"信而好古""好古敏求"(《论语·述而》)奉为谨守勿逾的原则,声称"周监于二代,郁郁乎文哉!吾从周。"(《论语·八佾》)其中就包含了恢复往古统绪、崇奉前人话语的意思。后来杜甫在《戏为六绝

---

① 汪晖:《现代中国思想的兴起》下卷,第二部,《科学话语共同体》,三联书店2008年版,第1125页。

句》中写道:"未及前贤更勿疑,递相祖述复先谁?别裁伪体亲风雅,转益多师是汝师。"主张在发扬《诗经》"风雅比兴"传统的前提下兼收并蓄、择善而从,同时也表明了对于话语运用的立场。西方人有"言必称希腊"的习惯,贺拉斯在《诗艺》中教导人们:"你们应当日日夜夜把玩希腊的范例","这种新创造的字必须渊源于希腊"。① 17 世纪新古典主义的立法者布瓦洛要求人们"首先须爱理性","一切要合乎常理",他所说"理性""常理",即指古希腊的传统。他还特地告诫诗人:"你尤其要注意的是那语言的法程,你在写作中再大胆也莫犯它的神圣。"② 作为对于这一传统的致敬,后来英国批评家 T. S. 艾略特在倡导文学创新时,首先肯定一个事实,即无数优秀作家卓著成就的取得,乃是得到传统之助,他是站在巨人的肩上看世界:"他的作品中,不仅最好的部分,就是最个人的部分也是他前辈诗人最有力地表明他们的不朽的地方。我并非指易受影响的青年时期,乃指完全成熟的时期。"③

以上诸论符合库恩所说"常规科学"阶段的特点,即"坚实地建立在一种或多种过去科学成就基础上的研究,这些科学成就为某个科学共同体在一段时期内公认为是进一步实践的基础"。④ 过去的知识话语在历史长河中的沉淀和积累往往转化为一种集体记忆,一种集体无意识,进而作为一种精神基因代代相传。而这一点,正是福柯知识考古学的一个重要原则,也是他考察话语问题的一个独特角度,他认为历史证明自己是一门人类学,即"历史是上千年的和集体的记忆的明证,这种记忆依赖于物质的文献以重新获得对自己的过去事情的新鲜感。历史乃是对文献的物质性的研究和使用(书籍、本文、叙述、记载、条例、建筑、机构、规则、技术、物品、习俗等等),这些物质性无时无地不在整个社会中以某些自发的形式或是由记忆暂留构成的形式表现出来"。⑤ 也正是书籍、文本、叙述、记载、条例等物质性文献作为话语的载体,以集体记忆或集体无意识的形式在现实中无所不在的表现,佐证了文学理论话语"有循于

---

① 贺拉斯:《诗艺》,杨周翰译,《诗学·诗艺》,人民文学出版社 1962 年版,第 151、139 页。
② 布瓦洛:《诗的艺术》,伍蠡甫主编《西方文论选》上卷,上海译文出版社 1979 年版,第 294 页。
③ T. S. 艾略特:《传统与个人才能》,戴维·洛奇编《二十世纪文学评论》上册,上海译文出版社 1987 年版,第 129 页。
④ 托马斯·库恩:《科学革命的结构》,金吾伦等译,北京大学出版社 2003 年版,第 9 页。
⑤ 米歇尔·福柯:《知识考古学》,谢强等译,三联书店 1998 年版,第 6—7 页。

旧名"的合理性和必然性。

但是"常规科学"并不是一种稳态结构,甚至可以说它的稳定性是相当脆弱的,常规研究不能长期维护固有的规则而压制新生事物,新理论、新思维、新话语的层出不穷使得那种因循守旧、墨守成规的努力显得捉襟见肘、力不从心,各种始料不及的反常现象日渐增多地在背景中凸现出来,以往依据已知规则可以解决的常规问题,如今尽管反复研究也仍然无法得到解决,旧有的规则趋于消解和失效,新的规则开始显山显水、崭露头角,这就进入了库恩所说的"反常时期"。雷蒙·威廉斯以"关键词"为例,指出至今仍在使用的最基本的知识话语中,这种反常现象比比皆是:"词义的变化有时候为我们所忽略,以至于它们似乎几世纪以来都是长久不变,但其实词义本身及其引申的意涵会随时代而有相当的不同与变化。"像"工业/努力"(industry)、"家庭"(family)、"自然"(nature)等词汇很可能从其源头冒出而别有所指;像"阶级"(class)、"理性的"(rational)、"主体的/主观的"(subjective)的意涵很可能经过几年后便受到质疑了。[①]

这一道理可以中西方历来通用的最基本知识话语的"自然"一词为例说明之:"自然"这一概念作为一种传统话语,几乎贯穿了中国文论史之始终,但其内涵却屡经变迁。老庄最早用"自然"一词指称事物"自己如此"的天然本真状态,这分明是从客观事物方面来说的。这一情况到魏晋时期发生了重大变化,魏晋玄学家对此作了很大贡献,最值得重视的是嵇康的观点。嵇康针对儒家以"名教"压抑人心、扭曲人性的弊端,主张解放心灵、伸张人性,提出了"越名教而任自然"的口号:

> 夫气静神虚者,心不存乎矜尚;体亮心达者,情不系于所欲。矜尚不存乎心,故能越名教而任自然;情不系于所欲,故能审贵贱而通物情。物情顺通,故大道无违;越名任心,故是非无措也。(嵇康:《释私论》)

这里所说"自然"已被用来指称人的内在心性,嵇康将"越名教而任自然"简称为"越名任心",分明将"自然"等同于"心";而且在行文中"自然"也往往指与名教的"矜尚""所欲"相对立的人的心灵和性情,即所谓"气静神虚""体亮心达"

[①] 雷蒙·威廉斯:《关键词》,刘建基译,三联书店2005年版,导言,第9—10页。

的心体和神气。总之,嵇康第一次在"自然"概念中注入人心、人情的内涵,导致了"自然"概念的蜕变与更新,从此"自然"概念不只是指大化流行的天道,也不只是指客观自然界,而是有了新的内涵,开始指称人心和人情了。这一转折近启刘勰"人禀七情,应物斯感,感物吟志,莫非自然"(《文心雕龙·明诗》)的文学观,远绍李贽"以自然之为美耳,又非于情性之外复有所谓自然而然也"(《读律肤说》,《焚书》卷3)的美学思想,铸成了一种从中古到近代愈见声势浩大的任心主情的文论话语。

  无独有偶,在西方知识话语中,"自然"(nature)也是用得最多的基本词汇之一,雷蒙·威廉斯称之为"也许是语言里最复杂的词"。他指出该词大致有三种意涵:(i)某个事物的基本性质与特性;(ii)支配世界或人类的内在力量;(iii)物质世界本身,可包括或不包括人类。据他考证,在英文里,(i)的意涵出现于13世纪;(ii)的意涵出现于14世纪;(iii)的意涵出现于17世纪。威廉斯进一步指出,这些意涵在使用过程中是会改变甚至会对立的,但有意思的是,所有的这三层意涵,及其主要意涵的变化与替代用法,在当代的使用中仍然相当普遍。他还指出,这三层意涵间有一个基本的连贯性,那就是"将特别的自然力给予神秘的拟人化",它一方面可以代表神的化身,是宇宙支配的力量;另一方面是一个未定型的,却又是万能的、创造性的形塑力量。[①] 这就是说,"自然"(nature)被赋予了宗教的、神秘的意涵,据威廉斯考证,这一意涵出现很早,而且现今仍持续使用。而这一点,恰恰与中国人使用的"自然"概念世俗的、人文的意涵相映成趣,见出中西方"自然"概念各自的文化差异和话语特色。

  从中西方"自然"概念的演变史可以发现知识话语变迁的奥秘:从其概念外壳来看,沿用的仍是旧有的语词符号,从这一点可以说,它属于"有循于旧名";但其内涵已经发生了重大的偏离和变异,与原义已相去不可以道里计,从这一点又可以说,它已是"有作于新名"了。不过它是在原有语词外壳中填进新的内涵,采用了"旧瓶装新酒"的方式。可见"旧瓶装新酒"既是破坏性的,又是建设性的,作为"常规科学"的终结是它的下限,作为"科学革命"的前奏是它的上限。前者还属于"反常情况",后者则属于"危机状态"了。而在这两极之

---

① 雷蒙·威廉斯:《关键词》,刘建基译,三联书店2005年版,第326—329页。

间,则有一个较为开阔的中间地带、过渡状态,其中分布和散落着知识话语新旧迭替、因革交错的各种形式。威廉斯将其分为四种情况并加以例示:一是创立新的词汇,如 capitalism(资本主义);二是对旧语词的适应与改变,甚至有时候是翻转,如 society 或 individual(社会或个人);三是延伸,如 interest(兴趣);四是转移,如 exploitation(开发利用)。而上述例证,都是威廉斯《关键词》的基本词条。威廉斯还指出了其中的种种复杂情况:"我们应该从这些例子了解到这些变化未必是简单或是具决定性的。我们看到早先的含义与后来的含义同时并存,或者是被选择性地使用。在后者的情况里,新的概念及其相关意涵的问题会被提出来讨论。"[1]可以认为,这是对于从"有循于旧名"走向"有作于新名"过程中可能出现的各种新变所作的比较清晰的梳理。

第三节 从"旧瓶装新酒"到"概念大换班"

所谓"旧瓶装新酒",有语言学上的根据。依语言学之说,任何概念都由能指与所指两个方面构成,二者一般是相互一致的、对应的,但也经常存在不一致、不对应的情况。索绪尔指出:"能指和所指的联系是任意的,或者,因为我们所说的符号是指能指和所指相联结所产生的整体,我们可以更简单地说:语言符号是任意的。"[2]这种语言符号的任意性在于能指与所指之间经常发生游离和错位,这就造成了语词概念的蜕变,产生"旧瓶装新酒"亦即"言在此而意在彼""言未改而意已变"的效果。

维特根斯坦认为,语言的意义是在使用中形成的,他说:"一个词的意义就是它在语言中的使用","每一个记号就其本身而言都是死的。是什么赋予了它以生命呢?——它的生命在于它的使用"。[3] 不过任何语言都是在具体的语境中使用的,如果脱离了一定语境,那么语言就是死符号、空躯壳,是无意义的。因此不妨说,是具体的语境给予了语言以活的生命和灵魂。"时运交移,质文代变","歌谣文理,与世推移"。(刘勰:《文心雕龙·时序》)时代变迁,世

---

[1] 雷蒙·威廉斯:《关键词》,刘建基译,三联书店 2005 年版,导言,第 15 页。
[2] 费尔迪南·德·索绪尔:《普通语言学教程》,高名凯译,商务印书馆 1980 年版,第 102 页。
[3] 维特根斯坦:《哲学研究》,李步楼译,商务印书馆 1996 年版,第 31、193 页。

事更替构成的具体语境,总是赋予语言表达无比广阔的空间,使得语词的内涵瞬息万变,相比之下,语词外壳的变化却往往显得滞后和落伍。在这样的情况下,语言符号的能指与所指之间的游离和错位便不可避免,语词概念的蜕变便成为大势所趋。不过这与其说是知识话语的蜕变,毋宁说是知识话语的更新,它已然获得了新的生命,达到了新的境界。

然而,知识话语的更新并不总是在旧概念的硬壳内"带着镣铐跳舞",它的意义内涵的不断增殖和丰富使之有朝一日终究要胀破旧概念的硬壳,在更高水平上熔铸适合自身需要的新概念,像寄居蟹一样丢掉旧的螺壳,去寻找新的更大的螺壳。因此,在知识话语从萌芽、成熟、老化到重建的全部角色变换过程中,如果说"旧瓶装新酒"式的微调往往是"常规科学"在面临"反常"与"危机"时的主要转换方式的话,那么,"概念大换班"式的震荡则标志着"科学革命"的到来,此时知识话语的更新改变了以往缓慢而隐蔽的方式而以快速而显著的形式出现,极其深刻地影响着时代生活的方方面面,风靡一时而蔚为大观。

清末民初知识话语一新风气,大批新概念、新术语的横空出世和广为流传无可争辩地成为这种"概念大换班"式的显例,标志着话语更新进入了"科学革命"的阶段。在这个问题上,黄兴涛先生对此做了很好的整理、分类和阐释的工作,在他看来,清末民初的新名词涵带"现代性"的方式大约有以下四种:(1)直接生动地反映现代性物质文明成果;(2)直接具体地反映现代性制度设施;(3)集中凝聚现代性的核心价值观念;(4)广泛反映现代性学科知识和成就的学术术语。① 具体地说,在哲学方面,像本体论、认识论、知识论、价值论、世界观、宇宙观、人生观、唯物主义、唯心主义、辩证法、形而上学等术语,"不仅当时学者们已开始将其广泛用来整理、再造、解释中国数千年以来各家各派的传统思想,使这些古代思想翻转成为今人所理解的形态,人们还以之为媒介或标准,去进行思想的分类和价值的评断,乃至建构新的思想体系等等;与此同时,那些能识字的有点文化的普通人,也开始用'世界观''人生观'等一类名词,来组织、思考和表达自己对世界和人生的看法了"。在近代心理学和逻辑学方面,

---

① 黄兴涛:《清末民初新名词新概念的"现代性"问题——兼论"思想现代性"与现代性"社会"概念的中国认同》,《天津社会科学》2005年第4期。

像思想(名词)、想象、联想、判断、推理、分析、综合、归纳、演绎、参照,以及与思想直接相关的理论、概念、观念、逻辑、理性、理智、同情、乐观、悲观(非佛教意义)、感觉、知觉、想象力、意识、理想等新名词,使得中国人"更好地认知和了解了人类思想的过程,能够更方便、更完美地组织和表达自己的现代性思想了"。①

与新概念、新术语的爆炸式扩散密切相关的是,作为传播载体和普及途径,大量新式词典的编纂和出版起到了推波助澜的作用。据黄兴涛先生考证,仅在清末,出版的各类新式词典就达数十种之多,如《新尔雅》《法律经济辞典》《博物大辞典》等等。民初以后这类新式词典出版更多。"这些词典不仅对人们不熟悉的各种新名词予以定义,还对人们所熟悉但并不清晰的旧词汇进行相对规范的词义解说。虽然其最初的出发点,往往是传播和普及各种新知识,但也包含了知识精英改变国人思维方式的意图在内。"②

从20世纪末到今天,国内外有关"关键词"研究的众多词典、类书编写出版的洋洋大观可与上述盛况相媲美。雷蒙·威廉斯1976年出版的《关键词》一书引领了这一热潮,20世纪90年代以来,西方一些权威的学术出版机构相继出版有关文学理论和文化研究关键词的著作,而且形式多样、各具特点:或者是以论文形式撰写条目的结集,如《文学研究批评术语》(1990)、《约翰斯·霍普金斯文学与批评指南》(1994)等;或者是以通常分列独立词条的方式,如《哥伦比亚现代文学与文化批评词典》(1995)、《文化与批评理论词典》(1997)、《当代文学理论术语》(2000)等;或者采取一词一书、一人一书的方式,如劳特里奇出版公司出版的"批评新成语"系列丛书、"批评思想家"系列丛书、"关键词"系列丛书等;或者是以词条串联的教材形式,如《关键词:文学、批评与理论导论》(2004)等。以上多种著作已经在国内翻译出版。与之相应,国内学者也组织编写了多种有关"关键词"的词典,有洪子诚、孟繁华编《当代文学关键词》(2002)、陈思和的《中国当代文学关键词十讲》(2003)、廖炳惠的《关键词200:文学与批评研究的通用词汇编》(2006)、赵一凡等主编《西方文论关键词》

---

① 黄兴涛:《近代中国新名词的思想史意义发微——兼谈对于"一般思想史"之认识》,《开放时代》2003年第4期。

② 同上。

(2006)、王晓路等的《文化批评关键词研究》(2007)、汪民安主编《文化研究关键词》(2007)等。还要特别提出的是,目前许多网站纷纷设立以"关键词"为名的栏目,使得关键词研究的传播和扩散更是如虎添翼。

关键词的核爆式震荡推动知识话语的更新进入了"科学革命"的阶段,新概念新术语的激增演绎了"概念大换班"的壮观景象。以西方学说为例,罗兰·巴特、朱丽娅·克里斯蒂娃、乔纳森·卡勒等人经历了从"结构"到"建构"再到"解构"的一波三折,德里达从"差异"推演出"延异",举一反三地牵出了"播撒""间隔""空隙"等一大堆新词,让·鲍德里亚则从"外爆"引申出"内爆",从"真实"引申出"超真实",从"使用价值""交换价值"引申出"符号价值",还有福柯的知识考古学理论、德勒兹和加塔利的微观政治理论、利奥塔的公正游戏理论、阿尔都塞的生产性理论、哈贝马斯的交往行动理论、詹姆逊的政治无意识理论等等,上演了一出出"概念大换班"的好戏。如果作一番热效应中的冷思考的话,那么可以发现,知识话语更新冷热迟速的深层规律恰恰有迹可寻。放眼历史,知识话语的演变过程有时非常缓慢,它需要较长时段的准备和积累;但有时这一过程可能非常快速,知识话语不是以数学级数而是以几何级数增长,而且往往以显性的方式高调出场。这就需要遇上某种契机,除旧布新、奋发进取、与时俱进的社会转型期往往是话语更新的快速发展期。如果说以往清末民初的中国如此,那么当今世界经济、社会、文化格局重新调整的全球化时代亦然。不过对于话语更新而言,这种可遇而不可求的契机不仅是社会历史的,而且是语言学本身的,甚至在某种程度上后者更加重要。不难见出,当今文学理论的话语更新与文化研究有关,一个明证就是上述关键词在很大程度上已然转向了文化研究的范畴。文化研究从20世纪中叶兴起,至今已有数十年之久,尽管其间旨趣多有变化,但其势头强劲不减当年,国内文化研究虽然相对后发,但也红火了三十余年,这不啻是学术史上的一大奇观!这一热潮在语言实践上引起的变革经历这么多年的蓄积酝酿,终于迎来掀天动地、一开生面的"科学革命",当是风云际会、水到渠成的事情。

第四节 话语更新:文学理论的范式转换的风标

J.希利斯·米勒曾对于晚近以来文学理论的宏观走向作过这样一番

描述:

> 事实上,自 1979 年以来,文学研究的中心有了一个重大转移,由文学"内在的"修辞学研究转向了文学"外在的"关系研究,并且开始研究文学在心理学、历史或社会学语境中的位置……因此,文学的心理学理论与社会学理论,如拉康式的女权主义、马克思主义、福柯主义等,就具有了一种空前的号召力。与此同时,一些早于新批评、已经过时了的注重传记、主题、文学史的研究方式,开始大规模的回潮。基于此类研究方法的论著横空出世,仿佛新批评方法——更不要提更新的理论方法了——从来就没有存在过。①

这段话十分贴切地概括了晚近在文化研究兴起的背景下文学理论从形式主义到历史主义的范式转换,真可谓"风水轮流转","三十年河东,三十年河西":20 世纪初文学理论经历了从对于传记文学、文学主题、文学史的"外在研究"向俄国形式主义、英美新批评、结构主义、符号学等"内在研究"的转捩,到了 20 世纪中后期又从形式主义大潮"向外转"了,其标志就是新历史主义、女性主义、后现代主义、文化殖民主义、文化帝国主义、东方主义等新潮学说成为文学理论的热点。文化研究的介入对于这一新的转向起到了至关重要的作用,它推动文学理论走出了自我封闭的境地,挣脱了纯粹的文本、语言、形式的禁锢,打开了通往时代、历史、社会、现实的大门,重新磨砺在形式主义时代长期收敛、趋于萎缩的思想锋芒,剑指种族、性别、阶级、政治、道德等方面的重大问题,从而积极参与和介入当今历史舞台轰轰烈烈上演的变革进程,这既是文学理论的日日新之路,也是人文学者的接地气之机。华勒斯坦领导的"古本根重建社会科学委员会"在一份关于重建社会科学的研究报告中指出:"从事文学研究的学者,对他们来说,文化研究使对于当前的社会和政治舞台的关注具有了合法性。"②上述文学理论范式转换受到广泛欢迎、博得极高人气的缘由在于其充沛的人文性和人间气,而这一点恰恰与此前形式主义文论的科学主义倾向的封闭、冷漠和机械形成鲜明对比,而曾经炙手可热的形式主义文论一朝遭人

---

① J.希利斯·米勒:《重申解构主义》,郭英剑等译,中国社会科学出版社 1998 年版,第 216—217 页。
② 华勒斯坦等著:《开放社会科学》,刘锋译,三联书店 1997 年版,第 69 页。

厌弃的原因恰恰在于对人文内涵、人间情怀的冷漠和排斥："这些批评家只关心语言,因此割断了语言与起初的历史世界,与活生生的男人、女人的世界的联系。"①

文学理论的上述范式转换往往是与话语更新紧密关联、往往是通过话语更新而得到体现的。米勒进一步指出,文学理论从形式主义的"内在批评"向历史主义的"外在批评"的"回摆","使它成为一种解放妇女,少数民族和在后殖民、后理论时期一度被殖民化的那些人的工具"。具体地说,即"文化""历史""语境"和'媒体',"性别""阶级"和"种族","自我"和"道德力量","多语言主义""多元文化主义"和"全球化"等等概念,"现在已经以不同的混合形式变成了新历史主义、新范式主义、文化研究、通俗文化研究、电影和媒体研究、妇女研究和性别研究、同性恋研究、各种'少数话语'研究以及后现代主义研究等等的标示语"。②

由此可见,文学理论的话语更新乃是当今文学理论范式转换的必然要求,或者说文学理论的话语更新恰恰成为文学理论的范式转换的鲜明风标。福柯认为,话语实践既不同于个体的表达行为,又不同于理性的推理系统,也不同于说话者构造语法句式的能力,它是"一个匿名的、历史的规律的整体","这些规律总是被确定在时间和空间里,而这些时间和空间又在一定的时代和某些既定的、社会的、经济的、地理的,或者语言等方面确定了陈述功能实施的条件"。③ 这就是说,文学理论的话语更新总是体现着当时文学理论范式的规定性,包括时代的、社会的、经济的、地理的以及语言的等方面,它们为之提供了实施陈述的条件,赋予其新的内容和形式。

在这一点上,雷蒙·威廉斯的关键词研究堪称样本,在他那里,关键词是作为一种重要的话语介入文学理论的范式转换的。原始要终,威廉斯的关键词研究起始于《文化与社会》(1958)一书,他后来在《关键词》(1976)中确立的要旨在其中已初步呈现,后者原来只是前者的附录部分,在前书出版18年后抽取出来独立成书,并在1983年第二版中增添了21个新的词汇,并加以注释

---

① J.希利斯·米勒:《重申解构主义》,郭英剑等译,中国社会科学出版社1998年版,第217—218页。
② 同上。
③ 米歇尔·福柯:《知识考古学》,谢强等译,三联书店1998年版,第149—150页。

和说明,同时也做了一些勘误和补充的修订工作,确定了该书的基本格局。《文化与社会》一书的宗旨起码有两点值得重视,一是指出18世纪后至19世纪前半叶,一些今日极为重要的词汇首次成为英语常用词,或者这些原来在英语中已经普遍使用的语词,此时又获得新的重要意义。从中可以发现这些词汇其实有个普遍的变迁样式,这个样式可以视为一种特殊的地图,"通过它可以看到更为广阔的生活思想变迁——与语言的变迁明显有关的变迁"。二是提炼出五个关键词作为绘制这幅地图的主要依据,即工业(industry)、民主(democracy)、阶级(class)、艺术(art)和文化(culture)。它们在重要的历史节点上发生的变化,成为人们对于共同生活所持看法发生普遍改变的见证,包括"对我们的社会、政治及经济机构的看法,对设立这些机构所要体现的目的看法,以及对我们的学习、教育、艺术活动与这些机构和目的的关系的看法"。[①] 总之,威廉斯在此时就已发现,话语变迁的地图总是体现着人们对于共同生活所持看法的变化,总是受制于社会、政治、经济以及精神活动的规定性。

上述主旨后来在《关键词》一书中得到进一步的申明和演示。按说像《关键词》这样的著作望文生义只是一种词典性质的工具书而已,其实不然,它恰恰开创了一种与以往所有词典迥然不同的体例,如果说以往的词典一般只是对于词条的若干涵义进行相对独立的解释的话,那么"关键词"著作则致力于寻绎这一词条若干涵义在各个时间节点上的相互转化和变迁,以及这种转变背后的社会、历史、政治、经济等方面的动因。这样的词典是以往不经见的,从中国古代最早的词典《尔雅》《方言》《说文解字》到1612年意大利出版的《词集》以及1928年成书的《牛津英语词典》(俗称《牛津大词典》),可以说一无例外。而这一前所未见的宗旨正是雷蒙·威廉斯首先要确立的,他在《关键词》的"导言"中指出,《关键词》一书"它不是一本词典,也不是特殊学科的术语汇编。这本书不是词典发展史的一串注脚,也不是针对许多语词所下的一串定义之组合。它应该算是对于一种词汇质疑探询的记录;这类词汇包含了英文里对习俗制度广为讨论的一些语汇及意义——这种习俗、制度,现在我们通常

---

① 雷蒙德·威廉斯:《文化与社会》,吴松江等译,北京大学出版社1991年版,第15页。

将其归类为文化与社会"。① 关于这一新的旨趣,雷蒙·威廉斯是在与《牛津大词典》的对照中得出的。对于《牛津大词典》在解释词义时采用的传统方法,学界早有微词,如燕卜逊就曾批评过其中仅仅就词释义的局限性,从而被雷蒙·威廉斯引为同调。威廉斯认为,《牛津大词典》尽管在词义方面下了很深的功夫,但主要是在语料及词源方面,而对于语词之间的关联性却无所用心,如果说人们在其他场合从具体的语义与语境中可以找到这种关联性的历史动因的话,那么在这本词典中却不能得出这样的结论。威廉斯是这样说的:《牛津大词典》"对词的涵盖范围与词义变化的探讨,优于对词与词之间的相关性、互动性的探讨。在很多场合里,我从意义与语境的探询中找到非常宝贵的历史证据,但是,我从其中得到的却是不同的——有时候甚至是相反的——结论"。② 这就构成了《牛津大词典》的明显缺失。

雷蒙·威廉斯的关键词研究关注的正是《牛津大词典》所缺失的东西,亦即语词的变迁与语境、与社会文化的关联性,尽管他一再强调这种关联性是发生在语言内部,并且它是由语言体系的复杂特性来决定的。有学者就威廉斯在关键词研究中高度重视的"关联性"归结出以下特质:(一)找出词与词之间的关系及其变异用法;(二)将用法与语境(context)串联在一起;(三)将过去的各种用法与新近的用法并列;(四)寻构各知识领域间的相互关系性;(五)由对普遍通用词汇的省思,来分析各阶段的社会生活之关联性;(六)辨识出专门语汇与普通用语的相关性。③ 总之,在威廉斯所理解的词与词之间的"关联性"中突出的是不同语境、不同知识领域、不同社会生活的规定性。正因为如此,雷蒙·威廉斯称其关键词研究采用的是"历史语义学"(historical semantics)的方法,它的一个要义是厘清词义的源头和演变,以及历史的现时意义,它确认过去与现在之间存在着关联性,而这种关联性表现为一个由延续、变异、断裂和冲突构成的过程。在这个意义上说,"意义的变异性不论在过去或现在其实就是语言的本质"。④ 进而言之,"历史语义学"还有另一个要义,威廉斯指出:"在社会史中,许多重要的词义都是由优势阶级所形塑,在很

---

① 雷蒙·威廉斯:《关键词》,刘建基译,三联书店 2005 年版,导言,第 6 页。
② 同上书,第 11 页。
③ 同上书,译者导读,第 6—7 页。
④ 同上书,导言,第 18 页。

大的程度上是由某些行业所操控。"①就是说,在词义变化的背后,最终还是一定的社会历史语境和权力关系起到决定性的作用。

第五节 三个热门关键词的分析

晚近方兴未艾的文化研究中涌现了大量关键词,它们与上述宗旨互为呼应,在文学理论范式转换的背景下推动了文学理论的话语更新。这里只拟就"政治""意识形态""阶级"等热门关键词的诠释以晓谕此理。

凯特·米利特的《性的政治》是较早标举女权主义的开风气之作,该书的核心问题如书名所示即在于"政治"一词,因此该书的首务就在于对"政治"概念重新进行定义。凯特·米利特认为,现有的政治理论在处理权力关系时,根据的是习以为常的社会惯例,"现在,我们急需建立一种不完全以惯例为出发点的政治理论"。而她给出的答案也堪称旗帜鲜明:"政治"并不"只是包括会议、主席、政党等事物的狭隘领域",而是指"人类某一集团用来支配另一集团的那些具有权力结构的关系和组合"。她指出,在对这些权力关系进行界说时,"我着重考察那些界限明确、始终如一的人类集团的成员之间的关系和相互作用。这些集团是:种族、阶层、阶级、和按性别区分的集团(男人和女人)"。② 这就是说,存在于性别、种族、阶级之间的权力关系也理应归属"政治"范畴,只不过它不同于党派、议会、制度之类一般社会政治,而是一种文化政治了。虽然"文化政治"概念的提出是后来的事,但米利特已经敏锐地意识到关乎性别、种族、阶级之中权力关系的"政治"至关重要,值得为之张目。

作为一名女性,凯特·米利特痛切地感到,在性别、种族、阶级的权力关系中,尤以两性之间的权力关系之不公为甚,因为男权制实施了一种男人对女人的"内部殖民",它比任何形式的种族隔离和阶级壁垒更严酷、更普遍、更持久,"两性之间的这种支配和被支配,已成为我们文化中最普及的意识形态,并毫不含糊地体现出了它根本的权力概念"。③ 因此她认为,性别政治足以成为文

---

① 雷蒙·威廉斯:《关键词》,刘建基译,三联书店2005年版,导言,第18页。
② 凯特·米利特:《性的政治》,钟良明译,社会科学文献出版社1999年版,第36—37页。
③ 同上书,第38页。

化政治的典型形式,她通过对于亨利·米勒的《性》、梅勒的《一场美国梦》、让·热内的《窃贼纪事》等三部小说中性描写的分析得出以下结论:"当我们希望从根本上讨论两性关系时,我们就引入'政治'这一术语,因为在概括两性历史的和现存的相对状况的本质时,它特别有用。"[1]

在文化研究中,"意识形态"也是使用频率较高的热词,这一概念的传统含义是人们再熟悉不过的,但如今人们对它却别有新解。其中伊格尔顿颇具代表性,试看他给出的界说:

> 我所说的"意识形态",粗略说来,是指我们的说话和信仰与我们所生活的社会的权力结构和权力关系联结的方式。

> 我所说的"意识形态",并不是简单地指人们所具有的根深蒂固的、常常是无意识的信仰,我具体地是指那些与社会权力的维护和再生有着某种联系的感觉、评价、理解和信仰的模式。[2]

概观以上论述,可知伊格尔顿所说"意识形态"有两点要义:一是强调意识形态与整个社会的权力关系和权力结构的密切联系。不过他所说"权力"与以往有所不同,并非仅指社会权力,更主要是指文化权力,即因性别、种族、阶级等文化身份的差异而形成的权力结构和权力关系,它通往文化政治。伊格尔顿与凯特·米利特可谓英雄所见略同,对于那种一提"政治"就想到党派政治、制度政治的思维定势不予认同,明确表白他讲的"不是这个意思"。那么,他讲的是什么意思呢?他紧接着作了说明:"社会主义的与女权主义的批评家当然关心建立适合于他们的目标的理论和方法:他们考虑的是作品与性别状况或文本与意识形态之间的关系,而其他理论一般是不这么做的。"[3]也就是说,此政治非彼政治,他关注的并非党派政治和制度政治,而是体现性别、种族、阶级之间权力关系和权力结构的文化政治。关于这一点,他后来就讲得更清楚了:"对于过去几十年间支配全球议事日程的激进政治的三种形式——革命的民族主义、女权主义和种族斗争,作为符号、形象、意义、价值、身份、团结和自我表达

---

[1] 凯特·米利特:《性的政治》,钟良明译,社会科学文献出版社1999年版,第37页。
[2] 特里·伊格尔顿:《文学原理引论》,文化艺术出版社1987年版,第18页。
[3] 同上书,第247页。

的文化,正好是政治斗争的通货。"①

二是伊格尔顿所说的"意识形态"更多表现出心理学的倾向,是指作为上述文化权力和文化政治的表达而呈现在精神生活中的情感、欲望、需要、感受、理解、评价、信仰和无意识等心理模式。而这一点在审美活动中显得更加突出,伊格尔顿说过:"从某个角度来看,审美等于意识形态。"②但这种审美意识形态往往表现为一定的心理形式:"审美只不过是政治之无意识的代名词:它只不过是社会和谐在我们的感觉上记录自己、在我们的情感里留下印记的方式而已。美只是凭借肉体实施的政治秩序,只是政治秩序刺激眼睛、激荡心灵的方式。"③就是说,这种审美意识形态往往不是以现实的、直观的模样现身,而是以潜在的、抽象的形式出现。它像一座冰山的底座,正是它托举着冰山的顶端。其深层机理在于,人们对于种种事物的政治态度遭到压抑以后沉入意识底层,经过长期积累和沉淀转化为一种集体无意识,一旦条件成熟,它便会以某种象征形式出现,而美学就是这种象征形式。因此伊格尔顿称之为"政治无意识"。现代主义对于商品社会的抵制就是通过"政治无意识"干预现实的显例。现代主义以荒诞、晦涩、神秘、杂乱、扭曲的形式表现出的极端的自律性、纯粹性恰恰成为抵制和抗击商品社会的正统秩序和流行风尚的利器,从而形式变成了内容,现象变成了本质,审美变成了意识形态,艺术变成了实际行动。因此不妨说现代主义是一个否定性的概念,它对于商品社会的否定立场更具意识形态意味,更是一种政治态度。

还要提到的是"阶级"概念,已如前述,"阶级"也是文化研究中常用的概念。性别、种族、阶级通常被视为文化政治的三要素,但这里所说的"阶级"并不是在传统意义上的界定,而是具有文化的意义了。约翰·杰洛瑞在分析20世纪70年代兴起的"文学经典之争"时指出,仅从经济上来界定"阶级"概念是不够的,这样做恰恰忽视了文化的作用,"阶级"不能仅从经济上划分,还应从文化上划分。他借用布尔迪厄提出的"文化资本"一说,指出:"如果确实有某种资本的形式可以被具体地称为符号的或文化的,那么,这种资本的生产、交

---

① 特里·伊格尔顿:《文化的观念》,方杰译,南京大学出版社2003年版,第44页。
② 特里·伊格尔顿:《美学意识形态》,王杰等译,广西师范大学出版社1997年版,第89页。
③ 同上书,第26—27页。

换、分配和消费等等环节都会视社会为不同集团构成的阶级组合。"①这就是说,一定的阶级,应根据它所拥有的文化资本及其生产、交换、分配和消费等关系来进行划分。按布尔迪厄理论的基本内容是,任何社会都是一个"场",一个权力场,在其中总是掌握权力的一方控制着整个"场"。在现代社会中,资本无疑是最活跃的力量,也是掌握着权力的一方,"资本包含了一种坚持其自身存在的意向,它是一种被铭写在事物客观性之中的力量"②,它在各个"场"中都能起到决定性的作用,总的说来它有三种基本形态,即经济资本、文化资本和社会资本。这三者依据一定条件而相互转换,并作为权力的不同形式决定着在整个社会中各个阶级的区分,因此文化资本也是区分阶级的重要依据之一。

杰洛瑞进而指出,由于对于在文化意义上实际存在的"阶级"界限视而不见,所以文学经典之争中常常是将"阶级"问题排除在外的,从而在文化资本的生产、交换、分配和消费等方面形成的文化权力和文化政治总是在文学经典研究中缺场,这是不正常的。他主张将文学经典问题"当作文化资本形成与分配的问题来加以理解,或更具体地说,就是当作文学生产和消费方式的获取途径来理解"。③ 因此他认为,在文学研究中应摈弃排他性、增强包容性,决不应该忽略阶级问题,正像它也不应该忽略种族或性别问题一样,它们都是文化资本的不同表现方式。

从上述"政治""意识形态""阶级"等概念的变化来看,它们都因文化研究的介入而改变和更新了内涵,从而虽与原先的概念不无联系,但已有明显区别。

第六节　文学理论话语更新的历史具体性

在梳理文学理论话语更新的不同类型时,经常会发现论者表达一种类似的意见:尽管这些话语可能不尽成熟、不尽完善,但它特别有用,特别妥帖,也

---

① 约翰·杰洛瑞:《文化资本——论文学经典的建构》,江宁康等译,南京大学出版社 2011 年版,前言,第 2 页。
② 布尔迪厄:《文化资本与社会炼金术》,包亚明译,上海人民出版社 1997 年版,第 190 页。
③ 约翰·杰洛瑞:《文化资本——论文学经典的建构》,江宁康等译,南京大学出版社 2011 年版,前言,第 3 页。

更具启发性。这显示了文化研究在语言学上的一个基本立场,即在本质主义与功能主义的两极之间,更多表现出功能主义的倾向。在语言学中历来有本质主义与功能主义两种立场,这与语言本身的特点有关,一方面,语言本来就是用于表意的,因而尊重事物的质的规定性,明辨不同事物之间的区别的本质主义立场是必须的;但另一方面,在语言的具体使用中,"约定俗成"的功能主义态度又是必要的,索绪尔说:"事实上,一个社会所接受的任何表达手段,原则上都是以集体习惯,或者同样可以说,以约定俗成为基础的。"① 其实荀子早就说过:"名无固宜,约之以命,约定俗成谓之宜,异于约则谓之不宜。"(《荀子·正名》)就是说,某个概念指涉什么本无可无不可,至于可行不可行、合适不合适,靠的是约定俗成。而约定俗成的依据在于荀子所说"缘天官",即依靠感觉、经验和习惯,而不是凭借思辨、分析和推理。既然如此,那就无法避免需要、愿望、态度等价值观念的介入,使得功能主义的取向成为可能。可见在语言学中本质主义与功能主义都有其必要性和合理性。不过文学理论话语的更新总是表现出历史的具体性,它就像钟摆一样在这两极之间来回摆动。至于它在特定时期处于何种状态,呈现何种面貌,完全取决于当时的时代潮流和学术风尚。

首先,如今文学理论话语的更新显示了较强的社会性和现实性。如上所述,米利特、伊格尔顿、杰洛瑞等人怀抱"有作于新名"的追求,或在党派政治、制度政治之外确立关乎性别、种族、阶级之间权力关系的"文化政治";或在文化权力和"政治无意识"之上重构"意识形态"概念;或在阶级划分中纳入文化资本的生产、交换、分配和消费关系的维度,都是通过文化因素的加入而改变了"政治""意识形态""阶级"等概念的内涵,使得对于相关文学理论话语进行重新考量成为可能也成为必要。但这一切并不是向壁玄思、凭空臆想的结果,而是建立在对于正在发生的、处于进行时的社会症结和现实问题的热切关注之上的。也许上述"政治""意识形态""阶级"等概念原本就具有较强的社会性和现实性,在其进一步引申和扩展中保持甚至强化这一特点实属正常,但即便以审美性、文学性见长的美学、文论的概念亦复如此,在文化研究的语境中其社会性和现实性也得到了显著增强。譬如"表征",原本是地道的美学、文论概

---

① 费尔迪南·德·索绪尔:《普通语言学教程》,高名凯译,商务印书馆1980年版,第103页。

念,它是指文学形象构成对于作品主题、蕴含、意义的某种表现和征象,其特点就是刘勰所说:"写物以附意,飏言以切事"(《文心雕龙·比兴》),或黑格尔所说:"它们的本义是涉及感性事物的,后来引申到精神事物上去","本义是感性的,引申义是精神性的"。① 不过这一切都是在作品本身、文本内部发生的事。而乔纳森·卡勒则对"表征"作了一个与传统定义截然不同的判断:"文化产品就是一种基本社会政治结构的表征(symptom)。"② 这一判断是建立在这样的理论背景之上的:在卡勒看来,以往的文学研究习惯采用"鉴赏性解释"(appreciative interpretation)的模式,它将作品看成呈现内部要素的表征,主张通过对于作品本身的细读,去把握其中的种种内部要素。而在文化研究中,"鉴赏性解释"则被"表征性解释"(symptomatic interpretation)所取代,卡勒说:

> 文化研究很容易变成一种非量化的社会学,它把作品作为反映作品之外什么东西的实例或者表征来对待,而不认为作品是其本身内在要点的表征,而且它很容易被任何诱惑摆布。③

就是说,"表征性解释"将文本作为显示外部社会结构和权力关系的表征来看待,力图通过社会政治分析去把握文本与社会结构、权力关系之间的同一性关系,而文学研究所使用的"鉴赏性解释"却被忽略了。这就赋予了"表征"概念以新的涵义,将其意指的对象从文本之内转向了文本之外,聚焦于文本背后的社会性和现实性问题,并在此基础上形成了一套新的研究模式。

这样的例子还可以举出一些:譬如"文学性",解构主义借用这一概念并非重申俄国形式主义所说的"陌生化"效果,而是旨在倡导文学对于非文学的扩张,推助文学在哲学、历史、政治、道德、法律等学术和知识领域内开辟新的领地。又如"理论"这一概念,已不是仅指"文学理论",更是指后现代语境下与人类的历史命运和现实境遇攸关的政治理论、思想史、社会学、哲学、语言学、心理分析、性研究、科学研究、艺术史、电影研究等被广泛采用的书写方式。又如

---

① 黑格尔:《美学》第 2 卷,朱光潜译,商务印书馆 1979 年版,第 128 页。
② Culley, Jonathan. *Literary Theory: A Very Short Introduction.* New York: Oxford University Press, 1997, p.51.
③ Ibid.

"文本"概念,以往是指那种书写的、文字的读物,而现在则将实际发生的种种社会事件、历史现象统统都称为"文本"了。显而易见,这些更新了的文学理论话语有一共同特点,那就是其社会性和现实性被大大强化了。

其次,文化研究的本性还赋予文学理论话语的更新以活动性、行动性和实践性。当然这并不是说更新了的文学理论话语就是一种行动和实践,而是说它显示出参与实践活动、介入社会行为的积极意向。这在语言学上是有根据的,维特根斯坦将给事物命名称为"语言游戏",认为它是语言和行动交织而成的整体。他还说:"语言的述说乃是一种活动,或是一种生活形式的一个部分。"[1]就是说,在语词概念的运用中总是包含着行动和活动的意向。这在中国古代哲学中也能找到印证,古人历来讲究"名分大义",孔子曰:"必也正名乎!""名不正则言不顺,言不顺则事不成。"(《论语·子路》)就是强调命名的重要性,确认命名决定着事物的存在,也决定着人们如何实践,如何行动。古人历来将"立言"与"立功""立德"并列为"三不朽",也是肯定语言与实践的合一关系。关于语言与实践、行动、活动相互交织的观点在如今的文化研究中被发挥到了极致,乔纳森·卡勒一言以蔽之:"文化研究是我们简称为理论的实践——我认为这的确说得通。"[2]如今文化研究所介入的实践、行动和活动更多带有政治色彩,正如卡勒所说,不管研究什么内容或使用什么方法,文化研究的目标都在于带来政治性的变化;而大多数声称从事文化研究的人,无论观点如何,都"不仅把自己视为提供一种解读的学者而且还是政治参与者"。[3]这无疑也对文学理论话语的更新产生了影响,譬如凯特·米利特修正传统的"政治"概念就是基于一种实践性的意向,在她看来,正由于以往关乎性别、种族、阶级之间权力关系的文化政治被党派政治、制度政治等一般社会政治遮蔽而不彰于世,在这种不平衡的权力关系中处于弱势的集团其劣质化状况未能引起重视,所以"这些集团的地位才如此永无变化,它们所受的压迫才如此没有尽头"。[4] 只有将文化政治作为不同于一般社会政治的另一种价值体系推

---

[1] 维特根斯坦:《哲学研究》,李步楼译,商务印书馆1996年版,第7、17页。
[2] 乔纳森·卡勒:《什么是文化研究?》,金莉等译,《当代外国文学》2007年第4期。
[3] 这是卡勒的引述,见乔纳森·卡勒:《什么是文化研究?》,金莉等译,《当代外国文学》2007年第4期。
[4] 凯特·米利特:《性的政治》,钟良明译,社会科学文献出版社1999年版,第37页。

进研究视野，上述劣质化状况才有可能得到改观。另一个例子是伊格尔顿，他也以对于文化政治的倡导而对传统的"政治"概念进行了改造，这一学术创见应该被视为伊格尔顿对于1968年"五月风暴"以来几十年间风起云涌的革命的民族主义、女权主义和种族斗争的积极回应。也许我们不应忽视这一事实：凯特·米利特和伊格尔顿提升文学理论话语的行动性和实践性与其作为女权运动的领头人和新马克思主义的代表人物的身份是互为表里的。

再次，眼下人们有一个普遍的共识：文化研究是后现代的。而文化研究的后现代性质往往表现为对于各个经验范围和知识领域的去分化倾向。有论者称，文化研究"是一种跨学科的、超学科的，有时甚至是反学科的领域"①，也有论者主张"把文化研究当作一门有能力思考区域性、民族性、国际性行动和经验框架之间的关系的学科"。② 这一点无疑也赋予了如今文学理论话语的更新以历史的具体性，使之表现出在不同经验范围和知识领域中谋求去分化格局的后现代性质，不仅在文学理论话语与实践活动之间失去了界限，而且在文学理论话语原本所属的各个学科之间也失去了界限。譬如凯特·米利特对于传统的"政治"概念进行修正和改造，就是分别从意识形态、生物学、社会学、阶级、经济、教育、强权、人类学、神话、宗教、心理学等方面进行了全方位、多角度的论证，使得这一概念可以同时为多个解码系统解读，从而它可能同时负载多种涵义，在各个学科中起作用。这就打通了以往以邻为壑、各行其是的各个领域、各个学科，这正像詹姆逊所说：构成了一个"各社会群体大联盟"，一个"联合国"，一项促成"历史大联合"的事业。但是这种"跨越边界、填平鸿沟"的去分化意向恰恰有着确凿的社会根源和现实依据，那就是长期以来男权制对于整个社会的全覆盖，它渗透在社会的每一个角落、每一个细胞之中。凯特·米利特指出："事情之所以这样，是因为我们的社会像历史上的任何文明一样，是男权制社会……我们的军队、工业、技术、高等教育、科学、政治机构、财政，一句话，这个社会所有通向权力的途径，全都掌握在男人手里。"③因此凯特·米

---

① 劳伦斯·格罗斯伯格等语，见乔纳森·卡勒：《什么是文化研究？》，金莉等译，《当代外国文学》2007年第4期。
② 麦根·莫里斯语，见弗雷德里克·詹姆逊：《快感：文化与政治》，王逢振等译，中国社会科学出版社1998年版，第440页。
③ 凯特·米利特：《性的政治》，钟良明译，社会科学文献出版社1999年版，第38—39页。

利特在跨学科、超学科甚至反学科的意义上重建"政治"概念,乃是对于全面控制整个社会的男权制的针锋相对的抵制和抗拒,可见其谋求去分化的后现代立场所体现的恰恰是两性之间无所不在的文化权力战争。

第 十 一 章

"批判"话语的谱系学研究

　　话语的"谱系学"研究其旨并不在研究作为一般语言学、符号学意义上的话语本身,而在寻绎历史语境和权力关系对于话语的形成、演变所起的规定和制约作用,因此它作为一种方法论模式具有较高的物质性、实践性品格,能够较为深入地穿透实际的社会机制和社会现象。"批判"这一当今文学理论的热门话语,从康德的"批判"到黑格尔的"批判",再到马克思的"批判",再到法兰克福学派的"批判",再到当今中国学界的"批判",构成了"批判"话语的谱系学框架。它的内涵是在川流不息的时间过程中不断叠加、增殖起来的,它穿越了两百多年,旅行了众多国家,经过了多个语种的翻译和多种文化的传递,它就像一个主题的多重变奏,也像滚雪球一样越滚越大,但在每一个时间节点上,都可以见出社会历史语境和权力关系的影响。因此我们需要予以关注的,应是"批判"话语在时光隧道中穿行的轨迹,以及在此过程中社会历史语境和权力关系对它的规定和形塑。

第一节　康德:"批判哲学"作为"学理的探究"

　　"批判"概念源自希腊文,在欧洲有着漫长的发展史,但它最早作为哲学话语得到确立是康德的功劳。康德的"批判哲学"就以之命名,并在其"三大批判"特别是"第一批判"《纯粹理性批判》及其简写本《任何一种能够作为科学出现的未来形而上学导论》中对于这一概念进行了深入的厘定和论证,奠定了它作为一种重要的哲学方法论的崇高地位。

　　康德作出这一历史性贡献是有具体背景的,那就是对于长期以来占据一切科学之王座的形而上学或曰哲学的除旧布新。康德构筑"批判哲学"的主要动因在于大陆理性派与英国经验派两大山头的争锋,前者以先验理性为世界本体,后者则以后天经验为世界本体,由于缺少统一的标准,失去检验知识的真理性的试金石,二者陷于各执一端的纷争之中,使得形而上学变成了无休止争吵的战场。以莱布尼茨、沃尔夫为中坚的理性派操持的独断论将形而上学的立法变成了一种专制统治,而以洛克、休谟为代表的经验派则力图以怀疑论来摧毁理性派的堡垒,但其固执己见和偏守一隅恰恰使自己也坠入了独断论的泥潭。从而这场形而上学的内战开了一个天大的历史玩笑,两派之间针锋相对的纷争恰恰以殊途同归的结局而告终,导致了形而上学之中独断论的盛行一时。

　　康德的"批判哲学"始终贯穿一个强烈的主旨:必须打破独断论主宰形而上学的局面,而建立一个至高无上的理性的"法庭"。康德指出:"这个法庭能够受理理性的合法性保障的请求,相反,对于一切无根据的非分要求,不是通过强制命令,而是能按照理性的永恒不变的法则来处理,而这个法庭不是别的,正是纯粹理性的批判。"①康德郑重宣告:"我们的时代是真正的批判时代,一切都必须经受批判。"②这里高调推出的"批判"概念是二义的,康德不仅藉此来破除旧的形而上学,而且也试图藉此来建立一种新的、未来的形而上学。他说:"批判,而且只有批判才含有能使形而上学成为科学的、经过充分研究和证实的整个方案,以致一切办法。别的途径和办法是不行的。"③

　　康德进而指出,所谓"批判",只是一种方法论的工具,并不是形而上学本身,不过它的意义和作用却非同小可,它搭建了未来形而上学体系的整体架构,为之打下了基础,明确了定位,理清了途径,划定了范围:"这项批判是一本关于方法的书,而不是一个科学体系本身;但尽管如此,它既在这门科学的界

---

① 康德:《纯粹理性批判》,邓晓芒译,人民出版社2002年版,第一版序,第3页。
② 同上书,第3页注①。
③ 康德:《任何一种能够作为科学出现的未来形而上学导论》,庞景仁译,商务印书馆1982年版,第160—161页。

限上,也在其整个内在结构方面描画了它的整体轮廓。"①在这个意义上说,作为方法论的"批判"更具涵盖力,它与未来形而上学体系是一种总分关系:"批判和普通的学院形而上学的关系就同化学和炼金术的关系,或者天文学和占星术的关系一样。"在康德看来,如果谁要对于"批判"的原则加以深思熟虑,那就会对于形而上学的弃旧图新产生强烈的愿望:"谁尝到了'批判'的甜头,谁就会永远讨厌一切独断论的空话","他还将以某种喜悦的心怀期望一种形而上学"。②

尽管康德倡言"批判"旨在谋求形而上学的弃旧图新,但它并非指向特定的某本书、某个理论体系,而是指向一般的理性能力以及它所追求的一切知识,而这与所有书、所有理论体系可能都有关系。因此康德的"批判"其实是仰望着更高的目标,超越于所有的具体事项之上,而这乃是执行最高"原则"的律令。他这样说:"但我所理解的纯粹理性批判,不是对这些书或体系的批判,而是对一般理性能力的批判,是就纯粹理性可以独立于任何经验而追求的一切知识来说的,因而是对一般形而上学的可能性和不可能性进行裁决,对它的根源、范围和界限加以规定,但这一切都是出自原则。"③这里需要指出的是,在康德的论述中,始终像幽灵似的飘忽着一个最高的、永恒不变的原则或法则,那就是他悬为终极力量的超验的、彼岸的"自在之物",与他信奉的"灵魂不死""上帝存在"之类信条相通,从而为世人所诟病。

关于康德厘定的"批判"概念的上述外延,杨祖陶先生在"中译本序"中分析得较为详切:"《纯粹理性批判》一书贯彻始终的根本指导思想或一条主线就是:通过对理性本身,即人类先天认识能力的批判考察,确定它有哪些先天的即具有普遍性和必然性的要素,以及这些要素的来源、功能、条件、范围和界限,从而确定它能认识什么和不能认识什么,在这基础上对形而上学的命运和前途作出最终的判决和规定。"④质言之,康德的"三大批判"旨在辨析人的心

---

① 康德:《纯粹理性批判》,邓晓芒译,人民出版社2002年版,第二版序,第18页。
② 康德:《任何一种能够作为科学出现的未来形而上学导论》,庞景仁译,商务印书馆1982年版,第161页。译文按原意有所改动。
③ 康德:《纯粹理性批判》,邓晓芒译,人民出版社2002年版,第一版序,第3—4页。按译文根据邓晓芒:《康德〈纯粹理性批判〉句读》(上),人民出版社2010年版,第7页的更改而有所改动。
④ 康德:《纯粹理性批判》,邓晓芒译,人民出版社2002年版,杨祖陶:中译本序,第2页。

理功能，考察人的理智、意志、情感有多大能力、多大范围，思考获取知识是否可能以及如何成为可能等问题，可见康德所说的"批判"只是一种学理性的考察、辨析、厘定、研究，并无排斥、反对、责难、抨击的意味，用康德自己的话来说，它是一种"一般研究"、一种"学理的探究"。① 新近读到对于瑞士学者埃米尔·瓦尔特-布什②的一次访谈录，布什对于德文中的"批判"（Kritik）一词作了比较清晰的辨析和厘定，他的意见是，Kritik"这个词源自希腊文，意思是评说评论的艺术；它是个中性词，意为对事物进行区别、分析、评判。它可以是批评，也可以是建议。康德的三大 Kritik，就是将纯粹理性、判断力、实用理性作为建议提出来倡导的"。③ 可以认为，布什这一意见是符合康德的"批判"概念作为一种"一般研究"、一种"学理的探究"的本义的。

第二节　黑格尔："反思性批判"与"否定的辩证法"

康德对于黑格尔的影响是不言而喻的，而黑格尔对于康德的质疑也是显而易见的。对于康德批判哲学的质疑构成了黑格尔哲学研究的起点，这在黑格尔的逻辑学研究中尤见明显，其《逻辑学》《小逻辑》的总论部分对于哲学要义和逻辑学概念等问题的讨论，基本上都是建立在对于康德批判哲学的批评之上的，后面才引出主干部分关于"存在论""本质论""概念论"的讨论。也正是通过这种批评，黑格尔将康德的"批判"概念向前推进了。

黑格尔首先在思维方式上考量"批判"概念，认为"批判"必须达到"反思"的水准，否则它不能到达哲学理念的本真事实。他说："哲学的事实已经是一种现成的知识，而哲学的认识方式只是一种反思，——意指跟随在事实后面的反复思考。首先，批判即需要一种普通意义的反思。但那无批判的知性证实它自身既不忠实于对特定的已说出的理念的赤裸裸的认识，而且它对于它所

---

① 康德：《判断力批判》，邓晓芒译，人民出版社2002年版，第1、4页。
② 埃米尔·瓦尔特-布什（1942—　），社会学家。曾先后在苏黎世、图宾根、柏林和法兰克福大学学习社会学、哲学和历史，1969年在阿多诺和哈贝马斯指导下获得博士学位。自1977年起在多所瑞士大学任教。他的著作《法兰克福学派史——评判理论与政治》2014年在中国出版。
③ 米尔·瓦尔特-布什：《法兰克福学派史——评判理论与政治》，郭力译，社会科学文献出版社2014年版，译者序，第3页。

包含的固定的前提也缺乏怀疑能力,所以它更不能重述哲学理念的单纯事实。"①可知黑格尔提倡的是一种"反思性批判"。所谓"反思"(德文 Nachdenken,英文 Reflection),即对于思想的思想、思想之后的思想,这是一种反躬自省的思想、一种回溯以往的思想,有似中国人所说"吾日三省吾身"(《论语·学而》)的思想,所以它是一种自觉的思想、可以达到真理的思想。在黑格尔看来,"批判"必须达到这样的思维水平才是合格的。与之相对立的是缺少反思的知性思维,它既不能达到对于理念的把握,又不具有对于把握理念的固有前提的省察能力,所以它不能真正认识理念本身。

在黑格尔看来,用"反思"的水准来衡量,康德的"批判"概念是有缺陷的。如前所述,康德所说的"批判"旨在考察人的理智、意志、情感三大心理功能有多大能力、多大范围,能否获取知识以及如何获取知识等问题,而且康德还强调"批判"作为一种方法论工具的重要性,认为人们在进行工作之前,必须首先认识用来工作的工具,假如工具不完善,则一切工作都将归于徒劳。尽管康德的这些思想获得了不少赞同和褒扬,但这并不能改变其缺少反思的知性思维特点,因而在考察认识活动与考察作为认识之前提的方法论工具两方面都存在欠缺。黑格尔指出:"要想执行考察认识的工作,却只有在认识的活动过程中才可进行。考察所谓认识的工具,与对认识加以认识,乃是一回事。但是想要认识于人们进行认识之前,其可笑实无异于某学究的聪明办法,在没有学会游泳以前,切勿冒险下水。"②黑格尔这一比喻的说法很有趣,难怪他在著作中多次使用,就是说,将掌握游泳的方法与下水游泳割裂开来是永远不可能学会游泳的,人只能在游泳过程中才能掌握游泳的方法。同理,认识思维方法不能在思维活动之前,而只能在思维活动之中,如果将两者切割开来则不可能对于思维方法有效地加以认识。因此黑格尔指出:"不用说,思维的形式诚不应不加考察便遽尔应用,但须知,考察思维形式已经是一种认识历程了。所以,我们必须在认识的过程中将思维形式的活动和对于思维形式的批判,结合在一起。我们必须对于思维形式的本质及其整个的发展加以考察。思维形式既是

---

① 黑格尔:《小逻辑》,贺麟译,商务印书馆 2009 年版,第 7 页。
② 同上书,第 49 页。

研究的对象,同时又是对象自身的活动。"①还是中国古人说得好:"操斧伐柯,其则不远。"②就是说,工匠操斧伐木以作斧柄,最好不过的是反身求则、就近取法。可见思维活动与思维方法不相睽离,思维方法就在思维活动之中。而康德对于作为方法论工具的"批判"的过度倾重就像要求学游泳者在下水游泳之前就必须掌握游泳方法,如果尚未掌握游泳方法就切勿下水游泳一样不合理。

康德的这一不合理之处又导致其"批判"概念陷入了一个明显的悖论,康德运用"批判"这一思维方法来审核形而上学的思维活动时,用他的话来说,是在理性的法庭上运用理性来审核理性,尽管"批判"的思维方法是以至高无上的理性原则的名义来进行裁决,但它自身恰恰是没有经过审核的,因而它的合法性是值得怀疑的。黑格尔说:"因此可以说,这乃是思维形式考察思维形式自身,故必须由其自身去规定其自身的限度,并揭示其自身的缺陷。这种思想活动便叫做思想的'矛盾发展'(Dialektik)。"③这种思想的"矛盾发展"的悖论从根本上动摇了康德"批判"概念的合法性。

黑格尔在其逻辑学研究中对于康德的批评旨在为确立自己的辩证逻辑开道。黑格尔认为,逻辑有两个主要部分,即思维活动与思维方法,这二者是一体化的,方法"只能是在科学认识中运动着的内容的本性,同时,正是内容这种自己的反思,才建立并产生内容的规定本身"。④ 然而在康德的批判哲学中,这种一体化的关系却消失了,思维方法只是被当作思维活动的手段,只是思维活动的外在形式,它被抽去了内容,不能深入到被思维的东西里去,也不能考虑思维对象的状态。这就使得康德的批判哲学所设定的思维对象就像存在于彼岸的"自在之物",思维达不到它,它只是一种子虚乌有的空洞的抽象。真正有效的思维方法应当打破这种相互隔绝的状态而达成与思维活动的相互交融。黑格尔认为,哲学至今还没有找到自己的方法,还是借用别的知识领域如

---

① 黑格尔:《小逻辑》,贺麟译,商务印书馆 2009 年版,第 118—119 页。
② 语出《诗经·豳风·伐柯》:"伐柯伐柯,其则不远。"《中庸》引此文。朱熹《集注》:"柯,斧柄。则,法也……言人执柯伐木以为柯者,彼柯长短之法,在此柯耳。"陆机《文赋》:"至於操斧伐柯,虽取则不远,若夫随手之变,良难以辞逮。"
③ 黑格尔:《小逻辑》,贺麟译,商务印书馆 2009 年版,第 119 页。
④ 黑格尔:《逻辑学》上卷,杨一之译,商务印书馆 2009 年版,第一版序言,第 4 页。

数学的方法。哲学应该拥有自己的方法,对它来说有一个基本条件,那就是必须符合思维活动本身:"对于那唯一能成为真正的哲学方法的阐述,则属于逻辑本身的研究,因为这个方法就是关于逻辑内容的内在自身运动的形式的意识。"①

黑格尔理解的"真正的哲学方法"就是"否定的辩证法"。他指出,为了争取科学的进展,唯一的事就是要确认以下的逻辑命题:

> 否定的东西也同样是肯定的;或说,自相矛盾的东西并不消解为零,消解为抽象的无,而是基本上仅仅消解为它的特殊内容的否定;或说,这样一个否定并非全盘否定,而是自行消解的被规定的事情的否定,因而是规定了的否定;于是,在结果中,本质上就包含着结果所从出的东西;——这原是一个同语反复,因为否则它就会是一个直接的东西,而不是一个结果。由于这个产生结果的东西,这个否定是一个规定了的否定,它就有了一个内容。它是一个新的概念,但比先行的概念更高、更丰富;因为它由于成了先行概念的否定或对立物而变得更丰富了,所以它包含着先行的概念,但又比先行概念更多一些,并且是它和它的对立物的统一。②

黑格尔还以哲学史的嬗变为例,来说明"否定的辩证法"作为思维方法的普遍性和合理性。他反对在哲学史研究中使用"推翻"这一说法,因为每当这样使用时,往往意味着那被推翻的哲学已彻底摧毁、根本完结了。果真如此,那么哲学史的研究将成为一桩异常苦闷的工作,因为从中看到的,只是在时间进程里已有的哲学体系如何一个个被推翻的情形。"我们应当承认,一切哲学都曾被推翻了,但我们同时也须坚持,没有一个哲学是被推翻了的,甚或没有一个哲学是可以推翻的……哲学史的结果,不可与人类理智活动的错误陈迹的展览相比拟,而只可与众神像的庙堂相比拟。这些神像就是理念在辩证发展中依次出现的各阶段。"③可见在黑格尔那里,"否定的辩证法"是通过一系列的否定来把握研究对象的方法,但这种否定并不是全盘推翻、彻底抛弃,而是否定中有肯定,扬弃中有保存,同时在这种否定与肯定、扬弃与保存的相互对待、

---

① 黑格尔:《逻辑学》上卷,杨一之译,商务印书馆 2009 年版,导言,第 36 页。
② 同上。
③ 黑格尔:《小逻辑》,贺麟译,商务印书馆 2009 年版,第 191 页。

相互包容中使得逻辑的运动走向丰富、不断提升。

　　总之,黑格尔的"否定"概念和康德的"批判"概念都是在方法论意义上使用的,或者说都是一种考察和研究认识活动的方法。黑格尔除了引用和沿用康德的现成说法之外,自己很少使用"批判"概念,因此在黑格尔那里,"批判"概念还不足以达到哲学话语的地位,取而代之的哲学话语是"否定"概念。不过黑格尔的"否定"话语与康德的"批判"话语有一共同之处,它们都是从具体现象中高度抽象出来的哲学话语,主要是学理性、中性的。从康德到黑格尔,逻辑显然是向前走的,如果说康德开创了"批判理性"的话,那么黑格尔则建立了一种"否定理性"。二者相比,黑格尔扬弃了康德的知性思维,将否定或曰批判提升到了辩证思维的高度。当然黑格尔将每一次"否定"都看成理念在辩证发展中依次出现的各个阶段,仍是在客观唯心主义的框范内所作的"头足颠倒"的界定,但黑格尔对于康德崇奉的"自在之物"的拒斥,则是将他在理念世界中颠倒了的东西又重新"唯物地颠倒过来"了,列宁对此倍加赞赏:"在黑格尔这部最唯心的著作(按指黑格尔《逻辑学》)中,唯心主义最少,唯物主义最多。'矛盾',然而是事实!"①

第三节　马克思:"批判"作为变革社会的利器

　　马克思的"批判"话语可以说是对于康德的"批判"概念与黑格尔"否定的辩证法"的综合,它是在对于康德和黑格尔的哲学进行科学改造的基础上,继承了前者的概念,借鉴了后者的逻辑,将二者加以重铸的结果。而马克思与康德、黑格尔的不同之处在于,他是将"批判"概念运用于社会历史场域,成为反对资本主义剥削和封建专制制度、变革现存社会关系的利器。需要指出的是,"批判"一词在马克思的著述中是一个高频词,而且多部著作以"批判"为名,可见他对于这一"利器"的重视程度。

　　马克思在第一部著作《黑格尔法哲学批判》中对于"批判"概念的界定就一扫德国古典哲学的经院气,表现出改造社会、变革现实的凌厉锐气:"批判不是头脑的激情,它是激情的头脑。它不是解剖刀,它是武器。它的对象是自己的

---

① 列宁:《哲学笔记》,人民出版社1974年版,第154、253页。

敌人,它不是要驳倒这个敌人,而是要消灭这个敌人。因为这种制度的精神已经被驳倒……批判已经不再是目的本身,而只是一种手段。它的主要情感是愤怒,它的主要工作是揭露。"① 这里所说"批判"已不是那种单纯的、中性的学理研究,而是将矛头直指德国的宗教神学、封建专制制度及其思想体系,用马克思的话来说,就是"对天国的批判变成对尘世的批判,对宗教的批判变成对法的批判,对神学的批判变成对政治的批判"。② 而到了《资本论》,马克思也往往是在反对、驳斥、揭露的意义上使用"批判"概念,如对于商品拜物教的批判、对于黑格尔辩证法的神秘主义的批判、对于古典政治经济学的批判等。可见马克思在反对、拒绝、排斥、消解等负面意涵而非中性意涵上使用"批判"概念乃是一以贯之。

马克思"批判"话语的凝练,是在语言学、词源学意义上进行开发和重建的结果。德语"批判"(Kritik)一词有两层意思:一是指评论,检讨,检阅;二是指批评,苛求,批判,非难。③ 雷蒙·威廉斯的《关键词》对 Kritik 相对应的英语词 Criticism 进行了厘定,指出该词可追溯的最早词源为希腊文 Krités,意指法官,即行使审核、评判、裁决之职者。它也被用作对文学的评论,尤其是17世纪末以来,被用作"评断"文学或文章。雷蒙·威廉斯指出,该词还有一个负面的意涵"挑剔"被普遍通用,经过持续沿用而终成为主流。④ 由此可见,马克思将"批判"概念用作反对、拒斥、弃绝、消解等意义,是对 kritik 一词固有的负面意涵进行了开发、重建而使之得到了强化。

马克思"批判"话语有其深刻的哲学背景。马克思公开承认自己是黑格尔的学生,但声明自己的辩证方法与黑格尔截然相反。他指出,辩证法在黑格尔手中被神秘化了,在黑格尔那里,辩证法是颠倒的,现在必须把它重新颠倒过来,以便发现其神秘外壳中的合理内核:一是"观念的东西不外是移入人的头脑并在人的头脑中改造过的物质的东西而已"。二是"辩证法在对现存事物的

---

① 马克思:《〈黑格尔法哲学批判〉导言》,《马克思恩格斯文集》第1卷,人民出版社2009年版,第6页。
② 同上书,第4页。
③ http://dict.tu-chemnitz.de/dings.cgi?lang=en&service=deen&opterrors=0&optpro=0&query=kritik&iservice=&comment=&email=
④ 雷蒙·威廉斯:《关键词》,刘建基译,三联书店2005年版,第97页。

肯定的理解中同时包含对现存事物的否定的理解,即对现存事物的必然灭亡的理解;辩证法对每一种既成的形式都是从不断的运动中,因而也是从它的暂时性方面去理解;辩证法不崇拜任何东西,按其本质来说,它是批判的和革命的"。① 在这里马克思针对黑格尔为封建德意志国家作辩护的保守倾向进行了批判,黑格尔曾说过一句话:"凡是合乎理性的东西都是现实的;凡是现实的东西都是合乎理性的。"②马克思指出,黑格尔这一命题与其辩证法的基本要义自相矛盾③,按照黑格尔的辩证法,对于每个事物都应从不断运动和暂时性方面去理解,一切事物都会随着时间的推移而转化为自己的反面,因而凡是现实的东西最终都会成为不合理的,也就是说,一切现存的事物,都是必然灭亡的!这就昭示了辩证法"批判的和革命的"意义。于此足可见出马克思对于黑格尔"否定的辩证法"的神秘方面的批判具有强烈的现实指向,那就是对于封建制度、宗教神学特别是资本主义制度这些现存事物的拒斥和消解。

说起马克思的"批判"话语,不能不提到他一系列以"政治经济学批判"为名的著述④,特别是最终定本《资本论》,也是以"政治经济学批判"为副标题,其立论就是建立在对于英国古典政治经济学的批判之上的。马克思在阅读其代表人物亚当·斯密、大卫·李嘉图等人的著作时,发现其中存在着重要的缺失和疏漏,那就是对于资本主义生产中剩余价值的形成和增殖存而不论,这样它就忽略了资本产生的根源,模糊了资本积累的本质、一般规律和历史趋势,抹煞了资产者剥削工人的事实,掩盖了资本主义的剥削本质。马克思指出,这些英国的经济学家从不研究剩余价值本身,他们只是将资产者与工人之间利益的对立、工资和利润的对立、利润和地租的对立作为研究的出发点,并将这种对立看做社会的自然规律。他说:"李嘉图从来没有考虑到剩余价值的起源。他把剩余价值看做资本主义生产方式固有的东西,而资本主义生产方式

---

① 马克思:《资本论》第二版跋,《马克思恩格斯文集》第5卷,人民出版社2009年版,第22页。
② 黑格尔:《法哲学原理》,范扬等译,商务印书馆1961年版,序言,第11页。黑格尔后来在《小逻辑》中又引用了这一说法。见黑格尔:《小逻辑》,贺麟译,商务印书馆2009年版,导言,第43页。
③ 参见恩格斯:《路德维希·费尔巴哈和德国古典哲学的终结》,《马克思恩格斯文集》第4卷,人民出版社2009年版,第268—269页。
④ 包括马克思:《政治经济学批判。第一分册》,《政治经济学批判(1857—1858年手稿)》,《政治经济学批判(1861—1863年手稿)》等。

在他看来是社会生产的自然形式。他在谈到劳动生产率的时候,不是在其中寻找剩余价值存在的原因,而只是寻找决定剩余价值量的原因。"更值得质疑的是,李嘉图等人留下这种空缺其实是有意为之,恰恰暴露了资产阶级经济学家维护自身利益的狭隘一面:"不过对这个问题,李嘉图学派也只是回避,而没有解决。这些资产阶级经济学家实际上具有正确的本能,懂得过于深入地研究剩余价值的起源这个爆炸性问题是非常危险的。"① 这种为了维护自身利益而罔顾事实的态度只能使其理论与科学性、真理性背道而驰。对此恩格斯也给予毫不留情的斥责:"古典政治经济学虽然完全知道,利润和地租都不过是工人必须向自己雇主提供的产品中无酬部分……的一部分、一份,但即使这样,它也从来没有超出通常关于利润和地租的概念,从来没有把产品中这个无酬部分(马克思称它为剩余产品),就其总和即当做一个整体来研究过,因此,也从来没有对它的起源和性质,对制约着它的价值的以后分配的那些规律有一个清楚的理解。"②

通过上述深入的考察和研究,马克思发现并揭露了古典政治经济学在剩余价值问题上采取沉默、造成脱漏的奥秘,在看似若不经意的疏漏中遮掩了资本主义内在矛盾的根源,看似无意识但恰恰暴露了强烈的意识形态倾向。为此马克思断言,古典政治经济学只要它把资本主义制度不是看做历史上的过渡阶段,而是看做永世长存的社会生产形式,那它就不能够成为科学。而在工人运动风起云涌的时代背景下,"德国社会特殊的历史发展,排除了'资产阶级'经济学在德国取得任何独创的成就的可能性,但是没有排除对它进行批判的可能性"。而这里所说的"批判",就是无产阶级的批判。③ 而马克思的《资本论》,正是在批判古典政治经济学的基础上建立了剩余价值理论,进而开创了马克思主义的政治经济学,使得将"批判的武器"转化为"武器的批判"④成为可能。可见,马克思所提倡的"批判",不仅意味着扬弃现存的学说以谋求理论的变革,而且也意味着否定现存的社会现实以推动社会的变革。

---

① 马克思:《资本论》,《马克思恩格斯文集》第5卷,人民出版社2009年版,第590页。
② 恩格斯:《资本论》英文版序言,《马克思恩格斯文集》第5卷,人民出版社2009年版,第33页。
③ 马克思:《资本论》第二版跋,《马克思恩格斯文集》第5卷,人民出版社2009年版,第16、18页。
④ 马克思:《〈黑格尔法哲学批判〉导言》,《马克思恩格斯文集》第1卷,人民出版社2009年版,第11页。

第四节 法兰克福学派:"批判理论"与"大众文化批判"

法兰克福学派的"批判"话语以"批判理论"(也称"社会批判理论")为标志,它在霍克海默的《传统理论与批判理论》(1937)一文中得到系统的论述,并在该学派其他成员的著述中得到呼应,成为盛行一时的学术流行语。"批判理论"延续了马克思批判话语的社会历史取向,力图将对于当代社会文化的分析解剖做成类似当年马克思《资本论》对于资本主义的经济运行机制所做的批判考察,从而为法兰克福学派的批判话语开了风气。

作为倡导者,霍克海默声称"批判理论"有两个理论基础,一是笛卡儿的《方法谈》,一是马克思的政治经济学批判。前者创立并广泛运用于特定学科研究的传统理论,依据产生于一定社会生活的诸种问题组织着人们的经验;而后者则为"批判理论"凝定了灵魂。二者的不同之处在于,传统理论作为广泛运用的一般理论游离于人类活动和历史进程之外,而批判理论却始终谋求人类活动的合理组织,将其视为应予展开并使其拥有合法地位的任务。批判理论并不仅仅关注现存的生活方式已经制定的目标,而且还关注人类的所有潜能,它的目的绝非仅仅是增长知识本身,更在于把人从奴役中解放出来。

为此霍克海默对于"批判理论"充满了自信,宣称"目前最先进的思想是社会批判理论"。[1] 理由在于,目前每一种始终如一关心人的思想都凭借自己的内在逻辑汇聚到了"批判理论"之中,使得传统理论相形见绌。"批判理论"深切关心当下大多数人关心的事情,它所使用的概念都有明确的指向,那就是对于现存事物的批判:"批判理论的每个组成部分都以对现存秩序的批判为前提,都以沿着由理论本身规定的路线与现存秩序作斗争为前提。"[2]马克思主义论述的阶级、剥削、剩余价值、利润、贫困化及衰亡等问题是其重要内容,而个中意义不应在维护资本主义社会的活动中寻找,而应在那种将其改造成一种正义社会的活动中寻找。它根本不相信现存社会为其成员提供的行为准则,而以合理的社会状态和生活条件为追求的目标,它不会为现存社会服务,

---

[1] 霍克海默:《传统理论与批判理论》,《批判理论》,李小兵等译,重庆出版社1989年版,第220页。
[2] 同上书,第217页。

而只会揭露现存社会给人造成苦难的秘密。因此霍克海默断言:那种"想在自身之内寻找宁静的哲学,无论它出于何种真理,都与批判理论无缘"。①

从霍克海默的"批判理论"让人很自然想到康德的"批判哲学",霍克海默的学术之路最早是从康德研究起步的,1922年他以论文《关于目的论判断力的悖论》获得博士学位,1925年他又以论文《论康德的判断力批判》获得大学授课资格,康德研究的背景一直影响着霍克海默的学术研究,包括他的"批判理论"。霍克海默也吸收了黑格尔哲学的积极方面,如辩证思维、逻辑方法等,给"批判理论"注入了动态观念、现实关切和逻辑运动的历史感。霍克海默坦承"批判理论"乃是这些"德国唯心主义"前辈的精神后裔,他说过,"批判理论"把在历史过程中的人作为研究对象,把物质与人类活动联系起来,从而"与德国唯心主义具有某种契合之处"。"批判理论就不仅仅是德国唯心主义的后代,而是哲学本身的传人,它不仅仅是人类当下事业中显示其价值的一种研究假说,而是创造出一个满足人类需求和力量的世界之历史性努力的根本成分。"②他还指出,"批判理论"体现了一个重要的原理,"概念的发展如果不与历史发展相平行,那它至少也与历史发展有实实在在的关系"。③而在这一点上,霍克海默明确将黑格尔的《精神现象学》《逻辑学》与马克思的《资本论》并举而奉为楷模。此事意味深长,从黑格尔到马克思那些一脉相承的东西恰恰也为"批判理论"所延续,而"批判理论"也像《资本论》一样,将自己的合理性和先进性建立在对于黑格尔等"德国唯心主义"前辈的批判之上,这一点在霍克海默的著述中随处可见。

在对于"德国唯心主义"前辈的批判继承和对于马克思主义学说的推崇扬厉的基础上,霍克海默"批判理论"取得的一个重要进展是大众文化批判。作为前奏,霍克海默曾在《哲学的社会功能》(1939)一文中讨论过流行文化问题,该文首先从哲学的层面对于"批判理论"进行认定,认为"批判理论"体现了哲学与现实相对抗的根本原则,它对于流行文化的批判正显示了哲学的功能之所在。他这样说:"哲学的社会功能……只有从批判性思维和辩证思维的发展

---

① 霍克海默:《批判理论》,李小兵等译,重庆出版社1989年版,跋,第238页。
② 同上书,第231—232页。
③ 霍克海默:《传统理论与批判理论》,《批判理论》,李小兵等译,重庆出版社1989年版,第221页。

中才能被找到","哲学的真正社会功能在于它对流行的东西进行批判"。① 他认为,在当下生活中,无论流行的思维方式还是流行的原则规范,我们都不应盲目接受,更不能不加批判地仿效。而这种批判的主要目的在于,防止人类在现存社会组织灌输给它的观点和行为中迷失方向。然而在流行文化中看到的恰恰是另一番景象,在市场机制的操纵之下,无论是在银幕上还是广播中,流行文化按照流行的思维方式和原则规范来进行创作完全被合理化了,它的生产、制作、传播、消费完全是策划和运作的结果,这一运行程序最初的目标就不是传达某种旨趣,而是迎合流行的公众观点和庸俗趣味,而在背后,则是那些制作人、策划人、经纪人、广告商们处心积虑的算计和预谋。这些算计和预谋的成功之道莫过于迎合公众的趣味,而它最大的失败也莫过于对公众反应的误判。需要说明的是,霍克海默排斥的"公众"是指那种在资本主义极权体制的压制之下个性丧失殆尽,道德水准低迷,神经变得麻木,身体已被驯化的庸众,正是他们构成了流行文化的社会基础。对于"公众"或"大众"的研究在德国有较长传统,以往德国哲学家对之一般持否定和排斥的态度,霍克海默延续了这一传统并赋予新的内涵,而这恰恰对其大众文化批判起到了推助作用。

霍克海默转向大众文化研究是20世纪40年代初的事,这时他因病迁居加利福尼亚,更多接触到好莱坞电影以及其他大众文化。在《艺术和大众文化》(1941)一文中,霍克海默将流行文化也称为"大众文化",在他看来,当今大众文化显示的是一种社会机制,而不是人的本质,这种制度把所有的人都塑造成同一个模式,无论在什么给定的情况下,它都只允许人们作出单一的反应,因此大众文化所表达的判断往往并不来自大众自身,而是来自掌握社会权力的强势群体的指使。有鉴于此,霍克海默对于大众文化持有的否定态度颇为决绝:"今天,叫做流行娱乐的东西,实际上是被文化工业所刺激和操纵以及悄悄腐蚀着的需要。"②霍克海默的这些表述是有其特定语境的,当他遭到德国纳粹的迫害踏上流亡之路辗转来到美国时,发现与美国的大众文化格格不入,商业化机制和市场权力在美国的大众文化中所表现出的专制和暴力,在他看来与法西斯主义的行径并无二致,从而对此深感痛心疾首!也正是这一点,使

---

① 霍克海默:《哲学的社会功能》,《批判理论》,李小兵等译,重庆出版社1989年版,第253、250页。
② 霍克海默:《艺术与大众文化》,《批判理论》,李小兵等译,重庆出版社1989年版,第273—274页。

得霍克海默的大众文化批判显示了反思历史、审视当下的凌厉锋芒。霍克海默引用杜威关于艺术是"交往的最普遍和最自由的形式"的观点,认为当今大众文化的情况恰恰与之相悖,人际之间毫无普遍自由的交往可言,而只有欺骗和强制:"在一个公认的语言仅仅加剧着混乱的世界中,在一个独裁者说的弥天大谎越多,他们越能深刻地打动大众的内心的世界中,艺术与交往之间的鸿沟必然是较大的……在这点上,收音机和电影决不亚于飞机和枪炮的作用。"[①]不难见出,在这些饱含着激情批判和深沉反思的字里行间翻卷着法兰克福学派一代学人历尽苦难的岁月风云,涌动着他们对于给人类制造苦难的邪恶势力的无限激愤!

已如上述,霍克海默在《艺术和大众文化》一文中,已经使用"文化工业"概念了,同时也称之为"消遣工业""娱乐工业"等。[②] 不过对于"文化工业"进行系统研究的则是霍克海默与阿多诺合著的《启蒙辩证法》(1947)一书。该书虽说合著,但其中不同篇目的撰写却是各有分工的,收入此书的《文化工业:作为大众欺骗的启蒙》一文由阿多诺执笔,该文对于"文化工业"的讨论虽然代表霍克海默的意见,但分明带有阿多诺的个人风格。这里要插一句,霍克海默因病迁居加利福尼亚时,只有阿多诺始终陪伴左右,他们的个人友谊促成了学术上的合作,同时又以各自的学术个性影响着对方。

"文化工业:作为大众欺骗的启蒙",如此标题就足以表明该文对于文化工业的批判立场了,正是这篇文章,将霍克海默的大众文化批判向前推进,开辟了文化工业批判的问题域。阿多诺后来晚年在《文化工业再思考》(1963)一文中回顾此事时指出,所谓"文化工业"与"大众文化"原本是一回事,然而使用"大众文化"概念容易与那种从大众本身产生出来的流行艺术混为一谈。为了避免引起误解起见,他认为采用"文化工业"更加合适。[③] 其实这并非只是简单的概念、用语之争,而是旨在充分彰显"文化工业"与以往从百姓大众中自发形成并广泛流传的"大众文化"截然不同的品质,它在经济、技术、行政的力量操纵之下已夷平了独特性和自主性,趋于标准化、格式化、通用化了。用阿多

---

① 霍克海默:《艺术与大众文化》,《批判理论》,李小兵等译,重庆出版社1989年版,第264页。
② 同上书,第273、275页。
③ 阿多诺:《文化工业再思考》,高丙中译,《文化研究》第1辑,天津社会科学出版社2000年版,第198页。

诺的话来说:"这成其为可能,既是由于当代技术的发展水平,也是由于经济的和行政的集中化。"文化工业藉此自上而下地整合了它的消费者,在这里"大众绝不是首要的,而是次要的:他们是算计的对象,是机器的附属物。顾客不是上帝,不是文化产品的主体,而是客体。文化工业使我们相信事情就是如此"。①

正是出于以上考虑,《文化工业:作为大众欺骗的启蒙》一文对于"文化工业"进行了更为系统也更为细化的分析。首先,文化工业是现代商品社会的产物,诸如电影、广播、爵士乐和杂志等大众文化都已转换成为消费领域以内的东西,成为一种商品类型,受到资本运行普遍法则的支配。其次,这种商品化的文化工业并非与美学一刀两断,它倒是往往能够接纳美学,只不过将美学用于为市场服务罢了。它在理论上的表现就是将康德经典性的美学原则"无目的的合目的性"置换为"有目的的无目的性"的美学信条,就是说原先"无目的"的文化艺术如今已经成为"有目的"的,而这个"有目的"就只是指市场的目的了:"为了满足娱乐和轻松的需要,目的也就接纳了无目的性。只要金钱是绝对的,那么艺术就应该是可以任意处置的,这样,文化商品的内在结构便发生了转换,并呈现出来。在竞争社会里,人们把艺术作品当成了有用,这在很大程度上说明,有用是无所不包的,而无用却被抛在了一边。"②广告就是典型一例,任何广告都不乏美学意味,有的还具有很高的美学水准,但其美学意味并非仅仅用于欣赏和娱情,欣赏和娱情只是手段和途径,终究还是为了达到市场的目的。总之,文化工业演示了当今美学的悲剧性:"无目的"的美学被"有目的"的市场所利用,最终也被"有目的"的市场所消解。再次,文化工业在科技力量和经济力量的操纵和控制下日益丧失个性化、唯一性而趋于标准化、同一性。这不仅是因为生产方式被标准化,商品类型被同一化,而且个人也只有与群体完全达成一致,他才能得到容忍,才能缓解压力、避免冲突。这就导致了畸形心理的孳生,造成那种以流行趣味为创新的虚假个性,结果越是标新立异便越是丧失个性,"个性化"的每一次进步,都必须以牺牲个性为代价。因此

---

① 阿多诺:《文化工业再思考》,高丙中译,《文化研究》第1辑,天津社会科学出版社2000年版,第198—199页。
② 霍克海默、阿道尔诺:《启蒙辩证法》,渠敬东等译,上海人民出版社2003年版,第176页。

"在文化工业中,个性就是一种幻象"。① 最后,文化工业在整个社会成员中所造成的标准化、同一化及其对于每一社会个体个性的泯灭,恰恰预示着政治领域将要发生的事件。在霍克海默和阿多诺看来,这样一条逻辑链条是成立的:文化工业的标准化、同一化通往资本主义垄断的极权体制,而资本主义垄断的极权体制最终通往法西斯主义的极权主义。而这一切恰恰是他们亲身经历过的,也是正在眼前上演的:

> 流行歌曲的传播速度也是非常快的。美国人用"风靡一时"来表示像流行病一样出现的时尚——高度集中的经济实力加剧了这种狂潮,这说明,那些把广告业务统揽在自己手中的老板们,早就在文化领域里渲染这种现象了。总有一天,当德国法西斯决定用高音喇叭开始说"无法忍受"的时候,第二天,整个国家也都会异口同声地跟着说"无法忍受"。同样,在"闪电战"中,受到德国重炮袭击的国家,也把这种说法写在了自己的标语中。统治者采取的措施就是,不断重复这些名词,让人们尽快熟悉它们,就像在自由市场里,如果每个人嘴边都经常挂着产品的品牌,产品就会销量大增一样。为词语注入特定的指涉,将它们盲目而又迅速地传播开来,这种做法完全可以把广告同极权口号联系起来。②

正是依据这一逻辑,霍克海默和阿多诺认为,文化工业乃是政治专制主义的温床,文化工业与法西斯文化有着毋庸置疑的一致性,甚至文化工业就是一种潜在的法西斯主义,一种新形式的法西斯主义。正是在这个意义上,他们喊出了振聋发聩的大声疾呼:"奥斯维辛之后写诗是野蛮的!"

马尔库塞的大众文化批判延续了霍克海默的批判理论并有了新的发展,有论者对于马尔库塞的贡献加以称道:"在后来的岁月中,马尔库塞成为批判理论的主要设计师之一。"③霍克海默早在《传统理论与批判理论》(1937)中就表达过这样的意思:"在目前这样的历史时期中,真正的理论更多地是批判性的,而不是肯定性的"④,这正是马尔库塞二十多年后在《单面人》(1964)一书

---

① 霍克海默、阿道尔诺:《启蒙辩证法》,渠敬东等译,上海人民出版社2003年版,第172页。
② 同上书,第184—185页。
③ 马丁·杰:《法兰克福学派史》,单世联译,广东人民出版社1996年版,第36页。
④ 霍克海默:《传统理论与批判理论》,《批判理论》,李小兵等译,重庆出版社1989年版,第229页。

中深入讨论的话题。

马尔库塞在该书的"导言"中开篇就指出,批判理论的首要问题是必须具有历史的客观性,它必须从社会资源的实际组织和利用中抽象出来。而在发达工业社会,最突出的"历史的客观性"何在呢?那就是技术理性取代了政治理性,成为进行社会控制和社会调节的新的权力形式,它调和了与之相对立的力量,消弭了旨在挣脱劳役和控制、争取自由解放愿景的抗议之声。技术的进步使得公共交通和大众传媒、吃穿住行和日用商品、休闲娱乐和信息交流等大大丰富和便利,成为更多社会阶层和每个个体都能享受的东西,在这种情况下,强制灌输就不再是宣传鼓动,虚假意识就变成诱人的生活方式,它导致了安于现状和抵制变化的普遍心态。于是"一种单面思想与单面行为模式就这样诞生了"。①

在马尔库塞看来,单面性是一种人格,也是一种意识形态。因此该书取名为《单面人——发达工业社会的意识形态研究》,在书中触目皆是的是一个与单面性相关的巨大概念群,包括单面社会、单面现实、单面文化、单面生活、单面思想、单面政治、单面精神、单面行为、单面域、单面哲学、单面科学、单面结构、单面语言、单面风格等等。所谓单面性,就是对于当下现实一味肯定、全部接纳的单面性质,与之相连的是认同、妥协和调和,它最终推助了极权、专制和独裁。与单面性相对立的是双面性,那就是在人们对于当下现实普遍加以肯定的情况下,它却保持批判、否定和超越的立场。马尔库塞说得直截了当:"双面论域乃是批判的思想方式",而从一般哲学研究转向发达工业社会研究,从本体论辩证法转向历史辩证法时,恰恰"保留了作为批判、否定思维的哲学思想的双面性"。② 不过双面文化也并不是一味批判,在整个文明时期自有其肯定的方面,如埃及艺术、希腊艺术及哥特艺术都是显例;巴赫与莫扎特也显示了艺术的肯定方面,它们全面融入了它们所置身的社会;沙龙、钢琴演奏会、歌剧、剧院,也都有创造和呼唤现实的一面,虽然它们给人以不同于日常经验的节庆般的经验。

这样,就有了两种文化:一是双面文化,这是一种前工业社会的文化、一种

---

① 马尔库塞:《单面人》,左晓斯等译,湖南人民出版社1988年版,第10页。
② 同上书,第83、121页。

前技术文化,马尔库塞称之为"高等文化",像17世纪荷兰绘画、歌德的《威廉·麦斯特》、19世纪英国小说、托马斯·曼的作品等,它们对实际生活保持了否定和超越的姿态。在马尔库塞看来,高等文化往往是与实际生活相疏离并从而保持其超越性的,惟其如此,才能对于实际生活的负面担当起批判的职责。一是单面文化,即在发达工业社会由技术进步造成的大众文化,这是一种对于实际生活环境表示认同、妥协和调和的文化。

但是在发达工业社会,技术的进步消解了高等文化的对立和超越的因素,这并不是说高等文化向大众文化倒退,而是发达工业社会的现实改造了高等文化。当代人比古代文化中的英雄和神祇还要强大,解决了许多以往的英雄和神祇无法解决的问题,但他同时也泯灭了寄寓在高等文化中的希望和真理。因此当今时代新的特征就表现为通过消解高等文化的批判、否定和超越的力量而使之与实际生活之间的对抗归于缓解,从而使高等文化也变成了大众文化。马尔库塞写道:

> 如果面向大众的信息传播完全和谐且经常不留痕迹地把艺术、政治、宗教和哲学与商品融合在一起,它们便使这些文化领域恢复了对它们自己的共同特性——商品形式的知觉。灵魂的音乐也是售货术的音乐。人们考虑的不是真正价值而是交换价值。现状的理性集中在它上面,而全部异己的理性都被融合到了它里面。①

理想与现实这种相互同化的趋势,说明了理想已被消解,它已被从灵魂、精神和心灵的高贵王国中剔除出来,置换成一个操作问题、一种操作程序。这一逆转证明了一个事实,发达工业社会面临着理想物质化的可能。在这一背景下,高等文化变成了物质文化的组成部分,它在这一转变中丧失了大部分真理。

值此艰难时世,马尔库塞提出了他的济世之道,那就是回归双面文化。马尔库塞以批判理论的基本范畴为例说明之。他指出,批判理论使用的"社会""个人""阶级""私人""家庭"等基本范畴原本是关涉否定和对立的概念,但因其在发达工业社会的背景下提出并被这一社会现实所整合,所以逐渐失去了批判含义,变成了描述性、欺骗性和操作性的用语。在他看来,重建之道在于

---

① 马尔库塞:《单面人》,左晓斯等译,湖南人民出版社1988年版,第49页。

"重新把握这些范畴的批判意义"①,而且必须理解其批判意义如何为社会现实所消解的原因,从与历史实践相结合的理论向抽象思辨回归,从社会经济的批判向哲学回归,在肯定与否定、生产性与破坏性对立统一的双面论域中恢复这些基本范畴的批判意义。总之,马尔库塞为发达工业社会的意识形态开出的救世药方就是所谓"大拒绝"(the Great Refusal),亦即对于现存事物的批判。

从马尔库塞的批判理论可以发现他与霍克海默、阿多诺等人的一脉相承之处:一是他对于单面文化/双面文化或大众文化/高等文化的褒贬扬抑,往往泾渭分明,作一刀两断语。这在法兰克福学派的成员来说具有普遍性,这与他们曾长期接受欧洲古典主义美学趣味的熏陶和在流亡生涯中对于高度商品化的美国流行文化的厌恶有关。二是此前饱受德国纳粹的迫害和摧残的遭遇成为法兰克福学派中人挥之不去的心头之痛,因此在其著述的字里行间往往可以读出这种泣血之痕,在《单面人》一书的结尾,马尔库塞再次以批判理论对于资本主义/法西斯主义表示一种大拒绝,并引用本雅明在法西斯年代之初所说的话作结:"只是为着那些没有希望的人,我们才被赐于希望"!②

第五节 20世纪中国:"批判"话语的政治化转向与学理性回归

"批判"话语原本不属于中国的知识谱系和话语谱系。在中国的传统话语中并无"批判"的概念,即便古文中偶有使用,也不是后来的意思。③ 据考证,该词在汉语中出现是在19世纪晚期,是从日语中借来。当时在日本的中国留学生受到西方式的教育,接受了当时的先进思想,自发组织编译日本书籍。经他们之手,将哲学、社会科学、自然科学等方面的书籍迻译到中国来,与此同

---

① 马尔库塞:《单面人》,左晓斯等译,湖南人民出版社1988年版,第5页。
② 同上书,第220页。
③ 如《汉语大词典》(上海辞书出版社2007年版)"批判"词条例示,司马光《进呈上官均奏乞尚书省札子》:"所有都省常程文字,并只委左右丞一面批判,指挥施行。"又《朱子语类》卷一:"而今说天有简人在那里批判罪恶,固不可;说道全无主之者,又不可。"均留存连用"批""判"二字痕迹,意为批阅、判断、裁决、审判。

时,也就将大批现代日语词借用过来,其中就有"批判"一词。① 也有学者认为,现代汉语中日语词汇来源的外来词有多种,其中之一是"先由日本人以汉字的配合去'意译'(或部分的'音译')欧美语言的词,再由汉族人民搬进现代汉语里面来,加以改造而成的现代汉语外来词"。"批判"一词即属此类。②

"批判"一词在中国的最早使用与哲学、美学不无关系。梁启超1903年在《近世第一大哲康德之学说》一文中最早将康德"三大批判"加以介绍,译为《纯理性批判》《实理性批判》《判定批判》。③ 王国维在1904—1906年间系统译述了汗德(康德)的"三大批判"④,同期将康德其人其书向国内介绍的还有章太炎、蔡元培等。以上诸位对于"批判"概念均未作详解,不过梁启超将康德称为"检点学派",认为康德在调和理性派(论定派)与经验派(怀疑派)两派之争时,主张"必当先审求智慧之为物其体何若,其用何若,然后得凭借以定其所能及之界,于是有所谓检点派之哲学出焉"。⑤ 可知在他那里,"批判"与"检点"相当。王国维将康德的三书译为"批判",同时也译作"批评"。他对于康德"批评哲学"的特色作了如下解释:"必先检此等原则发现之形式,及其于经验上所有之普遍性及必然性,此汗德哲学之特色也。汗德于是就理性之作用,为系统的研究,以立其原则,而检其效力。"⑥可见中国人最早接受的"批判"概念与康德有关,而且是在知识探究、学理检点的本义上使用的。可以认为,梁启超、王国维在康德意义上最早开启了"批判"话语的中国化进程。此后梁启超较多在自己的著述中使用"批判"一词,而王国维恰恰相反,几乎不用该词,相近的意思主要用"批评"一词。其他时哲情况也与王国维差不多。因此要寻绎"批判"话语后来的嬗变,当自梁启超始。

据检索,《梁启超全集》使用"批判"一词除作书名引用之外凡13处,如果细绎之则不难见出其中发生嬗变的蛛丝马迹。其中也有在康德意义上使用的

---

① 王立达:《现代汉语中从日语借来的词汇》,《中国语文》1958年第2期。
② 高名凯、刘正琰:《现代汉语外来词研究》,文字改革出版社1958年版,第88、91页。
③ 该文连载于1903年2月至1904年2月《新民丛报》第25、26、28号和46、47、48号合刊。
④ 见王国维:《德国哲学大家汗德传》《汗德之事实及其著书》《汗德之哲学说》《汗德之知识论》《汗德之伦理学及宗教论》等篇,刊于《教育世界》1904年5月74号、1906年3月120号、1906年5月123号。
⑤ 《梁启超全集》第4卷,北京出版社1995年版,第1056页。
⑥ 王国维:《汗德之哲学说》,《教育世界》1904年5月74号。

"批判"一词,但是并不多,在其学术研究的文字中可以找到少数个案,如《中国历史研究法》(1922):

> 今日史家之最大责任,乃在搜集本章所言之诸项特别史料。此类史料,在欧洲诸国史,经彼中先辈搜出者已什而七八,故今之史家,贵能善因其成而运独到之史识以批判之耳。中国则未曾经过此阶段,尚无正当充实之资料,何所凭借以行批判?漫然批判,恐开口便错矣。①

这里所说"批判"即学理探究之义,基本上赓续了康德的本义。但更为主导的是,梁启超所用"批判"一词的意涵在逐渐发生变化,从康德意义上中性的、学理性的研究、考察转向否定性的、政治性的排斥、抨击之意了,这在其政论性文章中尤其突出。当然这种转变并非一蹴而就,而是有一个过渡阶段。梁启超《开明专制论》(1905)一文称:"凡议院政治,恒以议院之多助寡助,黜陟政府,故议院大多数人,有批判政治得失之常识,此第一要件也。"②此处使用的"批判"概念是指对于议院政治的是非得失两面进行讨论、评判之意,并无明显偏向。但到《社会主义论序》(1907)一文,该词的使用就有倾向性了,其中一段写道:"吴君仲遥鉴此缺点,乃广搜群藉,覃精匝月,成此论以见示。非直名家学说,采择毕包,且往往能以研究所心得者,推补而批判之。东籍中关于此主义之述著,犹罕其比。信哉!"③此处"批判"一词仍有推敲、补充、研判之意,但已是指称时人吴仲遥对于那种未知社会主义为何物便妄加评论的"缺点"加以鉴戒和改进了。

如果说上述"批判"概念仍属向否定性意味过渡的中介状态、两栖性质的话,那么以下"批判"概念的运用便不同了。在《外交失败之原因及今后国民之觉悟》(1919)中,梁启超将在巴黎和会上民国政府在外交上招致惨败的原因归诸六个方面,"其六则国民批判力薄弱后援无力也"。④ 在《清代学术概论》(1920)中,梁启超推介自己抨击康有为大倡孔教会的言论:"此诸论者,虽专为一问题而发,然启超对于我国旧思想之总批判,及其所认为今后新思想发展应

---

① 《梁启超全集》第 14 卷,北京出版社 1999 年版,第 4124 页。
② 《梁启超全集》第 5 卷,北京出版社 1999 年版,第 1477 页。
③ 《梁启超全集》第 6 卷,北京出版社 1995 年版,第 1701 页。
④ 《梁启超全集》第 10 卷,北京出版社 1995 年版,第 3051 页。

遵之途径，皆略见焉。"①《〈晨报〉增刊〈经济界〉序》(1923)则针对当时中国经济危机深重、百业凋敝的困局提出疗治良方："欲间接救济中国经济界，在先使社会多数人确知现在经济社会之实况，复有相当之常识以批判之。"②可见此时梁启超所用"批判"概念已带有明显的否定性、负面性，同时表现出明显的政治性，与反抗、反对、拒斥、批驳之意相当。这就为后来通用的否定性、政治性的"批判"话语开了先河，也为当时的社会话语起到了示范和引领的作用，从而促成了"批判"话语中国化进程的第一次转折。

上述"批判"话语出于梁启超之手笔而发生的转捩与19、20世纪之交中国社会掀天动地、如火如荼的社会变革息息相关，也与作为思想家和社会活动家梁启超的个人志趣和生平际遇不无关系。足以说明问题的是，梁启超论及"批判"一词之处往往集中于政治制度、国家体制、治国方略、外交关系、国民经济、思想斗争等论域，均属社会政治的大关节目，而在歧见百出、众说纷纭之际亦有扬清击浊、辨正纠谬之必要，因而将"批判"一词的意涵从中性、学理性向否定性、政治性的方向引申当为势所必然。

梁启超所促成的"批判"话语的政治化转向为以后"批判"话语中国化进程奠定了基调，不过这一政治化转向并非直奔主题，而是经历了曲折迂回的漫长过程。有意思的是，在五四新文化运动中，政治性的"批判"概念并未受到崇奉，胡适、陈独秀的著述不用该词，鲁迅此期也基本不用该词。③ 后来茅盾对于这场运动进行总结时，指出其主要特性和正确路径就在于"文化批判"："民国六七年的时候，好像还没有纯然文艺性质的社团。那时的《新青年》杂志自然是鼓吹'新文学'的大本营，从全体上看来，《新青年》到底是一个文化批判的刊物，而'新青年社'的主要人物也大多数是文化批判者，或以文化批判者的立场发表他们对于文学的议论。"④可见在茅盾看来，"文学革命"更是一场"文化

---

① 《梁启超全集》第10卷，北京出版社1995年版，第3101页。
② 《梁启超全集》第14卷，北京出版社1999年版，第4163页。
③ 如鲁迅1907年《坟·人之历史》："惟种族发生学独不然，所追迹者，事距今数千万载，其为演进，目不可窥，即直接观察，亦局于至隘之分域，可据者仅间接推理与批判反省二术，及取诸科学所经验荟萃之材，较量挈究之而已。"（《鲁迅全集》第1卷，第15页。）此处"批判"即为知识探究、学理检点之义。
④ 茅盾：《〈中国新文学大系·小说一集〉导言》，上海良友图书印刷公司1935年版。《文学运动史料选》第一册，上海教育出版社1979年版，第202页。

批判"运动。后来很多学者也持这一看法。而当时"批判"概念的缺位,也许正是这几位主将把其发起的运动不称"文化批判"而直接称为"文学革命"的缘故吧。

胡适有一例足以说明问题。《胡适全集》第5卷收入胡适早期研究中国哲学史的两种专著:《先秦名学史》和《中国古代哲学史》。《先秦名学史》是胡适留学美国哥伦比亚大学时,向哲学系申请哲学博士学位而提交的博士论文,于1915年9月至1917年4月用英语撰写。(胡适自己译作《中国古代哲学方法进化史》)。该书1922年曾由上海亚东图书馆以英文印行,以后又印行了两版。1982年中国逻辑史研究会组织专人将该书译成中文,由李匡武校订,题作《先秦名学史》。由于是相隔大半个世纪由后人翻译,该书中出现"批判"一词凡6次。而后一书《中国古代哲学史》,则是胡适在《先秦名学史》和《中国哲学史大纲(卷上)》(讲义稿)的基础上用中文写成,完稿于1918年9月,1919年2月作为"北京大学丛书"之一由商务印书馆出版,其中无一"批判"之词。我们将两书作了对照,发现了两例可援为佐证,在前书20世纪80年代被翻译为"批判"之处,胡适当年在后书相应之处用的却是"仔细讨论"和"正确评判"。① 而在其英文博士论文《先秦名学史》中,该两处使用的分别是critical 和criticism。② 可见当时"批判"概念尚未进入胡适的话语系统。

在其后蜂起的文学社团中,文学研究会中除了茅盾、周作人的文章用过政治性的"批判"一词外,其他人此期很少涉及。相比之下,创造社、太阳社中人较多使用政治性的"批判"一词,如郭沫若、田汉、李初梨以及钱杏邨等人,在成仿吾《全部的批判之必要——如何才能转换方向的考察》③中,不到五千字的文章使用"批判"一词竟达四十多次!尤其是1928年1月《文化批判》杂志的创刊,使得"批判"一词在创造社成员中几成流行语。总的说来,此期使用否定

---

① 可对以下例证进行比较:例一,《先秦名学史》:"我们……对三表进行批判性的审验。"(《胡适全集》第5卷,第86页。)《中国古代哲学史》:"如今且仔细讨论这三表的价值。"(《胡适全集》第5卷,第333页。)例二,《先秦名学史》:"荀子说:'庄子蔽于天而不知人。'这句话不仅是对庄子哲学的最尖锐而扼要的批判,而且也提供了我所认为是荀子自己全部哲学的关键。"(《胡适全集》第5卷,第155页。)《中国古代哲学史》:"荀子批评庄子的哲学道:'庄子蔽于天而不知人。……'这两句话不但是庄子哲学的正确评判,并且是荀子自己的哲学的紧要关键。"(《胡适全集》第5卷,第457页。)

② 胡适:《先秦名学史》(英文版),上海亚东图书馆出版1922年版,第76、150页。

③ 载1928年3月1日《创造月刊》第1卷第10期。

性、政治性的"批判"概念的多为有旅日背景的,如创造社、太阳社中人;非旅日背景的一般不用此概念,如胡适;当然有旅日背景的也有不用或晚用此概念的,前者如陈独秀,后者如鲁迅。

鲁迅在否定的、政治的意义上使用"批判"一词很晚,在很大程度上可以说是当时左翼文学阵营中同道人相互攻讦"倒逼"的结果。20 年代后期创造社和太阳社倡扬"革命文学",对于之前"文学革命"时代的前辈并不认同也缺乏尊重,对于鲁迅等人的文学贡献认识不足,将其作为旧式的、落伍的一代文人进行"批判"。例如冯乃超在《艺术与社会生活》①一文中将鲁迅等五位作家归入"小资产阶级"之列而横加嘲讽和指责;成仿吾在《从文学革命到革命文学》②一文中运用"批判"武器对于"文学革命"加以贬斥;钱杏邨在《死去了的阿Q时代》③中则对于鲁迅的作品大加挞伐。在这些篇目中,态度激烈、语气凌厉,"批判"话语锋芒毕露、咄咄逼人。正是在这样的情况下,鲁迅写了《"醉眼"中的朦胧》④一文起而反驳,同样以"批判"话语还以颜色。特别值得注意的是,也就是在此篇中,鲁迅针对"革命文学"的倡导者提出的"由艺术的武器,到武器的艺术"之说存在的曲解,首次引用了马克思"由批判的武器,到用武器的批判"一说以正视听。⑤ 此后否定的、政治的意义上使用的"批判"一词便进入了鲁迅写作的词典。由此也可见出,马克思主义的"批判"话语对于"批判"话语的中国化进程也产生了深刻影响。马克思继承了康德的批判哲学并对其进行科学的改造,进而将其引向社会历史场域,使之成为反对资本主义剥削和封建专制制度、变革现存社会关系的利器。随着马克思主义的传播,马克思意义上的"批判"概念在此际也输入中国,对于上述"批判"话语的否定性、政治性内涵的固化起到了有力的推助作用。在此过程中,对于俄苏无产阶级革命文学以及日本革命文学的输入和汲取其影响力也不容忽视。

1930 年 3 月,中国左翼作家联盟("左联")的成立,标志着左翼文学进入了新的发展阶段。其间在"左联"的宣言、纲领、决议、意见中颇多"批判"一词,

---

① 载 1928 年 1 月 15 日《文化批判》创刊号。
② 载 1928 年 2 月 1 日《创造月刊》第 1 卷第 9 期。
③ 载 1928 年《太阳》月刊 3 月号及 1928 年 5 月《我们月刊》创刊号。
④ 载 1928 年 3 月 12 日《语丝》第 4 卷第 11 期。
⑤ 《鲁迅全集》第 4 卷,人民文学出版社 2005 年版,第 65 页。

旨在检讨左翼文学内部的小集团主义和个人主义,指出其未能运用科学的批评方法和态度,以致放松了对于真正敌人的注意,忘却了推进现实斗争的根本任务,等等。而在以后所开展的思想斗争和政治活动中,"左联"作家运用"批判的武器"积极配合了反帝反封建和反对国民党反动派的实际斗争以及后来的抗日救亡运动,主导了文艺思想的路线斗争,进行了对于"新月派""民族主义文艺运动""自由人""第三种人"等各色派别错误的文艺主张的批判,同时也通过对于文艺大众化的讨论和倡导,纠正了在文艺与大众之关系上某些认识的偏差,推动了文学创作又一个新的高潮。而随后的抗日战争和解放战争,又赋予了文艺活动新的内涵,刷新了"批判"话语的阶段性取向。

对于五四以来中国革命文艺的发展作出总结,同时也对"批判"话语的中国化进程具有总结意义的,是毛泽东的《在延安文艺座谈会上的讲话》。[①] 该文论述了中国革命文艺的诸多重大理论问题,如文艺为工农兵服务、为人民大众服务的问题,文艺的普及与提高的关系问题,文艺创作深入实际生活、深入工农兵群众的问题,尊重文艺自身特点和特殊规律问题,文艺界的统一战线问题,文学艺术遗产的继承与革新问题,等等。而在文艺批评问题上"批判"话语的运用,尤属大关节目,《讲话》提出:"文艺界的主要的斗争方法之一,是文艺批评。"具体地说,我们的文艺批评是反对宗派主义的,"在团结抗日的大原则下,我们应该容许包含各种各色政治态度的文艺作品的存在";我们的批评又是坚持原则立场的,"对于一切包含反民族、反科学、反大众和反共的观点的文艺作品必须给以严格的批判和驳斥";但我们的批评,也应该容许各种各色艺术品的自由竞争,"按照艺术科学的标准给以正确的批判,使较低级的艺术逐渐提高成为较高级的艺术,使不适合广大群众斗争要求的艺术改变到适合广大群众斗争要求的艺术,也是完全必要的"。《讲话》据此提出了文艺批评的两个标准"政治标准"和"艺术标准"的辩证关系以及"文艺服从于政治"的问题。不言而喻,在大敌当前、民族危亡,阶级斗争和反法西斯战争极其尖锐、极其激烈的年代,强调"批判"话语的政治性、斗争性、对抗性功能,是完全正确的,也是非常必要的,对于民族生死存亡、国家前途命运所系的现实斗争起到了不可或缺的激励和鼓舞的作用。

---

① 以下引文均见《毛泽东选集》第 3 卷,人民出版社 1991 年版。

不过如果将这种"批判"方式片面化、极端化、扩大化,不加限定地用于革命阵营内部、革命同道之间,在不同时代条件下机械、教条地照搬战争年代的对抗模式,将思想问题上升为政治问题,用简单粗暴的斗争方式来解决本可以通过教育、说服加以消除的矛盾,则不利于团结大多数,干扰了斗争大方向,势必给革命文艺事业造成严重的损失。新中国成立后"十七年",思想界、文艺界是在密集的思想斗争氛围中开始其最初行程的,其间最常用的论争方式和斗争武器就是"批判",而且政治化程度不断加码、愈演愈烈。而到了十年"文革"则达到登峰造极的地步,"大批判"铺天盖地,动辄上纲上线、"五子登科","批判"成为充满火药味、暴力性的政治运动话语,与之相连的是"批斗""打倒""专政"之类"革命行动",事情已然走向了反面。

历史的规律不可抗拒,"批判"话语作为否定性、政治性话语在十年"文革"中走向了极端,物极必反,最终必然会往回折返,"批判"话语的中国化进程在20世纪80年代向学理性的回归又一次证明了这一逻辑。

话题还得回到康德。如前所述,梁启超、王国维等对于康德意义上的"批判"概念的译介和接受开启了"批判"话语的中国化进程,但是随着在具体使用中逐步从中性的、学理性的意涵向否定性、政治性的意涵转向,该词在康德意义上的使用日渐小众化、边缘化,除了偶有其他领域的学术研究涉及之外,基本上限于哲学界、美学界专业的康德研究。加之康德研究的繁难晦涩特点,"批判"作为学理探究的本义仅仅作为学术话语在少数文化精英范围内流通而难以进入一般社会话语。

尽管如此,在康德意义上作为学理探究的"批判"话语在学术圈内还是受到礼遇的,特别是哲学、美学研究领域的关注度不仅没有减退,而且还时时掀起热潮。与五四新文化运动几乎同步,康德学说还蔚成了一个传播热点,国内学者在康德研究方面的成果可圈可点。特别要提到的是,1924年4月22日,《学灯》和《晨报》两大副刊为纪念康德诞辰200周年,均开辟专栏刊登康德肖像和纪念文章,给予康德哲学以高度评价。1924年、1925年间《学艺》和《民铎》杂志分别推出特刊"康德号",组织发表了康德研究专题论文数十篇。参加撰稿的有张铭鼎、范寿康、罗鸿诏、胡嘉、吴致觉、杨人楩等知名学者,论题涉及康德哲学的方方面面,其中也不乏关于康德美学的研究文章,如虞山的《康德审美哲学概况》、吕澂的《康德之美学思想》等。可谓声势浩大、蔚为大观。贺麟后来曾分析过个中缘由:"康德哲学虽然在'戊戌'变法运动时期就传入中国了,但它的高潮是在1924年到1925年间。这情况大概是和'五四'运动开创的民主和科学精神相联系的,因为康德的知识论是和科学有关的,要讲科学的认识论,就要涉及康德的知识论。另外康德讲意志自由,讲实践理论,这就必然同民主自由相关联,因此,这时期传播和介绍康德哲学是学术理论界的中心内容。"①

不过贺麟也直陈了康德哲学当时在中国传播的不足一面:"传播康德哲学虽然在二十年代盛行,但成效不大,以致最后谈康德的仅有学术界为数极少的几个人,研究的深度也是不够的。"他引用时人杨东尊的评价证之:"自张之洞辈的'中学为体西学为用',而严复的'迻译时代',而'民国'八九年的胡适辈的'实用主义',其间思想之进展之各阶段,都明示随社会的转变而转变之一系列的痕迹。没有社会的转变,便没有思想的转变。任凭康德哲学怎样伟大,都得不到反响,这并非由于中国人对于思想不关怀、不接受,而是伟大的康德哲学在中国之社会的存在中没有这些哲学之存在的根据。"就是说,此际中国动荡变革、大起大落的时代并未给康德意义上作为学理探究的"批判"话语提供适宜的语境。20年代的康德研究除了处于宽泛而零散的状态,对其批判哲学的研究尚不集中之外,一个明显不足在于对康德"三大批判"的迻译尚未跟上。直到1935年胡仁源翻译出版了《纯粹理性批判》(商务印书馆),1936年张鼎铭翻译出版了《实践理性批判》(商务印书馆),才打破了"三大批判"缺少中译本的局面。《判断力批判》的翻译出版则更晚,要到1964年宗白华、韦卓民合译本由商务印书馆出版。另一不足在于,对康德的"批判"概念缺少明确的厘定,直到1960年宗白华在《新建设》发表《康德美学原理评述》一文,给出了如下界定:"康德所谓批判(Kritik),就是分析、检查、考察。批判的对象在康德首先就是人对于对象所下的判断。分析、检查、考察这些判断的意义、内容、效力范围,就是康德批判哲学的任务。"②据阅览所及,可以说这是当时中文译著中对于康德的"批判"概念解得最为详切也最明白晓畅的定义。

---

① 贺麟:《五十年来的中国哲学》,商务印书馆2002年版,第103页。
② 宗白华:《康德美学原理评述》,《新建设》1960年第5期。后来该文作为"附录"收入宗译《判断力批判》上卷,商务印书馆1964年版。引文见该书第214页。

后来盛行一时的是李泽厚1979年出版的《批判哲学的批判》一书的解释："探讨、考虑、分析、审察人的认识能力,指出它有一个不能超越的范围或界限。这就是康德使用'批判'一词和把他的哲学叫做'批判哲学'的原故。"[①]由于当时刚刚粉碎"四人帮",拨乱反正、百废待举,该书躬逢其盛而声名鹊起,遂成洛阳纸贵的流行读物,特别是在知识界,一度将该书奉为了解德国古典哲学、西方哲学史乃至马克思哲学思想的宝典,加之其中美学研究的成分较重,在继起的"美学热"中,该书的影响迅速扩大到一般读书界。李泽厚在后来的访谈中不止一次说过,当时的一代大学生,都是看他的书成长的,甚至工厂的女工都到新华书店排队买他的书。[②] 笔者作为过来人,可证此言不虚,当时很多研究生同学说起美学,都能大段大段地背诵李泽厚书中的片段。而"批判哲学的批判",确乎是一个出彩的书名:"批判哲学",康德哲学也;"批判",学理研究也。这一类似文字游戏的正标题恰恰紧扣副标题"康德述评"之旨且凸显了"批判"概念,给人留下深刻印象。在当时思想解放的大背景下,这一千载难逢的际遇极其有力地推助了康德意义上的"批判"概念从学术话语迅速向社会话语扩展。而"批判"概念向其学理探究之本义的回归,让人们发现了这一长期被政治化、否定性使用的概念竟还有截然不同的意涵,一种迥异于"政治批判""大批判"的学理性、价值零度的意涵,并日益广泛地认同和接受了这一用法,从而改变了人们的思维方式和行为方式,大大增进了"批判"话语在实际使用中的弹性和宽容度。

第六节 走向21世纪:大众文化批判的话语重建

上述康德意义上的学理性、中性的"批判"话语的回归对于20世纪90年代一度炙手可热的"大众文化批判"起到了补偏救弊的作用。

起初中国学界使用的"大众文化批判"概念来自法兰克福学派的"批判理论"。最早缘自20世纪80年代末国内迻译出版的几套丛书,即上海译文出版

[①] 李泽厚:《批判哲学的批判》,人民出版社1979年版,第61页。
[②] 杜维明等:《李泽厚与80年代中国思想界》,《开放时代》2011年第11期;李泽厚等:《美的历程——李泽厚访谈录》,《文艺争鸣》2003年第1期。

社的"二十世纪西方哲学译丛"、重庆出版社的"国外马克思主义和社会主义研究丛书"、三联书店的"现代西方学术文库",以及其他零星出版的著作和文选,囊括了法兰克福学派主要代表人物的著作。从而使得中国学者第一次接触到法兰克福学派的"批判理论"以及"大众文化""文化工业"等概念。这些著作的出版,当时还是延续"方法热"的余绪,偏重对于西方学术新潮的引进。然而时隔不久,恰逢中国的社会经济体制发生重大变革以及大众文化的兴起,使得法兰克福学派的批判理论在中国有了用武之地。

但是中国学界对于大众文化的批判从一开始就遇到两个方面的尴尬,一是对于市场经济背景下文化的转型缺乏心理准备,二是在应对新型的当代大众文化时缺乏理论工具。这种尴尬导致对于大众文化产生很多误读和误判,造成对于法兰克福学派批判理论的照搬和套用。现在能够检索到的最早篇目正如其题所示为"法兰克福学派与大众文化批判"的介绍性文字,该文逐一引用本雅明、阿多诺、霍克海默、马尔库塞等人的批判理论,对于当时在中国刚刚兴起的大众文化的即时性、实用性、零散性、模式化等特征进行了批评。[①] 而其间发表的一批前卫性的相关文章大多不脱这一套路。[②] 但是正像任何偏颇一样,走到极致总会触底反弹,于是后来对此进行反思和纠偏的呼声渐起。陶东风对于20世纪90年代国内大众文化批判不顾中国社会文化的特殊语境,机械套用西方的文化批判理论与批判话语提出异议,并对自己曾热衷于套用法兰克福学派的理论来批判中国当代的大众文化作出"自我检讨"和"自我反省",并喊出了"慎用西方文化批判理论"的口号。[③] 无独有偶,黄力之也对自己的学术取向进行了清理,指出法兰克福学派的大众文化批判曾在国内学术界得到了较为普遍的认同,而自己在20世纪90年代的文章和著作中亦持如此立场,但在后来进行文化哲学研究的过程中,感到"大众文化批判则是一个有问题的理论体系",这表现在它的内在矛盾性上。文章列论了大众文化批判

---

① 刘春:《法兰克福学派与大众文化批判》,《现代传播》1992年第3期。
② 如陶东风:《欲望与沉沦:当代大众文化批判》(《文艺争鸣》1993年第6期)、金元浦:《试论当代的"文化工业"》(《文艺理论研究》1994年第2期)、张汝伦:《论大众文化》(《复旦大学学报》,1994年第3期)、潘知常:《文化工业:美学面临新的挑战——当代文化工业的美学阐释之一》(《文艺评论》,1994年第4期)、尹鸿:《为人文精神守望:当代中国大众文化批评导论》(《天津社会科学》1996年第2期)等文。
③ 陶东风:《文化批判的批判》,《天津社会科学》1997年第3期。

的三大内在矛盾以证之。① 其间对于法兰克福学派大众文化批判的态度发生类似戏剧性翻转的不乏其人,只不过并非都是公开发表声明,而是采取比较低调的方式,或在学术研究的实际操作中就已转向,或干脆就从这一是非之地抽身而退。不过还有的研究者从一开始对于法兰克福学派的大众文化批判就作两面观了。

数据统计更能说明一般情况,据中国知网显示,以"大众文化批判"②为篇名的论文从1992年起始至2014年底共99篇,其中对本题无效③的16篇,可以剔除。在下余83篇中,对于法兰克福学派大众文化批判加以肯定和认同的41篇,提出异议和置疑的42篇,后者已赶上前者。后者提出异议和质疑主要是:其一,法兰克福学派的大众文化批判带有浓厚的精英主义、贵族主义色彩。有学者认为:"法兰克福学派站在旧的文化贵族立场,以文化精英自居,强调人与社会,人性与科技,文化艺术与时代的对立,以先验的道德伦理价值观来衡量文化艺术和文化生产,因而使理论严重落后于实际。"大众文化在冲击精英文化的同时,也给精英文化展现出一片新的空间。精英文化逐渐走出了世代栖息的艺术殿堂,从精英舞台走向了大众传媒,在大众社会找到了新的生存方式和生存空间,精英文化与大众文化互渗已是不争的事实。④ 其二,法兰克福学派将批判的锋芒太过集中于大众文化的商品性和市场性,而忽视了它的各种正能量。有学者认为,随着市场经济社会的来临,市场作为看不见的手调控着文化,这无疑使文化突破了狭隘性、封闭性、贵族性等局限,具有了更大的自由度,更多的平民色彩和娱乐功能,"由此可见,法兰克福学派没有充分意识到市场经济社会毕竟为大众文化克服以往文化的局限提供了物质前提和制度保障,从而以孤立、静止而不是全面、发展的眼光来看待大众文化,没有意识到大众文化与现代政治、经济的结合是有机结合而不是机械结合"。⑤ 其三,法兰

---

① 黄力之:《大众文化批判的三大内在矛盾》,《文艺理论与批评》2005年第4期。
② 在国内学界的研究中,与"大众文化批判"意思大致相近的概念还有"文化工业批判""当代审美文化批判"或"文化批判",此处不暇逐个统计,而仅以大众文化批判为例。
③ 按"对本题无效"的篇目是指与法兰克福学派及其个人无涉的篇目。
④ 罗小青:《当代中国场域中的大众文化批判——评法兰克福学派大众文化批判理论》,《湖北社会科学》2006年第11期。
⑤ 王光文:《评法兰克福学派的大众文化批判理论》,《齐鲁艺苑》2004年第2期。

克福学派站在现代科技文明的对立面对当代大众文化进行批判,以保守主义的态度来抗拒资本主义的文化范式。有学者认为:"受卢梭思想的影响,法兰克福学派对科技文明的发展、社会技术的进步持一种抵触情绪,他们对幻想中的中世纪田园牧歌式的生活持一种赞美激赏态度,并以之否定现存社会。"在每一个新的历史发展时期总会有新的、与生产力、科学技术和商品经济相适应的艺术形式产生,而法兰克福学派将旧时代的艺术范式视为新时代艺术的目标,表现出浓厚的保守主义艺术原则。① 其四,法兰克福学派大众文化批判的偏颇还与其对于大众的偏见有关,他们无视和低估了大众的文化主体性和文化主动性。有学者认为,法兰克福学派"站在精英主义的立场,基本上将大众等同于被动的客体和接受者,没有看到或低估了大众本身的批判性和主体性。实际上,大众本身对大众文化的批判意识和批判精神也是不能否定的"。②

总之,无论是个案研究还是大数据分析,得出的结论都足以说明,法兰克福学派的大众文化批判不无可借鉴之处,但其本身却是存在弊端的,而其立足点也存在着错位。它是从特定的遭遇和语境出发对于以美国为代表的西方发达工业社会流行文化的一种否定性立场和态度的理论表达,往往自觉不自觉地将对于给他们造成极大肉体摧残和精神创伤的法西斯主义的抨击移植到了发达工业社会及其文化身上,正如论者所说:"纳粹的经验深深刺伤了研究所(按指霍克海默领导的法兰克福大学"社会研究所")成员。使他们仅仅根据法西斯的潜能来判断美国社会。"③没有谁可以否认晚期资本主义在经济、政治乃至文化上有垄断和极权倾向,也没有谁可以否认法西斯主义的兴起有着资本主义极权体制的背景,但是将发达资本主义社会条件下形成的大众文化统统当作法西斯主义文化来批判,那就阐释过度、有失分寸了,如果再将这一理论照搬到正在经历社会经济体制转型的中国,用以衡量中国当代方兴未艾的大众文化,那就更是圆凿方枘、龃龉难合了。

中国当代大众文化是在当今中国社会经济体制发生翻天覆地变化的大背景下兴起的,1992年春邓小平南方谈话为这一巨变按下了启动钮,同年10月

---

① 张羽佳、曲径:《法兰克福学派大众文化批判理论的得与失》,《哈尔滨工业大学学报》2003年第2期。
② 马驰:《论大众文化批判的当代意义及其历史局限》,《学习与探索》2004年第3期。
③ 见马丁·杰:《法兰克福学派史》,单世联译,广东人民出版社1996年版,第336页。

中共十四大召开,明确指出经济体制改革的目标是建立社会主义市场经济体制。2002年11月党的十六大报告宣布我国社会主义市场经济体制初步建立,并提出到2020年建成完善的社会主义市场经济体制。此后中国的经济生活经历了全球化浪潮的冲击、加入WTO、金融风暴的来袭等重大事件,使得整个社会经济体制转型期显得波谲云诡、跌宕起伏。而上述中国学界对于法兰克福学派大众文化批判前恭后倨、先扬后抑的戏剧性翻转恰恰在此际几乎同步发生,而这一切,为当今中国的"批判"话语构成了新的语境,从而为此时已经为国人接受的学理性、中性的"批判"话语对于以往法兰克福学派"大众文化批判"概念的祛偏就正提供了可能,前者的宽容性和弹性对于后者的褊狭性和刚性无疑是一剂解药。正因为如此,所以尽管当今"大众文化批判"在具体操作中仍不乏偏激狭仄之处,但重蹈政治化老路的做法却始终不被普遍认同,这也使得后来法兰克福学派的"大众文化批判"概念在实践中很快被学界质疑和弃置成为顺理成章的事儿。

如今,"批判"话语中国化的进程还在继续。风云际会,这一进程又遇上了两大动力的推助:一是社会环境的变迁,随着中国市场经济的深入发展,与大众文化密切关联的文化产业在国民经济中的重要地位日益凸显,人们对于大众文化的繁荣和大众文化研究的提升提出了更高的要求;二是21世纪以来学术研究的多学科交叉融合,在更高的水平上吸纳和整合各种新兴学科和新潮文类,这种学科交叉、知识综合的广阔地带正是酝酿生长性、未来性的适宜土壤。这一切恰恰构成了对于"批判"话语的一种普遍价值期待:它理应做到评价更加公允,心态更加平和,理论更加成熟,状态更加优化,而这正是今天"批判"话语更具建设性、构成性的充足理由律。

第 十 二 章

文学理论与文学批评之关系的后现代转折

不言而喻,文学理论与文学批评的关系问题是一个老而又老的问题。新时期以来文学理论教材呈现"井喷"之状,一项比较权威的调查报告显示,新时期以来至2006年中国内地范围内出版的文学理论类教材在25年内达到约300种。① 照此估算,至今总数应不下400种。披阅所及,其中每一本教材都不乏对于文学理论与文学批评之关系的清楚界说及充分根据,很多相关问题都已成定论,只需摘录或引用即可。不承想它如今又浮现出来,成为值得进一步加以研讨的问题。旧话重提,其中必有缘故。细绎之,其原盖在于文学研究的语境发生了重大变化,赋予了讨论以新的内涵。因此在文学理论与文学批评的关系问题上,界说尚待推敲,定论且须缓行,以往被认定的许多事情仍需重新进行考量。

有一个案例值得注意,新时期以来国内翻译引进了两本激起广泛关注的"文学理论"教材,一是韦勒克、沃伦的《文学理论》(1949),一是乔纳森·卡勒的《文学理论》(1997)。二书的问世相隔近半个世纪,时过境迁,二者的理念和主张已大相径庭,其中一个重要变化是,出现了文学理论趋从于文学批评、文学理论批评化的后现代倾向,突出了文学研究的实践性、功能性和当下性,从而昭示了文学理论与文学批评之关系的后现代转折。

---

① 童庆炳主编:《新时期高校文学理论教材编写调查报告》,春风文艺出版社2006年版,第1页。

第一节　从韦勒克、沃伦的《文学理论》到乔纳森·卡勒的《文学理论》

韦勒克、沃伦《文学理论》关于文学理论、文学批评、文学史这三者的区分堪称经典,在大学"文学概论"课的讲稿和教材中被普遍引用,相关的若干论述都是耳熟能详的,这里不暇一一引出①,仅对其要点概述如下:

首先,该书对于文学理论、文学批评、文学史这三者的分工和职能作了明确界定:文学理论主要研究文学的原理、范畴和判断标准等;文学批评和文学史主要研究具体的文学艺术作品,区别在于前者是一种共时的、静态的研究,后者是一种历时的、动态的研究。

其次,虽然这三者各司其职,但它们是不能截然分开的,文学理论缺少文学批评或文学史的支撑,文学批评缺少文学理论或文学史的辅助,或者文学史缺少文学理论和文学批评的规约,这都是难以想象的。一方面,文学理论要以文学批评和文学史研究所提供的大量材料和成果作为基础,如果缺少了这一基础,文学理论便将成为空中楼阁,它所总结的原理、规律、范畴等便将统统失去存在的依据;另一方面,文学批评和文学史研究也不能离开文学理论所提供的观念、方法、原则的规约,如果离开了这种规约,文学批评和文学史研究便缺乏理论支撑和逻辑贯通,势必变成即兴式的感想和杂乱无章的材料的拼凑和堆砌。

再次,尽管文学理论、文学批评、文学史三者关系如此密切,但也不应将其混为一谈。由于研究对象的差异,在"文学理论"和"文学批评"之间是存在着区别的,韦勒克在相关著作中写道:"我仍然以为在'文学理论'和'文学批评'之间是存在着区别的","我们还是在与原理、范畴、技巧等有关的'理论'和讨论具体的文学作品的'批评'之间保留一个有意义的区分吧,无论何时,似乎总有什么理由要引起对这种区分的注意"。②

总之,在文学理论与文学批评的关系问题上,韦勒克、沃伦的《文学理论》是主分主异的。文学理论诉诸文学的原理、规律、标准等根本大法,而文学批

---

① 相关论述见韦勒克、沃伦:《文学理论》,刘象愚等译,江苏教育出版社2005年版,第31—33页。
② 韦勒克:《批评的诸种概念》,丁泓等译,四川文艺出版社1988年版,第42—43页。

评则诉诸文学作品本身,虽然文学理论需要得到文学批评的支撑,而文学批评也需要接受文学理论的规约,但以上分析恰恰是以廓清学科界限、彰显专业特点为宗旨的。有论者指出,在新兴学科草创之时,"每一个学科都试图对它与其他学科之间的差异进行界定,尤其是要说明它与那些在社会现实研究方面内容最相近的学科之间究竟有何分别"。[①] 韦勒克、沃伦《文学理论》的这一宗旨残留着学科草创阶段的某种痕迹,即强调文学理论与文学批评各自的差异性和特异性,藉此在众多新兴学科中谋求自身的一席之地。

但是,到了乔纳森·卡勒就不同了。卡勒在撰写《文学理论》这本"文学理论入门"书时,已置身于一个迥然不同的世界了,文化研究勃然兴起,占据了人文学科的王座,文学研究则备受挤压而滑向边缘。文化研究最早脱胎于文学研究,如今一切颠倒过来了,文化研究在文学研究内部化蛹为蝶、破茧重生,最终消解了文学研究。而这种反叛传统、凌越常规的取向与整个时代风尚的逆转一拍即合,蔚成了大化流行的后现代语境。置身其中,卡勒以新的眼界和视角对于韦勒克、沃伦《文学理论》在文学理论与文学批评的关系问题上建立的架构进行了质疑和拆解。

卡勒早在《论解构》(1983)中就对文学理论与文学批评的关系问题作过深入思考。引发思考的是英美批评界十分流行的一个观点,它将文学理论视为"仆人的仆人",认为其职能在于辅佐批评家,而批评家的使命则是通过阐释经典来为文学服务。因此检验一种批评文字往往看它是否成功地提高了人们对于文学作品的欣赏水平;而检验理论的成功与否,则往往看它是否为文学批评提供了有效的工具,帮助批评家作出更好的阐释。换言之,文学理论属于"批评的批评",处于远离文学作品对象的领域,它只有在有助于批评走上正道时,才是有用的。[②] 卡勒明确指出,这一流行观点是新批评派的馈赠,是新批评派最值得纪念的理论工程,而他并不认同这一观点。

卡勒进一步指出,近年来已有与日俱增的证据显示,文学理论的著作往往与一个尚未命名、姑且简称为"理论"的领域发生密切的联系。这个领域不是"文学理论",因为其中许多引人入胜的著作并不直接讨论文学;它也不是时下

---

① 华勒斯坦等:《开放社会科学》,刘锋译,三联书店1997年版,第32页。
② 乔纳森·卡勒:《论解构》,陆扬译,中国社会科学出版社1998年版,序,第1页。

所说的"哲学",因为它不仅包括黑格尔、尼采、伽达默尔,而且包括索绪尔、马克思、弗洛伊德、戈夫曼和拉康。它或许有种种称谓,但最简便的做法,就是直呼其为"理论"。卡勒提醒,这一新的文类显然是异质性的,它超越了以往的学科框架,对于旧有的学科边界提出了有力的挑战,在很多方面令人刮目相看:"我们归入'理论'的那些著作,都有本事化陌生为熟识,使读者用新的方式,来思考他们自己的思想、行为和惯例。虽然它们可能依赖熟悉的阐发和论争技巧,但它们的力量……不是来自某个特定学科的既定程序,而是来自其重述中洞烛幽微的新见。"①

卡勒也将"理论"称为"批评理论",这一称谓既显示文学理论在建构这一新的文类中作出了重要的贡献,同时又表明了这一新文类往往采用批评的形态。对于后一点,卡勒在《论解构》的"引言"中指出:

> 如果说,近年来批评论争的关注者和参战各方能有任何共同语言的话,那便是当代的批评理论,盘根错节,越见混乱了。过去,一度可以设想批评是一种单一的活动,只是侧重点有所不同,近年辩论的尖锐程度,所示的则是相反:构成批评领域的全是些竞新斗奇,互不相容的活动。甚至开列一连串名单——结构主义、读者反应批评、解构主义、马克思主义批评、多元论、女权主义批评、符号学、精神分析批评、阐释学、对照批评,以及接受美学等等……②

总之,晚近以来林林总总的批评形态在历史舞台上扮演了主角,而文学理论则大有被这些批评形态取代之势,卡勒"理论"概念的提出,正是在此背景下采取的一种文化策略,他在文学理论与文学批评的关系中不是主分主异,而是求合求同的,亦即大力肯定"理论"的作用,以"理论"反过来整合文学理论,而将文学理论的贡献隐含于"理论"之中。而这种文学理论转向"理论"的局面正昭示了文学理论趋从于文学批评、文学理论批评化的强劲趋势。

卡勒的《文学理论》对于上述思考和探索具有总结性质。该书第一章"理论是什么?"便开宗明义挑出了"理论"问题,在回答这一问题时,概括了"理论"

---

① 乔纳森·卡勒:《论解构》,陆扬译,中国社会科学出版社1998年版,序,第3页。
② 同上书,第8页。

的以下四个特点：

1. 理论是跨学科的。它是一种超出原学科的作用的话语。
2. 理论是分析和思辨的话语。它试图揭示所谓性、语言、文字、意义、主体等概念中包含了什么。
3. 理论是对于常识的批判。它对那些被认为理应如此的观念作出批判。
4. 理论具有反思性。它是关于思想的思想，它对于文学和其他话语实践中形成的范畴提出质疑。①

显而易见，在这四条当中每一条都与批评有关，或者说都与批评形态的重建密切相关：首先，"理论"并不是关于文学的理论，它研究的往往是文学以外其他领域的著作，而这些著作在语言、思想、历史或文化各方面所作的分析都为文学问题提供了更加新颖、更有说服力的解释。其次，"理论"特别有用，特别"接地气"，从高墙深院中学术性最强的问题到寻常百姓家的日常生活问题，都在它分析和思辨的范围之中，因此它所作出的论证或提出的观点，哪怕是那些并不从事学术研究的人也能从中获益。再次，"理论"具有很强的批判性和反思性，而它的批判锋芒和反思聚焦，主要指向人文学科的常识，诸如意义、作品、主体、经验的常识。卡勒有句话："理论常常是常识性观点的好斗的批评家。"②它对那些没有结论但可能一直被视为理所当然的事情提出质疑，包括对于文学研究中最基本的前提或假设的质疑，比如：意义是什么？作者是什么？阅读对象是什么？写作的主体、解读的主体、行为的主体是什么？文本与其产生的环境有什么关系？如此等等。这些质疑既是对常识的批评，又提供了可供选择的空间。最后，"理论"来源于文学以及文学以外的众多领域，往往是从这些领域的观念、方法、议题、争论之中成长起来的。就说福柯和德里达两位著名的"理论"家，福柯的话语理论是从其历史研究之中提炼出来，德里达的解构理论则是从文字学和语言学研究中凝练而成。虽然它们很少提及文学，但实践证明它们对于文学研究非常有用。

---

① 乔纳森·卡勒：《文学理论》，李平译，辽宁教育出版社1998年版，第16页。
② 同上书，第4页。

第二节　研究对象的悬殊

　　韦勒克、沃伦的《文学理论》非常重视文学作品对于文学理论的根本意义，而这种根本意义起码在两个方面体现出来：其一，文学理论归根结蒂来自文学作品；其二，文学理论必须经得起文学作品的检验。该书写道："显然，文学理论如果不植根于具体文学作品，这样的文学研究是不可能的。文学的准则、范畴和技巧都不能'凭空'产生。可是，反过来说，没有一套问题、一系列概念、一些可资参考的论点和一些抽象的概括，文学批评和文学史的编写也是无法进行的……我们常常带些先入为主的成见去阅读，但在我们有了更多的阅读文学作品的经验时，又常常改变和修正这些成见。"① 总之，文学理论是关于"文学"的理论。

　　卡勒则正好相反，他多次直言，"理论"并不是关于文学的理论，它并不直接讨论文学作品。② 他在《文学理论》一书中也很少讨论文学作品的问题，很少对于具体文学作品进行分析。他所提出的"理论"越出了传统文学研究的边界，将触角伸向了广阔的文化研究和批评领域。但吊诡的是，"理论"的这一变动不仅没有降低人们对于文学作品的兴趣，相反地却极大地激发和促进了人们对于文学作品的研究热情。卡勒指出，"理论"恰恰增强了传统文学经典的活力，开拓了更多解读文学经典的方法。以莎士比亚为例，"从来没有过如此之多的关于莎士比亚的论文。人们从任何一个可以想象得出的角度研究莎士比亚。用女权主义的、马克思主义的、心理分析学的、历史的，以及解构主义的词汇去解读莎士比亚"。③ 可见文学理论转向"理论"、文学理论的批评化恰恰推广了文学经典的阅读，扩大了文学经典的影响，而仅仅因循传统的文学理论可能还未必能够做到这一点。

　　关于"理论"，卡勒给出了一个耐人寻味的说法，说"理论"更像是一种活动，一种参与或不参与的活动。④ 这就对于"理论"的活动性、行动性、实践性

---

① 韦勒克、沃伦：《文学理论》，刘象愚等译，江苏教育出版社 2005 年版，第 33 页。
② 乔纳森·卡勒：《文学理论》，李平译，辽宁教育出版社 1998 年版，第 1、3、45 页。
③ 同上书，第 50—51 页。
④ 同上书，第 1 页。

作出了认定。这一点可以从"理论"与文化研究的关系见出。卡勒说过,如果一定要说"理论"是什么,那么答案就是:"它能说明实践的意义,能创造和再现经验,能构建人类主体——简言之,它就像是最广义的文化。"还有一个更简明的定义:"文化研究是我们称为'理论'的实践,简称就是理论。"①这一理解所来有自。如所周知,晚近的文化研究有两个来源,一是法国结构主义,它认为文化是一系列实践,应该对这些实践的规则加以描述,例如罗兰·巴特的文化研究考察了各种文化实践,从高雅文化到通俗文化,并对其现象和规则进行解读。一是英国的伯明翰学派,它致力于恢复战前的工人阶级文化并考量战后的工人阶级文化。在伯明翰学派看来,文化旨在阐明一种特殊生活方式及其意义和价值,包括"生产组织、家庭结构、表现或制约社会关系的制度的结构、社会成员借以交流的独特形式"。② 可见文化不仅阐明艺术和学术的意义和价值,而且阐明制度和日常行为的意义和价值,包括其中的实践、创造和经验等。法国结构主义和伯明翰学派这种重实践、重行动的理论旨趣为后来的文化研究确立了一个参照系。正是在这个意义上,卡勒说:"文化研究就是探讨我们在多大程度上受文化力量的操纵,以及我们能在多大程度上,或者用哪些方式使文化力量为其他目的服务,就像人们说的,发挥'能动作用'。"③

进而言之,正因为文化研究从活动性、行动性、实践性的角度对文化予以关注,因此它有别于大学里的高雅文化研究。这就似乎造成了如此局面:似乎认同文化研究就意味着抵制文学研究,似乎从事文化研究就意味着弃绝经典作家。其实不必如此悲观,而应秉持更加积极的态度,毋宁将此变局理解为对于文学研究的拓宽和延长。依此便可以首肯卡勒的这一说法:"文化研究是我们简称为理论的实践——我认为这的确说得通——那么问题就不再是文化研究与理论的普遍关系,而是名目繁多的理论话语在研究某种特定文化实践时各自的优势和长处是什么。"④而晚近流行的文化研究模式,譬如女权主义、文化帝国主义、后殖民主义、生态批评等"理论"话语,无不关联着特定的文化实

---

① 乔纳森·卡勒:《文学理论》,李平译,辽宁教育出版社1998年版,第45页。
② 雷蒙·威廉斯:《文化分析》,罗钢等主编《文化研究读本》,中国社会科学出版社2000年版,第126页。
③ 乔纳森·卡勒:《文学理论》,李平译,辽宁教育出版社1998年版,第48页。
④ 乔纳森·卡勒:《什么是文化研究?》,金莉等译,《当代外国文学》2007年第4期。

践而各显身手、各擅胜场。

任何行动者、实践者其动机总是与效果紧密联系的,卡勒亦然。他认为:"理论是根据它的实际效果定义的"[①],它能够改变人们的观点,使人们用不同的方法去考虑他们的研究对象和研究活动。如果以此来考量文化研究与文学研究二者的目的与效果的话,可知从事文化研究的人常常希望他们的研究能够成为一种对文化的介入,而不仅仅是一种对文化的描述。正是这种介入,使得文化研究者相信它的知识成果应该而且能够创造变化、改变现实。对此人们的评价可能龃龉不一,但文化研究较之文学研究更加激进则是显而易见的。

第三节 解释模式的转变

从韦勒克、沃伦的《文学理论》到卡勒的《文学理论》,解释模式的转变也显示了文学理论转向"理论"、文学理论批评化的大趋势。

韦勒克、沃伦的《文学理论》在分析文学史的解释方法时,区分了相互对立的两种:一是"历史主义"的方法,它主张研究者必须设身处地体察古人的内心世界并接受他们的标准,竭力排除自己的先入之见,这是一种文学的"历史重建论";一是"透视主义"的方法,它认为研究某一作品,就必须同样重视它在产生时代的价值和以后历代的价值,作品既是永恒的,又是历史的;既永久葆有某种特质,又经历了有迹可寻的发展过程,它在不同时代的发展变化可以相互比较,充满了各种可能性。在这两种方法中,韦勒克、沃伦明确支持后者而反对前者,他们认为,一件作品的意义,决不仅止于,也不等同于作者当时的创作意图,作为体现种种价值的系统,作品有它独特的生命,它的全部意义是不能只以其作者及同时代人的看法来决定的,它是一个累积过程,是历代无数读者的评论叠加的总和。而"历史重建论"宣称这整个累积过程与批评无关,读者只需探索原作产生的那个时代的意义即可。韦勒克、沃伦认为这一说法不必要也不成立,理由在于,"我们在批评历代的作品时,根本不可能不以一个20世纪人的姿态出现:我们不可能忘却我们自己的语言会引起的各种联想和我们新近培植起来的态度和往昔给予我们的影响。我们不会变成荷马或乔叟时

---

① 乔纳森·卡勒:《文学理论》,李平译,辽宁教育出版社1998年版,第4页。

代的读者,也不可能充当古代雅典的狄俄尼索斯剧院或伦敦环球剧院的观众。想象性的历史重建,与实际形成过去的观点,是截然不同的事"。①

虽然韦勒克、沃伦所辨析的"历史主义"或"透视主义"相互分歧、彼此对立,但在卡勒那里却悉归于"诗学模式"。卡勒指出,在文学研究中有一个经常被忽视的基本区别,即诗学模式与解释学模式的歧异。诗学模式"以已经验证的意义或者效果为起点,研究它们是怎样取得的";而解释学模式则"以文本为基点,研究文本的意义,力图发现新的、更好的解释"。② 简言之,这两种模式的研究路径恰好相反,前者是从作品的意义或效果出发去探讨这种意义或效果是如何达成的,而后者则是从作品本身出发去寻求和发现新的意义、获得新的效果。举个例子,如果说《哈姆雷特》是"关于一位丹麦王子的故事",那就是诗学模式的批评;但如果说《哈姆雷特》是"关于伊丽莎白时期社会秩序崩溃的写照",那就是解释学模式的批评了。

卡勒对于解释学模式给予更多赞许。在他看来,解释一部文学作品的意义不可能像理解一般日常话语的意义一样,不能指望它是一目了然的,意义是需要探讨的,这也就是为何晚近文学研究更重视解释学而不是诗学的原因。诗学的任务不在于了解一部作品的意义,而在于对作品的效果进行解释,譬如解释为什么一种结尾比另外一种更成功,为什么在作品中一种比喻组合有意义,而另一种就没有任何意义。再有,读者是怎样理解文学作品的,何种程式使读者能像现在这样理解作品的意义。卡勒还认为,诗学模式旨在揭示读者在把握作品的内容与形式时所需要的"文学能力",它必须说明识别文学种类的标准或分类原则是什么,怎样识别情节,怎样从文本提供的细节中把人物勾画出来,怎样从文学作品中识别主题,怎样深入探讨揭晓作品意义的表征性解释,等等。

解释学模式通常被看作一种文学批评派别或一种理论研究方法,它往往会对于一部作品到底是"关于什么的?"这一意义层面的问题作出独到的回答,譬如《哈姆雷特》"是关于阶级斗争的"(马克思主义)、"是关于统一经验可能性的"(新批评主义)、"是关于恋母情结矛盾冲突的"(心理分析)、"是关于遏制颠

---

① 韦勒克、沃伦:《文学理论》,刘象愚等译,江苏教育出版社2005年版,第36页。
② 乔纳森·卡勒:《文学理论》,李平译,辽宁教育出版社1998年版,第64页。

覆力量的"（新历史主义），"是关于性别关系不对称的"（女权主义），"是关于文本自我解构本质的"（解构主义），"是关于帝国主义的阻碍的"（后殖民主义），"是关于异性恋根源的"（同性恋研究），等等。不言而喻，上述括号中列举的种种"理论"最初并不是解读文学作品的方法，但它们对于文化和社会特别重要。当然在这些"理论"中也不乏对于文学功能的解释，这也就使之带有了诗学的性质。总之，这些新颖独特、层出不穷的"理论"，使得某种类型的解读方法得以形成。其中要义不在于得出什么答案，而在于如何得出答案。进而言之，这种解读是由读者的"期待视野"决定的，对于一部作品的解读就是对于这种"期待视野"所提问题的回答。譬如 20 世纪 90 年代的读者与莎士比亚时代读者的期待视野截然不同，而女权主义的读者与男性角度的读者的期待视野也是迥然有异的，而无论哪个时代、何种情况，读者的期待视野总是与社会历史、实际生活相连，最终势必对作品作出歧义百出的解读。

然而这一情况正说明解释学模式的批评充满了活力。对于一部给定的作品没有必要谋求那种"绝对是关于什么？"的答案，这种答案理应是相对的、多元的。这一判断基于两个事实：一是这类争论永无止境，二是任何判断都必须根据具体场景作出，而这种具体场景是变化不定的。而这种永无止境、永在变动的状况不正是激发批评活力的动力之源吗？

讨论至此，似乎又回到了一个老问题上来了：是什么决定作品的意义？有人认为是作者的意图决定意义，有人认为意义是文本中语言的产物，也有人认为作品的语境决定意义，还有人认为读者的经验就是作品的意义。那么，意图、文本、语境、读者，究竟是哪一个决定意义呢？可见意义是非常复杂的，并不是仅凭其中任何一种就可以单独决定的。卡勒认为，如果一定要寻求一个总的原则或公式的话，那么或许可以说，意义是由语境决定的，因为语境包括了其他三种因素即作者意图、文本语言、读者经验的背景。不过在这里需要补充说明一点，语境是没有限定的，它始终是变动不居的。于是可以概括为以下两句口诀："意义由语境限定，但语境没有限定。"[①]这就对解释学模式的批评的特性作了非常简洁的界定。

总之，尽管韦勒克、沃伦对于"历史主义"与"透视主义"两种解释方法作了

---

① 乔纳森·卡勒：《文学理论》，李平译，辽宁教育出版社 1998 年版，第 71 页。

区分并有所弃取,但说到底还是主张回到文学作品及其意义本身,包括作品原先固有的意义和以后历史过程中发展起来的意义,因此二者均属卡勒所说"诗学模式"的范畴,仍停留在文学理论的传统解释方法上。与之相较,卡勒更加赞赏"解释学模式",提倡批评与时俱进,更多关注与当下社会实践、实际生活密切相关的更新、更好的问题。不能说它们引起的变化都是完全令人满意的,但它开发了文学批评的社会潜能和现实价值,顺应当今文学创新、文化实践乃至社会发展的潮流,在今天当大有可为。

第四节 阅读方法的差异

从韦勒克、沃伦的《文学理论》到卡勒的《文学理论》研究旨趣的转向,也可以从二者阅读方法的差异见出,这集中在"细读"问题上。"细读"概念是新批评派从其作为实验性尝试的阅读经验中提炼出来的,燕卜逊的《含混七型》(1930)是演绎"文本细读"的典型之作,布鲁克斯与沃伦合著的《理解诗歌》(1938)对"文本细读"问题进行的深入研究推进了"细读"概念的总结和提升。所谓"细读"(Close Reading),依赵毅衡之说:"这种批评方法对一篇作品,哪怕是极短的抒情诗,作详细的不惜篇幅的结构和语义的分析评论,而对于文本外的任何因素先作悬搁,存而不论。"[①]

韦勒克、沃伦的《文学理论》(1949)一书并未专题讨论"细读"问题,但对之表示关注。[②] 而韦勒克在相关著作中对此作了较为深入的论述:

> 燕卜逊所使用的方法尽管是原子论的、联想的和武断的,但这方法至少也是企图抓住诗的含意问题的一次具有独创性的尝试。"细读"导致了卖弄学问和牵强附会,这一点跟其他所有治学方法并无二致,但它肯定到此为止;因为任何知识部门能够取得的进步与实际取得的进步,靠的都是对对象作仔细的、详细的考察,靠的是将事物置于显微镜之下,即使这样

---

① 赵毅衡:《重访新批评》,百花文艺出版社2009年版,第90页。
② 该书第12章的"参考书目"在"'文本细读'及方法实例"条目下开列了新批评派中人与此相关的若干代表性著作。

做会使一般的读者甚至学生和教师厌烦不堪。①

韦勒克对于"细读"的局限性给予了有限度的批评,但仍充分肯定其深究细察、钩玄探微的阅读方法在文学研究中的必要性。

然而到了文化研究崛起的年头,文本细读便不是所有求知和治学都非如此不可的方法了。卡勒指出,当文化研究还只是文学研究的一种叛逆形式时,它把文学分析的方法运用到其他文化材料的研究当中,但到文化研究成了占据主导地位的研究,而文化研究人员也不再来自文学研究人员时,使用文学分析的方法就不那么重要了。尽管在文化研究中并没有明令禁止文本细读的方法,但这并不能让文学批评家们感到安慰,因为以往文学研究关注的是每一部作品与众不同的复杂性,而作品只是其本身的主题、思想、情感、态度等内在要点的表象;而文化研究则已变成一种"非量化的社会学"②,它将文化产品作为反映其自身之外其他东西的实例或表象来对待。这里需要解释一下,所谓"非量化的社会学",就是前述文本解读的两句诀"意义由语境限定,但语境没有限定"所彰明的道理,由于语境的扩展和变迁是无止境的,所以文本解读是无止境的,其解读出的意义也是无止境的。这种非量化的状况在文化研究中无疑得到了充分的表现。

卡勒进一步指出,文化研究作为"非量化的社会学"很容易受到变化不定的语境的诱导,这种诱导的主因就是"社会同一性"的流行观念,它在"表征"的意义上确认文本与社会政治结构之间存在着某种"同一性"。他说:"这个概念认为有一种社会同一性存在。各种文化形式都是这个同一性的表现,或者叫现象。所以,要分析这些现象就要把它们与派生出它们的社会同一性联系起来……在这种关系中,文化产品就是一种基本社会政治结构的表象。"③作为这一转变的结果,"表征性解释"应运而生。所谓"表征性解释",是卡勒化用阿尔都塞所说"症候解读"而来的概念,但冲淡了"征候性""症候性"等概念在病理学上的消极意义,而作为中性意义的"表征性""象征性"来使用,借此彰显文本与社会政治结构之间的表征关系、象征关系。

---

① 韦勒克:《批评的诸种概念》,丁泓等译,四川文艺出版社1988年版,第17页。
② 乔纳森·卡勒:《文学理论》,李平译,辽宁教育出版社1998年版,第53页。
③ 同上。

相应地,文化研究的阅读方法也发生了重大变化,从文本细读向社会政治分析转移。文本细读着重对文本内部每种形式和技巧保持敏锐的注意,并着力研究意义的复杂性,而社会政治分析则是将一定时代的所有文本都视为同一社会结构的表象,因而也就具有同样的意义。当文学研究被归入文化研究之时,以下可能性便会成为常态:"表征性解释"就可能成为规范,而文学对象的特性就可能被淡化,文学使用的解读实践也可能被忽略。[1]

卡勒借用别人的说法对此作出界定:如果说以往文学研究惯用的是"细读"(close reading)的话,那么现今文化研究通行的则是"粗读"(distant reading)了。它往往采用"文学社会学"的做法:用新的视角去审视人物,不再考虑主题,不再考虑对某个人物的看法,不再考虑人物以及其伴侣的出生地和归宿地。用定量研究的方法,分析某一年份的整个文学产出。研究某一时期文学的趋势,不同国家在不同时期出版的小说类别,或某部作品在全球范围内翻译、阅读、模仿的情形。关注文学的发展趋势,而非对某个特定文本的深入研究。这类研究可能会得出这样的结论,某个特定历史时期某种类型的小说颇为流行,而某种类型的小说的声望在下跌,如此等等。[2]

从以上比较不难见出,新批评派揭橥"文本细读"的方法旨在提炼和建构一种具有普遍意义的文学理论,像"细读法"的创始人燕卜逊在《含混七型》中涉及了两百多部文学作品,但他对于这些例证的分析不以作品解读为指归,而是力图建立一套理论模式。韦勒克、沃伦作为新批评派的重镇,其《文学理论》的核心部分"文学的内部研究"所构筑的理论框架,对于文学作品的存在方式的分析甚至细化到十分琐碎的程度,如对于文学的音乐性因素谐音、节奏、格律的分析就非常具体而微,不啻是一部帮助读者了解"细读法"的"导引"。与之形成对照,卡勒对于文本解读的研究则是问题式的,更倾向于在特定语境下发现问题、解决问题,提供行之有效的批评策略和操作方案,为批评实践提供参照。例如他以英国开放大学开设的"通俗文化"课中的"电视警察系列剧和法律与秩序"单元为例,从不断变化的社会政治形势角度分析了警察系列剧,

---

[1] 乔纳森·卡勒:《文学理论》,李平译,辽宁教育出版社1998年版,第54页。
[2] 乔纳森·卡勒:《文学理论的现状与趋势——乔纳森·卡勒教授访谈录》,何成洲译,《南京大学学报》2012年第2期。

揭示了在文化研究成为强势的年代文本解读从"细读"向"粗读"转化、从一般形式分析向社会政治分析过渡的动向,对于什么是"社会同一性"作出具体的演示,对于如今批评实践的实际操作无疑具有切实可行的指导意义。

第五节 回到文学经典,抑或应对当下现实?

通过以上分析,可以从韦勒克、沃伦的《文学理论》到乔纳森·卡勒的《文学理论》的转折中发现以下几个问题:

从文学理论到"理论",推进了文学理论的批评化,其中的关节点在于文化研究。卡勒一再说明,文化研究是"理论"的实践形态,而其实践性则是通过新历史主义、女权主义、新马克思主义、后殖民主义、生态主义等林林总总的批评形式和批评话语而得到实现的,因此"理论"又可以称作"批评理论",甚至可以直接解作"批评"。这无疑是文学理论与文学批评之关系的重大转折。它打破了韦勒克、沃伦在《文学理论》中搭建的文学理论、文学批评、文学史三位一体的金字塔式的稳态结构,引出了许多新的理论话题和研究取向,带有鲜明的后现代色彩。

卡勒所论引起普遍震动和疑虑的,莫过于"'理论'并不是关于文学的理论"一说,此说对应着晚近以来文学的命运遭际,昭示了文学边缘化的困局。不过卡勒对此却不持悲观态度,在他看来,从文学理论到"理论",意味着从"关于文学的理论"向"关于文化的理论"延伸,从"以文学为研究对象"向"以文化为研究对象"扩展,这一变化不应是消极的而是恰恰相反:一是文化研究涵盖了文学研究,它把文学作为一种独特的文化实践去考察,更加有利于文学研究;二是林林总总的"理论"开拓了更多文学研究的途径和方法,给传统文学研究注入了活力,使之较之以往更加活跃、更有生气;三是"理论"的盛行不仅没有与文学经典争抢读者,相反地却是凭借种种另辟蹊径、别出心裁的研究路径和方法为文学经典造成了更大影响,吸引了更多读者。

已如上述,在文学批评的两种解释模式中,卡勒是有所选择、有所偏重的,他所看重的是文学批评的主体本位意识。在他看来,诗学模式更多对于客观的诗学规律和语言学规律的趋从和顺应,就说韦勒克、沃伦《文学理论》中总结的种种学理,主要是在验证、阐明这些语言学和诗学的规律,尽管其结论相对成熟、相对经典,但显得被动、退守,有失主体本位。而解释学模式则将被动顺应规律转变为主动建构规则,表现出强烈的主体本位意识。它致力于从文本出发去寻求更新、更好的解释,而这种解释又不是没有根据的,其根据来自当下的现实场景、理论观念和实际效应,这是它的理由充足律。它可能不尽成熟,但在积极进取中透出凌厉的锐气,可能不尽令人满意,但对于实际生活特别有用。尤其是它能够做到与时偕行而不断更新,从而拓展了文学批评的崭新空间,一是批评的实践性、行动性;二是批评的功能性、实效性;三是批评的当下性、现场感。正如卡勒所说:"在阅读方法中对历史和社会变迁的关注强调解释是一种社会实践。"[①]然而人们对其搁置文学的取向又往往不无疑虑。

看来,还是这样一个老而又老的问题放在了今天的"批评理论"面前:是返回过去的文学经典呢,还是应对当下的现实问题呢?

---

① 乔纳森·卡勒:《文学理论》,李平译,辽宁教育出版社1998年版,第67页。

第 十 三 章

症候解读:文学批评作为艺术生产

"艺术生产"理论是马克思的首创,马克思在《政治经济学批判(1857—1858年手稿)导言》中论述艺术生产与物质生产不相平衡的关系时首次提出了这一理论。这一理论给予后学以极大的启示和推进作用,成为后世文学理论的一个重要内容。但是,无论是马克思本人,还是该理论的传人本雅明、布莱希特等,都是将"艺术生产"范畴用以界定创作活动,并未将阅读和批评活动收纳其中。尽管他们对于艺术消费与艺术生产之间的辩证关系多有论述,但对于阅读和批评本身的生产性问题却并未置论,而"症候解读"理论恰恰开辟了这一论域。

第一节 弗洛伊德:症候是有意义的

"症候解读"理论的最早源头可以追溯到弗洛伊德对于"过失"问题的研究,弗洛伊德后来成书的演讲《精神分析引论》(1915—1917)开篇第一编就是"过失心理学",可见其重要性。在他看来,人的种种舌误、笔误、遗忘、焦虑以及神经病都属于"过失"的范畴。弗洛伊德在研究中发现,任何过失其实都是有意义的。长期以来人们只是看到它错误和不当的一面,而忽视了它合理和正当的一面。譬如某议长在会议开始时就宣布闭会,其实是他认为本届会议不会有好的结果,不如散会来得痛快。又如有人将一封信遗忘在桌上好几天,等他要投递时却不是忘记填写对方姓名地址,就是忘了贴邮票,最终他不得不承认，自己隐隐有不愿寄出此信之意。因此弗洛伊德指出："过失不是无因而致的事件；乃是重要的心理活动；它们是两种意向同时引起——或互相干涉——的结果；它们是有意义的。"①关于这一点，弗洛伊德在更早的《释梦》(1900)一书中已多有论述："每一个梦都可显示一种具有意义的精神结构"，"我们深信梦是有意义的结构"。②

弗洛伊德对于梦进行过长期的研究，他的精神分析学最早是从释梦起步的，释梦也是《精神分析引论》中的重头戏，因此他对于梦的研究具有代表性，值得重视。他认为，梦作为一种有意义的精神结构，它由两部分构成，一是可以说出的部分，可称为梦的显意(the manifest dream-content)；一是梦隐含的意义，它是通过联想而得到的，可称为梦的隐意(the latent dream-thought)。以往人们对于梦的意义往往是从梦的显意去求致，在他看来，这是完全错误的。而要把握梦的意义，那就必须对于梦的隐意予以更多的重视。因此人们面临一项前所未有的工作，即研究梦的显意与隐意的关系，以及隐意是如何转化为显意的过程。

在弗洛伊德看来，梦的显意/隐意之间存在着一种语法关系和符号学原理，从隐意转化为显意的过程也是有一定的语法规则和符号学逻辑的。如果遵循其游戏规则和内在逻辑，便有可能解析和破译其中隐含的意义，否则就势必误入歧途而不得要领。弗洛伊德将梦的显意/隐意比作同一题材的两种不同的文本，其中隐意好似显意的原本，而显意好似隐意的译本："我们的任务就在于将原本和译本加以比较以求发现其符号和句法规则，只要我们掌握了这些符号和规则，梦的隐意就不难理解了……如果我们企图按照这些符号的画面价值而不是按照其象征意义去破译它们，我们显然会误入歧途。"③因此弗洛伊德的释梦在很大程度上就是寻绎和建构梦的显意/隐意之间的语法和符号学关系，以及二者转化过程中的语法规则和符号学逻辑的工作。弗洛伊德曾将梦的显意/隐意关系分为四种类型：(1)以部分代全体；(2)暗喻；(3)象征；(4)意象。他将这一分类扩大到释梦的讨论范围，从而发现梦的工作大致采取

---

① 弗洛伊德：《精神分析引论》，高觉敷译，商务印书馆1984年版，第26页。
② 弗洛伊德：《释梦》，孙名之译，商务印书馆1996年版，第1、526页。
③ 同上书，第277—278页。

压缩、移置、意象、润饰四种方式：所谓"压缩"就是显梦似乎成为隐念的缩写体；所谓"移置"就是将梦的重点从有关的事项转移到并无关系的事项，从重要的事项转移到不重要的事项；所谓"意象"就是将思想变成视像；所谓"润饰"就是将梦的材料交错穿插，形成与隐念大相径庭的次序。① 显而易见，这些释梦的类型和范式，其实就是引导人们去追溯和破译梦之意义的语法规则和符号学逻辑。

值得注意的是，弗洛伊德对于"症候"（Symptoms）问题也有过研究。1882年弗洛伊德开始与神经病医生 J. 布洛伊尔合作，发现了神经病患者会表现出种种症候，如强迫症、健忘症、忧郁症、癔病、焦虑、自恋等，而这些症候恰恰是有意义的，这正与过失和梦如出一辙。弗洛伊德说："神经病的症候，正和过失及梦相同，都各有其意义"，"神经病症候的有意义与过失和梦并没有什么不同"。② 只不过弗洛伊德所说的"症候"特指神经病的症状，是与过失、梦并列的概念，但弗洛伊德又确认它在"有意义"这一点上与过失、梦颇多相通之处。

弗洛伊德还揭晓了过失与文艺创作之间的紧密联系。他认为，诗人常常利用舌误、笔误或神经病的症候等过失来作为文艺表现的工具，以席勒的《华伦斯坦》、莎士比亚的《威尼斯商人》为例，其作者在这些作品的情节设计中有意安排种种口误，足以见出他深知这些过失是大有深意的，而且他也知道台下的观众完全能够领会。而在这一点上，诗人较之语言学家和精神病学者更加高明。因此弗洛伊德认为："诗人却仍可用文艺的技巧予过失以意义，以达到文艺的目的。所以研究舌误，与其求之于语言学者及精神病学者，不如求之于诗人。"③ 弗洛伊德秉有良好的文学艺术修养，往往将其精神分析的临床经验和研究成果用于分析文艺作品，或者说用文艺作品来验证其精神分析的道理，此处用文艺作品来证明"症候是有意义的"这一论断便是显例。

第二节　拉康：在语言结构中探寻症候的意义

1936 年 8 月 3 日，雅克·拉康向在墨尔本举行的第十四届国际精神分析

---

① 弗洛伊德：《精神分析引论》，高觉敷译，商务印书馆 1984 年版，第 128—139 页。
② 同上书，第 202、212 页。
③ 同上书，第 20 页。

大会宣读了题为"镜像阶段"的论文,对于以往精神分析学已讨论多年但一直悬而未决的主体问题提出了质疑,这被认为是精神分析学发展过程中一个具有重大历史意义的事件。拉康是在弗洛伊德的精神分析学风靡法国之时入行的,他作为藉藉无名的晚辈与弗洛伊德在学术上有过12年的交集,但以这次挑战为起点而成为弗洛伊德的重新阐释者。拉康崭露头角之时正是法国哲学、文学、艺术种种新潮风云际会、狂飙突进的时代,拉康经常和纪德、保罗·克洛岱尔等人相聚位于巴黎左岸地区的莫里埃书店,他与布列东和达利是朋友,后来还成为毕加索的私人医生,他还兼任超现实主义刊物的撰稿人。稍后的萨特、西蒙·波伏娃、列维-斯特劳斯、梅洛-庞蒂、加缪、德里达等也与之多有交往,在这一长长的名单中还有阿尔都塞。这是一个英才辈出、星汉灿烂的时代。当时崇尚叛逆、倡扬革新的文化氛围为拉康提供了一种可能性,即重新阐释弗洛伊德的精神分析学并为之奠定一种人文内涵,具体地说,拉康是从哲学、心理学、语言学、符号学出发而对弗洛伊德的精神分析学进行了重建。

拉康的重建工作是从对于弗洛伊德精神分析学的理性主义倾向的挑战起步的。拉康认为弗洛伊德继承了笛卡尔理性主义统驭下的古典心理学传统,将自我或曰主体等同于"感觉—意识"系统,而忽视了它对现实反应的误差和模糊之处。拉康这样说:"确实,我们知道弗洛伊德将自我等同于'感觉—意识体系'。这个体系是由机体得以适应'现实原则'的器官的总和所构成的。"[1]在拉康看来,弗洛伊德尽管发现了无意识这一非理性的领域,但他仍将"感觉—意识"系统这一理性结构视为自我的本质,尽管在人的心理功能中引进了"利比多"这一动力因,但认为它的驱动力仍然受到"感觉—意识"系统的规约和主导,总之,弗洛伊德信奉的仍是笛卡尔"我思故我在"那一套。拉康对此持有异议,他公然宣称:"必须指出我们的经验使我们与所有直接从我思(cogito)而来的哲学截然相对。"[2]所谓"从我思而来的哲学"即指笛卡尔"我思故我在"一说所代表的理性主义哲学传统。可见拉康对于弗洛伊德的学说沿袭理性主义传统的保守倾向持反对立场。所以有论者评说:"拉康大胆地修正

---

[1] 《拉康选集》,褚孝泉译,上海三联书店2001年版,第184—185页。
[2] 同上书,第89页。

了笛卡尔'我思故我在'的说法,改成'我非我所思,我思非我在'。"①拉康对于弗洛伊德的批评是否在理、是否准确又作别论,但它恰恰透露了拉康致力于重塑"自我"或曰"主体"的概念、重建精神分析学的意图。

拉康理论建构的一个重要支柱即"镜像理论"。拉康发现,人类婴儿出生大约6个月以后,就会对镜子中自己的模样表现出浓厚的兴趣,虽然此时他的智力还赶不上黑猩猩,但黑猩猩却对自己的镜像缺乏长久的兴趣,一旦它发现镜像背后空洞无物时便弃置而去。但人类婴儿却不同,他不仅对镜像感兴趣,而且引发一连串的动作,他要在玩耍中摸索镜像的种种动作与镜中环境之间的关系,还试图搞清楚镜像与现实中他自己的身体、别人的身体以及周围物件的关系。正是这种对于镜像的饶有兴趣与黑猩猩对于镜像的无动于衷形成鲜明对照,测度出人类婴儿自我意识的萌动。因此拉康认为,一个尚处于婴儿阶段的孩子,举步趔趄,依偎于母亲怀抱,却兴奋地将镜子中的影像归于己身,在这一情境中,自我概念的萌发成为一个显著的动向,这为其日后主体意识和主体功能的发展奠定了起点。拉康据此对弗洛伊德进行了指谬和纠正。拉康认为,对于儿童的心理认同的考察,必须到其最早的心理原型中去寻找答案,而弗洛伊德将俄狄浦斯情结视为儿童最早的心理认同的原型,其实俄狄浦斯情结出现时,儿童的年龄已经偏大,其认同的范围已经较宽,认同的功能也就变得相对繁杂和模糊不清。拉康认为,儿童心理认同的更早原型是自恋(narcissism)。关于"自恋"的概念,弗洛伊德在《精神分析引论》中就曾论述过,只不过并未将其视为儿童心理认同的要义而已。拉康则认为"自恋"意义重大,它作为一种原初认同,在儿童一岁之前的"镜像阶段"就已萌发并起作用了,这种作用将贯穿其一生。

拉康"镜像理论"的重要意义在于揭晓了人的"主体"意识包括自我概念、自恋倾向等在婴儿"镜像阶段"的早期经验中已然萌发这一事实,这一认识对于弗洛伊德是一次超越。"主体"是拉康理论中的一个支柱概念,在其著述中可谓俯拾皆是,而弗洛伊德却几乎不提"主体"概念,这一区别也就使得二者的理论拉开了距离。拉康还进一步提出了"主体间性"这一崭新的概念,他曾在一次就某个文学作品举行的心理分析研讨会上公开宣称:"主体间性是我们要

---

① 特里·伊格尔顿:《文学原理引论》,文化艺术出版社1987年版,第200页。

指出的内容","我们感兴趣的是在主体间重复的过程中主体是怎样在他们的移位中互相交接的"。① 所谓"主体间性",是指在两个不同主体之间的相互关系中产生的新质,它赋予这两个主体各自孤立时所不具备的意义。拉康这样解释:"不仅仅是一个主体,而是卷入在主体间性中的多个主体排进了队伍",由它们之间的信息交流所形塑的主体间性"决定了主体的行动,主体的命运,主体的拒绝,主体的盲目,主体的成功和主体的结局,而不管他们的才赋,他们的社会成就,他们的性格和性别"。② 正是"主体间性"的交互性给"主体"概念注入了丰富的社会性、人文性的内涵。就此而言,如果说弗洛伊德的学说尚处于生物学、医学水平的话,那么拉康的学说则已上升到文化学和人类学的水平了。其实在婴儿"镜像阶段"的早期经验中就可以发现"主体间性"在其主体意识生成中的关键作用了,婴儿对于镜里镜外自己身体与别人身体的关系以及与周围环境和物件的关系的比照就已在寻求确认自身的参照系了,这是主体之为主体、自我之为自我的必要条件和根据。

对于主体间性的重视,推动了拉康理论的语言学转向。拉康认为,主体间性生成于不同主体之间传达意义的信息交流活动,或者说主体间性靠语言来承载和维系,以言谈、对话、应答等形式来加以表达。他说:"一种语言所具有的言语的价值是在其含有的'我们'的主体间性中测度出的。"③ 这样,拉康就将语言学引进了精神分析学。

弗洛伊德曾试图揭示梦的语法规则和符号学逻辑,将释梦技术朝向语言学、符号学的科学分析推进,但他尚未接触现代语言学,缺少后者的学科规训和操作规程作为支撑,很多判断还带有臆测和比喻的性质。拉康则更进一步,将自己的理论建立在索绪尔和雅可布逊所开创的现代语言学和结构主义之上,借力于当时代表最高水平的语言学、符号学理论,为精神分析学开了新生面。

索绪尔指出,任何符号都由概念和音响形象两部分组成,他将概念称为"所指",而将音响形象称为"能指"。索绪尔强调符号是能指和所指相互联结

---

① 《拉康选集》,褚孝泉译,上海三联书店2001年版,第5—6页。
② 同上书,第22页。
③ 同上书,第311—312页。

所产生的整体,话虽这样说,其实他更加看重的是所指。这在学界是有定评的,如弗·杰姆逊就将索绪尔语言学中的"能指/所指"二项对立体系视为当代理论中有影响的四种深度模式之一。① 拉康的看法恰恰相反,他在能指与所指两者中尤重能指的作用,他声称:"我们的想法是要指出能指相对所指来说的优先性。"②拉康认为能指更具相对独立性和构成性,因而在符号中占据更加重要的地位。在他看来,能指并不是孤立的存在,一个能指总是与别的能指处于交互状态,盘根错节、勾搭连环,构成所谓"能指连环"的网状结构,好似项链上的一环,而这项链又是勾连在由无数的环组成的另一条项链上的。例如"楼船夜雪瓜洲渡,铁马秋风大散关"(陆游:《书愤》),"鸡声茅店月,人迹板桥霜"(温庭筠《商山早行》),均是"能指连环"的具象呈现,而马致远《天净沙·秋思》中"枯藤老树昏鸦,小桥流水人家,古道西风瘦马"之句,更是张开了一个纷纭繁复的能指网络。可见能指在这网状结构上始终处于动态过程之中,表现出移动性、迁移性。能指在能指连环上的迁移往往决定着符号的意义,它往往规约着、决定着所指,所指则隐蔽在这网状结构之下,随着能指的位移而不断滑动,因此能指而不是所指在符号中占据主导地位。

基于对能指/所指之关系的新解及对于能指在符号中的主导作用的确认,拉康从雅可布逊的符号学理论中借取了"隐喻/转喻"这对概念,在他看来,这是语言的两大基本模式,它们是能指在共时和历时这两个向度上相互转换和迁移的产物。依拉康之说,按照能指在能指连环上移动的法则,"一个词对另一个词的取代,这产生了隐喻的效果";"一个词与另一个词的组合,这产生了转喻的效果"。③ 例如岑参《白雪歌送武判官归京》:"忽如一夜春风来,千树万树梨花开",选择"白雪/梨花"这对具有相似性的能指在共时的向度上相互取代构成纵聚合,这便是隐喻;刘禹锡《西塞山怀古》:"千寻铁锁沉江底,一片降幡出石头",连结"金陵/石头"这对具有相邻性的能指在历时的向度上发生迁移构成横组合,这便是转喻。总之,无论是隐喻还是转喻,都是在能指与能指的替代和连结中产生意义。

---

① 弗·杰姆逊:《后现代主义与文化理论》,唐小兵译,陕西师范大学出版社1986年版,第185页。
② 《拉康选集》,褚孝泉译,上海三联书店2001年版,第21页。
③ 同上书,第560页。译文按原意稍有改动。

拉康对于语言学的看重旨在对于精神分析学进行科学的阐释,而"能指/所指""隐喻/转喻"等语言学概念便是进入的门径、破解的工具。在拉康看来,梦与无意识只有借助现代语言学才能得到科学的说明,惟其如此,精神分析学的原理和法则才能得到彰显。因此人们往往在拉康的著作中发现他在替弗洛伊德"代言",见出他在用结构主义语言学和符号学的概念来重解甚至曲解弗洛伊德的精神分析学,这一点弗氏本人未必能够想到,后者在写作《释梦》《精神分析引论》时甚至还不知结构主义语言学和符号学为何物。例如弗洛伊德在《释梦》中提出,在梦对于无意识的加工中起关键作用的两个机制"压缩"(Verdichtung)和"迁移"(Verdichiebung),拉康认为,这正是索绪尔所谓"所指在能指下面随之滑动"而产生的语言学效果,"压缩"表现为能指的共时性重叠结构,从而构成纵聚合,隐喻就存在其中;"迁移"则表现为能指的历时性转换模式,从而构成横组合,转喻即由此而生。①

这样,拉康就掌握了解析人的无意识世界的语言学工具,使得将精神分析学发展为系统的、自成一体的科学理论成为可能,而拉康也据此以科学术语对梦、无意识及其种种症候进行描述和界定,提出了一系列标志着精神分析学新进展的重要论断,不过这些论断往往是以对于弗洛伊德进行阐释的名义而加以表述的。值得注意的是,拉康关于"能指/所指""隐喻/转喻"等概念的新解在一定程度上解构了索绪尔结构语言学,使其对于弗洛伊德精神分析学的重建带有强烈的后现代色彩。

首先,拉康认为无意识的机制类似一种语言结构,或者说无意识如同语言一样是被建构起来的。无意识更多关心的是能指而不是所指,无意识也是在能指连环中移位,借助隐喻/转喻在共时性和历时性这两个向度上的替换和组合而产生意义。拉康有一个著名的论断:"无意识就是他者的话语。"②所谓"他者"不仅指他人,而且也指语言秩序,是语言秩序体现着他人的存在。这正应了一句话:"是语言说我,而不是我说语言。"③也就是说,人们说话往往受到语言秩序的限制,古人将这理解为神灵的凭附,其实说的正是语言秩序的规

---

① 《拉康选集》,褚孝泉译,上海三联书店2001年版,第442页。
② 同上书,第6页。译文按原意稍有改动。
③ 弗·杰姆逊:《后现代主义与文化理论》,唐小兵译,陕西师范大学出版社1986年版,第29页。

约,因此说话的主体并非说话人,而是建立语言规则的他人,是他人假借说话人在说话。这一道理也适用于无意识的分析。

其次,拉康认为,梦是有意义的,而语言结构就是梦的意义的根源,也就是释梦的根源。因此对于释梦来说,真正的要义在于破译梦的句法结构,建构梦的修辞方式,其大端仍是"转喻"和"隐喻":"省略和选用,倒词序和按词义的配合,倒叙,重复,同位,这些是句法的移位;借喻,谬词,换称,寓言,换喻,提喻,这些都是语义的压缩。"① 拉康还指出,其实弗洛伊德已经意识到这一要义并在临床治疗中付诸实践了,通过寻绎语言结构和修辞方式来进行释梦正是弗氏创立的"谈话疗法"的精髓。然而令人惊异的是,索绪尔建立二项对立的语言结构是在弗氏写作《释梦》《精神分析引论》之后的事儿,那么弗氏是如何想到这一点的呢?如此高度的不谋而合、殊途同归,唯一合理的解释只能是:"弗洛伊德预见了这个结构。"②

再次,拉康认为,精神病的种种症候也是像语言那样构成的,因而也必须在语言分析中得到解决,从而精神分析在某种程度上就是语言分析。他在一篇重要的文章③中就曾批评过弗洛伊德的追随者忽视了语言分析在揭晓精神病种种症候的机制和意义方面的重要作用,并由此提出了"能指连环"的概念,主张将这种作用联系"能指连环"来考量。他说:"我们以为是这个连环本身的法则主宰了对主体起决定作用的那些精神分析的效果:例如缺失,压抑,否定。"④ 在他看来,精神分析的对象,如缺失、压抑、倒错、孤独、重复、否定、舌误、笔误等症候,都是在意识中被压抑的所指的能指,"能指只有在与另一个能指的关系中才有意义。症状的真实存在在这个关联之中"。⑤ 至于是何种症状,取决于能指在能指连环中移动的性质和状态,或者是由象征的替换构成隐喻,或者是由象征的转移构成转喻。总之,症候是有意义的,但这种意义只有

---

① 《拉康选集》,褚孝泉译,上海三联书店 2001 年版,第 278 页。
② 同上书,第 562 页。
③ 即拉康 1953 年在关于爱伦·坡的小说《被窃的信》举行的心理分析研讨会上所作的演讲,后以《关于〈被窃的信〉的研讨会》为题作为首篇文章收入《拉康选集》。据知正是这篇文章的"挑衅"导致了代表主流的巴黎精神分析学会与拉康的决裂,当年拉康退出了该学会。
④ 《拉康选集》,褚孝泉译,上海三联书店 2001 年版,第 2 页。
⑤ 同上书,第 242 页。

在能指的阈限中才能得到解释。

第三节 阿尔都塞:对于"症候解读"的大力揭扬

阿尔都塞明确说过:拉康"对我有一种不可否认的影响"。① 这可以从两个方面来看:一是理念层面的,阿尔都塞接纳了拉康的"症候"概念和"症候是有意义的"的思想;二是方法论层面的,拉康对于弗洛伊德学说存在的空白、缺失、疏漏等"症候"进行解读,从哲学、心理学、语言学、符号学的角度,对于精神分析学进行了后现代意义上的重建,建立了一种新的阅读模式,此事极大地开悟了阿尔都塞。

阿尔都塞在经历了二战的重重苦难之后重新踏上问学之路,他所取得的第一个学术成果就是1947年10月完成并于次年顺利通过巴黎高等师范学校"高等教育文凭"(DES)答辩的论文《论黑格尔思想中的内容概念》。该论文探讨了诸多问题,其中突出的则是从"内容"概念出发对于"空无"和"缺失"的本质意义的追问。阿尔都塞在这篇最早的论文中启动了以空缺为本的哲学之思,而这一精神历险决定了他后来的许多事情,终其一生都未曾改变。日本学者今村仁司这样评价:"从第一篇论文起到最后的著作为止,阿尔都塞一直是一个完全被阙如和真空所迷住的哲学家。"②

在该论文中,阿尔都塞首先指出,黑格尔哲学将自己认定为一个彰显真理的过程,它力图用理论的形式复制出真理得以自我实现、臻于完成的漫长过程,因此对于黑格尔哲学可以作两面观:一方面,它是真理的整体得以实现、达到丰富充盈状态的途径;另一方面,它又是使空无和缺失得以暴露的触媒,而这种空缺正是它所要去填充和补救的。空缺与完整是相互对立的,但任何完整都是从空缺开始并包含空缺于自身之中的,在这个意义上说,空缺乃是完整的起源,对于空缺的揭示是达到整体的前奏,它是具有校正意义的"无",起到证伪作用的"空",正是对于空缺的弥补和救正推动了整体的最终实现。如此看来,空无和缺失的意义不可谓不重大。

---

① 路易·阿尔都塞:《来日方长:阿尔都塞自传》,蔡鸿滨译,上海人民出版社2013年版,第346页。
② 今村仁司:《阿尔都塞:认识论的断裂》,牛建科译,河北教育出版社2001年版,第44页。

如所周知,黑格尔哲学将真理的自我实现构想为一个螺旋式上升的过程,它包含了无数矛盾、冲突、反思、异化、否定、扬弃、三段论、正反合等,经过漫长复杂的演变而臻于完成,在其中任何一种辩证法的形式中,都有一个如何对于之前的空无和缺失进行补偏救弊的问题。阿尔都塞并不否认这一点,但他认为在真理发展的整个过程中,作为起点的空无和缺失更具本质意义。

阿尔都塞在《论黑格尔思想中的内容概念》一文中对此作如下论述:首先,黑格尔哲学不可能从其他东西开始,而只可能从空缺开始。黑格尔在《逻辑学》中揭示,哲学从作为最抽象的限定性的有出发,这种有是空无的,是没有内容的,但它具有真理性的因子,因为"这里还没有东西,可正是在这里会生发出一些东西。这个开端是无,但却是一种有从中源起的无"。① 其次,黑格尔揭示了开端作为一种纯粹的无,它自身的丰富性在这里恰恰表现为空缺。但它具有建设性和生产性,对于整体性的建构具有积极意义,"它是一种应该"②,或者说它被赋予了必然性。这就相当于道家所谓"以无为有""无中生有"命题的实体性和真实性。再次,阿尔都塞还大力肯定了空无具有除旧布新的挑战性和革命性,他认为,通常人们更多看到的是空无的负面意义和消极作用,却对其合理方面、积极作用视而不见。事情恰恰相反,"正是因为有了这种空乏,世界的旧秩序才能够在革命中使其自身发生转型"。③ 这就像《周易·系辞下》所说:"穷则变,变则通,通则久。"黑格尔哲学就是显例,正由于黑格尔青年时代以叛逆的、异端的姿态倡扬的启蒙精神催生了辩证法,才使得这种"法国革命的德国理论"④拥有了对于资本主义和封建专制的批判性和革命性。最后,阿尔都塞认为,黑格尔摧毁了传统的"自在"观念,后者将"自在"视为简单的空洞和虚无,而在黑格尔看来,自在"是一种始源性的空乏,这种空乏通过其

---

① 路易·阿尔都塞:《黑格尔的幽灵——政治哲学论文集[Ⅰ]》,唐正东等译,南京大学出版社2005年版,第81页。
② 同上书,第82页。
③ 同上书,第138页。
④ 见马克思:《历史法学派的哲学宣言》,《马克思恩格斯全集》第1卷,人民出版社1995年版,第233页;恩格斯:《大陆上社会改革运动的进展》,《马克思恩格斯全集》第3卷,人民出版社2002年版,第489页。

自身的运动而把它自己构建为一个整体"。① 这种自在一旦被获取,那么它就不再是一种自在,而成了一种自为。自为取代自在之日,也就是向自由升华之时。

根据以上理由,阿尔都塞得出结论:"空乏是意识的本质。"② 尽管从空无、缺失到达自为、真理、自由还要具备许多条件、增加若干规定性,但它作为一种起点、一种必然性、一种变革力量、一种在运动中实现的整体,自有其不容忽视的重要性。阿尔都塞将空无、缺失提升到本质的高度来加以确认,对于黑格尔哲学作了重新解读和阐发。对此今村仁司有一段非常精彩的评说:阿尔都塞"不是从经常使用矛盾、扬弃这样的角度出发,而是从阙如、真空出发来读黑格尔哲学的态度,是从理论思考以前的精神本质中渗透出来的"。阿尔都塞将黑格尔哲学作为真空论来解读,就此而言,"'论黑格尔哲学中的内容概念'这样的题目,还不如改写成'论黑格尔哲学中的真空概念'为好"。③

但是在这篇论文的后半部分,阿尔都塞却转而讨论黑格尔哲学的其他问题,而将空无、缺失问题丢在了一边,甚至相关概念也不多出现了。给人留下的感觉是,阿尔都塞遇到了重要目标却与之擦肩而过。不过作为一位青年学者的高等教育资格论文,出现这样的缺失和疏漏也完全可以谅解。用他本人的话语来说,没有最初的空缺,何来后来的充盈? 当然从空缺到充盈的转换需要前提和条件,需要某种机缘的激发。对于阿尔都塞来说,这一机缘就是拉康。

阿尔都塞与拉康的交集较晚也较短暂,但是对他来说却意义非同寻常。1963年6月,阿尔都塞在《哲学教育杂志》上发表《哲学与人类科学》一文,对于拉康予以热情褒扬,之后拉康约见阿尔都塞,1963年12月23日两人第一次见面。当时拉康正在开设精神分析研讨班,1964年1月,在阿尔都塞的帮助下,研讨班迁至巴黎高师。同年12月阿尔都塞在《新评论》杂志发表《弗洛伊德和拉康》。1965年初,阿尔都塞开设关于《资本论》研讨班,同年9月和11月,阿尔都塞的《保卫马克思》和《阅读〈资本论〉》二书先后出版,引起了读书界

---

① 路易·阿尔都塞:《黑格尔的幽灵——政治哲学论文集[Ⅰ]》,唐正东等译,南京大学出版社2005年版,第83页。
② 同上书,第46页。
③ 今村仁司:《阿尔都塞:认识论的断裂》,牛建科译,河北教育出版社2001年版,第43—44页。

的轰动。

从上述时间表可见,1963—1965年间与拉康的短暂相交,推助阿尔都塞进入了学术生涯的辉煌时期。其原盖在于阿尔都塞在高等教育资格论文中所奠定的以空缺为本的哲学之思被拉康学说再次激活,在15年前几乎是半途而废而被长期搁置的哲思一朝被唤醒,借助精神分析学的概念,铸成了后来使之一举成名的"症候解读"理论,这让阿尔都塞是何等的兴奋啊!其间他给拉康的一封热情洋溢的信中这样写道:"你是……从理论职责上给予弗洛伊德恰如其分评价的第一位思想家……我意识到自己已近于理解你了。"这是"一种最终'回归家园'的理性,它已抵达其最令人困窘和最接近的目标。我预言:我们已进入一个预言家可以大逞其道的时代——这要大大地感谢你"。① 长期纠结的困思一朝受到点化便大彻大悟、拨云见日,阿尔都塞对于拉康的崇敬和铭谢之情简直跃然纸上!

在《读〈资本论〉》一书中,阿尔都塞开篇就提出了"什么是阅读?"的问题,他断言,在人类文化史上,终有一天人们会破解看、听、说、读的真正含义。如今人们已经通过马克思、尼采和弗洛伊德等人获得了变革性的认识。他认为,人们只是从弗洛伊德开始才对传统的听、说的含义产生怀疑,进而揭示了在传统的听、说背后无意识的语言的深刻含义。"现在我敢说,我们只是从马克思开始,至少是在理论上,才对读和写的含义产生怀疑。"② 在上述关于弗洛伊德的评价后面,阿尔都塞加了一个详细的注解:

> 正是由于J.拉康长年累月进行的单独的、坚持不懈的和富有洞察力的理论努力,我们对弗洛伊德著作的阅读才发生了根本的变革。在J.拉康的全新的见解开始进入公众意识,并且每人都以自己的方式使用和利用这些见解的时候,我认为在这样一种典范的阅读方法面前,我们应该承认我们的不足,因为人们会看到这种阅读在某些方面超越了它原来的对象。③

---

① 阿尔都塞,1963年11月26日致拉康的信。引自大卫·迈西:《用借来的概念思想:阿尔都塞与拉康》,麦永雄译,《马克思主义美学研究》第1辑,广西师范大学出版社1998年版,第411—412页。
② 路易·阿尔都塞等:《读〈资本论〉》,李其庆等译,中央编译出版社2001年版,第4—5页。
③ 同上书,第73页注①。

在这里,阿尔都塞开诚布公声明他是从拉康获得了思想活力。拉康继承并发展弗洛伊德形成了关于无意识的全新见解,引导人们质疑传统的看、听、说、读的含义,进而深究在其背后的无意识的重要意义。阿尔都塞据此发现了马克思在撰写《资本论》的研究过程中阅读状况所发生的根本变革,阿尔都塞称之为"症候解读"。

所谓"症候解读"的意思是,无论在理论还是文学的文本中总是隐含着某些空白和缺失,表现为沉默、脱节和疏漏,它像病人所表现出的"症候",昭示着身心内部的某种病患,从而读者必须像医生诊断和治疗病患一样,从这些"症候"入手,去解读出这些文本背后隐秘的、缺场的、被掩盖的东西,去发现更大、更重要的问题。已如上述,阿尔都塞对于"症候解读"的大力揭扬是从弗洛伊德和拉康的精神分析学获得灵感,而最早的动机则是在其巴黎高师高等教育资格论文中就已奠定的。他在《读〈资本论〉》一书中对此作了充分的阐发:"所谓症候解读①就是在同一运动中,把所读的文章本身中被掩盖的东西揭示出来并且使之与另一篇文章发生联系,而这另一篇文章作为必然的不出现存在于前一篇文章中……在新的阅读方法中,第二篇文章从第一篇文章的'失误'中表现出来。"②而下面这段话可与之互文见义:

> 在某些时候,在某些表现出症候的地方,这种沉默本身在论述中突然出现,并且迫使这种论述不自觉地像闪电一样产生出真正的但是在字面上却是看不见的理论上的缺陷:有些话虽然没有说出来,但似乎包含在思想的必然性之中,有些判断由于错误的论证,不可避免地使本来可以在理性面前开拓的领域消失了。单纯的字面上的阅读在论证中只能看到论述的连续性。只有采用'症候读法'才能使这些空白显示出来,才能从文字表述中辨别出沉默的表述……③

可见阿尔都塞所说的"症候"是指文本中无意识地暴露出来的思想的隐身、理论的缺失、言说的沉默和表达的脱节,而这些空缺和脱漏恰恰将深层次的更大

---

① 按国内相关著作对于阿尔都塞"症候解读"一词有多种译法,本书为保持该词用法的统一性起见,均使用"症候解读"。
② 路易·阿尔都塞等:《读〈资本论〉》,李其庆等译,中央编译出版社2001年版,第21页。
③ 同上书,第94页。

问题呈现在反思面前,对其进行症候解读乃是发现和把握更大问题的入口和起点。

阿尔都塞关于"症候解读"的定义所依据的经典例证就是,马克思在阅读亚当·斯密、大卫·李嘉图的著作时,从中发现了在"劳动"问题的表述上存在的沉默、缺失和脱漏,而这导致了这些理论无意识地但又是意识形态地在劳动力买卖、剩余价值生产等实质性问题上的失语,马克思在查验和诊断古典政治经济学这些"症候"的基础上提出了劳动力概念、剩余价值理论等,进而建立了马克思主义政治经济学。阿尔都塞写道:"斯密和李嘉图总是在利润、地租和利息的形式上分析'剩余价值',因而剩余价值总没有以它自己的名称而是以别的名称来称呼。剩余价值没有在与它的'存在形式'即利润、地租、利息不同的'一般性'上被理解。"而马克思在阅读斯密和李嘉图的著作时,"他恢复了另一些术语所掩盖的未出现的术语。他把掩盖未出现的术语的另一些术语翻译出来,恢复了它们省略的内容,说出了这些术语没有表示出来的东西。他把李嘉图和斯密对地租和利润的分析读作一般剩余价值的分析,但是李嘉图和斯密从未把一般剩余价值称作地租和利润的内在本质。我们知道,马克思认为剩余价值概念是他的理论的两个关键性概念之一,即说明马克思和斯密以及李嘉图在总问题和对象方面固有的区别的概念之一"。① 以上两段论述的核心意思是,是否将工资、利润、地租、利息等问题放在剩余价值的范畴中进行考量,这正是马克思主义政治经济学与古典政治经济学在"总问题"和对象方面的根本区别之所在。

这里涉及了"总问题"的概念②,根据阿尔都塞在《保卫马克思》中的界定,所谓"总问题",就是在一定思想内部由诸多相关问题组成的问题体系,它也是决定该思想对具体问题作出答复的体系。"总问题本身是一个答复,但它回答的不再是它自己的问题,即总问题内部包括的问题,而是时代向思想提出的客观问题。"③这就是说,"总问题"是在一定时代形成,它必须回答一定时代所提出的问题。时代是不断变化的,从而"总问题"所作出的回答也应随之变化。

---

① 路易·阿尔都塞等:《读〈资本论〉》,李其庆等译,中央编译出版社2001年版,第99—100页。
② 按"总问题"(problematic)又被学界汉译为"问题式""问题框架""问题结构""问题体系"等。
③ 路易·阿尔都塞:《保卫马克思》,顾良译,商务印书馆1984年版,第47页注②。

在《读〈资本论〉》中,阿尔都塞将此解释为"总问题"随着"场所变换"而发生的"视野变化"。但实际上却往往会出现这样的情况:场所变化了,但人们还停留在原有的视野,这就使得他对于眼前出现的新对象、新问题视而不见、不屑一顾,从而暴露出某种"症候"。正像牛顿以前的物理学家不会在自由落体中看到引力定律,拉瓦锡以前的化学家不会在"燃素"中看到氧气一样,在马克思以前的古典政治经济学家也不会在价格、交换、工资、利润、地租等可以计量的经济事实中看到剩余价值的存在。此时对于滞留在旧的场所的"总问题"来说,新的对象和问题是一种空无、缺失和沉默。反之,只有将"总问题"置身于新的场所,才能将以往看不见的东西纳入它的视野,"如果说马克思能够看见斯密所看不见的东西,那么这是因为他已经占领了新的场所"。[1] 因此阿尔都塞认为,"症候解读"就是"把看不见的东西同看得见的东西联系起来的有机纽带"[2],正是这一纽带将古典政治经济学所隐匿的剩余价值的深刻意义发掘出来、昭彰于世。而"症候解读"能够做到这一点,其实就是在变换了的场所用新的视野去发现那种囿于旧有场所的视野中存在的缺失、疏漏和空白,从而形成新的见地,获得新的建树。

阿尔都塞的思考还在继续前进。阿尔都塞不仅高度赞赏马克思在《资本论》中对于古典政治经济学所作的"症候解读",而且进一步指出对于马克思本人的著作也可作如是观。他声称,这也是阅读《资本论》的宗旨之一:"我的要求无非就是对马克思以及马克思主义的著作逐一地进行'症候'阅读,即系统地不断地生产出总问题对它的对象的反思,这些对象只有通过这种反思才能够被看得见。"[3]这就将"症候解读"的对象从古典政治经济学转向了马克思的政治经济学,将进行"症候解读"的主体从马克思转向了自己。阿尔都塞将这称为"第二种阅读":"这里所说的第二种阅读是对马克思青年时代的著作,特别是对1844年手稿从而对作为马克思著作底蕴的总问题即费尔巴哈的人本主义总问题和黑格尔的绝对唯心主义总问题的阅读。"[4]马克思在青年时代对于费尔巴哈的"总问题"和黑格尔的"总问题"从接受到后来决裂的心路历程,

---

[1] 路易·阿尔都塞等:《读〈资本论〉》,李其庆等译,中央编译出版社2001年版,第20页。
[2] 同上书,第17页。
[3] 同上书,第26页。
[4] 同上书,第27—28页。

始终是阿尔都塞的阅读和研究对象,阿尔都塞从刚入道起就对此予以关注,在《读〈资本论〉》的同期著作中也对此多有评说。① 马克思的这一思想背景在《资本论》的探索中是沉默的、隐匿的,而对于这种沉默和隐匿的"症候解读"无疑有助于对于《资本论》的深入理解,进而有助于对于马克思的政治经济学的深入把握。

在《读〈资本论〉》中,阿尔都塞还提出了一个重要的观点,那就是将"症候解读"视为一种生产,它借助自身的证伪、校正功能倒逼和反推知识增长和理论跃迁。譬如剩余价值问题,它来自马克思对于古典政治经济学的"症候解读"的后坐力所产生的反推作用:"它生产了一个新的、没有相应问题的回答,同时生产了一个新的、隐藏在这个新的回答中的问题。"② 不过这里必须明辨,在"症候解读"的生产性问题上必须摒弃将认识对象与现实对象、认识过程与现实过程混为一谈的做法,阿尔都塞指出,如果将二者混为一谈,那就滑向了唯心主义。这里所说的"生产"还只是一种认识活动,它的生产过程只是在思维中进行,它的生产对象也只是一种思维方式,马克思的《资本论》在剩余价值问题上采用的"从抽象上升为具体"的思维方式即属此例。当然这样说并不否认这种思维中的生产活动与现实世界之间的根本联系,它只不过是以思维的方式将现实世界复制出来。阿尔都塞认为,思维由现实条件的体系来规定,正是这些现实条件使思维成为认识的特定的生产方式。因此"这种理论生产体系既是物质的也是'精神'的体系,它的实践是在现有的经济的、政治的和意识形态的实践基础上产生和形成的"。③ 因此,"症候解读"的生产性仍有其现实的依据。

一旦将"症候解读"的生产性安放在现实的坚实地基上,它就将显示出强大的精神力量。尽管它披露的是旧的学说理论的空白、脱节、沉默等"症候",但"生产"的却是理论的变革和学科的变革,进而言之,它"生产"的更是一种社会变革了。阿尔都塞写道:"燃素说化学单纯'生产'氧气或者古典经济学单纯'生产'剩余价值本身不仅包含着旧理论在其某一点上的变化,而且还包含着

---

① 见路易·阿尔都塞:《黑格尔的幽灵——政治哲学论文集[Ⅰ]》,唐正东等译,南京大学出版社2005年版,第224、356、360页。
② 路易·阿尔都塞等:《读〈资本论〉》,李其庆等译,中央编译出版社2001年版,第16页。
③ 同上书,第38页。

'整个'化学和经济学的'变革'。"①这是阿尔都塞借用恩格斯在《资本论》第2卷"序言"中的说法,其实恩格斯在该"序言"中还有进一步的表述:马克思根据剩余价值理论"第一次指出了资本主义积累史的各个基本特征,并说明了资本主义积累的历史趋势"。② 就是说,"症候解读"所生产的,不仅是理论变革和学科变革,更是社会变革了。当然,这里所说的"症候解读"也包括对于马克思本人著作的反思以及随之而来的生产:它对于马克思剩余价值理论的深层解读,就像从一扇窄门走进了一扇宽门,再走进一扇更宽的门。

第四节 马舍雷:将"症候解读"引入文学批评

马舍雷是阿尔都塞在巴黎高师的学生、阿尔都塞主编《读〈资本论〉》的合作者。马舍雷受到阿尔都塞"症候解读"理论的影响但与之取向有异,如果说阿尔都塞是用这一理论来分析马克思《资本论》的政治经济学的话,那么马舍雷则是将这一理论引入文学批评,用以寻绎列夫·托尔斯泰、儒勒·凡尔纳、笛福、巴尔扎克等作家的小说中存在的空白和缺失并由此形成新的话题。马舍雷受马克思影响,提出了"文学生产"的概念,并将其提高到文学理论核心范畴来认识,由于在其中加入了阅读理论和批评理论的维度,马舍雷刷新了马克思提出的"艺术生产"理论。

马舍雷对于"文学生产"的探讨,最早见诸其《文学生产理论》一书,此书1966年在巴黎出版,1978年出版英译本,杰弗里·沃尔在"译者前言"中称:"在对文学文本的复杂的物质性叙述中,马歇雷悄悄借鉴了弗洛伊德的无意识理论,尤其是'症候解读'这个概念,使我们能够区分出差距和沉默、矛盾和缺席——它们使文本发生变形并揭示了那些转化为文学生产的意识形态材料的压抑性存在。"③此说高度概括了马舍雷"文学生产"理论的渊源、特征、方法和功能。

在文学活动的本质界定上,马舍雷排斥"创造"说而主张"生产"说。在他

---

① 路易·阿尔都塞等:《读〈资本论〉》,李其庆等译,中央编译出版社2001年版,第17页。
② 恩格斯:《资本论》第2卷序言,《马克思恩格斯文集》第6卷,人民出版社2009年版,第22页。
③ Macherey, Pierre. *A Theory of Literary Production*. London and Boston: Routledge & Kegan Paul, 1978, Ⅷ.

看来,文学作品是生产的产物,而不是创造的结果。以往形形色色的"创造"理论都忽略了作品的生产过程,它们闭口不谈任何有关作品的生产。其实文学创作并不是一个创造过程,而是一种生产劳动。因此他毫不隐瞒自己的观点:"本书贬黜'创造',而以'生产'代替之。"①照通常理解,将文学"生产"与文学"创造"硬性二分并强作褒贬并无太大必要,但马舍雷此说秉有阿尔都塞"症候解读"理论的背景,因而此说恰恰大有深意在。

首先,马舍雷所说的"生产"不是在文学创作过程中进行,而是在文学阅读和文学批评过程中发生的。他认为:"文学作品尽管来源于创作中一些不可知的冲动和灵感,但它终将沦为读者具有阐释功能的作品。"②作品首先存在于它自身,其次存在于别人的阅读中。尽管这两者不可割裂,但事实上,文学生产的研究不可避免地要面对文本的接受和传输的问题,因此不能将在创作中发生的事完全代替在阅读和批评中发生的事。不妨将研究的重点移到文学活动的后端,揭晓文学阅读和文学批评的生产性功能。以往这种生产性功能总是被习惯性地划归文学活动前端的文学创作,其实不然,在文学阅读和批评中生产的意义与前者同样不可或缺,同样事关重大。伊格尔顿对此作出阐释:在马舍雷那里,"'生产'并不是指有形的机构、工艺生产的基础或一部作品的社会关系,而是指它自己生产的一连串含义"。③ 就是说,马舍雷所说的"生产",是在阅读和批评中实现的作品意义的增殖。马舍雷引用马克思关于希腊艺术和史诗至今仍然能够给人以艺术享受,甚至成为一种规范和高不可及的范本的论述以支撑自己的观点:"马克思给出的这个答案中的思想意识是非常明显的:作品可以超越其最初假定的受众的局限,自发的阅读是无限的。"④对于一部作品来说,文学创作的意义生产可以停息,但读者的欣赏和解读的意义生产却永无尽期。

---

① Macherey, Pierre. *A Theory of Literary Production*. London and Boston: Routledge & Kegan Paul, 1978, p. 68.
② Ibid., p. 70.
③ 特里·伊格尔顿:《马歇雷与马克思主义文学理论》,戴侃译,《国外社会科学》1983年第1期。
④ Macherey, Pierre. *A Theory of Literary Production*. London and Boston: Routledge & Kegan Paul, 1978, p. 71.

其次,马舍雷所倾重的阅读和批评有其特殊性,它不是像一般阐释学那样直接追索作品中的意义,进而将这种意义用理论复制出来,而是将自己与阅读对象和批评对象区分开来,保持距离,以此形成与作品之间的新的对话,它不是与作品的公然发声之处对话,而是与作品的沉默不语之处交谈。而这种"沉默不语之处",就是弗洛伊德辞典中的"无意识"概念:"弗洛伊德把这种'失语'归入到一个新的领域,他是第一个探索这一新领域之人。而且,他自相矛盾地把这一领域命名为:无意识。"[1]而这种与作品中无意识部分进行的对话,在促进知识增长和思想繁衍方面,与那种直接揭示作品意义的旧式阐释相比毫不逊色,它激活了阅读和批评的生产性。

马舍雷将"旧式"的阐释学称为"纯粹阅读"和"内在批评",认为它们奉行的原则例如忠实于作品的本义,从作品内部导致畸变和断裂的杂质中解放出来,在作品和读者之间保持必要的平衡等,都是建立在对于作品可知、可言的内容的重复之上的,它不能充分地从作品的字里行间发现镌刻其中的信息,因此其有效性是值得怀疑的。在马舍雷看来,事实并不像坚果的果仁就在壳中一样存在作品之中。它既是内在的,又是缺席的。我们要做的工作在于进行一种新的阐释:寻绎作品中未知的、缺席的内容,揭晓作品没有说和不能说的东西,彰明作品到此止步不前和保持沉默的盲区。马舍雷对于这种新的阐释作了如下界定:

> 阐释是一种重复,但它是一种奇特的重复,它说得越少却得到的越多。它是一种纯粹的重复,在它面前,潜藏的意义将呈现出其赤裸裸的真实性,这就像冶炼矿石以提取其中珍贵的精华一样。阐释者正是这一强力解放的实施者,为了能够按照作品所表达的真实意义进行重建,也为了将作者隐晦、曲折的表达用直接的方式呈现出来,他对作品进行拆解、翻译和删减。[2]

这是在无意识层面上进行的阐释,是一种深度的阐释,也是扩大了的阐释,它不再拘泥于作品的表层意义的研究,而是以对于作品深层意义的研究,更准确

---

[1] Macherey, Pierre. *A Theory of Literary Production*. London and Boston: Routledge & Kegan Paul, 1978, p. 85.

[2] Ibid., p. 76.

地说,它不是对于作品公开意义的确认,而是对于作品隐秘意义的开掘。

再次,马舍雷认为,文学作品中的无意识往往表现为空白、缺失、疏漏等"症候",而这种种症候最终都通向意识形态,而这一点必须凭靠文学批评而得到揭示。法国是"意识形态"概念的诞生之乡,远了不说,就说拉康和阿尔都塞,他们都对意识形态理论作出过重要贡献,马舍雷与之一脉相承,将文学生产理论与意识形态问题结合起来,这在他对于列宁的托尔斯泰评论的研究中有比较集中的论述。

马舍雷指出,列宁的批评方法的原则是,文学作品只有从它与一定时代的联系来考虑,才具有意义。而列夫·托尔斯泰主要是属于1861—1904年这个时代的,他作为一位作家,在自己的作品中反映了整个第一次俄国革命的历史特点。但托尔斯泰对于这种关系的反映是闪烁其词、欲言又止的。不过这并不意味着托尔斯泰误解了他的时代,只是他展现了一幅不完整的画面而已,从中他给读者传达了一种特别的历史观点。

列宁认为,托尔斯泰的这一观点是由他的社会出身决定的,他自发地代表了地主贵族阶级,但托尔斯泰也是一位普通人,他的阅历改变了他固有的看法,对于农民的同情使之与那个时代建立起一种新的关系,进而形成人们称为"托尔斯泰主义"的哲学并将这种哲学引入了文学。这种变化看似属于托尔斯泰个人,但实际上也属于在相当长的时期内共处同样历史条件的更多的人。因此托尔斯泰的作品既暴露了他个人意识形态的矛盾,也暴露那个时代普遍的意识形态的矛盾,而这一切最终都来自他生活的那个时代的矛盾。正是在这个意义上,列宁把托尔斯泰的小说称作"俄国革命的镜子"。

但是这面"镜子"并不是直观地描摹历史现实,而是通过一系列复杂的中介反映历史现实的,在这些中介中意识形态首当其冲。也许人们认为所谓"反映",或者表现、体现、表达、传达、显示等说法是问题的关键所在,但它们可能只是关键问题之前的问题,而这个关键问题就是"镜子"本身。这就必须对这面镜子详加考量。马舍雷认为,实际上,作品这面镜子与它所反映的事物之间的联系是局部的、有所选择的,它并不反映一切事物,它只反映他所选择的事物。而它的选择本身并不是偶然的。因此托尔斯泰对他的时代的叙述是不完整的,而这种不完整来自他意识形态中存在的矛盾,它既赋予作品以意义,又给作品带来限制。而马舍雷更重视其中限制的方面,认为只有考虑到那些限制,才能真正了解作品的意义。可见托尔斯泰的作品所显示的意义与某种异质的意识形态密切相关,不理解这种异质的意识形态,也就不能理解托尔斯泰作品的意义。马舍雷据此对于批评的职能作出了认定:"镜子在它所未反映的东西里,跟在它所反映出的东西里一样富有表现力。那些镜子所未反映、表现的东西——正是批评的真正对象。"① 后来伊格尔顿对此作出的评价堪称精当:"在马舍雷看来,一部作品之与意识形态有关,不是看它说出了什么,而是看它没有说出什么。正是在一部作品的意味深长的沉默中,在它的间隙和空白中,最能确凿地感到意识形态的存在。批评家正是要使这些沉默'说话'。"②

讨论至此,问题似乎变得神秘起来,决定一部作品的根本力量,竟是那些沉默不语、无迹可寻的异质的东西?!然而马舍雷的说法是如此的肯定:"作为一切表现形式和思想现象的实际支柱的思想背景,基本上是沉默的,也可以说是无意识的……这像是一个无底的深渊,意识形态就建立在这个深渊之上。这也像一个行星围绕着一个不存在的太阳旋转,一种意识形态是由它并未提到的东西构成。"③ 不过,如果说这番理论表述显得十分玄虚、神秘的话,那么读一下马舍雷在《文学生产理论》一书中对于具体作家的专题评论即可明白。例如儒勒·凡尔纳的科幻小说力图表达带有意识形态性质的"劳动和征服"概念,但这一构想是存在内在矛盾的,因为在资本主义制度下,真正的劳动是异化的,完美的征服也不可避免受到殖民风气的陶染,而这背后的异化和殖民性质并未以意识形态的面目出现,只是成为沉默和缺席的东西,凡尔纳的作品恰恰通过特殊的文学方法,揭示了这种"劳动和征服"的意识形态的局限性。④ 评论对于小说中无意识地暴露出来的"症候"的诊断,超越了对作品可知、可言的部分的把握,不无知识增长、思想建构的意义。这就应了马舍雷的一个重要

---

① Macherey, Pierre. *A Theory of Literary Production*. London and Boston: Routledge & Kegan Paul, 1978, p.607.
② 特里·伊格尔顿:《马克思主义与文学批评》,文宝译,人民文学出版社1980年版,第39页。
③ Macherey, Pierre. *A Theory of Literary Production*. London and Boston: Routledge & Kegan Paul, 1978, p.611.
④ Ibid., p.238.

指点:"批评引导我们阅读这些符号"①,在这个意义上说,是阅读和批评生产了意识形态。当我们再回到关于"镜子"的话题时,对于这一著名的比喻当形成更深一步的理解:任何作品都不会是一面平整光洁的平面镜,它也许只是一面破碎的镜子,或是一面残缺的镜子,唯其破碎和残缺,才给阅读和批评的生产性提供了开阔的可能性空间。

第四,对于文学作品中诸如空白、缺失、疏漏等"症候"的作用,马舍雷作了富于哲学意味的思辨和厘定,论证了作品中缺失与充实、沉默与言说、明确与隐匿之间相反相成、相克相生的辩证关系。而对于这种辩证关系的阐扬,本身就已是对于"症候解读"的生产性作出认定了。这显然是对于从弗洛伊德到拉康再到阿尔都塞一以贯之的"过失是有意义的"思想的发展。

在马舍雷看来,文学作品肯定是不完整、有缺陷的,由于意识形态所存在的局限性,作家的创作受到束缚,经常会有些没有说出或不能说出的东西,这种"无言"状态也许是无意的,也许是有意的,从而作品不能不出现某些空隙和沉默,因此那种完美无缺、天衣无缝的作品根本就没有。但是问题的关键并不在这里,必须强调的是,对于作品的不完整性的对抗,恰恰成为阅读和批评达成自身完善的起跳板,反推了阅读和批评的水平和品位的提升,马舍雷称之为"在场的缺席,雄辩的沉默"②。因此马舍雷认为,在作品中,"明言"总是得到"暗示"的辅助,"充实"总是凭藉"空缺"的支撑,它总是与某种缺席、沉默相伴相随,没有这种缺席和沉默,作品也将不复存在。因此对于作品的认知必须将这种缺席和沉默考虑在内,后者是一种"无用之用"、一种"无法而法",它对于作品意义的生成起着"倒逼"和"反推"的效用,而这种生产性恰恰是通常的正面推助难以企及的。因此马舍雷诘问:"所谓空缺造就了话语,沉默形塑了作品,这难道是言过其实吗?"③他甚至将对于空缺和沉默的把握视为阅读和批评的第一要义:"作品中重要的东西是没有说出的东西……阅读和批评的基本问题在于了解我们能否检查出缺席的话语,它是所有话语的先决条件。"④此

---

① Macherey, Pierre. *A Theory of Literary Production*. London and Boston: Routledge & Kegan Paul, 1978, p.613.
② Ibid., p.79.
③ Ibid., p.85.
④ Ibid., p.87.

说有点儿中国古代道家哲学思辨的味道,《老子》曾用三件器物为例以说明"有无相生"的道理:

> 三十辐,共一毂,当其无,有车之用。埏埴以为器,当其无,有器之用。凿户牖以为室,当其无,有室之用。故有之以为利,无之以为用。(《老子》第 11 章)

就是说,有了中空的轮毂,才有车之用;有了中空的器皿,才有器之用;有了中空的门窗,才有室之用。因此可以说"有"为天下之利,"无"为天下之用。总之,《老子》是既执着"无"又不放弃"有",但总是将"无"的重要性置于"有"之上。马舍雷的运思方式与之有相似之处,他也是将"空无"置于本体论的首位。当然二者的区别也是不言而喻的,已如上述,马舍雷重视的"空无"是有特指涵义的,意指在作品的无意识中暴露出来的种种"症候"。

那么,马舍雷所说的"沉默"到底是什么?他自己也觉得很难界定,提出了一连串的发问:它是存在的条件?出发点?方法论的起点?根本基础?理想的顶点?揭示终极意义的原点?还是联系的方法或形式?这些问题是无法一一给予正面回答的。马舍雷只是厘清了"沉默"为作品话语的生产所具有的诸种功能:它为话语的意义提供异质的参照,它划定了话语的确切位置,标明了话语的适用领域。因此"如果说作品的话语并没有告诉我们更多的东西的话,那么可行之道就是研究沉默,因为只有沉默才会说话"。[①] 其实所谓"沉默",也就是作品的无意识显现出来的"症候",它为阅读和批评的生产性构成了必要的参照性语境。

最后,马舍雷提出"文学哲学"的概念,对于文学与哲学之关系合久必分、分久必合的历史走向和逻辑进程进行了梳理,从而揭晓了"症候解读"的生产性功能的后现代性质。

"文学哲学"的概念,是马舍雷在 1990 年出版的《文学在思考什么?》一书中提出的,距他此前"文学生产"理论的提出已有近四分之一个世纪,其中的主要观点仍不乏一致性,但已理所当然地发生了与时俱进的演变和跃迁,一个重

---

① Macherey, Pierre. *A Theory of Literary Production*. London and Boston: Routledge & Kegan Paul, 1978, p. 86.

要的变化就是历史眼光得到进一步的加强。马舍雷认为,从古到今,文学与哲学的关系经历了从"未分化"到"分化"再到"去分化"的三段论。

文学与哲学的关系在古代处于"未分化"状态,文学与哲学的对抗被消泯在一个古老的圈子里。它们就像被绑在同一台纺车上,永在相互推动,这个推动那个,那个又推动这个。例如在柏拉图那里,秘索思(muthos)和逻各斯(logos)不可分割,前者代表艺术,后者代表理性,它们被认为是共出于一源。

文学与哲学浑然天成的状况一直持续到两者正式分化,即"文学"脱离传统的含混用义,作为"想象的作品"在现代意义上被使用之时,其标志就是1800年斯达尔夫人的著作《从文学与社会机构的关系论文学》的问世。康德则在哲学、美学上将这种分化合理化,其批判哲学打破了真与美之间浑然天成的状态,在两者之间划出一条不可逾越的界限,他认为,如果将思辨的话语交给情趣去判断,那就降低了理性的含量。黑格尔描述了绝对精神从艺术到宗教到哲学的逻辑运动,指出艺术终将让位于宗教和哲学,这就导致了他将艺术的黄金时代放在过去、断定艺术在现代必将衰亡的思想。这种将审美与理性割裂开来的思想后来发展为克罗齐的表现主义美学,将直觉与情感奉为艺术的绝对主导,从而否认对形式与内容进行区分的必要,导致了一种偏执的唯美主义。总之,这一分化的时代将文学和哲学确认为两个对立的现代范例,它们分道扬镳、各自为政。

逝者如斯,不舍昼夜,如今人们又到了质疑分化的时代是否已经过时的节点。在今天的作品中认定什么是哲学的,什么是文学的,又成为新的问题,它既不同于古代的未分化状态,又不同于现代的分化状态,它恰恰是去分化的,所谓"去分化",就是对于此前的分化状态的祛除、否定、解构。正是在这里,马舍雷提出了"文学哲学"的概念:

> 那么,"梳理"文本中什么是哲学的,什么是文学的,这就需要明晰文本的表达和结构,解开哲学与文学之线相互缠绕的复杂线团。这些网线互相交织,互相缠绕,欲理还乱,互相混合,织成一体,形成一个分化的网络。在网络内部,网线聚集在一起,却不混杂,勾画出具有特殊、难懂、混

合舍义的轮廓……正是在这个意义上,人们方能谈论"文学哲学"。①

可见,"文学哲学"的根本特征在于文学与哲学的复杂交融,它既不同于最初的浑然天成,又不同于后来的截然二分,它是经历了离合聚散以后达成的新的融合。而这种新的融合又是有其特定要求的:一是它首先必须是文学的,以文学经验为基础的;二是它必须是真正的交融,而不是名义上的,是融合而不是捏合;三是不能将文本意义的探寻仅仅归于思辨的目的;四是它肯定文本有多重构成,同时肯定对于文本也有不同的阅读方法和研究方法。

以上马舍雷通过文学与哲学的关系演变的三段论的勾勒,将当今时代定位于"去分化"和"文学哲学"的时代,显示了后现代转折的清晰迹象,尽管他并未给自己贴上"后现代"的标签。值得注意的是,马舍雷是将他倡导的"文学生产"纳入了后现代转向的进程之中。他在《文学在思考什么?》一书的结论"赞文学哲学"中明白宣称:"我们这里提出的文学与哲学的关系问题说的不是定位问题,而是生产问题。"②马舍雷非常重视"文学哲学"的练习性、操作性和生产性,该书有一副标题"文学哲学的练习",就点明了这一点。在他看来,无论文学还是哲学,首先要考虑的是操作层面:"正是在文学工作本身中,我们可以探寻到这种思想生产的痕迹,找到这种首先引起哲学兴趣的思想生产,因为哲学自身也可以被视为一项工作、一种操作、一种生产。"③

这里马舍雷所说的"生产"仍是从文学作品的无意识层面着眼,这正与他此前的"症候解读"之说一脉相承。他认为"文学哲学"在一定程度上也可以说是一种意识形态,它是一个潜在的、匿名的集合体,它先于诗学和叙事形式而存在,并且影响着诗学和叙事形式的实现。因此文学作品产生思想就像肝脏制造胆汁一样,它是一种体液分泌、渗透和流淌:"缓慢积累的思辨精华渐渐堆积并集中到意义无法企及的保留地,使这种思辨精华长期以来不被人们所发觉;然后有一天,它带着过量的意愿和满溢的思想突然流溢出来,使它的表现显得有些过分,甚至有些出格。这种紧抓和放松的交替使用将文学哲学始终

---

① 皮埃尔·马舍雷:《文学在思考什么?》,张璐等译,译林出版社2011年版,第6页。
② 同上书,第297页。
③ 同上书,第298页。

放在过分的位置上,或与其表达相比处于缺失的位置上。"①因此文学表达从不中规中矩,它不是有分寸、有条理的叙事抒情,也不是在严格控制下的思想涌现,作者表达的东西比起他们知道的东西来不是更多就是更少,这种过犹不及的状态泄露了无意识在背后的推手作用,从而在文学作品中总是留下许多空白和缺失,而思辨就建立在这种空缺之上。马舍雷将文学与哲学比作一个话语的反面与正面,它们往往以相互交替的方式展示彼此间的消长起落:"在此中显示为饱满而又连续的形式,到彼中却表现为缺失和省略的形式。"②因此,人们往往会在文学哲学中看到这样的情况,哲学思辨的理性化努力,恰恰被文学以特有的叙事方式表达为一种空白的、破碎的、无规则的形式。这就使得文学哲学成为马舍雷所说"破碎的镜子",正是在这面镜子中,世界以更为真实的面貌得到展示,如果不借助这面镜子来观察世界,世界就不会变得如此真实。

第五节 卡勒:"表征性解释"与文化研究的生产性

20世纪后期"症候解读"理论在学界引起广泛关注,在文论界甚至成为阅读和批评理论的关键词,但对其进行系统研究并推出新见的却不多,乔纳森·卡勒可算一个,他在《文学理论》(1997)这本"学术入门书"中非常简明地对"症候解读"理论作出了新解和重构。

卡勒重提"症候解读"时,已置身于一个全新的语境了:文化研究勃然兴起,迅速占据了人文学科的王座,而文学研究则备受挤占而滑向边缘,这就使得文学研究和文化研究的解读方法发生了逆转。文化研究最早脱胎于文学研究,如今一切颠倒过来了,文化研究在文学研究内部化蛹为蝶、破茧重生,最终消解了文学研究。与之相应,原先为文化研究所倚重的文学研究方法如今却被冷落和搁置。如果说以往文学研究关注的是每一部作品与众不同的审美特点和文学形式的话,那么,如今文化研究已变成了一种"非量化的社会学",它"把作品作为反映作品之外什么东西的实例或者表象来对待,而不认为作品

---

① 皮埃尔·马舍雷:《文学在思考什么?》,张璐等译,译林出版社2011年版,第300页。
② 同上书,第303页。

是其本身内在要点的表象"。① 于是有了两种解读方法:一是传统的"鉴赏性解释"(appreciative interpretation),它运用"细读"的方法对文本内部每种形式和技巧都保持敏锐的注意,并且着力研究意义的复杂性;一是如今的"表征性解释"(symptomatic interpretation),它认为一定时代的所有文本都是外部社会结构的表征,因而都具有同样的意义。这两种解读方法显然存在龃龉之处。值此文化研究风行一时,"表征性解释"当道之际,文学对象的审美特性便有可能被忽略,文学长期使用的解读实践也有可能被弃置。

这里必须对 symptomatic interpretation 一词作一辨析。symptomatic 是由名词 symptom 派生而来的形容词,主要有两个意思,一是"征候(或征兆)的、表明的";一是"(疾病或机能障碍的)症状的、症状性的"等。② 可见该词意指事物显露出的征候或征兆,或者与疾病或机能障碍相关的症状,因此用作"征候性""症候性"带有一定的消极意义;但由于它又有表明、表示、呈现的意思,所以也作为"表征性""象征性"来使用。具体到 symptomatic interpretation 一词,则既可在中性意义上译为"表征性解释",又可在消极意义上译为"症候性解释"。因为"症候性解释"一说毕竟不太合乎汉语的用法,仅仅用于直译,而一般场合则多译为"表征性解释"。

卡勒使用的 symptomatic interpretation 一词来自阿尔都塞、马舍雷提出的"症候解读"概念,再往前可以追溯到弗洛伊德和拉康③,但是他对于该词的运用又有自己新的理解和阐发。卡勒对于"鉴赏性解释"与"表征性解释"作出了进一步的比较和厘定,他将这两者分别称为"恢复解释学"(harmeneutics of recovery)与"怀疑解释学"(hermeneutics of suspicion),认为前者企图恢复作品产生的原始语境,包括作者的处境和意图、文本对它最初的读者可能具有的意义;而后者则旨在揭示文本可能赖以形成的,尚未经过验证的、关于政治的、性的、哲学的、语言学的假设。前者致力于帮助当今读者接触文本的原始信息,藉此来评价文本及作者;而后者则常常对于原始文本的权威性表示怀疑。这两者各有利弊:前者把文本限定在那些远离读者的当下关切的、假设的原始

---

① 乔纳森·卡勒:《文学理论》,李平译,辽宁教育出版社1998年版,第53页。
② 陆谷孙主编:《英汉大词典》,上海译文出版社,1997年第1版,第2052页。
③ 卡勒曾专门介绍弗洛伊德、拉康和阿尔都塞的相关理论。见乔纳森·卡勒:《文学理论》,李平译,辽宁教育出版社1998年版,第133—134页。

意义上,因而可能会大大降低该文本的价值;而后者则往往另辟蹊径去评价一个文本,所以它可以引导并帮助读者对当下问题进行再思考,哪怕这样做可能会曲解作者原先的设定。如果再深追一步的话,"怀疑解释学"关注文本中那些由无意识层面的空缺和疏漏所显现的症候,"把文本作为非文本的东西的表象,作为某些假设为'更深层'的东西的表象,认为这才是意义的真正来源。它可能是关于作者的精神生活,或是某个时代的社会压力……表征性解释忽略对象的特殊性,认为它只是别的什么东西的符号。因而,作为一种解释方法,它并不是十分令人满意的"。① 但是当它探讨一种文化实践,而某一部作品譬如一首诗又是这种文化实践的一个例证时,它就会变得很有用,不管它是否令人满意,对于诗学来说却是有价值的贡献。

显而易见,卡勒在上述比较分析中对于"表征性解释"或曰"怀疑解释学"给予青睐,这与他在"表征"的意义上确认文本与社会政治结构之间存在着"同一性"有关。他说:"这个概念认为有一种社会同一性存在。各种文化形式都是这个同一性的表现,或者叫现象。所以,要分析这些现象就要把它们与派生出它们的社会同一性联系起来……在这种关系中,文化产品就是一种基本社会政治结构的表象。"② 而"表征性解释"则热衷于这种直接的"同一性"关系。同时,这种倾重也昭示了卡勒理论旨趣的一个重要转折,即认定文本作为外部社会政治结构的表征,以此取代了阿尔都塞式的"症候解读"对于文本内部种种"症候"的反思,从而实现了文本解读的"向外转"。因此可以发现,卡勒更多在正面意义上使用 symptom 这一概念,翻译过来的话,就是更多用作"表征""象征""表象""现象"之意。同理,他使用的 symptomatic interpretation 一词更多应理解为正面的"表征性解释",而不是消极意义上的"症候性解释"。如果说阿尔都塞和马舍雷是将文本中那些语焉不详和存而不论之处视为"症候",从对它的解读中发现更大问题的话,那么卡勒则是将文本本身看成一种"表征",解读它对于一定的社会政治结构的象征意义了。

但是这种"向外转"的动向并不被学界普遍接受,在经历了 20 世纪初以来形式主义文论雄霸天下的年代之后,人们对于转向社会学方法的"表征性解

---

① 乔纳森·卡勒:《文学理论》,李平译,辽宁教育出版社 1998 年版,第 72 页。
② 同上书,第 53 页。

释"总是抱有怀疑的态度,将其视为一种偏离、过激和极端的批评方法,这也就是在这一概念中的"表征"二字经常被人消极地解作"症候"的原因之所在。卡勒指出:"通常,症候阐释被赋予消极意义,因为它把文本视为某种症候。如果把某个文本看成19世纪阶级斗争的症候,看成社会中意识形态矛盾的症候……即把文本看成某种表征,关注点就会偏离文本本身。"①卡勒并不认同这种意见,他以自己多年前关于福楼拜评论的一书为例,他说该书原先是探讨小说写作规律的,并没有打算对具体小说进行表征性解读,后来出版商为了促销,建议增加表征性解读的章节,他听从了出版商的建议,重新修改了初稿,取得了意想不到的效果,促进了读者对于福楼拜小说的阅读。他觉得这种折衷办法是非常实际的,同时也不失为明智,它会让更多的人对这本书产生兴趣。为此,卡勒肯定"表征性解释"的必要性,而关键在于,"做文学研究的时候一定要有自己的想法,要有能让你着迷的想法"。②

  卡勒也清楚地知道,这种"表征性解释"是一种"过度解读",一种"偏激"的批评,但它恰恰能够揭示作品以前被忽视的含义。卡勒回顾自己以往对于这种"过度解读"的支持,声明:"我今天仍然认为'过度解读'有必要性。"③卡勒回顾的是1990年在剑桥大学"丹纳讲座"上他与艾柯、罗蒂围绕"解释与过度解释"所进行的一场争论,卡勒反对借批评"过度解释"来限制人们对文本作出各抒己见的诠释,本来这种解释是可以激励凭藉好奇心进行探索,凭藉创造冲动获得新发现的。他主张应该让人们尽量多地思考一些问题,将思维的触角伸向尽可能远的地方。他在提交给讲座的《为"过度诠释"一辩》一文中指出:"诠释本身并不需要辩护,它与我们形影相随。然而,正如大多数智识活动一样,诠释只有走向极端才有趣。四平八稳、不温不火的诠释表达的只是一种共识;尽管这种诠释在某种情况下也自有其价值,然而它却像白开水一样淡乎寡味……一种批评要么什么也别说,要么必须使作者暴跳如雷。"④不言而喻,

---

① 乔纳森·卡勒:《文学理论的现状与趋势——乔纳森·卡勒教授访谈录》,何成洲译,《南京大学学报》2012年第2期。
② 同上。
③ 同上。
④ 乔纳森·卡勒:《为"过度诠释"一辩》,安贝托·艾柯等《诠释与过度诠释》,王宇根译,三联书店1997年版,第135页。

"过度诠释"总是要比稳健温和的诠释更为有趣,对人类的知识增长和智慧发展更有价值,没有哪个对于"过度诠释"毫无兴趣的人能够创造出如此富有活力、富于争议性的小说和人物来。不过卡勒也指出,对于"过度解读"要避免与"过度进食"之类负面理解联系起来,它通常是指"通过非常规的方法和视角,阐述文本中隐含的,或者读者引申出来的意义"。他进一步解释说:"有趣的解读是能够提出一些文本并不鼓励读者去思考的问题,而不是顺着作者的意图去阅读和解释预先设定的问题。"①

这样看来,"过度解读"触及的恰恰是文学研究与文化研究在理念、旨趣和方法上的根本性歧异了。文化研究是从文学研究派生出来而又消解了文学研究,甚至反过来收编了文学研究,这就大大改变了文学研究的生存状态,从而经常可以看到,许多文学教授恰恰在做与文学毫不相干的文化研究,这种非常规的、非预设的、引申的批评便成为一种"过度解读"。卡勒指出了它的种种表现,一是它会专注于种种文化现象,譬如电影、连环漫画、哈利·波特等,同时它也会关注历史话题、文化话题、妇女解放、社会动乱等现实问题。与经典文学相比,学生对这些文化、历史和现实的话题更感兴趣,他们会认为研究种种文化现象比研究某个作家作品更为重要。二是在评论某个文学个案时,会要求批评者阅读大量相关的其他学科的资料,如历史文献、哲学理论、文化话题等,而这些资料却又是非文学的。总之,如果说以往的文本解读惯用的是"细读"(close reading)的话,那么现今采用的则是"粗读"(distant reading),例如通过定量分析来统计某一年份的整个文学产出,研究不同国家在不同时期出版的小说类别,考察某一作品在全球范围内翻译、阅读、模仿的情形,等等。它关注的是文学的发展趋势,而不是对于某个特定文本的深入研究,它把小说中的人物看成一个群体,退到背景位置,对其进行定量分析,从新的视角审视人物,不再考虑主题,不再考虑对某个人物的看法,不再考虑人物及其伴侣的出生地和归宿地。以上种种套路和方法往往被人归为"文学社会学"。② 而这一切都已突破了原先文学研究"鉴赏性解释"的框范,显现了开阔的生产性空间。

---

① 乔纳森·卡勒:《文学理论的现状与趋势——乔纳森·卡勒教授访谈录》,何成洲译,《南京大学学报》2012年第2期。
② 同上。

但是在卡勒那里,人们往往会听到另外一种声音:"从原则上说,文学和文化研究之间不必一定要存在什么矛盾。"①与其说它们是水火不容的,毋宁说它们是相辅相成的。例如,当文化研究采用多学科的研究方法介入文学作品的解读,一度引起了恪守传统阅读习惯的人们的顾虑,担心这样一来是否会把学生从经典著作中拉走了。卡勒认为事情正好相反,毋宁说这恰恰给传统的文学经典增加了活力,开拓了更多解读文学经典的途径。如今对于莎士比亚的解读比以往任何时候都多,也更活跃、更新颖,人们可以从任何一个想象得出的角度研究莎士比亚,用女权主义的、马克思主义的、心理分析学的、历史的以及解构主义的词汇去解读莎士比亚。因此卡勒断言:"迄今为止文化研究的发展一直与文学经典作品的扩大相伴"。②又如,卡勒指出,如今教授们研究文学的面很广,包括以往遭到忽视甚至歧视的女性、种族、族裔以及后殖民等问题,这些作品被增补到教学内容之中,或被纳入原有的传统,或被作为单独传统来研究,这就将大学课堂上开设的文学课程大大拓宽了。对此他发问:"文化究竟是各种再现的结果呢,还是它们的起源,或者起因呢?"③

在此不难见出卡勒关于文学生产的大致思路和理论策略了,那就是谋求"表征性解释"与"鉴赏性解释"两种解读模式达成某种平衡和协调,在此基础上揭示文学研究的生产性。在梳理卡勒的相关资料时,始终会感觉到卡勒受到两股力量的牵引,他一方面对于"表征性解释"表示兴趣,另一方面又流露出对于"鉴赏性解释"的恋恋不舍,因此他在处理这两者的关系时,尽管时有偏向、时有倾重,但始终不曾走到偏执一端、将两者对立起来的地步。因此他对于两种解读模式发表了种种貌似激进的意见之后,最后却回到了一个带有明显折衷意味、中庸气息的结论:"虽然鉴赏性的解释一直与文学研究联系在一起,而表象分析的方法与文化研究联系在一起,但这两种方法对于两种文化对象也都是适用的。仔细解读非文学作品并不意味着要对它做出美学的评价,而对文学作品提出文化方面的问题也不说明这部作品就只是一份某个阶段的记录文件。"④这种折衷和中庸的态度也就构成了卡勒的文学生产理论的基调

---

① 乔纳森·卡勒:《文学理论》,李平译,辽宁教育出版社1998年版,第50页。
② 同上书,第51页。
③ 同上。
④ 同上书,第56—57页。

和底色。

总之,卡勒的文学理论很时新,甚至很前卫,但他的学术风格越到后来则越趋于持中和圆融,他力求在创新与守成、现代与传统两极之间寻求一种恰到好处的中点和接口。如果更多从积极方面去理解,那么这种折衷主义和中庸之道无疑是有利于学术发展的。这与卡勒个人的学养和兴趣爱好有关,即便在文化研究盛行的当下,他也常常不由自主地流露出对于文学经典难以释怀的留恋和眷顾,他这样告白:"我非常钟情于文学经典,部分原因是我在花时间阅读别人认为值得阅读的作品……我最近研究抒情诗歌,选取的文本均是经典诗歌。有人可能热衷于发现无名杰作,但那不是我的兴趣所在。"①然而说到底,这还是规律使然,任何矫枉过正,都只能在冲破成规旧习的桎梏之际一时生效,而对于长期的文学生产、知识增长和理论建构来说,传承创新才是人间正道。这一点,卡勒是懂的。

第六节 "症候解读"的后现代性质

从以上论述可知,从阿尔都塞到马舍雷再到卡勒,"症候解读"理论像一条红线一以贯之,他们致力于对"症候解读"的机制和功能进行分析和厘定,并以揭扬"症候解读"的生产性为己任。因此该理论的标举,标志着艺术生产论的研究重点从以往的文学创作一端向文学阅读和批评一端进一步拓展了。肯定文学阅读和批评的生产性,将其视为一种艺术生产,这无疑是在马克思所开创的"艺术生产论"基础上取得的一个重大进展。

原始要终,"症候解读"理论的形成和发展经历了漫长而又曲折的过程,从其前史说起,弗洛伊德是从过失、梦以及神经病的症候之中解读出意义来;拉康借助哲学、心理学和语言学对于精神分析学进行重建;到了阿尔都塞,他关于"症候解读"的创见是从一般阅读开始,从政治经济学在马克思手中发生的革命性转折中发现的,他将其提升为阅读和批评的一般规律;马舍雷则将"症候解读"引向文学领域,既将其运用于文学作品的批评,又将其运用于文学批

---

① 乔纳森·卡勒:《文学理论的现状与趋势——乔纳森·卡勒教授访谈录》,何成洲译,《南京大学学报》2012年第2期。

评的批评;卡勒则在后现代语境下将"症候解读"引向文化研究,将其转换为"表征性解释",实现了文学研究的"向外转",大大拓宽了文本解读的生产性空间。可见"症候解读"理论具有较强的自组织性和自我调整、自我修复的能力,从而能够在保持理论主旨基本一致性的前提下,顺应时势变迁而作出调整和变通,表现出较强的适应性,显示了与时俱进的品格。这里需要对于几个基本概念和问题作出进一步的界定。

关于"症候解读"。"症候解读"类似波普尔的"证伪"理论,波普尔在"证伪主义纲领"的结论中指出:"衡量一种理论的科学地位的标准是它的可证伪性或可反驳性或可检验性。"①在他看来,任何知识都只是一种假说,它必须被证伪。一种知识是否科学,不是依据其可证实性,而是依据其可证伪性。一种知识的可证伪度越高,它便越符合科学,也越具有知识增长的意义。因此知识增长的前提在于证伪,求知的过程就是不断证伪的过程。阿尔都塞也将"症候解读"的知识增长意义看成是一个不断递进的过程,他不仅高度赞赏马克思在《资本论》中对于古典经济学所作的"症候解读",而且主张对于马克思本人以及马克思主义的著作也可以进行"症候解读",从而由"第一种解读"进入"第二种解读"。而这种层层递进的"症候解读"也就是层层递进的证伪过程,藉此将不断推进知识增长和思想提升,显示强大的生产性功能。不过"症候解读"也有与"证伪"迥异之处,它不像"证伪"过程是从已有科学结论的可见、可言、可知之处指谬辨正,而是从已有文本所暴露的"症候"着眼,从其不可见、不可言、不可知之处而看出漏洞、抓住破绽,进而发现问题、解决问题的。

所谓"症候",是指已有文本中无意识却又意识形态地暴露出来的疏漏和缺失。说它是无意识的,是指它未必是作者自觉意识到的;说它是意识形态的,是指它又是不无意识形态倾向的。这里似乎有一悖论:既然是作者并未自觉意识到的,那又何来意识形态倾向呢?其实这恰恰是文学作品中比比皆是的现象。例如巴尔扎克,在政治上属于保皇派,但在文学上恰恰接近民主派,在他的小说中经常可以发现这样一种断裂:小说保持了对于官方意识形态的辩护,但对于工人运动却往往无意中发挥准确认知的功能,流露出对之倍加赞赏的激进倾向。作品的意义这种无意识却又意识形态的呈现,与通常在自觉

---

① 卡尔·波普尔:《猜想与反驳》,傅季重等译,上海译文出版社1986年版,第52页。

意识支配下诉诸意识形态的呈现截然不同,但它又是符合常规、真实有效的,只不过对其解读的模式不同、途径不同而已,它同样不乏艺术生产的意义。

关于"艺术生产"。除了在马克思意义上的"艺术生产",亦即艺术活动前端的创作之外,还有处于这一过程后端的阅读和批评,而后者作为"艺术生产"还可以分为两种,即文学阅读、批评中一般解读的生产与"症候解读"的生产。这里需要讨论的是"症候解读"的生产。"症候解读"的生产性是确凿无疑的,它作为一种生产的意义和作用较之创造性、建构性的活动毫不逊色,较之阐释学的一般解读也不敢多让。它是一种"反其道而行之"的生产,一种"相克相生""相反相成"的生产,一种"化腐朽为神奇"的生产,它是通过纠偏、矫正的模式和途径来达到知识增长和理论跃迁。今村仁司这样评论:"症候解读,就是抓住相互对立的问题结构。并且这种解读方法,救出被旧的问题结构压抑的新的问题结构,给予其概念的形式,可能的话,以理论的概念体系奠定其基础。"①这也就使得"症候解读"的生产性机制更多了一层复杂性和特殊性,而这一点恰恰为之打开了新的问题域。

"症候解读"不是从文本的"明言"之处去寻绎意义增殖的可能性,而是从文本的"无言"之处去寻求其生产性,这一点隐秘而不神秘,"症候解读"所面对的种种空白和缺陷虽然在文本中并不现身,但却是真实地指向其内里的病疴的,它决不是虚构的,也不是冥想的。难道英国古典政治经济学对于剩余价值的沉默无语是虚构的吗,难道在笛福的历险小说、儒勒·凡尔纳的科幻小说中对于资产者的殖民欲望、征服冲动等意识形态的隐匿是冥想的结果吗? 如果要说有人对此并未自觉地意识到,那可能是作者本人,而不会是批评家。马舍雷说过:批评家"必须就作品自身来对它进行阐释,必须说出作品没有说和不能说出的内容"。② 批评家往往是在别人踟蹰不前之处另辟蹊径,在别人沉默不语之处发出声音,"言人之所未言,发人之所未发"是其胜场,从而他的批评工作所显示的生产性足够强大、足够显赫,在这一点上,马克思对于剩余价值理论的创建,笛福、儒勒·凡尔纳的作品对于资产阶级意识形态的批判意义,

---

① 今村仁司:《阿尔都塞:认识论的断裂》,牛建科译,河北教育出版社2001年版,第292页。
② Machery, Pierre. *A Theory of Literary Production*. London and Boston: Routledge & Kegan Paul, 1978, p.77.

还不足以说明问题吗?

关于"文学批评"。通过对于"症候解读"的生产性的分析,让人对于文学批评不能不重新考量了。晚近以来一个带共性的趋向就是在生产性的意义上对于文学批评作更加细化的分类,而以往对此总是笼而统之、一概而论。

马舍雷在《文学生产理论》开头第一章就挑出了文学批评的问题,在他看来,"批评"这一概念一直存在着模糊性,批评这门学科似乎就植根于含混和重叠的看法之中,就像一个钱币的两面集于一身,使人很容易从一种感觉转换到另一种感觉,甚至它们的格格不入之处也是相互关联着的。这一复杂情况使得对于文学批评作更为具体的区分成为必要,马舍雷将文学批评分为"欣赏的批评"与"认知的批评",分别指称"审美教育"与"文学生产的科学",前者是规范性的,呼唤规则;后者是推测性的,制定规则。前者是艺术和技术;后者则是一门科学。如果将文学批评确认为"欣赏的批评",那就进入了艺术或技术的经验领域,在其中总是由给定的艺术或技术经验构成批评的出发点。但如果将文学批评确认为"认知的批评",那么对象就从来不是既成的,而是不断生成的,它不是对已有知识的重复,而是某种新出现的东西,它一出现就成为对于现实的新的添加。其中关键之处在于,在主体与对象、思想与经验之间分清主次、拉开距离,主体将对象限定在认知的范围内。总之,"欣赏的批评"是将所有的理性行为缩减为艺术或技术的一般形式;而"认知的批评"则最终归结为单一的点,即真理的出现,这个真理是瞬间的,只是投射到事物秩序上的精准的一瞥。如果我们要发挥其弥足珍贵的价值和效能,那么就不能把它仅仅看作是一种权宜之计,一种为了达到某种目的而采用的手段,而应恢复它特有的领域和合法的自治权。

总之,文学批评往往是二者选一:要么是一种文学鉴赏,它是由预先给定的文学作品决定,批评的目的在于与作品最终重新结合,在这种情况下,批评缺乏自主性;要么是一种认知形式,它有一个对象,但这个对象不是预先被给定的,它不是一种模仿,也不是一种复制,而是批评的自主发现。可见,在文学鉴赏和文学批评之间存在着巨大差异是不争的事实,批评家对作品说些什么与作品自己说些什么这是永远不会混淆的两码事,因此作者写出的作品不一定是批评家阐释的作品,反之亦然。于是马舍雷得出结论:"批评家是用一种全新的语言来阐发作品的异质之处,从而生产出作品在其身又不止于其身的内涵。"①

无独有偶,卡勒也将文学批评分为"鉴赏性解释"与"表征性解释",认为"鉴赏性解释"与文学研究相伴而"表征性解释"与文化研究相随。这与马舍雷提法有异但宗旨相通,显示了批评兴趣的时代性转换和新变:二者更赞赏文学批评从依赖给定的文学作品走向崇尚自主创新的文学生产,从文本性的表层解读走向非文本性的深层解读,从单纯的文本解读走向社会政治分析,从拘囿于过往的原始信息走向激扬对于当代问题的思考。

关于"症候解读"的后现代转折。说到"症候解读",就与后现代挂上了钩,这似乎是与生俱来的。往前追溯,此事从拉康就开始了,拉康被普遍认为是后现代理论的先驱之一,他对于欧洲哲学史上传统的理性主义的挑战,他提出的"镜像"理论和"主体间性"概念,都对后现代理论具有开风气的意义。嗣后阿尔都塞基于对空无和缺失的本体论认定而提出"症候解读"一说,致力于从已有文本的"症候"中解读出重大问题,从而推进了知识增长和思想跃迁。可见阿尔都塞采取的理论策略往往是剑走偏锋、另辟蹊径,从理论的边缘性、断裂性地带自出手眼而出奇制胜,这就赋予了"症候解读"鲜明的后现代色彩。

马舍雷继承了阿尔都塞的这一策略并将其运用于文学批评,从文学作品的边缘之处、断裂地带、碎片部分来激活"症候解读"生产性。譬如他将文学生产从文学活动的前端腾挪到后端,从文学创作阶段移到文学阅读和文学批评阶段;他不是将文学生产诉诸作品的可知、可见、可言之处,而是诉诸作品的不可知、不可见、不可言之处;他将意识形态的范围扩大到无意识层面,将文学作品的空白、缺失、沉默之处同样认定为意识形态的表现,通过"症候解读"来实现意识形态的生产;他在关于文学生产有无相生、虚实相成的哲学思辨中,总是在本体论层面将空无置于实有之上、将沉默置于明言之先,并用以破解"症候解读"牵出的种种悖论。凡此种种,都推动了文学批评的后现代风尚。

这一风尚到了卡勒继续发扬光大,尽管卡勒最终还是归于折衷态度、中庸之道,但他在论证"症候解读"时往往会发一些过头之论,流露出对于出现在文学的边缘、断裂地带的那些偏激、出格的东西难以抑制的兴趣,譬如在作品解

---

① Macherey, Pierre. *A Theory of Literary Production*. London and Boston: Routledge & Kegan Paul, 1978, p. 7.

读中对于"表征"的重视更胜于"鉴赏",对于"粗读"的肯定更多于"细读",对于"过度解释"的热衷更超过"一般解释"。这里还要指出一点,虽然卡勒的《文学理论》一书如题理应主要讨论文学理论问题,但在书中遇上的似乎更多是文学批评的问题。如果说该书在讨论文学研究时对于文学理论与文学批评这两个概念就未曾加以廓清的话,那么在讨论文化研究时更是将这二者相互通用了。能够说明问题的例证是,该书列论的诸多"理论"流派恰恰是"批评"流派,如女性主义批评、解构主义批评、话语批评、生态批评等;此外,最近卡勒在中国所作的题为《当今文学理论》的演讲中,指出了当今文学理论的诸多新进展,包括叙事学的复兴,德里达研究的复兴,伦理学以及动物伦理研究转向,生态批评的兴起,"后人类"理论的提出,回归美学等[①],也显示了批评化的倾向。这一现象并不只是概念的泛用或混用那样简单,它昭示的更是当下文学理论与文学批评合流、文学理论走向文学批评的大趋势,而这一趋势恰恰是晚近知识状况发生后现代转折的一个重要征象,它预示着文学批评作为艺术生产将迎来开阔的理论空间。

关于"症候解读"与中国古代哲学的会通。通过以上梳理和分析,不难发现,"症候解读"之说的哲学根基往往与中国古代哲学相通,如阿尔都塞以空无为本,认为空无对于真理更具本质意义的论断与《老子》"以无为有""无中生有"的思想极其肖似;他肯定空无具有革故鼎新的挑战性和革命性的观点与《周易》"穷则思变"的思想所见略同;而马舍雷关于"空缺造就话语,沉默形塑作品"的论述与《老子》"有无相生"的思想也可谓声应气求。问题在于,西方现代流行思想学说往往在中国古代思想学说中寻觅知音,特别是那些非正统、非主流的派别如道家、周易、佛家、禅宗等成为其心中的最爱,例如海德格尔受惠于老庄、佛学和禅宗思想就是显例。[②] 而在后现代语境下兴起的新潮理论来说就更是如此。尽管道、易、佛、禅的影响不小,但与儒家的正统、主流地位相比却只是"异端""末流"而已,然而正是这种异质性、边缘性使得各种后现代新潮理论与之心有戚戚焉。已如前述,阿尔都塞、马舍雷的"症候解读""文学生

---

① 这是卡勒2011年10月20日在南京大学人文社会科学高级研究院的演讲稿,其英文稿"Literary Theory Today"发表在《文艺理论研究》2012年第4期。

② 海德格尔:《在通向语言的途中》,孙周兴译,商务印书馆1997年版,第191页;Parkes Grahan. *Heidegger And Asian Thought*. University of Hawaii Press 1987, p.48 等。

产"之说的理论策略往往是剑走偏锋,在事物的边缘性、断裂性地带使劲而出奇制胜,他们不是在意识中发掘问题,而是在无意识中做足文章;他们将"症候解读"的证伪效用、校正功能视为更重要的生产;他们将无意识层面纳入意识形态的范围,通过对其空缺和沉默的"症候解读"来实现意识形态的生产,而他们最终则将这一切归结为以无为本、有无相生的哲理。虽然迄今尚未发现阿尔都塞、马舍雷与中国老庄、《周易》有何交集,但二者的运思方法何其相似乃尔!其实这种思想观点不谋而合的情况历来不乏其例,不妨认为此乃大化流行的普遍规律的普泛性、共同性使然。这种情况如今在阿尔都塞、马舍雷身上重演,不啻是"症候解读""文学生产"之说的后现代倾向的突出表现。

第 十 四 章

法兰克福学派大众文化批判的"症候解读"

法兰克福学派的大众文化批判起始于 20 世纪 40 年代,以霍克海默、阿多诺合著的《启蒙辩证法》(1947)一书为标志,其中《文化工业:作为大众欺骗的启蒙》一文进一步论述了"文化工业"的概念,其中的批判理论上接本雅明,下启马尔库塞,成为法兰克福学派的核心理论。然而法兰克福学派的大众文化批判从一开始就受到质疑,被认为是夸大其词和阐释过度,以致其一再遭到冷遇。那么,法兰克福学派大众文化批判的症候何在呢?

第一节 "奥斯维辛之后写诗是野蛮的"

"大众文化"在法兰克福学派的辞典中是一个负面词,对于"大众文化"的批判是法兰克福学派学术研究的一项重要内容。"奥斯维辛之后写诗是野蛮的!"阿多诺这一振聋发聩的大声疾呼表明了法兰克福学派对于大众文化的态度,也透露了这一文化态度的深层原因。

"法兰克福学派"的名称是 20 世纪 60 年代由局外人叫开并得到学派中人认可的,是指法兰克福大学"社会研究所"的成员及其同路人组成的学派。该研究所 1923 年成立,格吕堡任首任所长。1931 年 1 月霍克海默接替病退的格吕堡就任所长,随着一批志同道合者的加盟,社会研究所进入了鼎盛时期。该研究所的成员大多为犹太籍,且出生于中上等的犹太家庭,加之他们崇尚和宣传马克思主义,因此在 1933 年希特勒上台掌权之后,该研究所及其成员便一下子陷入了噩梦。同年3月研究所以"对国家的敌意"的罪名被关闭,财务被没收,图书被查封。5月霍克海默作为第一批教授而被法兰克福大学解聘,同时被解聘的还有蒂利希、曼海姆、希茨海默等人。接着所有成员都离开了法兰克福,滞留德国的遭到逮捕、监禁、投入集中营甚至被处死,其他成员四散流亡到伦敦、巴黎、日内瓦等欧洲各地,后大多数人又辗转到了美国。1934年,社会研究所迁往纽约,落脚于哥伦比亚大学。直到战后,社会研究所才迁回法兰克福大学,1950年8月重新开张。富有寓意的是,办公地点坐落于原先研究所的废墟之旁,新址与原址近在咫尺,但悬隔着16年的流亡和苦难的岁月。

霍克海默的博士论文《关于目的论判断力的悖论》和大学授课资格论文《论康德的判断力批判》做的都是康德及其"第三批判"研究,后来他一直没有放弃这方面的研究,由此正可见出其倡导的"批判理论"的哲学背景,霍克海默的批判理论在很大程度上延续并进一步发挥了康德的批判哲学。霍克海默认为,实践和理性是批判理论的两个极,它们之间的相互作用和内在张力恰恰有助于激发批判理论的辩证联想。如果肯定批判理论确实是一个真理概念,那么它就存在于对资本主义社会的批判之中。不过值此时势,批判理论最紧迫的任务就是对于法西斯主义在欧洲的兴起进行研究,相关的学术焦点涉及对于权威主义的讨论、对于纳粹的分析、对于启蒙的重估等问题,还有一个重要方面,即对于大众文化的批判。后者事关审美活动,正是康德批判哲学所构想的处于纯粹理性与实践理性之间的审美判断力的中间地带。马丁·杰对此作出评价:"这却是把批判理论运用到具体的、经验的、可证实的问题上的第一次真正尝试。"[①]

对于文学艺术和审美文化研究抱有巨大热情是法兰克福学派的一大特点,其中包括对于大众文化的批判冲动,而美国的流行文化则是其直接抨击的对象。法兰克福学派大众文化批判的工作主要集中于20世纪40年代,这时该学派成员已旅居美国多年,对于美国社会已有相当了解,但对于美国的流行文化始终感到格格不入。他们在这一问题上所持的否定立场主要基于两大心理落差:一是他们所秉承的欧洲传统文化与美国流行文化之间存在着巨大的文化落差,在德国古典歌剧、交响乐、芭蕾舞以及文学经典中养成的审美趣味

[①] 马丁·杰:《法兰克福学派史》,单世联译,广东人民出版社1996年版,第137页。

根本无法接受好莱坞电影、爵士乐、百老汇歌舞、电视肥皂剧、广播剧等大众娱乐形式,他们对于大众文化的批判往往是在欧洲古典艺术的高雅趣味与美国流行文化的通俗情趣之间发生的激烈碰撞。论者指出:"作为中欧的流亡者,他们接受了丰富的文化遗产,对新环境中的污浊氛围不可避免地感到不安,这一疏离常常意味着他们对美国流行文化中的自发因素的迟钝反应。"①他们在讨论美国的流行文化时常常流露出鄙夷和不屑,斥之为粗野、低俗的表现。如在霍克海默与洛文塔尔的信件中可以读到这样的文字:

> 大众文化中的反潮流反映在对它的逃避中……真正的逃避就是睡眠和发疯,或至少是某种缺点或弱点。反抗这些电影不是在尖锐的批评中,而是在人们睡眠或相互做爱的事实中。
>
> 比如最近的电影"假日酒店"中,在芭蕾场景中有一对舞星跳了一分钟,但很快这一分钟就变成了色情的情境,人们很容易想象舞伴会以接吻而结束。甜蜜、和谐的音乐突然代之以爵士,它几乎是不加修饰地阉割了舞者。②

不难发现,法兰克福学派提出的许多重要命题、概念和结论都与这种审美趣味的落差相关,且通往其个人经验的背景,例如阿多诺对于爵士乐极其反感,称爵士乐是地地道道的商品,是对现有秩序的投降,提出"音乐应当超越大众的流行意识"的主张。③ 而这一切与他的生平经历有关,阿多诺出生于一个音乐世家,家族中有多名音乐家,作为知名歌唱家的母亲给予他更深的影响,他自幼接受良好的音乐教育,年轻时就在音乐创作和音乐研究方面崭露头角,他的著述很多以音乐为例而晓谕学理,他对于流行音乐的分析成为法兰克福学派大众文化批判的代表性论述。本雅明亦然,他提出了"机械复制时代"的概念,指出大众文化因机械复制而破坏了传统艺术所崇尚的"韵味"。这一观点的形成与其出身经历也不无关系,其父亲是一位经营艺术品古董犹太商人,他自己也是一位艺术品鉴赏家和收藏家,所以特别讲究艺术品的原初性、本真性和此在性,尤其重视艺术品原作所沾带的"韵味",如画家的手泽、诗人的灵

---

① 马丁·杰:《法兰克福学派史》,单世联译,广东人民出版社1996年版,第248页。
② 同上书,第246—247页。
③ 同上书,第210页。

感或演员的气场等,从而对于机械复制的大众文化与独一无二的经典之作表达了鲜明的褒贬取舍之情。如果不是艺术品鉴赏家的专业特长,很难提出如此独到的见解。

法兰克福学派在大众文化问题上面临的第二个心理落差是,在他们看来,大众文化在商业社会的极权主义背景与法西斯主义不谋而合,因此他们将大众文化批判也归入反对法西斯主义的范畴之中。法兰克福学派逃离纳粹的铁幕来到传说的"自由世界"的美国,发现这里并非令人向往的乐土,市场权力和技术统治消泯了"民主""自由"等口号的华彩,广告暴力的强制并不亚于希特勒的宣传机器对人的精神钳制。在法兰克福学派看来,资本主义一旦从早期的自由主义走向晚期的极权主义,那就与法西斯主义只有一步之遥了。资本主义在经济上和政治上的极权倾向原本就胎息着法西斯主义的胚芽,而这一倾向又往往借助大众文化表现出来。以广播为例,在大众文化的诸多形式中,广播是后来居上,其优势在于,它既是市场的代言人,又是国家的喉舌,它既把所有文化产品都带入了商业领域,又变成了独裁者的话筒,"国家社会主义者很清楚,如果说出版印刷可以带来宗教改革,那么,无线电广播则完全可以缔造他们的事业"。① 因此法兰克福学派批判大众文化,并非因为它是民主,而恰恰是因为它不民主,在他们看来,大众文化是极权主义的温床,同时也是极权主义的附庸,极权社会为它的成员制造了苦难,大众文化却紧随其后、亦步亦趋,其结果就是酿成法兰克福学派予以"大拒绝"的"总体性制度"或"单向度社会"。

正是这两大心理落差,驱动法兰克福学派将对于大众、大众文化和文化工业等问题重作考量,作为批判理论的具体运用和真正尝试,凝定了大众文化批判的内涵。

第二节 关于大众

"大众"是一个重要的哲学范畴,对于"大众"问题的研究在德国近代哲学史上有较深的渊源,费希特、雅斯贝尔斯、海德格尔等人对此都作出过深入探

---

① 霍克海默、阿道尔诺:《启蒙辩证法》,渠敬东等译,上海人民出版社2003年版,第178页。

讨,不过他们大多将"大众"作为一个消极的、有待于改善的对象来看待。法兰克福学派延续了这一传统但又加入了新的内涵。

法兰克福学派讨论"大众"问题,已经与雅斯贝尔斯等人有很大的不同,那就是将问题置于大众文化兴起、极权主义抬头的背景下加以考察,发现当今时代,大众的处境不仅没有丝毫改善,而且更加艰危深重了:

> 今天,大众的退步表现为他们毫无能力亲耳听到那些未闻之音,毫无能力亲手触摸到那些难及之物,这就是祛除一切已被征服了的神话形式的新的欺骗形式。借助包揽着一切关系和感情这一总体社会的中介,人们再一次变成了与社会进化规律和自我原则相对立的东西,变成了单纯的类存在,他们在强行统一的集体中彼此孤立。桨手们不能彼此交谈,他们相互以同一节奏扭连在一起,就像在工厂、影剧以及集体中的现代劳动者一样。社会的现实工作条件迫使劳动者墨守成规,迫使劳动者对诸如压迫人民和逃避真理这样的事情麻木不仁。①

总的说来,导致大众的处境每况愈下的根本原因在于,资本主义的极权倾向日趋严重,总体性、同一性、单面性成为整个社会的意识形态,这一特殊语境使得讨论"大众"问题有了新的维度。首先,在法兰克福学派看来,极权主义导致大众的个性丧失殆尽。在"大众"中,个性与共性、特殊性与普遍性的矛盾始终存在,而极权主义总是以牺牲个性、特殊性为代价来满足共性和普遍性,即便标榜什么个性、特殊性,也只是制造出来的假象和幻影,因为整个机制已经被标准化、模式化了,这是最根本的。个人置身其中,只有与整个群体完全达成一致,他才能获得容忍,才是安全的。而在这种标准化、模式化的机制之中,大众文化往往起到决定性的作用,大众从物质到精神,一切的一切,都取决于这种"消遣工业""娱乐工业"的引领,最终成为它所期望的那种类型,而付出的代价就是个性的丧失。这在大众文化中可谓比比皆是:"虚假的个性就是流行:从即兴演奏的标准爵士乐,到用卷发遮住眼睛,并以此来展现自己原创力的特立独行的电影明星等,皆是如此。"②这就暴露出"消遣工业""娱乐工业"

---

① 霍克海默、阿道尔诺:《启蒙辩证法》,渠敬东等译,上海人民出版社2003年版,第33—34页。
② 同上书,第172页。

的虚伪之处,它是借"启蒙"之名而行"反启蒙"之实。霍克海默在对于"启蒙"这一概念进行研究之后得出如下结论:"启蒙在为现实社会服务的过程中,逐步转变成为对大众的彻头彻尾的欺骗。"① 法兰克福学派进而认为,这种"反启蒙"的实质恰恰与法西斯主义如出一辙,当年像纳粹青年组织那种乌合之众也是以"公众"的名义出现,一切听从宣传机器的指使,一切受到标语口号的煽动,他们占领了机关学校,鼓噪于广场大街,而众人在被盲目的狂热裹挟的同时,恰恰泯灭了个人的独立思考和自觉意识。所以霍克海默指出,就其对于大众个性的戕害而言,"收音机和电影决不亚于飞机和枪炮的作用"。②

与个性的失落相辅而行,资本主义也造成了"大众"道德水准的下降,"在系统的压制下,现实生活使大众丧失了道德,他们只能通过强加给他们的行为方式来展现文明"。③ 在法兰克福学派的词典中,逆来顺受,麻木不仁,软弱无能,俯首帖耳,随遇而安,阿世从众等说法都是给"大众"加封的谥号,这也许是大众身处权势胁迫之下采取的一种处世哲学和生存技巧,但却可以衡量出其道德水准的低迷。譬如文学艺术的严肃性被大众趣味所消解,只是成为一种娱乐和消遣,在轻松愉快的休闲和嬉戏中,对于资本主义的对抗被顺从所冲淡,对于实际生活的批判为和解所替代,最终丧失了超越性和否定性,被权势收买和招安。在此过程中,大众文化也助其一臂之力,它的娱乐和消遣给那些在艰难的生活境遇中身心疲惫的个人提供暂时的抚慰和松弛,使之得到身心调整,以便继续为那些使他疲惫不堪的权势服务;广告宣传将大众陷溺于走火入魔的迷狂之中,消费者即便看穿了广告的种种伎俩,也会心甘情愿地购买和使用它们所推销的商品。因此霍克海默、阿多诺指出:"权威一旦吞噬了人们的反抗能力,就会从孤立无援的人们身上获得整合的奇迹,永远让自己的一言一行变得温文尔雅,而这正是法西斯主义的伎俩。"④

在资本主义的极权体制之下,大众的身体也充满了失败感。大众文化对此也不能辞其咎,它对于大众的身体的关注有两个方面:一是将其视为适合生产系统、满足社会需要的劳动工具。极权体制将人体看成是一架活的机器,是

---

① 霍克海默、阿道尔诺:《启蒙辩证法》,渠敬东等译,上海人民出版社2003年版,第40页。
② 霍克海默:《批判理论》,李小兵等译,重庆出版社1989年版,第264页。
③ 霍克海默、阿道尔诺:《启蒙辩证法》,渠敬东等译,上海人民出版社2003年版,第170页。
④ 同上书,第172页。

由各种关节、骨骼、肌肉堆积起来,可以任意拼装和拆卸;它还把人的生命形式和生理活动还原成了一个化学过程,可以进行精确测试和检验,进而采用科学方法来形塑大众的身体,借助技术培训来提高大众的能力,最终将其塑造成能够为生产系统和社会机构服务的仆役。二是向大众推销理想完美的身体概念,商场和大街琳琅满目的商品广告总是以美女帅男作为形象代言,这一偶像化的策略在促销商品的同时其实也是在推销一种身体概念,霍克海默、阿多诺说过:"几个世纪以来,身体就是大众的思维方式"[1],当商品广告通过模特的形象将某种身体概念植入人的头脑并改变其思维方式时,那不啻是对大众进行"洗脑"了。这不能不让曾经的纳粹受害者联想起那些充斥着"金发野兽"的广告形象,在形形色色的商品广告中推崇的新奇的、伟大的、漂亮的、高贵的身体,往往就是纳粹领袖及其部队。在他们看来,广告的内在目的就在于此,而对于人的身体的污损,也莫过于此。

第三节 关于大众文化/文化工业

"大众文化"与"文化工业",这两个概念是二而一、一而二的关系,人们往往提起一个就会想起另一个,但二者又有根本的区别。"文化工业"的概念最早是霍克海默提出[2],而在他和阿多诺合著的《启蒙辩证法》一书中得到系统论述的,提出和使用这一概念旨在将它与"大众文化"概念区别开来。阿多诺晚年在回顾此事时写道:

> "文化工业"这个术语可能是在《启蒙辩证法》这本书中首先使用的。霍克海默和我于1947年在荷兰的阿姆斯特丹出版了该书。在我们的草稿中,我们使用的是"大众文化"。大众文化的倡导者认为,它是这样一种文化,仿佛同时从大众本身产生出来似的,是流行艺术的当代形式。我们为了从一开始就避免与此一致的解释,就采用"文化工业"代替了它。我

---

[1] 霍克海默、阿道尔诺:《启蒙辩证法》,渠敬东等译,上海人民出版社2003年版,第264页。
[2] 见霍克海默《艺术和大众文化》一文,收入其《批判理论》一书。

们必须最大限度地把它与文化工业区别开来。①

按这段话引自阿多诺的《文化工业再思考》一文，该文是阿多诺晚年所作，发表于《新德意志批判》第 6 期，1975 年秋季号，此时阿多诺已去世，由别人代为发表，因此带有盖棺定论的性质。

关于当年将"文化工业"与"大众文化"区分开来的初衷，阿多诺说得很清楚，那就是为了避免误解，即将其与传统的从百姓大众中自发形成并广泛流传于民间的"大众文化"混为一谈。传统的"大众文化"自娱自乐，众声传唱，任性而发，自然天成，谈不上什么利害算计，也谈不上什么技术含量，虽然它也将产品或演艺作为商品在市场上出售，但主要用于维持生计和支付必要的成本，并不为此外在目的而牺牲自身固有的文化特点。而这一切却在文化工业中被剥夺了，文化工业为大众消费而制作的产品，往往是经过精心策划、巧妙算计而炮制出来的，是在标准化、格式化、通用化的运作过程中夷平了个性的，而经济、技术、行政的力量则是其背后的推手。用阿多诺的话来说："这成其为可能，既是由于当代技术的发展水平，也是由于经济的和行政的集中化。"文化工业藉此自上而下地整合了它的消费者，在这里"大众绝不是首要的，而是次要的：他们是算计的对象，是机器的附属物。顾客不是上帝，不是文化产品的主体，而是客体"。② 因此称之为"大众文化"并不合适，称之为"小众文化"倒是恰如其分，因为它的生产者、制作者、推销者并不是"大众"，而只是"小众"，只是在人口数量上所占比例极小的制作人、策划人和经纪人，大众只是其推销和牟利的对象，在文化上恰恰不具有主动性和支配权，只是被控制、被操纵、被利用的，是被制作和推销文化的"小众"诱导的。因此需要有一个合适的名称来取而代之，在阿多诺看来，这个合适的名称就是"文化工业"。③ 可见"文化工

---

① 阿多诺：《文化工业再思考》，高丙中译，《文化研究》第 1 辑，天津社会科学出版社 2000 年版，第 198 页。
② 同上书，第 198—199 页。
③ 按《启蒙辩证法》一书由霍克海默、阿多诺合著，但其中的篇目却是各有分工，其中《文化工业：作为欺骗大众的启蒙》一文由阿多诺执笔。"文化工业"一词的使用主要集中在该文之中，在不到 4 万字的篇幅中使用该词达 90 次之多。总的说来，"文化工业"一词的使用虽代表霍克海默的意见，但带有很强的阿多诺个人风格。另外，"大众文化"概念的使用也主要集中在该文之中。文中也有既用"大众文化"，又用"文化工业"的情况；还用过"工业化文化""大众文化工业""大众工业"等说法。故本书在具体论述中使用相关概念时也相应做一些变通处理。

业"并非传统"大众文化"的当代形式,并非当代版的"大众文化",二者的重大区别就在于传统"大众文化"是根生土长的、原生态的,是个性化、唯一性的;而"文化工业"则是工业社会的产物、现代技术的成果,是标准化、同一性的,是一种"总体文化"、一种"机械复制"文化、一种"肯定文化"或"单面文化"。而这正是法兰克福学派大力抨击的。

"文化工业"的提出,有其现实的针对性,有论者指出,在阿多诺本人对于魏玛时代无个性的大众文化、20世纪二三十年代纳粹的伪民俗文化和美国大众文化的体验中,可以找到他的"文化工业"概念的来源。[①] 阿多诺置身的时代及遭遇的变故,为"文化工业"的提出及其内涵提供了特定的语境。在他看来,"文化工业"既是经济的,也是技术的,它是二者的复杂交织。文化工业的产品不是艺术品而是商品,它是受到经济动机的驱使,为在市场上销售而被生产出来,因此文化工业的生产和消费离不开资本运作的普遍法则,服从商品交易的逻辑。文化工业仍然保留着娱乐的成分,但这种娱乐已被商业机制所吞噬,也因商业机制而被败坏。人们也总是从技术的角度来解释文化工业,不言而喻,电影、广播、爵士乐和杂志等大众媒介都受到现代技术的支撑,但也因此而沾带了机械复制的弊端,文化工业产品都不可避免包含着重复的因素,不是说它没有独具特色的创新,而是说这种创新也只不过是不断改进的大规模、标准化的生产方式而已。总之,"文化工业"颠覆了由康德确立而后来一直被奉为不刊之论的美学原则"无目的的合目的性",而代之以"有目的的无目的性"的美学信条,这两个命题看似绕口令式的语言游戏,其实大有深意在,就是说,在经典美学中被视为"无目的性"的艺术和文化,在资本主义时代都变成"有目的"的了,而且是"市场所声明的目的"了。于是对于"文化工业"不妨作如是观:"只要金钱是绝对的,那么艺术就应该是可以任意处置的,这样,文化商品的内在结构便发生了转换,并呈现出来。在竞争社会里,人们把艺术作品当成了有用的,这在很大程度上说明,有用是无所不包的,而无用却被抛在了一边。"[②]

[①] 见安德列斯·胡森:《阿多诺入门》,《新德意志批判》第6期,1975年秋季号。按此文是为阿多诺《文化工业再思考》一文配发的入门性质的导言。见马丁·杰:《法兰克福学派的宗师——阿道尔诺》,胡湘译,湖南人民出版社1988年版,第149页。

[②] 霍克海默、阿道尔诺:《启蒙辩证法》,渠敬东等译,上海人民出版社2003年版,第176页。

另一方面，阿多诺所理解的"文化工业"中还包含着另一层复杂交织，即资本主义与法西斯主义的彼此呼应。霍克海默有一段话广为人知："一个不愿意批评资本主义的人，就应当对法西斯主义保持沉默。"① 资本主义与法西斯主义之间的这种默契来自它们的共同特点：总体性。"总体性"的概念是卢卡契提出的，带有浓重的黑格尔主义倾向，阿多诺对之持否定意见。在阿多诺看来，资本主义的总体性表现为将所有差异性的局部和个体统合起来，纳入商品拜物教的同一整体之中，拜物教不仅成为商品的唯一经济特性，而且将其影响扩展到了社会生活的方方面面，一个突出的表现就是，文化工业也被这种商品拜物教所主宰，在电影大片、肥皂剧、流行歌曲、畅销读物中都有其固定不变的模式，只要电影一开演，就可以知道结局会怎样；电视剧每集的高潮和卖点都是精心设计的；在流行音乐中，一旦听到第一句，他就会猜到结尾；小说都有相对固定的篇幅。其中插科打诨、滑稽调笑也都是安排好了的。总之，这一切手段和套路，最终都是为了实现制作商、经营者的意图。于是"艺术和消遣这两种不可调和的文化因素都服务于同一个目标，都服从于同一套虚假程式：即所谓文化工业的总体性"。② 在阿多诺看来，这种标榜"总体性"概念的极权主义，与法西斯主义有何区别？正因为如此，法兰克福学派对于文化工业的总体性进行了不遗余力的批判，比较集中和激烈的一次是，1945 年 3 月研究所在哥伦比亚大学社会学系组织了一次题为"国家社会主义的后果：国家社会主义溃败之文化面面观"的系列讲座，围绕这一议题，霍克海默主讲"极权主义和欧洲文化的危机"，阿多诺主讲"艺术的命运"，波洛克主讲"偏见与社会阶级"，洛文塔尔主讲"集权主义恐怖的后果"。阿多诺在发言中指出，文化工业导致真正艺术想象力的缺乏，"最终使德国人、贝多芬的人民变成了希特勒的人民"。有趣的是，他最后话锋一转，将矛头指向了美国，宣称垄断资本主义就是一种新形式的法西斯主义，认为："如果一个真正的知识分子所能做的就是进行否定，就是将灾难作为灾难来看待，那么美国不就是文化工业批判的更好的研究对象吗？"③

---

① 马丁·杰：《法兰克福学派史》，单世联译，广东人民出版社 1996 年版，第 142 页。
② 霍克海默、阿道尔诺：《启蒙辩证法》，渠敬东等译，上海人民出版社 2003 年版，第 152 页。
③ 见罗尔夫·魏格豪斯：《法兰克福学派：历史、理论及政治影响》上册，孟登迎等译，上海人民出版社 2010 年版，第 516 页。

总之，在法兰克福学派对于上述一系列问题的论述和阐释中，始终表现出一种强烈的冲动，那就是对于法西斯主义的声讨和抨击。不言而喻，这与他们特殊的经历和遭际有关，以往惨痛遭遇在他们心目中就像梦魇一样驱拂不去，时时会拉肝扯肺般地牵动他们的心思意绪，进而深刻地影响着他们的理论倾向和价值判断。霍克海默的秘书 A. 迈尔曾这样描述当时研究所的状况："可以这么说，抨击希特勒和法西斯主义这一共同信念把我们结合在一起，大家都感到我们有一个使命，包括所有的秘书，所有参加研究所并在那里工作的人，这个使命确实使我们产生了忠诚和一体的感情"。① 这不啻是对于当时法兰克福学派共同心态的真实写照。

第四节　法兰克福学派的批判理论在中国

法兰克福学派的批判理论影响中国学界的时间大约是在20世纪90年代初，徐崇温主编的"国外马克思主义和社会主义研究丛书"（重庆出版社）的出版推动了这一进程，其中收进了法兰克福学派的多种重要著述，由于当时国内缺乏国外马克思主义的理论资源，所以这些著述一度受到追捧。此时中国经济正经历翻天覆地的变化，计划经济体制开始向市场经济体制转化，随之引发了当代大众文化的遍地开花，这一前所未有的巨变使得中国学界猝不及防，面临着两个方面的尴尬：一是对于市场经济背景下文化的转型缺乏心理准备；二是应对新型的当代大众文化缺乏理论工具。值此时势，如果说以往种种传统理论已不足以应对现实和理论的新变的话，那么法兰克福学派的批判理论则被视为不二之选，法兰克福学派对于商品社会中大众文化的判断和评估几乎是中国学界唯一的思想借鉴和理论依据，于是就出现了"人人争说阿多诺""人人争说本雅明"的热闹场面。

得风气之先的是陶东风和金元浦两位。② 陶东风的文章概括了大众文化的三个特点：其一，大众文化的生产方式是一种以现代科技为基础的批量化、

---

① 马丁·杰：《法兰克福学派史》，单世联译，广东人民出版社1996年版，第165页。
② 同期持类似观点的还有张汝伦、潘知常、尹鸿等人，见张汝伦《论大众文化》（《复旦大学学报》1994年第3期）、潘知常《文化工业：美学面临新的挑战——当代文化工业的美学阐释之一》（《文艺评论》1994年第4期）、尹鸿《为人文精神守望：当代中国大众文化批评导论》（《天津社会科学》1996年第2期）等文。

标准化、复制性的生产;其二,大众文化的价值轴心是经济效益;其三,大众文化的生产目的是创造消费使用价值,满足大众的消费需要。文章逐一引述了当时刚刚翻译进来的法兰克福学派代表人物霍克海默、阿多诺、本雅明、马尔库塞等人的著述,对于中国刚刚兴起的大众文化的欲望泛滥、文化快餐、速食主义、明星崇拜等现象进行批判。作者在最后还特地说明,该文"是从批判的角度来分析大众文化的,因此在有限的篇幅中也不必对大众文化的正面效应作过多的说明了"。①

金元浦也引述法兰克福学派关于"文化工业"的批判理论,对于中国市场经济起来以后复制、包装、推销等文化工业的运作,对于文化工业与艺术的背离所造成的价值危机进行批判,面对文化工业"反艺术"的基本品格,作者叹息:"所有的人都腰缠万贯,然而所有的人又都一无所有。没有谁能忘记自己整个精神的突然贬值,因为它的匮乏太令人怵目惊心。"②

在陶东风、金元浦的一次对话中,二人认为今天市场的活动规律与价值法则全盘地控制了文化活动,文化完全听凭市场的选择和宣判,丧失了独立的游戏规范与价值法则。金元浦认为,在市场经济条件下,我国文化批评领域也发生了重大变化:一是批评的时尚化;二是批评的包装化;三是批评的复制化。陶东风对此表示赞赏,认为金所概括的"三化""确实准确"。③

然而时隔不久,两位对于大众文化/文化工业的态度发生了180度的翻转。

相隔一年,金元浦的《文化市场与文化产业的当代发展》(《社会科学战线》1995年第6期)对于相关概念的使用有了明显的变化,作者按从80年代中期开始国际通用的核算方式,即用国民生产总值来核算国家经济发展的程度区分第一产业、第二产业、第三产业的做法来重新界定"文化产业"。突出的变化是,作者对于作为第三产业的重要部分的"文化产业"给予了充分肯定,认为"我国文化市场的建立、发育和文化产业的发生发展具有历史必然性和现实合理性"。这一界定已迥异于法兰克福学派予以批判、让作者感到"怵目惊心"的

---

① 陶东风:《欲望与沉沦:当代大众文化批判》,《文艺争鸣》1993年第6期。
② 金元浦:《试论当代的"文化工业"》,《文艺理论研究》1994年第2期。
③ 陶东风、金元浦:《从碎片走向建设——中国当代审美文化二人谈》,《文艺研究》1994年第5期。

"文化工业"了。但作者论列的"文化产业"的具体形态仍然是音像业、图书业、高档娱乐业、影视业等等,与前述"文化工业"相同,而作者指陈的"文化产业"的负面也与之并无二致:"从市场机制来看,文化产业的产业性必然先天地导致文化产品的商品特性空前凸现,甚至造成商品性独尊的局面,从而忽略文化产品的精神性特质。同时,文化作为一种产业又必然要求相当程度的规模生产,只有规模生产才有可能产生可观的经济效益。因此它必然依循大工业标准化、模式化的生产方式,追求大批量的投入和产出,这就导致了文化制作中大量复制、模仿、'赝品'和一次性消费商品,从而无视文化的艺术本性,使独一无二的文化精品创造趋于消亡。另外,文化产业的市场特性又与文化艺术所肩负的宏大历史使命和历史责任相矛盾,它当下的经济效益原则与构建完善的民族文化心理结构,塑造积极向上、健康乐观的当代人文品格的长远文化战略相互冲突。"总之,金元浦该文给人的感觉是,如果说作者从产业分工的角度重新界定"文化产业"是力图将它与此前法兰克福学派所说的"文化工业"相互扯开的话,那么在对于"文化产业"具体形态的分析以及对其缺陷的指陈时却又将这二者混为一谈了。

陶东风的《文化批判的批判》(《天津社会科学》1997年第3期)第一次明确对于法兰克福学派的大众文化批判以及国内学者对其批判话语与批判范式的套用和误置表示异议,并对自己曾热衷于套用法兰克福学派的理论来批判中国当代的大众文化作出"自我检讨"和"自我反省",发出了弃用法兰克福学派的批判立场和批判范式的明显信号。他说:"90年代中国文化批判的另一个显著误区是不顾中国社会文化的特殊语境,机械套用西方的文化批判理论与批判话语……被众多的人文知识分子用以声讨世俗化与大众文化的批判话语,并不是什么土生土长的本土话语,而是来自西方法兰克福学派的大众文化批判理论。"陶东风反对套用外国理论来解决中国问题的意见在一般意义上说是不错的,虽然他自己起初对于法兰克福学派也曾推崇备至,在文章中几乎是"无一处无来历",而此时对于法兰克福学派的反戈一击,正宣告了他与法兰克福学派的批判理论就此分道扬镳。他还藉此喊出了一个颇具方法论色彩的口号:"慎用西方文化批判理论",这就将与法兰克福学派批判理论的分歧推向一般层面了。

陶、金二人对于大众文化/文化工业以及法兰克福学派的批判理论之立场的戏剧性翻转在中国学界具有典型意义,它与1992年以来国家关于文化工作的大政方针所酝酿的重大变化显示出某种对应性。

1992年春邓小平南方谈话为这一重大变化按下了启动按钮,发展经济,解放生产力,建立充满生气和活力的社会主义市场经济体制,讲话的主旨为文化产业隆重登上中国的历史舞台拉开了大幕。1992年6月16日,中共中央颁布《关于加快发展第三产业的决定》,随后国务院办公厅综合司编著的《重大战略决策——加快发展第三产业》一书起用了"文化产业"的说法,这被看作我国政府主管部门第一次使用"文化产业"的概念。2000年10月11日,中共十五届五中全会通过《中共中央关于制定国民经济和社会发展第十个五年计划的建议》,明确提出"要完善文化产业政策,加强文化市场建设和管理,推动有关文化产业的发展","文化产业"首次将文化产业发展问题列入国民经济和社会发展计划之中。2002年11月,中共十六大,第一次将"文化产业"写入党的全国代表大会的政治报告中,并对文化产业的地位作用、发展目标、发展途径、文化产业与文化事业的辩证关系做了论述。在此后若干年中,上层对于文化产业的推助可谓紧锣密鼓,几乎每一次中央全会都将文化产业作为重要议题,并适时出台相应的决定和意见。而其间文化部作为政府主管部门在促进文化产业发展的过程中起到了牵头作用。[①] 各个地方政府与民间机构也纷纷根据各自特点制定文化产业发展战略对策并付诸实施,而高等学校也积极参与其中,担当了重要的角色。[②]

以金、陶为代表的中国学界对于法兰克福学派文化工业批判的前恭后倨

[①] 1993年11月14日,文化部召开了部分省市文化产业座谈会,时任文化部常务副部长在会上发表了"在改革开放中发展文化产业"的讲话,较为系统地就文化产业探讨了若干重大理论问题,被看作中国政府文化行政部门领导人首次全面阐述对于文化产业的政策性意见。1996年底,北京市委、市政府出台了《关于加快北京文化发展的若干意见》(20条),1999年北京市在其城市发展规划蓝皮书中,再次将文化产业确认为北京经济增长点的重要组成部分。其间上海、广州、深圳、湖南等地也相继成立相应的课题组以研究本地区文化产业发展的战略问题。1998年,文化部成立文化产业司,把发展文化产业纳入政府工作体系。2003年,文化部制定并下发的《关于支持和促进文化产业发展的若干意见》中,把文化产业界定为:文化产业是指从事文化生产和提供文化服务的经营性行业。并同时指出:文化产业是与文化事业相对应的概念,两者都是社会主义文化建设的重要组成部分。

[②] 1999年、2002年,文化部先后在上海交通大学、北京大学高校设立"国家文化产业创新与发展研究基地"。2000年,由文化部与上海交通大学共建的中国国家文化产业创新与发展研究基地主办"21世纪中国文化产业论坛"第一届年会在上海召开,此后两年一届,已召开了多届。

及对于"文化产业"的前倨后恭恰恰发生在20世纪90年代中后期,正与国家关于文化工作的大政方针的重大转折相互呼应。这也使得两位在这一问题上学术观点逆转的突发性以及此后学术研究重点的转场变得不难理解。金元浦在2000年以后研究重点转向了文化产业以及由此衍生的文化创意产业、创意经济等,基本不再触及文化工业的话题,也不再对于文化工业或文化产业的负面作出像以往那样的尖锐批评。而陶东风此后也基本弃用了法兰克福学派的批判理论。

我们无意断言金、陶等人学术观点的逆转是"跟风"的结果,那也不合事情。但有一点是明摆的,他们在移植法兰克福学派的批判理论时完全屏蔽了其对于法西斯主义进行声讨这一语境,而直接搬用了霍克海默、阿多诺、本雅明、马尔库塞等人的某些现成结论,得其皮毛而遗其骨血,那是有问题的。对于法西斯主义进行口诛笔伐的冲动已经成为法兰克福学派批判理论的有机成分,成为凝结在其大众文化/文化工业概念之中的固有内核,但在金、陶等人的表述中,由于时过境迁,这一点已经被冲淡甚至完全被剥离了,剩下的只是法兰克福学派对于商品社会的大众文化/文化工业似乎出自本能般的拒斥了,也就是说移植过来的只是祛除了具体语境的空洞抽象的一般理念。一旦将其运用于中国的实际问题,则难免圆凿方枘,格格不入,而其最终被论者所弃置,那也是必然的事。

经过这番山重水复的转换,恰恰留下了一个重大的学术问题,即所谓"文化产业"与"文化工业"在使用上形成了迥然不同的两套话语系统:说到"文化工业",那就与法兰克福学派批判理论相关联,被认为是商品化的、牟利的、平面的、复制的、无个性的、反艺术的,因而是应予抵制和批判的;说到"文化产业",那就与当今市场经济体制相关联,被认为是新的经济增长点,国民经济的重要支柱产业之一,随着市场经济的高速发展和人们生活水平的提高,能够满足全社会日益高涨的文化需求的重要途径,因而是应该积极提倡、大力扶持的。这就导致了概念的混乱,造成了十分尴尬的局面,有的著述在同时使用这两个概念时不得不采取这样的无奈之举:一涉法兰克福学派就使用"文化工业",一涉现代市场经济就使用"文化产业"。如此咄咄怪事在外语汉译中还不多见。

不过说到底,"文化工业"与"文化产业",原本不就是同一个概念吗?

第五节　对于大众文化批判的"症候解读"

已如前述,所谓"文化工业"一说出自阿多诺执笔的《文化工业:作为欺骗大众的启蒙》一文,后来阿多诺又在《文化工业再思考》一文中给予进一步界定。但首先必须确认一个事实,即这两篇文章最初都是用德文写作的,其中"文化工业"是用的德文 Kulturindustrie 一词,该词也可译为"文化产业"。在英文中与之对应的是 Culture Industry,也是"文化工业"和"文化产业"二义兼而有之。总之,无论是德文还是英文,此二义均无后来译为中文后那么明显的区别甚至相反的歧义。然而后来到了中国,情况就有些复杂,《启蒙辩证法》最早出过两个中译本,一是重庆出版社 1990 年版(洪佩郁、蔺月峰译),一是上海人民出版社 2003 年版(渠敬东、曹卫东译),这两个本子都译为"文化工业"。而阿多诺的重要著作《美学理论》的中译本 1998 年由四川人民出版社出版(王柯平译),则全篇不取"文化工业"而取"文化产业"的译法,译者在"引言"中引用《启蒙辩证法》等著述的相关论述时,也将其中"文化工业"均译为"文化产业"。可见将德文 Kulturindustrie 或英文 Culture Industry 译为"文化工业"或"文化产业"都无可无不可,二者并无根本区别。需要说明的是,"文化产业"原本是经济学的概念,在经济体制转型的大背景下,已然成为人文学科的常用概念,从而在翻译中取代了"文化工业"而成为与德文 Kulturindustrie 或英文 Culture Industry 相对应的常用中文译语,也是势所必然。

不过中国读者最早接受和使用的是"文化工业"的译法,语言的使用往往带有惯性,一旦开始接受了某个概念,后来要改变它是十分困难的,就像小孩出生后的取名,以后要更改就非常麻烦。另外,语言也具有粘附性,一旦粘附上某种意谓,便很难清除干净。因此"文化工业"的说法一直还留存在人们的语言中,也仍然黏附着法兰克福学派批判理论的色彩。但问题在于,当"文化产业"的译法出现时,法兰克福学派的批判理论已经过气,成了明日黄花,而此时大力发展"文化产业"已然成为上下关注、全民参与的热潮,对于"文化工业"进行批判的激情已经被大力振兴"文化产业"的热忱所淹没,在轰轰烈烈的"文化产业"热潮的遮蔽之下,曾经风靡一时的"文化工业"概念被搁置和冷落了。

据中国知网显示,以"文化工业"为篇名的论文从 1994 年起始,至 2013 年底为182篇,而以"文化产业"为篇名的论文从1988年起始,至2013年底为11558篇。从这两组数据可见,其间"文化工业"研究与"文化产业"研究发表的论文篇数多寡悬殊,简直不可同日而语,"文化产业"研究到21世纪呈井喷之状,多时能达每年近2000篇;而"文化工业"研究每年发表论文则不超过20篇,经常只有数篇而已。从以上数据分析可见,法兰克福学派的批判理论在当今市场经济蓬勃兴起的中国遭到了冷遇。

不过如此遭遇看来还是要从法兰克福学派自身来寻找原因。细绎之,法兰克福学派的批判理论本身是有缺陷的。他们对于大众文化/文化工业作出的激烈反应,往往是出于历史的惨痛记忆,在晚期资本主义的极权倾向与法西斯主义之间进行联想、比附和等同所致,并不完全符合历史事实,也存在着以偏概全的逻辑缺陷。法西斯主义是20世纪上半叶兴起的一股反人类、反人性的历史逆流,一种最反动、最野蛮、最黑暗的独裁制度和思想体系,特别是战后这一潮流在某些国家仍然阴魂不散,进步人类理应口诛笔伐、群起而攻之。这是毋庸置疑的。但是如果将所有事情都与之挂钩则是不堪重负的,也会干扰对于事物客观、全面的认识和判断,从而在理论中留下某种空白、沉默和失误,或者说落下阿尔都塞所说的"症候"。譬如阿多诺等人就一再就"奥斯维辛之后能否写诗?""奥斯维辛之后能否继续生活?"等问题发问,肯定"囚禁思维"的必要性,他们往往由此出发,将资本主义制度与法西斯主义混为一谈,将大众文化/文化工业与法西斯文化等量齐观。没有谁可以否认晚期资本主义在经济、政治乃至文化上有垄断和极权倾向,也没有谁可以否认法西斯主义的兴起有着资本主义极权体制的背景,但是将资本主义社会条件下形成的大众文化/文化工业统统当作法西斯主义来批判,那显然有失分寸,阐释过度了。这里试举一例说明之:

> 广告变成了纯粹的艺术,戈培尔就很有预见,它把广告和艺术结合在一起:为艺术而艺术,为自己做广告,广告就是社会权力的纯粹表现。今天,在美国最有影响的杂志《生活》和《财富》中,假如你匆匆瞥上一眼,还很难分清哪一张是广告,哪一张是社论性的图片和文字……文化工业的流水线,以及具有综合性和计划性等特征的生产方法(不仅摄影棚像个工厂,而且制造那些生拼硬凑的廉价传记、胡编乱造的通俗小说和流行歌曲的作坊也像个工厂),就非常适于广告宣传:个别重要的部分都是可以拆

卸的,可以替换的,从技术的角度来说,甚至可以从任何前后相关的意义中抽离出来,用来服务于其他目标。感化、欺骗以及独立的复制装置,都可以以推销为目的来展览商品,今天,每个明星的大幅特写都是她的广告,每首流行歌曲都在为它的曲调捧场。广告和文化工业在技术上和经济上融合起来了。在这两种情况下,在任何地方我们都可以看到同样的事物,对同一个文化产品的机械重复,与宣传口号的机械重复是一模一样的。①

这段话以广告为样本进行分析,认为在发达工业社会广告与技术、经济之间形成了一种合谋,从而达到类似纳粹宣传部长戈培尔欺世惑众的宣传效果:一是广告制作受到现代技术的支撑和工具逻辑的支配,像工业生产一样通过流水线进行批量生产,采用综合性、计划性的生产方式,而其产品也就突出地表现出机械性、装置性和复制性。二是广告渗透着商品逻辑和市场规律,不择手段地采取捧场、迎合、媚俗、炫惑等伎俩来推销商品,用明星形象和流行歌曲来为宣传鼓噪助阵。而通过技术和经济手段达到的宣传效果又往往借助于艺术的名义和媒体的力量而得到放大。在法兰克福学派看来,这与当年戈培尔的行径简直如出一辙。文学亦复如此,在商品社会中,文学也被用于广告制作,而其本身却被割裂开来:"在特定的文学作品里,任何与事件无关的事物,都会被当作不清楚或形而上学的东西而被丢掉。然而,这样一来,词语,这种今天看来没有任何意义的符号,便与事物之间建立起了非常稳定的关系,以至于变成一种僵化的程式。"就是说,在广告中,文学本身的深度意义被抛弃,只是以丧失意义的语词符号与商品形成稳定的关系,这就使得原本充满生气的活物变成了僵死的程式。而这种抽象化的语词符号也成为纳粹思想的载体,"球队里的左前卫、黑衫党的党员、希特勒青年军的成员,如此等等,都不过是一些名字而已"。② 这就将商品社会的广告运作及其相关联的经济、技术、文学、艺术、媒体等统统视为法西斯主义的宣传工具和思想载体,但这一估价不仅与西方发达社会的状况不符,也与当今中国市场经济和商品社会的现状云泥殊路。

正是这一"症候",致使后来法兰克福学派颇受诟病。马丁·杰认为,法兰

---

① 霍克海默、阿道尔诺:《启蒙辩证法》,渠敬东等译,上海人民出版社 2003 年版,第 182 页。
② 同上书,第 183 页。

克福学派对大众文化的批判很重要,但总的看来,其理论著述影响不大,这部分是由于它倾向于用极端的语汇宣讲他们的批判理论,可谓"除夸大之外别无真实","比如它在批判美国社会时,有时暗示说在纳粹的强迫和'文化工业'之间没有真正区别,因此,一些非难者就有理由指责:纳粹的经验深深刺伤了研究所成员。使他们仅仅根据法西斯的潜能来判断美国社会。他们孤立于美国社会到如此程度,以至于无视使美国的发达资本主义和大众社会不同于他们在欧洲遭遇的独特历史因素……为什么会如此?研究所从未深度地予以探讨;欧洲和美国的相似被其成员煞费苦心地搞清楚了,其不同却未涉及"。[①]旅美中国学者徐贲也不无同感,对于以阿多诺为代表的法兰克福学派的批判理论也提出质疑,认为他们秉承康德"审美无功利"的传统美学观念,用审美主义批评的模式,对于大众文化/文化工业的商品化和意识形态化进行批判,从而提出"走出阿多诺模式"的口号。徐贲认为,阿多诺这一批判立场与其将资本主义制度与法西斯主义画等号的思想方法有关:"阿多诺把纳粹德国那种特殊文化控制现象同资本主义制度联系起来……他甚至把戈培尔式的法西斯宣传也看成是'用艺术做广告',因而混淆了法西斯极权统治和商品经济制度与社会主体关系的极重要的区别。"[②]以上訾议正触及法兰克福学派大众文化批判的"症候"所在,即简单、直接地将发达工业社会的经济体制等同于法西斯集权统治。法兰克福学派对于自己在这一问题上的过激反应也不是没有觉察和收敛,为了避免刺激性过强,法兰克福学派在著述中提及"法西斯主义"之类敏感字眼时,往往在文字上做一些退火处理。[③] 即便如此,法兰克福学派大众文化批判的过激立场还是引起了不满,后来阿多诺在演讲时甚至遭到听众的嘘场和抗议,因此有论者说:"这种态度使霍克海默和法兰克福的其他成员直到60年代都显得有些孤立。"[④]

也有迹象表明,法兰克福学派在激烈地批判文化工业时,对于文化工业所倚重的技术的合理性也并非视若无睹,对于文化工业潜在的批判性、对抗性和救赎功能还是有所肯定的。他们已经发现文化工业拥有技术带来的优点,文

[①] 马丁·杰:《法兰克福学派史》,单世联译,广东人民出版社1996年版,第336页。
[②] 徐贲:《走向后现代与后殖民》,中国社会科学出版社1996年版,第292页。
[③] 见马丁·杰:《法兰克福学派史》,单世联译,广东人民出版社1996年版,第236页。
[④] 斯坦利·阿罗洛维茨:《导论》,霍克海默《批判理论》,李小兵等译,重庆出版社1989年版,第7页。

化工业的主流之中隐含着一种批判的潜力。从而承认"文化工业的意识形态本身在操纵大众的尝试中,已变得与它想要控制的社会一样内在地含有了对抗性。文化工业的意识形态含有自己的谎言的解毒药"。对此马丁·杰作出估价:虽然法兰克福学派对于文化工业的批评态度在总体上并未有大的改观,但"冰川终究移动了"。① 另外有一情况也同样足够说明问题,霍克海默和阿多诺在 1944 年《启蒙辩证法》的油印本中说过一句话,后来在出版时又删去了:"很早以前就写过一些扩展的片断,它们还有待最后的编辑。在这些片断中,我们主要探讨的是大众文化中的积极方面。"② 虽然此事未见其详,在他们肯定大众文化方面留下的这种空白和缺环是耐人寻味的,恰恰为对其进行"症候解读"提供了可能性。

  这里要提及阿尔都塞的"症候解读"理论。阿尔都塞在马克思的经济学著述中发现,马克思对于英国古典经济学采用的是一种"症候解读",它不同于平常的直接阅读,那只是一种表层阅读;"症候解读"则是一种反思性阅读,它要从阅读的文本中解读出空白、缺失来。这些文本似乎表现为沉默和失语,其实是有意无意地隐匿和掩盖了自身的漏洞和不足,譬如亚当·斯密和大卫·李嘉图的"价值/价格"理论,就隐匿和掩盖了其经济学说中对于"剩余价值"的遗漏和缺失,从而模糊了资本主义剥削的本质。而马克思正是在发现这一"症候"的基础上,在《资本论》等著述中创建了"剩余价值"理论,深刻揭示了资本主义的剥削本质,进而建立了马克思主义的政治经济学。这就对"症候解读"作了绝妙的演示。所谓"症候解读",用阿尔都塞的话来说,就是"在同一运动中,把所读的文章本身中被掩盖的东西揭示出来并且使之与另一篇文章发生联系,而这另一篇文章作为必然的不出现存在于前一篇文章中……在新的阅读方法中,第二篇文章从第一篇文章的'失误'中表现出来"。③ 因此"症候解读"也是一种生产性阅读,它是从以往理论的"症候"中生产出正确的答案来。

  "症候解读"理论有两个重要概念,一是"视野变化",一是"场所变换"。这

---

  ① 马丁·杰:《法兰克福学派的宗师——阿道尔诺》,胡湘译,湖南人民出版社 1988 年版,第 158—159 页。
  ② 罗尔夫·魏格豪斯:《法兰克福学派:历史、理论及政治影响》,孟登迎等译,上海人民出版社 2010 年版,上册,第 426 页。
  ③ 阿尔都塞等:《读〈资本论〉》,李其庆等译,中央编译出版社 2001 年版,第 21 页。

里插一句,所谓"场所",就是问题域或论域。在阿尔都塞看来,"症候解读"归根到底是"场所变换"和"视野变化"的结果,这一点乃是"把看不见的东西同看得见的东西联系起来的有机纽带"。① 人们只有置身于新的场所,才能看见以往看不见的东西,因为以往他处于旧的场所,所以对有些东西往往视而不见。场所变换了,人们的视野也就跟着变化。如果说马克思能够看见亚当·斯密和大卫·李嘉图看不见的东西,那是因为马克思占领了新的场所。因此"症候解读"其实就是在变换了的场所用新的视野去发现那种囿于旧有场所的视野中存在的缺失、疏漏和空白,从而形成新的见地,获得新的建树。

今天重新审视法兰克福学派的批判理论时,首先必须确认,我们讨论问题的场所发生了变换,审察问题的视野发生了变化,因此有可能发现其症候所在。阿多诺等人处于 20 世纪上半叶血与火交战的特定"场所",形成"'奥斯维辛之后'之问"和"囚禁思维"之类特定"视野",那是很自然的,也是历史的必然要求,但将其不加分析地加诸已然发生"场所变换"的大众文化/文化工业之上,那就导致内在的"症候"了:那就是将大众文化/文化工业的负面无限夸大,而对其正能量却隐而不彰。这就使其批判理论无论是在审视西方发达工业社会还是考量中国的市场经济体制可能都有失当之处、失效之虞,就说在当今中国的文化产业在市场经济条件下受到经济活力的驱动而焕发的创新性、开拓性和生长性,在现代科技突飞猛进时代得益于技术支撑而显示的先进性、高效性和革命性,以及在经济活力和科技力量共同推助之下日新月异造福于人类的人文内涵,都不是法兰克福学派的批判理论能够给出确切说明的,而这种人文内涵也包含当今文化产业对于市场权力和工具理性之负面的对抗性、批判性和超越性,也与法兰克福学派的界定完全不是一回事。这些正能量恰恰是当年法兰克福学派视若无睹和始料不及的,起码也是语焉不详和欲言又止的。这就暴露了其批判理论的种种盲点和残缺。对此国外学者也是有批评的,艾屈司·怀森指出:"阿多诺的理论盲点,必须同时理解为理论的和历史的盲点。的确,他的理论在我们今天看来也许就如同历史的废墟,被它的表述和产生条件所破坏和残损:德国工人阶级的失败、现代派艺术在中欧的先盛后衰、法西斯主义、斯大林主义和冷战……无论是试图复活或埋葬阿多诺……都必然不

---

① 阿尔都塞等:《读〈资本论〉》,李其庆等译,中央编译出版社 2001 年版,第 17 页。

能为他在我们不断变化的认识现代性文化的努力中找到一个合适的位置。"[①]总之,法兰克福学派批判理论内在的"理论的和历史的盲点"或曰"症候",使之无论在 70 年前的战后还是在 70 年后的今天都很难找到恰当的定位,如此看来,法兰克福学派批判理论一再受到冷落和搁置,当与此不无关系。对于法兰克福学派批判理论所作的以上一番"症候解读",使我们产生一个重要的感悟:法兰克福学派的大众文化批判至今仍不失为一种思想资料和历史借镜,但用以匡范和规约现实问题则已不足为训,当今中国的市场经济条件下大众文化和文化产业的发展方兴未艾、如火如荼,对其正能量,我们理应突破以往的一些思想局限和理论误区,给予充分的估量和积极的倡扬。

[①] 见徐贲:《走向后现代与后殖民》,中国社会科学出版社 1996 年版,第 292 页。

第 十 五 章
前现代、现代、后现代审美文化的逻辑走向

人们对于人类社会从古代到如今后现代各个历史时期有多种划分方法，而中西方划分方法又有明显的区别。中国人多用古代、近代、现代、当代等概念，西方人却不大用近代、当代的说法，而多用古代、现代等说法。目前有一种划分方法有其合理性，那就是将人类社会发展划分为前现代、现代、后现代三个阶段①，这一划分方法更能充分彰显各个历史阶段文化的不同特点。

第一节　前现代、现代、后现代的三段论

英国社会学家 S. 拉什将人类文化的发展分为"未开化社会""现代化""后现代主义"三个阶段，前现代"未开化社会"的特点是文化与社会尚未分化。"现代化"的特点是分化，此时美学、道德实践和理论思辨等每个文化领域都获得了最充分的自治性，每个领域都拥有自主权，每个领域都是自我立法的。"后现代主义"的特点是消解分化，消除差异。S. 拉什说："如果说文化的现代化是一个分化的过程，那么后现代化就是一个消除分化的过程。"此时上述各个文化领域的界限开始被祛除，原先相互对立的成分趋于交融。②

特里·伊格尔顿的观点与之不谋而合。他将从古希腊城邦制到资本主义

---

① 见大卫·雷·格里芬：《导言：后现代精神和社会》；里查·A. 福尔柯：《追求后现代》等文，收入大卫·雷·格里芬编：《后现代精神》，王成兵译，中央编译出版社 1998 年版。
② S. 拉什：《后现代主义：一种社会学的阐释》，高飞乐译，《国外社会科学文摘》2000 年第 1 期。

兴起再到后现代这一漫长历史时期的文化划分为"合—分—合"三阶段。① 在他看来,哲学有三个伟大问题:我们能够认识什么？我们应该做些什么？我们被什么东西所吸引？这三个问题构成了文化的三大领域:认识、伦理—政治、利比多—审美。所谓"利比多—审美",是借用弗洛伊德精神分析理论的概念对于人类审美文化作出界定。在古代城邦制之下,这三大领域尚未分化,相互浑融、彼此缠绕。资本主义的崛起使得这一切发生了变化,就像蛇钻进了伊甸园,破坏了此前文化混沌未分、天然一体的原生态,上述三大领域开始分化,逐渐变成专门的、自主的、锁闭的领域。而到了后现代社会,这种由于日益明确、日益精细的社会分工而造成的圈地划界、分而治之的局面则被完全打破了,曾因高度分化而愈显隔膜和疏离的三大文化领域重新合流,在相互渗透、补益、融通的意义上达成了更高的总体性。

大卫·雷·格里芬就说得更清楚了,他明确指出,前现代、现代、后现代这三个时代的精神有明显的差异,而这里"精神"一词是指人们据以生活的终极意义和价值。现代精神打破了前现代的群体主义而走向个人与群体的对立,打破了物我未分的混沌状态而走向人与自然的二分。也许"分离"是用来描述现代精神最恰当的词,此时政治、艺术、哲学、教育等开始挣脱教会的控制而趋于世俗化,经济摆脱政治、道德的束缚而导致了自由主义的产生,物质需要压倒了人际关系而造成了实利主义的蔓延。后现代精神的突出特点在于它对于现代精神二元论倾向的消弭,它重视个体与社会、人与自然、人与文化之间联系的构成性和有机性,而反对那种把人当作机器使用而不顾及人的想象力、创造力和决策能力的机械主义,拒斥那种金钱至上、物质至上的实利主义,主张超越于那种将自由与平等视为"鱼与熊掌不可得兼"的现代制度之上,而达成两者的相辅相成、互补共赢。大卫·雷·格里芬指出:"现代精神开始于一种二元论的、超自然的精神,结束于一种虚假的精神性或反精神;而后现代性则是向一种真正的精神的回归,这种精神吸收了前现代精神的某些成分。不过,由于后现代精神并不是向前现代精神的简单回归,它的社会类型必须既有别

---

① 见特里·伊格尔顿:《审美意识形态》,王杰等译,广西师范大学出版社1997年版,第14章"从城邦制到后现代"。

于前现代社会,也不同于现代社会。"①

如果对于以上各种观点进行重新整理和阐释的话,那么就不难看出这样一个总体轮廓:人类的历史发展经历了前现代、现代、后现代三个阶段,前现代文化处于未分化状态,现代文化走向了分化,后现代文化则显示了去分化的趋势。从前现代到现代再到后现代,文化经历了从未分化到分化再到去分化的三段论。虽然在局部、细节中可能会有例外和偶然,但其主流、概况却不出这一基本框架。这就造就了分别标示这三个历史阶段文化状况的关键词,它们之间既相互关联又存在断裂,既是一种否定又是一种接续,犹如"蛇咬尾巴",构成了正、反、合的逻辑圆圈:前现代突出的关键词是"是",现代盛行的关键词是"非",后现代流行的关键词是"去"。如果将这一逻辑进程放进这三个历史阶段的审美文化之中进行考察,那么其路径就更加清晰、更加明确了。

第二节 "是":前现代审美文化

我们在前现代的审美文化中更多读到"是"这一关键词,古代人对于审美文化的判断往往使用"是……也是……也是……"的句式,表达了对于事物在未分化状态下兼有多种属性的认定。

在古希腊人看来,人类生活的基本价值真、善、美原本就是天然未分、浑然一体的,苏格拉底说:"美的东西也就是善的东西,这都是从它们的功用去看的。"亚里士多德说:"美是一种善,其所以引起快感正因为它是善。"亚里士多德还批评有些人认为数理诸学不涉及美或善是错误的,他认为数理诸学为美与善做过不少说明,也做过不少实证。譬如"美的主要形式'秩序、匀称与明确',这些唯有数理诸学优于为之作证"。② 数理诸学是求规律、求真的,它擅长为美与善作论证,说明美与善骨子里是受到真的支撑的,不真则不善,不真也不美,真、善、美三者不可截然分开。

关于这一点,美学史家做了很好的阐释。鲍桑葵认为,古希腊人关于美的

---

① 大卫·雷·格里芬编:《后现代精神》,王成兵译,中央编译出版社1998年版,第3页。
② 亚里士多德:《形而上学》,北京大学哲学系美学教研室编《西方美学家论美和美感》,商务印书馆1980年版,第41页。

认识的基础是由三条互相关联的原则构成的，即道德主义的原则、形而上学的原则和审美原则，亦即善、真、美的原则。这三者最终归因于一个形而上学的假定，即"艺术上所再现的只不过是普普通通的现实而已——也就是正常的感官知觉和感受所见到的现实"。鲍桑葵特别指出这一形而上学假定与古人的思维方式密切相关："这一信念同认为万物同质（或者说万物同为彻底的自然现象）的观念是密不可分的。"①

中国古人也十分重视求知、求真在人生基本价值中的地位，《礼记·大学》有"三纲领""八条目"之说，"三纲领"即明明德，亲民，止于至善；"八条目"即格物，致知，诚意，正心，修身，齐家，治国，平天下。② 可见"格物""致知"在整个价值体系中具有奠基意义，是诚意、正心、修、齐、治、平的根本，也是明明德、亲民、止于至善的起点。所谓"格物致知"，用朱熹的解释，就是"即物而穷其理也"③，亦即考察万物、穷尽事理，也就是求知、求真之意。不过这种求知、求真带有浓厚的伦理道德色彩，《礼记·大学》中对此有明确的表述："物有本末，事有终始。知所先后，则近道矣。"就是说，通过即物穷理，明白事事物物有本末、终始之先后的道理，此乃修身养性之所本，切近人伦德行之道。而这一点，后来在宋明理学中得到充分的揭扬，如王守仁说："格物如《孟子》大人格君心之格，是去其心之不正，以全其本体之正。""自格物致知至平天下，只是一个明明德。"（王守仁：《传习录上》，《王文成公全书》卷1）可见格物致知既是求真的也是求善的。

同时，格物致知也是求美的，它仰望的最高境界就是《中庸》所说的"溥博如天，渊泉如渊"，像天那样广阔周遍，像潭那样沉静深邃，展现出一种至大至刚、盛大精湛的美。王守仁认为，人心本无所不包、无所不有，只为私欲所障碍窒塞而失其本体，"如今念念致良知，将此障碍窒塞一齐去尽，则本体已复，便

---

① 鲍桑葵：《美学史》，张今译，商务印书馆1985年版，第24—25页。
② 《大学》："大学之道，在明明德，在亲民，在止于至善。知止而后有定，定而后能静，静而后能安，安而后能虑，虑而后能得。物有本末，事有终始。知所先后，则近道矣。古之欲明明德于天下者，先治其国。欲治其国者，先齐其家，欲齐其家者，先修其身。欲修其身者，先正其心。欲正其心者，先诚其意。欲诚其意者，先致其知。致知在格物。物格而后知至，知至而后意诚，意诚而后心正，心正而后身修，身修而后家齐，家齐而后国治，国治而后天下平。"
③ 朱熹：《大学章句》："所谓致知在格物者，言欲致吾之知，在即物而穷其理也。"

是天渊了"(王守仁:《传习录下》,《王文成公全书》卷3)。这可谓真的复归、美的重光。而这种纯真绝假、无稍亏欠的状况,也使人进入一种极乐的审美境界:"尔意念着处,他是便知是,非便知非,更瞒他一些不得。尔只不要欺他,实实落落依着他做去,善便存,恶便去,他这里何等稳当快乐!此便是格物的真诀,致知的实功。""人若复得他完完全全少无亏欠,自不觉手舞足蹈,不知天地间更有何乐可代。"(王守仁:《传习录下》,《王文成公全书》卷3)这里特别要注意王氏论理的表述方式,譬如:"《大学》功夫即是明明德,明明德只是个诚意,诚意的功夫只是格物致知。"(王守仁:《传习录上》,《王文成公全书》卷1)这一说法采用"是……也是……也是……"句式,以说明真、善、美的一体性、浑整性。

古人对于事物的总体性、浑整性的把握导致了古代审美文化的未分化特点。譬如古代典籍《论语》《孟子》、柏拉图《理想国》、亚里士多德《修辞学》等等,究竟属于美学、文论,还是属于哲学、伦理学、心理学、教育学?可以说都是也都不是。之所以说是,是因为其中包含了美学、文论、哲学、伦理学、心理学、教育学等思想观点;之所以说不是,是因为以上种种学说还没有形成专门的、独立的学科形态和专业特点。另外,古人学术思想的表达往往采用对话、叙述、例示、隐喻等感性、具体的方式,而不是思辨、分析、推理、演绎等概括、抽象的方式,不具有系统的、明确的理论性和逻辑性。由此正可见古代的知识状况和学术思想的浑然天成之状于一斑。

第三节 "非":现代审美文化

与古代审美文化形成鲜明对比的是,现代审美文化的修辞方式习惯采用"否定格",最常用的句式是"非……""无……""不……",如非功利、非实用、非逻辑、非理性、无概念、无目的等等,表达了将自己与其他文化领域分化开来的企求。

德国哲学家鲍姆加通创立"美学"(aesthetica)这一新兴学科是现代审美文化发展过程中的一个重要事件。鲍姆加通发现以往的知识体系中有一个重大疏漏,即相对于人的心理活动,人类的知识体系并不完整:研究理性认识的有逻辑学,研究意志的有伦理学,但研究感性认识的知识却告阙如。因此他主张建立一门相应的学科,他将这一新学科命名为"aesthetica",其本义即"感性学"。鲍姆加通在以此为名的一书开头就给出了定义:"美学的目的是感性认识本身的完善。而这完善也就是美。"所谓"感性认识",是指在严格的逻辑分辨界限以下的表象的总和,包括感官的感受、想象、虚构、感觉和情感。① 相关的思想早在鲍姆加通1735年发表的《诗的哲学默想录》中就已有清楚的表述:"'可理解的事物'是通过高级认知能力作为逻辑学的对象去把握的;'可感知的事物'[是通过低级的认知能力]作为知觉的科学或'感性学'(美学)的对象来感知的。"② 由此可见,美学作为一门新兴学科,从其诞生之日起就表现出一种自觉的意向,即把自身从以往混沌未开的逻辑学中分隔出来,从而取得相对独立的学科地位。而这一切都是建立在一个巨大的否定之上的:美学不是逻辑学,也不是伦理学。以此为起点,美学作为一个独立的学科而与逻辑学、伦理学各得其所、各司其职。

鲍姆加通的思想直接启发了康德。康德的"三大批判"旨在考察不同精神领域与人类主体功能之间的关系,纯粹理性批判考察认识领域与纯粹理性的关系,实践理性批判考察道德领域与实践理性的关系,判断力批判考察审美领域与审美判断力的关系,这三者构成了康德的哲学、伦理学、美学,合在一起搭建起"批判哲学"的完整体系。而康德美学就是围绕着审美判断力而展开研究的,如考察审美判断力的功能限度、范围和方式,它的构成,它是怎样成为可能的,在什么情况下可使主体愉快等,从而揭示审美判断力不同于纯粹理性和实践理性的主体功能。值得注意的是,康德在《判断力批判》中关于"美的分析"在逻辑上用得最多的是排除法,在修辞上用得最多的是否定格。康德在质、量、关系、模态四个方面所作的分析,得出的结论都是带否定性的:"审美是一种无利害的愉快","审美是一种无概念的普遍愉快","审美是一种无目的的合目的性","审美是一种无概念的必然愉快"。在具体分析中,他对于审美活动所作的肯定也无不建立在对于种种非审美因素如欲望、官能、快适、利害、知识、逻辑、法则、理性、概念、目的等等的否定之上。非功利、非实用、非欲念、非逻辑、非理性、无概念、无目的……都是给审美意识打上的无比醒目的徽号。

---

① 鲍姆加通:《美学》,简明等译,文化艺术出版社1987年版,第18、15页。
② 同上书,第169页。

对此鲍桑葵说得很中肯:对于康德哲学来说,"审美意识的地位和性质是由这四个悖论所最后决定的"。①

康德美学在晚近德国美学中具有开风气的意义。其后谢林、席勒、黑格尔等人的美学虽然体系不同、立足点不同、倾向不同,但在廓清审美与其他精神领域的界限方面,却与康德如出一辙。谢林对于真、善、美进行了区分,认为真关乎必然,善关乎自由,美则是必然与自由之间的中介物;席勒致力于在"理性王国"与"感性王国"之间建造一个"第三王国"亦即"审美王国";黑格尔对于人与自然的"三大关系"即实践关系、认识关系和审美关系进行了界定,凡此种种,均旨在廓清审美领域与其他精神领域之间的界限,将美学从原先浑然一体的知识体系中分化出来。

虽然康德等人也企图为美学与外界相互沟通而搭建桥梁、铺设通道,但最终仍无法消弭二者之间的断裂之痕。一般认为,导致这一局面的原因在于这些德国美学家在大陆理性派崇尚的先天理性或英国经验派推重的后天经验之间的偏执一端。其实更为根本的原因在于,他们用审美活动来弥合不同精神领域的工作有一个重要前提,那就是首先必须确认审美活动的自律性、自洽性,必须承认美学独立自足的学科地位和知识领域,而这一点正与鲍姆加通一以贯之,求差异、求分化、求独立是其根本旨趣所在。对于这一点,有美学史家看得非常准:"康德能够把这两种不同的领域连结在一起吗?由于他进行了一种彻底的分割活动,因此他要为这种领域赢得科学基础是异常困难的。"②其结果就是,这些德国美学家无法真正统一大陆理性派与英国经验派的对立而只是流于调和和嵌合,甚至导致了后来的美学从自律、自洽滑向了自闭、自恋。

从鲍姆加通到后来的德国哲学家对于美学这一新兴学科的创建工作,从一个角度演绎了特定时代普遍的历史要求和学术风尚。18、19世纪各个学科像雨后春笋般纷纷成立,当时欧美的大学脱离教会而得到振兴,成为生产、传授和积累知识的制度化场所,在这里人们被分为不同的知识群体,用掌握的专门技能去认知不同的人类精神领域,各种知识也逐步分类分科,专业化程度迅速提高,各个学科开始像扇面一样扩展开来。美学诞生于1750年,可谓领风

---

① 鲍桑葵:《美学史》,张今译,商务印书馆1985年版,第344页。
② 吉尔伯特、库恩:《美学史》下卷,夏乾丰译,上海译文出版社1989年版,第435页。

气之先,1800年文艺社会学问世,同时比较文学呱呱坠地,经济学形成于1776年,社会学于1838年产生,心理学于1879年成立,如此等等,这真是一个创建新学科的激情燃烧的岁月!

审美非功利、非实用、非欲念、非逻辑、非概念的观念是随着作为学科形态的"美学"被引进中国而为国人所了解和接受的。王国维为得风气之先者,他是将这一观念迻译到国内的第一人,也是在著述中阐述这一观念的第一人。王国维1902年翻译了日本学者桑木严翼的《哲学概论》一书,在该书第六章第二十节"自然之理想——宗教哲学及美学"中,有一段关于西方美学史的概述,在论及康德时写道:"汗德以美的与道德的、论理的快感不同,谓离利害之念之形式上之愉快,且具普遍性者也。"① 经查阅,国内对于相关论述的迻译无出其先。王国维于1903年《教育杂志》56号发表《论教育之宗旨》一文,其中有论:"独美之为物,使人忘一己之利害而入高尚纯洁之域,此最纯粹之快乐也。"② 虽然后来他本人及国内学界的相关论述颇多③,但惟此为先。由此可见,中国美学的学科意识和专业意识相对滞后,较长时间停留在浑然天成的前学科状态中,只是得力于当时一批"海归"学者的引进,受到西方美学的触发,才从浑整的知识状况中分化出来,逐步取得自身的学科自觉性和专业独立性。

第四节 "去":后现代审美文化

如果说"是"可以总括前现代审美文化的概况、"非"可以归结现代审美文化的旨趣的话,那么,可以表征后现代审美文化取向的则是"去"之一字。所谓"去",也就是消解、祛除、突破。与前两个阶段相比,后现代审美文化的显著特点在于去分化成为新的动向,与此相应,"去……"成为流行的句式。

当人类在历史的甬道中一路走来,从前现代、现代跨入后现代时,峰回路转,突然发现很多事情似乎又回到了前现代。从现代到后现代,一个突出的变

---

① 《王国维全集》第17卷,浙江教育出版社,广东教育出版社2010年版,第288页。
② 王国维:《论教育之宗旨》,佛雏编《王国维学术文化随笔》,中国青年出版社1996年版,第147页。
③ 如蔡元培说:"美以普遍性之故,不复有人我之关系,遂亦不能有利害之关系。"(《蔡元培美学文选》,北京大学出版社1983年版,第71页。)朱光潜对于美感与快感的区分。(朱光潜:《文艺心理学》第五章"关于美感经验的几种误解",《朱光潜美学文集》第1卷,上海文艺出版社1982年版。)

化就是文化领域和知识状况从分化走向去分化,打破了以往那种彼此隔绝、各自为政的格局,表现出去中心、去边界、去等级、去体系、去类别、去差异的取向,推动了不同事物的渗透、交叉和融通。这与前现代的未分化状态颇为相似,就像绕了一个圈又回到了原点,但决不是简单回到起点,而是在更高水平上向着起点的复归。

人类审美文化从分化走向去分化,其时间节点在20世纪60年代以后,乃是伴随着后现代主义起来而蔚成的时代风尚。有许多学者在研究后现代主义时都不约而同地确认了这一点。莱斯利·费德勒用"跨越边界,填平鸿沟"来诠释后现代主义,大力肯定通俗文化的重要意义,指出它从种种亚文化中汲取丰富的养分,以反理性、反严肃的姿态创造了新的后现代神话,从而填平了精英文化与大众文化之间的鸿沟。苏珊·桑塔格提出"整体感觉"说,为后现代主义寻求审美心理的根据,认为艺术作品无需释义,因为作品的价值不在意义,而在诉诸感官的直接性,意义只对高级的精英文化有效,而感觉则是整体性的,它对高级的精英文化与低级的通俗文化同样有效。不仅如此,它对机器的美、数学习题的美、油画的美、电影的美、摇滚乐的美都统统生效,这就把艺术、科学和技术融为一体了。威廉·斯邦诺斯提出"存在主义的后现代主义",认为后现代主义并不仅限于美英两国,而是一场国际性运动,它的源头并不在于文学,可以追溯到二战以后存在主义的崛起。这就在空间和时间上将后现代主义的边界大大拓宽了,使之拥有了更大的容量。伊哈布·哈桑将后现代主义文学概念扩展为一个门类众多的文化概念,创立了"多样化后现代主义",主张打破文化中的传统障碍,使得宗教与科学、神话与科学技术、直觉与理性、通俗文化与高雅文化、女性原型与男性原型开始彼此限定和沟通。哈桑的创见开启了让-弗朗索瓦·利奥塔的"文化折衷主义"和马泰·卡林内斯库的"多元对话论"。前者在精英文化与通俗文化之间谋求一种零度的总体文化,致力于开创一个宽松的时代;后者则倡导一种"新的多元主义",主张打破种种传统的界限,使数学、宗教和艺术等多种文化之间的对话成为可能。以上诸多论述传递的一个重要信息就是后现代审美文化对于综合、多元、整体、包容、折衷、对话、沟通的崇尚。如果换一个说法的话,那就是对于去分化的崇尚。汉斯·伯顿斯的概括可谓要言不烦,他说,关于后现代主义的结论并不繁多,"中心的缺失、特权语言和高级话语的缺失被视为同现代主义的最显著的区别"。① 种种固有东西的"缺失"也就是"去分化",包括去中心、去边界、去等级等等。

如果将后现代审美文化放到当今商品经济、消费社会的语境中去考察的话,那么会发现这种去分化的潮流更显声势浩大、风头劲健。审美文化打破了以往那种自律排他的封闭状态,向广阔的文化领域渗透和扩张,从而取消了以往在分类学意义上加在审美和艺术身上的各种界定、限制和分工,使得审美与哲学,审美与伦理,审美与宗教,审美与政治,审美与经济,审美与科技,审美与新闻,审美与法律等等的界限统统趋于消解。因此特里·伊格尔顿说:"现在一切事情都成为审美的了。"②丹尼尔·贝尔说:"过去艺术是一种经验,现在,所有的经验都要成为艺术。"③不过这种审美和艺术已经失去了传统的、经典的意味,更是一种带有娱乐性的准审美、准艺术,亚审美、亚艺术。如今审美和艺术变得空前的泛化,审美和艺术可以是其他一切东西,而其他一切东西也都可以是审美和艺术。不仅商业贸易被审美化,新闻报道被审美化,而且政治被审美化,法律被审美化,科技被审美化,教育被审美化,甚至现代战争和恐怖活动都被审美化了。

后现代审美文化的去分化趋势使得长期以来已被视为天经地义的传统美学观念归于消解。一方面,"审美"的概念先前是非功利、非实用、无概念、无目的的,如今则变为有功利、有实用、有概念、有目的的。有趣的是,有两个关于"审美"概念的说法形成了鲜明的对照,先前康德说审美是"无目的的合目的性",后来霍克海默和阿多诺则说审美是"有目的的无目的性"④,前后两种说法犹如语言游戏,看似费解但却大有深意在:前者是说审美活动是非功利、无目的的,但它导致人内心各种心理功能的和谐活动,引起人们"先天的共通感",从而符合上帝的目的。后者是说在现代商品社会审美活动从表面看似乎是非功利、无目的的,但它背后却暗藏着强烈的商业动机、盈利目的。广告就是一个显例,它往往通过特别吸引眼球也不乏审美价值的美学创意,收到巨大的功利实用效益。这两种说法的转换恰恰昭示了美学观念的后现代逆转。另

---

① 见佛克马、伯顿斯:《走向后现代主义》,王宁等译,北京大学出版社1991年版,第56页。
② 特里·伊格尔顿:《美学意识形态》,王杰等译,广西师范大学出版社1997年版,第367页。
③ 丹尼尔·贝尔:《后工业社会的来临》,高銛等译,商务印书馆1984年版,第529页。
④ 霍克海默、阿道尔诺:《启蒙辩证法》,渠敬东等译,上海人民出版社2006年版,第143页。

一方面,"审美"的概念先前是狭义的、单一的、纯粹的、限定的,如今则变为广义的、多元的、模糊的、宽泛的。如今"审美"的谱系可以从日常生活的最高层次排列到最低层次,可以从精神之悦推移到官能之乐,可以从人性之需延伸到本能之欲,打破了以往对于"审美"概念一味要求高贵典雅的定势,变得不忌世俗、不避实利,甚至以满足官能快感、本能冲动为能事。德国学者沃尔夫冈·韦尔施说:"美学的这种截然相反的定义,可以数不胜数,没有终结。有时候它涉及感性,有时候涉及美,有时候涉及自然,有时候涉及艺术,有时候涉及知觉,有时候涉及判断,有时候涉及知识。'审美'理当交相意指感性的、愉悦的、艺术的、幻觉的、虚构的、形构的、虚拟的、游戏的以及非强制的,如此等等。"① 这就使得"审美"的概念极具包容性和弹性,包含了无数的东西,呈现出多样性、丰富性和无限性。

审美文化对于日常生活的全面侵入使得"日常生活审美化"成为必然。在这一问题上,沃尔夫冈·韦尔施的阐发较为透彻,他将"日常生活审美化"趋势分为四个层面:"首先,锦上添花式的日常生活表层的审美化;其次,更深一层的技术和传媒对我们物质和社会现实的审美化;其三,同样深入的我们生活实践态度和道德方面的审美化;最后,彼此相关联的认识论的审美化。"具体地说,审美已然积极服务于经济的目的,在经济活动中,美学成了新的硬通货;真理在很大程度上变成了一个美学范畴;伦理学正在演变为美学的一个分支;不仅物质生活和社会现实与审美攸关,而且生活实践和道德准则也关乎审美,甚至哲学认识论也趋于审美化了。一言以蔽之,"审美化已经成为一个全球性的首要策略"。②

"日常生活审美化"的大趋势对于传统"审美"概念的冲击也引起了中国学者的思考,而关注的焦点则集中在美学的学科转型之上。引起国内学界广泛兴趣的是关于"新的美学原则"的提出③,其核心内容是下面这段表述:"实际上,对于今天的人来说,视像的存在最为具体地带来了人在日常生活中的感官享受,这种享受本身就是一种直接的身体快感。这里,视像与快感之间形成了

---

① 沃尔夫冈·韦尔施:《重构美学》,陆扬等译,上海译文出版社 2002 年版,第 15 页。
② 同上书,第 40、110 页。
③ 见《文艺争鸣》2003 年第 6 期刊发的一组讨论"日常生活审美化"问题的专栏文章,以及由此引起的一系列争论文章。

一致性的关系,并确立起一种新的美学原则:视像的消费与生产在使精神的美学平面化的同时,也肯定了一种新的美学话语,即非超越的、消费性的日常生活活动的美学合法性。"①结合上下文来看,在这段话中有若干显性和隐性的关键词,显性关键词有感官享受、身体快感、享乐欲望、视像的生产与消费,隐性关键词则包括视像生产与消费的商业运行机制、当代技术支撑、大众传播媒介运作等。它们合在一起,揭晓了"新的美学原则"的主旨:消解美学的传统学科范型,祛除以往人们给美学设定的种种界限,去中心、去边界、去等级、去体系、去类别、去差异,倡导文化交融和知识综合,从而重建美学的新范型。

值得注意的是,这一"新的美学原则"的提出,恰恰是以康德作为参照物的,表明了反拨现代审美文化在审美领域与认识、实践领域之间求分化、求独立的意旨的立场②,其中注入了具有时代色彩的新的内涵:与康德主要是在哲学层面上处理审美判断力与纯粹理性、实践理性之间的关系不同,"新的美学原则"主要是在日常生活层面上处理上述关系。与康德在资本主义兴起的启蒙时期的思想文化背景下来讨论美学与功利、实用、理性、逻辑、知识、法则之间的关系不同,"新的美学原则"则是在后工业社会商品经济、消费时代的思想文化语境中重估上述关系,将商品消费、市场效益、现代科技、大众传媒等如今每一个人息息相关的日常生活内容纳入到美学之中,谋求在功利、实用、理性、知识、逻辑等方面超越性与非超越性的去分化。

"新的美学原则"最为纠结的问题是将感官享受、身体快感、享乐欲望作为"我们时代日常生活的美学现实"加以认定,这对于以康德为代表的现代审美文化具有消解性和颠覆性。康德受到鲍姆加通的启发但又有发展,他第一次界定了美与官能快感(按康德称"快适")之间的区别,论证了美的非官能快感的特点。在康德看来,快适是一种快感,善也是一种快感,二者有一致之处,那就是都与利害相关,区别只在于快适涉及官能方面的利害感,善涉及理性方面的利害感。只有美则是一种无利害的快感,因而是一种自由的快感。康德对于快适、美、善的三种愉快作了比较:"快适对某个人来说就是使他快乐的东西;美则只是使他喜欢的东西;善是被尊敬的、被赞成的东西,也就是在里面被

---

① 王德胜:《视像与快感——我们时代日常生活的美学现实》,《文艺争鸣》2003年第6期。
② 按上文开头和结尾都对康德的有关论述进行了引述和评论。

他认可了一种客观价值的东西……在所有这三种愉悦方式中惟有对美的鉴赏的愉悦才是一种无利害的和自由的愉悦;因为没有任何利害,既没有感官的利害也没有理性的利害来对赞许加以强迫。"①在这里康德作了两次切分,一是美非善;二是美非快适,亦即美非官能快感。但在"新的美学原则"中这两次切分都被消解和弥合了,感官享受、身体快感、享乐欲望都成为后现代新的美学现实。

后现代审美文化不仅是阳春白雪,而且是下里巴人,不仅在美术馆、音乐厅、博物馆,而且在市民广场、商场酒店、休闲中心,在"春晚"这个中国人心目中"年味"浓郁的文化大餐舞台上,也是西洋美声与农民工街舞共存、京剧昆曲与东北二人转并举。如今审美文化的这种文化生态和知识状况,用传统的美学概念无以名之,眼下的媒体热词"混搭"倒是与之十分相配。"混搭"(Mix and Match)是从计算机术语转化而来的时尚界专用名词,指将不同格调、不同材质、不同价位的东西混杂起来,搭配出一种新的异样的风格。这一概念先是运用于服饰、建筑、装修上,后来普遍用于各种表演艺术和电影、电视之中。如今美学不分雅俗文野、无论尊卑贵贱,不妨说也进入了"混搭"时代。其中不无逾越规范、有悖常理之处,不过所谓"规范""常理"往往是过往时代的先贤大哲设定的,是否可以突破、应该突破,今天人们各有评说、各有褒贬,而种种是非臧否,可能正是人类审美文化进入下一轮拆解与重建的轮回的由头。但是不管怎么说,有一点长处却是明摆的,后现代审美文化的上述去分化动向对于以往不同知识领域、学科专业之间以邻为壑、老死不相往来的弊端是一次反拨,恰恰张扬了交流、沟通、对话、合作、民主、开放、宽容、和谐等被当今社会普遍认同的核心理念。

---

① 康德:《判断力批判》,邓晓芒译,人民出版社 2002 年版,第 44—45 页。

第十六章

晚近对于经典美学的三次挑战及其学术意义

在晚近的美学研究中,世称"美学之父"的鲍姆加通似乎成了焦点人物,他所提出的"美学"(aesthetica)似乎成了焦点话题,对于鲍姆加通创建的"美学"概念究属何指、美学的对象和范围何在、意义和功效如何等问题的重新考量、重作估价似乎成了美学研究的一种普遍冲动。国外美学界如此,国内美学界亦然。其中牵头人当推英国学者特里·伊格尔顿、美国学者理查德·舒斯特曼和德国学者沃尔夫冈·韦尔施,他们三人不谋而合对同一个问题叫板:鲍姆加通创立的经典美学尽管大张"感性学"之旗,但却悬搁了一个重要的感性存在——肉体、身体的作用和意义,从而导致了种种偏差和失误。有鉴于此,他们力倡"肉体话语""身体美学""身体的审美化"等理念,而这些新见的发表高密度地集中在20世纪90年代前、中期,在大约五年间对于经典美学先后提出了三次挑战。

鲍姆加通创立的作为学科形态的"美学"从1750年诞生以来,至今已260余年,已经基本形成了自己的问题界域和学科规范,而这一切又都以理论体系稳定下来,虽然其间质疑不断、歧见互出,但其大体路数已几成定式。而晚近美学研究的这三次挑战,使得经典美学遭遇了前所未有的激烈震荡,甚至产生了动摇和崩塌。

有理由相信,对于鲍姆加通创立的经典美学进行突破和重建势在必行。

第一节 伊格尔顿：美学作为肉体话语

英国学者特里·伊格尔顿在1991年出版的《审美意识形态》一书开篇便发表了一个惊天之论："美学是作为有关肉体的话语而诞生的。"①在他看来，鲍姆加通当初创立"美学"的宗旨就出了问题。

在伊格尔顿看来，鲍姆加通延续了西方哲学重认识论的传统取向，将"美学"限于感性认识范畴，只是在认识论之中兜圈子。不争之论是，认识论只是哲学的一部分，尽管是比较重要的部分，但不能代表哲学的全部。伊格尔顿指出，鲍姆加通最初提出"美学"（aesthetica）这一概念，只是沿用了古希腊的感性（aisthesis）一词，指的是与形而上的概念思想领域相对立的感觉和知觉等感性认识领域。从而它所关心的"不是'艺术'和'生活'之间的区别，而是物质与非物质之间，即事物和思想、感觉和观念之间的区别"。② 这分明就是认识论的问题，并不能囊括美学的全部要义。

如所周知，鲍姆加通最初创立"美学"这门"感性学"，旨在从逻辑学中划出一块地盘，为研究人类的感性认识开辟一个相对独立的领域。所谓"感性认识"，用鲍姆加通的话来说，就是"在严格的逻辑分辨界限以下的表象的总和"，包括"感官的感受、想象、虚构、一切混乱的感觉和情感"。③ 相关的思想早在鲍姆加通1735年发表的《诗的哲学默想录》中就已有清楚的表述："'可理解的事物'是通过高级认知能力作为逻辑学的对象去把握的；'可感知的事物'[是通过低级的认知能力]作为知觉的科学或'感性学'（美学）的对象来感知的。"④不难看出，在鲍姆加通这一谋求感性认识之独立性的开创性工作中沿袭了大陆理性派的精神旨趣：他关于"美"的表述更多强调的是对于感性认识的"完善"，如他给美学下的一个重要定义就是："美学的目的是感性认识本身的完善（完善感性认识）。而这完善也就是美。据此，感性认识的不完善就是

---

① 特里·伊格尔顿：《审美意识形态》，王杰等译，广西师范大学出版社1997年版，第1页。
② 同上。
③ 鲍姆加通：《美学》，简明、王旭晓译，文化艺术出版社1987年版，第18、15页。
④ 同上书，第169页。

丑,这是应当避免的。"①这些论述正与莱布尼茨和沃尔夫的说法十分相近,莱布尼茨认为,上帝创造的世界是最美的,"因为它最完满地体现了和谐是寓杂多于整一的原则",沃尔夫给美下的定义是:"美在于一件事物的完善,只要那件事物易于凭它的完善来引起我们的快感。"②

因此,伊格尔顿认为,鲍姆加通创建"美学",虽然革命性地开拓了人的感觉领域,但它所推行的实际上是"理性的殖民化"。对于鲍姆加通来说,"审美认识介于理性的普遍性和感性的特殊性之间:审美是如此一种存在领域,这个领域既带有几分理性的完美,又显出'混乱'的状态。此处'混乱'(confusion)的意思不是'杂乱'(muddle)而是'融合'(fusion)"。"理性必须找到直接深入感觉世界的方式,但理性这样做时又必须不危及自身的绝对力量。"伊格尔顿还拿鲍姆加通的一个比喻说事,后者在《美学》一书中曾将美学比作逻辑学的"姐妹",伊格尔顿认为,这种"次级推理"(ratio inferior)是将美学变成了"理性在感性生活的低层次上的女性类似物"。总之一句话,"美学的任务就是要以类似于恰当的理性的运作方式(即使是相对自律地),把这个领域整理成明晰的或完全确定的表象"。③可见在鲍姆加通那里,虽然美学从逻辑学中被划分出来,成为一个相对独立的领域,但仍未摆脱理性的宰制,美学仍是逻辑学谦恭的婢女。

伊格尔顿进而指出,鲍姆加通还存在着一个重大失误,那就是忽视了人的肉体和官能等生物性、生理性的领域。伊格尔顿的以下论述并非故作惊人之语:"哲学似乎突然意识到,在它的精神飞地之外存在着一个极端拥挤的、随时可能完全摆脱其控制的领域。那个领域就是我们全部的感性生活——诸如下列之类:爱慕和厌恶,外部世界如何刺激肉体的感官表层,令人过目不忘、刻骨铭心的现象,源于人类最平常的生物性活动对世界影响的各种情况。"按说人类的感性包括两个方面,一是以感知、表象、想象、联想为要素的感性认识,这是与认识活动相关的;一是以生理欲望、原始冲动、感官快适、自然本能等为表现形式的感性生活,这是与肉体和官能直接相关的。如果说前者是十分重要

---

① 鲍姆加通:《美学》,简明、王旭晓译,文化艺术出版社1987年版,第18页。
② 见朱光潜:《西方美学史》上卷,人民文学出版社1979年版,第295—296页。
③ 特里·伊格尔顿:《审美意识形态》,王杰等译,广西师范大学出版社1997年版,第3—4页。

的,那么后者也并不是可有可无的,伊格尔顿甚至认为:"审美关注的是人类最粗俗的,最可触知的方面",然而"后笛卡尔哲学却莫名其妙地在某种关注失误的过程中,不知怎么的忽视了这一点"。① 这就明白无误地批评了深得大陆理性派真传的鲍姆加通,在他创立的"美学"中恰恰将人类的肉体方面给丢掉了。

伊格尔顿的观点受到胡塞尔的启发。② 晚期胡塞尔倾向于这样的见解:真正的理性应是与感性肉体天然地结合在一起的,但是流行的理性主义哲学却将二者割裂开来,致使本真的理性受到遮蔽,处于浑浑噩噩的昏暗状态,因此这种理性主义哲学不足以成为一门对生活产生普遍指导作用的科学。胡塞尔的研究旨在将理性从这种被遮蔽的暗昧状况中拯救出来,还其与感性生活天然结合的本真状态,恢复其固有的地位和功能。胡塞尔认为:"人性一般本质上就是在生殖方面和社会方面联系着的文明中的人的存在。人是理性的动物,只当它的整个人性是理性的人性时它才是这样的东西……因此哲学和科学应该是揭示人类本身'与生俱来的'普遍理性的历史运动。"③与此相关,胡塞尔将世界分为两个部分,一是"科学世界",与之相对应的是"生活世界"。生活世界是指日常生活中可以直觉到、经验到的世界,科学世界则是在理论中逻辑化、抽象化的世界。不过科学世界终究要以生活世界为根源和前提,因为生活世界早在科学世界之前就存在了,只是由于近代科学的长足发展,科学世界才逐渐成为主导的世界。胡塞尔指出,近代科学的危机就在于它忘却了生活世界作为根源和前提的意义,一味讲求实证,崇尚客观,致使实证主义和客观主义的产生,日渐远离了生活世界,导致了对于生活世界的忽视和对于人性的冷漠。胡塞尔认为,要彻底克服科学的危机,就必须搁置实证主义和客观主义的科学态度,回归生活世界,对世界的本质进行现象学还原。而生活世界的通常模式就是将客体与主体意识在一种先验的关联中构成起来,在这里客体的意义是由主体意识所赋予、所建构的,而主体则是凭借个人的切身感受、感性经验和直观感觉来赋予和建构客体意义的。胡塞尔这样说:"在生活世界中,

---

① 特里·伊格尔顿:《审美意识形态》,王杰等译,广西师范大学出版社1997年版,第1页。
② 伊格尔顿在《审美意识形态》一书中对于胡塞尔的晚期著作《欧洲科学的危机与超越论的现象学》作了较为详细的转述和阐释。见其《审美意识形态》,王杰等译,广西师范大学出版社1997年版,第5—6页。
③ 胡塞尔:《欧洲科学的危机与超越论的现象学》,王炳文译,商务印书馆2001年版,第26页。

作为具体事物而呈现的一切东西,显然都具有物体性……如果我们现在仅仅注意事物的物体的方面,那么它显然就只是在看、触、听等等活动中在知觉上的呈现。因此就是在视觉、触觉、听觉等等方面的呈现。在这里当然地而且是不可避免地会有我们的在知觉领域中决不会不在的身体参与进来,而且是借助它的相应的'感觉器官'(眼、手、耳等等)参与进来的。"①总之,胡塞尔的以上论述一是论及本真的理性是理性与感性的天然合一;二是论及客体的意义是主体参与的结果。而二者都肯定了身体、肉体和感官在其中的作用。

伊格尔顿看重的正是这一点,它有力地佐证了他对于肉体之意义的重要发现。伊格尔顿有一个理论建构的宏愿,那就是在生物性、生理性的肉体的基础上,将美学与解决重大的社会、政治、伦理问题,与人类谋求自由解放的愿景结合起来。他在《审美意识形态》一书的"导言"中开宗明义:本书"试图在美学范畴内找到一条通向现代欧洲思想某些中心问题的道路,以便从那个特定的角度出发,弄清更大范围内的社会、政治、伦理问题"。② 这个途径或角度就是"肉体"(body)。特里·伊格尔顿认为:"对肉体的重要性的重新发现已经成为新近的激进思想所取得的最可宝贵的成就之一",他愿意为这一"时髦的主题"进行辩护,希望从这一新的取向来扩展探索问题的路径,即"通过美学这一中介范畴把肉体的观念与国家、阶级矛盾和生产方式这样一些更为传统的政治主题重新联系起来"。③ 从而美学小而言之成为一种"肉体政治",大而言之成为一种"文化政治"。伊格尔顿说过:"我在范畴的使用上是松散和宽泛的,几近令人无法接受的程度,当范畴与有关肉体经验的观念本身结合起来之时,更其如此。"④因此他所谓"肉体",并非仅仅指人自然的、原始的动物性方面,而且是指那些经过文化陶铸的生理性、遗传性因素,包括性别、性、身体、种族、民族、族裔、年龄等,它们之间的差别与龃龉事关文化,又无不带有浓厚的政治意味,从而成为一种"文化政治"。伊格尔顿在"肉体政治"的意义上讨论"文化政治"的问题,提出了考量现实政治的又一标准,不是将种种文化矛盾仅仅放在阶级斗争、党派斗争的刻度上进行计量,而是将其置于性别、性、身体、种族、

---

① 胡塞尔:《欧洲科学的危机与超越论的现象学》,王炳文译,商务印书馆2001年版,第129页。
② 特里·伊格尔顿:《审美意识形态》,王杰等译,广西师范大学出版社1997年版,导言,第1页。
③ 同上,第7—8页。
④ 同上,第3页。

民族、族裔、年龄等生理差异、遗传特点的天平上进行衡称,从而肯定性别政治、性政治、身体政治、种族政治、地域政治、生态政治等"后阶级政治"的重要意义。对此伊格尔顿后来有过明确的论述:"对于过去几十年间支配全球议事日程的激进政治的三种形式——革命的民族主义、女权主义和种族斗争,作为符号、形象、意义、价值、身份、团结和自我表达的文化,正好是政治斗争的通货"。①

综上所述,伊格尔顿关于"美学是一种肉体话语"的论断起码在三个方面突破了鲍姆加通创立的经典美学:一是改变了经典美学囿于认识论的状态,将美学与社会改良、政治实践结合起来,大大拓展了美学对于实际生活的效用空间,甚至这样评价都是不过分的:"肉体的感情不是纯粹的主观幻想,而是秩序良好的国家的关键。"②二是从肉体、官能等感性方面出发对美学提出了新的标准,从美学对于实际生活的效用着眼,美学的标准既可以在社会性、阶级性层面上操作,也可以在生理性、遗传性层面上施行,不过伊格尔顿更加强调,感性不是理性的婢女,而是有其独立的、自足的,更为本真的意义。三是肯定美学具有实际效用并不意味着这种实际效用就是以现实的、直观的模样出现,更多的情况可能是先潜入意识的底层,凝结为一种集体无意识,成为一种"政治无意识",再以隐秘的、抽象的形式表现出来,在这里对象的形式规律、主体的形式感以及二者的呼应仍是要义,美学仍不失其本位。因此伊格尔顿说:"审美只不过是政治之无意识的代名词:它只不过是社会和谐在我们的感觉上记录自己、在我们的情感里留下印记的方式而已。美只是凭借肉体实施的政治秩序,只是政治秩序刺激眼睛、激荡心灵的方式。"③惟其有"政治无意识"之底蕴的涌动,所以审美活动对于感官的刺激、对于心灵的激荡才在形式而不止于形式,在感性而超越了感性。

伊格尔顿关于"美学是一种肉体话语"的感悟并非突发异想,而是基于对当代美学的新动向的洞察,例如马尔库塞的"美学之维"建基于"精神—心理解放论"和"快乐原则",阿多诺则将精神乌托邦安放在人的生命本体之上,还有

---

① 特里·伊格尔顿:《文化的观念》,方杰译,南京大学出版社2003年版,第44页。
② 特里·伊格尔顿:《审美意识形态》,王杰等译,广西师范大学出版社1997年版,第23页。
③ 同上书,第26—27页。

当代学者拉康、福柯、德勒兹等人的理论,都给了他的这一发现以有力的启示和驱动。伊格尔顿开列了一份长长的名单,其中包括卢卡契、本雅明、葛兰西、赖希、霍克海默、马尔库塞、阿多诺、布洛克、戈德曼、萨特、杰姆逊等激进的思想家,认为"这些人忽略了色情和象征、艺术和无意识、生活经验和意识转换,就难以成为思想家了"。伊格尔顿还特地提醒,马克思主义绝没有忽略性别、欲望和无意识等议题,也未将种族、民族、殖民主义等排除在其研究之外。①如此丰富的思想资源,赋予了伊格尔顿的上述美学感悟以鲜明的现实感和历史感。

第二节　舒斯特曼:倡导身体美学新学科

美国学者理查德·舒斯特曼的美学研究有一个明确的理论追求,即倡导"身体美学"这一新兴学科,从而在学科水平上确认身体在美学中的中心地位。他1992年出版的《实用主义美学》一书的最后一章标题就是"身体美学:一个学科的提议",在该章中下了一个完整的定义:"身体美学可以先暂时定义为:对一个人的身体——作为感觉审美欣赏(aisthesis)及创造性的自我塑造场所——经验和作用的批判的、改善的研究。因此,它也致力于构成身体关怀或对身体的改善的知识、谈论、实践以及身体上的训练。"②

舒斯特曼倡导"身体美学"的强烈冲动也是出于对鲍姆加通创立的经典美学的不满,在他看来,后者存在一个明显的缺陷,那就是将美学归属于认识论,确认美学旨在研究感性认识:"鲍姆加通从希腊语 aisthesis(感性认识)得出它的名字,打算用他的新哲学科学去构成感性认识的一般理论。这种感性认识被当作逻辑的补充,二者一起被构想为提供全面的知识理论,他称之为 Gnoseology(知识论)。"③在这从属于认识论的美学中,并没有给身体留下立足之地。另外,鲍姆加通"对身体的不幸忽视"④,还有一个重要原因,他认为身体是一种低级的官能,不足以获致科学的认识,在鲍姆加通作为"美学"开山

---

① 特里·伊格尔顿:《理论之后》,商正译,商务印书馆2009年版,第31—32页。
② 理查德·舒斯特曼:《实用主义美学》,彭锋译,商务印书馆2002年版,第354页。
③ 同上书,第349页。
④ 同上。

之作的同名著作中,充斥着对于身体的贬抑之词。舒斯特曼对此表示震惊和不解:"(鲍姆加通)似乎更热心于劝阻强健的身体训练,明确地抨击它为所谓的'凶猛运动',将它等同于其他臆想的肉体邪恶,如'性欲''淫荡'和'纵欲'。"①鲍姆加通对于身体的拒斥态度有其宗教背景,也有其思想渊源,他出身于一个虔信派教徒的家庭,肯定身体与他所奉行的教规格格不入;而他所继承的从笛卡尔到莱布尼兹和沃尔夫的理性主义哲学也不允许将感性认识领域作为任凭身体纵横驰骋的跑马场。

舒斯特曼认为,关于身体美学的思想其实古已有之且中西皆然。他指出:"无论如何,在鲍姆加通的美学之前的很长时间,不仅在希腊和罗马而且在亚洲的哲学传统中,对身体之美的和感觉敏锐的欣赏,都可以是我们今天称做审美的关注的中心。"②他列数古希腊哲学家苏格拉底以及昔勒底学派、斯多葛学派、犬儒学派关于为追求智慧和美德而进行身体训练的主张,也对亚洲传统的瑜珈、禅定和太极拳等身体修炼方式大加推崇,以此说明身体美学的策略无论中西均拥有很深的根基。

不过舒斯特曼对于身体美学的信心还有其近因,那就是杜威和福柯的引导。杜威创立的美国实用主义哲学,在20世纪上、中叶与分析哲学的博弈中经历了一波三折的沉浮,在20世纪下叶竟东山再起、重出江湖,其标志就是以罗蒂和舒斯特曼为代表的新实用主义哲学、美学的再度辉煌。舒斯特曼起初是以分析美学家的身份出现的,但后来转向了实用主义,发生这一重大转向,乃是他置身于分析哲学与解构主义这两大主流派别之间而采取"执两端而持其中"策略的结果,这一策略既保证了传统分析哲学深厚的形而上学根底,又从解构主义获取了有机统一的观念,也使得本体论不至流于无用和空洞,而通往了现实和当下。舒斯特曼坦承:"按照我的想法,实用主义是分析和解构之间最好的调解和选择,也能将事物看作某种意义上的解释,但解释又是如此无法逃避地深植我们的实际思想,以至于它们获得了事实或现实的身份。"③因此不妨说舒斯特曼的身体美学是杜威实用主义美学的山重水复、柳暗花明,

---

① 理查德·舒斯特曼:《实用主义美学》,彭锋译,商务印书馆2002年版,第352页。
② 同上书,第367页。
③ 同上书,第116页。

也正因为如此,所以舒斯特曼将身体美学归入"实用主义美学"。

杜威实用主义美学有一个重要的命题:"恢复审美经验同生活的正常过程之间的连续性"①,这是就艺术与日常生活的天然联系而言的。舒斯特曼进而认为,杜威的连续性美学,联结的不止是艺术与生活,还包括以往被人为二分的诸多方面:"这些二分的观念有:美的艺术对应用的或实践的艺术、高级的艺术对通俗的艺术、时间艺术对空间艺术、审美的对认识的和实践的,艺术家对组成其受众的'普通'人。实际上,为了确保美学中的连续性,杜威将他对二分思想的攻击扩展到去破坏那种支持和巩固我们艺术经验的隔离和碎裂的更基本的二元论。这些二元论中最重要的有:身体与心灵、物质与观念、思想与情感、形式与质料、人与自然、自我与世界、主体与客体和手段与目的之间的二分。"②值得注意的是其中对于身体与心灵之间连续性的肯定。

杜威颇多对于身体、官能和欲望的论述,在其代表作《艺术即经验》开头的章节,就立即切入正题,从"活的生物"出发而启动实用主义美学的探讨。具有代表性的是他在《经验与自然》中提出的"身—心"理论和"突创"理论。杜威对于那种将身体与心灵截然分隔开来的现代学说表示反感,肯定身与心原本就是一体性、交互性的。他说:"所谓'身心'仅仅是指一个有机体跟语言,互相沟通和共同参与的情境有连带关系时实际所发生的情况而言。在'身心'这个复合词中,所谓'身'系指跟自然其余部分,其中既包括有生物,也包括有无生物,连接一气的各种因素所具有的这种被继承下来的、被保持下来的、被遗留下来的和积累起来的效果而言;而所谓'心'系指当'身体'被涉及一个比较广泛、比较复杂而又相互依赖的情境时所突创的一些独特的特征和后果而言。"③所谓"突创"(emergent),用杜威的话说,就是指有机体、感触、生命、感觉和感知等"结合在一起,彼此交相作用,而产生一种具有关键性的变动。形成了一个新的较大的场地,因而放射出新的能量,具有新的性质"。④ 杜威进一步将这些"场地"分为物理的,生命的,属于结合、沟通和共同参与的三个层次。总之,在杜威看来,审美和艺术活动不能将身体、官能和欲望截然排除在外,恰恰

---

① 杜威:《艺术即经验》,高建平译,商务印书馆2005年版,第9页。
② 理查德·舒斯特曼:《实用主义美学》,彭锋译,商务印书馆2002年版,第29—30页。
③ 杜威:《经验与自然》,傅统先译,江苏教育出版社2005年版,第182页。
④ 同上书,第173—174页。

相反,这些生物性、生理性的东西往往作为一种基本的、基础的因素参与其中并发挥作用。

另一位对舒斯特曼的"身体美学"产生影响的是福柯。福柯的理论吸引舒斯特曼的是相互关联的两点:一是福柯认为身体并非自然的,也非私人的,毋宁说它是训练的结果、是社会的产物,同时它又是权力关系的体现。福柯说过:"在任何一个社会里,人体都受到极其严厉的权力的控制。那些权力强加给它各种压力、限制或义务。"①舒斯特曼认同这一观点,认为:"整个统治的意识形态,能够由根据身体标准对它们的编译而隐蔽地物化和维护,这种身体标准,像身体习惯一样,典型地变得信以为真"。② 例如体面的、有教养的妇女说话轻柔,亭亭玉立,吃食挑剔,坐着两腿并拢等形体表现,都是为压制性的权力关系所改造和形塑。二是福柯为了验证其理论及方法,不惜用自己和别人的血肉之躯作为试验品,这一点恰恰与舒斯特曼重实践性、训练性的身体美学理念一拍即合。

远绍中西方的美学传统,近接杜威、福柯的美学创见,舒斯特曼对于美学学科形成了与众不同的全新理解:"美学研究只有从身体出发才能实至名归地回归真正意义上的'感性学',因此我主张通过发展一个名为'身体美学'的学科使身体成为美学研究的中心。"③

对于舒斯特曼的"身体美学"来说,有一个绕不过去的问题,即必须证明"美学"与"身体"这两者具有一致性,否则"身体美学"作为一个学科便难以成立。美学能否将身体纳入其理论框架之中?这是历来哲学家、美学家一直十分纠结的问题。从鲍姆加通、康德起,美学的主流学说往往将身体断然排斥在美学之外,舒斯特曼对此不予认同,他指出,鲍姆加通将美学建立在感性认识之上,但他恰恰忘记了,感性认识总是有赖于身体、以身体为条件的。他说:"鲍姆加通将美学定义为感性认识的科学且旨在感性认识的完善。而感觉当然属于身体并深深地受身体条件的影响。因此,我们的感性认识依赖于身体

---

① 福柯:《规训与惩罚》,刘北成等译,三联书店 2003 年版,第 155 页。
② 理查德·舒斯特曼:《实用主义美学》,彭锋译,商务印书馆 2002 年版,第 358 页。
③ 理查德·舒斯特曼:《东西美学的邂逅——中美学者对话身体美学》,《光明日报》2010 年 9 月 28 日,第 11 版。

怎样感觉和运行,依赖于身体的所欲、所为和所受。"①舒斯特曼所说的"身体"是指人的生命有机体,包括感官、肢体、肌肉、内脏器官、生理系统等,它们的结构、活动和变化无不对感性认识产生影响,而且人的身体状况往往先于即时的感性认识而存在,因此身体与感性认识二者原本就是一致的。

  舒斯特曼对于身体美学的倡扬势必导致对于经典美学的颠覆。因此不仅鲍姆加通,而且康德自然成为其挑战的对象、批判的靶子。康德"美的分析"首要的工作就是将审美判断(鉴赏判断)与官能快感(快适)区分开来,他认为官能快感与利害关系相连而审美判断与利害关系无涉,因为利害感总是与官能、欲望有关。审美的观照是一种纯粹的观照,是一种静观,它将官能、欲望排除在外,对利害关系是淡漠的。康德的这样一些说法是耳熟能详的:"快适就是那在感觉中使感官感到喜欢的东西","惟有对美的鉴赏的愉悦才是一种无利害和自由的愉悦;因为……没有感官的利害"。②舒斯特曼尖锐地批评康德美学"表达了一种非常空虚和干枯的人性观念",因为它将审美判断狭隘地集中在理智化的心理特征上,认为只有从认识能力产生的快感才是审美的,而那些源于情感和感官愉快的自然满足,总是因其涉及利害和欲望而遭到拒斥。在康德看来,有官能、欲望参与的审美判断总是夹杂着污点,倡导这种满足的趣味还未从野蛮状态中开化出来。舒斯特曼指出,由于这种"无利害性"的限定,康德之后的艺术陷入了对世界的真实存在漠不关心的审美的围城之中,其后果是令人担忧的:"艺术历史上与生活的分隔,因拒斥审美经验与身体活力和欲望的联系,因在与生活的感觉愉快相对立的意义上来定义审美经验的愉快,已经导致审美经验精华尽失而枯萎不堪。"③这一不良状况必须得到理论的救正,舒斯特曼提出了"审美经验的终结"的命题,对于该命题他作如是说:"我所说的审美经验的终结,只是西方现代美学中所界定的那种作为无利害的静观的经验的终结,这种审美经验通常被认为是由高级艺术引发的。我认为这是一种伪审美经验。终结这种审美经验的目的,是为了唤起真正的审美经验,这就是在今天由通俗艺术所唤起的审美经验……与某些高雅艺术不同,通

---

① 理查德·舒斯特曼:《实用主义美学》,彭锋译,商务印书馆2002年版,第352页。
② 康德:《判断力批判》,邓晓芒译,人民出版社2002年版,第40、45页。
③ 理查德·舒斯特曼:《实用主义美学》,彭锋译,商务印书馆2002年版,第80页。

俗艺术从来就不害怕承认美、愉快和强烈的情感是值得去追求的目标。"①因此舒斯特曼强烈呼吁走出经典美学的围城,放美学到自由宽松的开阔空间中去,舒展肢体,畅快呼吸:"任何具有人类价值的东西,必须以某种方式满足人在应付她的环境世界中的机体需要,增进机体的生命和发展。"②

舒斯特曼身体美学的一大特点是注重实践性、操作性,重视对于身体的训练、磨砺和塑造,将美学理论与身体实践结合起来。而这一点乃是基于他对身体与感觉的一体性、交互性的体认,他说:"身体美学提供的补充路径是:通过给某人身体的改善指导,去改正我们感觉功能的实际执行,因为感觉是属于身体并且以身体为条件的。"③如今炙手可热的健身美体热潮给了这一见解以充足的理由,每天有无数人在运动场、游泳馆、健身房以及街心花园、市民广场、度假胜地生龙活虎地锻炼身体,各种用以改良和完善身体状况的竞技与非竞技训练项目花样繁多、层出不穷,训练场地的建造和运动器材的添置由于日益加大投入而越来越上档次,不断增长的消费需求使得健身行业成为经济效益节节攀升、市场前景一片光明的朝阳产业,这种与衣食住行同等重要甚至更加重要的需求拉动了保健品、营养品、膳食、健身器械、养身信息、护理服务等的广阔市场,也使得美容、美发、美体、美瞳、化妆、吸脂等辅助行业像雨后春笋一般涌现,整容行业也悄悄地迅速膨胀起来,扩眼、垫鼻、削腮、隆胸、塑腿、美臀、美甲,借助高科技含量的先进整容手术完全能够打造出一个个光鲜水活的新人。总之,今天身体训练和形体塑造的美学理念已经深入人心,深刻改变着人们的生存状态,促使人们的各种能力趋于完善,生命质量和人生境界得到提升。在这一点上舒斯特曼决非言过其实:"这种身体美学训练的价值远远超出'美的艺术'的领域,它扩充了我们的认识和我们整个的生活艺术。改善了对身体感受的感知,不仅给予我们更多的对于自身的知识,而且能令我们有更大的身体技巧、功能和活动范围,它们都可以为我们的感觉器官提供更大的空间以获得关于世界的知识。除了增加我们自己快乐的可能性之外,这种改善了的身体功能和意识还可以在成就利他的德行方面给予我们更强的能力,因为

---

① 见彭锋:《新实用主义美学的视野:舒斯特曼访谈》,《哲学动态》2008年第1期。按舒斯特曼《生活即审美》的第一章的标题就是"审美经验的终结"。
② 理查德·舒斯特曼:《实用主义美学》,彭锋译,商务印书馆2002年版,第22—24页。
③ 同上书,第354页。

所有的行动都依靠我们身体器官的效能。"①为此舒斯特曼提出了"身体转向""身体主义"的概念,主张将这种新的身体实践"整合到一种获得新生的、肉身化的哲学之中"。②

舒斯特曼进一步指出,身体美学的理论形态主要有分析的、实用主义的、实践的三个基本维度。分析的身体美学以福柯、布尔迪厄为代表,福柯运用谱系学的方法对身体问题进行历时性描述,布尔迪厄则采用社会学的细节化的方法对身体问题作出共时性分析,他们所作的历史—社会分析都带有普遍主义的倾向。实用主义的身体美学以杜威为代表,它也包含分析的方法,但在此基础上对于如何改善身体予以评价、提出建议,从而超出了单纯的分析。舒斯特曼倾向于第三种:实践的身体美学。他在分析的和实用主义的两种身体美学之间选择了中庸之道、中间路线,从而兼收前者的形而上学追求与后者的现实关怀,打通美学理论与身体实践,形成重实践性、重训练性的美学特色。实践的身体美学并不谋求有关身体的文本,而是身体力行地介入这种身体关怀,它不是动口而是动手,不是说理而是行动,即"以冥想的、严格训练的和近于苛求的肉体实践指向对身体的自我改善"。③ 这一选择也与舒斯特曼本人的职业特点有关,对于舒斯特曼人们知道得更多的是他是教授,但他也是身体训练师,长年指导许多学员进行身体训练。这一职业专长也使其奉行实践的身体美学成为必然。舒斯特曼将身体美学称为"扩展的美学学科"④,其突出特点便在于谋求三重意义上的扩展:从认识向身体扩展,从理论向实践扩展,从教育向训练扩展。

舒斯特曼曾多次表达一种感觉,即他的身体美学在美国国内一直备受非议和冷落,目前情况虽有好转,但仍未得到根本改观。与之构成鲜明对照的是,他提出的这一新兴学科恰恰在中国遇上了知音,这让他喜出望外、信心倍增。

舒斯特曼发现在实用主义的一般取向与中国哲学之间,存在着大量交叉

---

① 理查德·舒斯特曼:《生活即审美——审美经验和生活艺术》,彭锋等译,北京大学出版社2007年版,第174页。
② 同上书,第208—209、220页。
③ 同上书,第192页。
④ 理查德·舒斯特曼:《实用主义美学》,彭锋译,商务印书馆2002年版,第374页。

重叠从而可以共享互补的思想,他概括出以下五个方面:1.二者都主张哲学在根本上要指向人生的保存、培育和完善;2.二者都认为艺术是可以改善个人和社会的伦理教育的重要手段;3.二者都关注人的改善,但实用主义是将人置于他参与其中的自然的大舞台上来进行这种改善,而中国哲学则是通过理解和利用更大的自然力量来完善我们人性的整个事业,因此可以相互启发;4.中国哲学的包容性思想与实用主义的多元主义一致;5.主张身体对作为一种生活艺术的哲学具有至关重要的作用,从而将身体美学确立为一种包括理论和实践的学科。① 舒斯特曼以上概括颇有见地,为他创立的新兴学科"身体美学"寻得了一个有力的支撑点,而且是跨文化的理论支撑点。回顾舒斯特曼"身体美学"的形成过程,可以发现它历经了多次转换,汇聚了多种哲学派别的源头活水:先是从分析哲学掌握了理智性的逻辑,后是从实用主义哲学吸收了经验性的情怀,现在又从中国哲学收取了"知行合一""体用合一"的实践性、功能性的实效,可谓兼容并包,左右逢源。这有利于他走出鲍姆加通和康德建立的经典美学重区分、重分化的迷障,重建那种"更多地把事物联系起来""力图抓住整个人"②的新兴学科身体美学,同时也赋予中国古代身体美学思想以新的概念、新的意义,从而激活了这一极其丰富的理论资源的现代生命力。

第三节　韦尔施:感知的重构与美学的重构

1996 年,德国学者沃尔夫冈·韦尔施出版了一本富于挑战性的著作 *Grenzgange der Asthetik*(《美学的越界》),次年收入英国塞奇出版公司出版的"理论、文化、社会"丛书,英译书名为 *Undoing Aesthetics*。2002 年从该英译本翻译为中文,取名《重构美学》,据中译者称,采用这一译法是考虑到英语 undoing 有"拆解、取消"之意,又有"消解之后予以重构"之意。③ 这一译名大致符合该书的宗旨。该书旨在建立"超越美学的美学",在这一命题中,前一个"美学"是指传统美学,后一个"美学"则是指"美学"学科的新形式。在韦尔施

---

① 理查德·舒斯特曼:《实用主义美学》,彭锋译,商务印书馆 2002 年版,中译本序,第 3—5 页。
② 舒斯特曼、曾繁仁等:《身体美学:研究进展及其问题——美国学者与中国学者的对话与论辩》,《学术月刊》2007 年第 8 期。
③ 沃尔夫冈·韦尔施:《重构美学·译者前言》,陆扬等译,上海译文出版社 2002 年版,第 2 页。

看来,传统美学囿于艺术论,旨在建立普遍永恒的艺术概念,此事由康德首开风气,在谢林、黑格尔等人那里汇成潮流。但这一主张是站不住脚的,因为艺术实践永远是开路先锋,它的追求不在于确立那种普遍永恒的概念,而在于对艺术新模式、新观念的创造。这些新东西也许会在某些方面符合主导的艺术概念,但在更多方面恰恰圆凿方枘,因此是否有那种普遍永恒的艺术概念,值得打一个大大的问号。特别是在今天,"审美"这一概念已经变得非常泛化了,已大大超出了艺术的范畴,平常人们在艺术之外使用"审美"概念甚至比在艺术之内还要多得多,日常生活的方方面面都可能变成审美的,于是有了"日常生活审美化"一说。有鉴于此,韦尔施倡导"超越美学的美学",呼吁"必须超越艺术论,超越这一限于艺术的美学理解"①。

事情仍需追溯到鲍姆加通。韦尔施指出:"美学之父鲍姆加通将美学界定为'感性认知的科学'。美学首先要处理的并非是艺术,而是认识论的一个分支。"②就是说,鲍姆加通创立的"美学"是一门有关认识的学科,具体说是一门有关感性认识的学科,而不是艺术哲学。韦尔施肯定鲍姆加通对于艺术存而不论的做法,但对其在认识论问题上所持的理性主义立场却表示异议,认为鲍姆加通从理性主义出发对感性问题所持的贬抑态度,恰恰导致了后来对于"审美"概念理解的偏差,这一偏差由鲍姆加通发其端而席勒、阿多诺承其后,也形成了势头。在韦尔施看来,鲍姆加通虽然确立了美学这门"感性学",但始终追求感性的完善,主张美学应从这一理性意愿出发达到对于感官的把握,而不是为感性推波助澜。他的学生梅尔的观点可以看作对其师主张的变本加厉的公开宣言,梅尔说:"人们必须留意……所有那些低级的欲望力量……在它们还未变得过分强烈时,就要予以重视。否则,我们将滑向动物的状态,以道德为苦役。"他甚至将感性视为"心灵的渣滓",断言"感官应该成为理智的奴隶"。③席勒虽然力求在美学中均衡和调和感性与理性的关系,但这是在双方相安无事的情况下,一旦二者之间出现龃龉,他坚持理性的原则决不让步。在其《美育书简》中对于感性的拒斥有时甚至显得声色俱厉,声称感觉能力是一个应该

---

① 沃尔夫冈·韦尔施:《重构美学》,陆扬等译,上海译文出版社2002年版,第104页。
② 同上书,第15页。
③ 同上书,第86页。

与之"斗争"的"可怕的敌人",人们必须"在物质的境界里与物质作战"。[1] 韦尔施将席勒的这一倾向概括为反感性、排斥客观性、排斥科学和道德等"三种独断主义",认为它们"没有发展认识和解放感觉的策略,而是发展了控制感觉、消灭感觉和严格管理感觉的策略"。[2] 阿多诺则将克服粗鄙的感觉的任务交给艺术,艺术通过形式化的工作,使粗鄙的感觉上升为智性的自我肯定,因为"粗鄙的、主观的邪恶内核,是艺术最先要否定的东西,而完全形式化的理念与艺术是不可分割的"。[3] 对于鲍姆加通及其后继者的上述观点,韦尔施认为与创建美学这门"感性学"的初衷恰恰是南辕北辙、背道而驰的,他说:"美学最初旨在恢复感觉的地位,这种移位多多少少是对这一学科的颠覆。"[4]

这种偏差对于人们美学观念的误导也是严重的,人们在考量审美现象时从感性向理性的移位由来已久而于今为盛,韦尔施的以下描述不无讥讽意味:"严格地说,我们并不将一切感性的东西都称为'审美的',我们更经常地将之同粗俗的感性区分开来,只把目光盯住经过培育的感性。比如,我们并不认为饕餮之徒口腹之欲的快感是'审美的',而只把这个词用来指美食品尝家的快感。感性的精神化,它的提炼和高尚化才属于审美。它可以一直延伸到意指过于讲究的高雅、崇高,甚至飘渺的仙境。"[5]他将感性的第一层面称为"感知因素",而将其第二层面称为"升华因素",后者保持一种超脱的立场,与粗俗的感性形成一定距离,升华为感性的更高形式。按照常规,唯有上述感知的与升华的两种因素并举,方能构成"审美"一词的完整语义,但是历来人为的二分使得"审美"概念既指感性,又与感性保持一定距离,其最终目标并不指向普通的感性,而是指向那种更高的、经过分化的、特殊培育的感性态度。然而正是这种对于感性的强制二分,为后来"审美"概念的种种位移和变异敞开了大门。

韦尔施进而指出,上述对于"审美"概念的偏见出于对感性问题认识的模糊。如何走出这种模糊认识的迷障?韦尔施采取的办法就是对"感知"这个心理学的常用概念作出新的阐释。他认为,感知分感觉与知觉两个层面,感觉属

---

[1] 见沃尔夫冈·韦尔施:《重构美学》,陆扬等译,上海译文出版社2002年版,第86—87页。
[2] 同上书,第90页。
[3] 同上书,第91页。
[4] 同上书,第90页。
[5] 同上书,第17—18页。

情感性质,与快感、享乐相连,是一种主观的估量;知觉属认知性质,与理论、观察相近,是一种客观的确证。现在人们已经习惯这样来看问题:"我们并不称一切感性的东西,一切感觉或快感为'审美的'。不,它不是低层次的、为生命利益驱动的本能快感;而是一种高层次的快感,或者适用于自然而然给人愉悦的物体中那些非关本能的方面,或者适用于从生命本能的角度,乍一看既无快感也无不快感的事物。"①他将那种低层次的本能快感比作楼房的底层,而将那种高层次的、非关本能的快感比作楼房的上层,后者就像一支"雅曲",它所引起的快感并非出于需要和有用,而是出于美、和谐、崇高和优雅,它是判断的审美机能,亦即趣味的至善之境。不过韦尔施又说:"这一高层次的快感,不用说,确实也是具有享乐主义倾向的。快感是它的中心动因。趣味的快感亦是归结于'直接联系于快感和不快感的一种感觉'。"也就是说,那种高层次的、非关本能的快感归根结底立足于低层次的本能快感。需要指出的是,韦尔施这里引用的是康德对于低层次本能快感的表述。韦尔施将这一观点追溯到康德,这真有点儿反弹琵琶的意思。姑且不论这是否真正符合康德的原意,但它倒是十分真切地表达了韦尔施从当今审美风尚所获得的感悟,日常生活审美化的趋势使得对于快感的那种传统二分正在被全面消解和祛除。韦尔施这样说:"当今两层之间的距离在一定程度上的接近,已是相当明显。从前,人们说到'审美',必有高远的需求需要满足;在今天,低层次的要求亦足以敷衍。故而取悦感官的某种安排,亦被称为'审美的'。升华因素如此降尊纤贵,审美需求已经接近了本能领域,甚至是在此一领域中孕育而出。同理,高雅与平俗这个二元对立依然很大程度上联系着'审美'一词。审美永远具有一种距离感。"②可见审美的不同意义和用法都出自感知因素,它们一方面连接着感觉,另一方面又连接着知觉,但无论是感觉还是知觉,都不乏享乐主义的因素,也都包含升华的成分,它们往往借助这些共通的部分从一种意义过渡到另一种意义,从一种用法转移到另一种用法。从而审美的各种意义、各种用法往往相互盘根错节、勾搭连环,就像纺线一样,纤维与纤维拧在一起,剪不断,理还乱。用维特根斯坦的话来说,形成了一种"家族相似性"。从而韦尔施得出结论:

---

① 沃尔夫冈·韦尔施:《重构美学》,陆扬等译,上海译文出版社2002年版,第18—19页。
② 同上书,第19页。

"'审美'一词的不同用法可通过家族相似性集中起来。不同的意义之间存在巨大的差异,也存在重叠和交互联系。"①

总之,在韦尔施"重构美学"的理论框架中,感知是一个核心概念。这是有明确针对性的,在韦尔施看来,传统美学有一个明显失误就在于对于感知和感受的漠不关心:"传统上,美学这一'学科',却并不十分关注感觉与知觉,而是主要关注艺术,并且给予了艺术的概念性部分,而不是感受性部分以更多的关注。当代美学的主流依然如此。"②为此他提倡,美学关注的焦点应从艺术转向感知,从艺术的概念性转向感受性,从而达成美学学科的重构。质言之,韦尔施重构美学的宗旨有三大要义:一是对感觉的推崇,二是对感知的重构,三是身体的审美化。而贯穿其中的则是对于感官、肉体、身体的崇尚,这恰与伊格尔顿的"肉体话语"、舒斯特曼的"身体美学"互为呼应。

韦尔施在《重构美学》一书中不止一次对感觉表示推崇。通常认为在认识过程中感觉是最低层次的感性,不仅概念、判断等理性因素高于它,而且感性因素中较高层次的知觉也高于它。但是韦尔施却认为感觉更加重要,韦尔施这样看,并非只在感觉作为认识的起点、本源的意义上考量,而是认为感觉具有一些其他心理因素所不及的优质特点。这一点在他的另一论著《感官性:亚里士多德的感觉论的基本特点和前景》中有进一步的表述。他赞同亚里士多德关于"人的感觉始终是真实的"这一观点,认为亚里士多德的相关分析显示了非凡的洞察力,例如一个黄疸病人品尝蜂蜜后告知"蜂蜜是苦的",这位病人的感觉是真实的,但如果据此判断"蜂蜜是苦的",那就是错误的,因为它把对事物的感觉与事物本身的性质混为一谈了。可见人的理性判断往往是错误的开端,而感觉却不会犯这样的错误。同时,感觉也要比一般所想象的敏锐得多、复杂得多,例如人们感觉到某件物品很"凉",那么不仅这种"凉"的感觉是真实的,而且也表明这种感觉既不同于"热"的感觉,又不同于对色彩的感觉。于是,单是为产生这种"凉"的感觉便要求具备好几种辨别能力。可见存在的真实性来源于人的感觉,理性能够发挥多大的效用,乃是以对外界的感觉为前提和基础的。韦尔施借此表达自己的一贯想法:"无论过去还是现在,我一直

---

① 沃尔夫冈·韦尔施:《重构美学》,陆扬等译,上海译文出版社2002年版,第29页。
② 同上书,第104页。

坚信，意义根本上是感性的意义。在与世界进行体验的过程中，通过感官获取的东西，根本而言，是我们从事一切活动的基础。即使在解决较为重大的问题时也需要感性活动的介入……如果我们想获得准确的知识，那么它的基础必须建立在自下而上方式上，而这与那些具有代表性的传统哲学观点是有区别的。"①总之，韦尔施力主将感官把握世界的本真意义和普遍意义从以往的误解中超拔出来，还其应有的地位和作用，从而确认高层次的理性并不能脱离低层次的感性而存在，不能缺少对于颜色、声音、味道、气味等物质属性的把握，它始终是以低层次的感性为基础并与之紧密结合在一起的。上述见解也适用于美学，韦尔施说："我始终认为，把握世界的方式必须是自下而上的，于是，美学也应当通过自下而上的途径建立起来。"②因此，在美学中感觉也是理性活动不可脱离的依存。在韦尔施看来，感觉服从于人生存的兴趣，它是以愉快和不快的情感形式表达事物是否能够满足人的生存需要③，既然如此，那么审美就与人基本的生存需要息息相关了。

其次，韦尔施主张美学的重构应建立在感知的重构之上。他认为，从古希腊开始人们就奉行视觉优先的原则，视觉中心主义一直成为美学的主流，在这一旧习背后，存在着一个理解与认识的主导模式，总是认为视觉以其决断能力和接近认识而成为最优秀、最高贵的感觉。但这种视觉中心主义的观点一直受到质疑，尤其是20世纪以来遭到学术界异口同声的批评。韦尔施对于这种质疑和批评持认同态度，他说："近来我们更是体会到，视觉事实上不再是接触真实世界的可靠感官"。而感知重构的要义是，视觉不再惟我独尊，其他的感官引起了新的重视，譬如听觉和嗅觉。触觉也得以提倡，它的肉体特征得到强调。"感觉的牌被重新洗过。根深蒂固的等级制不再流行，人们倾向于要么一切感官一视同仁，要么建立以效果分类的不同层级。"④他还特地强调，自己倾向于后者。也就是说，如果以功用、效果为衡量标准来进行排序的话，那些肉体特征更加突出的感觉像听觉、嗅觉、味觉和触觉等其重要性恰恰反超历来备

---

① 王卓斐：《拓展美学疆域，关注日常生活——沃尔夫冈·韦尔施教授访谈录》，《文艺研究》2009年第10期。
② 同上。
③ 沃尔夫冈·韦尔施：《重构美学》，陆扬等译，上海译文出版社2002年版，第81页。
④ 同上书，第118页。

受抬举的视觉,这就颠覆了以往一味崇奉视觉中心主义的美学传统。

第三,韦尔施认为,对于审美活动中高低雅俗这一传统二分的消解和人为距离的祛除导致对于身体审美化的普遍重视,而这一点在以往的美学中常常是视若无睹、避而不谈的,而今天蔚为大观的日常生活审美化,其中一大要义就是身体、肉体和自然本能的审美化。在韦尔施看来,今天我们生活在一个前所未闻的被美化的真实世界里,审美化从个人的外表延伸到城市和公共场所,从经济延伸到生态学:"个人经历着对身体、心灵和行为的全方位时尚化,在美容院和健身中心,他们追求着身体上的完美;在沉思默想中和新时代的研讨会上,他们美化着自己的心灵;礼仪课程培养着他们一心向往的优美举止。人格美学已经成为一种新的角色模型……与个体及生态设计相联系的遗传工程……使我们能够按照我们的审美期望,生产出我们希望得到的产品和孩子。遗传工程是一种遗传化妆手术。"①上述诸端,均事关人的形塑、人的造就。常言道,人是第一位的,对于美学来说,无疑唯此为大。当今审美化虽然体现在身体、肉体和自然本能之上,但却不能用传统的标准来衡量,毋宁说它更是一种在浅表之下达成的深层的审美化。因此如今的日常生活审美化,可以说在个体身上达到了它的至境,势将造就一个充满时尚模特儿的世界。这种置身于新世界的"时尚模特儿"也就是韦尔施大力推崇的身心和谐、灵肉合一的"美学人"。韦尔施认为,当代生活的楷模不再是圣徒,也不再是研究人员和知识分子,而是"美学人",而他重构美学的理想诉求,也就是"走向美学人"。

第四节 对于经典美学三次挑战的学术意义

由伊格尔顿、舒斯特曼和韦尔施通过确立"肉体话语""身体美学""身体的审美化"等理念而对于经典美学所发起的三次挑战,无疑是当代美学的重大事件和重要转折,相信它对于当今乃至日后美学的发展将产生深刻影响。发人深省的是,在20世纪90年代前、中期不长的时段内,这三位不同国度、不同学术背景、不同理论追求的学者的美学研究发生了交汇,而焦点则在对于肉体、身体的美学意义予以关注,其中必有道理在,必有规律在,必有其留驻当代美

---

① 沃尔夫冈·韦尔施:《重构美学》,陆扬等译,上海译文出版社2002年版,第109—110页。

学史的学术意义在。

　　首先,伊格尔顿、舒斯特曼和韦尔施对于肉体、身体的美学意义的肯定,都表现出一种学科建设的冲动,伊格尔顿将肉体与政治问题联系起来,以充实和深化"文化政治学"①,舒斯特曼提倡"身体美学"这一新兴学科,韦尔施尝试建立一门"超越美学的美学",都表达了一种学科建设的理想和追求。这是一场在学科层面上提出的挑战,从一开始就站在了一个较高的起点上。鲍姆加通最初以创建"美学"(aesthetica)这一新学科而享有盛誉,如今谋求美学的超越和重构也必须在学科层面上有所标举、有所建树。有论者指出:"称一个研究范围为一门'学科',即是说它并非只是依赖教条而立,其权威性并非源自一人或一派,而是基于普遍接受的方法和真理。"②从学科水平的高度来认识问题,通过概念、范式和法则的提炼,形成一套规训制度,较之在个别、局部方面的突破有质的区别,更具普遍性和权威性,有利于推进知识的增长和学术的拓展。

　　其次,伊格尔顿等人发动的挑战触及了经典美学近三百年来将错就错而习焉不察的一个根本性误区,鲍姆加通起初将美学这门"感性学"归诸认识论,用以解决感性认识的问题,这就将美学的性质、范围和功能大大缩小了。这一失误源自西方人长期对于哲学的狭隘理解,那就是将哲学局限于认识论,将哲学史当成了认识论史。舒斯特曼对此颇有感慨:"在笛卡尔之后,绝大多数欧洲哲学都将认识论当作哲学的中心,甚至现象学也是如此。"③其实哲学的内涵要丰富得多、复杂得多,不仅包括认识论,而且包括本体论、自然论、人性论、实践论、价值论、功能论、方法论等,而身体哲学、生命哲学无疑也是哲学的题中应有之义,中国哲学中与之对应的是天人论、知行论、体用论以及身心论等。具体到感性问题亦复如此,杜威曾指出其中存在的失误:"近代以来,心理学家与哲学家沉湎于知识问题,将'感觉'当成仅仅是知识的因素",其实"感觉与情感、冲动与口味是联系在一起的"。④ 由此可见,哲学原本就是多元素、多向度、多学科的,并不仅仅囿于认识论。目前西方哲学中尼采、怀特海、梅洛-庞

---

　　① 特里·伊格尔顿在这方面的进一步论述参见其《文化的观念》,方杰译,南京大学出版社 2003 年版,第 142 页;《理论之后》,商正译,商务印书馆 2009 年版,第 46 页。
　　② 华勒斯坦等:《学科·知识·权力》,刘健芝等编译,三联书店 1999 年版,第 13 页。
　　③ 高建平:《实用与桥梁——访理查德·舒斯特曼》,《哲学动态》2003 年第 9 期。
　　④ 杜威:《艺术即经验》,高建平译,商务印书馆 2005 年版,第 22 页。

蒂、福柯等的身体哲学受到重视,中国哲学中传统的"贵身""保身"之说得到倡扬,都昭示了还原哲学的本来状态和本真面貌的必要性。伊格尔顿等人的挑战打破了长期以来相沿成习的唯认识论的哲学迷障,确认对于感性生活包括感性生命、感性身体、感性肉体的研究也是美学的本义,与感性认识研究并行不悖且相互补益,开了美学研究的新生面。

再次,与此相关,美学中的身心关系问题便凸现出来。所谓"身"是指机体的物质存在、感官反应、生理变化等;所谓"心"则是指心灵、理智、思维等。这二者的区分并不以认识过程为标准,因而身/心与感性/理性并不对应,并不能将"身"简单归属于感性而将"心"一味归属于理性,二者颇多交叉之处。人的心理活动分知、意、情,亦即认识、意志、情感三大块,其中更多依存于机体、感官、生理等物质基础的近于"身",而更多倾向于心灵、理智、思维等精神层面的则属于"心"。当然这种划分是弹性的、包容性的,而非一刀两断、非此即彼,其中不无过渡性、两栖性的情况。一般说来,认识、意志、情感这三块的构成因素都可以说有的归属于"身",有的归属于"心",譬如在认识活动中,感觉、知觉更多依靠机体结构和身体状况而近于"身",判断、推理更多体现理智和思维的作用而属于"心";在意志活动中,低层次的欲望、冲动、兴趣、态度近于"身",而高层次的信念、信仰、理想则属于"心";在情感活动中,本能性、生理性的情欲、情绪近于"身",而"高峰体验"中的创造感、成功感、成就感、超越感则属于"心"。

中西方对于身心问题的认识有明显差异,但都不乏割裂身心,支离灵肉,崇灵魂而黜肉身,褒心灵而贬官能的思想,不过这种偏见并不能博得普遍认同,谋求身心的一体化仍是大势所趋。如王阳明称身心原本就是"一件",他认为心是身的主宰,但无身则心也就无所依凭,因此二者不可截然分开。他说:"耳、目、口、鼻、四肢,身也,非心安能视听言动;心欲视、听、言、动,无耳、目、口、鼻、四肢亦不能。故无心则无身,无身则无心。"(王守仁:《传习录下》,《王文成公全书》卷3)在现代思想中上述偏见更是屡屡遭到批判,杜威主张打破心灵与身体、灵魂与物质、精神与肉体的对立,恢复它们之间在原始时代曾经拥有的连续性,进而将"感觉与冲动之间,脑、眼、耳之间的结合推进到新的、前所未有的高度"。[①] 已如前述,杜威提出"突创"一说,肯定身与心之间的一体

[①] 杜威:《艺术即经验》,高建平译,商务印书馆2005年版,第23页。

性、交互性,与之一脉相承。而伊格尔顿、舒斯特曼和韦尔施提倡"肉体话语""身体美学""身体的审美化",核心也在于身与心之间的一体性、交互性问题。

不过事情还得深追一步。在身心问题上,不仅有个是否一体化的问题,还有个如何一体化的问题。舒斯特曼有一个很好的说法:"我认为,问题不是心灵与身体怎样才能在逻辑上相互适应。对于实用主义者来说,它们本身就是在一起的,这不是问题。问题在于,你怎样使它们适应于、服务于更好的和谐,怎样才能改进这种整体。"[①]从伊格尔顿等人发起的挑战来看,在身心一体化的问题上还有以下要义:其一是必须做到内外兼修、身心俱炼而不加偏废、无所厚薄,杜威、舒斯特曼从种种身体锻炼和身体治疗获得的审美经验说明,身心的一体化乃是自我修炼的结果。其二是必须使身心两个方面都丰盈起来、活跃起来、精彩起来,走向健全、饱满、绚烂。美学并非止步于对美的形式的研究,而是有着更为重大的担当,它以对于人生真谛的思索、追踪和破解为使命,表现出对于人类命运的终极关怀,对于存在价值的不断追问,对于生命意义的最高阐释,对于生命极限的顽强挑战,而这一切既是对心之强大的彰明,又是对身之完满的讴歌。舒斯特曼对于这种追求身心欢愉、形神洒脱的美学满怀憧憬之情:"哲学需要给身体实践的多样性以更重要的关注,通过这种实践我们可以从事对自我知识和自我创造的追求,从事对美貌、力量和欢乐的追求,从事将直接经验重构为改善生命的追求。处理这种具体追求的哲学学科可以称为'身体美学'。"[②]其三是身心互动,才能使二者都趋于优化。在身心关系问题上,人们往往习惯认为,身必须受到心的统驭和管辖,听命于心的指令,这是有道理的,但却是不够的,不仅身体感性需要得到精神理性的提升,同时精神理性也需要回归身体感性的故家。时下有一流行语说:"精神健康,身体快乐",道出了现代人对于满足生命最基本需要的企望。如上所述,韦尔施也确认,如今的日常生活审美化,使得身体感性与精神理性的相互接近已是相当的明显。人不能一味追求高雅、超然和精英化,而弃绝七情六欲、不食人间烟火。所谓"高处不胜寒,何似在人间?"人还是多一些人间气、人情味为好,多一些健康、快乐为好。从感性向理性上升固然可以获得透彻、深刻和洞明,但理性向

---

① 高建平:《实用与桥梁——访理查德·舒斯特曼》,《哲学动态》2003年第9期。
② 理查德·舒斯特曼:《哲学实践》,彭锋译,北京大学出版社2002年版,第203页。

感性的回归也能恢复纯净、本真和简单。只有让身与心在互动、互补中各得其所,生命才堪称精彩、堪称完美。其四是既然讨论身心问题,那就势将邂逅一个无可回避的问题:性。性的问题,就像它从未在实际生活中缺场一样,它也从未在美学理论中缺席,特别是在全球化、市场经济、消费社会、电子媒介等构成的当今语境下,这一问题更显突出。伊格尔顿指出,如果说以往有过那种对性欲不屑一顾,对食欲存而不论的"不食人间烟火"的理论的话,那么今天文化理论取得的杰出成就之一就是对于性的发现,如今人们要想拒绝性的问题,目光得相当的短浅。① 总的说来,性的问题乃是身心问题的延伸和突出表现,因此上述种种要义如身心兼修、身心丰满和身心互动等均适用于性的问题。也许还得加上一条:身心平和。对性的问题应抱一种平常心,对于整个社会来说如此,对于个人来说亦然。多一些中庸之道,多一些辩证法,避免滑向极端和绝对,对于性不必按之入地,也无须举之上天,禁欲与纵欲、灭情与滥情,都不可取。在性的问题上,做到身心平和才是合适和妥当的。

第四,在学术研究中,身体、肉体问题历来是边缘问题,然而如今却成为具有重要担当、处于焦点位置的大关节目。舒斯特曼推行"身体美学"旨在扭转经典美学的无用和空疏,身体力行地介入现实关怀和当下实践;韦尔施重建"超越美学的美学",则表达了在当今后现代语境下拓展美学疆域,关注日常生活的古道热肠。

伊格尔顿则将对于现实问题的关怀与文化政治结合起来,他选择"肉体"的角度,由此出发寻找解决更大范围内的社会、政治、伦理问题的途径,从而使得美学成为一种文化政治。"文化政治"是与一般"社会政治"相对应的概念,社会政治关心的主要是阶级、革命、斗争、政权、党派、制度等问题,而文化政治关心的主要是性别、种族、民族、族裔、年龄、地缘等问题。二者相通的是权力问题,不同的是前者涉及阶级、阶层、集团、政党之间的权力关系,属于相对限定的社会权力;后者关乎人类按照生理、身体、生命等自然条件划分的群体之间的权力关系,属于相对宽泛的文化权力。每个人作为男人/女人、白种人/黄种人、富人/穷人、老辈/青年、城里人/乡下人等,都是与生俱来且终身不变的,因此每个人一出生就掉进了文化政治之中,他可以脱离社会政治,但不能脱离

---

① 特里·伊格尔顿:《理论之后》,商正译,商务印书馆2009年版,第5—6、30页。

文化政治。进而言之,文化政治无所不在,它渗透在人类生活的方方面面,只要有文化权力的地方就会有文化政治。文化政治是日常化、世俗化的,人们的吃穿住行、饮食男女,但凡与权力相关,便都具有了"政治"意味,于是有了"身体政治""肉体政治"等说法。文化政治是一种宽容的、柔性的政治,它与强制的、刚性的社会政治互异且互补,对于社会政治的合理和完善不乏补偏救弊作用,终究能对社会政治的改良和进步起到平衡和牵制的作用。不过如果仅仅看到文化政治的补偏救弊作用还是不够的,这就降低和缩小了它的意义,其实对于整个政治生活来说,也许文化政治更重要、更加不可或缺,因为它更切近个体的身体、生理和生命,更关心个体的生活、生存和命运,更多倾听人的悲欢和歌哭,更多对于人本身的体贴和担当。因此伊格尔顿将美学与文化政治结合起来既是对于当下现实的积极回应,又是对于美学内涵的深入开拓。

最后,伊格尔顿、舒斯特曼和韦尔施这三位美学家拥有各异的学术背景,而这一点也在其对于经典美学的挑战中留下了明显的印记。

伊格尔顿曾师从雷蒙·威廉斯,受到西方马克思主义、英国本土的文化研究、精神分析学与结构主义、后结构主义等理论的影响,从而以激进的姿态选择肉体这一视角,将美学与文化政治结合起来,为国家、生产方式和意识形态这样一些重大的主题寻得感性欲望的根底,乃是顺理成章的事。舒斯特曼曾经受过欧洲分析哲学的训练,后与分析哲学分道扬镳而转向美国本土的实用主义,通常将他划为美国实用主义继杜威、罗蒂之后的第三代,而他与罗蒂之间的学术分歧使之更加接近杜威,特别是在身体美学方面注重身体训练和塑造的实践过程,这一点与杜威神似,从而他将身体美学确立为一种理论与实践并举的学科也是势所必至。

在上述三位美学家中韦尔施的著述读起来是最吃力的,这倒并不是其文字上佶屈聱牙、晦涩难通,而是因为其见解颇多自相矛盾之处。例如韦尔施多次对于感觉表示尊崇,主张美学的重构应建立在感知的重构之上,不惜笔墨对于鲍姆加通、席勒、阿多诺等人排斥感性的理性主义观点逐一进行批评,然而在不经意间他又经常表现出对感性的鄙夷和对理性的膜拜。又如他一方面对于"日常生活审美化"进行论证,阐述认识论、伦理学的审美化原本就是渊源有自、天生固有,还肯定"美学人"由于浅表审美化与深层审美化的完美结合而达到了至境,但另一方面又公然赞同对于公共空间的审美化进行抵制,宣称"此类审美化现象大多是出于经济目的而出现的,自然谈不上有多高的美学价值,甚至可以说是庸俗低劣的。"认为一个明智的做法便是:"拒绝关注、拒绝参与、拒绝体验,从这种伪审美潮流的种种纠缠中脱身而出。"①如此等等,暴露了在理论的一贯性、坚定性上的明显欠缺。韦尔施这种前言不搭后语的情况曾引起种种猜测,也导致了阐释上的种种歧义。笔者对此的看法是,虽然韦尔施也曾游学欧美,具有国际学术背景,但其作为一个德国人,在其血液里流淌着的理性主义传统可谓根深蒂固,会时时不经意地浮现,干扰他对于种种美学现象的判断和理解。这一"楚人既鬻矛又鬻盾"的情况尽管有个人原因,但也说明晚近对于鲍姆加通、康德开创的经典美学的挑战虽然一而至再、再而至三,但仍存在曲折和顿挫,仍处于未完成状态。

今后还是否会有第四次、第五次、第 N 次挑战?在笔者看来,难说。

---

① 王卓斐:《拓展美学疆域,关注日常生活——沃尔夫冈·韦尔施教授访谈录》,《文艺研究》2009 年第 10 期。

第 十 七 章

从理论回归文学理论

晚近以来文学理论与"理论"的转换起落是文学研究领域发生的一桩重大事件,对此学界可谓众说纷纭。在众多阐释者、评说者中,乔纳森·卡勒无疑是最受关注的:是他最先厘定"理论"的概念以区别于文学理论,是他重提"文学性"问题并赋予新的内涵,是他重解文学研究与文化研究的关系,也是他发现了"理论"回归文学理论的可能性。对于这最后一点,文论史家给予了特别的重视,肯定卡勒针对一个时期以来"理论"产生的偏差,发出"也许该是在文学中重新奠定文学性根基的时候了"的呼吁,具有拨转风气、导夫先路的作用,"这样,我们应该做的,就是回归'诗学',回归卡勒早期著作中关于诗歌与叙事作品的作用和接受之类的研究了"。[①] 因此卡勒在晚近以来文学研究中具有标杆的意义,他的学术探索经历了从文学理论走向"理论",又从"理论"回归文学理论的螺旋式循环,这一精神历险不无收获,标志着当今文学理论的趋于成熟且开了新生面。

第一节 卡勒学术历程的重大转折

对于乔纳森·卡勒的学术生涯是否可以这样评价:《结构主义诗学》(1975)和《论解构:结构主义之后的理论与批评》(1983)二书早已使之成名,但

---

① 见拉曼·塞尔登等:《当代文学理论导读》,刘象愚译,北京大学出版社2006年版,第329页。

使他成为当今文学研究热点人物的,则是列入牛津版"当代学术入门丛书"中的《文学理论》(1997)这本小书。人们对于后者格外关注的缘由在于,卡勒在该书中所提出的概念、作出的阐释以其对于以往文学理论种种陈规旧说的消解作用而令人耳目一新,如"理论""文学性""文化研究""表征性解释"等问题,它们更多涉及的是现实、历史、社会、政治,而不是形式、语言、文本、结构,甚至不是文学本身了。于是事情正如概念的语言构造一样:一旦"文学理论"丢掉了"文学",那就只剩下"理论"了。如果说一个时期以来人们从卡勒的阐释中更多看到的是"理论"对于文学理论的疏离的话,那么可能忽略了事情的另一面:卡勒恰恰也在力图把握一种可能性,即"理论"对于文学理论的回归。

卡勒曾对自己的学术历程作过以下描述:

> 最近,文学的性质或文学成分的性质已非理论关注的核心,简单地说,我们称之为"理论"的东西显然已不是文学理论。1992年我为现代语言协会所编的《现代语言与文学学术研究导论》第二版写了一篇题名为《文学理论》的文章,此后我便离开了文学理论。我忙于谈论种族、性别、身份、代理,被 S. 纳泼(Steve Knapp)和 W. B. 米查尔斯(Walter Benn Michalls)反—理论的理论之间的论争弄得糊里糊涂,忘了文学理论。我认为记住文学理论很重要:比如,叙述理论对各种类型的文本分析都是至关重要的……
>
> 为了弥补我为现代语言协会写了那篇有关文学理论的文章之后对文学理论的忽略,我写了一本小书,名为《文学理论:简要的导论》。这本书抛开了纳泼和米查尔斯,不仅提出了"文学是什么?"的问题,还讨论了叙述、诗与诗学,以及身份确认、表行语言的问题。由此,我着手将文学成分保留在理论之中,我希望它留在那儿。[①]

这段话已经将整个过程说得非常清楚了,无需再作过多解释,只需明确一点:卡勒在经历了 1992 年"离开了文学理论"以后,在 1997 年出版的《文学理论》中,就已"着手将文学成分保留在理论之中",试图向文学理论回归了。这一转

[①] 乔纳森·卡勒:《理论的文学性成分》,余虹译,《问题》第一期,中央编译出版社 2003 年版,第 119 页。

折的意义不可谓不重大,而这一点,在卡勒后来发表的论文、演讲和访谈中也多有明确的表述。

第二节 "理论"与文学理论难解难分

"理论"是从文学理论演化成长起来的新文类,按照常规,如果要肯定其独立自足的身份地位,就必须确认它不同于文学理论的异质性,于是在卡勒《文学理论》中更多引起注意的往往是这样一些厘定:"理论更像是一种活动","理论是包罗万象的文类","理论是跨学科的","理论是对文学常识的否定",等等。依照这一逻辑推演下去,势必得出"理论"日益远离文学理论的结论。而卡勒回答"理论是什么?"的问题时也确乎颇多此类表述。然而特别吊诡的是,卡勒一边求"分",一边也在求"合",也就是说,一边在揭晓"理论"与文学理论的异质性,一边又在寻求二者的同质性。不妨说卡勒的思路正是在这种分与合、异与同的悖论中暗藏玄机:"理论"与文学理论实在是相伴相随、难解难分的。

首先必须肯定的是,"理论"增强了文学研究的活力,扩大了文学解读的视野。卡勒讲过一句话:"从原则上说,文学和文化研究之间不必一定要存在什么矛盾。"[①]在卡勒的辞典中,"文化研究"是可以与"理论"互换的概念,从而在他讨论"文化研究"问题时,说的往往也就是"理论"。因此他这里的意思也就是说"理论"与文学理论、文学研究之间并无根本矛盾。文化研究原本就是从文学研究生发而来,或者说最初只是将文学研究的方法使用在文化现象上而已。最典型的就是英国的伯明翰学派,一帮文化学者原本就是文学批评家,他们将文化现象当作文学文本来解读,于是就有了"文化研究"之说。无可争辩,文化研究有其明显长处,它大大扩展了文学研究所及的范围,而且使之得到深化,从而一部文学作品可以从多种角度去进行研究,这无疑有助于对它的解读,使得该作品呈现出更多的丰富性、复杂性和深刻性。因此卡勒认为,没有必要担心这样一来文化研究就把读者从文学的经典著作那里夺走了,毋宁说这恰恰扩大了文学作品的读者圈。如今对于莎士比亚的解读比以往任何时候

---

① 乔纳森·卡勒:《文学理论》,李平译,辽宁教育出版社1998年版,第50页。

都多，也更活跃，人们可以从任何一个想象得出的角度研究莎士比亚。用女权主义的、马克思主义的、心理分析学的、历史的以及解构主义的词汇去解读莎士比亚。不仅如此，这样做也将大学课堂上开设的文学课程大大拓宽了，以往遭到忽视甚至歧视的关于女性、种族、族裔以及后殖民等方面的文化研究被增补到教学内容之中。在这个意义上可以说，"理论极大地丰富和激励了对文学作品的研究"。①

另一方面，文学理论对于"理论"的贡献也不可低估，甚至可以说文学理论在"理论"中扮演着中心角色。卡勒曾指出有一个现象值得注意，晚近欧洲哲学的种种流行理论，包括海德格尔、法兰克福学派、萨特、福柯、德里达、塞瑞、利奥塔、德勒兹等人的理论，都是通过文学理论家而非哲学家而得到流传的，就此而言，"正是文学理论家，在建构'理论'这个文类中，作出了最大的贡献"。② 理查德·罗蒂的一个说法可援为佐证，他说，现在"文学理论"与讨论尼采、弗洛伊德、海德格尔、德里达、拉康、福柯和德·曼、利奥塔等人的"理论""基本上是同义词"。因为"在英语国家的大学中，开设较多有关近来法国和德国哲学课程的不是哲学系而是英语系"。③ 按英语国家大学中的英语系就相当于中国大学中的中文系，由它来开设上述种种哲学课程，不免因其越俎代庖而受到质疑，甚至认为这些课程的功能有被政治化之嫌。罗蒂则不然，他对此予以高度赞赏："英语系在20世纪美国社会变革史上将占据一个重要而又光荣的位置。因为在最近的一些斗争中它们已经站在了大学其他[学科专业]的前列，而且是站在道义的一方，几乎每一次都是这样。"他还针对有人担心文学理论正在被政治化的误解，以哲学家的身份向英语系的从业者致意："我想要说你们真不知道人家觉得你们还值得被政治化是一件多么幸运的事情！"④ 上述情况说明了一种普遍现象，文学理论往往在学术界领风气之先，成为新理念、新学术、新话语的渊薮，其他学科往往是从文学理论中获得种种"理论"新潮的前沿信息，而"理论"也由于文学理论的发明而广为传扬。

那么，文学理论何以能做到这一点呢？卡勒总结了三条理由：首先是文学

---

① 乔纳森·卡勒：《文学理论》，李平译，辽宁教育出版社1998年版，第45页。
② 乔纳森·卡勒：《论解构》，陆扬译，中国社会科学出版社1998年版，第4页。
③ 理查德·罗蒂：《后哲学文化》，黄勇编译，上海译文出版社1992年版，第98页。
④ 理查德·罗蒂：《哲学、文学和政治》，黄宗英等译，上海译文出版社2009年版，第56页。

理论富于人文色彩。在卡勒看来,文学以全部人文经验为题材,重视种种人文经验的整理、解释和连接,它关心男人和女人之间的关系、人类心理复杂万状的表现形式以及物质条件对个人经验产生的影响,而这一切都在文学理论的视野之中,受到文学理论的整合和提升,从而"诸色纷呈的理论工程之受益于文学,其结果亦有似于关于文学的思考,便非事出偶然"。其次是文学理论富于反思性质。文学是充满智慧的,它崇尚理性、反思以及理论穿透,文学理论作为文学的理性提升,以标举反思精神为要义,"文学理论之将堪称范式的文学之反思理论化的努力,理所当然便是属于反思及元交流的那一类问题"。再次是文学理论富于探索精神。卡勒认为,文学理论家特别容易接受其他知识领域中的新理论发展,他们专注于自己的专业研究,同时也对心理学、人类学、精神分析学、哲学、社会学以及历史学中的新潮理论抱有浓厚的兴趣,而且对于这些新潮理论也不乏大胆怀疑的精神,"这使理论,或者说文学理论,成了一块热闹非常的竞技场"。综上所述,卡勒给出了一个与通常理解迥然不同的结论:"由文学理论在行将确定的'理论'文类中来出演中心角色,并非不合适。"[①]从而确认了文学理论与"理论"剪不断、理还乱的天然纠结。

第三节 "理论"中的文学性

卡勒不止一次指出,"理论"肇始于结构主义,甚至它最早就是指结构主义理论,而结构主义所显示出的普遍意义,使之对于各个知识领域都产生重要影响。因此"理论"仿佛出自先天般地具有一种学科间性,它激活了结构主义的语言学、人类学、新马克思主义、符号学、心理分析和文学批评等。对于结构主义的跨学科特点,学界是早有定评的,J. M. 布洛克曼指出:"结构主义既不是一个思想流派,又不是一个运动,既非一种哲学的又非一种文学的思潮",然而结构主义的概念"不但可以用于阐明语言学的问题,而且还可用于阐明哲学、文学和社会科学的问题,以及与科学理论有关的问题。并且也只有遵循这种思想方式,才可以使这些问题得到适当的解决"。[②] 这一点其实也不难理解,

---

[①] 乔纳森·卡勒:《论解构》,陆扬译,中国社会科学出版社1998年版,第4—5页。
[②] J. M. 布洛克曼:《结构主义:莫斯科—布拉格—巴黎》,李幼蒸译,商务印书馆1980年版,第13页。

"结构"就像关系、秩序、逻辑一样无所不在,存在于一切事物、一切知识之中。有论者指出:"当然,一个典型的个性可以看作有一个结构。但是这样一来,生理学,任何有机体,一切社会和一切文化,晶体,机器——实际上,一切不是完全无定形的事物,都有一个结构。"[1]

不过卡勒力图说明的是,尽管结构主义理论具有广泛的跨学科性,涉及众多学科,但文学问题乃是其中的核心。他充分肯定俄国形式主义、布拉格结构主义以及法国结构主义,尤其是罗曼·雅各布森的贡献,指出他们将文学性引进了结构主义,张扬了语言的诗性功能。他们一方面强调语境、说话者、联结、接收者、编码与信息;另一方面指涉表情、交际、意向、元语言、诗性,从而得出"语言的诗性功能将选择轴上的对等原则投放进了结合轴"这一著名的公式。不过在具体做法上,雅各布森等人主要从语言学的角度来研究文学,而将文学作为语言学的一部分或一种类别,譬如他们有时以政治口号为例来说明某种语言学的道理,以至于改变和降低了文学的成分。但是就像"特洛亚木马计"一样,他们恰恰是以放弃文学的优先地位为代价,将文学性置入了各种文化现象,从而保留了文学成分的某种中心地位,譬如从某些历史叙述、弗洛伊德式的病例史到广告口号中显示出越来越多的文学性,就是显例。马克·爱德蒙森一语道破其中潜藏的"反向殖民"策略:"如同在政治世界里频繁发生的情况一样,某种反向的殖民正在出现。当前,把一种文学批评研究称为真正的跨学科研究就是对它的最高褒扬,这种褒扬通常意味着该工作已成功地把文学语言不断转化为更普遍化因而也是更稳定的知识领域内的术语。"[2]

进而言之,在结构主义那里,文学性对于"理论"的置入已超出了语言的范畴,而扩展到构架、模式、范型的层面。卡勒指出,与文学作品的结构之复杂微妙相比,"理论"的研究明显简单粗放,为此文学作品往往成为一种"潜在的概括力量",一种"范例性结构",一种"代理的来源",而为"理论"提供杠杆、启发思考。譬如列维-斯特劳斯对于神话和图腾崇拜的研究,J.巴特勒对于社会结构中政治关系模式与亲属关系模式之间关系的研究,都从文学作品的结构中

---

[1] A. L. 克鲁勃语,J. M. 布洛克曼:《结构主义:莫斯科—布拉格—巴黎》,李幼蒸译,商务印书馆1980年版,第15页。

[2] 马克·爱德蒙森:《文学对抗哲学——从柏拉图到德里达》,王柏华等译,中央编译出版社2000年版,第126页。

获得资源和启发。而大量"理论"著作如《安提戈涅的要求》（J.巴特勒）、《反俄狄浦斯》（德勒兹等）、《美杜莎的笑声》（埃·西苏）、《阁楼上的疯女人》（S.吉尔伯特等）等，单从书名看，便知其来自各个时代的文学作品。正如罗蒂所说："在我们这个时代，人种学、历史编纂学和新闻学不断扩充人们对向人类敞开着的可能性的认识。但小说这种体裁给予了我们最大的帮助，它帮助我们理解人类生活的多样性和我们自身道德词汇的偶然性。"①基于这一点，卡勒提出了"理论的文学性成分"的概念，他说："由此我接近了理论中的文学性成分。不过，人们也可以争辩说在理论中文学性成分的状况已经由理论的对象变成了理论本身的品质。"②

为此卡勒非常赞同D.辛普森关于"文学的统治"的观点。在有人哀叹在后现代语境下文学即将死亡、文学研究被边缘化之际，辛普森却独具只眼，提出了不同的看法，指出在后现代学术中恰恰出现了大量传统的术语，主要是涉及文学与文学批评的老一套词汇，它们跨越了学科边界，确立了方言词汇、自传、趣闻轶事等在学术研究中的中心地位。"文学研究本身变得比以往更加跨学科（例如以文化研究的形式），从社会学、文化人类学、政治学、精神分析等等那里借用了新的描述形式。"③在辛普森看来，这一切正宣告了在种种非文学之中实行了"文学的统治"！卡勒对于辛普森的观点作了进一步的阐释：

> 事实上文学胜利了：文学统治了学术领域，尽管这种统治伪装成了别的样子。辛普森力图说明很多学者和学科为了描述世界而甘愿接受来自文学研究领域的术语。他指出历史著述曾认为自己已摆脱了人文性和文学性，然而现在故事讲述回到了历史著述的中心，他概说了这一现象的方方面面，在历史、哲学、女性主义和人类学中，对轶事和自传的求助，对"详细描述"和"乡土知识"的推崇，以及对"谈话"或修辞的使用。④

---

① 理查德·罗蒂：《哲学、文学和政治》，黄宗英等译，上海译文出版社2009年版，第79页。
② 乔纳森·卡勒：《理论的文学性成分》，余虹译，《问题》第一期，中央编译出版社2003年版，第126页。
③ 大卫·辛普森：《学术后现代？》，杨恒达译，《问题》第一期，中央编译出版社2003年版，第144页。按该文是作者《学术后现代与文学统治》一书的导论。
④ 乔纳森·卡勒：《理论的文学性成分》，余虹译，《问题》第一期，中央编译出版社2003年版，第128页。

基于此,卡勒对于文学性在文学理论与"理论"既相互分化又相互交织的格局中的未来走势作出了充满乐观的估价和展望:"如果文学性成分如辛普森所说的那样已高奏凯歌(对他来说,后现代是文学性成分高奏凯歌的别名),那么也许是重新奠定文学中的文学性成分的基础的时候了,也许是回到实际的文学作品,以便察看后现代状况是否可以从文学操作中推知出来的时候了。在我看来,这似乎是相当可能的。"① 卡勒的乐观主义态度有力地提振了文学理论自身的信心,厘清了"理论"向文学理论回归的路径。

第四节　文学研究与文化研究的兼容并举

已如上述,文化研究从文学研究延伸出来,它最初是用文学研究的方法来研究文化现象。然而后来事情的发展超出了人们预料,并不是完全能够掌控的了,结果就不只是研究对象转变的问题,更是一个解读模式转换的问题了,从而导致了文化研究的解读模式占据王座,而文学研究的解读模式遭到冷落的局面。特别是在从事文化研究的人员结构发生变化,而很多成员并非来自文学研究领域的情况下,势必造成二者的解读模式主客易位甚至主客颠倒的格局。

在卡勒看来,文学研究与文化研究两种解读模式的主要区别在于前者诉诸"鉴赏性解释"(appreciative interpretation)而后者诉诸"表征性解释"(symptomatic interpretation)。"鉴赏性解释"采用"细读"(close reading)方式,通过对于文学作品的语言、结构、叙事、修辞、文体、音韵、形式等具体元素的仔细分析,以把握作品的意义,这就要求对于作品的错综复杂、精细微妙之处具有高度的敏感、透辟的洞察和丰富的感受。而"表征性解释"则采用"社会政治分析"的方式,依据所谓"社会同一性"的理念,通过社会政治分析去把握作品与社会政治结构的同一关系,它将研究兴趣从作品之内转向了作品之外,聚焦于作品背后的社会政治结构,将不同作品视为显示同一个社会政治结构的表征,从而形成了新的标准和方法。卡勒这样说:"文化研究很容易变成一

---

① 乔纳森·卡勒:《理论的文学性成分》,余虹译,《问题》第一期,中央编译出版社2003年版,第128页。

种非量化的社会学,它把作品作为反映作品之外什么东西的实例或者表象来对待,而不认为作品是其本身内在要点的表象",“文化研究热衷于直接关系的思想。在这种关系中,文化产品就是一种基本社会政治结构的表象"。① 但从"鉴赏性解释"转向"表征性解释"造成了一个明显的偏差,即对于文学解读实践的忽视,导致对于文本细读的个体性、多元性及其必要的敏感、洞察、体验和感受的搁置。

这样,在"鉴赏性解释"与"表征性解释"这两种解读模式之间必须作出选择,而卡勒则选取了一条中庸之道,既不摈弃传统的文学解读方式,又不排斥激进的社会政治分析之道,而是更多地寻求二者之间的相通、互补之处,认为二者在具体的批评实践中恰恰是相得益彰、相须为用的。在他看来,虽然习惯上"鉴赏性解释"与文学研究攸关,而"表征性解释"与文化研究相连,但实际上这两种解读模式对于文学研究与文化研究双方都适用,不妨鱼掌兼得、左右逢源。他这样说:"仔细解读非文学作品并不意味着要对它做出美学的评价,而对文学作品提出文化方面的问题也不说明这部作品就只是一份某个阶段的记录文件。"② 也就是说,对于非文学作品也可以进行"细读",对于文学作品也可以在文化层面上进行考量。

至于如何平衡和协调这两种解读模式,卡勒以他关于福楼拜评论的一书为例加以说明。他说该书原先是探讨小说写作规律的,并没有打算对具体小说进行解读,后来听从出版商的建议,在诗学与诠释学之间做了一定程度的妥协,增加了表征性解读的章节,促进了读者对于福楼拜小说的阅读。他觉得这样做不失为明智之举:"这种折中办法是非常实际的,或许也是明智的,这样更多的人会对这本书产生兴趣。"为此,卡勒肯定"过度解读"的必要性,认为它往往能够揭示作品中以往被忽视的含义,"跟那些温和的解读相比,过度解读有时更为有趣、更有启发性"。不过他也指出,对于"过度解读"要避免与"过度进食"之类负面理解联系起来,它通常是指"通过非常规的方法和视角,阐述文本中隐含的或者读者引申出来的意义"。③ 同时,文学教授也可能会做一些与文

---

① 乔纳森·卡勒:《文学理论》,李平译,辽宁教育出版社1998年版,第53页。
② 同上书,第56—57页。
③ 乔纳森·卡勒:《文学理论的现状与趋势——乔纳森·卡勒教授访谈录》,何成洲译,《南京大学学报》2012年第2期。

学毫不相干的研究。一方面,文学研究不可能与文化研究完全一刀两断,它能与电影、连环漫画、哈利波特完全脱开干系吗？它能对历史话题、文化话题、妇女解放、社会动荡漠不关心吗？既然文学研究与这一切无法截然分开,那么进行这方面的研究就有其必要性和合法性。另一方面,即使文学研究纯粹以解决某一文学问题作为终极目标,也不能不涉及大量与之相关的其他学科的资料,它需要阅读和研讨种种历史文献、哲学理论和文化遗存,而这一切却又都是非文学的。因此卡勒肯定所谓"粗读"(distant reading)的方式①,这种解读往往采取新的视角,退到背景的位置,采用定量分析的方法,它不像传统的"细读",不是对某个特定文本进行深入研究,而是关注文学活活动在社会层面上的宏观形势,譬如分析某一年份的整个文学产出的情况,不同国家在不同时期出版的小说类别,某一作品在全球范围内翻译、阅读、模仿的情形,等等。而这种研究方法通常被称为"文学社会学"而划归文学研究。

总之,卡勒主张突破传统的解读模式,从"鉴赏性解释"转向"表征性解释",进而从"解读"转向"过度解读",从"细读"转向"粗读",但他始终为这种转换设了一个限度,那就是将问题限制在文学研究的范围内,提倡文学研究与文化研究的兼容并举,进而在这两极之间的张力之中寻求解决问题的最佳方案。

第五节 在"理论"与文学理论的联姻中取得进展

最近卡勒在中国所作的题为《当今文学理论》的演讲②中,指出了当今文学理论有六个方面的新进展,即叙事学的复兴,德里达研究的复兴,伦理学以及动物伦理研究转向,生态批评的兴起,"后人类"理论的提出,回归美学。按说这一说法在概念上是存在错位的,这六个方面除了"叙事学的复兴"和"回归美学"在字面上与文学理论相关之外,其余按通常界定均不属于文学理论问题,而只能算作"理论"。即便是上述两个方面,它们取得的新进展与文学理论的联系也十分有限,"叙事学的复兴"主要体现在"当今的叙事学试图与认知科

---

① 乔纳森·卡勒：《文学理论的现状与趋势——乔纳森·卡勒教授访谈录》,何成洲译,《南京大学学报》2012年第2期。

② 这是卡勒2011年10月20日在南京大学人文社会科学高级研究院的演讲稿,其英文稿"Literary Theory Today"发表在《文艺理论研究》2012年第4期。

学相连,研究大脑处理信息的原因",而与以往结构主义叙事学将语言学当作模本,试图生产类似于叙事语法的东西有所不同;而"回归美学"则体现在对于新数字媒介、超文本以及计算机游戏的世界展示出新的美学问题的考量:"从印刷文化向电子文化的转移将会对文学观念与今后的文学理论产生影响吗?"其中所涉及对于认知科学、人脑信息处理以及新数字媒介、超文本、计算机游戏的研究,大体仍属"理论"的范畴。那么,卡勒何以将这些方面统统归入文学理论的新进展呢?

卡勒有其独到的见解,而这还得从"理论"说起。在他看来,以往的文学研究存在着明显缺陷,它起码有两点不足:其一,以往许多文学研究只是一种陈旧的、衰老版的历史,它仅限于在历史的语境中了解作者及其对文学史的贡献,而不考虑作为文化实践的文学如何起作用,不考虑如何表达在文化层面上最有趣、最有挑战性的东西。其二,以往文学研究基于"细读"的观念,认为直接接触文本的语言就足够了,并不需要吸收借鉴其他方法的构架。而"理论"的出现为文学研究的重新定位提供了有力的资源,它促使文学研究从原先的局限中抽身出来,借助"理论"中那些有关历史、哲学、语言、精神分析和人类学的概念以解决文学本身的问题,从而揭晓了一个事实:文学研究不仅与语言相关,而且也牵涉许多其他问题。总之,"理论"带来文学研究更多的丰富性和复杂性。这一重要转折开始于20世纪70年代晚期,新马克思主义、心理分析、女性主义、结构主义、新历史主义、酷儿理论等理论模式改变了文学研究的总体格局。

由此可见,如今"理论"已经成为文学研究接受的既定事实,融入了文学研究并改变了文学研究的学术图景和专业特点。可以预测,在未来的较长时间内,只要讨论文学理论的问题,便绕不开"理论"问题,反之亦然。这两者的关系犹如一个钱币的两面,根本无法分为两橛,它们的区别只在于主次之分、轻重之分,而不是那种你死我活的对手之分、敌我之分。因此卡勒说:"由于文学理论不仅是文学性质的理论,而且指大量的对于文学来说是重要东西的理论作品,所以正在发生的东西不是某种系统的变化,而是优先权的改变,特殊领域的改变,有时也是新的思考范围的变化。"[①]也就是说,如今文学理论的学术

[①] Culler, Jonathan. "Literary Theory Today", 载《文艺理论研究》2012年第4期。

图景就是由文学理论与"理论"按照一定的配置和关系建构而成。不过在文学理论与"理论"之间还有一个重要区别,那就是比起文学理论来,"理论"更加活跃、更加新锐也更具挑战性,而这种精神活力来自它的混杂性、综合性和学科间性,所以它往往成为刺激、唤起和感召文学理论的强大动力,成为打破僵局、扭转定势的激活机制。因此经常会出现这样的情形:在文学理论的学术图景中,只要轮到文学理论出场,往往就被"理论"抢了风头。这大概就是为什么卡勒在题为"当今文学理论"的演讲中说的是当今文学理论的进展,但却是种种"理论"给人们留下深刻印象的原因之所在。

卡勒将上述理念运用到对于文学理论的建构之中,将其视为值得推崇和褒奖的新原则。他 2010 年 3 月在康奈尔大学召开的学术会议上以"韦勒克文学理论奖"评委会主席的身份作了题为《理论在当下的痕迹》的演讲,对于近年来美国文学理论界堪获这一殊荣的优秀著作进行评点,指出像弗莱什(William Flesch)《应得的惩罚》这样的著作让文学理论领域的前景变得更加光明。该书采用"进化生物学"这一新潮理论,论证了读者对于小说和叙事学的兴趣植根于人们天生秉有的道德偏好之中,求解了那些宣扬劝善惩恶之类道德观念的文学作品何以使人获得快乐的原因,并将这种求证凝练为一以贯之且简明扼要的理论框架。卡勒对此予以充分肯定:"这看上去是一次进化理论与文学理论传统颇具创意的联姻。"[①]总之,卡勒力图说明,对于在文化研究中涌现的种种"理论"仅仅表示不屑一顾和拒之于千里之外是草率的,合理的途径在于重视文化研究与文学理论的相互依存关系,倡导二者之间的互补双赢和共存共荣,并在此基础上推动文学理论的复兴。

第六节 "后理论"转向的风标

卡勒将文学理论的学术图景界定为由文学理论与"理论"按照一定的配置和关系建构而成,肯定文学理论与"理论"的联姻,这其实已经带有"后理论"的色彩了。"后理论"的特点有若干,但说到底,其核心则是向文学回归的问题。需要说明的是,这里所说"文学"是一个集成性的概念,包括文学作品、文学性、

[①] 乔纳森·卡勒:《理论在当下的痕迹》,周慧译,《外国文学》2011 年第 1 期。

文学批评、文学研究、文学理论等。

早在2005年,就有文论史家宣称"后理论"转向的时代已经到来,此前"理论"对于文学的基本预设、阅读方式以及价值判断标准等的消解引起了普遍的焦虑和抱怨,使得"后理论"的产生成为必然:"新千年开端的一些著述却奏响了新的调子。似乎引发上述焦虑的那些理论岁月已经过去了……一个'后理论'(after- or post-Theory)转向的时代开始了。"①"后理论"的应运而生乃是出于对"理论"的反拨,随着"理论"的进一步发展,它的很多弊端逐渐暴露出来,譬如它对于种种时髦学说表示热衷,但它高踞于观念的、创造的、批评的话语的等级序列之上,否认理论与实践之间相互影响、相互作用的必要性,则使这些学说最终变成了不着边际、抽象沉闷的教条。它刻意与文学批评和作品阅读隔绝开来,偏好那种玄虚晦涩、令人望而生畏的论说文体,最终导致对于文学研究正业的偏离。这些弊端引发了"后理论"向重视文学阅读、崇尚审美经验的"前理论"回归的冲动,于是在21世纪之初问世的一批以"后理论"或"理论之后"为标目的著作对于今后的文学理论提出了种种构想,有人认为"理论"缺少了文学和美学只是成为半壁江山,而这缺少的一半恰恰是更真实、更有活力也更具本质意义的;有人主张回归文本细读的传统;有人认为应当对传记的、历史的、目录学、版本学的文学研究予以高度重视;有人则主张回归对于文学文本的形式主义读解。②

在这股"后理论"转向的大潮中,卡勒无疑是中坚。他对于文学理论与"理论"之间相互激励和推助作用的肯定,对于"理论"中的文学性的开掘,对于文学研究与文化研究的平衡机制的探讨,对于"理论"与文学理论相互联姻的可行性的求索,都不乏"后理论"的意味,成为"后理论"转向的风标。尽管他本人并未标榜"后理论"的名分,但其所思所论在许多方面显示了"后理论"的鲜明特征。

首先是自反性。卡勒越到后来,越多对于"理论"的成败得失的反躬自省。卡勒的新版《文学理论》增加了第九章"伦理学与美学",在该章的结尾对此作了如下说明:"理论并不是提供了一系列的解决途径,而是引发进一步的深入

---

① 拉曼·塞尔登等:《当代文学理论导读》,刘象愚译,北京大学出版社2006年版,第326页。
② 同上书,第328—333页。

思考。它需要投身阅读活动,挑战预设观念,质疑你阅读中的假设。"①不过他相信立身于自反性之上的"理论"永远不会死亡,因为它被一种永无止境的渴望所驱使,"这种渴望期待人们超出现有的思考水平,同时也被一种可求的渴望所驱使,这是一种自我充实、自我反省的渴望。所以理论领域总是在不断地更新、发展"。② 这番表述不妨解作卡勒对自己此前学术历程的重大转折所作的一个注脚。

其次是包容性。卡勒《文学理论》"前言"开宗明义指出,介绍理论比较好的办法是讨论共同存在的问题和共有的主张,而不是把一个学派置于另一个学派的对立面,在他看来,如果把当今各种理论"作为相互对立的研究方法或阐释方法,就会使理论失去许多其本身的趣味和力量,这种趣味和力量是来自它对常识的大范围的挑战,来自它对意义的产生和主体的创造的探讨"。这种富于包容性、开放性的思想方法在他梳理和厘定当今文学理论的新进展时得到具体的运用。如前所述,这些新进展涉及伦理学及动物伦理研究、生态批评、"后人类"理论以及认知科学、大脑信息处理技术、新数字媒介、电子文本等等,将这些与文学理论相去甚远的学科领域和学术派别被接纳到文学理论之中看似匪夷所思,但它恰恰体现了"后理论"的方法论和学理逻辑,特别是卡勒多次表示神往的那种"有趣的、有启发性"的研究,展示了诱人的前景。对于这些新进展为文学理论提供的生长性、未来性空间,卡勒抱有足够的信心:"我已经提到了六种相当混杂的发展趋势,没有特别的层次或清晰完全的指向。尽管如此,我仍想说,在理论的范围,我们越来越意识到我们是处在一个相互依靠的世界……无论发生什么,我确信,将会有一个持续活跃的、迷人的理论的事业——文学理论的活动。"③

再次是怀旧性。有这样一个流传广泛的说法:文学属于过去,文学从来就生不逢时,因此任何文学诉求都是怀旧的。为此文论史家指出,像卡勒这样从"理论"回归文学理论的冲动无疑就是怀旧的表现。④ 有一些现象让人觉得卡

---

① Culler, Jonathan. *Literary Theory: A Very Short Introduction* (2nd ed.). New York: Oxford University Press, 2011, p.133.
② 乔纳森·卡勒:《文学理论和批评对于学生理解世界非常必要》,《文汇报》2012.1.30。
③ Culler, Jonathan. *Literary Theory Today*,《文艺理论研究》2012 年第 4 期。
④ 拉曼·塞尔登等:《当代文学理论导读》,刘象愚译,北京大学出版社 2006 年版,第 333 页。

勒非常矛盾,譬如他在肯定生态批评的新进展时,仍然不忘用文学研究作为参照来进行衡量:"我认为生态批评还没有对文学研究做出很大贡献,我是说还没有出现学术界公认的为未来生态发展指明道路的生态批评的杰作。"[①]卡勒此论是公允的,但又是怀旧的。有趣的是,卡勒对于自己的怀旧情绪也曾公开予以坦承,他说:"我非常钟情于文学经典,部分原因是我在花时间阅读别人认为值得阅读的作品……我最近研究抒情诗歌,选取的文本均是经典诗歌。有人可能热衷于发现无名杰作,但那不是我的兴趣所在。"[②]在一般意义上说,怀旧是对于过去的回望;而从辩证法来说,怀旧则是在更高水平上的精神还乡,它承载着比过去更丰富、更深刻的意味,它已经是一片崭新的风光。

---

① 乔纳森·卡勒:《文学理论的现状与趋势——乔纳森·卡勒教授访谈录》,何成洲译,《南京大学学报》2012年第2期。
② 同上。

第十八章
中国当代文学理论的理想诉求及其嬗变

  文学总是仰望星空的,文学理论也总是朝着灿烂的星空高高地昂起她的头。中国当代文学理论,处于开创、建设、斗争、动荡、改革、开放、发展的时代,风云变幻、跌宕起伏,但始终有一种理想诉求贯穿其中。一定的理想诉求寄寓着人类对于超越性的追求,它在时间维度上表现为追求未来世界的超前性,在空间维度上表现为追求理想境界的超现实性,二者都力图从当下、现存作更高的腾跃,用更加高远的愿景来引领人类前行。理想诉求具有建构性和导向性,每个时代的理想诉求不同,它总是依据当时的社会、思想、文化状况构成起来的,然而一经确立,便会对于人类生活起到根本性的规范和引导作用。理想诉求是人类的希望、幻想和梦之邦,因而带有很强的主体性,它总是根据人类进步、社会发展和文明昌盛的必然要求而不断作出调整、重建和完善,在这个意义上可以说,人类历史就是一部理想诉求的嬗变史、发展史。
  中国当代文学理论的嬗变可以分为三个阶段,即新中国成立后十七年以及十年"文革";新时期;20世纪90年代初到21世纪,划分这三个阶段的依据在于它们各自形成了一定的理想诉求并受其主导。总的说来,十七年以及十年"文革"文学理论为政治理想诉求所主导,新时期文学理论为审美理想诉求所主导,90年代初到21世纪文学理论为文化理想诉求所主导。这三个理想诉求的嬗变,勾勒出中国当代文学理论清晰的发展轨迹。

第一节　政治理想诉求

　　新中国成立之初,在文学理论的指导思想上采用了苏联的"社会主义现实主义"的理念。"社会主义现实主义"的概念最早是1932年由苏联当时的最高领导人斯大林提出,后经苏共中央政治局最终确认的,于1934年9月1日第一次全苏作家代表大会通过的《苏联作家协会章程》中正式提出。这一做法开启了由政治领导人给文学理论定调子的先例。这一概念早在1933年就被介绍到中国,是中国进步文艺界并不陌生的概念。在1951年11月到1952年7月历时大半年的整风学习中,苏联有关文艺思想和文艺政策的文件是指定的学习文献。随着整风学习的深入,"社会主义现实主义"的概念在中国文艺界人士那里已经入脑入心。1953年9月第二次全国文代会的决议中,明确了"社会主义现实主义"作为我国文艺创作和批评最高准则的至上地位。

　　"社会主义现实主义"这一口号在苏联人那里原本就带有浓厚的浪漫精神和革命幻想的色彩。日丹诺夫在第一次全苏作家代表大会上所作的讲演中就提出:"苏联文学应当善于表现出我们的英雄,应当善于展望到我们的明天。这并不是乌托邦,因为我们的明天已经在今天被有计划的自觉的工作准备好了。"① 翌年时任苏联作家协会主席的高尔基在一次会议的讲话中说,我们不仅要知道两种现实,即过去的现实和现在的现实,而且还必须知道"第三种现实——未来的现实","如果没有它,我们就不会理解社会主义现实主义方法是什么"。② 这种理想主义倾向不能不影响到当时的中国的文学理论。周扬1953年在第二次全国文代会上所作的报告中对此作了具体说明:"我们的现实主义者必须同时是革命的理想主义者",认为在具体创作中,作家为了突出表现英雄人物的光辉品质,有意识地忽略他的一些不重要的缺点,使他在作品

---

① 日丹诺夫:《在第一次全苏作家代表大会上的讲演》,《苏联文学艺术问题》,曹靖华等译,人民文学出版社1953年版,第27页。
② 高尔基:《我国文学是世界上影响最大的文学》,《高尔基论文学·续集》,冰夷等译,人民文学出版社1979年版,第508页。

中成为群众所向往的理想人物,"这是可以的而且必要的"。① 可见,"社会主义现实主义"创作方法强烈的理想主义倾向早已在新中国成立之初的文学理论中留下了伏脉。

由于中国政治状况的特殊性,也由于中苏之间存在的芥蒂,中国在意识形态包括文艺政策方面一直致力于寻找适合自己实际情况的路径和方法,所谓"革命现实主义和革命浪漫主义相结合"(简称"两结合")的创作方法就是在这一政治背景下提出的。"两结合"的出台是在1958年。1958年5月,在中共八大二次会议上周扬作了《新民歌开拓了诗歌的新道路》的发言②,首次公开了毛泽东关于"两结合"创作方法的讲话精神。"两结合"是民族化、本土化的东西,对于文学理论中国经验具有总结意义,但它的提出沿用了由政治领导人给文学理论定调子的苏联模式,因而从一开始就带有鲜明的政治色彩。

基于1958年前后特定的国际、国内形势,"两结合"的提出,更多对于"革命浪漫主义"的重视,中苏之间的龃龉日益公开化,国内"大跃进"运动的轰轰烈烈,其间涌动的种种政治激情为这一文艺创作方法的构想抹上了一层浓厚的理想主义色彩,表达的是一种建立在理想化"峰顶"之上的政治诉求。早年高擎浪漫主义大旗的郭沫若此时兴奋地说:"多少年来浪漫主义不大吃香,经过毛主席这么一提,浪漫主义的身价才不同了。我觉得浪漫主义实际上就是理想主义。"③这种政治化、理想化的诉求,导致了文学艺术领域政治乌托邦冲动的泛滥一时。当时不仅工农业要"放卫星",而且文艺也要"放卫星",《红旗歌谣》就是典型样本。在1960年7月召开的中国文学艺术工作者第三次代表大会上,"两结合"的创作方法作为当时文艺工作的指导思想得到正式确认。它体现了中国决策层决意摆脱苏联意识形态影响,独树一帜构造文艺工作指导思想和基本原则的意图。此时虽然还提"社会主义现实主义"的说法,但实质上其原先拥有的主导地位已经为"两结合"所取代,后来随着中苏政治斗争的公开化,"两结合"确立了在中国文学理论中的正统地位,而"社会主义现实

---

① 周扬:《为创造更多的优秀的文学艺术作品而奋斗》,《周扬文集》第2卷,人民文学出版社1985年版,第252页。
② 后刊于1958年6月1日出版的《红旗》创刊号。
③ 见周扬:《谈革命现实主义和革命浪漫主义的结合问题》,《周扬文集》第3卷,人民文学出版社1990年版,第61页。

主义"的概念终于遭到了废弃。

由于政治氛围的日趋严紧,"两结合"所内含的强烈的政治诉求成为此后文学艺术领域的"路线斗争"之源。由于对于革命浪漫主义的过度倾重,"浮夸风"也刮进了文艺创作之中,出现了一些脱离生活、想入非非之作,为了纠偏,时任中国作协党组书记、副主席的邵荃麟1962年8月在"农村题材短篇小说创作座谈会"上提出了"现实主义深化"的主张,反对浮夸的浪漫主义,主张"现实主义深化,在这个基础上产生强大的革命浪漫主义,从这里去寻求两结合的道路"。① 其实邵荃麟的意见也是有秉承的②,在政治上和理论上并无不当之处。但在1964年文联整风时却遭到了严厉的批判,被指责为曲解了"两结合"这个"最好的创作方法",用"现实主义深化"来取代"两结合",不要革命浪漫主义了,成为"抽掉了共产主义的革命理想的现实主义",继而被扣上了一大堆政治帽子。此后不久在林彪、江青炮制的《纪要》中将邵荃麟的"现实主义深化"和"中间人物"论连同此前就曾遭到批判的何直(秦兆阳)的"现实主义广阔的道路"论、周勃等人的"写真实"论等列入文艺战线的"黑八论",予以严厉的批判和无情的打击。

从"两结合"创作方法的形成及其实践这一个案可以见出这样几点:一、"两结合"创作方法的提出与中苏意识形态斗争有关,虽然其中不乏对于历来文艺经验的总结,但这主要是为意识形态斗争服务的。二、"两结合"对于浪漫主义、理想主义的倾重也有其特殊的理论背景,苏联"社会主义现实主义"创作方法的影响无疑是背景之一,尽管后来它被搁置被取代,但其理想主义倾向作为一种心理定势依然不散。因此有学者指出:"当时在理论界关于'两结合'的观点和当时苏联讲的'社会主义现实主义'理论并没有什么质的区别。"③而后来苏联的"社会主义现实主义"创作方法被搁置、被取代,已如上述,乃是另有原因。三、"两结合"创作方法也是在1958年"大跃进"运动中应运而生的,当其在实践中被庸俗化时,很容易将在小农经济土壤上孳生的夹杂着狂热、空想

---

① 邵荃麟:《在大连"农村题材短篇小说创作座谈会"上的讲话》,《邵荃麟评论选集》上册,人民文学出版社1981年版,第399页。

② 周恩来在1959年5月《关于文化艺术工作两条腿走路的问题》的讲话和1960年召开的第三次文代会上的讲话中,都提出正确把握革命现实主义和革命浪漫主义的辩证关系的问题。

③ 包忠文主编:《当代中国文艺理论史》,江苏教育出版社1998年版,第93页。

和浮夸的乌托邦幻想当作政治理想来追求,也当作文艺创作的理想境界来加以崇尚。基于以上原因,"两结合"创作方法的提炼和凝定尤重"革命浪漫主义"成分,带有强烈的政治乌托邦性质也就是顺理成章的事了。而这种政治理想诉求对于其间文艺理论的起起落落的深层操控作用便有迹可寻,而当时其实是值得肯定的现实主义的倡导者们恰恰遭受残酷的政治批判和组织处理,其原委也就不难理解了。

第二节　审美理想诉求

粉碎"四人帮"以后,文艺创作开始复甦,文学理论也开始摆脱以往政治教条强加的精神桎梏,寻求拨乱反正的取向和路径。

李泽厚提出的"主体性哲学"躬逢其盛,为这种探寻提供了哲学基础。李泽厚1979年出版的《批判哲学的批判——康德述评》首先提出"主体性"概念,后来在《康德哲学与建立主体性论纲》(1981)、《关于主体性的补充说明》(1985)等文章中,进一步对于"主体性"概念作出说明,认为审美情感和认识论的智力结构、伦理学的自由意志构成主体性的三个主要方面和主要内容,但认识论和伦理学的主体结构还具有某种外在的、片面的、抽象的性质,只有在美学的人化自然中,社会与自然,理性与感性,人类与个体,才得到真正内在的、具体的、全面的交融合一。因此美的本质是人的本质最完满的展现,美的哲学是人的哲学的最高级的峰巅。在主体性系统中,不是伦理,而是审美成了归宿所在。这是在新时期之初第一次高张审美理想诉求的大旗。

刘再复对于李泽厚的上述观点进行了演绎,在文学理论中推导出"文学的主体性"的理论,其核心则在于对审美理想诉求的倡导。刘再复在《中国社会科学》1980年第6期曾发表《论文艺批评的审美标准》一文[①],否定以往在文艺批评中用政治鉴定甚至是政治审判来代替审美判断的错误,主张"把批评标准作为一种大体上的审美方向,或者说,大体上的审美观察点,然后从自己直接

---

① 该文是后来中国社会科学出版社1981年出版的《鲁迅美学思想论稿》《末篇》中的第二节,标题为"关于文艺批评的真善美标准"。

的审美感受出发,对具体的作品进行具体的分析"。① 刘再复借鉴鲁迅关于"真善美"三个标准的观点,但将这三个标准都归结为文艺批评的审美标准。刘再复将李泽厚的"主体性哲学"演绎为"文学的主体性",认为文学主体包括三个最重要的构成部分:(1)作为创作主体的作家;(2)作为文学对象主体的人物形象;(3)作为接受主体的读者和批评家。进而对"文学的主体性"作了审美化的界定:"所谓主体性,就是人对世界的理解和把握,而这种理解和把握,就是通过审美心理结构去理解和把握的。"②

总之,在李泽厚和刘再复那里,审美与政治处于相互对峙的状况,他们致力于建立一种审美理想诉求以取代以往占据正统地位的政治理想诉求,反对在文艺批评中用政治鉴定和政治审判来取消审美判断和艺术界定,力主在文学理论中突出审美判断的地位和作用。

有些学者也对将文学创作仅仅当成政治的传声筒和阶级斗争的工具的做法持否定态度,但选择了与李泽厚、刘再复不同的路径,力求以审美取向来重新建构和整合以往通用的文学理论,他们充分施展学术创造力和理论建构力,将"审美"概念的涵盖性、黏结性发挥得淋漓尽致。钱中文提出"审美反映"的概念,认为"审美反映"与以往机械的、直观的、政治化的反映论截然不同,它表现出丰富性、具体性和主观性。因为审美反映连接着"心理层面,感性的认识层面,语言、符号、形式层面和实践功能层面,它们形成了主体的审美反映结构"。③ 童庆炳提出"审美把握"的概念,认为:"既然文学所反映的对象、内容是现实的审美价值属性,作家的把握现实的方式又是审美的方式,文学就是对现实生活审美价值属性的审美把握的结果,那么,其特质就不能不是审美……文学作品中的认识因素是重要的,但它只有溶入审美因素,化为审美因素,才有存在的权力。"④ 杜书瀛主张"审美活动"说,他认为,文学艺术"是审美活动的专有领地"。他从发生学和文学创作两个方面来论证这一观点,"从发生学

---

① 刘再复:《论文艺批评的审美标准》,《中国社会科学》1980年第6期。
② 刘再复:《论文学的主体性》,《文学评论》1986年第1期。
③ 钱中文:《最具体的和最主观的是最丰富的——论审美反映的创造性本质》,《文艺理论研究》1986年第4期。《钱中文文集》第1卷,黑龙江教育出版社2008年版,第11页。
④ 童庆炳:《文学与审美——关于文学的本质问题的一点浅见》,《文学审美特征论》,华中师范大学出版社2000年版,第43—44页。此文撰于1983年。

的角度来看,审美活动作为掌握世界的一种独特方式的产生以及同其他活动的分立,是文学创作得以发生的前提"。另一方面,审美活动"最集中、最突出地体现于文学创作(以及其他艺术创作)之中,文学(艺术)创作是审美活动高度发展的产物,是它的高级形态和典型表现"。① 王元骧则力主"审美中介"说,他说:"在我看来,把艺术的性质界定为是审美的这应该是确定无疑的,这是艺术自身目的之所在","问题在于如何正确理解艺术的审美特性……我认为艺术的审美特性就是指通过艺术家的审美感受和审美体验为中介来反映生活所赋予作品的一种属性。"② 如此等等,一时间以"审美"为徽号的新概念、新学说已然呈现井喷之状,除此之外还有"审美特征""审美价值""审美意识形态""审美实践""审美创造""审美体验""审美超越""审美感悟""审美幻象""审美结构"等,其中任何说法一经提出,紧随其后的就是一个体系。凡此种种,成为中国学术界、读书界空前绝后的奇特一景。这里对于文学的本质界定基本上采用"审美+"的表述模式,力求用"审美"概念对林林总总的文学理论概念加以限定和构成。这就蔚成了一种新的风尚、新的追求,形成了一种新的审美理想诉求,奠定了八九十年代国内学者构筑文学理论体系以及文学理论教材的基石。

正是在这种审美理想诉求的引领之下,文学理论迎来了最为辉煌的一段,即20世纪80年代中期到90年代,由于知识生产的后效应,有的成果还延续到了21世纪。这是文学理论体系建构最为卓著的时期,从以往重重思想禁锢中解脱出来,那种"大批判"式的政治讨伐已遭到厌弃,没有市场。人们致力于文学理论知识体系的建设,在学术观念、研究方法、理论范式、逻辑框架、范畴系统、问题意识等诸多方面都多有创见、多有开拓,这是一个思想、激情、灵感和创造力勃发的岁月!钱中文先生曾著文对于改革开放20年来文学理论的成果作出回顾,认为在这一时段文学理论面对新的文学实践提出了许多新的问题,围绕这类问题所进行的讨论取得了重要的突破并成为近二十年来文学

---

① 杜书瀛:《文学创作与审美活动》,《艺术的哲学思考》,辽宁人民出版社,辽海出版社2001年版,第183、148、154页。此文撰于1985年。

② 王元骧:《艺术的认识性与审美性》,《探寻综合创造之路》,陕西师范大学出版社2000版,第33—34页。此文撰于1988年。

理论的主流。① 文章列数其间出现的优秀论著便有不下百种！如此显赫的学术建树，乃是破除教条主义、"工具论""写中心"等庸俗社会学迷障取得的成果，具体地说，一是通过思维方式的提升带动文学理论的跃迁，如从直线式的因果思维走向互动式的中介思维，从重对立的二分思维走向重和谐的中和思维，从非此即彼的排他思维走向亦此亦彼的兼容思维等，都在文学理论的重建中起到灵魂的作用。二是在学科交叉中寻求文学理论新的生长点，许多新的学科方向、专业理论和学术假说往往是在人文学科之间、人文学科与社会科学之间、人文社会科学与自然科学之间的交叉地带像雨后春笋般涌现出来。三是形成了文学理论自身的问题意识，如文艺美学、文学的人文精神、文学的新理性精神、文学理论的现代性等问题，并不是由外部政治需要乃至政策需要预先设定的，也不是由急风暴雨式的政治运动所发动的，而是由文学理论根据自身发展和自我更新的规律提上议事日程的。

  需要指出的是，上述理论对于"审美"概念内涵的界定，主要涉及心理、情感、感性、意识、语言、符号、形式等，而这恰恰也就成为后来文学理论"向内转"的不同取向之所本。总的说来，八九十年代国内文学理论"向内转"共有三个取向，即心理学取向、形式论取向和人类学取向。心理学取向吸收心理学的成果探讨文学艺术活动的心理内涵，打开了文学理论观察文学艺术的一扇心灵窗口。形式论取向主要受到 20 世纪西方文学理论形式论倾向的影响，引进了俄国形式主义文论、英美新批评、结构主义文论、符号学美学、解构主义批评、文学现象学、文学阐释学等的形式论文学观念，也形成了一些系统性理论，相关著作所做的工作主要在于译介、阐释和综述，而其理念更多体现在批评实践特别是当代文学批评之中。人类学取向则主张到人类的深层集体无意识中去寻找文学艺术产生的根源。质言之，以上心理学取向、形式论取向和人类学取向一是向人的内在心理"转"，一是向文本的内在形式"转"，一是向人的深层集体无意识"转"。然而这三者都可以归于审美理想诉求的旗下，因为如上所述"审美"概念涵盖了心理、情感、感性、潜意识、语言、符号、形式等诸多方面，这些方面作为审美要素具有某种同一性，就如刘小枫所说："审美性是一种可称之为心理主义、主体主义或内在性的心性品质，审美主义、心理主义或主体感

---

① 钱中文：《文学理论反思与"前苏联体系"问题》，《文学评论》2005 年第 1 期。

性论是同一个东西。"①它们共同汇成了审美理想诉求的强音。

但是由于时世变迁,也随着文学理论自身的沿革,审美理想诉求自身的局限性日益显露出来。前一阶段文学理论在破除种种思想禁锢、寻求建立审美理想诉求的途径时,普遍采用的一个策略就是强调文学不同于其他意识形态的特殊性、个别性,其间被发挥得最充分的就是文学之为文学的自律性,而审美特征、艺术规律被视为文学命定的身份证明和行业执照。人们致力于以文学艺术自身的审美特征"为文艺正名",以改变文艺作为政治实践的简单工具的劣质化处境,这一审美自律论在后来的十余年间一直成为文学理论确认自身的存在和效用的充足理由。这一思想策略的积极意义自不待言,它呼应了当时的思想解放运动,也为文学理论争得较为宽松的生存环境和发展空间,但也留下了日后导致文学理论的功能受到削弱的隐患,那就是机械的本质主义的研究范式。

按说本质主义研究是必要的,人们认识事物总是从把握事物的本质开始,否则便无法认识和理解事物。但是对于事物本质的把握必须是具体的、变化的、与时俱进的,一旦将这种把握变成绝对的、僵固的、一成不变的,那就不能正确认识和理解事物,相反地只能导致偏差和失误。其间在审美理想诉求的支配下,文学理论逐渐暴露出机械本质主义的苗头,往往将审美特征和艺术规律预设为文学艺术超历史、超现实的绝对本质,赋予它并不因时而异、因地而异、因事而异、因人而异的普遍价值,而忽视了其中可能存在的种种差异性和偶然性。譬如说历史上大量事实说明,文学艺术也可能是非审美的,而非审美的东西也可以是文学艺术;又譬如说无论人们对于文学艺术的审美特征和艺术规律作出何种界定,在逻辑上都是不完备、不周延的,都难以避免反证和例外。而这种种偶然性、特例性在审美自律论中往往没有得到足够的重视,这就使得文学理论对于文学的审美特征和艺术规律的把握逐渐丧失了灵活性、变通性,日益趋于僵硬和刻板。再有,为了从"工具论"的境地中解脱出来,文学理论往往力求返回自身,转向内部,但这种"向内转"的华丽转身恰恰导致了文学理论的封闭和孤立,从而对于实际生活中发生的变动缺少灵活的应变能力和良好的自我修复能力,而对于社会、历史、现实的规避和疏离又使其思想价

---

① 刘小枫:《现代性社会理论绪论》,上海三联书店1998年版,第302页。

值和社会功能渐趋萎缩和疲弱。

到了20世纪90年代商品经济、市场体制逐步确立以后,以往唤起中国学者多少憧憬、多少激情的审美理想诉求其炫目的光彩逐渐黯淡下来,"美学热"开始降温,文学滑向边缘,科技理性入主,人文理性告退,经济冲动强劲,价值取向逆转,在如此重大变局中,文学理论显然不在状态、应对乏术。如果从文学理论本身找原因,那么其审美自律论的机械本质主义无疑是一个主因。如今仅凭传统美学的玄思已无法解释新的历史条件下出现的种种社会现象,美学与生俱来的非功利、非实用的品性已经不能满足人们在商品社会日益增长的感性需求和物质欲望,在电子传媒创造出来的视听奇迹面前,原有的美学理论变得何等的苍白无力,而美学固有的精英主义路线在大众时代又显得何等的不合时宜!曾经引领文学理论收获丰硕成果的审美理想诉求终于到了被新的理想诉求取代的时候。

第三节 文化理想诉求

在20世纪90年代以来中国的社会情势发生变化、经济体制发生转换之际,在文学研究中最令人瞩目的是这样一些鲜明的对比:80年代的文学理论时兴"向内转",而今文学理论则时兴"向外转"了;80年代是厌弃"外部研究"而趋赴"内部研究",而今则是搁置"内部研究"而热衷"外部研究"了;80年代人们是言必称"美学",而今人们则是言必称"文化"了。在经历了以往两个阶段的嬗变以后,人们的研究兴趣又转向了新历史主义、后现代主义、文化帝国主义、女性主义、传播媒介、文化身份、大众文化、生态美学等与社会历史、现实政治、人类生存状况攸关的文化现象了。虽然此际仍不乏标目"审美"的美学研究和文学研究,而且还着实掀起了一股热潮,但其焦点已经转移到所谓"日常生活的审美化"或"审美的日常生活化"了。就其实质而言,在很大程度上已经属于文化研究了。这时所说的"审美",也不复是自律的,而是介入了当下活泼泼的实际生活进程,人们从带有明显科学化倾向、实证性特点从而已经显得沉闷的心理学、形式论、人类学研究中一下子接触到在日常生活中欢笑与歌哭的男人和女人,从在审美自律性的狭小天地中讨生活转而重新思量人性、命运、幸福、价值、责任、信仰等人类生活的大关节目,顿时感到豁然开朗、眼前一亮,真有一种"山重水复疑无路,柳暗花明又一村"的感觉,体验到更多的心灵抚慰和人文关怀,更多世俗化的快乐和人间气的感动,人们在历史的拐角处发现了新的理想境界——文化研究。

这一情况与西方某个文化阶段极其相似,由于中国的文化研究的后发性,这种相似性不妨看作文化规律在起作用。J. 希利斯·米勒曾指出,自 1979 年以来,西方文学研究的兴趣中心已发生大规模的转移,从对文学作修辞学式的"内部研究"转向确认文学在社会历史背景中的位置的"外部研究",文学研究的中心已由解读语言本身转移到阐释语言与上帝、自然、历史、自我的关系之上。① J. 希利斯·米勒讲述的是西方学术界的状况,但他因文化研究兴起而感发的兴奋之情在我国学者这里也能见到。不少学者大声疾呼在新的时代背景和语境下文学理论有必要进行深刻的学科反思和范式转型。其中有代表性的是陶东风、金元浦、周宪、陈晓明等的论文,这些文章表达了一个共识:对于审美自律性的固守已使文学理论面临深刻的危机,文化研究的兴起对此起到振衰救弊的作用,它拓展了文学理论的狭隘空间,为文学理论注入了生机和活力,同时也预示着文学理论向文化研究转型的趋势。其中比较激进的意见更是主张文学理论到文化研究中去取得"真经",肯定文化研究给文学理论带来解放的希望。② 正是这一信念确立了文学理论新的理想诉求,审美理想诉求终于被文化理想诉求取而代之。

这一理想诉求的转换体现了迥然不同的理论旨趣。与文化研究相比,以往文学理论是显得太过学术化、经院化了。当今文化研究表现出显著的实践性、政治性和意识形态性,最终可以归结到一点,那就是对于社会现实表示关注、进行干预。试看如今炙手可热的后现代主义研究、女权主义研究、大众文化研究、传媒研究、文化帝国主义研究、后殖民研究、生态研究等,哪一个不带有强烈的实践冲动、鲜明的政治倾向和浓厚的意识形态色彩?哪一个不是对于当今社会状况和历史变动的一种即时反应、公开表态和直接干预?文化研

---

① J. 希利斯·米勒:《重申解构主义》,郭英剑等译,中国社会科学出版社 1998 年版,第 216 页。
② 见陶东风:《日常生活的审美化与文化研究的兴起——兼论文艺学的学科反思》,《浙江社会科学》2002 年第 1 期;金元浦:《重构一种陈述——关于当下文艺学的学科检讨》,《文艺研究》2005 年第 7 期;周宪:《文化研究:学科抑或策略?》,《文艺研究》2002 年第 4 期;陈晓明:《历史断裂与接轨之后:对当代文艺学的反思》,《文艺研究》2004 年第 1 期等。

究使得人们对于社会、历史、现实从规避到介入、从疏离到切近,打破了审美自律性的障壁,直指社会现实、时代生活的重大主题。华勒斯坦的一段论述对此可谓一语中的:"从事文学研究的学者,对他们来说,文化研究使对于社会和政治舞台的关注具有了合法性"。①

  文学理论的逻辑进程走到这里,似乎拐了一个弯,事情又倒转回去了。原先在政治理想诉求转向审美理想诉求的十字路口拱手揖别的政治,如今在审美理想诉求转向文化理想诉求的拐点上又与人们不期而遇。这也许是在文学理论"向内转"又"向外转"的轮回中难以逃避的宿命。但历史不会重演,此"政治"非彼"政治",尽管二者之间有着非常密切的关联性。按照特里·伊格尔顿的说法,如果说以往奉行的是"阶级政治"(class politics)的话,那么现在流行的则是"后阶级政治"(post-class politics)。② "阶级政治"关心的主要是阶级、革命、斗争、政权、党派、制度、战争、解放、胜利等问题,而"后阶级政治"则主要关心民族、地缘、人种、族裔、身份、性别、年龄等问题。二者相通的是权力甚至霸权问题,不同的是前者涉及阶级、阶层、集团、政党之间的权力关系,属于相对限定的社会权力;后者关乎人类群体与群体之间(东方与西方、南方与北方、白人与黑人、富人与穷人、男人与女人、老辈与青年、侨民与土著)的权力关系,属于相对宽泛的文化权力。因此前者是一种"社会政治",后者是一种"文化政治"。

  总的说来,"文化政治"具有以下若干特点,于此也正可见出文化研究的旨趣所在:第一,"文化政治"无所不在,它渗透在人类生活的每一个方面,每一个角落。因为政治事关权力以及对于权力的支配、约束和限制,任何事情只要与权力沾边,便有可能上升到政治层面。阿雷恩·鲍尔德温指出:"文化政治学"的一个基本观念就是,任何事物都是政治的,因为权力无所不在。"权力被用来理解阶级关系、种族关系、性别关系和年龄关系;用来阐释身体及对人和地点的表征;用来弄清我们对时间和空间的理解。"③ 而这种"文化政治"的无所不在,又导致了文化理想诉求的无所不在。

---

① 华勒斯坦等:《开放社会科学》,刘锋译,三联书店1997年版,第69页。
② 特里·伊格尔顿:《审美意识形态》,王杰等译,广西师范大学出版社1997年版,导言,第8页。
③ 阿雷恩·鲍尔德温等:《文化研究导论》,陶东风等译,高等教育出版社2004年版,第97页。

第二,"文化政治"与人们的日常生活息息相关,是世俗化、人间化的,人们的吃穿住行、饮食男女,但凡与权力相关,便都具有了"政治"意味,于是有"身份政治""性别政治""审美政治""形式政治""娱乐政治""消费政治""身体政治""肉体政治"之类说法。这并不是将政治庸俗化,它揭晓了一个事实,权力的作用存在于日常生活的方方面面,因此政治也无处不在。就说"身体政治",按通常理解,身体是自然的、低级的甚至令人羞耻的,何以够得上成为一种"政治"? 福柯认为,人的身体并不是一种生理现象,而是一种文化现象,因为它受到权力的严格限制,受到政治的强力干预,它是被权力和政治形塑出来的,这种形塑可以称为肉体的"政治解剖学"。福柯说:"肉体也直接卷入某种政治领域;权力关系直接控制它,干预它,给它打上标记,训练它,折磨它,强迫它完成某些任务、表现某些仪式和发出某些信号。"[1]一个农民变成士兵,一个孩童变成学生,一个学徒变成技术工人,他的体魄、姿态和动作无一不是被权力和政治的规训塑造出来的。

第三,"文化政治"往往能够填补社会转型期留下的巨大精神空白,对于原有的社会价值体系发挥替代功能,在重建精神家园的过程中起到补偏救弊的作用。譬如现代主义的起来,在很大程度上出于对现代商品社会的抗拒,而它作出的种种反抗又不被环境见容,从而被压抑为一种"政治无意识"。弗雷德里克·詹姆逊指出,在现代主义高潮来临之际,"在现代主义主流文本中正如在资产阶级日常生活的表象世界上一样不再明晰可见,并被累积的物化无情地赶入地下的政治,最终变成了一种真正的无意识"。[2] 这种"政治无意识"的艺术表现便是退缩到审美自律性的壁垒中去,将价值追求转向自身,从而导致了极端的贵族主义和象牙塔主义,用荒诞不经、晦涩难通的形式来抵制商品社会的秩序和准则,对这个出了问题的世界尽一份责任心和道义感,例如尤奈斯库的荒诞剧《阿美戴》《责任的牺牲者》《新房客》《椅子》等,借助形形色色荒诞不经的情节,对于现代商品社会"物压倒了人"的现状表示忧心。这种"政治无意识"成为西方现代社会在宗教伦理消解以后心存忧患、勇于担当的深度模

---

[1] 福柯:《规训与惩罚》,刘北成等译,三联书店2003年版,第27页。
[2] 弗雷德里克·詹姆逊:《政治无意识》,王逢振等译,中国社会科学出版社1998年版,第267页。

式。这里完全用得上这一说法:"审美的自律性成为一种否定性政治。"①这种"审美政治",在如今盛行搞笑、反讽与戏仿的后现代写作中简直比比皆是。

第四,"文化政治"将权力的支配与反支配、制约与反制约之争从神圣化引向泛化和世俗化,对现实政治起到了柔软化、弹性化、宽松化的作用。"社会政治"关乎阶级、阶层、集团、政党之间的权力之争,往往诉诸武力乃至暴力,采取激烈的、极端的形式,这是一种强制性的、刚性的政治;"文化政治"则通过泛化和世俗化的方式将权力问题与消费、娱乐、享受、欲望和性结合起来,将阶级的、政党的政治去魅,同时又通过对处于纵横交错的群体关系交叉点上的活生生的人的命运遭际的关心为人的政治返魅,这是一种宽容的、柔性的政治。这种宽容的、柔性的人的政治,作为社会结构中缓解紧张、释放能量的缓冲带,是任何时代、任何社会都需要的,但是归根结底,"文化政治"终究能对"社会政治"的改良和完善起到平衡和牵制的作用。

第五,回到讨论的本题,"文化政治"一维的加入,对于如今面临全新语境的文学理论具有激活的作用。它揭示了一个以往习焉不察的事实:审美自律性在逻辑上并不周延,文学艺术并不仅仅关乎审美形式,它更关乎与人类命运攸关的真善美、信念、信仰、理想、责任、义务、正义、同情、爱、自由、解放等终极价值。而这些对于人类具有普遍意义的终极价值经历了全球化浪潮的冲击、市场强权的控制,消费主义的围困和工具理性的压抑,已经沉积、凝结为深沉浩荡的"政治无意识"。只要条件具备,这种"政治无意识"便会从民族、人种、族裔、地域、身份、性别、年龄等不同的角度和路径浮出海面,诉诸文学行动,进而对现实生活发挥实际作用。正如詹姆逊所说:"一切文学,不管多么虚弱,都必定渗透着我们称之为的政治无意识,一切文学都可以解作对群体命运的象征性沉思。"②譬如目前族裔文学在西方发达国家异军突起,生态文学在发达工业社会成为显学,我国从新时期到 21 世纪女性主义文学独树一帜,以"80后写作"为代表的青年文学骄人的市场效益,都说明这种"政治无意识"的力量不可低估!同理,文学理论也体现着"政治无意识"的作用。詹姆逊认为,"政治无意识"的激荡促成了对于文学文本的一种新的分析视角——政治阐释的

---

① 特里·伊格尔顿:《美学意识形态》,王杰等译,广西师范大学出版社 1997 年版,第 369 页。
② 弗雷德里克·詹姆逊:《政治无意识》,王逢振等译,中国社会科学出版社 1998 年版,第 59 页。

形成,这一视角具有不可比拟的优越性,因为它能够做到"尊重过去的社会和文化特性和根本差异,同时又揭示出它的论争和热情,它的形式、结构、经验和斗争,都与今天的社会和文化休戚相关"。① 因此政治阐释不是其他阐释方法的补充和辅助,而是对于文学文本的一切阅读和一切阐释的绝对视域。他正是在这里洞察到建构一种"新阐释学"的可能性。② 詹姆逊所说的"新阐释学"小而言之相当于"文化政治学",大而言之那就是文化研究。而他在其中寄寓的文化理想诉求,他在关注政治、介入行动、干预现实方面所怀抱的巨大热情,已如上述也正是倡导文化研究的中国学者大力标举发扬、为之鼓与呼的。

然而如今盛行的文化理想诉求是否就是文学理论理想诉求的巅峰状态、终极境界呢?回答显然是否定的。文化理想诉求也有可能导致它衰落的命门,它要达到完善境界仍有很长的路要走。

首先,文化研究的理论范式是从文学理论起步但最终抛弃了文学理论,因而它的形成建立在对于文学理论的漠视和排斥之上。文学理论有其特定的论阈,有其采用的方法,有其特殊的研究对象、专业特性和话语系统,有其自身的传统、规范和惯例,这是必须得到尊重和保证的,文化研究不能完全脱离文学理论的这些基本规定性而具有积极意义。合理而可行的途径在于文化研究和文学研究各自的特点得到充分的尊重和保证,二者之间构成必要的张力,从而达成相互补益、相互交融。

其次,文学理论的文化理想诉求是一种超越性、前瞻性的追求,尽管它带有很强的目的性和预设性,但它并不是九天落花,也不是向壁虚构的产物,说到底它还是从文学的创作实践和作品实际中结晶、升华出来的。它不是目的论的,而是经验论与目的论的结合;它采用的不仅是演绎法,而是归纳法与演绎法的结合。它必须得到文学经验的支撑并反过来接受文学经验的检验,而不是主题先行,从既定的理念出发去俯视文学、审判文学。如果仅仅流于幻想、空想甚至妄想,那么文学理论的理想诉求就势将落空。在这一问题上存在的偏差势必造成全局性、长期性的不良后果,以往文学理论的政治理想诉求的失误其原盖在于此,后来审美理想诉求的衰微其原也在于此。至今势头不减

---

① 弗雷德里克·詹姆逊:《政治无意识》,王逢振等译,中国社会科学出版社1998年版,第9页。
② 同上书,第12页。

的文化理想诉求的追梦之旅也应以此为戒。

再次,随着"文化政治"的泛化和世俗化,文化研究渐渐露出了转向"后理论"的征兆,开始从"大理论"变成了"小理论",就像人体的血液循环系统从大动脉转移到了毛细血管。文论史家指出:"单数的、大写的'理论'迅速地发展成了小写的、众多的'理论',——这些理论常常相互搭接,相互生发,但也大量地相互竞争。换言之,'理论转向时期'孵化出了大量的、多样的实践部落,或者说理论化的实践,它们对自己的课题有清醒的自我意识,同时又代表了至少在文化领域中政治行动的激进形式。"① 所谓"大理论",就是指原先的文化研究,它是大写的、单一的,偏重总体性、全局性的宏大叙事;"小理论"则已转移到具体、个别的社会现象和生活琐事之中,它是小写的、复多的,偏重分支性、局部性的微细叙事。从"大理论"到"小理论"的转变,说明在后现代语境中文化研究逐渐失去了对于重大而又迫切的生活主题的关心,转而对日常生活中那些边缘化、极端化的灰色地带表示热衷。正如伊格尔顿所说:"对于文学中有关乳胶或脐环描写的政治意味研究,完全印证了一句古老而机智的箴言的字面意义——学习是充满乐趣的。就像你可以选择'全麦威士忌的口味比较'或'卧床终日的现象学'作为硕士论文的选题。于是,求知生涯与日常生活之间不再有任何区别。不用离开电视机便能写出你的博士论文是有很多好处的。摇滚乐在过去是一种让你从研究中解脱的娱乐,不过它现在很可能就是你所研究的对象。求知的工作不再局限于象牙塔内,而是在媒体与购物商场、卧房与妓院之中。"② "文化政治"将理论的触角伸向人们的日常生活,体察普通大众、寻常百姓的喜怒哀乐、悲欢离合,使得文化研究流布着温情朴实的人间气、人情味和草根性,对于这一点,无论怎样肯定都不为过分。但其作为微细叙事也可能陷于卑微琐屑之地而无力自拔,甚至流于官能化、欲望化、肉身化,在平庸、低俗、无聊之中承受生命中不可承受之轻。这就有可能卸载了对于日常生活进行批判的责任,也使文化研究自身等而下之,大大地降低了品位和档次。

文化研究的理论范式显露的以上弊端,并不意味着文学理论的理想诉求就此止步,依辩证法,其实任何事物都是整个历史长河中的一滴水、一个浪花、

---

① 拉曼·塞尔登等:《当代文学理论导读》,刘象愚译,北京大学出版社 2006 年版,第 9 页。
② Eagleton, Terry. *After Theory*. New York: Basic Books, 2003, p. 3.

一股潮涌,它都是中介性、过渡性的,都处于运动、变化、否定、重建的过程之中,故此毋宁将这种理想诉求的起伏、盛衰、更迭视为文学理论波澜壮阔的伟大进行程中新一道轮回的开始。

参考文献

阿雷恩·鲍尔德温等:《文化研究导论》,陶东风等译,高等教育出版社 2004 年版。
艾尔曼:《从理学到朴学——中华帝国晚期思想与社会变化面面观》,赵刚译,江苏人民出版社 1995 年版。
爱德华·W.萨义德:《东方学》,王宇根译,生活·读书·新知三联书店 1999 年版。
安德鲁·本尼特、尼古拉斯·罗伊尔:《关键词:文学、批评与理论导论》,汪正龙等译,广西师范大学出版社 2007 年版。
白烨主编:《2003 年中国文情报告》,社会科学文献出版社 2004 年版。
包亚明主编:《权力的眼睛:福柯访谈录》,严锋译,上海人民出版社 1997 年版。
包忠文主编:《当代中国文艺理论史》,江苏教育出版社 1998 年版。
鲍姆加通:《美学》,简明等译,文化艺术出版社 1987 年版。
鲍桑葵:《美学史》,张今译,商务印书馆 1985 年版。
北京大学哲学系美学教研室编:《西方美学家论美和美感》,商务印书馆 1980 年版。
布尔迪厄:《文化资本与社会炼金术》,包亚明译,上海人民出版社 1997 年版。
大卫·雷·格里芬编:《后现代精神》,王成兵译,中央编译出版社 1998 年版。
戴维·洛奇:《20 世纪文学评论》上册,葛林等译,上海译文出版社 1987 年版。
戴维·洛奇:《20 世纪文学评论》下册,葛林等译,上海译文出版社 1993 年版。
丹尼尔·贝尔:《后工业社会的来临》,高銛等译,商务印书馆 1984 年版。
丹尼尔·贝尔:《资本主义文化矛盾》,赵一凡等译,生活·读书·新知三联书店 1989 年版。
道格拉斯·凯尔纳等:《后现代理论》,张志斌译,中央编译出版社 1999 年版。
德里达:《一种疯狂守护着思想——德里达访谈录》,何佩群译,上海人民出版社 1997 年版。
邓晓芒:《康德〈纯粹理性批判〉句读》(上),人民出版社 2010 年版。
杜书瀛:《艺术的哲学思考》,辽宁人民出版社,辽海出版社 2001 年版。
杜威:《经验与自然》,傅统先译,江苏教育出版社 2005 年版。
杜威:《艺术即经验》,高建平译,商务印书馆 2005 年版。
杜小真编选:《福柯集》,上海远东出版社 1998 年版。

D. 佛克马、E. 蚁布思:《文学研究与文化参与》,俞国强译,北京大学出版社1996年版。
费尔迪南·德·索绪尔:《普通语言学教程》,高名凯译,商务印书馆1980年版。
佛雏编:《王国维学术文化随笔》,中国青年出版社1996年版。
佛克马、伯顿斯:《走向后现代主义》,王宁等译,北京大学出版社1991年版。
佛克马、易布思:《20世纪文学理论》,林书武译,生活·读书·新知三联书店1988年版。
弗雷德里克·詹姆逊:《后现代主义与文化理论》,唐小兵译,陕西师范大学出版社1986年版。
弗雷德里克·詹姆逊:《快感:文化与政治》,王逢振等译,中国社会科学出版社1998年版。
弗雷德里克·詹姆逊:《文化转向》,胡亚敏译,中国社会科学出版社2000年版。
弗雷德里克·詹姆逊:《语言的牢笼·马克思主义与形式》,钱佼汝、李自修译,百花洲文艺出版社1995年版。
弗雷德里克·詹姆逊:《政治无意识》,王逢振等译,中国社会科学出版社1998年版。
弗洛伊德:《精神分析引论》,高觉敷译,商务印书馆1984年版。
弗洛伊德:《释梦》,孙名之译,商务印书馆1996年版。
福柯:《权力的眼睛》,严锋译,上海人民出版社1997年版。
J. M. 布洛克曼:《结构主义:莫斯科—布拉格—巴黎》,李幼蒸译,商务印书馆1980年版。
J. 希利斯·米勒:《重申解构主义》,郭英剑等译,中国社会科学出版社1998年版。
高名凯、刘正埮:《现代汉语外来词研究》,文字改革出版社1958年版。
郭庆藩撰:《庄子集释》,中华书局1961年版。
哈罗德·布鲁姆:《西方正典》,江宁康译,译林出版社2005年版。
哈罗德·布鲁姆:《影响的焦虑》,徐文博译,江苏教育出版社2006年版。
海德格尔:《在通向语言的途中》,孙周兴译,商务印书馆1997年版。
贺拉斯:《诗艺》,杨周翰译,《诗学·诗艺》,人民文学出版社1962年版。
贺麟:《五十年来的中国哲学》,商务印书馆2002年版。
黑格尔:《法哲学原理》,范扬等译,商务印书馆1961年版。
黑格尔:《逻辑学》,杨一之译,商务印书馆2009年版。
黑格尔:《美学》,朱光潜译,商务印书馆1979年版。
黑格尔:《小逻辑》,贺麟译,商务印书馆2009年版。
胡塞尔:《欧洲科学的危机与超越论的现象学》,王炳文译,商务印书馆2001年版。
华勒斯坦等:《开放社会科学》,刘锋译,生活·读书·新知三联书店1997年版。
华勒斯坦等:《学科·知识·权力》,刘健芝等编译,生活·读书·新知三联书店1999年版。
霍克海默:《批判理论》,李小兵等译,重庆出版社1989年版。
霍克海默、阿道尔诺:《启蒙辩证法》,渠敬东等译,上海人民出版社2003年版。
今村仁司:《阿尔都塞:认识论的断裂》,牛建科译,河北教育出版社2001年版。
卡尔·波普尔:《猜想与反驳》,傅季重等译,上海译文出版社1986年版。

凯·埃·吉尔伯特、赫·库恩:《美学史》(上、下卷),夏乾丰译,上海译文出版社1989年版。
凯特·米利特:《性的政治》,钟良明译,社会科学文献出版社1999年版。
康德:《纯粹理性批判》,邓晓芒译,人民出版社2002年版。
康德:《判断力批判》,邓晓芒译,人民出版社2002年版。
康德:《任何一种能够作为科学出现的未来形而上学导论》,庞景仁译,商务印书馆1982年版。
拉曼·塞尔登等:《当代文学理论导读》,刘象愚译,北京大学出版社2006年版。
勒内·韦勒克:《批评的诸种概念》,丁泓等译,四川文艺出版社1988年版。
勒内·韦勒克、奥斯汀·沃伦:《文学理论》,刘象愚等译,江苏教育出版社2005年版。
雷蒙·威廉斯:《关键词》,刘建基译,生活·读书·新知三联书店2005年版。
雷蒙德·威廉斯:《文化与社会》,吴松江等译,北京大学出版社1991年版。
李泽厚:《批判哲学的批判》,人民出版社1979年版。
理查·罗蒂:《哲学和自然之镜》,李幼蒸译,商务印书馆1987年版。
理查德·罗蒂:《后哲学文化》,黄勇编译,上海译文出版社1992年版。
理查德·罗蒂:《哲学、文学和政治》,黄宗英等译,上海译文出版社2009年版。
理查德·舒斯特曼:《生活即审美——审美经验和生活艺术》,彭锋等译,北京大学出版社2007年版。
理查德·舒斯特曼:《实用主义美学》,彭锋译,商务印书馆2002年版。
理查德·舒斯特曼:《哲学实践》,彭锋译,北京大学出版社2002年版。
列宁:《哲学笔记》,人民出版社1974年版。
刘小枫:《现代性社会理论绪论》,上海三联书店1998年版。
陆谷孙主编:《英汉大词典》第二版,上海译文出版社1997年版。
路易·阿尔都塞:《保卫马克思》,顾良译,商务印书馆1984年版。
路易·阿尔都塞:《黑格尔的幽灵——政治哲学论文集[Ⅰ]》,唐正东等译,南京大学出版社2005年版。
路易·阿尔都塞:《来日方长:阿尔都塞自传》,蔡鸿滨译,上海人民出版社2013年版。
路易·阿尔都塞等:《读〈资本论〉》,李其庆等译,中央编译出版社2001年版。
潞潞主编:《面对面——外国著名诗人访谈、演说》,北京出版社2003年版。
罗伯特·肖尔斯:《结构主义与文学》,孙秋秋等译,春风文艺出版社1988年版。
罗尔夫·魏格豪斯:《法兰克福学派:历史、理论及政治影响》(上、下册),孟登迎等译,上海人民出版社2010年版。
罗钢、刘象愚主编:《文化研究读本》,中国社会科学出版社2000年版。
罗伊·博伊恩:《福柯与德里达》,贾辰阳译,北京大学出版社2010年版。
《拉康选集》,褚孝泉译,上海三联书店2001年版。
《梁启超全集》编委会:《梁启超全集》,北京出版社1999年版。

《鲁迅全集》修订编辑委员会:《鲁迅全集》,人民文学出版社2005年版。
马丁·杰:《法兰克福学派的宗师——阿道尔诺》,胡湘译,湖南人民出版社1988年版。
马丁·杰:《法兰克福学派史》,单世联译,广东人民出版社1996年版。
马尔库塞:《单面人》,左晓斯等译,湖南人民出版社1988年版。
马克·爱德蒙森:《文学对抗哲学——从柏拉图到德里达》,王柏华等译,中央编译出版社2000年版。
马克·昂热诺等:《问题与观点:20世纪文学理论综论》,史忠义等译,百花文艺出版社2000年版。
马文·克拉达等编:《福柯的迷宫》,朱毅译,商务印书馆2005年版。
玛丽·伊格尔顿编:《女权主义文学理论》,胡敏等译,湖南文艺出版社1989年版。
米尔·瓦尔特—布什:《法兰克福学派史——评判理论与政治》,郭力译,社会科学文献出版社2014年版。
米歇尔·福柯:《必须保卫社会》,钱翰译,上海人民出版社2010年版。
米歇尔·福柯:《词与物——人文科学考古学》,莫伟民译,上海三联书店2001年版。
米歇尔·福柯:《规训与惩罚》,刘北成等译,生活·读书·新知三联书店2003年版。
米歇尔·福柯:《性经验史》,佘碧平译,上海人民出版社2005年版。
米歇尔·福柯:《知识考古学》,谢强等译,生活·读书·新知三联书店1998年版。
《毛泽东选集》,人民出版社1991年版。
尼古拉耶夫等:《俄国文艺学史》,刘保端译,生活·读书·新知三联书店1987年版。
诺思罗普·弗莱:《批评的解剖》,陈慧等译,百花文艺出版社2006年版。
皮埃尔·马舍雷:《文学在思考什么?》,张璐等译,译林出版社2011年版。
钱中文:《文学理论:走向交往对话的时代》,北京大学出版社1999年版。
乔纳森·卡勒:《论解构》,陆扬译,中国社会科学出版社1998年版。
乔纳森·卡勒:《文学理论》,李平译,辽宁教育出版社1998年版。
乔纳森·卡勒:《文学理论入门》(中英文对照版),李平译,译林出版社2013年版。
塞·贝克特等:《普鲁斯特论》,沈睿等译,社会科学文献出版社1999年版。
什克洛夫斯基:《散文理论》,刘宗次译,百花洲文艺出版社1994年版。
斯图尔特·霍尔:《表征——文化表象与意指实践》,徐亮等译,商务印书馆2003年版。
孙希旦:《礼记集解》,中华书局,1989年版。
孙星衍:《尚书今古文注疏》,中华书局,1986年版。
特里·伊格尔顿:《20世纪西方文学理论》,伍晓明译,北京大学出版社2007年版。
特里·伊格尔顿:《理论之后》,商正译,商务印书馆2009年版。
特里·伊格尔顿:《马克思主义与文学批评》,文宝译,人民文学出版社1980年版。
特里·伊格尔顿:《审美意识形态》,王杰等译,广西师范大学出版社1997年版。
特里·伊格尔顿:《文化的观念》,方杰译,南京大学出版社2003年版。

特里·伊格尔顿:《文学原理引论》,文化艺术出版社1987年版。
特伦斯·霍克斯:《结构主义和符号学》,瞿铁鹏译,上海译文出版社1987年版。
童庆炳:《文学审美特征论》,华中师范大学出版社2000年版。
童庆炳主编:《新时期高校文学理论教材编写调查报告》,春风文艺出版社2006年版。
托多罗夫:《巴赫金、对话理论及其他》,蒋子华等译,百花文艺出版社2001年版。
托马斯·库恩:《科学革命的结构》,金吾伦等译,北京大学出版社2003年版。
T. F. 哈德:《牛津英语词源词典》,上海外语教育出版社2000年版。
汪晖:《别求新声:汪晖访谈录》,北京大学出版社2009年版。
汪晖:《现代中国思想的兴起》,生活·读书·新知三联书店2008年版。
王弼注,孔颖达疏:《周易正义》,北京大学出版社1999年版。
王恩衷编译:《艾略特诗学文集》,国际文化出版公司1989年版。
王宁编:《全球化与文化:西方与中国》,北京大学出版社2002年版。
王先谦撰:《荀子集解》,中华书局1988年版。
王元骧:《探寻综合创造之路》,陕西师范大学出版社2000版。
维特根斯坦:《哲学研究》,李步楼译,商务印书馆1996年版。
文艺美学丛书编辑委员会编:《蔡元培美学文选》,北京大学出版社1983年版。
沃尔夫冈·凯塞尔:《语言的艺术作品》,陈铨译,上海译文出版社1984年版。
沃尔夫冈·韦尔施:《重构美学》,陆扬等译,上海译文出版社2002年版。
吴承学:《中国古代文体形态研究》,北京大学出版社2013年版。
伍蠡甫、胡经之主编:《西方文艺理论名著选编》下卷,北京大学出版社1987年版。
伍蠡甫等:《欧洲文论简史》,人民文学出版社1991年版。
伍蠡甫主编:《西方文论选》(上、下卷),上海译文出版社1979年版。
谢冕、孟繁华主编:《中国百年文学经典》(10卷本),海天出版社1996年版。
谢冕、钱理群主编:《百年中国文学经典》(8卷本),北京大学出版社1996年版。
谢维扬、房鑫亮主编:《王国维全集》,浙江教育出版社、广东教育出版社2010年版。
徐贲:《走向后现代与后殖民》,中国社会科学出版社1996年版。
许宝强、袁伟选编:《语言与翻译的政治》,中央编译出版社2001年版。
雅克·德里达:《论文字学》,汪堂家译,上海译文出版社2005年版。
雅克·德里达:《书写与差异》,张宁译,生活·读书·新知三联书店2001年版。
雅克·德里达:《文学行动》,赵兴国等译,中国社会科学出版社1998年版。
亚里士多德:《诗学》,罗念生译,《诗学·诗艺》,人民文学出版社1962年版。
杨伯峻:《春秋左传注》,中华书局1981年版。
杨伯峻:《论语译注》,中华书局1958年版。
杨伯峻:《孟子译注》,中华书局1960年版。

尧斯:《走向接受美学》,《接受美学与接受理论》,周宁等译,辽宁人民出版社 1987 年版。
约翰·杰洛瑞:《文化资本——论文学经典的建构》,江宁康等译,南京大学出版社 2011 年版。
詹姆逊(詹明信):《晚期资本主义的文化逻辑》,陈清侨等译,生活·读书·新知三联书店 1997 年版。
张杰编选:《巴赫金集》,上海远东出版社 1998 年版。
张京媛主编:《当代女性主义文学批评》,北京大学出版社 1992 年版。
赵毅衡:《重访新批评》,百花文艺出版社 2009 年版。
中共中央马克思恩格斯列宁斯大林著作编译局编译:《马克思恩格斯文集》,人民出版社 2009 年版。
中国社会科学院外国文学研究所外国文学研究资料丛书编辑委员会编:《俄苏形式主义文论选》,蔡鸿滨译,中国社会科学出版社 1989 年版。
中国社会科学院外国文学研究所外国文学研究资料丛书编辑委员会编:《外国现代剧作家论剧作》,中国社会科学出版社 1982 年版。
周宪等编:《当代西方艺术文化学》,北京大学出版社 1988 年版。
朱光潜:《西方美学史》,人民文学出版社 1979 年版。
朱谦之:《老子校释》,中华书局 1984 年版。
朱熹:《诗集传》,上海古籍出版社 1980 年版。
《朱光潜美学文集》第 1 卷,上海文艺出版社 1982 年版。

Althusser, Louis. *Writings on Psychoanalysis: Freud and Lacon*. New York: Columbia University Press, 1996.
Bennett, Tony. *Formalism and Marxism*. London: Methuem & Co. Ltd, 1979.
Culley, Jonathan. *Literary Theory: A Very Short Introduction*. New York: Oxford University Press, 1997.
——. "Literary Theory Today", 载《文艺理论研究》2012 年第 4 期。
Eagleton, Terry. *After Theory*. New York: Basic Books, 2003.
——. *Criticism and Ideology: A Study in Marxist Literary Theory*. London: New Left Books, 1976.
——. *Marxism and Literary Criticism*. London: Methuem & Co. Ltd, 1976.
——. *The Function of Criticism: From the Spectator to Post-structuralism*. London and New York: Verso, 1984.
——. *Ideology: An Introduction*. London and New York: Verso, 1991.
hooks, bell. *Yearning: Race, Gender, and Cultural Politics*. London: Turnaround, 1991.
Macherey, Pierre. *A Theory of Literary Production*. London and Boston: Routledge &

Kegan Paul, 1978.

Parkes, Graham. *Heidegger and Asian Thought*. Honolulu: University of Hawaii Press, 1987.

主要人名索引

A

T. S. 艾略特 117,118,192
爱德华·W. 萨义德 178

B

巴赫金 48,158—160
鲍姆加通 14,64,325—327,332,334,337,339,340,341,343,344,347—349,354,358,359
贝尔·胡克斯 59—61
贝托尔特·布莱希特 72
本雅明 63,231,241,260,299,301,309,310,313,340

C

蔡元培 232,328

D

大卫·辛普森 4,24,28,33,34,366
丹尼尔·贝尔 39,330
德勒兹 66,90,106,172,198,340,363,366
迪尼亚诺夫 20,26
杜威 40,41,133,134,226,341—343,346,354—356,358
杜威·佛克马 40,41,133,134

F

费尔迪南·德·索绪尔 100—102,126,157,195,207
弗雷德里克·詹姆逊 7,50,53,60,70—73,76,77,83—87,210,387—389
弗洛伊德 31,44,87,98,99,108,109,119,130,146,248,260—265,267—269,271—273,277,279,282,287,292,322,263,365
戈德曼 340
葛兰西 60,185,340

H

哈罗德·布鲁姆 130—133,140,145—148,151
汉斯·罗伯特·尧斯
黑格尔 12,82,84,85,87,98,187,208,212,215—222,224,248,269—271,275,284,308,327,348
胡塞尔 98,99,337,338

J

J. 希利斯·米勒 1,2,27,91—94,198—200,285

K

凯特·米利特 120,203,204,209,210

康德 71,128,148,186,187,212—217,224,227,232,233,236,238—240,284,300,307,317,326—328,330,332,333,343,344,347,348,350,359,379

L

莱布尼茨 213,336

勒内·韦勒克

雷蒙·威廉斯 117,183,184,186,193—195,197,200—203,220,251,358

理查德·罗蒂 33,87,129,130,363,366

理查德·舒斯特曼 334,340—347,354,356

梁启超 182,232—234,238

卢卡契 185,308,340

路易·阿尔都塞 12,269—277

M

马修·阿诺德 117,138

米歇尔·福柯 53,160—175,177,181,190,192,200

N

诺思罗普·弗莱 177,160

P

皮埃尔·布尔迪厄

皮埃尔·马舍雷 285,286

乔纳森·卡勒 4—6,9,15,19,23—25,28—32,34,38,39,41,42,44,46,47,49,51,53,57,69,74,75,87—91,99,103,109,125,126,140,148—152,154,176,198,208—210,245—254,256—259,286—292,360—364,366—369,371,373,374

S

S.拉什 53,54,321

萨特 21,90,150,185,263,340,363

什克洛夫斯基 20,26,30,31,156,157

斯图尔特·霍尔 11,157,161,178,179

T

特里·伊格尔顿 7,37,38,46,50,55,56,60—65,69—71,74,77,97,118,124,125,127,128,177,204,205,264,278,281,321,322,330,334,340,354,357,386,388

托多罗夫 156,159,160

托马斯·库恩 33,189,190,192

W

王国维 36,79,80,182,232,238,328

维特根斯坦 44,195,209,350

沃尔夫 213,336,341

沃尔夫冈·凯塞尔 81—83

沃尔夫冈·韦尔施 331,334,347—353,359

沃尔夫冈·伊瑟尔

X

席勒 8,140,262,327,348,349,358

Y

雅各布森 4,19,21—23,25,30,156,365

雅克·德里达 31—33,37,38,41,53,67,98—105,107,110,113,114

雅克·拉康 31,53,262

约翰·杰洛瑞 119,120,125,133,140—145,151,205,206

Z

朱光潜 208,328,336

宗白华 239

后　记

今天上午发出最后一封邮件,意味着本书已经全部脱手,一种释然之感穿透整个身心,要做的第一件事就是拎上全副武装,直奔游泳馆而去。在裹挟着全身的水波中奋力游行,在托举着灵魂的浪花中任意漂浮,完全进入了自由、解放的境界。其实完成本书的每一天都是这样过来的,在电脑前写了一天,脑子已然写空,人也疲倦不堪,丢盔弃甲、一地鸡毛,完全靠这一自由飞翔般的"有氧运动"荡肌沦髓、洗心革面。当结束游程骑行返回时,清凉的夜风迎面而来,真有脱胎换骨的感觉,这是一天24小时中最爽的时刻。进化论证明,人是从水中进化而来的,因此人天生有亲水的本性。每次在水中浮沉,总是会感到像回到生命的原初状态那样放松和安逸,劳顿为之消除,郁积为之发散,而大脑还在潜行,意绪若有若无,心思若即若离,随波逐流、与水出入,而许多奇思妙想隐然而生。人们常说,游泳能激发灵感,我可以作证这是真的。我在水中潜生的许多思想现已融入了本书的每一个篇章、段落甚至每一个字词之中,读来能感觉到其中如水般的清爽和灵动。

本书是同名国家社科基金重点项目的最终成果,该项目总的说来完成得还算顺手,但也屡屡遇到障碍、陷入困境,顺畅顿挫之间,一切还属正常吧。不过最终回报是丰厚的,已有中期成果无论学术创新还是社会反响都可圈可点,对此我感到欣慰。这已是本人完成的第四个国家社科基金项目。第一个项目用时两年,第二、三个项目用时均为三年,该项目用时四年。屈指算来,从1997年获得第一个国家社科基金项目至今,加上申报与结项,这四个项目耗费了我近二十个年头!这可是本人最纯熟最精彩的年华!那些在文字中讨生活的日子里,每天念兹在兹、心无旁骛,早、中、晚三个单位时间,除了教学和公务之外,基本上都交付给它了。这就是一个学者的生存状态吧,学术一点说是

"此在",日常一点说是"活法"。年复一年,日复一日,我对于这种"此在"和"活法"已生倦意。

然而一场遭遇让我对此种倦怠之意不得不重作考量。前年曾作过一次眼手术,术后有三个月不能正常用眼,看书、看报纸、上网、看电视、刷手机等都在被禁止之列,不过眼睛确实也不好使,一看这些东西就晕眩不已。期间可以逛公园、逛马路,当然还可以发呆、可以睡觉,但就是不能看东西。在忙碌疲惫之际十分向往的这份闲适和安享反倒使我十分郁闷,茫然若失,到后来几近崩溃。一个人怎能成天累月不看书、不思考、不表达、不书写?! 最近一次接受媒体采访时我诉说过这一困惑:"做学问就是我的活法,不看书写文章,叫我干什么呢?"这是说的实情。只要大脑还在运行,它就得思考、辨析、鉴别、判断、取舍、推理、演绎、概括、综合、总结,它就得阅读、检索、整理、求证、书写、修改、调整、推敲、润饰、完善。郑板桥曾发过感慨:"终日作字作画,不得休息,便要骂人;三日不动笔,又想一幅纸来,以舒其沉闷之气,此亦吾曹之贱相也。"(《靳秋田索画》)看来这就是"吾曹之贱相"吧。从中可以得出一个判断,此生已注定与做学问的活法结有不解之缘,正如与水结有不解之缘一样。

该书的完成获得江苏高校优势学科建设工程项目"文化传承与区域社会发展"的支持。该书的出版获得北京大学出版社的支持,张冰编审、刘爽编辑为之付出了辛劳和心血,在此一并感谢!

姚文放

2015 年 9 月 12 日

图书在版编目(CIP)数据

从形式主义到历史主义:晚近文学理论"向外转"的深层机理探究 / 姚文放著.
—北京:北京大学出版社,2017.3
(国家哲学社会科学成果文库)
ISBN 978-7-301-27917-5

Ⅰ.①从… Ⅱ.①姚… Ⅲ.①文学思想史—研究—中国—20世纪 Ⅳ.①I209

中国版本图书馆CIP数据核字(2017)第003087号

书　　名	从形式主义到历史主义:晚近文学理论"向外转"的深层机理探究 CONG XINGSHI ZHUYI DAO LISHI ZHUYI
著作责任者	姚文放　著
责任编辑	刘　爽
标准书号	ISBN 978-7-301-27917-5
出版发行	北京大学出版社
地　　址	北京市海淀区成府路205号　100871
网　　址	http://www.pup.cn　新浪微博:@北京大学出版社
电子信箱	nkliushuang@hotmail.com
电　　话	邮购部 62752015　发行部 62750672　编辑部 62759634
印刷者	北京中科印刷有限公司
经销者	新华书店
	720毫米×1020毫米　16开本　26.25印张　426千字 2017年3月第1版　2018年1月第2次印刷
定　　价	86.00元

未经许可,不得以任何方式复制或抄袭本书之部分或全部内容。
版权所有,侵权必究
举报电话:010-62752024　电子信箱:fd@pup.pku.edu.cn
图书如有印装质量问题,请与出版部联系,电话:010-62756370